Birgit Rabisch

Warten auf den Anruf

Roman

W0090249

chter Verlag

All rights reserved
Alle Rechte vorbehalten
Copyright © 2009
Achter Verlag, Acht
www.achter-verlag.de
ISBN 978-3-9812372-1-4
Gestaltung und Satz: GreenwoodFinch, Elmstein
Druck: DZA Druckerei zu Altenburg GmbH, Altenburg

meinen „drei Männern"
Bernd, Arne, Sönke

in memoriam
Lo Po

Alle Personen sind Romanfiguren, nicht nur die fiktiven. Auch die bekannten Personen der Zeitgeschichte wurden von der Autorin im Rahmen ihres realen Wirkens frei gestaltet.

In ihr Sprechen fließen Zitate aus ihren Werken mit ein.

Gespräche
Verena
„Das geht so nicht!"

Das geht so nicht.

Warum nicht, frage ich meine Agentin Lena Korthals, und sie hält mir einen geharnischten Vortrag: Du bietest viel zu viel Sachinformationen, wen interessieren all diese Einzelheiten über den Ersten Weltkrieg und die Ammo ... wie heißt das noch?

Ammoniaksynthese.

Meinetwegen. Also über diese ... diese ...

Also wirklich! So schwer ist das ja nun wohl nicht, sich dieses Wort zu merken! Die Ammoniaksynthese ist ein so grundlegendes, bahnbrechendes Verfahren gewesen ...

Papperlapapp! Das interessiert kein Schwein. Du willst diesmal einen Roman schreiben und kein neues Sachbuch. Das kannst du hervorragend, das beweisen die Verkaufszahlen, da red ich dir auch nicht mehr drein ...

Ach, und wie war das bei meinem letzten Buch über die Gehirnforschung? Da wolltest du mir partout den Titel *Wenn du denkst, du denkst, dann denkst du nur, du denkst* ausreden. Zu lang, versteht keiner, verkauft sich nicht und so weiter. Hab ich noch genau im Ohr! Und die Rezensenten sind gerade auf den Titel abgefahren!

Zugegeben, Verena. Auch ich kann mich irren. Also, willst du jetzt keine Kritik mehr von mir hören oder warum kommst du mir jetzt damit?

Nun sei doch nicht gleich beleidigt! Natürlich will ich deine Kritik hören. Ich bitte darum! Ich flehe dich geradezu an!

Ich falle nicht vor meiner Agentin auf die Knie. Nein, so weit treibe ich das Schauspiel nicht. Aber ich lege bittend die Hände zusammen und schaue ihr demütig in die Augen. Endlich lacht sie. Sie hat durchaus Humor. Aber nicht, wenn es ums Geschäft geht. Schließlich ist sie mit 15 Prozent an meinem Autorenhonorar beteiligt. Folglich liegt ihr ernsthaft an meinem Verkaufserfolg. Aber woran liegt mir? Bei meinen bisherigen Veröffentlichungen war die Sache klar: Ich wollte neue wissenschaftliche Erkenntnisse möglichst anschaulich und allgemein verständlich und gerne auch ein bisschen provozierend darstellen und ich wollte damit meinen Lebensunterhalt verdienen. Beides ist mir gelungen. Aber jetzt? Warum will ich diesen Roman schreiben? Nein, ich will es nicht, ich muss es. Es ist ein Zwang. Nach all dem, was ich über meine Familie herausgefunden habe, rumort es in mir, will in irgendeiner Form ans Licht. Nein, eben nicht in irgendeiner Form. In Romanform. Weil es mir diesmal nichts nützt, nur Fakten zu kennen. Ich möchte Menschen nahe kommen, und Menschen sind keine Ansammlung von Fakten. Oder von Theorien. Menschen sind … Nein, natürlich weiß ich keine Antwort auf Kants Frage: Was ist der Mensch? Ich will nur diese konkreten Menschen verstehen, von denen ich abstamme. Ansatzweise verstehen. Und dazu muss ich sie aus meiner Fantasie erschaffen. Denn diese Menschen sind mir unendlich fern und doch besetzen sie einen Teil meines Gehirns, machen sich dort breit, okkupieren mein Denken. Menschen, die man gemeinhin als Vorfahren bezeichnet. Ich bevorzuge den Begriff: Genpool. Er bezeichnet das Einzige, was mich mit ihnen verbindet. Oder?

Meine Agentin lacht nicht mehr. Sie fährt ungerührt in ihrer Kritik fort. Das Problem bei deinen Figuren ist, wirft sie mir vor, dass darunter keine ist, mit der man sich identifizieren kann. Wo man das Gefühl hat: Genauso würde ich auch handeln. Das wollen die Leser! Und vor allem die Leserinnen. Dir ist doch wohl klar, dass Belletristik zu 65 Prozent von Frauen gelesen wird. Und Frauen ticken nun mal anders als deine vorwiegend männlichen Sachbuchleser!

Ist dein Frauenbild nicht ein bisschen verstaubt?

Das ist eine schlichte Tatsache, liebe Verena, Statistik, Empirie.

Müsste dich doch überzeugen als Anhängerin der … wie nennst du das noch?

Hard Sciences, du Ignorantin.

Oh Gott! Wenn jemand eine Ignorantin ist, dann du: Da schreibst du einen Roman, in dem drei Frauen als Hauptfiguren vorkommen, und das ist ja eigentlich ganz prima im Hinblick auf Leserinnen und ihr Identifikationsbedürfnis, aber dann erfüllt nicht eine davon diese Funktion! Weder Emma, noch Wilhelmine, noch Irène! Die sind alle nicht wirklich sympathisch. Da taugt keine als Rollenmodell. Das ist verschenkt, glatt verschenkt!

Es sind eben keine Figuren, sondern echte Menschen, wirklich und wahrhaftig …

Nein, es sind deine Fiktionen!

Meine Fiktionen von Menschen mit all ihren Widersprüchen, mit Ecken und Kanten, ihren Abgründen, Dummheiten, mit Hochmut, Gefühlskälte, Ehrgeiz …

Das ist alles viel zu negativ! Die taugen so nicht als Romanfiguren.

Für Unterhaltungsromane. Gebongt. Aber in der Literatur …

Meine Agentin verzieht ihr Gesicht.

Literatur? Mach dich nicht unglücklich, Mädchen! Damit kannst du keinen Blumentopf gewinnen.

Du meinst: Geld verdienen. Denk doch diesmal bitte nicht an deine 15 Prozent! Es geht mir nicht ums Geld und nicht um die Literatur und nicht um vermeintliche Leserinnenwünsche. Es geht mir darum, mir eine Familie zu erschreiben. Keine Traumfamilie, keine Wunschfamilie … überhaupt eine Familie. Und sei es nur, um sie ablehnen, hassen, verdammen zu können. Hilf mir, diese Familie aus Worten zu erschaffen! Sei meine Hebamme!

Meine Agentin schaut mich mitleidig an. Ich halte ihrem Blick stand. Sie kennt mich schon so lange. Sie kennt meine vertrackte Situation. Sie ist nicht nur meine Agentin Frau Korthals, sondern auch meine Freundin Lena. Und ich weiß, dass sie nicht nur etwas von marktkonformen Erfolgsstrategien versteht. Das ist nur ihr Beruf. Heimlich ist sie eine Kennerin und Liebhaberin der Literatur. Ihr Herz versteht eine andere Sprache als ihr Portemonnaie. An dieser Sprache soll sie mit mir arbeiten.

Na gut, sagt sie. Wie du willst. Dann nimm als Erstes mal den *geharnischten Vortrag* aus dem zweiten Satz deines Manuskripts. Geharnischt! Das gehört auf die Liste der aussterbenden Wörter. Das kannst du im ersten Teil verwenden, der noch im Kaiserreich spielt. Aber doch nicht bei unserem Gespräch in der Jetztzeit!

Schon gestrichen!

Mein schnelles Einlenken macht sie gnädiger. Für den ersten Teil gesteht sie mir Frauen zu, die *Entschuldigung heischende* oder *echauffierte* Blicke aussenden. Und *Photographen*. Die sind vielleicht sogar ein witziger Kontrast in einem Text in allerneuester deutscher Rechtschreibung, überlegt sie. Ein kurz aufblitzendes Signal nur, ans Unterbewusstsein des Lesers …

Ich fühle mich verstanden.

Streich aber die Apostrophe in der wörtlichen Rede! „Da hab' ich's 'nem Bettler gegeb'n." Der Blick verhakt sich an den vielen Häkchen! Habe den Mut …

… dich deines eigenen Verstandes zu bedienen?

Dich aus orthografischen Zwangsjacken zu befreien. Was aufs selbe rauskommt.

Gut. Ich schicke meinen inneren Deutschlehrer in Pension und genieße die Wonnen der berühmten dichterischen Freiheit.

Spar dir deinen zynischen Unterton! Natürlich wird diese Freiheit oft missbraucht, um schlichte Unfähigkeit zu bemänteln. Das ist wie bei einem Maler, der abstrakt malt, weil er nicht mal ein simples Porträt auf die Leinwand bringt. Den wahren Meister erkennst du noch in *Weißes Quadrat auf weißem Grund*!

Na, ich weiß nicht. Aber komm doch endlich mal zum Inhaltlichen!

Bitteschön! Mein wichtigster Rat: Fang deine Geschichte nicht mit Irène Vonderwied an! Dann musst du mit Rückblenden arbeiten ...

Aber Irène ist der Dreh- und Angelpunkt für mich! Sie ist meine Mutter und ich weiß nichts ... nichts! ... über sie. Ich kenne nur die Liste ihrer wissenschaftlichen Arbeiten aus dem Internet. Wer ist sie? Als Person? Ihr muss ich mich doch zuerst annähern. Was macht sie jetzt, während wir zwei miteinander diskutieren? Wahrscheinlich sitzt sie in ihrem Wohnzimmer und wartet. Wartet auf den Anruf aus Stockholm.

Zugegeben. Das ist ein schönes Spannungsmoment. Aber dennoch: Wenn du dich deiner Mutter annähern willst und nicht nur der international anerkannten Biologin, musst du mit der Geschichte deiner Urgroßmutter anfangen.

Ich will nicht einfach eine Familiengeschichte erzählen, sondern auch eine Geschichte von Frauen in der Wissenschaft! Und meine Urgroßmutter Emma Hartkopf war keine *Frau in der Wissenschaft*, sondern nur die *Frau eines Wissenschaftlers*.

Genau damit fängt die Geschichte an, Verena.

Meinst du wirklich?

Teil I

Emma

Chemie
oder
„Kloppstock und Schürhaken"

Emma rückte ihr Hütchen gerade und zupfte an der Jacke ihres schlicht geschnittenen, aber mit hell- und dunkelgelben Schlangenlinien auffällig gemusterten Kostüms. Raffiniert, hatte die Verkäuferin gesagt, und dass die Frau von Welt so etwas jetzt trage. Emma bildete sich nicht ein, eine Frau von Welt zu sein, doch sie hatte das Kostüm nach kurzem Zögern genommen.

- Is ja immerhin für meine Hochzeit! -

„Noch ein Photo! Aber diesmal mit den Jungs!"

Der Photograph, der gerade das Verdunklungstuch zurückgeschlagen hatte, sah fragend den Bräutigam an. Erich Hartkopf gab stumm nickend sein Einverständnis.

„Schnell, kommt her!"

Emma wedelte aufgeregt mit den Händen. Karl-Heinz und Wolf-Dieter, die auf einer Bank an der Seitenwand des Lichtbildateliers Felix Meixner die spannende Prozedur aufmerksam verfolgt hatten, rannten zu Emma und wollten sich vor sie stellen.

„Nein, neben uns! Heinzelmännchen, du stellst dich neben Vati! Und Wölfchen, du kommst hier neben mich!"

Während die Kinder ihren Anweisungen folgten, räusperte sich Erich Hartkopf vernehmlich.

- Ach herrje! Jetzt hab ichs all wieder vergessen! -

Dabei hatte Erich ihr gestern erst gesagt, sie solle endlich aufhören mit Heinzelmännchen und Wölfchen und seine Söhne doch bitte bei ihren richtigen Namen rufen, Karl-Heinz und Wolf-Dieter, auf diese Namen seien sie schließlich getauft. Emma warf ihrem Bräutigam einen Entschuldigung heischenden Blick zu, prüfte kurz den korrekten Sitz der Matrosenanzüge der beiden Jungen, strich die Bänder an ihren Mützen glatt und stellte sich wieder in Positur. Photograph Meixner tauchte unter sein Tuch, streckte aber gleich darauf seinen Kopf wieder hervor.

„Det wird so nix. Zwee Schritte zurückjetreten, die Herrschaften, bitte!"

Die vier gehorchten. Dabei stieß Karl-Heinz gegen eine efeuumrankte dorische Gipssäule und gab erschrocken einen gleich wieder unterdrückten Laut von sich.

„Pass doch auf! Willst du das Atelier demolieren?"

Erich Hartkopf warf seinem Ältesten einen strengen Blick zu. Doch der Photograph beruhigte die Situation:

„Keene Sorje nich! Die Säule is fest verschraubt. Der passiert nix."

Bewegungslos und ohne die Miene zu verziehen, starrten Emma und Erich in die Kamera, und die beiden Jungen standen stramm wie Preußens Lange Kerls. Erst als der Photograph mit seinem *So, det wärs!* Entwarnung gab, wurde aus dem Standbild wieder eine Gruppe sichtbar lebendiger Menschen.

Während Erich mit Photograph Meixner die Lieferung und Bezahlung der Photos besprach, schob der sechsjährige Wolf-Dieter seine linke Hand in Emmas rechte, obwohl er doch längst wissen musste, dass es das böse, falsche Händchen war, mit dem er sich einzuschmeicheln versuchte. Leise fragte er:

„Tante Emma, bist du jetzt in echt meine Mutti?"

Emma drückte seine Hand ganz fest und richtete ihren Blick an die Decke des Photoateliers. Reichen sollte er aber viel höher, bis über die Wolken, bis ins Himmelreich, in dem sie ihre Schwester Anna vermutete, die jetzt sicher wohlgefällig auf sie herabsah. Sie schwor ihr insgeheim, sich mit all ihrer Liebe und Kraft um ihre Söhne zu kümmern.

- Da mach dir ma keine Sorgen nich! -

Emma holte ihren Blick von der Atelierdecke zurück und lächelte Wolf-Dieter an:

„Ja, mein Wölfchen. Jetzt bin ich deine Mutti."

Sofort drängte sich der nur ein Jahr ältere Karl-Heinz auch an Emma heran, schob seine Rechte in ihre Linke und belehrte seinen Bruder:

„Du darfst gar nicht mehr Tante Emma sagen zu Tante Emma. Das hat Vati uns doch gestern verboten!"

Wolf-Dieter zog eine Schnute und zeigte seinem naseweisen Bruder, dass er die verwirrende Situation sehr wohl begriffen hatte:

„Weiß ich selber! Tante Emma ist jetzt eine Mutti und eine Mutti ist keine Tante!"

Doch gleich darauf vergaß er seine Erkenntnis wieder, denn seine Gedanken waren längst woanders:

„Tante Emma, wann gibts denn die Hochzeitstorte?"

„Ja, wann endlich?"

Karl-Heinz schubste seinen Bruder ein Stück zur Seite und leckte sich die Lippen. Emma kicherte, zog beide Kinder eng an sich und versprach:

„Gleich, ihr Schleckermäuler! Gleich, wenn wir zu Hause sind."

Die dreistöckige Torte prangte in der Mitte der Tafel, eine richtige Hochzeitstorte mit einem Brautpaar aus Marzipan auf der Spitze; darauf hatte Emma bestanden, auch wenn sie sich ansonsten einsichtig gezeigt hatte, dass ihre Hochzeit *unter den gegebenen Umständen* nur im kleinen Rahmen gefeiert werden sollte. Erich hatte entschieden:

„Kaffeetrinken im Familienkreis, mehr ist einfach nicht angemessen. Und am Abend in die Oper."

So hatte Emma klaglos ihre Mädchenträume von einer grandiosen Feier mit ihr als Braut im weißen Kleid, mit einem Krönchen auf dem Haupt und umspielt von einem duftigen Schleier, begraben. Einer Feier mit Orgelgebraus in der Kirche, Ringtausch vorm Altar, mit Brautjungfern und Blumen streuenden Kindern, mit einem aufwändigen Mittagsmahl im Hotel zur Post, mit einer Tanzkapelle, mit Hochzeitswalzer, launigen Reden und einer gerührt schluchzenden Brautmutter.

- All das hast du gehabt, Anna! -

Eine wunderschöne Braut sei ihre Schwester, das hatten damals alle zu Emma gesagt. Zwanzig Jahre alt, genauso alt wie sie jetzt. Und wie stolz waren die Eltern auf ihre älteste Tochter gewesen! Kaum ein Jahr als Sekretärin an der Großherzoglichen Badischen Technischen Hochschule in Karlsruhe und schon hatte sie sich einen veritablen Doktor der Chemie geangelt! Maria Schulze hatte gar nicht aufhören können, vor den Nachbarn mit ihrem Schwiegersohn zu prahlen: Nicht nur ein kluger Mann sei dieser Dr. Erich Hartkopf, sondern auch ein ganz fescher; kräftig und hochgewachsen, und seine blauen Augen würden strahlen wie ein junger Frühlingsmorgen!

- Immerzu verliebt angeglotzt hat er dich mit seine Strahleaugen! -

Emma hatte ihre Schwester damals beneidet und bedauert, erst zwölf Jahre alt zu sein. So eine Rotzgöre beachtete Erich ja gar nicht.

- Aber einmal hat er getanzt mit mir. Polka. Werd ich mein Lebtag nich vergessen! -

Sie konnte noch nicht tanzen, aber er konnte führen. Sie schwebte nur so über den Tanzboden! Von da an schwärmte sie hemmungslos für ihren Schwager. Ganz in Ehren natürlich. Und jetzt war sie ganz in Ehren mit ihm verheiratet, war seit diesem spätsommerlichen Tag im September 1912 Frau Professor Dr. Erich Hartkopf.

Emma saß mit steifem Rücken und hocherhobenem Kopf neben ihrem Bräutigam und versuchte, das zarte Lächeln, das einer zwanzigjährigen Braut gut anstand, auf ihr Gesicht zu zaubern. Viel lieber hätte sie vor Freude laut gelacht, doch das wäre ja ganz und gar unpassend gewesen. Musterte Erichs Vater sie nicht schon kritisch?

- Ab heute Schwiegerpapa. -

Heinz Hartkopf wandte den Blick ab. Er war der Einzige aus Erichs Familie, der mit am Tisch saß. Erichs Mutter war schon vor vielen Jahren gestorben und Geschwister hatte er nicht. Vonseiten Emmas saßen ihre Eltern Karl und Maria Schulze und ihre beiden Brüder Franz und Fritz vor den noch leeren Tellern und Tassen.

- Das schöne Rosenthaler. Hochzeitsgeschenk von Erich sein Vater … verdammt, von Schwiegerpapa … zu eure Hochzeit damals. -

Franz, der als Erstgeborener der Familie Schulze später einmal die väterliche Tischlerei übernehmen sollte, war mit den Eltern aus Hamburg angereist; Fritz hatte als Zimmermannsgeselle auf der Walz sowieso gerade in Berlin Station gemacht. Beide Brüder sahen Emma erwartungsvoll an, Franz klapperte sogar mit dem Teelöffel auf der Untertasse herum.

- Höchste Zeit, die Tafel zu eröffnen! -

Emma sah fragend zu Erich, Erich nickte kaum wahrnehmbar, beide standen auf und schnitten zusammen die Hochzeitstorte an. Erst jetzt wurde Emma so richtig feierlich zumute. Endlich stellte sich das erhebende Gefühl ein, das doch eigentlich auf dem Standesamt zu erwarten gewesen wäre, als sie sich das Jawort gegeben hatten.

- Da war ich wohl einfach zu aufgeregt. Da hab ich gar nix gefühlt. -

Jetzt, als sie Erichs Hand auf ihrer spürte, wie er genau den richtigen Druck ausübte, um die Torte in einem Rutsch durchzuschneiden, fühlte sie sich wieder wie damals, als er sie bei der Polka so mühelos geführt hatte.

- Von jetzt an wirst du mich durchs Leben führn! -

Emma warf Erich einen verliebten Blick zu, der jetzt vor Gott und vor den Menschen ihr Mann war. Er legte das Messer zur Seite und küsste sie kurz auf den Mund.

- Mein erster Kuss! -

Das Verteilen der Tortenstücke übernahm das Dienstmädchen Elsbeth, das von Emmas Mutter ausgesucht worden war. Maria Schulze betrachtete mit Wohlgefallen die Dreißigjährige mit dem gestärkten Häubchen und der blütenweißen Schürze mit gekrausten Taschen, die zuvor im Haushalt eines Professors der Friedrich-Wilhelms-Universität gedient hatte. Die würde ihrer jungen, unerfahrenen Tochter schon helfen, einen standesgemäßen Haushalt zu führen. Wenn sie bloß nicht so schrecklich berlinern würde! Aber was konnte man von diesen Mädchen aus dem Volke schon erwarten?

Elsbeth legte das Brautpaar aus Marzipan auf Emmas Teller, machte einen Knicks und sagte:

„Det is natürlich für Sie, jnä Frau!"

Emma bedankte sich mit einem leichten Kopfnicken und schielte zu ihrer Mutter.

- Verhält man sich so als gnädige Frau? -

Sie entdeckte keinen Tadel im Blick ihrer Mutter und entspannte sich. Als Elsbeth weitergegangen war, durchtrennte sie das Marzipanpaar mit der Kuchengabel und schob den Bräutigam heimlich Karl-Heinz auf den Teller und die Braut Wolf-Dieter. Die Kinder bissen den vom Konditor sorgfältig verzierten Figuren gleich die Köpfe ab und schmatzten.

- Hoffentlich hört Erich das nicht! -

Er hörte es nicht und er nahm seinen Söhnen das verderbliche Zuckerzeug auch nicht von den Tellern. Das verweichliche die männliche Jugend, hatte er Emma vor Kurzem erst erklärt, und sei höchstens mal an Feiertagen zu verabfolgen.

- Das is unser Hochzeitstag ja wohl! -

Emma zwinkerte ihren Stiefsöhnen zu.

- Meine lütten Leichtmatrosen! An die hätte auch der Kaiser seine Freude. -

Während des Kaffeetrinkens erzählte Emmas jüngerer Bruder Fritz von seinen Erlebnissen als Wandergeselle, und Franz gab, sehr zum Unmut seiner Mutter, mit dröhnender Stimme unanständige Witze zum Besten, über die nur er lachte. Maria Schulze warf ihrem Ältesten immer wieder echauffierte Blicke zu, doch der schaute einfach weg. Also ließ sie ihren Ärger am Dienstmädchen Elsbeth aus

20

und scheuchte sie, wenn sie nicht schnell genug Kaffee nachschenkte. Emmas Vater Karl Schulze wusste Erfreuliches über die Auftragslage seiner kleinen Tischlerei zu berichten, während Erichs Vater Heinz Hartkopf durch abfällige Bemerkungen über sture preußische Beamte dezent auf seinen freien Stand als Rechtsanwalt und Notar hinwies. Zum Abschluss der Kaffeetafel brachte Elsbeth einen Kübel mit eisgekühltem Champagner herein. Das Einschenken übernahm jedoch Erichs Vater höchstselbst, bevor er nach mehrmaligem Räuspern und energischem Klopfen mit einer Kuchengabel gegen das Sektglas zu einer kurzen Rede aus dem Stegreif ansetzte:

„Liebes Brautpaar, wir sind heute von nah und fern … äh … zusammengekommen, um mit euch euren heiligen Ehebund zu feiern."

Gleich nach dieser Einleitung, die er für ein Musterbeispiel geschliffener Redekunst hielt, wies er auf den tragischen Verlust hin, den sein Sohn erlitten habe. Die geliebte Gattin in so jungen Jahren zu verlieren, welch ein schwerer Schlag! Und dieser Schlag habe Erich in einer Zeit getroffen, als er nach seiner Ernennung zum Extraordinarius hoffnungsvoll in eine glänzende Zukunft aufgebrochen sei. Nach einer pietätvollen Pause setzte Heinz Hartkopf seine Rede mit einer kleinen Verbeugung in Emmas Richtung fort und lobte, dass sie Erich in seiner Not so tapfer beigestanden und trotz ihrer jungen Jahre die so bitter fehlende Hausfrau und Mutter nach Kräften zu ersetzen gesucht habe. Er sei sicher, sie werde ihrem Gatten eine mustergültige Ehefrau und dessen Söhnen eine treu sorgende Mutter sein.

„Ja … äh, also, ich wünsche euch, liebe Emma, lieber Erich, alles Gute für euren gemeinsamen Weg. Möge Gottes Segen auf eurem Bund ruhen!"

Alle erhoben sich, hielten ihre Gläser in die Luft, prosteten Emma und Erich zu und ließen sie dreimal hochleben.

- So schmeckt also Champagner! -

Emma war ein bisschen enttäuscht. Der kribbelte zwar schön im

Hals, hätte aber gern süßer sein können. Na, wenigstens musste sie heute keine weiße Brause aus dem Sektglas trinken wie bei Annas Hochzeit. Mit Kindersekt mussten nur Karl-Heinz und Wolf-Dieter vorlieb nehmen. Ihnen sollte sie also von nun an eine treu sorgende Mutter sein. Ach, das würde sie schon hinkriegen. Vielleicht sogar besser als Anna mit ihren Flausen im Kopf!

Emma ging mit ihrem Sektglas zu den beiden Kindern und stieß mit ihnen an:

„Hört mal, wie schön das klingelt! Das bringt Glück!"

Ihre Mutter mahnte:

„Vorsicht! Die guten Gläser!"

Alle setzten sich wieder hin, tranken die Gläser leer, ließen sich nachschenken und plauderten, nutzten die seltene Gelegenheit zum Gedankenaustausch. Wann trafen sich Emmas Familie und Erichs Vater schon mal? Emmas Eltern, Karl und Maria Schulze, lebten in Hamburg, wo Karl Schulze mit seinem Sohn Franz, zwei Gesellen und einem Lehrling eine Möbeltischlerei betrieb, die sich vor allem auf die Anfertigung höchst kunstvoll verzierter Vertikos spezialisiert hatte. Er verstand sich aber auch auf alle anderen Arten von Möbeln und hatte damals mit Vergnügen die Erstausstattung für die Ehewohnung seiner Tochter Anna getischlert. Sein Hochzeitsgeschenk jetzt für Emma und Erich war eine wuchtige Eichenkommode. Statt der üblichen Bauernrosen, Rebstöcke und Erlenblätter hatte er in die Front ihrer Schubladen stilisierte Bunsenbrenner, Reagenzgläser und Erlenmeyerkolben geschnitzt. Seine Frau Maria war wenig angetan von diesem *überkandidelten Meisterwerk*, das er in aller Heimlichkeit in seiner Werkstatt fabriziert hatte, aber er ignorierte wie gewöhnlich ihren Protest. Sie half zwar im Betrieb mit, als *Mädchen für alles*, was bedeutete, dass die gesamte Betriebsführung, von der Kundenakquise bis zur Buchführung, in ihren Händen lag, aber in sein Handwerk reinzureden hatte sie ihm gefälligst nicht!

Erichs Vater, Dr. Heinz Hartkopf, der zusammen mit seinem Bruder die angesehene Notariats- und Anwaltskanzlei Hartkopf & Hartkopf leitete, kam aus dem Osten des Kaiserreiches, aus Dresden, unserem Elbflorenz, wie er bei jeder Erwähnung seiner Heimatstadt hinzufügte. Da er seit vielen Jahren schon Witwer war, richtete er seine ganze Liebe auf sein einziges Kind, seinen klugen und überaus fleißigen Sohn Erich. Dass der nach seinem Abitur Chemie studieren wollte, damit hatte sich Heinz Hartkopf widerstrebend abgefunden. Ihm hatte für seinen Sohn natürlich ein Jurastudium vorgeschwebt. Doch davon wollte der absolut nichts wissen und kam somit auch nicht als Nachfolger für die florierende Kanzlei infrage. Wenn der Junge denn partout Chemie studieren wollte, dann an der Großherzoglichen Badischen Technischen Hochschule in Karlsruhe, deren chemische Fakultät als führend im Reich galt. Als Erich dort seinen Doktor summa cum laude bei dem berühmten Professor Bunte gemacht hatte, war Heinz Hartkopf entsprechend stolz auf seinen Sohn. Wenig angetan war er jedoch von dessen Plan, sich mit einer gewissen Anna Schulze zu verloben, einem Bürofräulein, einer Tischlerstochter! Da gab es doch ganz andere Mädchen aus guter Familie, die als Frau eines Akademikers zu repräsentieren wussten! Doch aller Protest half nichts. Erich bestand auf seiner Anna und wollte von keiner anderen Frau etwas wissen. Im Mai 1904 fand die Hochzeit statt und bei der Gelegenheit begegnete Heinz Hartung der Familie seiner Schwiegertochter zum ersten Mal. Zu seinem eigenen Erstaunen verstand er sich mit dem Tischlermeister Karl Schulze auf Anhieb. Der war zwar in seinen Augen ein ziemlich einfach gestrickter Mann, aber doch ein aufrechter Kerl, der wusste, wo sein Platz war, und ein glühender Patriot und Bewunderer des Kaiserhauses war er auch. Und seine Schwiegertochter Anna gewann das Herz des beleibten, alternden Notars im Handumdrehen. Sie war nicht nur ausgesprochen appetitlich anzusehen, wie er fand, sondern trotz ihrer kleinbürgerlichen Herkunft wusste sie sich zu präsentieren, als wäre sie eine Hohenzollernprinzessin.

„Wie eine Hohenzollernprinzessin!"

Heinz Hartkopf lobte auch jetzt wieder seine verstorbene Schwiegertochter. Emma ärgerte sich ein bisschen, dass heute, wo doch sie die Braut war, wo es um ihre Hochzeit mit Erich ging, so viel von ihrer Schwester die Rede war.

- Du bist schließlich tot, Anna, und ich lebendig! -

Natürlich hatte sie ihre ältere Schwester bewundert, die hübsch war und klug, immer die Klassenbeste und Liebling der Lehrer. Aber heute sollte doch wohl sie im Mittelpunkt stehen! Sicher, Anna war eine glänzende Erscheinung gewesen. Hatte meisterhaft die Frau Doktor gegeben. Aber als sie dann sogar Frau Professor geworden war, hatte ein rätselhaftes Fieber sie aufs Sterbebett geworfen.

- Was hat der liebe Herrgott sich bloß dabei gedacht! -

Emma war sich sicher, dass ihre Schwester das Leben als Professorengattin über alles genossen hätte. Frau Professor hier, Frau Professor da, das wäre was für sie gewesen! Überhaupt: Einladungen, Feste, ins Theater und auf Bälle zu gehen, das war für Anna immer das Schönste gewesen, während es Erich bald zu viel geworden war. Aber für seine schöne, liebreizende Frau hatte er ja alles getan.

- Angebetet hat er dich, jawoll! -

Anna war eben nach ihrem Vater geraten, war groß und schlank und hatte auch sein volles kastanienbraunes Haar geerbt. Und seine großen Augen. Emma dagegen hatte die kurzen Beine und die Knubbelnase ihrer Mutter abbekommen. Doch sie redete sich gut zu, dass kleiner nicht weniger schön heißen müsse. Natürlich würde sie Erich nicht das bieten können, was er bei ihrer Schwester gehabt hatte. Da machte sie sich nichts vor. Gar nichts! Aber ein bisschen lieb musste er sie schon haben, sonst hätte er ihr ja keinen Heiratsantrag gemacht! Und wie oft hatte er gesagt, dass er ihr unendlich dankbar sei! Sie war ja auch gleich eingesprungen, damals, als nach Annas Tod alles drunter und drüber gegangen war.

- Und das gleich nach seim Umzug nach Berlin! -

Eigentlich war es Emmas Mutter gewesen, die ihre Tochter noch am Tag der Beerdigung aufgefordert hatte, sich um ihren verwitweten Schwager und ihre beiden Neffen zu kümmern. Aber Emma hatte es auch gern gemacht. Sie hatte sich alle Mühe gegeben, den sich in Trauer vergrabenden Erich aufzumuntern und den beiden verstörten Jungen über den Verlust ihrer Mutter hinwegzuhelfen.

- Und plötzlich fragt er mich, ob ich seine Frau werden will! Wollt ich! Na, und ob! -

Emma suchte Erichs Blick, doch der starrte gedankenverloren in sein Champagnerglas.

- Ich werd dich schon wieder glücklich machen! -

Nachdem auch die zweite Flasche geleert war, zogen sich die vier Männer auf eine Zigarre ins Nebenzimmer zurück, in dem sich Erichs Bibliothek befand und das im Alltag als Arbeitszimmer und bei Feiern als Herrenzimmer dienen sollte. Seit dem Umzug in die Berliner Wohnung war Emma dort untergebracht, doch mit dem heutigen Tag benötigte sie kein eigenes Zimmer mehr. Die kommende Nacht würde sie zum ersten Mal im Schlafzimmer verbringen, zusammen mit Erich, in dem großen Ehebett, in dem Anna früher geschlafen hatte und in dem sie gestorben war. Erich hatte seitdem jede Nacht neben der leeren, von einer Tagesdecke verhüllten rechten Seite geschlafen. Ein wenig unheimlich war Emma der Gedanke schon, sich heute Nacht auf Annas ehemaligen Platz legen zu sollen. Aber so musste es ja sein. Sie war ja jetzt die Frau an Erichs Seite. Sie hatte ihn nicht überreden können, ein neues Bett zu kaufen. Das Bett sei noch so gut wie neu, so etwas könne man nicht einfach wegschmeißen, hatte er kategorisch erklärt.

- Ich werd mich schon dran gewöhnen. -

Karl-Heinz weckte sie aus ihren Gedanken:

„Tante Emma, dürfen wir raus zum Spielen?"

„Natürlich, Heinzelmännchen, aber nur im Garten, hört ihr! Und macht euch nich die guten Anzüge schmutzig! Und …"

Emmas Mutter unterbrach sie mit einer unwirschen Handbewegung und wandte sich ihrem Enkel zu:

„Komm mal her, Karl-Heinz!"

Der Junge näherte sich schüchtern.

„Wie heißt das? Was hat euch der Vati gesagt?"

„Ach so, das. Mutti heißt das."

„Richtig. Mutti! Merk dir das ein für alle Mal! Das gilt auch für dich, Wolf-Dieter!"

Der kleinere der beiden Brüder nickte und zog den größeren am Ärmel. Als die beiden das Zimmer verlassen hatten, wandte sich Maria Schulze an ihre Tochter, um auch sie zu ermahnen:

„Du sollst endlich aufhören mit diesen lächerlichen Kosenamen! Heinzelmännchen! Wölfchen! Erich kann es nicht leiden und das zu Recht! So was schickt sich nicht in einem vornehmen Haushalt. Also benimm dich auch danach und mach deinem Mann keine Schande!"

„Ich werd mir Mühe geben, Mutti, bestimmt."

Maria sah ihre Tochter schon gnädiger an, ja sie legte ihr sogar eine Hand auf den Arm:

„Ist schon gut. Du bist ja immer mein braves Mädchen gewesen, nicht so dickköpfig wie Anna, Gott hab sie selig!"

Sie erging sich ausführlich in Erinnerungen an ihre verstorbene Tochter. Die Anna, die hatte gewusst, was sie wollte! Und wie sie es kriegte! Und was für eine gute Figur sie gemacht hatte an Erichs Seite! Emma lauschte den bekannten Elogen ihrer Mutter und wurde immer verzagter.

„Ach Mutti, ich weiß gar nich, ob ich … schaff ich das überhaupt … dass Erich mit mir zufrieden is, mein ich … dass er sich nich schämen muss."

Maria Schulze lächelte ihrer Tochter aufmunternd zu:
„Kopf hoch, Dummchen! Natürlich schaffst du das."

Emma bekam wieder zu hören, dass Erich jetzt vor allem eine Frau brauche, die sich um den Haushalt und die Kinder kümmere und ihm den Rücken für seine Wissenschaft frei halte.

„Und das machst du doch jetzt schon! Nur, so ging das natürlich nicht weiter. Da mussten ordentliche Verhältnisse geschaffen werden, das hab ich Erich auch deutlich gesagt, und er hat es ja auch eingesehen."

„Du hast ihm gesagt ...?"

„Natürlich, mein Kind. Die Männer muss man doch immer mit der Nase drauf stoßen."

Die Männer, gab Maria Schulze ihre Lebensweisheit weiter, dächten gar nicht darüber nach, was es bedeute, wenn ein lediges Mädchen in ihrem Haushalt lebe. Am Ende wäre Emmas Ruf gänzlich ruiniert gewesen! Das habe unbedingt in anständige Bahnen gelenkt werden müssen und dafür habe sie energisch gesorgt.

„Erich hat sich auch gar nicht lange gesträubt. Wo die Jungs doch schon so an dir hängen! Jetzt bist du eine Professorengattin, da kannst du wirklich glücklich sein!"

„Ja, Mutti."

- Komisch, warum is mir plötzlich zum Heulen zumute? -

Verliebt war Erich nicht in sie, das wusste sie. Er hatte sie noch nicht einmal umarmt, hatte kein einziges Mal versucht, sie zu küssen. Selbst nach seinem Heiratsantrag nicht.

- Macht man doch, wenn man verliebt is, oder etwa nich? -

Aber das würde schon noch kommen. Daran glaubte sie ganz fest. Denn eigentlich hatte Erich ein ganz großes Herz, auch wenn er nach außen so streng wirkte. Und sie würde sein Herz schon noch erobern! Wenn Anna ihn endlich freilassen, nicht mehr ihren Schatten über ihn werfen würde. Ihr, Emma, stand doch auch ein bisschen Glück im Leben zu! Professorengattin? Ja, das war schon was, da hatte ihre Mutter recht. Aber sie wollte mehr.

- Ich will Erichs Frau sein, mit Leib und Seele! -

Inzwischen hatte Elsbeth den Tisch abgeräumt und die Männer kehrten aus dem Herrenzimmer zurück. Man ließ sich auf den Fauteuils nieder, Elsbeth servierte den Herren Cognac und den Damen Likör, man plauderte, räsonierte. Erichs Vater hielt einen Monolog über die Flottenpolitik des Kaisers, dem Emmas Vater interessiert, die anderen aber nur höflich lauschten. Fritz gab amüsante Anekdoten über sein Leben als Wandergeselle zum Besten, schüttelte aber verlegen den Kopf, als Franz ihn auf propere Meistersfrauen ansprach. Der machte sich prompt über seinen Bruder lustig:

„Du Bangbüx! Das is doch das Beste anne Walz!"

„Es sind Damen anwesend!"

Franz quittierte den Ausruf seiner Mutter mit einem Achselzucken, gehorchte ihr aber und verschob es auf später, Fritz weiter zu piesacken. Er linste zur Cognacflasche auf dem Beistelltischchen, sah sich nach Elsbeth um, doch die war gerade in die Küche geeilt.

„Lang mich doch ma die Buddel rüber, Bruderherz!"

Maria Schulze warf Heinz Hartkopf ein entschuldigendes Lächeln zu. Sie schämte sich vor ihm für ihren Ältesten, der sich so leicht danebenbenahm und so schlecht hochdeutsch sprach. Dabei hatte sie ihm, wie ihren drei anderen Kindern auch, die ordentliche Sprache mit dem Kloppstock einzubläuen versucht, hatte nie geduldet, dass sie das Missingsch, diese Sprache des Hamburger Pöbels, von ihren Spielkameraden übernahmen. Bei Anna und Fritz war ihr das vollkommen gelungen, Emma gab sich viel Mühe. Aber Franz! Ausgerechnet ihr Ältester, ihr Lieblingssohn, verhunzte seine Sprechweise immer wieder mit Gossenjargon!

Zum Glück übernahm Erich jetzt das Gespräch. Alle lauschten seinem Bericht von immer neuen Schwierigkeiten und Verzögerungen beim Ausbau des Kaiser-Wilhelm-Instituts für Physikalische Chemie und Elektrochemie, an dem er in Zukunft arbeiten würde, und des daneben liegenden KWI für Chemie. Sie zählten zu den vielen geplanten Instituten der vor Kurzem gegründeten Kaiser-Wilhelm-Gesellschaft zur Förderung der Wissenschaften; die beiden Institute sollten in gut einem Monat als Erste eröffnet werden und noch war nichts wirklich fertig! Zwar war der Rohbau in der Rekordzeit von nur elf Monaten hochgezogen worden, aber der Ausbau der Laboratorien, die Anschaffung der Geräte, all das hatte sich als zeitraubender, schwieriger und vor allem teurer erwiesen als vorgesehen. Seinem Chef sei es aber doch tatsächlich gelungen, Leopold Koppel, den Bankier und Gründer der Deutschen Gasglühlicht AG, ihren noblen Hauptstifter, zu einer Aufstockung seiner Spende um 350 000 Mark zu bewegen, berichtete Erich stolz.

„Nicht zuletzt, weil er ihm immer wieder unter die Nase gerieben hat, dass Seine Majestät persönlich der Einweihung beiwohnen wird!"

Sein Vater nickte beifällig:

„Auf solche Juden wie den Koppel kann der Kaiser stolz sein! Und auf solche wie deinen werten Chef natürlich."

Erich wollte seinen Vater gerade zurechtweisen, dass sein Chef konvertiert sei und also jetzt ein Lutheraner wie Heinz Hartkopf selbst, als das Dienstmädchen Elsbeth ihre Versiertheit im Umgang mit hochgestellten Akademikern unter Beweis stellte und formvollendet meldete:

„Ihre Exzellenz, Herr Direktor Professor Dr. Haber!"

Erich sprang auf und ging dem Eintretenden entgegen:

„Wenn man vom Teufel spricht! Ich habe gerade von ihrem Erfolg bei Bankier Koppel berichtet, Herr Professor!"

Der untersetzte Mann mit dem kahlen Schädel und dem gepflegten Schnauzbart rückte kurz den Zwicker auf seiner Nase zurecht, ergriff Erichs ausgestreckte Hand und hielt sie in der seinen:

„Mein lieber Prof. Hartkopf, dann lassen Sie sich vom Teufel erstmal ganz herzlich zu Ihrer Vermählung gratulieren. Ich wünsche Ihnen wirklich von ganzem Herzen, dass Sie ein neues Glück in Ihrem Leben finden mögen!"

Erst jetzt ließ er die Hand seines Assistenten wieder los, sah ihm aber weiter mit seinem eindringlichen Blick direkt in die Augen. Erich räusperte sich, um seiner inneren Bewegung Herr zu werden.

„Vielen Dank, Exzellenz. Ich weiß es sehr zu schätzen, dass Sie sich bei all Ihrer Belastung die Zeit genommen haben vorbeizuschauen."

„Kein Wort von Müh und Arbeit heute! Ich bin nur zum Gratulieren gekommen!"

Mit diesen Worten schritt Prof. Fritz Haber auf Emma zu, die schon bei seinem Eintreten aufgestanden war, reichte auch ihr die Hand, wünschte Glück und Segen und überbrachte die aufrichtigsten Grüße seiner Frau:

„Sie hätte Ihnen auch zu gern persönlich gratuliert, doch unser Hermann laboriert mal wieder an einer Affektation des Mittelohres herum, und da will sie ihn nicht allein lassen."

„Ach Gottchen, der arme Männdel! Schon wieder! Hat Ihre Gattin es denn ma mit warme Zwiebeltropfen versucht? Direkt ins Ohr? Das hab ich ihr neulich erst geraten, das hilft wirklich!"

Haber verzog abwehrend das Gesicht:

„Das weiß ich nicht. Um diese Dinge kann ich mich ja nun nicht auch noch kümmern. Clara macht meines Erachtens sowieso viel zu viel Gewese um die Zipperlein des Jungen. Aber, nun gut. So sind Frauen nun mal."

- Zipperlein? Das sind höllische Schmerzen sind das! -

Während Prof. Haber Emma ein Geschenk überreichte und Erich ihm anschließend die anderen Anwesenden vorstellte, gab Emma

Elsbeth einen Wink, die dritte Flasche Champagner aus der Kühlung zu holen.

- Gut, dass ich da nicht dran gespart hab. Erich wollt ja nur zwei kaufen. -

Man leerte auch die dritte Flasche. Nach einigen launigen Bemerkungen über Eheglück und Eheleid kam Fritz Haber dann doch auf die Plackerei mit dem Ausbau seines Instituts zu sprechen. Er nannte es einen großen Wurstkessel, in den eine Unmenge von Zeit und Arbeit hineingetan werde, ohne dass man noch genau sehen könne, was dabei herauskomme! Und jetzt seien die Einweihungsfeierlichkeiten auch noch auf den 23. Oktober vorverlegt worden!

„Natürlich müssen wir Seiner Majestät etwas bieten, großes Zeremoniell, anschauliche Demonstrationen unserer Leistungsfähigkeit. Dafür schenkt uns die Firma Humboldt sogar einen Kompressor, löblich, löblich, aber was ist? Ein Danaergeschenk ist das! Kann man nämlich nicht an unseren Luftverflüssigungsapparat der Firma Linde anschließen! Siemens & Halske sind mit den elektrischen Einrichtungen dermaßen in Verzug, dass sie bestimmt nicht bis Anfang Oktober fertig sind, obwohl sie sich vertraglich dazu verpflichtet haben! Et cetera pp. Wenn ich noch Haare hätte, wären sie längst grau geworden!"

Der ordentliche Professor Fritz Haber und sein Assistent, der außerordentliche Professor Erich Hartkopf, vertieften sich umgehend in ein Fachgespräch, ohne auf die anderen Gäste Rücksicht zu nehmen. Erich, der sich in Karlsruhe bei Haber habilitiert hatte, bewunderte seinen Chef uneingeschränkt. Immer wieder schwärmte er Emma vor, was für ein genialer Forscher, begnadeter Lehrer, großer Organisator und unermüdliches Arbeitstier Fritz Haber doch sei. Seit es ihm in Zusammenarbeit mit Carl Bosch von der Badischen-Anilin-und-Soda-Fabrik, der weltberühmten BASF, gelungen sei, Ammoniak zu synthetisieren, sei er der unbestrittene König der

Chemiker. Das sei besser als aus Scheiße Gold zu machen, erklärte Erich, ohne sich für seine derbe Ausdrucksweise zu entschuldigen, denn das bedeute, aus Luft Brot zu machen. Der in der Luft überreichlich vorhandene Stickstoff würde mit Wasserstoff verbunden zu Ammoniak, aus dem wiederum Salpeter für die Düngemittelproduktion hergestellt werden könne. Endlich werde das Reich unabhängig von Salpeterlieferungen aus Chile, die bisher für die Landwirtschaft unverzichtbar seien. In Oppau sei auch schon ein großes Werk der BASF zur Ammoniaksynthese im Bau und sein geschäftstüchtiger Chef habe sich eine prozentuale Beteiligung am Gewinn aus der Produktion vertraglich zusichern lassen. Emma verstand von seinen Ausführungen nicht allzu viel, außer dass Fritz Haber ein großer Mann und für Erich ein leuchtendes Vorbild war.

Der große Mann trank nur ein Glas vom Champagner, lehnte die ihm angebotene Virginia ab, obwohl es seine Lieblingszigarre war, und verabschiedete sich mit Hinweis auf sein noch zu erledigendes Arbeitspensum und mit ausdrücklichem Dank an Erich, der auf seine Flitterwochen verzichte, um sich gleich morgen wieder in den Kampf für ihr Institut zu stürzen.

- Ach, schön wärs aber doch gewesen! Flitterwochen. Und wenn nur fürn paar Tage! -

Das war nun mal nicht möglich, das musste Emma einsehen. Das Institut ging vor. Wenn das erstmal am Laufen war, würde Erich vielleicht auch mehr Zeit haben. Die Jungs bekamen ihren Vater ja kaum noch zu Gesicht. Er war genauso ein Arbeitstier wie sein Chef. Aber so war das eben. Erich würde sich ihretwegen wohl kaum ändern. Es war an ihr als Frau, sich ihm anzupassen.

Nach dem Weggang Fritz Habers kreiste das Gespräch noch lange um seine Person. Erich war empört, als Emma sich zu der Bemerkung hinreißen ließ, sein Chef sei ja nicht eben gesellig.

„Nicht gesellig? Du hast ja keine Ahnung!"

Als sie noch in Karlsruhe gewesen seien, erklärte er ihr, habe sein Chef regelmäßig seine Assistenten und Studenten zu sich nach Hause eingeladen oder ins Schlossrestaurant. Dazu der Stammtisch in der Weinstube, die Semesterfeste, die Sonnabendtreffen in der Chemischen Gesellschaft! Da sei getrunken, getanzt, gelacht und gedichtet worden! Jawohl, gedichtet! Haber sei ein großer Verseschmied vor dem Herrn!

„Dass er unserer Hochzeit nicht wenigstens ein paar Zeilen gewidmet hat, daran kannst du sehen, dass ihm das Wasser im Moment wirklich bis zum Hals steht."

„Tut mir leid, Erich. Das wusst ich ja nich!"

„Schon gut. Kannst du ja auch nicht wissen."

Besänftigt verkündete Erich, wenn das Institut endlich voll einsatzfähig sei und alles in geordneten Bahnen laufe, dann würden sie die Habers zu einem richtigen Festmahl mit allem Drum und Dran einladen. Das Problem werde dann höchstens sie sein, Habers Frau, die sich wohl was darauf einbilde, als erste Frau in Breslau einen Doktor in Chemie gemacht zu haben. Die sei nämlich wirklich ungesellig und habe sich schon in Karlsruhe am liebsten aus allem herausgehalten.

„Typisch Blaustrumpf eben."

Das Stichwort Blaustrumpf bot den Herren in der Runde den Anlass zu heiteren Bemerkungen über Frauen, die jetzt sogar das Wahlrecht forderten.

„Wahrscheinlich wollen sie bald auch noch Reichskanzler werden und den Bethmann Hollweg ablösen!"

Dieser Ausruf Heinz Hartkopfs erntete prustendes Gelächter.

Unter ähnlich angeregtem Geplauder verging der Nachmittag schnell. Abends gegen sechs Uhr machten sich Erichs Vater und Emmas Familie auf den Weg in die Pension am Grunewald, in der Erich sie untergebracht hatte. Man vereinbarte, sich um Punkt halb acht dort im Foyer zu treffen, um dann gemeinsam zur Lindenoper zu fahren. Carl Maria von Webers romantische Oper *Der Freischütz* wurde gegeben, genau das Richtige zur Abrundung ihrer Hochzeitsfeierlichkeit, hatte Erich befunden. Emma war noch nie in der Oper gewesen und war schrecklich aufgeregt.

- Hoffentlich benehm ich mich da auch richtig! -

Sie zog sich ins Schlafzimmer zurück und zwängte sich in das elegante knöchellange Abendkleid, das Erich für sie bei der angesehenen Damenmode-Schneiderei Bellmann in Auftrag gegeben hatte.

- Mein Gott, das Korsett is doch schon im letzten Loch! -

Hatte sie etwa schon wieder zugenommen seit der Anprobe? Warum kriegte sie bloß diese blöden Häkchen nicht zu? Mussten die denn auf dem Rücken sein? Sie konnte doch nicht Erich bitten …

- Also nee! Für son Kleid braucht man ja ne Zofe! -

Endlich hatte Emma es geschafft und drehte sich vor dem dreiteiligen Spiegel der Frisierkommode hin und her. Mit dem Kleid konnte sie sich doch wirklich sehen lassen! Wie schön der Rock schwang! Und diese geklöppelten Spitzen am Dekolleté! Sie strich an ihren Hüften entlang, fühlte an ihren Fingerspitzen den schmeichelnden Stoff.

- Echte Seide! -

Gut, dass sie sich nicht von Erich zu einem weinroten Kleid hatte überreden lassen. Das helle Beige war doch viel passender. Das sah fast wie ein echtes Hochzeitskleid aus und trotzdem konnte man es später bei anderen festlichen Gelegenheiten wieder tragen. Das war praktisch.

- Und trotzdem schön! -

Emma nahm den Kristallflakon von der Frisierkommode und pumpte mehrmals kräftig mit dem kleinen Gummiball, um sich mit Parfüm einzunebeln.

- Dein Parfüm, Anna. Riecht gut! -

Erich hatte nach dem Tod seiner ersten Frau ihre Kosmetiksachen auf der Frisierkommode stehen lassen, als erwarte er, seine Anna könne sich jeden Moment vor den Klappspiegel setzen, um sich ihre schönen Lippen zu röten und ihre langen Wimpern schwarz zu tuschen. Emma betrachtete nachdenklich die unzähligen Tiegel, Bürstchen, Puderdosen und Lippenstifte.

- Die nehm ich nich, nee. Das räum ich alles weg morgen. -

Sie hielt ihr Gesicht nah an den Spiegel und war halbwegs zufrieden mit dem, was sie dort sah.

- Jugend braucht keine Schminke nich! -

Beschwingt verließ sie das Schlafzimmer und traf auf dem Flur mit Erich zusammen, der noch an seinem Frack herumzupfte. Emma stellte sich vor ihn hin und strahlte ihn an:

„Na, wie findst du mich?"

„Wunderschön!"

„Nee, sag ehrlich!"

„Sag ich doch! Wunderschön schaust du aus, Emma! Wie … wie …"

„Na, wie?"

Kokett legte sie ihren Kopf schief. Erich betrachtete sie mit ernster Miene.

„Wie eine junge Braut eben!"

„Aber das bin ich doch auch! Du machst vielleicht Komplimente, Erich! Zu komisch."

Emma musste lachen und steckte Erich damit an. Er legte bittend die Hände zusammen:

„Verzeih mir! Ich bin nun mal kein Charmeur, Emma, du kennst mich doch!"

„Nee, du bist n Wissenschaftsknecht. Hast du selber gesagt!"

„So ist es auch. Und ich bin ein 34-jähriger Witwer mit zwei Kindern und habe ein so liebreizendes junges Mädchen wie dich überhaupt nicht verdient! Ich hoffe, du hast es dir wirklich gut überlegt, wem du da dein Jawort gegeben hast."

„Liebreizendes Mädchen! Du bist ja doch n Charmeur, n ganz großer!"

„Meinetwegen, aber es wird höchste Zeit, dass wir aufbrechen."

Emma und Erich verabschiedeten sich von Karl-Heinz und Wolf-
Dieter, die unter Elsbeths Obhut zu Hause bleiben mussten, und
machten sich auf den Weg.

Die Domäne Dahlem war ein ganz und gar ländliches Gebiet, die
Straßen, an denen die neuen KWI-Institute, die Villen der Direktoren und die Häuser mit den Wohnungen der Mitarbeiter lagen, trugen nur Nummern. Doch Prof. Haber wolle dafür sorgen, dass die
Straßen nach berühmten Wissenschaftlern benannt würden, erzählte
Erich Emma. Die Straße, an der sein Institut lag, solle Faradayweg
heißen und die vor ihrem Haus würde wahrscheinlich nach Hittorf
benannt werden, dem Altmeister der Elektrolyse! Emma achtete
weniger auf seine Worte als darauf, ihr langes Abendkleid nicht mit
dem Staub des unbefestigten Weges zu beschmutzen. Sie kamen an
der Baustelle für die U-Bahn-Station am Thielplatz vorbei, gingen
an Stoppelfeldern entlang, sahen einen Hasen davonhoppeln und
einen Bussard über sich kreisen. Vor dem Hintergrund des dunkel
aufragenden Grunewalds drehten sich langsam die Flügel mehrerer
Windmühlen, doch Erich erklärte unbeirrt:

„Hier wird dereinst das Herz der deutschen Wissenschaft schlagen!"

In der Pension warteten Heinz Hartkopf und die Schulzes schon
auf sie, ebenfalls festlich gekleidet. Sogar Fritz hatte seine traditionelle Zimmermannskluft gegen einen Smoking eingetauscht, so dass
Emma ihren Bruder beinahe nicht wiedererkannte.

- Von wem er sich den wohl gepumpt hat? -

Die vorbestellte Pferdedroschke brachte die Hochzeitsgesellschaft
im gemächlichen Trab zur festlich erleuchteten Lindenoper. Vor dem

imposanten Gebäude fühlte sich Emma ganz klein und bedeutungs-
los.

- Kopf hoch, Deern! -

Schließlich war sie jetzt eine Frau Professor, beruhigte sie sich, und
somit passte sie auch in so einen gewaltigen Kulturtempel. Und mit
ihrem Kleid konnte sie sich wirklich sehen lassen. Sie durfte nur nicht
anfangen, an den Spitzen herumzufummeln. Dann würde man sofort
sehen, dass sie es nicht gewohnt war, in die Oper zu gehen. Sie ließ
sich von Erich zur Garderobe führen und schritt dann hocherhobenen
Hauptes an seinem Arm zu den reservierten Logenplätzen.

- Prinzessin Emma bei ihr allabendliches Vergnügen. -

Emma kicherte leise, bis sie Erichs befremdeten Blick auffing.

In der Loge saßen sie ganz vorn. Emma schaute interessiert über
die Brüstung auf das Gewimmel festlich gekleideter Damen und
Herren im Parkett.

- Das allein is ja schon den Eintritt wert! Ein Gesummse wie im
Bienenkorb! -

Doch als das Licht im Zuschauerraum erlosch, wurde es schlagartig so still, als hätten alle Opernbesucher sogar das Atmen eingestellt. Die Scheinwerfer und die Erwartungen des Publikums
richteten sich ganz auf die Bühne aus; die ersten Töne von Webers
Freischütz erklangen. Von da an nahm der opulent gestaltete Büh-
nenzauber Emma ganz gefangen. Die Kulissen, vor allem die wahr-
haft düstere Wolfsschlucht, die detailverliebten Kostüme der Jäger
und der Frauen sowie das ganz schwarze des satanischen Samiels,
das volltönende Orchester und das bunte Licht, die Sänger mit ihren
weit ausholenden Gesten und die Sängerinnen mit ihrer herzzerrei-
ßenden Innigkeit … So viel gab es zu sehen und zu hören, so viele
ungewohnte Reize überfluteten Emma, dass ihr beinahe schwindelte. Von der Handlung der Oper begriff sie nicht viel, doch ihr
genügte es vollauf, das wilde Agieren auf der Bühne zu bestaunen.

Nur wenn die Sopranistinnen ihre höchste Kunst entfalteten, zuckte sie unmerklich zusammen.

- Muss das so schrill sein? -

In der Pause spendierte Erich noch mal Champagner und man versicherte sich gegenseitig, wie hervorragend die Aufführung gelungen sei.

„Dieser Richard Strauss ist wirklich ein unschlagbarer Teufelskerl von einem Dirigenten!"

Zu tiefer gehenden Bewertungen sah sich niemand in der Lage. Für die gesamte Familie Schulze war es der erste Opernbesuch überhaupt und für Dr. Heinz Hartkopf ebenso wie für seinen Sohn Erich war es nur ein gesellschaftliches Ereignis. Beide waren vollkommen unmusikalisch. So hätte Erich Emma am liebsten beigepflichtet, als sie ihn leise fragte, warum, um Himmels willen, die Sängerinnen denn so schrecklich hoch singen würden, dass man kein Wort mehr verstehen könne und sich einem der Magen zusammenziehe. Stattdessen wies er sie zurecht:

„Das ist doch die Kunst dabei!"

- Was stell ich auch für dumme Fragen! Hab ich mich all wieder schön blamiert. -

Nach der Pause erlebte Emma eine Überraschung. Die Brautjungfern der Agathe sangen das Lied vom Jungfernkranz aus veilchenblauer Seide.

- Das kenn ich! Das hat Mutti oft beim Abwasch gesungen! -

Sie schaute sich nach ihrer Mutter um, konnte ihr Gesicht im abgedunkelten Raum aber nicht erkennen. Ob ihre Mutter damals gewusst hatte, dass sie Oper sang? Emma hatte es immer für ein Volkslied gehalten und laut mitgesungen. Schön war das! Schöne Melodie. Aber warum erschraken die Brautjungfern plötzlich so? Ach Gott, der Jungfernkranz sah auf einmal auch ganz anders aus!

Niemand erklärte Emma, dass sich unten auf der Bühne der Jungfernkranz auf mysteriöse Weise in einen Totenkranz verwandelt hatte. Aber auch wenn sie es verstanden hätte, wäre sie sicher nicht auf die Idee verfallen, darin ein böses Omen für die ihr bevorstehende Hochzeitsnacht zu sehen.

So trällerte sie auch unbefangen *Wir win-de-hen dir / den Jungfe-hernkranz / aus veilchenbla-hau-e-her Sa-heide*, als sie im Schlafzimmer der Hartkopf'schen Wohnung ihr Abendkleid vorsichtig auszog und sorgfältig glatt strich, bevor sie es in die rechte Seite des großen Eichenschranks hängte. Gott sei Dank hatte Elsbeth ihn letzte Woche leer geräumt, hatte all die schönen Kleider von Anna rausgenommen.

- Hätten mir ja eh nich gepasst. -

Sie nahm aus einem der Wäschefächer das Nachthemd aus weißem Linnen, das ihre Mutter ihr zur Hochzeit geschenkt hatte, betrachtete die Lochstickerei am Ausschnitt und zog es sich rasch über.

- Wirklich hübsch! Vor allem die Puffärmel! -

Emma drehte sich vor dem Spiegel der Frisierkommode.

- Wien richtiges Engelchen seh ich aus! Aber jetzt rein ins Bette. Oder? -

Verwirrt blieb sie stehen und fragte sich, wie sie sich als Braut denn nun verhalten müsse. Sollte sie vorm Bett auf Erich warten oder im Bett? Aber ins Bett mussten sie, das war ja nun mal so, wenn man verheiratet war. Dann schlief man zusammen in einem Bett. Und schlief nicht nur. Emma glaubte, Bescheid zu wissen. Schließlich hatte Anna sie aufgeklärt. Der Mann berühre die Frau, wenn er sie lieb habe, hatte sie gesagt und ihrer Schwester noch kurz vor ihrem Tod anvertraut: Ein feuriger Liebhaber sei der Erich, ewig hinter ihr her wegen dem Berühren, so dass es ihr schon manchmal zu viel geworden sei.

Emma saß noch auf der Bettkante, als Erich aus dem Bad kam. Auch er trug ein neues weißes Nachthemd und bewegte sich unsicher auf Emma zu. Doch kurz bevor er sie erreicht hatte, stoppte er seine Schritte, drehte sich um und ging auf die andere Seite:

„Lass uns zu Bett gehen!"

Gehorsam schlüpfte Emma unter ihr Federbett und lag ängstlich und erwartungsvoll still neben Erich, der sich ein paar Mal räusperte, aber ansonsten ebenso still dalag wie sie.

- Was wird nu? -

Jetzt musste doch was passieren! Musste sie etwas sagen? Oder etwas tun? Verstohlen blickte Emma zu Erich hinüber. Er bemerkte es trotzdem, fing ihren Blick auf, räusperte sich noch einmal und griff nach ihrer Hand.

„Emma?"

„Ja, Erich?"

„Also Emma, wir sind ja jetzt Mann und Frau …"

„Ja, Erich."

„Also, ich wollte damit sagen … also, du weißt, wie sehr ich dich schätze … ja, wirklich … ich weiß gar nicht, wie ich ohne dich … wie ich diese schwere Zeit überstanden hätte. Du hast ganz selbstverständlich und ganz selbstlos …"

„Ja, Erich, ich weiß. Das musst du mir doch nich all wieder sagen."

Daraufhin schwieg Erich wieder.

- Is das zu glauben? Er is ja richtig schüchtern! Da muss ich ihm wohl Mut machen! -

„Erich?"

„Hmmh?"

„Hast du mich denn auch n bisschen lieb?"

„Natürlich. Natürlich hab ich dich lieb."

„Nein, ich mein nich einfach so. Ich mein so richtig. Als deine Frau, mein ich."

„Ach so."

Wieder schwieg Erich und Emma lauschte in der Stille auf seinen unruhigen Atem. Schließlich setzte er sich halb auf, sah ihr ins Gesicht und erklärte in einem offiziellen Ton:

„Meine liebe Emma, als Ehefrau hast du natürlich Ansprüche, und ich werde mich auch bemühen, sie zu befriedigen. Hier ist ein klärendes Wort deinerseits vonnöten. Wie gesagt, ich werde mich bemühen ... wenn deine Erwartungen, wie soll ich sagen ..."

Jetzt richtete sich auch Emma auf. Verstört zog sie das Federbett ganz hoch bis an ihren Hals.

„Aber Erich, was redst du denn? Ich hab doch keine Erwartungen und keine Ansprüche nich!"

Erich schlug die Augen nieder.

„Dann ist es ja gut."

Er ließ sich aufs Kopfkissen zurücksinken und vergrub sein Gesicht darin. Emma blieb starr sitzen, unfähig, auch nur einen klaren Gedanken zu fassen. Sie spürte, wie ihr Tränen übers Gesicht liefen. Doch dann hörte sie neben sich ein unterdrücktes Schluchzen. Weinte Erich etwa auch?

- Mein Gott, der arme Kerl. -

Sie rutschte zu ihm hinunter, nahm ihn in die Arme und drückte ihn ganz fest an sich.

„Ach, mein Erich, wein doch nich!"

Sein Kopf lag auf ihrem Busen und seine Tränen überschwemmten ihr frisch gestärktes Nachthemd. Er weinte heftig und hemmungslos, all die mühsam unterdrückten Tränen der vergangenen anderthalb Jahre brachen sich Bahn. Emma murmelte immer wieder *Is ja gut!* wie zu einem verzweifelten Kind und strich ihm zärtlich über den Kopf. Als Erich sich leer geweint hatte, gab sie ihm einen Kuss auf das aufgedunsene Gesicht und redete ihm Mut zu:

„Wir zwei beide, Erich, wir schaffen das schon!"

Er nickte, erneut aufschluchzend, klammerte sich wieder an sie und schlief auf der Stelle ein.

Der Oktober des Jahres 1912 stand in der Familie Hartkopf ganz im Zeichen der bevorstehenden Einweihungsfeier für die ersten beiden Kaiser-Wilhelm-Institute. Erich unterstützte seinen Chef Fritz Haber unermüdlich bei seinen Bemühungen, dem Kaiser durch einige imponierende, aber nicht zu komplizierte Versuche, die Leistungsfähigkeit ihres Instituts zu demonstrieren. Kurz vor dem festgesetzten Datum für die Eröffnung konnte er Emma endlich einen wichtigen Erfolg vermelden: Dank seiner guten Beziehungen zur BASF war es Haber gelungen, von der Firma leihweise einen Syntheseofen zu bekommen, um wenigstens seine geniale Erfindung, die Ammoniaksynthese, vorführen zu können.

„Sonst stünden wir mit bloßem Hemd da. Noch funktioniert bei uns so gut wie nichts! Alles nur Improvisation! Da wird eine Baustelle eingeweiht und kein Institut!“

Aber auch Emma bereitete sich auf das große Ereignis vor. Zusammen mit den anderen Ehefrauen der Professoren nahm sie am Kurs eines Gymnastiklehrers teil, der ihnen beibrachte, Seine Majestät mit einem formvollendeten Hofknicks zu begrüßen. Sie übte sogar noch zu Hause, ließ Elsbeth den Kaiser spielen und knickste so oft vor ihr, bis ihr die Kniegelenke wehtaten. Elsbeth gefiel das Spiel ausnehmend gut. Sie stand herrschaftlich aufgerichtet und blickte huldvoll auf Emma herab. Doch schließlich mussten beide Frauen kichern und Elsbeth entschied:

„Nu reicht det aber, jnä Frau!“

„Du hast recht. Zur Belohnung gönnen wir uns n Tässchen Bohnenkaffee.“

Emma saß gern auf ein Tässchen mit Elsbeth in der Küche. Mit ihr konnte sie so herrlich unkompliziert klönen.

- Ach nee, plaudern soll ich ja sagen, sagt Erich. -

Bei Elsbeth musste sie wenigstens nicht über ihre Worte nachdenken, konnte einfach so reden, wie ihr der Schnabel gewachsen war. Elsbeth war ja auch nicht gerade aufs Maul gefallen.

- Ne richtige Berliner Schnauze, aber mitm Herz aufm rechten Fleck. -

Elsbeth schob Emma die Schale mit dem Selbstgebackenen hin. „Nehm Se doch noch vonne Schokokekse, die möjen Se doch so jern!"

„Ach, das is ja nu gar nich gut für meine Linie."

Emma lächelte einsichtig und griff trotzdem beherzt zu. Elsbeth erging sich mal wieder in Lobreden auf ihren jüngeren Bruder Kurt, dem Erich eine Anstellung als Mechaniker im Institut verschafft hatte.

„Der Kurt macht ja jetzt auch Überstunden noch und nöcher! Und der is sowat von plietsch is der! Dem fällt noch immer wat in, wenn die Herrn Professorn lange nich mehr weiter wissn, der bastelt für die ausm bisken Metall und paar Drähte die dollsten Apparate. Goldene Hände hätt er, hat sojar der Professer Haber jesacht!"

- Stolz wie Bolle auf ihrn Bruder! -

Emma nickte Elsbeth zu und ließ sich von ihr noch eine Tasse Kaffee einschenken. Erich war auch zufrieden mit Kurt Olsanski und brauchte sich für seine Fürsprache vor seinem Chef nicht zu schämen. Elsbeth erzählte von ihren Schwestern und ihrem älteren Bruder Adolf, der auch ein ganz patenter Kerl sei, aber keiner habe es so weit gebracht wie ihr Lieblingsbruder Kurt. Mechanikus am Haber-Institut! Das sei doch schon fast so was wie Professor!

Emma lächelte nachsichtig, ließ Elsbeth reden, hing ihren eigenen Gedanken nach, griff sich einen Keks nach dem anderen aus der Schale und leckte mit dem angefeuchteten Zeigefinger auch noch die Krümel auf.

Am Abend führte sie Erich im Salon den lange geprobten Hofknicks vor, einschließlich Rückwärtsgang nach der Begrüßung des

Kaisers. Dabei stieß sie gegen die Kommode, das Hochzeitsgeschenk ihres Vaters, das Erich ziemlich befremdet hatte. Nachdem Haber die Kommode aber bei einem Besuch als *köstliches Stück* und die geschnitzten Erlenmeyerkolben als *Embleme der neuen Zeit* gelobt hatte, war Erich stolz auf das eigenwillige Werk seines Schwiegervaters und sprach seitdem liebevoll von *unserer Erlenmeyerkommode*. Er lobte sie auch jetzt, verbunden mit einem Tadel für Emmas Ungeschicklichkeit:

„Gott sei Dank ist unsere Erlenmeyerkommode stabil. Selbst du schaffst es nicht, sie zu demolieren!"

Als Emma ihn beleidigt anblickte, erzählte er ihr von Habers Missgeschick, der beim Einstudieren des Rückwärtsgangs die wertvolle Vase eines Kollegen mit seinem Allerwertesten in tausend Scherben zertrümmert habe. Emma lachte erleichtert auf.

- Da war ma nich ich das Trampeltier! -

Endlich brach der große Tag an. Die beiden KWI-Institute präsentierten sich geputzt und gewienert, waren mit roten Läufern ausgelegt und mit Buchsbäumchen geschmückt worden. Sogar vor das Örtchen, an das selbst der Kaiser zu Fuß gehen muss, hatte man zwei zur perfekten Kugel gestutzte Exemplare gestellt, in denen schlappe Fähnchen steckten. Den Weg von seinem Schloss zu den KWI-Instituten musste der Kaiser natürlich nicht auf Schusters Rappen zurücklegen, er ließ sich auch nicht von Rappen in seiner Kutsche ziehen. Er demonstrierte seine Modernität, indem er in einem großen schwarzen Daimler vorfuhr. Als er ausstieg, fuhr eine Böe unter seine hellgraue Offizierspelerine und ließ den umgeschnallten Säbel hervorblitzen. Zum Glück hatte der Regen kurz zuvor aufgehört und so herrschte zwar kein Kaiserwetter, aber es war immerhin trocken, als das pickelhaubengekrönte Oberhaupt des deutschen Volks das Spalier der zahlreichen begeisterten Zuschauer abschritt, dicht gefolgt von Fritz Haber und anderen Honoratioren aus Industrie und Wissenschaft.

Karl-Heinz und Wolf-Dieter in ihren Matrosenanzügen schwenkten unter Elsbeths Aufsicht begeistert ihre schwarz-weiß-roten Fähnchen. Emma stand zusammen mit den anderen Doktoren- und Professorengattinnen am Zugang zum Institut, direkt neben Clara Haber, und betrachtete die Frau des Direktors mit einem verstohlenen Seitenblick. Heute hatte sie sich wenigstens auch mal rausgeputzt!

- Sonst läuft sie ja immer rum wien graues Mäuschen. -

Emma war schon früher aufgefallen, dass Clara Haber für gewöhnlich nicht einmal ein Korsett trug. Manchmal ging sie sogar mit einer Schürze aus dem Haus! Das würde dem Herrn Direktor gar nicht passen, hatte Emma von Elsbeth bei einer ihrer *Tässchen Kaffee* gehört, und Elsbeth hatte es von Habers Dienstmädchen Erna. Sie möge doch bitte mehr Rücksicht auf seine Stellung nehmen, habe er von seiner Frau gefordert. Na ja, was die Dienstboten so klatschten! Neulich hatte Elsbeth die Frau Direktor sogar auf dem Markt getroffen, wo die selbst eingekauft und die schweren Taschen nach Hause geschleppt hatte. Darüber konnte sich Elsbeth gar nicht wieder beruhigen und auch Emma fand ein solches Verhalten ungehörig.

- Wozu hat die denn ihr Personal? -

Emma schielte weiter zu Clara Haber, doch die starrte in Richtung des herannahenden Pulks schwarz gekleideter Herren, dem der Kaiser mit seiner bunt dekorierten Uniform und dem wehenden Umhang wie ein Paradiesvogel voranschritt. Die am Eingang zum Spalier aufgereihten Ehefrauen präsentierten meisterhaft den einstudierten Hofknicks, doch Seine Majestät geruhte die Damenwelt nicht zu bemerken. Er schaute zur anderen Seite, zu einem blank polierten Feuerwehrwagen. Und war schon vorüber.

- Das wars? Dafür der ganze Zirkus? -

Die Frauen erhoben sich und sahen den Kaiser samt Entourage im Institut verschwinden. Clara Haber kniff die Lippen zusammen: „Der Mohr hat seine Schuldigkeit getan. Wir können gehen!"

Mit energischen Schritten machte sie sich auf den Weg zurück in die pompöse Direktorenvilla, die Haber sich direkt neben seinem Institut hatte errichten lassen. Emma schloss sich ihr an, denn sie hatten denselben Weg. Das Haus, in dessen Erdgeschoss die Hartkopf'sche Wohnung lag, grenzte an die Rückseite des parkähnlichen Gartens der Haber'schen Villa. Dort spielten Karl-Heinz und Wolf-Dieter manchmal mit dem zehnjährigen Hermann Haber, den seine Mutter zärtlich Männdel rief. Wenn es kalt war, ließ sie ihren Sohn aber nicht nach draußen. Sie war immer viel zu besorgt um ihren Männdel, fand Emma.

- Am liebsten würd sie ihn in Watte packen! -

Da war es wirklich kein Wunder, dass er so oft krank war. Die Jungs müsse man abhärten, sagte Erich immer. Morgens mit kaltem Wasser waschen und so viel wie möglich raus an die frische Luft, egal wie kalt es draußen sei. Aber die Haber wusste das wohl nicht. Dabei war das doch eine Studierte, die müsste so was doch wissen! Ob ihr Sohn heute auch in der Stube hocken musste, weil es so windig war?

„Is Ihr Männdel denn auch beim Fähnchenschwenken mit dabei?"

Clara Haber sah Emma, die Mühe hatte, mit ihr Schritt zu halten, erstaunt an:

„Das hätte er sich auf keinen Fall nehmen lassen. Er ist Feuer und Flamme für den Kaiser. Und so stolz auf seinen Vater!"

„Das kann er ja auch wirklich sein! Mein Erich sagt immer, das is unglaublich, was Ihr Gatte leistet. Sie sind doch bestimmt auch furchtbar stolz auf ihn."

Clara Haber lachte bitter und beschleunigte noch ihre Schritte:

„Stolz! Ja, natürlich. Aber was uns Frauen dabei abverlangt wird, danach fragt keiner."

- Na ja! Frauenlos! -

„Sie würden wohl am liebsten wieder selbst im Labor mitmischen, was? Wie das Frollein Meitner."

Ihre Tässchen Kaffee mit Elsbeth hatten Emma auf den aktuellen Stand des Klatsches gebracht. Die Österreicherin Lise Meitner war vom Physikprofessor Max Planck zu seinem Assistenten ernannt worden, zum ersten weiblichen Universitätsassistenten Preußens! Aber nicht nur das. Sie gehe bei den Plancks ein und aus, munkelte man, spiele Schach mit seinen Söhnen Erwin und Karl, Klavier mit seinen Zwillingstöchtern Emma und Grete oder, wie Elsbeth mit unterdrücktem Kichern zu berichten wusste, Hasch-mich im Garten! Erwachsene Leute! Und der alte Herr Professor hasche mit!

Das Stichwort Lise Meitner brachte Clara Haber endlich dazu, ihr Tempo zu verlangsamen, um Emma einen Vortrag halten zu können. Lise Meitner, ja, die habe sich durchgekämpft! Als sie noch am Chemischen Institut der Universität beschäftigt gewesen sei, habe sie das Institut auf ausdrückliche Anweisung des Direktors nur durch die Hintertür betreten und sich nicht außerhalb ihres Labors blicken lassen dürfen, um das Seelenheil der Herren Studenten nicht zu gefährden.

„Und wenn sie mal, na, Sie wissen schon, dann musste sie in eine Gaststätte in der Nähe gehen! So hat sie es mir selbst erzählt."

„Aber jetzt is sie doch beim Planck wie quasi so ne Haustochter!"

Clara Haber verzog das Gesicht. Fräulein Dr. Meitner sei Plancks Assistent, das zähle! Wobei das schon sehr komisch sei, denn der gute Planck habe ihr selbst einmal in einem langen Sermon erklärt, die Wissenschaft sei nichts für Frauen, weil die Natur dem Weibe den Beruf als Hausfrau und Mutter vorschreibe!

- Da hat er doch recht! -

Clara Haber sah Emma mit erwartungsvollem Blick an. Als der keine Silbe der Empörung über die Lippen kam, zuckte sie mit den Achseln und fügte resigniert hinzu, sie habe gern im Labor gearbeitet und würde es auch liebend gern wieder tun.

„Aber das ist seit meiner Heirat nun ein für alle Mal vorbei."

- Wie traurig sie kuckt! -

Clara Haber, das war eine ganz Empfindsame, fand Emma. Erich sagte auch immer, dass die Frau seines Chefs das Leben zu schwer nehme, sich nicht wirklich freuen könne über ihre schöne Villa und ihren kleinen Männdel und die Erfolge ihres Mannes. Sogar heute, wo der Kaiser Fritz Haber zum Geheimen Regierungsrat ernennen und ihm bestimmt auch einen Orden verleihen würde, machte sie ein Gesicht wie sieben Tage Regenwetter. Daraus wurde Emma einfach nicht klug. Sie grübelte darüber nach, was sie Clara Haber Tröstliches sagen könnte. Am besten etwas über ihren Sohn.

- Dadrüber freut sich doch jede Mutter! -

„Son Labor is ja gut und schön, aber Sie haben dafür ja ihrn Männdel. Das is doch ein prächtigen Jung. Und so klug! Der kommt ganz nach sein Vater."

Clara Haber durchschaute Emmas gut gemeinte Bemühung, lächelte gequält und wandte sich ab. Den Rest des gemeinsamen Weges eilte sie Emma wieder einen Schritt voraus, so dass eine weitere Unterhaltung unmöglich wurde. Emma stellte sich beim Hinterherhetzen schon vor, wie sie Elsbeth von dem Gespräch mit Clara Haber erzählen würde. Deren Unzufriedenheit ließ doch tief blicken! Wie sah es in der Haber'schen Ehe aus? Darüber ließ sich bei Kaffee und Keks genüsslich spekulieren. Erst, kurz bevor sich ihr Weg trennte, ließ Clara Haber Emma wieder aufholen und tauschte zum Abschied ein paar konventionelle Worte der Höflichkeit mit ihr aus:

„Und grüßen Sie Ihren Herrn Gemahl!"

„Mit Freuden. Sie bitte auch!"

Als Erich spätabends nach Hause kam, war er so voll von den Erlebnissen des Tages, dass Emma nicht mehr an das Ausrichten von Grüßen dachte. Er setzte sich in seinen Sessel und Emma lauschte seinem Bericht von den erhabenen und den eher profanen Begebenheiten der Eröffnungsfeier. Der Kaiser habe großzügig Titel und Orden an Wissenschaftler und Direktoren der chemischen Industrie verliehen; auch Leopold Koppel, der Bankier und Aufsichtsratsvorsitzende der europaweit expandierenden Auer-Gasglühlicht-Gesellschaft ...

– Der edle Spender, ich weiß! –

... der edle Großspender für die deutsche Wissenschaft, sei mit kaiserlichem Dank und der Krone zum Roten Adlerorden 4. Klasse bedacht worden. Die anschließende Institutsbegehung sei reibungslos verlaufen, erzählte Erich mit einem Seufzer der Erleichterung, auch Habers Demonstration der Ammoniakverflüssigung an dem von der BASF ausgeliehenen Gerät, das ihn tags zuvor noch durch seine Mucken in die Verzweiflung zu treiben drohte, habe wie am Schnürchen geklappt.

„Es tropft, es tropft!"

Das habe der Kaiser gerufen und damit zur allgemeinen Heiterkeit den inzwischen berühmt gewordenen Ausruf Habers zitiert, mit dem der seinerzeit auf den ersten gelungenen Versuch zur Ammoniakverflüssigung reagiert hatte. Auch ansonsten habe sich Seine Majestät wohl informiert und äußerst interessiert am Fortgang der Wissenschaften gezeigt. Er habe den versammelten Wissenschaftlern sogar eine konkrete Aufgabe gestellt, nämlich einen Apparat zu erfinden, mit dem sich unter Tage das berüchtigte Grubengas messen lasse, zur Warnung vor bevorstehenden Schlagwetterunglücken.

„Wie ich den Chef kenne, macht der sich gleich morgen an die Arbeit und gibt erst Ruhe, wenn er da was ausgetüftelt hat. Und ich werde dann endlose Versuchsreihen durchführen dürfen."

Emma wusste, dass Erichs Stoßseufzer nicht ernst gemeint war. Die Arbeit wurde ihm nie zu viel. Dennoch erwartete er von Emma, für seinen unermüdlichen Einsatz bewundert zu werden. Sie tat ihm gern den Gefallen:

„Deine Plackerei is ja auch für ganz was Gutes! Das kann viele Kumpels ihr Leben retten!"

„Ganz was Gutes, süß, wie du das ausdrückst, Emma. Aber letztlich ist alles, was die Wissenschaft macht, ganz was Gutes. Sie dient dem Wohle der Menschheit!"

Emma nickte eifrig. Genau! Zum Beispiel dieser Stickstoff aus der Luft, das war doch ein wahrer Segen für die Menschheit! Jede Menge Dünger, für umsonst aus der Luft! Die Chemie war die reinste Zauberei! Und bald schon werde der Dünger in einer Fabrik in richtig großen Mengen produziert, hatte Erich ihr erzählt. Das werde Ernten geben! Wie viele Mäuler ließen sich damit stopfen! Sie konnte wirklich stolz auf ihren Erich sein.

Emma ging zu ihm hinüber, setzte sich auf die Lehne seines Sessels, streichelte seinen Kopf und drückte ihn gegen ihren Busen. Er ließ es gern mit sich geschehen, seufzte wohlig auf und legte ihr einen Arm um die Hüfte. So saßen sie eine ganze Weile, ließen den aufregenden Tag ausklingen und begaben sich schließlich zu Bett. Vorher schaute Emma noch einmal kurz ins Kinderzimmer, deckte Wolf-Dieter, der sich losgestrampelt hatte, wieder zu und nahm Karl-Heinz vorsichtig das Fähnchen aus der Hand, das er noch im Schlaf umklammert hielt. Gerührt flüsterte sie:

„Träumt was Schönes, Wölfchen und Heinzelmännchen!"

Sie sah sich schuldbewusst um. Aber Erich lag schon im Bett und konnte ihr den Gebrauch der Kosenamen nicht verwehren. Als sie neben ihn unters Federbett schlüpfte, schloss er sie gleich in die Arme und legte, wie zuvor im Wohnzimmer, seinen Kopf an ihren wohlgepolsterten Busen. In dieser Haltung schliefen sie oft zusammen ein, bevor sie sich im Schlaf voneinander trennten. Obwohl Emma jetzt seit über einem Monat eine verheiratete Frau war, war dies die intimste Annäherung Erichs, und Emma fragte sich, ob Anna sie nicht zum Narren gehalten hatte mit ihrer Aufklärung über das Ehegeheimnis und Erichs nicht zu bremsende Lust am Berühren. Aber über diese Zweifel konnte sie mit niemandem reden, ihr Leid nicht einmal Elsbeth klagen. Sie musste sich selbst trösten. Erich brauchte wohl noch Zeit. Das würde schon noch kommen. Ewig konnte er seiner vergötterten Anna doch nicht hinterher trauern. Immer konnte er doch nicht an Emmas Busen einschlafen.

- Appetit kommt beim Essen. -

Emma klammerte sich an die Binsenweisheiten ihrer Mutter für alle Lebenslagen und heute Nacht schien Maria Schulze tatsächlich Recht zu behalten. Erich schlief nicht an Emmas vom Nachthemd züchtig bedecktem Busen ein, sondern knöpfte das Oberteil auf, entblößte zuerst die eine und dann die andere Brust und streichelte sie unter heftigem Stöhnen.

- Jetzt berührt er mich! -

Aber so doll! Gehörte sich das denn?

- Schön is das! -

Emma zitterte vor Angst, Erich könnte wieder aufhören. Aber er machte weiter. Und schließlich wagte er es sogar, sich mit seinem Mund einer ihrer steif gewordenen Brustwarzen zu nähern. Und sie zwischen seine Lippen zu nehmen. Und an ihr zu saugen, kräftig, wie ein verdurstender Säugling an der Mutterbrust.

- Aua! -

Im ersten Schmerz wollte Emma ihn von sich stoßen. Doch sie hielt still. Und der Schmerz verwandelte sich in ungeahnte Wellen der Lust, Wellen, die an ein Ufer strebten, das sie nicht kannte, das ihr aber nahe schien. Doch plötzlich ließ Erich von ihr ab, bedeckte ihre Brüste wieder mit dem Nachthemd und ließ sich in sein Kissen fallen.

- Was nu? -

Verwirrt knöpfte Emma ihr Nachthemd zu und legte sich auch auf ihr Kissen zurück. Lange lagen beide schweigend nebeneinander, bis Erich murmelte:

„Gute Nacht, Emma. Schlaf jetzt!"

Emma wünschte ihm auch eine gute Nacht, drehte sich auf die Seite, konnte aber lange nicht einschlafen. War das alles? Da musste doch noch mehr kommen! Zu gern hätte Emma jemanden um Rat gefragt. Anna. Anna hätte sie fragen können. Aber Anna konnte keine Antworten mehr geben. Sie blieb allein mit ihren Fragen, Ängsten, Wünschen und Begierden. Schön war es gewesen, aber war es nicht auch gefährlich?

- Wenn Erich einfach ma zubeißt? -

Doch Erich biss nicht, er saugte sich nur fast jede Nacht an Emmas Brüsten fest, um sie dann abrupt von sich zu stoßen und ihr eine gute Nacht zu wünschen. Und Emma, deren Körper sich danach in hellem Aufruhr befand, konnte erst einschlafen, wenn sie sich einen Bettzipfel zwischen die Beine geklemmt hatte, den sie vorsichtig ein wenig hin und her bewegte. Das Gefühl, das dann in ihrem Schoß explodierte, genoss sie sehr.

- Mein Frauenglück! -

Elsbeth gegenüber sprach sie oft von ihrem Eheglück. Die sollte bloß nicht glauben, in ihrer Ehe stimme etwas nicht! Die musterte manchmal so unverschämt Emmas Bauch. Aber es stimmte ja auch. So ganz vollwertig war man als Frau doch nur als Mutter. Bestimmt fühlte sie sich deshalb manchmal so leer.

- Mir fehlt was Kleines in der Wiege. -

Im Laufe des Jahres 1913 nahm Emma Kilo um Kilo zu. Bald konnte selbst ein eng geschnürtes Korsett keine Wespentaille mehr vortäuschen. Doch sie verdankte ihren sich vorwölbenden Bauch den vielen Bonbons, Schokoladen und Pralinen, mit denen Erich sie verwöhnte. Immer mal wieder seufzte sie laut:

„Ich würd dir zu gern ein Kindchen schenken, Erich!"

Erich war auf so ein Geschenk nicht unbedingt erpicht. Seine beiden Söhne reichten ihm vollkommen. Er wies Emma darauf hin, dass sie ihre Muttergefühle doch ausreichend an Karl-Heinz und Wolf-Dieter ausleben könne.

„Aber die hast du doch von Anna!"

„Jetzt bist du ihre Mutter. Vergiss das bitte nicht!"

An ihre Mutterpflichten gegenüber ihren Stiefsöhnen musste Erich sie nun wirklich nicht erinnern, fand Emma. Sie liebte ihre beiden Leichtmatrosen und die beiden liebten sie. Aber wann würde Erich sie endlich auch als Frau richtig lieben?

- Ich bin immer nur Ersatz! -

Doch Emma begehrte nur insgeheim auf und auch das verbot sie sich energisch. Im Laufe des folgenden Jahres nahm sie stetig an Gewicht zu, während Erich zusehends abmagerte. Da half es auch nichts, dass sie ihm große Mengen der deftigen Speisen, die sie für ihn kochte, im Henkelmann ins Institut brachte. Dort traf sie oft auf Clara Haber, die ebenfalls Essen für ihren Mann ablieferte. Emma bemerkte sehr wohl die spöttischen Blicke, mit denen die Mitarbeiter dort die Frau Direktor betrachteten, die in einem einfachen Hauskleid oder mit einer alten Strickjacke aus ihrer Villa herüberkam.

- Ich bin immer picobello in Schale! -

Emma wechselte in paar Worte mit Clara Haber über Rezepte und die Kinder und kehrte mit dem beruhigenden Gefühl heim, ihren Erich gut versorgt zu haben. Doch der vergaß oft einfach, die liebevoll gekochten Speisen zu sich zu nehmen, weil er voll und ganz von seinen Versuchsreihen in Anspruch genommen war. Sein Chef hatte eine Pfeife konstruiert, die einen Warnton ausstieß, wenn sich das gefährliche Methan in den Bergwerksschächten verdichtete. Danach hatte er sich zu einer mehrwöchigen Kur verabschiedet. Neurasthenie lautete die Diagnose der Ärzte für den totalen Erschöpfungszustand durch Überarbeitung. Erich, mit seiner eisernen Gesundheit, blieb zurück und erledigte getreulich die Aufgabe herauszufinden, welche

Gase welche Töne erzeugten, und die Pfeife genau auf das Methan einzustellen. So konnte Fritz Haber dem Kaiser schon im Oktober des Jahres stolz seine Schlagwetterpfeife präsentieren. Er sorgte auch gleich für die serienmäßige Herstellung seiner Erfindung, wobei er dem zuständigen Ministerium die Vergabe des Auftrags an die Auer-Gasglühlicht-Gesellschaft Leopold Koppels wärmstens empfahl und sich selbst einen angemessenen Anteil an der Verwertung seines Patentes sicherte. In der Praxis stellte sich leider heraus, dass die Pfeifen schon nach wenigen Tagen neu justiert werden mussten. Bald schon griffen die Kumpel unter Tage wieder auf die gewohnten unsicheren, aber billigen und unaufwändigen Sicherheitslampen zurück.

Trotz dieses Misserfolgs ging es mit den Instituten der Kaiser-Wilhelm-Gesellschaft im Jahr 1914 stetig aufwärts. Eines Abends erzählte Erich Emma beim Abendbrot, es sei Fritz Haber in intensiven Verhandlungen gelungen, einen jungen Physikprofessor von der Universität in Zürich abzuwerben, der mit einer revolutionären Theorie einigen Aufruhr in der Physikergemeinde erregt habe.

„Soll ich dir Mettwurst aufs Brot schmiern?"

„Nein, von der Leberwurst, bitte. Also, stell dir mal vor, man könnte Raketen bauen und damit durchs Weltall rasen."

„Lieber nich! Mir wird schon auf der Eisenbahn immer schlecht!"

„Du fliegst auch nicht in der Rakete, sondern ich. Wie gesagt, sehr, sehr schnell. Und dann komme ich zurück und du bist inzwischen eine Greisin, aber ich nur wenige Tage älter."

„Warum erzählst du mir solche Märchen, Erich?"

„Das ist kein Märchen. Das ist Physik. Und Prof. Einstein hat es herausgefunden."

Emma sah ihren Mann beleidigt an. Das war nicht recht von Erich, sich so über sie lustig zu machen! Natürlich verstand sie nichts von diesem ganzen Wissenschaftskram, mit dem er sich beschäftigte, aber für dumm verkaufen ließ sie sich auch nicht! Erich war nun mal viel älter als sie, da würde ihm dieser komische Professor Einstein auch nicht helfen können.

Fritz Haber war von der Speziellen Relativitätstheorie Albert Einsteins sehr beeindruckt, schätzte aber vor allem seine Veröffentlichungen zur Wärme- und Strahlungslehre. Er setzte durch, dass eigens für den jungen Prof. Einstein ein Kaiser-Wilhelm-Institut für Physik gegründet werden sollte. Vorerst würde er ihm ein Arbeitszimmer in seinem eigenen Institut zur Verfügung stellen. Im Januar 1914 schickte Einstein seine Frau Mileva nach Berlin, wo sie sich bei den Habers einquartierte und auf Wohnungssuche ging. Sie fand ein passendes Quartier, nicht weit entfernt von Habers Institut. Im April zog das Ehepaar Einstein mit seinen beiden kleinen Söhnen dort ein.

Doch schon im Sommer versorgte Elsbeth Emma mit aufregenden Neuigkeiten über diesen illustren Professor Einstein. Seine Frau *mitsamt die Görn!* war nämlich schon wieder zu Gast bei den Habers, diesmal *weil det jekracht hat bei die, aber wie!* Von Habers Dienstmädchen Erna hatte Elsbeth erfahren, dass Prof. Einstein sich scheiden lassen wolle, um seine Base zu heiraten! Das müsse man sich mal vorstellen! Und der arme Prof. Haber müsse zu allem Überfluss, als ob er nicht so schon genug zu tun hätte, auch noch zwischen den streitenden Eheleuten vermitteln, weil die inzwischen nur noch schriftlich miteinander verkehrten. Und die Frau Prof. Haber wisse schon gar nicht mehr, wo ihr der Kopf stehe mit den drei sich ewig zankenden Knaben im Haus.

Tatsächlich fand Emma, dass Clara Haber sehr blass und mitgenommen aussah, als sie sich wieder einmal im Institut bei der Essensablieferung für ihre Männer trafen. Auf Emmas ebenso mitfühlende wie neugierige Fragen gab sie zu, unter Kopfschmerzen und Schlaflosigkeit zu leiden. Emma versuchte sie zu trösten:

„Das is ja auch nix, wenn so viel Unruhe im Haus is, das soll einem wohl aufs Gemüt schlagen."

Ach Unruhe, wehrte Clara Haber ab. Wenn es nur das wäre! Ein Elend sei es, mit ansehen zu müssen, wie eine so kluge Frau wie Mileva Einstein von ihrem Mann einfach kalt abserviert werde. Erst habe sie ihre eigenen Ambitionen zurückgestellt, um sich um ihren Mann und ihre Kinder zu kümmern, und dann verschwinde er einfach zu einer anderen.

„Wir Frauen haben eben kein gutes Los zu erwarten, so ist es nun mal."

„Aber liebe Frau Prof. Haber, so dürfen Sie doch nich reden! Ihr Gatte würde so was bestimmt nie tun! Der is doch n wirklichen Ehrenmann!"

Clara Habers Gesichtszüge verhärteten sich:

„Ja, ja, schon gut."

Doch Emma ließ sich von ihrer abwehrenden Miene nicht davon abhalten, weiterzuplappern:

„Unsre Männer müssen doch auch so viel leisten! Da können wir stolz sein, dass wir sie unterstützen dürfen. Die wissen das schon zu schätzen, glauben Sie mir!"

„Wie schön, dass Sie sich da so sicher sind! Mein Mann findet es selbstverständlich, dass ich mal eben so irgendwelche Gäste bewirte, die er spontan zu uns nach Hause einlädt, und wenn es dann kein perfektes Vier-Gänge-Menü ist, beschwert er sich noch."

„Ach, so was dürfen Sie sich doch nich zu Herzen nehmen! In Wirklichkeit vergöttert Ihr Gatte Sie, ganz bestimmt."

Clara Haber zuckte mit den Achseln:

„Ich lege gar keinen Wert darauf, vergöttert zu werden. Mir würde es völlig reichen …"

- Na, was denn? -

Clara Haber blickte mit trauriger Miene zu Boden, als könnte sie dort ablesen, was ihr denn völlig reichen würde. Emma überlegte. Die Frau brauchte Hilfe. Sollte sie ihr vielleicht einfach mal die Kinder abnehmen? Die hatte doch schon immer mit ihrem Männdel so ein Theater gemacht und jetzt hatte sie auch noch Einsteins Gören am Hals! Ein paar freie Stunden nur für sich würden sie bestimmt aufmuntern.

Emma schlug Clara Haber vor, am nächsten Nachmittag neben Karl-Heinz und Wolf-Dieter auch Männdel und die beiden Einstein-Söhne mit in den nahe gelegenen Botanischen Garten zu nehmen. Clara Haber sah sie überrascht an, doch dann nahm sie Emmas Angebot dankend an. Auch Mileva Einstein war froh, sich ein paar Stunden lang nicht zusammenreißen zu müssen, um ihren Kummer über die Trennung von ihrem Mann vor ihrem Ältesten Hans Albert zu verbergen. Und der erst vierjährige Eduard bekam auch schon viel zu viel mit.

Zum Glück schien am nächsten Tag die Sonne aus einem wolkenfreien Himmel über Berlin-Dahlem. Zwischen den wuchtigen Gebäuden des Instituts für Chemie und des Haber-Instituts blühten Blumen in allen erdenklichen Farben. Ein Professor vom KWI für Chemie hatte sie für seine Experimente zur Farbsynthese aus Blüten angepflanzt: Dahlien, Pelargonien, Astern, Chrysanthemen, Petunien, Salbei und sogar Enzian aus Lugano entfalteten hier ihre Farbenpracht im Dienste der Wissenschaft. Emma erfreute sich einfach an ihrer Schönheit und machte sich frohgemut mit fünf aufgekratzten Jungen durch das immer noch ländlich geprägte Dahlem mit seinen Kornfeldern und Windmühlen auf den Weg zum Botanischen Garten. Im Schauhaus mit den Kakteen las sie ihnen zur Belehrung die Namen der ausgestellten Stachelgewächse vor, auch wenn sie selbst sich nicht eine von den lateinischen Bezeichnungen merken konnte. In der Schwüle des Tropenhauses mit seinen riesigen Palmen geriet sie trotz ihrer sommerlichen Bekleidung so sehr ins Schwitzen, dass sie die Jungen schnell wieder nach draußen lotste und erleichtert die trockene Berliner Luft einatmete. Schließlich erlaubte sie ihnen, in dem ausgedehnten Gelände auf eigene Faust Entdeckungen zu machen, *aber immer in Sichtweite bleiben, hört ihr!* Die Jungen stürmten von dannen und Emma spazierte gemächlich hinterdrein, von einem aparten kleinen Sonnenschirm vor der direkten Einstrahlung geschützt.

- Schön kann das Leben sein! -

Doch die Freude währte nicht lange. Ein lautes Geheul schreckte sie aus ihrer selbstzufriedenen Kontemplation auf, und dann sah sie auch schon die Bescherung. Das Geheul kam von Männdel, der am Boden lag und sich das Bein rieb, während die anderen Kinder ratlos um ihn herumstanden. Emma rannte so schnell sie konnte zum Ort des Geschehens. Wieder trat ihr der Schweiß aus allen Poren, doch sie achtete nicht darauf.

„Männdel, Männdel, Herrgott, Kind, was hast du denn? Was is denn passiert?"

Der Zwölfjährige präsentierte ihr wortlos eine blutende Wunde am Oberschenkel. Wolf-Dieter erläuterte beflissen:

„Er ist gefallen. Da … auf die blöde Spitze."

Er zeigte auf die gusseiserne Einfassung eines Rosenbeetes, die aus kunstvoll geschmiedeten Eisenspitzen bestand. Doch das brachte dem Verletzten die Sprache zurück. Empört schrie er Wolf-Dieter an:

„Gefallen? Dein blöder Bruder hat mich geschubst!"

Emmas forschender Blick wandte sich Karl-Heinz zu. Der verteidigte sich umgehend:

„Selber schuld! Der Doofmann hat Memme zu mir gesagt, bloß weil ich keinen Rosenstiel anfassen wollte!"

Emma schüttelte verärgert den Kopf, half Männdel aufzustehen, wies Karl-Heinz an, den Mund zu halten und Wolf-Dieter, ihr sein Taschentuch zu geben, das Elsbeth noch am Morgen frisch gebügelt hatte und das zum Glück noch unbenutzt war. Sie kniete sich vor

Männdel hin und verband mit dem Taschentuch die Wunde, wobei sie murmelte:

„Heile, heile Gänschen, das Kätzchen hat ein Schwänzchen, heile, heile, Mäusedreck, in hundert Jahrn is alles weg."

Männdel schickte einen verzweifelten Blick zum Himmel. Er war doch kein Kleinkind mehr! Und so gab er auch auf Emmas besorgte Frage *Tuts denn noch weh?* die mannhaft knappe Antwort:

„Nein."

Emma nickte zufrieden und befahl:

„Dann vertragt euch jetzt wieder!"

Nachdem sich Karl-Heinz bei Männdel für den Schubs und dieser sich bei Karl-Heinz für die Memme entschuldigt hatte, tobten die Jungen wieder unbeschwert davon. Nur dem vierjährigen Eduard Einstein gefielen die wilden Spiele der Älteren nicht mehr. Er blieb bei Emma und klammerte sich an ihre Hand.

Als Emma am Abend mit den fünf müden Jungen wieder in der Haber'schen Villa ankam, war Männdels Wunde schon verschorft und er selbst hatte sie längst vergessen, doch seine Mutter machte sich sofort Sorgen. Clara Haber bestand darauf, noch am Abend den Hausarzt kommen zu lassen. Die Wunde könnte sich womöglich entzünden, und bestimmt war auch eine Tetanusspritze vonnöten!

- Man kann auch aus ner Mücke nen Elefanten machen! -

Emma verabschiedete sich schnell. Sie ärgerte sich darüber, von Clara Haber wie ein Kindermädchen behandelt worden zu sein, das nicht ordentlich aufgepasst hat. Und wie die Karl-Heinz angeguckt hatte! Wie einen Schwerverbrecher! Dabei war das doch völlig normal, dass Jungs sich kloppten!

- Danach haben sie sich ja wieder bestens vertragen! -

Leider fehlte im Sommer 1914 den europäischen Monarchen eine

Emma, die energisch *Vertragt euch wieder!* befohlen hätte. Niemand konnte die gekrönten Jungs nach dem Attentat serbischer Nationalisten auf den österreichischen Thronfolger Franz Ferdinand daran hindern, ihre Völker in einen Krieg marschieren zu lassen, dessen Ausmaß und grauenhaften Verlauf sich niemand auch nur vorzustellen vermochte, allen voran der sich nach Ruhm und Größe verzehrende deutsche Kaiser. Als er schneidig verkündete *Mitten im Frieden überfällt uns der Feind. So muss denn das Schwert entscheiden,* meldete sich auch Erich als Kriegsfreiwilliger. Vor seinem Studium hatte er eine einjährige militärische Ausbildung erhalten und sie als Vizewachtmeister abgeschlossen. Mit Erich meldeten sich die meisten seiner Kollegen. Gerade weil sie als Wissenschaftler wussten, dass inzwischen ganz andere Waffen als das Schwert den Krieg entscheiden würden, glaubten sie an den bevorstehenden siegreichen Spaziergang, den die Zeitungen jubelnd verkündeten. Wer würde den Spitzenprodukten deutscher Waffentechnik schon lange widerstehen können? Erich verstand nichts von Politik, hatte sich nie für die Balkanquerelen oder die wechselnden Bündnisse der europäischen Großmächte interessiert. Ihn interessierte nur die Chemie. Doch wenn das Vaterland rief, war er natürlich zur Stelle.

Am Abend, bevor er einrücken musste, saß die Familie Hartkopf noch einmal gemeinsam um den Abendbrottisch vereint. Emma hatte extra für Erich Buletten mit Bratkartoffeln gebrutzelt, sein Leibgericht. Danach würde die ganze Wohnung noch tagelang stinken.

- Aber wo ers nu ma so liebt! -

Elsbeth servierte die halbbraunen Bratkartoffeln und die fettglänzenden Buletten mit rot geweinten Augen. Erst gestern hatten sich ihre Brüder Kurt und Adolf von ihr verabschiedet, um *ins Feld zu ziehen.* Emma sah voll Mitgefühl zu ihr auf.

- Arme Elsbeth! -

Die litt genauso wie sie selbst und durfte es auch nicht zeigen. Elsbeth hatte ihr bei ihrem *Tässchen Kaffee* in der Küche auch gebeichtet, dass ihre beiden Brüder stramme Sozis seien, und Emma hatte hoch und heilig versprochen, es Erich nicht zu verraten. Warum auch? Selbst der Kaiser hatte ja gesagt, er kenne jetzt keine Parteien mehr, sondern nur noch Deutsche.

Erich lobte Buletten und Bratkartoffeln *Schön krosch!* und verkündete seiner Familie:

„Spätestens zu Weihnachten bin ich wieder bei euch!"

„Schon in ein paar Wochen, hat Oberlehrer Reimann gesagt!"

Erich lachte gutmütig und legte seinem naseweisen Ältesten noch eine Bulette auf den Teller.

„Na, der muss es ja wissen."

„Eine Schande ist das, dass Kinder nicht mit in den Krieg ziehen dürfen."

Emma schnappte nach Luft und Erich drohte Karl-Heinz mit dem Zeigefinger:

„So weit kommt das noch! Krieg ist kein Kinderspiel, du Dummerjan. Da wird scharf geschossen! Nicht mit Knallerbsen!"

„Weiß ich! Man kann auch als Neunjähriger den Heldentod sterben!"

Als Erich in der Nacht zu Emma ins Bett schlüpfte, schimpfte er immer noch darüber, wie leichthin sein Sohn vom Heldentod geschwärmt hatte. So ein Kindskopf! Überhaupt, es gebe gar keinen Grund, im Zusammenhang mit dem bevorstehenden Kriegseinsatz über den Tod nachzudenken. Er denke jedenfalls höchstens an seine liegen gebliebenen Forschungen oder an den perfekten Sitz seiner Uniform!

- Wirklich? -

Emmas zweifelnder Blick brachte ihn nur dazu, ihr einen Vortrag darüber zu halten, dass sie ja jetzt erst einmal alleinverantwortlich die Geschicke der Familie werde leiten müssen.

„Das schaff ich schon, Erich."

Nachdem er ihr bis ins Detail erklärt hatte, worauf sie alles achten müsse, legte er sich endlich neben sie.

- Zum letzten Mal. -

Wer konnte schon wirklich wissen, wie lange ihre Trennung dauern würde? Emma war sich da nicht so sicher. Und ob es nicht doch eine Trennung für immer ... Der unerträgliche Gedanke ließ sie Erichs Gesicht betrachten, als ob sie es ihrer Erinnerung einschreiben müsse. Seine Augen waren ganz unnatürlich geweitet.

- Er hat doch Angst. Todesangst. -

Plötzlich schmiegte er sich an sie, streichelte ihre Brüste, saugte sich an ihnen fest, wie er es immer tat. Emma tätschelte seinen Kopf, wie sie es immer tat, und war verwirrt wie immer, wenn ihr gestrenger Mann sich in einen Säugling verwandelte. Tagsüber war sie sein Dummchen und nachts sollte sie seine Mutti sein? Doch heute schob er sie nicht wie sonst von sich, wenn er sich müde genuckelt hatte, sondern flüsterte ihr ins Ohr:

„Das Leben, du bist das blühende Leben."

Er löschte die Nachttischlampe und schob ihr im Dunkeln hastig das Nachthemd nach oben, drängte zu ihr, drängte in sie hinein, ließ sich auch vom Widerstand ihres uneröffneten Körpers und von ihren überraschten spitzen Schreien nicht abhalten, stieß zu, als ob er einen Gegner besiegen müsste, als ob er den Tod besiegen müsste. Schließlich sackte er mit einem Seufzer zusammen:

„Anna!"

- Anna? -

Danach lagen sie lange schweigend nebeneinander, bis Erich fragte:

„Bist du jetzt zufrieden mit mir, Emma?"

- Zufrieden? -

Emma zitterte immer noch. Das war furchtbar gewesen! Das tat nur weh. Sie blutete, blutete wie beim monatlichen Fluch. Warum musste das so sein? Wegen dem Krieg? Machten Männer das dann? Musste man das ertragen, wenn man Mutter werden wollte? Dann würde sie es ertragen. Aber zufrieden? Wieso sollte sie zufrieden sein?

„Ja, Erich."

Nach der von ihr erwarteten Antwort stand Emma auf, um ihr Nachthemd zu wechseln, sich zu waschen und ein neues Laken aufzuziehen. Als sie sich wieder neben Erich legte, zog er sie noch einmal an sich, küsste sie und flüsterte:

„Meine kleine Braut."

- Bin ich doch schon lange nich mehr! -

Aber Erich schien glücklich zu sein und Emma dachte an die mahnenden Worte ihrer Mutter *Hauptsache, der Mann ist zufrieden.* Also war wohl alles in Ordnung so. Nur, warum hatte Erich sie mit dem Namen ihrer Schwester gerufen? Nein, bestimmt hatte sie sich verhört. Anna. Emma. Wie ähnlich das klang! Bestimmt hatte er Emma gerufen. Anders konnte es ja gar nicht sein.

- Ach! -

Emma spürte einen Stich in der Herzgegend. Sie misstraute ihrer eigenen Interpretation, untersagte sich aber gleich darauf energisch ihre Eifersucht auf die Tote.

- Son Quatsch! -

Sie wollte alles geduldig ertragen, nicht immer an sich denken, sondern nur an ihren Erich. Noch dazu, wo er morgen in den Krieg ziehen musste! Emma rückte noch einmal an Erich heran und murmelte:

„Ich hab solche Angst um dich!"

Erich schob sie von sich und wies sie ärgerlich zurecht:

„Sei nicht albern, Emma! Es besteht überhaupt keine Gefahr. So, und nun lass uns schlafen. Gute Nacht."

Am nächsten Morgen verabschiedete sich Erich von Emma und seinen beiden Söhnen. Steif und mürrisch wehrte er Emmas unbeholfene gute Wünsche wie *Pass auf dich auf!* und *Komm heil wieder!* ab und ermahnte Karl-Heinz und Wolf-Dieter, ihm während seiner Abwesenheit keine Schande zu machen und der Mutti aufs Wort zu gehorchen.

Erich marschierte in den Krieg und mit ihm fast alle Wissenschaftler der Kaiser-Wilhelm-Institute. Kaum arbeitsfähig geworden, musste das Haber-Institut seine Arbeit wieder einstellen und die neu errichteten Räume lagen verwaist und nutzlos da. Wenige Wochen nach Kriegsausbruch erschien Clara Haber bei Emma und bat sie, bei der Einrichtung eines Kindergartens in den leer stehenden Räumen des Instituts zu helfen. Viele Frauen der einberufenen Soldaten müssten eine Arbeit aufnehmen und hätten niemanden, der sich um ihre Kinder kümmere. Emma sagte sofort zu und machte sich mit Energie an die Arbeit. Die beiden Frauen statteten die Räume mit Gardinen und Vorhängen aus, besorgten kindgerechtes Mobiliar und bekamen viel Spielzeug gespendet, so dass schon bald ein Kindergarten für achtzig Kinder eröffnet werden konnte. Mit der Leitung wurde eine erfahrene Diakonisse betraut, unterstützt von einem Kinderfräulein und einer Köchin. Clara Haber kümmerte sich darum, für die Kinder Nahrungsmittel und auch Bekleidung zu organisieren, Emma unterstützte die Köchin regelmäßig beim Verteilen der Mahlzeiten und half den Kleineren beim An- und Auskleiden. Stolz erklärte sie:

„So können wir Weiber doch wenigstens auch was tun fürn Krieg!"

Clara Haber presste kurz die Lippen zusammen, bevor sie antwortete:

„Für die Mütter!"

Fritz Haber konnte mehr für den Krieg tun und er tat es auch. Er wurde wissenschaftlicher Berater in der Kriegsrohstoffabteilung unter Walther Rathenau. Doch anfangs schnitten ihn die Militärs. Wer war dieser Haber schon? Ein Vizewachtmeister der Landwehr!

Und überhaupt: Sie brauchten keine Wissenschaft für ihren Krieg. Sie brauchten stramme Kerle und erstklassige Munition. Beides hatten sie.

Der Krieg begann als schneller Marsch: Gott mit uns! Gen Westen! Vorwärts! Doch bald kam er zum Stillstand und die Bewegung richtete sich schon im September 1914 fast nur noch nach unten, ins Erdreich, in immer tiefere Schützengräben. Es wurde geschossen, geschossen, geschossen, mit allem, was die Munitionskammern hergaben. Doch die gaben schon bald nicht mehr genug her. Die hohen Militärs erschraken. Der Spaziergang war beendet, aber der Krieg nicht! Jetzt gaben sie sich in Fritz Habers Abteilung die Klinke in die Hand, beschworen den Chemiker: Munition! Munition! Das Vaterland braucht Munition! Haber versprach, für Abhilfe zu sorgen. Alle modernen Schießpulver basierten schließlich auf Salpetersäureestern. Seine bahnbrechende Erfindung würde jetzt nicht mehr nur der Landwirtschaft dienen, sondern auch dem kämpfenden deutschen Heer. *Sprießen und Schießen!* erklärte er den Offizieren Seiner Majestät diese janusköpfige Nutzbarkeit. Er sorgte umgehend dafür, dass die BASF den Zuschlag des Kriegsministeriums zur Errichtung einer Salpeterfabrik bei Oppau erhielt, die schon Anfang Februar 1915 ihre Produktion aufnehmen konnte. Weitere Fabriken an anderen Standorten folgten und sorgten dafür, dass weiter geschossen, geschossen, geschossen werden konnte. Bei Haber, der mit 1,5 Pfennig pro Kilo Ammoniak am Verkauf beteiligt war, sprossen die Einnahmen auf seinem Konto. Aber auch sein Institut blieb nicht lange verwaist. Haber konzentrierte die gesamte Forschung auf die kriegswichtigen Ziele, holte seine Mitarbeiter von der Front zurück und stellte sogar viele neue ein.

So waren Erich und auch Elsbeths Bruder Kurt, wie versprochen, vor Weihnachten wieder zu Hause. Erichs Marsch durch das neutrale Belgien hatte sogar nur sechs Wochen gedauert. Über seine Kriegserlebnisse erzählte er jedoch nichts, obwohl vor allem Karl-Heinz immer wieder darum bettelte. Der Neunjährige musste sich mit der summarischen Erkenntnis seines Vaters zufriedengeben: „Generalstabskarten und Wirklichkeit sind zweierlei."

Während Karl-Heinz seine Phantasie zur Hilfe nahm, um vor seinen Klassenkameraden mit den Heldentaten seines Vaters zu prahlen, nahm Erich seine Arbeit am Institut wieder auf. Zusammen mit den Professoren Otto Sackur und Gerhard Just sollte er einen chemischen Reizstoff entwickeln, mit dem sich die Wirkung von Haubitz-Geschossen verstärken ließ. Die drei Chemiker stellten sich der Aufgabe mit gewohntem Fleiß und Ehrgeiz, arbeiteten oft bis in die Nacht hinein und Emma sah ihren Mann noch seltener als in der Friedenszeit. Als er einmal erst nach Mitternacht nach Hause kam, erzählte er ihr, die wie immer aufgeblieben war, um ihm vorm Schlafengehen seinen Baldriantee zu servieren, dass Prof. Sackur schon um neun habe Feierabend machen wollen. Ihm würden einfach die Augen zufallen. Daraufhin habe er ihn gefragt:

„Kennen Sie noch die Formel für Wasser, Exzellenz?"

„Was für eine Frage!"

„Dann sind Sie auch noch nicht zu müde, um weiterzuarbeiten."

Diese Art von Wissenschaftlerhumor liebten die drei Professoren. Sie wahrten zwar immer die Etikette und titulierten sich gegenseitig standesbewusst als Exzellenzen, aber manchmal spielten sie einander auch Pennälerstreiche, lösten mit einem heimlich hinzugefügten Tropfen im Reagenzglas des Kollegen eine chemische Reaktion aus, vor der dieser dann ratlos stand, bis er das lausbübische Grinsen des Scherzboldes gewahrte.

Kein Scherz war es, als Fritz Haber Erich bat, den *Aufruf an die Kulturwelt* zu unterschreiben, in dem deutsche Wissenschaftler sich empört gegen die Anschuldigung verwahrten, Deutschland habe den Krieg verschuldet, die Neutralität Belgiens und das Völkerrecht verletzt. Am Ende drohten die professoralen Unterzeichner: *Glaubt uns, daß wir diesen Kampf zu Ende kämpfen werden als ein Kulturvolk, dem das Vermächtnis eines Goethe, eines Beethoven, eines Kant ebenso heilig ist wie sein Herd und seine Scholle.* Erich überflog den Text nur und unterschrieb. Wofür Fritz Haber seinen guten Namen hergab, dafür konnte Erich Hartkopf es sicher auch. Er wandte sich wieder seinen Versuchen zu.

Sieben Tage vor dem Heiligen Abend hatten Emma und Elsbeth alle Hände voll mit Vorbereitungen für das Fest zu tun. Erichs Vater und Emmas Eltern würden zu ihnen kommen, während ihre Brüder Franz und Fritz keinen Heimaturlaub bekommen hatten. Emma empörte sich:

„Weihnachten im Schützengraben, das muss man sich ma vorstelln!"

Sie konnte es sich nicht vorstellen. Die Päckchen mit Weihnachtsgebäck für die beiden *Verteidiger des Vaterlands* hatte sie natürlich längst zur Post gebracht. Jetzt knetete sie den Teig für Vanillekipferln, die ihr Vater so gern mochte, während Elsbeth die geschliffenen Kristallgläser auf Hochglanz polierte. Plötzlich hörten sie einen dumpfen Knall. Erschrocken kam Elsbeth aus dem Salon in die Küche gelaufen:

„Jnä Frau, wat war denn det nu bloß?"

„Ich weiß es doch auch nich! Oh Gott, ich glaub, das kam ausm Institut. Ich muss rüber!"

Hastig spülte sich Emma den klebrigen Teig von den Händen, trocknete sie an ihrer Schürze ab, die sie gleich darauf abband und achtlos auf den Boden schmiss, und rannte, ohne erst ihren Mantel anzuziehen, hinüber zum Institut.

- Erich! Wenn bloß Erich nix passiert is! -

Durch die offen stehende Tür zum Gasraum, in dem Erich arbeitete, drang weißlicher Nebel. Emma wagte sich dennoch hinein und sah in der Ecke, wo der Hochdruckkompressor stand, eine Schar von Laboranten, die wie eine Marionettengruppe dastand, deren Spieler plötzlich nicht mehr an den Fäden zog. Mitten unter ihnen erkannte sie Fritz Haber. Was war denn mit dem los?

- Schüttelt mitm Kopf wien Blödsinniger! -

Noch während Emma sich der Schar näherte, wurde sie von Clara Haber überholt. In die erstarrte Szene kam wieder Bewegung, die Umherstehenden wichen zur Seite, und jetzt sah Emma, was alle gelähmt hatte: Auf dem Boden lag Professor Sackur, sein Gesicht zu rohem Fleisch verätzt, Augen, Nase und Mund nicht mehr vorhanden. Emma wich zurück und wäre am liebsten davongelaufen. Doch dann hörte sie, wie Clara Haber schrie:

„Olsanski, machen Sie doch was! Schneiden Sie ihm wenigstens den Kragen auf! Fritz! Einen Krankenwagen!"

Erst jetzt bemerkte Emma Elsbeths Bruder Kurt Olsanski, den Institutsmechanikus, der für jedes technische Problem eine Lösung fand. Ebenso hilflos wie die anderen starrte er auf den Verunglückten. Doch Clara Habers Ruf brachte ihn zur Besinnung. Während sie, die schon bei einer Schürfwunde ihres Sohnes in Panik geriet, sich ohne zu zögern neben Otto Sackur kniete und seinen Kittel aufknöpfte, fand Kurt Olsanski eine Schere und schnitt den Stehkragen auf. Fritz Haber aber stand weiter unter Schock und wurde von einem Laboranten vom Unglücksort weggeführt. Ein anderer telephonierte einen Krankenwagen herbei.

- Erich! Wo is Erich? -

Emma rannte aus dem Laborraum, lief durch die Maschinenhalle, rief gellend nach ihrem Mann.

„Hier, Emma, hier! Komm schnell!"

Erich stand in der Tür zum Sekretariat, winkte ihr hektisch zu und schrie:

„Die Hand! Die Hand ist ab!"

- Die Hand? Aber … er winkt mir doch mit beide Hände! -

Erich lotste die verwirrte Emma in den Raum hinein und dort sah sie den auf dem Boden liegenden Professor Just, der mit dem blutenden Armstumpf seiner rechten Hand bis hierher gelaufen und dann ohnmächtig zusammengebrochen war.

„Um Gottes willen Erich! Du musst den Arm abbinden! Abbinden! Er verblutet ja!"

Emma sah sich kurz um, erspähte an der Garderobe einen Schal der aus ihrem Büro geflüchteten Sekretärin und band ihn, so fest sie konnte, um den Arm des Verletzten. Bis der Krankenwagen kam, redete Emma beruhigend auf Prof. Just ein, obwohl Erich sie immer wieder anzischte:

„Er ist bewusstlos!"

In dieser Nacht konnten beide nicht schlafen. Schon am Abend hatten sie erfahren, dass Professor Sackur seinen Verletzungen erlegen war. Professor Just würde wohl überleben, ließen die Ärzte verlauten. Erich schilderte Emma immer wieder, dass er nur Minuten vor der Detonation zusammen mit Haber den Laborraum verlassen habe.

„Sonst wäre ich jetzt auch verstümmelt. Oder tot."

„Oh du lieber Gott! Erich! Nein! Und ich dachte, jetzt bist du zurück ausm Krieg, jetzt bist du in Sicherheit!"

„Ich bin nicht zurück aus dem Krieg. Der Krieg ist hier."

„Aber wie konnte das denn bloß passiern? Ihr seid doch sonst immer so vorsichtig!"

„Eben. Weil auch hier Krieg ist! Weil wir mit höllisch gefährlichen Stoffen experimentieren, was wir vorher nie gemacht hätten. Kakodylchlorid, ein Teufelszeug, um das die Chemie zu Recht jahrelang einen weiten Bogen gemacht hat. Extrem giftig und reizend. Aber genau das brauchen wir jetzt. Tödliche Stoffe. Je teuflischer, desto besser."

Auch Fritz Haber war der Meinung, dass seine Mitarbeiter Opfer ihres leidenschaftlichen Wunsches zur Verteidigung des Vaterlandes geworden seien, ihr Schlachtfeld sei das Labor gewesen. Auf seinen Wunsch wurde Gerhard Just das Eiserne Kreuz verliehen und er beschaffte ihm, der ohne seine rechte Hand nicht mehr in der experimentellen Chemie arbeiten konnte, eine Beamtenstelle im Kriegsministerium. Otto Sackur wurde einem Kriegsgefallenen gleichgestellt, seine Witwe erhielt eine entsprechende Versorgung und seine Tochter stellte Haber als Sekretärin am Institut ein.

Emma gab sich alle Mühe, Weihnachten trotz allem zu einem friedlichen und harmonischen Familienfest zu gestalten. Doch der Krieg ließ sich nicht fernhalten. Nicht nur Erich war noch schweigsamer als sonst schon, auch Emmas Eltern wirkten bedrückt und kamen in ihrer Sorge um ihre an der Front stehenden Söhne immer wieder auf Fritz und Franz, und wie es ihnen wohl gehen mochte, zu sprechen. Nur Erichs Vater verbreitete ungeschmälerte Zuversicht und freute sich an der überbordenden Kriegsbegeisterung, die seine Enkelsöhne Karl-Heinz und Wolf-Dieter aus der Schule mitgebracht hatten, wo sie jeden Tag die Erfolge der deutschen Truppen mit Fähnchen auf einer Karte absteckten. Mit dem goldverzierten Album für ihre Sammelbildchen von Schiffen der Kriegsmarine hatte er seinen Enkeln genau das richtige Geschenk unter die mit mundgeblasenen Glaskugeln und Bienenwachskerzen geschmückte Fichte gelegt. Die Aufstellung eines solchen Baumes im Salon seines Sohnes sah Heinz Hartkopf mit Wohlgefallen, folgte sie doch einer vom Kaiser eingeführten Tradition, die man als Patriot gerade jetzt in Kriegszeiten hochhalten sollte. Emmas Vater dagegen bedauerte, dass der Schein der Kerzen die handgeschnitzte Krippe in den Schatten stellte, die er seinen Enkeln als Geschenk überreicht hatte. Und es schmerzte ihn nicht wenig, dass sich Karl-Heinz und Wolf-Dieter für sein Werk vieler Stunden, mit den lebensecht gestalteten Figuren der Heiligen Familie, zwar gehörig bedankt hatten, sich aber nur ausgiebig mit dem Einsortieren der Sammelbildchen in das Album des anderen Großvaters beschäftigten.

In den ersten Tagen des Jahres 1915, das, wie Emma inständig hoffte, wohl endlich das versprochene ruhmreiche Ende dieses Krieges bringen würde, begegnete sie Clara Haber im Kindergarten. Nach den üblichen Neujahrswünschen kamen die beiden Frauen noch einmal auf das Unglück im Institut zu sprechen. Emma sprach Clara ihre Bewunderung dafür aus, wie sie als Einzige einen kühlen Kopf behalten und sich um den armen Professor Sackur gekümmert habe. Clara wehrte ihr Lob entschieden ab:

„Ich hatte keinen kühlen Kopf. Im Gegenteil. Ich war in dem Moment mit jeder Faser meines Herzens bei diesem grauenhaft zugerichteten Menschen. Ich wollte ihm helfen, einfach nur helfen."

„Das wollte Ihr Gatte sicher auch. Aber er konnte es nich! Weil er nen Schock hatte. Wie die andern Männer auch. Manchmal sind eben wir Frauen die Stärkeren."

„Ach, Sie Gute, das sagen ausgerechnet Sie! Ich würde mir nur wünschen, wir wären stark genug, unsere Männer von diesen schrecklichen Versuchen mit Gas abzuhalten, mit Chlorgas als Kampfstoff. Sind sie schon mal in den Tierversuchslaboren gewesen?"

„Nee, und da möcht ich auch nich hin!"

„Doch, da müssen Sie hin! Kommen Sie!"

Ohne auf Emmas Einwände zu achten, schob Clara sie aus dem Raum mit den fröhlich spielenden Kindern und führte sie zu den Baracken, die im Schnelltempo zwischen den beiden chemischen Instituten errichtet worden waren. Wo früher Blumen in allen erdenklichen Farben geblüht hatten, standen jetzt die Tierversuchslabore. Dort wurden sie von den Laboranten befremdet angesehen, aber es wagte niemand, der Frau Direktor und der Frau seines Assistenten den Zugang zu verwehren.

Clara führte Emma vorbei an endlosen Käfigreihen mit Ratten und Mäusen, hin zu einem Raum, in dem Hunde und Katzen in luftdicht verschlossenen Glaskästen kauerten. In diese Kästen wurden unterschiedlich starke Dosen Chlorgas geleitet. Nicht länger als fünf Minuten hielt Emma es aus, den erstickenden, sich erbrechenden, im Todeskampf zuckenden, sich krampfenden und das Glas zerkratzenden Tieren zuzuschauen. Sie flüchtete aus dem Raum, aus dem Labor, aus der Baracke, blieb erst wieder stehen, als sie frische Luft einatmen konnte.

- Die armen Tiere! -

Die konnten doch für nichts was und mussten so leiden! An die Menschen, für die das Gas bestimmt war, mochte sie lieber gar nicht denken. Das war doch kein Heldentod, das war nur noch ein Verrecken. Und das war auch kein ehrlicher Krieg mehr, wie er sich gehörte!

- Franz! Fritz! -

Wenn sie sich vorstellte, dass ihre Brüder so zugrunde gehen könnten, so elendiglich krepieren! Nein, das durfte man sich gar nicht vorstellen! Emma schaute sich um. Jetzt kam auch Clara Haber aus der Baracke und sah Emma forschend ins Gesicht.

„Sie sehen ganz blass aus."

„Da soll man wohl blass werden! Das is ja einfach furchtbar!"

„Ja, das ist furchtbar, woran unsere Männer da forschen. Das ist nicht das, wozu Wissenschaft da ist."

Abrupt drehte sich Clara Haber um und ließ die aufgewühlte Emma mit ihren vielen Fragen allein.

Am Abend erzählte sie Erich von ihrer Begegnung mit der Frau seines Chefs und ihrem *wirklich ganz schrecklichen* Besuch im Tierversuchslabor. Doch der konnte ihren Schrecken nicht verstehen und mokierte sich nur über Clara Haber:

„Die Frau wird immer verrückter! Schlimm genug, dass sie ihren

Mann von seiner Kampfgasforschung abzubringen versucht. Jetzt zieht sie dich da auch noch mit rein!"

„Ja, findst du das denn nich furchtbar, Erich, also die Vorstellung, mein ich, dass Menschen so elend verrecken solln wie die Tiere da im Labor?"

„Feindsoldaten sollen verrecken! Wir brauchen einen Überraschungsschlag, der die erstarrten Fronten aufbricht und uns zum Sieg führt. Das schont das Leben unserer Soldaten. Und das willst du doch wohl auch, oder nicht?"

„Ja, schon … natürlich, aber …"

„Kein Aber! Ich hab ja immer gesagt, der Krieg ist nichts für Weiber, also sollten die sich da auch nicht einmischen. Sonst regiert das Gefühl und nicht der Verstand. Wo kämen wir da wohl hin?"

„Ja, Erich, ich weiß ja, dass ich nix versteh von diese ganzen komplizierten Fragen. Aber du hast doch immer gesagt, dass die Wissenschaft dem Wohl der Menschheit dient. Und jetzt …"

„Die Wissenschaft dient dem Wohl der Menschheit! Im Frieden. Im Krieg hat sie dem Wohl des Vaterlands zu dienen! Das ist die Devise des Chefs und das ist auch meine Devise. Und nun verschon mich bitte mit weiteren Dummheiten, Emma, und bring mir ein Glas Wein. Von dem roten!"

Emma behelligte Erich nicht weiter mit ihren Dummheiten, auch nicht, als er sich auf Wunsch seines Chefs den neu gebildeten Gaskampftruppen anschloss, die offiziell als *Desinfektionseinheiten* getarnt wurden. Mit Erich rückten viele seiner renommierten Kollegen ein, um mit den fortgeschrittensten Methoden ihrer Wissenschaft die gegnerischen Schützengräben von feindlichen Schädlingen zu *desinfizieren*. Im benachbarten KWI für Chemie aber spielte sich ein ganz ähnliches Gespräch ab wie zwischen Emma und Erich, nur war es hier ein Mann, den Bedenken quälten, und eine Frau, die sie ihm auszureden versuchte. Der Mann war der junge Chemiker Otto Hahn und die Frau die Physikerin Lise Meitner, die seit Kurzem zusammen die Abteilung für Radiochemie leiteten. Sie überzeugte ihren Kollegen mit der so schlüssig scheinenden Formel: Je mehr tote Feinde, desto eher ist der Krieg zu Ende und umso weniger Menschenleben kostet er insgesamt. Das hörte sich rational und logisch an. Dem wollte ein wissenschaftlich denkender Mensch wie Otto Hahn sich nicht länger verschließen. So machte er sich gemeinsam mit Erich Hartkopf und Fritz Haber auf den Weg zum Schießplatz in Köln-Wahn. Nach gewohnten wissenschaftlichen Kriterien experimentierten die Professoren mit dem Abblasen von Chlorgas aus Stahlflaschen, um herauszufinden, mit welcher Dosierung und bei welchen Wind- und Wetterverhältnissen sie möglichst vielen gegnerischen Soldaten die Atemwege tödlich verätzen könnten, ohne die der eigenen zu gefährden. Führende Offiziere des deutschen Heeres wollten von dieser Waffe aus dem Chemielabor jedoch nichts wissen. Sie erschien ihnen unritterlich, passte nicht in ihr Weltbild vom chevaleresken Kampf. Fritz Haber musste wieder beharrliche Überzeugungsarbeit für die unverzichtbare Rolle der Wissenschaft in einem modernen Krieg leisten.

Es war jedoch die aussichtslos in Erdlöchern hockende Westfront, die die Phantasmen der vermeintlichen Ritter und Chevaliers wie rosa Wolken vertrieb und sie nach den ätzenden Wolken der Chemiker rufen ließ. Die Oberste Heeresleitung plante einen Großversuch bei Ypern und Haber machte sich mit seinen Gaskampftruppen auf den Weg.

Sie wurden auf eine harte Probe gestellt. Immer herrschten Westwindlagen, wo sie doch Ostwind brauchten, um das Gas in Richtung des Feindes zu blasen! Erich hatte seinen Chef noch nie so nervös erlebt wie in diesen Wochen vergeblichen Wartens. Erst am 22. April, abends gegen 18 Uhr, wehte endlich ein mäßiger Ost-Südost, der die aus fast sechstausend Stahlflaschen freigesetzten 150 Tonnen Chlor als monströse Gaswolke zu den gegnerischen Stellungen blies. Fast 18 000 französische Soldaten konnte sich der deutsche Generalstab auf seiner Seite der Statistik gutschreiben. Was in der Statistik nicht stand, waren die Krämpfe und das Erbrechen, die Hände, die die Uniformkragen aufrissen, die sich an den Hals krallten, im Schlamm wühlten oder am hart getrockneten Boden kratzten wie die Krallen der Versuchstiere an den Glaswänden.

Zwei Tage später kehrte Erich zu Emma zurück, ließ sie auf ihre Fragen hin jedoch nur wissen:

„Es hat geklappt."

So war sie wie die meisten anderen auf Gerüchte angewiesen, die von *leicht geschwollenen Schleimhäuten* der gegnerischen Soldaten, wie das Berliner Tageblatt zu berichten wusste, bis zum *militärischen Durchbruch bei Ypern* in anderen Gazetten reichten. Doch von Durchbruch konnte trotz des Massensterbens nicht die Rede sein. Die Generalität hatte während des langen Wartens auf den geeigneten Wind die Kampftruppen, die nötig gewesen wären, um in die schließlich frei gegaste Lücke hineinzustoßen, voreilig an die Ostfront verlegt und brachte sich so selbst um das heiß ersehnte Aufbrechen des Stellungskrieges an der Westfront. Was der Gasangriff tatsächlich erreichte, war die Auslösung einer Aufrüstungsspirale. Von nun an wetteiferten beide Seiten um immer effektivere Gaskampfstoffe. Der übermenschlichen Anstrengung aller beteiligten Wissenschaftler war es zu verdanken, dass die Menschheit unwiderruflich ins Zeitalter der Massenvernichtungswaffen eintrat.

Emma jedoch hatte Grund zur Freude. Ihr Erich wurde in Anerkennung seiner Verdienste um die Vaterlandsverteidigung zum Hauptwachmeister befördert und Fritz Haber erhielt in Anerkennung seiner herausragenden Verdienste den Hauptmannsrang. Davon habe sein Chef schon lange geträumt, erklärte Erich schmunzelnd. Das sei ja auch etwas Besonderes. So hoch ließen sie einen Juden sonst nicht kommen und wenn er tausendmal konvertiert sei. Aber da habe wohl Seine Majestät persönlich ein Wörtchen mitgeredet.

„Der hält ja große Stücke auf ihn!"

Hauptmann Haber erhielt schon kurz nach seiner Heimkehr die Aufforderung, jetzt auch an der Ostfront seine Gaswaffe zum Einsatz zu bringen. Doch zuvor wollte er noch seine Beförderung zusammen mit seinen getreuen Helfern in seiner Dienstvilla feiern und ließ seinem Assistenten Professor Dr. Erich Hartkopf nebst Gattin kurzfristig durch sein Dienstmädchen Erna eine Einladungskarte überbringen.

Emma stand sinnend vor ihrem Kleiderschrank.

- Ich würd ja zu und zu gern mein Hochzeitskleid ma wieder ausführn! -

Aber das klemmte leider am Bauch, am Po, am Busen. Sollte sie es in der Schneiderei weiter machen lassen? Ach, das lohnte sich ja kaum. Wann gingen Erich und sie denn schon mal aus? Und so ein schickes Kleid mitten im Krieg, das wäre sowieso unpassend. Die Zeitungen schrieben, die Berliner sollten gefälligst nicht mehr tanzen gehen und überhaupt: Dieses ganze Nachtleben, das gehöre sich nicht, wo viele Familien um ihre gefallenen Söhne trauerten. Emma beschloss, ihr kleines Schwarzes anzuziehen. Dazu die Perlenkette, die Erich ihr zu Weihnachten geschenkt hatte.

- Da mach ich wohl nix falsch. -

Die Direktorenvilla war feierlich erleuchtet, als Emma an Erichs Arm auf sie zuschritt. Das Dienstmädchen Erna geleitete sie in den Salon, wo sie von Haber, der stolz seine Hauptmannsuniform trug, herzlich empfangen wurden. Clara Haber begrüßte die Gäste mit ein paar konventionellen Floskeln.

- Wie sieht die denn aus? Bleich wie der Tod! -

Von Habers Dienstmädchen wusste Elsbeth, dass es Clara Haber schon seit Tagen nicht gut gehe, und sie hatte es Emma natürlich brühwarm weitererzählt. Immer wieder schließe sich die Frau Direktor in ihrem Zimmer ein, angeblich mit Kopfweh, aber auch sonst liefe sie wie ein Nachtgespenst durchs Haus, als ob sie gar nicht richtig da wäre. Emma hatte geschimpft, dass Erna eine fürchterliche Plaudertasche sei. Wenn die Habers wüssten, was ihr Dienstmädchen so alles über sie rumerzählte! Sie tue so was niemals, hatte Elsbeth gleich beteuert. Emma zweifelte nicht daran.

- Elsbeth is ne treue Seele. -

Nach dem aufwändigen Diner zogen sich die Herren zum Kaffeetrinken und Rauchen ins Herrenzimmer zurück, während die Damen im Salon weiterplauderten. Auch jetzt blieb Clara Haber einsilbig und in sich zurückgezogen, lächelte kaum und gab nur ab und zu den Serviermädchen Anweisungen. Emma war ihr Benehmen rätselhaft. Als Gastgeberin müsste sie sich doch ein bisschen mehr Mühe geben! Ob sie ihrem Mann das mit dem Gasangriff übel nahm? Aber in Gesellschaft riss man sich doch trotzdem zusammen!

- Wies im Herzen aussieht, geht keinen was an! -

Oder ob sie eifersüchtig war? Manchmal guckte sie diese Charlotte Nathan so komisch an. Das war ja auch eine fesche junge Frau. Und so ein sprühender Geist, die wickelte alle Männer um den kleinen Finger. Erna hatte ja behauptet, Haber habe was mit der laufen, jedenfalls treibe er sich andauernd in der Deutschen Gesellschaft 1914 herum, wo die Sekretärin sei.

- Na, ich weiß nich. -

Wahrscheinlich war das bloß Dienstmädchengeschwätz. Aber komisch war das schon irgendwie, wie Clara Haber dieses Fräulein Nathan mit ihren Blicken verfolgte!

Noch vor Mitternacht erklärte die Gastgeberin, sie fühle sich nicht wohl und ziehe sich zurück, bitte aber die Gäste herzlich, dies nicht als Zeichen zum Aufbruch zu verstehen. Man wünschte ihr allgemein gute Besserung und wandte sich nach ihrem Abgang wieder

der angeregten Plauderei zu. Der Krieg blieb als Thema vollkommen ausgespart, obwohl viele der anwesenden Männer Mitglieder der Gaskampftruppen waren. Man feierte die Beförderung Habers zum Hauptmann, aber über den Grund für seine Beförderung schwieg man beflissen. Man hatte den massenhaften Tod junger Männer verursacht, aber als Gesprächsthema für eine gesellige Runde eignete sich das nun wirklich nicht. Man wusste schließlich, was sich schickte.

Kurz, nachdem Clara Haber sich verabschiedet hatte, musste Emma die Toilette aufsuchen. Da diese gerade besetzt war, ging sie in den ersten Stock hinauf, wo sie sicherlich eine zweite finden würde. Im Vorbeigehen hörte sie aus einem Zimmer erregte Stimmen. Das waren doch die Stimmen von Prof. Haber und seiner Frau!

- Mein Gott, was schreit er denn so? -

Erschrocken blieb sie stehen. Überdeutlich drang Fritz Habers Stimme durch die Zimmertür:

„… fällst mir in den Rücken! Fällst Deutschland in den Rücken! Ich treibe keinen Missbrauch der Wissenschaft, sondern ich nutze sie, um mein Heimatland zu schützen! Um dich, um unseren Männdel zu schützen! Selbst deine pazifistischen Frauenvereine haben zur Unterstützung des Kampfs aufgerufen! Nur du begreifst nicht … Hör auf zu heulen, sag ich dir … Ich kanns nicht mehr ertragen!"

Emma machte auf dem Absatz kehrt und eilte die Treppe wieder hinunter. Zum Glück war jetzt die Toilette im Erdgeschoss frei. Noch während sie ihre Blase erleichterte, wunderte sie sich, wie böse Haber geworden war.

- So kenn ich ihn ja gar nich! -

Na, aber es war auch wirklich nicht schön von seiner Frau, ihn so schnöde mit seinen Gästen sitzen zu lassen, und das an seinem Ehrentage! Und ihm womöglich wieder Vorhaltungen zu machen! Der Gaseinsatz hatte doch sein müssen, das hatte Erich ihr ja alles erklärt, warum und weshalb. Wenn sie in ihren Träumen nur nicht immer wieder von diesen gemarterten Katzen aus dem Versuchslabor verfolgt würde, von den Augen, riesengroß in ihrer Todesangst! Das erzählte sie Erich natürlich nicht, sonst würde er sie nur zurechtweisen, Träume seien kein Argument und Weiberängste schlechte Ratgeber.

- Mein Erich weiß schon, was richtig is! -

Emma zog ihren Schlüpfer hoch und die Kette am Spülkasten runter. Wasser rauschte aus dem unter der Decke angebrachten Reservoir.

- Wie praktisch! -

Sie wusch sich die Hände und ging zurück in den Salon. Haber befand sich schon wieder unter seinen Gästen. Liebenswürdig gab er einige Anekdoten über seine Begegnungen mit Kaiser Wilhelm zum Besten, präsentierte stolz den Säbel, der zu seiner Hauptmannsuniform gehörte, und klatschte begeistert Beifall, als Charlotte Nathan ein Gedicht vortrug, das sie ihm zu Ehren verfasst hatte. Enthusiasmiert rief er aus:

„Ach, das Dichten ist die höchste Kunst! Wäre es mir doch vergönnt gewesen, ein Dichter zu werden!"

Erich neckte ihn:

„Kann ja noch kommen, Fritz. Kann alles noch kommen!"

In dieser Weise vergnügte man sich noch bis gegen zwei Uhr. Zum Abschied schlug Haber Erich kräftig auf die Schulter und empfahl sich Emma mit einem angedeuteten Handkuss. Kaum außer Hörweite fragte Emma ihren Mann:

„Sach ma, seit wann steht denn ihr aufm Duzfuß?"

„Seit der Front."

Emma wusste, dass es sinnlos wäre, ihn nach Einzelheiten zu fragen. Darum erzählte sie ihm von ihrem Erlebnis auf der Toilettensuche. Er war nicht allzu überrascht:

„Im Institut kursieren schon lange Gerüchte, dass dem Chef von seiner Frau das Leben zur Hölle gemacht wird. Wegen unserer Gaswaffen. Der arme Fritz, kann ich nur sagen. Wenn man an vorderster Front kämpft, sollte man wenigstens zu Hause seine Ruhe haben."

Emma nickte eifrig, legte aber auch ein gutes Wort für Clara Haber ein:

„Die will ihrn Mann ja bestimmt nix Böses. Die is einfach ne zu empfindsame Person."

Erich drückte Emmas Arm fester und sah sie zärtlich an:

„Zum Glück bist du nicht so!"

Obwohl es so spät geworden war, dass sie erst kurz vor drei Uhr im Bett lagen, schob Erich noch Emmas Nachthemd hoch und nahm sich sein Recht als Ehemann, wie Emma es bei sich nannte. Er tat es selten und wenn, dann weinte er meistens hinterher und sie musste ihm tröstend über den Kopf streichen. Sie ahnte, dass seine unkontrollierbare Gemütsbewegung wohl immer noch mit Anna zusammenhing, doch er sprach nie darüber und Emma fragte auch nicht nach. Als Erich eingeschlafen war, sickerten auch ihr ein paar Tränen durch die Wimpern.

- Ob er mir wohl irgendwann ma ganz gehört? -

Doch sie hatte niemanden, der ihren Kummer wegstreichelte. Sie munterte sich mit der Vorstellung auf, eine ganz und gar vorbildliche Ehefrau zu sein. Erich tat, was offenbar zu einer richtigen Ehe gehörte, und sie ertrug es tapfer. Ihre Mutter konnte mit ihr zufrieden sein. Emma trocknete ihre Augen, griff nach dem Bettzipfel und verschaffte sich ihr *Frauenglück*.

Für den nächsten Tag schon hatte Erich zusammen mit seinem Chef einen Befehl an die Ostfront. Haber wollte ihn mit seinem Dienstwagen gegen zehn Uhr abholen. Als er um halb elf noch immer nicht da war, schickte Erich Elsbeth zu den Habers hinüber. Abmarschbereit in Uniform lief er ungeduldig im Salon auf und ab, scheuchte Emma weg, die zum wiederholten Mal seine Knöpfe polieren wollte, und schaute beunruhigt aus dem Fenster.

„Fritz ist doch sonst nie saumselig!"

Endlich sah er Elsbeth aufs Haus zulaufen. Sie war noch ganz außer Atem, als sie in den Salon stürmte und ausrief:

„Die Habersche … die Habersche is tot!"

Elsbeth wartete auf eine Reaktion, doch ihr Dienstherr starrte sie nur an und Emma schlug sich mit der Hand auf die Brust. Elsbeth holte erstmal tief Luft und sprudelte dann hervor:

„Die Frau Direkter! Erschossen hat se sich! Heut Nacht. Mit die Dienstwaffe von ihrn Mann! Und ausjerechnet Männdel, det arme Jör, hat se jefunn draußen in Jarten. Und denn hat se noch zwanzich Minuten jelebt!"

Erich fand als Erster die Sprache wieder:

„Mein Gott, Elsbeth, was erzählt du da? Das ist doch nicht möglich! Hat sich erschossen, sagst du? Woher … hast du mit Prof. Haber gesprochen?"

„Nee, der is nich zu sprechen, der lässt kein ein an sich ran. Aber die Erna hats mir erzählt. Mittenmang ins Herz jeschossen, det muss man sich ma vorstelln!"

Erich versuchte, noch mehr aus Elsbeth herauszubekommen, aber mehr hatte sie nicht erfahren. Er schickte sie in die Küche und ließ sich in seinen Sessel fallen. Emma setzte sich ihm gegenüber und beide sahen sich ratlos an. Emma legte wieder ihre Hand auf ihre Brust. Ihr Herz schmerzte.

- Die arme Seele! -

Doch dann wehrte sie ihr Mitleid energisch ab. Hatte Clara Haber denn gar nicht an ihren heiß geliebten Männdel gedacht? Wie konnte sie das dem Kind bloß antun! So was tat eine Mutter doch nicht! Und überhaupt: sich selbst erschießen. Das war eine Sünde gegen Gott und die Natur. Ob es Eifersucht gewesen war? Aber da brachte man sich doch nicht um! Die Männer waren nun mal so. Oder ob es etwa wegen dem Gaskrieg war?

- Ach, ich glaub, die war einfach zu gut für diese Welt. -

Erich schüttelte nur den Kopf, murmelte furchtbar und schrecklich und die Unglückselige. Doch dann richtete sich sein Bedauern vor allem auf seinen Chef:

„Damit hat sie ihm einen schweren Schlag versetzt und das in dieser Zeit, wo er all seine Kraft für Deutschlands Schicksalskampf braucht! Gemütskrank, das war sie. Tragisch. Aber da steht man machtlos davor."

Erich zog seine Uniform wieder aus und verschwand in seinem Arbeitszimmer. Emma ging zu Elsbeth in die Küche, um jemanden zu haben, mit dem sie ausufernd über die Tote jammern und das Schicksal anklagen, Gründe vermuten und über die Zukunft spekulieren konnte.

- Was wird nu aus Männdel? -

Noch vor Einbruch der Dunkelheit erschien Habers Dienstmädchen Erna und richtete aus, Prof. Hartkopf möge sich bereithalten, Prof. Haber komme in einer halben Stunde vorbei, um ihn abzuholen. Verblüfft holte Erich die Uniform aus dem Schrank und rief Emma zu, sie möge sein Marschgepäck wieder zusammenstellen.

„Aber Erich, das kann doch gar nich sein! Er kann doch nich heute an die Front fahrn, wo seine Frau grade ... das is doch ganz unmöglich is das!"

„Rede nicht, sondern pack die Sachen zusammen!"

Tatsächlich stand Fritz Haber eine halbe Stunde später im Flur der Hartkopf'schen Wohnung. Er sah grau und übernächtigt aus, mit dicken Ringen unter den Augen. Seine Mundwinkel zuckten, als er Erichs und Emmas Beileidsbezeugungen entgegennahm. Emma konnte sich nicht zurückhalten, ihn zu fragen:

„Konnten Sie denn nich wenigstens nen Aufschub erreichen, bis dass Ihre Gattin unter die Erde ... ich mein, bis sie beerdigt is? Das kann doch nu wirklich keiner verlangen, dass Sie ..."

Haber unterbrach sie mit monotoner Stimme:

„Das verlangt auch niemand. Mein Pflichtgefühl gebietet es mir."

„Aber was wird mit Männdel?"

Emma schämte sich, dass ihr die Frage einfach so rausgerutscht war. Das war bestimmt ganz unpassend in diesem Moment. Aber, rechtfertigte sie sich vor sich selbst, Haber musste doch klar sein, was für einen Schock sein Sohn erlitten hatte! Die eigene Mutter mit zerschossener Brust im Garten zu finden! Und der Vater machte sich auf und davon an die Front, ließ den armen kleinen Kerl ganz allein zurück in seinem Elend!

Emma sah verlegen auf ihre Schuhe. Hauptmann Haber tat ihre Frage nach seinem Sohn kurz ab:

„Eine Verwandte kümmert sich um Hermann."

Erich drängte Emma zur Seite, stellte sich in Habtachtstellung vor Haber auf und sah ihn bewundernd an:

„Deine Pflichtauffassung: untadelig! Meine Hochachtung, Fritz!"

„Danke. Aber jetzt müssen wir uns beeilen. Der Chauffeur wartet."

Erich verabschiedete sich von Emma mit einem flüchtigen Kuss auf die Wange. Sie sah ihm aus dem Salonfenster nach, wie er in Habers Dienstwagen davonfuhr. Zur Ostfront. Nach Galizien. Zu einem neuen Gaswaffeneinsatz.

Erst am 7. Mai erschien in der Vossischen Zeitung eine Todesanzeige für *Frau Clara Haber, Dr. phil, geb. Immerwahr. Geheimrat Prof. Dr. Haber, zur Zeit im Felde*, ließ mitteilen, dass seine *geliebte Frau plötzlich verschied und die Einäscherung, dem Wunsche der Verstorbenen entsprechend, in aller Stille* stattgefunden habe.

Als Emma diese Anzeige las, brodelte die Gerüchteküche schon seit Tagen. Habers Dienstmädchen wollte auf dem Schreibtisch Clara Habers mehrere Abschiedsbriefe gesehen haben, obwohl ihr Dienstherr verlauten ließ, seine Frau habe mit keinem Wort ihre unfassbare Tat zu erklären versucht. Lautstark empörte sich Erna in der Hartkopf'schen Küche:

„Wechjeschmissen! Vernichtet hatter die! Drei dicke Briefe hab ick jesehn! Von wejen keen Wort hinterlassn. Det wa n Fanal, Fanal jejen Jaskriech! Ick hab jenau jehört, wie se ihm det anjedroht hat, jar nich lange her."

Habers Köchin dagegen verbreitete überall, die Frau Direktor habe ihren Mann am Abend der Feier inflagranti mit Charlotte Nathan erwischt und das sei mit Sicherheit der Grund für ihre Verzweiflungstat gewesen. Die Verwandten der Familie Haber betonten bei jeder Gelegenheit Claras krankhafte Veranlagung, ihre Neigung zu Depressionen und Angstzuständen. So ein Mensch lasse sich schon mal zu einer Kurzschlusstat hinreißen.

- Was soll man nu bloß denken? -

Die Frage stellte Emma auch Erich, als er nach zwei Wochen von seinem Fronteinsatz zurückkam. Doch er ermahnte sie, sich aus dem ganzen Klatsch und Tratsch herauszuhalten.

„Glaubst du, Fritz kommt das Gerede nicht zu Ohren? Und wie wirkt das wohl auf einen vom Schicksal so schwer geschlagenen Mann! Wir sollten lieber alles tun, um ihn zu unterstützen."

Emma gab ihrem Mann wieder einmal recht und versuchte, ihren Beitrag zu leisten, indem sie den jetzt mutterlosen Hermann Haber häufig einlud, mit Karl-Heinz und Wolf-Dieter zu spielen.

- Männdel solln wir ihn ja nu nich mehr rufen. Was ham die Männer bloß gegen Kosenamen? -

Emma beobachtete die Jungen beim Spielen, suchte bei Hermann nach Anzeichen von Trauer über den Tod seiner Mutter. Vergeblich. Sie sah zwar, dass der vorher so zurückhaltende Junge immer rauflustiger wurde und sich für diverse Kriegsspiele begeisterte. Doch sie vermochte darin seine Verstörtheit nicht zu entdecken. *Jeder Schuss ein Russ!* schrie Hermann. *Jeder Stoß ein Franzos!* schrie Karl-Heinz, und beide rannten mit ihren Holzgewehren hinter Wolf-Dieter her, der immer den Feind spielen musste.

- Armes Wölfchen! Aber so is das nu ma, wenn man der Jüngste is. -

Fritz Haber selbst hatte kaum Zeit, sich um seinen Sohn zu kümmern. Sein Institut wurde direkt dem Kriegsministerium unterstellt und in Militärinstitut umbenannt. Für den von seiner Frau eingerichteten Kindergarten war kein Platz mehr, obwohl es immer weiter ausgebaut wurde. Wie eine Krake breitete es sich auf dem Gelände aus, verschlang auch fast alle Räume des angrenzenden KWI für Chemie. Nur Otto Hahn mit seiner radiochemischen Abteilung ließ man seine Labore. Die Mütter aber konnten sehen, wo sie mit ihren Kindern blieben. Die Räume wurden für Wichtigeres gebraucht. Haber arbeitete von früh bis spät, um die Forschung für den Gaskrieg voranzutreiben. Wenn er spätabends nach Hause kam, wartete keine Frau mehr auf ihn, die ihm Vorhaltungen machte, und wenn er sich von ihrem unerlösten Geist bedroht fühlte, der ihm Skrupel einflüstern wollte, wehrte er ihn mit den Segnungen der Chemie ab: Neu entwickelte Tabletten schenkten ihm den dringend benötigten Schlaf. War er wieder wach, ließ er seine Gedanken nicht eine Minute umherschweifen. Er stand sofort auf und richtete sie schon beim Anlegen der Sockenhalter auf das Ziel, das ihm zu vergessen half. Vom Betreten seines Instituts bis zum Verlassen feuerte er seine mittlerweile mehr als tausend Mitarbeiter an, immer neue, immer wirksamere Gaskampfstoffe zu entwickeln. Denn auch der Feind war nicht faul auf dem Gebiet und so mussten neben Angriffswaffen auch Maßnahmen zur Abwehr getroffen werden. Dafür, befand Haber, war Erich Hartkopf der geeignete Mann. Er übertrug ihm die Leitung einer Abteilung, die sich ausschließlich mit der Entwicklung von Gasmasken beschäftigte, und sorgte dafür, dass sein getreuer Assistent vom außerordentlichen zum ordentlichen Professor befördert und damit endlich auch verbeamtet wurde.

Diese Entwicklung der Dinge brachte Emmas letzte Zweifel zum Verstummen. Sie war uneingeschränkt stolz auf ihren Erich und froh über sein neues Aufgabengebiet. Gegen Gasmasken konnte ja nun keiner was haben, war sie sich sicher. Sie sagte zu Erich:

„Da hätte nich ma Clara Haber, Gott hab sie selig, was gegen sagen können."

Doch zu ihrem Erstaunen wehrte Erich ab:

„Da machst du es dir zu einfach, Dummchen. Kampfstoffe und Schutzmasken sind zwei Seiten einer Medaille."

Von diesen vertrackten Gedankengängen wollte sich Emma ihre gute Stimmung nicht verderben lassen. Sie horchte zwar intensiv in sich hinein, aber Bilder von krepierenden Kreaturen drangen nicht mehr herauf. Sie forschte in sich nach einer neuen Kreatur. Seit zwei Wochen schon war der Fluch ausgeblieben!

- Was muss ich denn jetzt tun? -

Sollte sie ihrer Mutter einen Brief schreiben und sie fragen? Aber wie sollte sie sich ausdrücken? Ihr fehlten die Wörter. Vielleicht konnte Elsbeth ihr weiterhelfen? Die kannte sich mit so Frauensachen jedenfalls aus.

Elsbeth verstand Emmas unbeholfene Andeutungen sofort:

„Wenner Fluch wechbleibt, denn wächst wat Kleenet, denn det braucht ja det Blut zun Wachsen."

„Das weiß ich auch, Elsbeth! Aber is das denn auch wirklich sicher?"

Elsbeth rührte weiter in dem Topf mit Teltower Rübchen, die sie nach viel Lauferei ergattert hatte:

„Wat is schon sicher uff diese Welt? Wenn Ses jenau wissen wolln, denn lassn Se doch den Dokter komm."

„Aber ich bin doch nich krank!"

„Nee, aber son Dokter kann det fühln, ob wat Kleenet ünnerwejens is!"

Im Gegensatz zu Emma, die in ihrem ganzen Leben noch nicht auf ärztliche Behandlung angewiesen war, wusste Elsbeth auch, wer zu rufen war: Dr. Rosenkrantz, der Hausarzt vieler Professorenfamilien in Dahlem. Doch Emma zögerte. Der Gedanke an einen Arzt im Haus war ihr unheimlich.

- Anna. -

Kein Arzt hatte den Tod ihrer Schwester verhindern können. Unbekannte Erreger und Gottes unerforschlicher Ratschluss, lautete die Diagnose. Aber bei ihr selbst ging es ja nicht ums Sterben, sondern ums Leben, redete sich Emma gut zu. Um neues Leben!

- Vielleicht. Hoffentlich! -

Am Tag, als sie Dr. Rosenkrantz erwartete, lief Emma nervös zwischen Schlafzimmer und Salon hin und her. Wo und wie empfing man einen Arzt in einem solchen Fall? Normalerweise lag man ja krank im Bett. Aber sie konnte sich doch nicht ins Bett legen, kerngesund, wie sie war.

- Oder doch? -

Bloß nicht schon wieder Elsbeth fragen! Dann hatte die bald gar keinen Respekt mehr vor ihr. Sie müsse den Abstand wahren, predigte Erich ihr in letzter Zeit andauernd, dürfe sich nicht mit dem Personal gemeinmachen. Dabei war Elsbeth fast schon wie eine Freundin für sie. Aber das durfte eben so nicht sein, da konnte sie Erich gar nicht widersprechen. Elsbeth würde sich sonst Freiheiten rausnehmen, die ihr nicht zustanden.

- Also, wie mach ich das jetzt? -

Die Frage klärte sich, als Elsbeth fragte, in welchem Service sie den Kaffee für den Herrn Doktor servieren solle.

„Im guten, natürlich. Und nimm das Silbertablett!"

Tatsächlich nahm Dr. Rosenkrantz Emmas Angebot, doch ein

Tässchen Kaffee zu trinken, dankend an. Der distinguierte ältere Herr plauderte so angenehm mit ihr, dass sie den Zweck seines Besuches fast vergessen hätte. Erst als Elsbeth das Geschirr abgeräumt hatte, fragte der Arzt freundlich:

„Nun, gnädige Frau, was fehlt uns denn?"

„Eigentlich gar nix … also doch … ich mein … ich … ich habs nich mehr nach Weiberart."

- Oh Gott, er wird mich doch verstehn? -

Dr. Rosenkrantz schmunzelte:

„Das lässt hoffen, nicht wahr? Nun, dann wollen wir mal sehn. Bitte gehen Sie in Ihr Schlafzimmer, machen den Unterkörper frei und legen sich in Ihr Bett. Ich werde dann kommen und Sie untersuchen."

„Ganz frei?"

„Ja, bitte!"

In ihrer Angst, etwas falsch zu machen, behielt Emma aber doch wenigstens ihren Schlüpfer an. Als Dr. Rosenkrantz ins Schlafzimmer kam, lag sie mit hochrotem Kopf und geschlossenen Augen auf ihrer Seite des Ehebettes. Der erfahrene Arzt schob ihren Schlüpfer ein wenig nach unten, tastete ihren Bauch ab und war sich sicher:

„Sie sind tatsächlich guter Hoffnung, gnädige Frau. Meinen Glückwunsch!"

Bevor er sie verließ, gab er Emma noch ein paar Ratschläge mit auf den Weg. Viel trinken solle sie, viel Obst essen, keinen Sport treiben und es besonders genau mit der ehelichen Hygiene nehmen. Auch wenn Emma unklar blieb, was er mit dem letzten Rat meinte, beteuerte sie, sich an alles halten zu wollen. Dr. Rosenkrantz verabschiedete sich mit besten Grüßen an den Herrn Gemahl, dem er die Rechnung für die Konsultation in den nächsten Tagen zuschicken werde, und ermahnte sie, sich bei auftretenden Beschwerden sofort an ihn zu wenden.

Vor Freude hätte Emma fast Elsbeth umarmt, aber sie hielt sich gerade noch zurück. Die schaute ihr prüfend ins Gesicht.

„Na, da brauch ick jar nich erst zu frajen. Die jute Nachricht blinkert Sie ja aus alle Knopflöcher!"

Auch als Erich, spät wie immer, vom Institut nach Hause kam, hatte Emma Mühe, nicht gleich mit der Neuigkeit herauszuplatzen. Aber sie hatte sich vorgenommen, es ihm erst nach dem Abendessen zu sagen, wenn sie noch ein Weilchen im Salon beisammensaßen. Heute holte sie nicht ihren Nähkorb und wartete auch nicht, bis Erich wie gewohnt in einer der Fachzeitschriften blätterte. Kaum hatte er sich in seinen Sessel gesetzt, eröffnete sie ihm, jede Silbe betonend:

„Erich, wir bekommen ein Kind!"

Erich sagte eine ganze Weile nichts, dann fragte er:

„Bist du dir da sicher?"

„Aber ja! Ich hab Dr. Rosenkrantz kommen lassen und der hats bestätigt."

„So, also dann … dann ist dies wohl ernst zu nehmen."

Emma sah ihren Mann erwartungsvoll an, doch der schwieg wieder.

„Erich, freust du dich denn gar nich?"

„Doch! Natürlich freue ich mich. Sehr sogar."

- So sieht doch keine Freude aus! -

„Natürlich freue ich mich, dass unsere Ehe nun auch mit einem Kind gesegnet wird, Emma, da du es dir ja nun mal so sehr gewünscht hast. Aber es sind keine rosigen Zeiten. Das weißt du ja selbst. Dieser Krieg, der wird noch lange dauern …"

„Aber es hat doch immer geheißen …"

„Hat geheißen! Hat geheißen! Dieser Krieg ist kein Spaziergang. Dies ist ein Schicksalskampf für unser Vaterland, ein schwerer Kampf, ein Kampf, der noch viele Opfer fordern wird."

„Aber dafür forscht ihr doch, dass der Krieg schnell zu Ende geht! Das hast du jedenfalls immer gesagt!"

„So einfach ist das nicht, wie dein kleines Köpfchen das versteht. Glaubst du, die Engländer und Franzosen forschen nicht? Wir müssen schneller sein, besser sein, noch mehr Feinde noch effektiver ... hmmh, nun ja, ausschalten können."

- Ich sag ihm, wir bekommen ein Kind und er redet vom Krieg! -

„Emma, was ist denn? Warum weinst du?"

Erich ging zu Emma hinüber, setzte sich auf die Sessellehne und legte den Arm um ihre Schultern. Emma lehnte ihren Kopf an seine Brust und überließ sich ihren Tränen. Erich klopfte ihr beruhigend auf den Rücken, bis ihr Tränenstrom endlich versiegte.

„Es tut mir leid, Emma. Ich gebe zu, ich habe vielleicht ... vielleicht nicht ganz so reagiert, wie ein Gatte reagieren sollte ... ich wollte dich wirklich nicht kränken, glaub mir, und ich freue mich natürlich für dich ... für uns beide ... mein Gott, versteh mich doch!"

Emma wischte sich mit dem Handrücken die Tränenspuren vom Gesicht und blickte zu Erich auf:

„Ich versteh dich, Erich. Ich weiß ja, du meinst es gut."

„Ja, Emma, ich werde gut für dich sorgen, damit es dir an nichts fehlt in deinem Zustand. Das versprech ich dir!"

Sein Versprechen hielt Erich getreulich. Er ließ Emma regelmäßig von Dr. Rosenkrantz untersuchen, gab ihr mehr Haushaltsgeld, damit sie trotz erster Einschränkungen durch den Krieg immer mit ausreichend frischem Obst und Gemüse versorgt war, und sprach noch weniger mit ihr über seine Arbeit als sonst schon. Alles Belastende sollte von ihr ferngehalten werden.

Doch eine Erschütterung konnte er ihr nicht ersparen. Emma war im fünften Monat schwanger, als ein Telegramm ihrer Eltern eine Mitteilung brachte, wie sie in vielen Haushalten in diesen Monaten eintraf.

- Fritz gefallen! -

Emma las es und konnte es nicht glauben. Ihr Bruder Fritz, der lebenslustige Zimmermannsgeselle, gefallen? Am Vorabend seines 25sten Geburtstags? So grausam könne das Schicksal doch nicht sein, jammerte sie Elsbeth vor. Doch das Schicksal war noch viel grausamer gewesen, als das Wort *gefallen* ahnen ließ. Halb zerfetzt von einer Granate hatte Fritz Schulze in einem stundenlangen Todeskampf im Niemandsland zwischen der deutschen und der französischen Front nach seiner Mutter geschrien.

Der Pfarrer fand für dieses Geschehen erhabene Worte, als Emma zusammen mit ihren Eltern und Erich an einem Trauergottesdienst für die gefallenen Söhne der Kirchengemeinde Hamburg-Barmbek teilnahm. Er sprach davon, Fritz Schulze und die anderen hätten ihr junges, blühendes Leben heldenhaft für Volk und Vaterland geopfert. Seine abgenutzten Worte spendeten niemandem Trost, selbst Emma erschienen sie hohl und nichtssagend, obwohl sie gerne glauben wollte, dass der Tod ihres Bruders einen höheren Sinn gehabt hatte.

Schweigend machte sie sich nach dem Gottesdienst an Erichs Arm auf den Weg in ihr Elternhaus. Er hatte zum ersten Mal in seinem Leben einen Tag freigenommen, um Emma nach Hamburg begleiten zu können und seinem Schwager die letzte Ehre zu erweisen. Emmas ältestem Bruder Franz, der an der Ostfront kämpfte, war jedoch kein Heimaturlaub gewährt worden.

„Und ich weiß nicht mal, wo mein Fritz liegt!"

Immer wieder unterbrach Maria Schulze das bedrückte Schweigen mit diesem Ausruf, als sie in der Wohnstube beisammensaßen.

- Dass Fritz tot is, das is doch das Furchtbare. -

Doch ihre Mutter klagte weiter darüber, kein Grab zu haben, an dem sie trauern konnte. Emma versuchte, sie zu trösten, aber ihr gingen bald die Worte aus. Kein Sterbenswörtchen wollte ihr mehr einfallen. Sie konnte doch nicht sagen: Du hast ja noch mich und bald kommt dein Enkelkind. Das war ja kein wirklicher Trost. Und an Franz durfte sie die Mutter schon gar nicht erinnern. Der stand im Kugelhagel und konnte morgen auch schon tot sein. Ach, heute schon, vielleicht jetzt schon, gerade in diesem Moment, und sie würden es nicht wissen. Wo sollte man da bloß Trost hernehmen?

Diese Frage schien auch ihren Vater umzutreiben. Karl Schulze, der bisher nur stumm und krumm dagesessen hatte, richtete sich plötzlich auf und streichelte mit einem Finger über die Hand seiner Frau:

„Unser Fritz ist jetzt beim Herrgott, Mutter! Da hat ers gut."

Maria Schulze nickte, sah ihren Mann aber nicht an. Obwohl sie eine fleißige und gläubige Kirchgängerin war, schien sie nicht an die unsterbliche Seele ihres Sohnes denken zu können. Besessen vom Gedanken an seine sterblichen Überreste jammerte sie immer wieder:

„Seine Gebeine dürfen nicht im Feindesland vermodern!"

Hilfe suchend sah Emma zu Erich hin. Er war doch ein gebildeter Mann. Ihm musste doch ein passendes Wort des Trostes einfallen!

- Nu sag doch ma was! -

Doch ihr Mann lief nur wie ein Tiger im Käfig in der niedrigen Stube auf und ab. Nein, auf Erich war in solchen Situationen kein Verlass, erkannte Emma. Vielleicht lag es daran, dass er nicht an Gott und die Auferstehung und das ewige Leben glaubte. Unwissenschaftliche Märchen, sagte er immer. Wenn man tot war, dann war man eben tot. Schluss! Aus!

- Da is kein Trost nirgends. -

Emma ließ sich ihren Glauben an Gott und das Paradies nicht nehmen. Auch nicht von Erich! Der konnte ihr nämlich nicht sagen, wozu die Welt überhaupt da war, da nützte ihm all seine Wissenschaft nichts. Aber sie widersprach ihm nicht, sonst regte er sich bloß auf und nannte sie wieder Dummchen. Da Erich beharrlich weiter in der Stube auf und ab lief und mit finsterer Miene schwieg, unternahm sie einen letzten hilflosen Versuch, ihre Mutter aufzumuntern. Sie strich sich demonstrativ über ihren dicken Bauch und verkündete:

„Das Kleine strampelt schon wie verrückt."

Maria Schulze sah ihre Tochter nur mit leeren Augen an:

„Er hat nicht mal mehr seinen Geburtstagskuchen essen können, den ich ihm geschickt hab!"

Wieder zurück in Berlin versuchte Emma, ihre Niedergeschlagenheit abzuschütteln. Sie genoss ihre hohe, helle, herrschaftliche Wohnung mit den schönen Stuckdecken und schämte sich ein wenig dafür. Wie niedrig, dunkel und muffig es in ihrem Elternhaus gewesen war! Das war sie nicht mehr gewöhnt. Sie gestaltete mit Elan das Gästezimmer zum Kinderzimmer um. Wann hatten sie denn schon mal Gäste?

In den letzten Monaten ihrer Schwangerschaft nahm sie gewaltig zu. Sie genoss es, für zwei essen zu dürfen. Zwar gab es selbst Brot nur noch auf Lebensmittelkarten, doch die Mitarbeiter des Militärinstituts mussten sich noch nicht einschränken. Die Gehirne der mit kriegswichtiger Forschung betrauten Wissenschaftler sollten keinen Mangel leiden. Emma konnte sogar ihren Eltern regelmäßig Lebensmittelpakete schicken, denn die Tischlerwerkstatt ihres Vaters steckte in einer schweren Krise. Wer gab in diesen Zeiten schon Tische mit kunstvoll gedrechselten Beinen, aufwändig verzierte Kommoden oder Vertikos in Auftrag?

Zu ihrer Beruhigung trafen schon bald Briefe aus Hamburg ein, in denen ihre Mutter sie mit Ratschlägen zur Säuglingspflege eindeckte. Sie freute sich, dass ihre Mutter ihren Schock über Fritz' Tod wohl immerhin soweit überwunden hatte, dass sie sich Gedanken über ihr zu erwartendes Enkelkind machte. Über den Vorgang, der dieses Enkelkind zur Welt bringen sollte, schrieb Maria Schulze ihrer Tochter allerdings nichts. Emma graute ein wenig davor, aber Erich sagte ihr immer wieder, wie unsinnig das sei, schließlich seien die Frauen dafür gemacht, die Hebamme wisse schon, was zu tun sei, und Dr. Rosenkrantz werde das Ganze überwachen. So war Emma wieder auf Elsbeth als Informationsquelle angewiesen, die aber mangels eigener Erfahrung auch nur mitzuteilen wusste:

„Wenn det Kind erst da is, denn verjisst die Mutter den janzen Schmerz."

Im Herbst kam Erich immer wieder mit tränenden roten Augen aus dem Institut und hustete manchmal die halbe Nacht hindurch. Erst als Emma ihn eindringlich befragte, gab er zu, dass er zusammen mit seinen Kollegen Otto Hahn und James Franck Selbstversuche mit den Atemfiltern machte. In den sechs Offensivabteilungen des Instituts experimentierte man mit Phosgen, einer Substanz, die ungleich giftiger war als das Chlorgas, und sie mussten in ihrer Defensivabteilung testen, welchen Phosgenkonzentrationen ihre Filter standhielten.

„Aber doch nich so, dass du dir dabei deine Gesundheit ruinierst!"

Erich wies die empörte Emma schroff zurecht. Die Männer an der Front könnten auch keine Rücksicht auf ihre Gesundheit nehmen!

Fünf Tage vor Weihnachten 1915 unternahmen die deutschen Truppen den ersten Angriff mit Phosgen. Doch der Feind war gewarnt worden und hatte sich bestens vorbereitet. Erichs nächtelanges Husten entpuppte sich als sinnloses Opfer auf dem Altar des Vaterlandes, trug so wenig zum Sieg bei wie die gesamte hochtourige Forschung der deutschen Chemiker. Sie bewirkte nur, dass die Chemiker der Gegenseite das eingesetzte Gas genau analysierten und ebenfalls die Produktion von Phosgen in Gang setzten.

Über diese unerfreuliche Entwicklung sprach man nicht während des Weihnachtsfestes, zu dem Emmas Eltern und Erichs Vater nach Berlin gekommen waren. Der Krieg war nur in Form von U-Boot-Bastelkästen, der Miniaturkanone Dicke Berta und Zinnsoldaten gegenwärtig, Zinnsoldaten, die noch ohne Gasmasken auskamen. Dieser Krieg war ein Kinderspiel und begeisterte Karl-Heinz und Wolf-Dieter den ganzen Nachmittag. Ahnungslos schlugen sie ihre Schlachten, reihten Josef und Maria aus Opa Schulzes Krippe in ihre Reihen ein, ließen Ochs und Esel die Dicke Berta ziehen und retteten unermüdlich das Jesuskind vor dem bösen Herodes, den sie kurzerhand zum französischen General erklärten. Die beiden Großväter feuerten sie an, lachten gutmütig und nichts störte die heimelige Weihnachtsstimmung.

Am zweiten Feiertag reisten Heinz Hartkopf und Karl Schulze wieder ab. Maria Schulze blieb, um ihrer Tochter in der Spätphase ihrer Schwangerschaft beizustehen. Über die bevorstehende Geburt sprach sie mit Emma nur in nebulösen Andeutungen, dafür warf sie fast täglich klagend die Frage auf, wozu eine Mutter all die Qualen auf sich nehme, wenn der Sohn dann später auf dem Schlachtfeld dahingerafft werde und sie noch nicht einmal an seinem Grab beten könne. Zu ihrer Trauer um Fritz kam ihre Angst um Franz. Sie verbreitete eine so düstere Atmosphäre, dass Emma sich manchmal wünschte, sie würde wieder nach Hamburg zurückfahren.

- Sie nimmt mir ja die ganze Freude auf das Kind! -

Dr. Rosenkrantz hatte Mitte Februar als voraussichtlichen Geburtstermin errechnet. Doch schon am Abend des 26. Januars klagte Emma über Darmgrimmen, was ihre Mutter aufhorchen ließ. Sie schickte gleich nach Dr. Rosenkrantz, der ihre Vermutung bestätigte. Die Eröffnungswehen hatten eingesetzt. Der Muttermund war aber noch fest verschlossen, so dass der Arzt wieder nach Hause ging und auch riet, die Hebamme erst zu rufen, wenn die Wehen im Fünf-Minuten-Abstand einträfen:

„Bei Erstgebärenden kann sich die Eröffnungsphase sehr lange hinziehen."

Erich wollte ihn am liebsten nicht gehen lassen, obwohl er darauf vertraute, dass der erfahrene Arzt die Lage richtig einschätzte. Anna hatte damals drei Tage lang in den Wehen gelegen, bevor sie es endlich schaffte, Karl-Heinz auf die Welt zu bringen, und er selbst war fast wahnsinnig geworden vor Angst um sie. Auch jetzt war ihm das Ganze zutiefst unheimlich, diese ganze *Frauensache* war so unberechenbar und unauslotbar, man war dem Geschehen so hilflos ausgeliefert! Am liebsten wäre er in sein Institut gegangen, hätte sich in seine Testreihen für die Verbesserung des Dreischichtfilters vergraben und würde erst zurückkommen, wenn alles vorbei wäre. Doch er hatte Emma hoch und heilig versprochen, sie nicht im Stich zu lassen, auch wenn das nur hieß, zu Hause zu bleiben, da zu sein für alle Fälle. Er sorgte dafür, dass Karl-Heinz und Wolf-Dieter in der Nachbarschaft untergebracht wurden. Danach lief er sinnlos im Salon herum, während Emma im Schlafzimmer auf dem Ehebett lag und mit zusammengebissenen Zähnen die Krämpfe in ihrem Bauch zu überstehen suchte.

- Das is ja wie der Fluch, nur stärker, verdammt viel stärker! -

Emma sah ihre Mutter hilfesuchend an. Die blickte von oben auf sie herab und glaubte, ihre Tochter zu trösten, indem sie sie erinnerte:

„So steht es schon in der Bibel: Unter Schmerzen sollst du Kinder gebären. Das ist nun mal Gottes Wille, mein Kind."

Die ganze Nacht lang musste Emma das fürchterliche Reißen in den Lenden ertragen. Jedes Mal gab sie ein überraschtes *Oh!* von sich, wenn es wieder losging. Ihre Mutter schaute dann auf die Standuhr und notierte auf einem Zettel sorgfältig die Abstände, die Elsbeth an Erich weitermeldete. Um Mitternacht gab Erich das Auf- und Abwandern im Salon erschöpft auf, legte sich aufs Sofa und schlief sofort ein.

Doch als er am nächsten Morgen erwachte, konnte Elsbeth ihm

noch keinen großen Fortschritt verkünden. Die Wehen kämen in Abständen von 8 bis 10 Minuten und die gnädige Frau sei sehr erschöpft. Er könne gern einmal zu ihr hineingehen und ihr einen guten Morgen wünschen. Erich lehnte brüsk ab. Er konnte doch nicht zu einer Gebärenden ins Zimmer treten! Auf so eine Idee konnte auch nur ein Dienstmädchen kommen!

Erst gegen 18 Uhr hatten die Wehen einen fünfminütigen Abstand erreicht, und Erich schickte Elsbeth nach der Hebamme. Die traf nach einer halben Stunde ein, untersuchte Emma, befand, dass es sicherlich noch einige Stunden dauern würde, und begab sich zu Elsbeth in die Küche, um sich einen Kaffe kochen zu lassen. Emma sah ihr verzweifelt hinterher.

- Stunden? Nein! -

„Das schaff ich nich, Mutti!"

„Reiß dich zusammen, mein Kind! Das habe ich auch schaffen müssen!"

- Ich will aber nich! -

Emma wollte nur noch weg, wollte schlafen. Es zerriss sie ja! Das sollte bitte, bitte aufhören!

Plötzlich rollten die Wehen fast ohne Pause über sie hinweg, so dass sie kaum noch Luft bekam. Und sie waren ganz anders als all die Stunden zuvor.

„Das drückt so! Das drückt so!"

Emmas Schreien holte die Hebamme aus der Küche zurück, wo sie gerade gemütlich mit Elsbeth geplaudert hatte. Sie herrschte Emma an:

„Was ist los? Das kann noch gar nicht drücken!"

Doch als sie Emmas Muttermund untersuchen wollte, kam ihr schon das Köpfchen des Kindes entgegen. Sie schaffte es nicht mehr, einen Dammriss zu verhindern, Kopf und Körper wurden von einer einzigen Presswehe aus Emmas Bauch gedrückt.

„Heißes Wasser!"

Die Hebamme erteilte ihre Anweisungen mit betont unaufgeregter Stimme, um keine Zweifel an ihrer Beherrschung der Situation aufkommen zu lassen. Sie durchtrennte die Nabelschnur, hielt das Kind an den Füßen hoch und brachte es mit einem kräftigen Schlag auf den Rücken zum Schreien.

„Ja, du voreiliges Mädel! Schrei dir die Lungen frei! So ists brav!"

- Geschafft! -

Nur dieses eine Gefühl beherrschte Emma. Doch sie täuschte sich. Während ihre Mutter und die Hebamme das Neugeborene säuberten und in Moltontücher wickelten, musste sie noch die Nachgeburt herauspressen. Und dann kam Dr. Rosenkrantz und nähte ihren Dammriss. Wie üblich ohne Betäubung. Emma schrie, schrie zum ersten Mal so laut, dass Erich sich im Wohnzimmer entsetzt die Ohren zuhielt. Niemand klärte ihn darüber auf, warum Emma jetzt so schrie, obwohl seine Schwiegermutter ihm doch schon die Geburt seiner Tochter vermeldet hatte. Maria Schulze lächelte nur verlegen und versuchte ihn zu beruhigen. Alles sei ganz normal und außerdem gleich vorbei.

Endlich führte ihn Dr. Rosenkrantz ins Schlafzimmer und präsentierte ihm mit einer weit ausholenden Handbewegung die im Bett halb aufgerichtet in ihren Kissen liegende Emma mit dem straff gewickelten Kind im Arm, als sei es sein Werk. Erich ging auf das Bett zu, setzte sich auf den Rand und sagte:

„Emma!"

Dann wusste er nicht mehr weiter. Doch die am Kopfende des Bettes stehende Hebamme kannte sich mit sprachlosen Vätern aus und ermunterte ihn zu einem Lob für das kleine Wesen mit dem schrumpeligen Gesicht in Emmas Armen.

„Ist sie nicht goldig, ihre kleine Tochter, Herr Professor?"

„Ja, ausgesprochen goldig!"

Erich fand sie genauso hässlich wie seine Söhne damals, als Anna sie gerade zur Welt gebracht hatte. Aber aus diesem merkwürdigen kleinen Bündel Mensch würde später schon was Richtiges werden, das wusste er ja. Er wandte sich Emma zu und murmelte:

„Ich bin sehr stolz auf dich. Da hast du mir ein wunderbares Geschenk gemacht."

Dass er auf dieses Geschenk lieber verzichtet hätte, verschwieg er taktvoll. Das Geschenk solle Anna heißen, wünschte er sich, doch da stieß er zum ersten Mal auf Emmas Widerstand.

„Anna? Nein!"

„Warum nicht?"

„Weil ich es nich will!"

Zu Emmas Erstaunen sah Erich ihr nur prüfend in die Augen und lenkte dann ein. Sie einigten sich auf Wilhelmine, nach dem Kaiser, Viktoria, nach dem erhofften Sieg und Elisabeth, nach Erichs früh verstorbener Mutter.

Im Februar ließen sie ihre Tochter taufen. Bei der anschließenden Feier im Familienkreis stritten sich Karl-Heinz und Wolf-Dieter um die Ehre, die kleine Wilhelmine Viktoria Elisabeth Hartkopf ein paar Minuten tragen zu dürfen. Im Alltag wurde sie für Emma und Elsbeth schnell zu Minchen und für ihre Brüder uninteressant. Was konnten ein Zehn- und ein Neunjähriger auch mit so einem langweiligen Wesen anfangen, das nicht redete und andauernd gewickelt und gefüttert werden musste? Dass es von einem Engel gebracht worden war, just als sie zum ersten Mal bei der Nachbarsfamilie schlafen durften, ließen sie sich von den Erwachsenen zwar nicht weismachen, aber was genau zum plötzlichen Auftauchen einer Schwester geführt hatte, beschäftigte sie im Moment weniger als ihre Tauschaktionen mit goldumrandeten Postkarten vom heroischen Völkerkrieg.

Der heroische Völkerkrieg stellte sich in der verschlammten Wirklichkeit nicht goldumrandet dar. An der Westfront beförderte er mit steter Regelmäßigkeit zehntausende Rekruten, gleich, ob sie lebenshungrig oder lebensverachtend waren, gleich ob vor Leben strotzend oder des Lebens müde, in die alles einebnende Statistik der Toten. Unternahmen die Generäle mal der einen, mal der anderen Seite, eine Offensive, wurde eine Null an die Zahl der Gefallenen angehängt. Der General, dessen Liste ein paar tausend tote Soldaten weniger verzeichnete, erklärte sich zum Sieger der Schlacht. Am Kriegsverlauf änderten diese Schlachten nichts. Nur eine Familie nach der anderen trauerte um ihre Söhne. Am 26. Mai 1916 hielt die Trauer im Hause Max Plancks Einzug. Der Physikprofessor, der mittlerweile zum Rektor der Universität aufgestiegen war, fand seinen zweitältesten Sohn Karl in der Statistik wieder.

- Ach je! War doch erst gestern, dass er mit ihm Hasch-mich im Garten gespielt hat! -

Emma hörte Erich in seinem Arbeitszimmer fluchen. Den ganzen Abend schon versuchte er, persönliche Worte für einen Kondolenzbrief zu finden.

- Da helfen seine chemischen Formeln ihm nix! -

Endlich kam er mit übermüdeten Augen zu Emma in den Salon, die schon mit dem Baldriantee auf ihn wartete. Er legte den schwarzumrandeten Brief auf die Erlenmeyerkommode.

„Den soll Elsbeth morgen abgeben. Nicht mit der Post schicken, hörst du!"

„Ja, Erich."

Inzwischen machte sich der Krieg in Berlin aber nicht nur durch Todesnachrichten von der Front bemerkbar. Die britische Seeblockade der deutschen Häfen verschlechterte die Versorgungslage von Monat zu Monat. Im März war ein Kuchenbackverbot in Kraft getreten, es gab nur noch 125 Gramm Butter pro Kopf und Woche, im April war der Zucker rationiert worden und im Juni gab es auch Fleisch nur noch auf Marken. Obwohl Erich gut verdiente und Emma Elsbeth genug Geld für die Einkäufe geben konnte, wurde es für sie immer schwieriger, überhaupt Lebensmittel zu ergattern. Als mitten im Sommer die Milchversorgung in Berlin völlig zusammenbrach, war Emma froh, dass sie sich entschlossen hatte, ihr Minchen zu stillen, anstatt sie mit der als fortschrittlich gepriesenen Kunstmilch aufzuziehen. Mochte ja sein, dass die viel besser für das Gedeihen des Säuglings war, wie behauptet wurde.

- Aber nich im Krieg! -

Erich hörte nur zerstreut zu, wenn sie ihm von ihren Sorgen berichtete. Ihn trieben andere Probleme um. Die Gasmaskenfilter waren im Februar in die Serienproduktion gegangen. Fritz Haber habe den lukrativen Auftrag zur Produktion von 30 Millionen Stück pro Jahr der Auer-Gasglühlicht-Gesellschaft Leopold Koppels zugeschanzt, erklärte er Emma.

„Ich versteh! Eine Hand wäscht die andere."

„Nein, du verstehst mal wieder nichts! Es geht um die Ableistung einer Dankespflicht. Ohne Koppels Spenden gäbe es unser Institut gar nicht, hast du das vergessen?"

- Was regt er sich denn so auf? -

Erichs Abteilung übernahm die zeitaufwendige Aufgabe, jede einzelne Gasmaske, die die Auer-Gesellschaft lieferte, gründlich zu kontrollieren. Vor allem aber suchte Erich ständig nach Möglichkeiten, die Masken neuen Herausforderungen anzupassen, denn die Entwicklung blieb nicht stehen. Am Militärinstitut, dessen Etat mittlerweile auf das Fünfzigfache der Friedenszeit angeschwollen war, setzte man nicht mehr auf das wetter- und windabhängige Abblasen von Chlorgas oder Phosgen, obwohl man damit den völlig ungeschützten russischen Truppen immense Verluste zugefügt hatte. An der Westfront wurde das Phosgen mit Granaten bis weit in die gegnerischen Reihen hineingeschossen. Auf diesen pfiffigen Gedanken waren aber leider auch die Franzosen gekommen und hatten die Deutschen schon im Februar 1916 bei Verdun mit einem Phosgengranatenangriff überrascht. Im Juni zahlten die Deutschen es ihnen bei Fleury mit gleichen Mitteln heim. Stolz erklärte Erich:

„Mit unseren Grünkreuzgeschossen haben wir tausende Franzmänner erledigt. Und bestimmt noch mal so viele werden als Spätfolge ein Lungenödem entwickeln und daran zugrunde gehen."

Emma sah zu Grunde gehende Soldaten, fallende, sich verkrampfende Leiber, sah angstgeweitete Katzenaugen, sah die Augen ihres Bruders Fritz.

- Fritz is nich am Gas erstickt! -

Energisch verscheuchte sie auch die anderen Bilder und fragte Erich nur:

„Grünkreuzgeschosse? Was heißtn das?"

„Dumme Frage, Emma. Sagt doch schon der Name: Geschosse mit einem grünen Kreuz, mit dem Warnkreuz, das uns Chemikern anzeigt, mit welchem Stoff wir es zu tun haben."

- Woher soll ich n das wissen! -

Auch wenn Erichs Defensivabteilung nur damit beschäftigt war, die deutschen Soldaten effektiver vor Gasangriffen zu schützen, identifizierte er sich ohne Vorbehalt auch mit den sechs Offensivabteilungen, die mit aller Kraft daran arbeiteten, gegnerische Soldaten effektiver zu töten. Er lauschte fasziniert seinem Chef, als der ihm seinen grandiosen Plan erläuterte, den Gaskrieg mit einem Luftkrieg zu verbinden. Gasbomben aus Zeppelinen abwerfen! So sah eine wirklich fortschrittliche Kriegsführung aus! Doch beim Ersten Generalquartiermeister Ludendorff, der seit August zusammen mit Hindenburg an der Spitze der Obersten Heeresleitung stand, fand Haber mit seinem Plan kein Gehör. Er möge sich um geeignetere Gaskampfstoffe für Geschosse bemühen, wurde ihm von den beiden obersten Heerführern beschieden, die schon bald die eigentlichen

Machthaber im Kaiserreich wurden. Der Kaiser dieses Reichs hatte sich wegen des ausbleibenden schnellen Sieges schmollend auf sein Schloss zurückgezogen. Jammerschade, fand Haber, Seine Majestät hätte er bestimmt für seinen zeppelinhochfliegenden Plan begeistern können. So blieb ihm nicht anderes übrig, als den Ehrgeiz der führenden deutschen Chemiker an seinem Institut ganz auf die Entwicklung eines Gases zu richten, das noch bedeutend giftiger sein sollte als Phosgen.

Emma und Elsbeth kämpften unterdessen um die Sicherung der Ernährungslage der Familie Hartkopf. Es kamen immer weniger Güter ins Reich. Zudem fiel die Ernte des Jahres 1916 ausgesprochen schlecht aus. Nur halb so viele Kartoffeln wie im Vorjahr! Die Steckrübe avancierte vom Aschenputtel zur Königin der Grundnahrungsmittel und wurde sogar dem Brot, den Marmeladen oder, getrocknet und pulverisiert, dem Ersatzkaffee beigemischt. Karl-Heinz und Wolf-Dieter sammelten auf Anordnung ihrer Lehrer mit vaterländischer Begeisterung Kastanien, Obstkerne und alte Konservendosen. Karl-Heinz' Opferbereitschaft fürs Vaterland wurde jedoch auf eine harte Probe gestellt, als er die Schläuche und Mäntel seines Fahrrads, das er gerade erst zum Geburtstag geschenkt bekommen hatte, zur Ausrüstung der Radfahrerbataillone abgeben musste. Tapfer bestand er darauf, sie selbst zur zuständigen Sammelstelle zu bringen.

- Mein Heinzelmännchen! Da blutet das Herz. -

Bei so viel Opferbereitschaft musste der Krieg doch endlich gewonnen werden, redete Emma sich selbst Mut zu. Warum ging es denn in diesem Verdun nicht mal voran? Immer hörte man nur *Stellungskrieg*, mal gewannen die Deutschen ein paar Meter, mal die anderen. Das war doch kein Zustand! Wo in der Heimat alles immer knapper wurde. Wie lange sollte das bloß noch gehen? Und im Osten steckten sie auch fest. Franz schrieb nur von Läusen und kalten Füßen.

Hoffentlich erfanden Habers Chemiker bald ein Gas, das alle Feinde umpustete, wegblies, einfach weg, weg!

- Dass man endlich wieder in Frieden leben kann! -

Auch weniger einfache Gemüter konnten sich einen Frieden nur als Siegfrieden vorstellen. Einer der wenigen, die sich für einen anderen Weg starkmachten, war Albert Einstein. Erich erzählte Emma immer mal wieder etwas über dessen Aufrufe zu Verhandlungen, zur Abrüstung, zu einem Verständigungsfrieden.

„In der theoretischen Physik mag er ja ein großes Licht sein, aber politisch ist der Mann so was von naiv! Pazifist! Ich wundere mich nur, dass der Chef sich so für ihn einsetzt! Fritz als aufrechter Patriot, der mit jeder Faser seines Herzens am Vaterland hängt! Fritz, einer der wichtigsten Männer im Staate! Wie er hinter den Kulissen die Fäden zieht zwischen Militär, Industrie und Wissenschaft, das soll ihm erstmal einer nachmachen!"

Emma nickte nur. Sie kannte Erichs Lobreden auf Fritz Haber zur Genüge. Trotzdem gelang es selbst einem Fritz Haber nicht, dem Kaiser-Wilhelm-Institut für Physik endlich zu einem Gebäude zu verhelfen. Immer noch bestand es nur aus *Einsteins Geldbeutel* und seiner Studierstube. In dieser Stube grübelte der junge Physikprofessor über seiner Allgemeinen Relativitätstheorie. Das versprach keine Anwendungsmöglichkeit für den Krieg; dafür konnte niemand den zuständigen Stellen Geldmittel entlocken.

In Emmas Augen war dieser Einstein sowieso ein verrücktes Huhn. Wie der immer rumlief! Manchmal sogar ohne Socken! Seine arme Frau und die beiden Söhne hatte er nach Zürich abgeschoben und lebte jetzt mit seiner Base zusammen. Ganz und gar verantwortungslos, der Mann! Kein Wunder, dass so einer dann auch das Vaterland in seiner Not im Stich ließ. Und trotzdem tat ein honoriger Mann wie Haber alles für den.

- Das geht über meine Hutschnur! -

Wilhelmines erster Geburtstag am 28. Januar 1917 fiel in eine Periode strengen Frosts. Jetzt wurde auch noch der Brennstoff knapp. Der große Kachelofen im Salon blieb kalt. Emma und Elsbeth hielten sich zusammen mit der kleinen Wilhelmine tagsüber nur noch in der Küche auf und für die beiden Jungen wurde eins der beiden Kinderzimmer geheizt, wenn sie am Nachmittag verfroren aus der Schule kamen. Erich trank nach der Arbeit seinen heißen Baldriantee in der Küche, wechselte mit Emma wenige Worte über die Begebenheiten des Tages und beide verkrochen sich in ihr mit Wärmflaschen vorgeheiztes Bett.

Wortlos drängte Erich sich an Emma, knöpfte ihr Nachthemd auf und begann, an ihrem Busen zu saugen. Emma seufzte und streichelte seinen Kopf. Seit sie Wilhelmine abgestillt hatte, gestattete sie Erich wieder, sich an ihrem Busen in den Schlaf zu nuckeln.

- Wie ihn das immer beruhigt! -

Gott sei Dank ließ er sie mit dem *anderen* in Ruh, seit Wilhelmine da war. Der Dammriss, den Emma bei der Geburt erlitten hatte, hatte sich entzündet, verheilte nicht richtig und hinterließ schließlich eine berührungsempfindliche Narbe. Darüber sprach sie mit Erich nur in dunklen Andeutungen. Aber er bedrängte sie kaum, fragte bald nicht einmal mehr nach, wie es um *ihre Sache* stehe. Er gab sich wieder mit dem Platz an ihrem Busen zufrieden. Dass sie auch nach ihrer Schwangerschaft kaum abgenommen hatte und ihre Brüste noch größer und weicher geworden waren, gefiel ihm offenbar sehr. Schon kurz nach Wilhelmines Geburt hatte er sich angewöhnt, seine Frau mit Mutti anzusprechen. Emma hörte es gern. Sie gab nach und nach die Hoffnung auf, Annas Platz in seinem Herzen einnehmen zu können. Nie würde sie seine strahlende, kluge, bewunderte Herzenskönigin werden! Aber sie konnte ihm etwas geben, wonach er, als mutterlos aufgewachsenes Kind, sich offenbar um so mehr sehnte, je älter er wurde.

- Lieber Mutti sein als Dummchen! -

Emma sah zärtlich auf Erichs Kopf mit den ausgeprägten Geheimratsecken hinunter und entzog ihm sanft die Brustwarze.

„Mein Hartköpfchen, nu is aber gut!"

Erich lächelte sie verlegen an, drehte sich auf die Seite und schlummerte gestillt ein.

Im Mai wusste Elsbeth Schreckliches aus der Familie Max Plancks zu berichten. Grete, eine seiner beiden Zwillingstöchter, war im Kindbett gestorben, nur ein Jahr nach dem Tod ihres Bruders Karl vor Verdun! Aber der Professor trage sein Schicksal, wie es sich für einen Preußen gehöre.

- Tod im Kindbett! -

Emma grauste es und sie dankte dem Herrgott, dass sie noch lebte. Die Hartkopfs kondolierten erneut dem Ehepaar Planck, aber bald schon dachte Emma nicht mehr an deren Leid, denn in ihrer Familie gab es etwas zu feiern! Erich war für seine Verdienste um die Gasmaskenforschung das Eiserne Kreuz II. Klasse, am weißen Band mit schwarzer Einfassung, verliehen worden. Stolz präsentierte er sich mit dem Ehrenzeichen auf der Brust seinen Söhnen, die ihm auch die erhoffte Bewunderung zuteilwerden ließen. Endlich hatten sie etwas, womit sie vor ihren Klassenkameraden prahlen konnten, denn über die Arbeit ihres Vaters durften sie nicht reden, und so blieb ihnen sonst nur die Zuflucht, mit seinen streng geheimen Forschungen anzugeben.

Nicht nur Erichs Forschungen machten Fortschritte, sondern auch die Offensivabteilungen des Militärinstituts konnten Erfolge verbuchen. Mit Senfgas hatte man einen Stoff entwickelt, der fünfzigmal effektiver war als das zuvor verwendete Phosgen. Die Effektivität errechnete man nach der Haber'schen Tödlichkeitsformel: Zeit mal Giftigkeit. Es wurde LOST genannt und kam, mit einem gelben Warnkreuz versehen, im Juli 1917 zum ersten Mal zum Einsatz, wieder an der Front bei Ypern. Diesmal krepierten vor allem britische Soldaten, mehr als bei allen bisherigen Gasgranatenangriffen zusammen. Haber konnte seinen fleißigen Forschern einen Umtrunk mit requiriertem echten Champagner aus Heeresbeständen spendieren. Einer anderen Abteilung gelang es, Arsenverbindungen für den Gaskrieg nutzbar zu machen. Sie wurden als Clark I und Clark II bezeichnet, mit einem blauen Warnkreuz versehen und durchdrangen als Reizstoffe alle Atemschutzfilter, so dass sich die damit Umnebelten verzweifelt ihre Gasmaske vom Gesicht rissen, um dann das tödliche LOST einzuatmen. Diese ausgeklügelte Kombination aus den mit einem gelben und einem blauen Warnkreuz versehenen Kampfstoffen nannten die Wissenschaftler bald mit amüsiertem Lächeln Buntschießen.

Trotz dieser Erfolge war Erich oft bedrückt in diesen Sommerwochen. Wenn Emma ihn fragte, warum, murmelte er nur:

„Die Zeit, die Zeit. Es ist ein Wettlauf gegen die Zeit."

Es gelang seiner Abteilung nicht, einen wirksamen Schutz vor LOST zu entwickeln, und er wusste nur zu gut, dass die Chemiker der Gegenseite den Inhalt der gegen ihre Truppen verschossenen Granaten wieder sorgfältig analysieren und die Zusammensetzung bald herausfinden und nachmachen würden. Dann würde die todbringende Erfindung auf die deutschen Soldaten zurückschlagen. Der Krieg musste schnell zu Ende gehen, wenn die Deutschen ihren Forschungsvorsprung wahren wollten.

Doch danach sah es überhaupt nicht aus. Durch den Kriegseintritt der USA wurden frische, schlagkräftige Alliierte aus der erschöpften, gebeutelten Entente. Nur an der Ostfront ging es noch voran. Im September erhielt Emma einen vor Triumphgefühlen strotzenden Feldpostbrief von ihrem Bruder Franz, der bei der Eroberung Rigas mitgekämpft hatte. Natürlich freute Erich sich ebenso wie Emma über diesen Brief, doch wusste er durch Gespräche mit seinem Chef zu viel über die prekäre militärische Gesamtlage, um die deutschen Erfolge im Osten überzubewerten. Die Überlegenheit der Alliierten zeichnete sich für Eingeweihte immer deutlicher ab, auch wenn die allgemeine Bevölkerung weiterhin im Glauben an den kurz bevorstehenden Siegfrieden gelassen wurde.

Mit der *schweren Zeit für unser geliebtes Vaterland* begründete Fritz Haber, dass er seine zweite Eheschließung nur im Familienkreis feiern würde. Am 25.10.1917 heiratete er Charlotte Nathan. Emma und Erich ließen es sich allerdings nicht nehmen, zur kirchlichen Trauung in die Kaiser-Wilhelm-Gedächtnis-Kirche zu gehen. Emma genoss die feierliche Zeremonie, nur nicht ganz so lang hätte sie sein müssen in dem ungeheizten Kirchenschiff.

- Ich hab schon Eisbeine! -

Emma war seit Wilhelmines Taufe nicht mehr in einer Kirche gewesen. Doch sie vertraute darauf, dass der Herrgott es ihr schon nicht verübeln werde, wo sie doch immer so viel zu tun hatte. Dafür sprach sie vor jeder Mahlzeit ein kurzes Tischgebet, auch wenn Erich versucht hatte, ihr das abzugewöhnen. Er hatte es nun mal nicht mit Gott. Haber wohl eigentlich auch nicht, aber als getaufter Jude musste er zeigen, dass er alles so machte, wie es sich gehörte. War ja auch was Schönes, so eine kirchliche Trauung. Viel feierlicher als beim Standesamt. Erhebender!

- Aber mir hat Erich das ja nich gegönnt! -

Weil sie eben nur seine zweite Frau war und Anna tot. Aber bei Haber war es doch auch die zweite Ehe und seine Clara war tot! Und ausgerechnet diese Charlotte Nathan heiratete der jetzt! Eine fesche Person war sie ja. Und viel jünger als Haber. Ob Männdel die so richtig annehmen würde als Mutter? Nach allem …

Emmas Blick wanderte zu dem fünfzehnjährigen Hermann Haber, der, mit Anzug und Fliege herausgeputzt, nicht wie ein Erwachsener wirkte, sondern wie ein zu großes, zu ernstes und verlorenes Kind.

Das würde bestimmt nicht einfach werden, war Emma überzeugt. Weder für Habers zweite Frau noch für den verhätschelten Sohn der ersten. Gott sei Dank stand mit ihr selbst und ihren Stiefsöhnen alles zum Besten. Sie hatte sie genauso lieb wie ihr Minchen, da musste sie sich nichts vorwerfen, von wegen böse Stiefmutter und so.

- Nee, ganz bestimmt nich! -

Schwerfällig und durchgefroren erhob sich Emma und zwängte sich aus der Kirchenbank, als das Brautpaar unter Orgelklängen die Kirche verließ und sich zum Defilee der Gratulanten neben der Treppe aufstellte. Fritz Haber, in Hauptmannsuniform und mit allen Orden geschmückt, ließ sein rundes Gesicht unter einer blank polierten Pickelhaube erstrahlen. Mit der linken Hand auf seinem umgeschnallten Säbel nahm er mit der rechten Emmas und Erichs Gratulation entgegen. Auch das Gesicht der neuen Frau Prof. Haber leuchtete, obwohl es von einer breitkrempigen Pariser Hutkreation beschattet wurde.

Während Erich von der Kirche aus gleich wieder ins Institut ging, ließ sich Emma zuhause von Elsbeth ein heißes Fußbad bereiten und erzählte ihr haarklein von der *bewegenden Zeremonie*. Elsbeth lauschte ihr aufmerksam, nickte immer wieder, kommentierte zum Schluss aber skeptisch:

„Na, wenn det mal jut jeht mit die beede. Ick meen, wo der Professer Haber doch son Arbeitstier is und denn sone junge Frau."

„Aber Elsbeth, was redst du da für dummes Zeug! Mein Erich is auch n Arbeitstier und ich bin ne junge Frau, und klappts bei uns etwa nich?"

„Weeß ick doch nich!"

- Hoppla! Was will sie denn damit sagen? -

Emma blickte Elsbeth misstrauisch an. Manchmal nahm die sich Frechheiten heraus! Mit ihrer Ehe war alles in Ordnung, da ließ sie sich nichts einflüstern. Natürlich hatte sie sich als Mädchen etwas anderes erträumt. Romantik und Gefühle. Welches Mädchen tat das nicht? Aber so war das Leben nicht und eine Ehe nicht und eine zweite Ehe schon gar nicht. Das hatte sie schmerzlich begreifen müssen. Aber hatte sie es wirklich begriffen?

- Doch! Doch! -

Sie durfte nicht undankbar sein. Alles war gut. Erich hing an ihr und sorgte für seine Familie und ging nicht fremd, jedenfalls kam ihr nichts zu Ohren.

- Mehr kann ne Frau nich erwarten. -

Elsbeth rubbelte kräftig Emmas Füße in dem warmen Wasser. Ein paar Tropfen schwappten über.

„Pass doch auf, du Trampeltier!"

Emma strafte Elsbeth mit ihrem herrschaftlichsten Blick. Die hatte keine Zweifel an ihrer Ehe zu äußern! Das wäre ja noch schöner!

Elsbeth widerstand Emmas Blick, ohne die Augen niederzuschlagen und mit einem so verkniffenen Gesichtsausdruck, dass Emma ihre Beschimpfung sofort bereute.

- Dass sie mir bloß nich schmollt! -

Elsbeths Schmollen konnte lang anhaltend und fürchterlich sein, fürchterlich für eine Emma, die geliebt und bewundert werden wollte. Wenn schon nicht von ihrem Mann, dann wenigstens von ihrem Dienstmädchen. Begütigend sagte sie:

„Gieß doch bitte das Fußwasser aus und dann trinken wir n feines Tässchen Kaffee."

„Muckefuck."

„Egal. Hauptsache, wir zwei beide habens gemütlich zusammen."

Elsbeths Züge entspannten sich. Sie lächelte sogar.

- Gott seis getrommelt und gepfiffen! -

Während Elsbeth den Ersatzkaffee aufbrühte, weckte Emma Wilhelmine aus ihrem Mittagsschlaf. Sonst wachte sie in der Nacht womöglich wieder auf und schrie, und das konnte Erich auf den Tod nicht leiden. Er brauche schließlich seinen Schlaf, empörte er sich dann immer, sonst habe er keinen klaren Kopf bei der Arbeit.

Erich versuchte verzweifelt, das Letzte aus seinem Kopf herauszuholen. Es musste sich doch ein Mittel gegen das LOST finden lassen, ein Schutz für die eigenen Soldaten! Doch als die Franzosen im Juni 1918 das deutsche Monopol gebrochen hatten und zum ersten Mal mit LOST angriffen, war es seiner Defensivabteilung immer noch nicht gelungen. Und in diesem Sommer kam zwar die lang ersehnte Bewegung in die erstarrte Westfront, doch es waren die alliierten Truppen, die Tag für Tag voranmarschierten.

Erich wurde immer schweigsamer und hörte kaum hin, wenn Emma über stundenlanges Schlangestehen für ein Fitzelchen Butter jammerte. Seine Kinder bekamen ihn nur noch an den Sonntagen zu Gesicht, und auch dann verzog er sich nach den Mahlzeiten meistens in sein Arbeitszimmer. Als Karl-Heinz ihn einmal aufmuntern wollte und ihm erzählte, sein Oberlehrer habe ihnen versichert, nach dem Friedensabkommen mit der neuen revolutionären Regierung in Russland sei der deutsche Sieg nicht mehr aufzuhalten, da sie jetzt endlich der Falle des Zweifrontenkrieges entkommen seien, schnaubte er nur höhnisch durch die Nase:

„Was versteht so ein Schulmann vom Krieg! Das kommt doch alles viel zu spät."

Emma starrte Erich ungläubig an:

„Erich, du willst doch nich sagen …"

Erich schüttelte den Kopf und murmelte kaum hörbar.

„Nicht vor den Kindern, Mutti!"

Am Abend im Bett sprach er mit ihr zum ersten Mal ernsthaft über den Krieg. Er sprach von der Material- und Truppenüberlegenheit der Alliierten, vom frischen amerikanischen Blut und den vom Stellungskrieg ausgelaugten deutschen Kämpfern. Er erklärte ihr, dass auch die Gaswaffe kein siegreiches Ende herbeiführen könne, da es längst ein Patt zwischen beiden Seiten gebe, und dass Haber zusammen mit vielen anderen Ludendorff und Hindenburg dazu dränge, den Krieg so bald wie möglich zu beenden, auch wenn man dafür bittere Bedingungen in Kauf nehmen müsse.

Emma lag bewegungslos vor Schreck unter ihrem Federbett und krampfte die Hände in den Bezug. Dann war der Krieg ja verloren! Das konnte gar nicht sein! Die Zeitungen schrieben ganz was anderes! Und all die vielen Toten! Wofür?

- Fritz! -

Emma war so verwirrt, dass sie lange Zeit nichts sagte. Erst als Erich sich an sie drängte, um sich wie gewohnt in den Schlaf zu nuckeln, hielt sie ihn zurück und fragte zaghaft:

„Haber will n Verständigungsfrieden, sagst du? Das fordern doch sonst nur die Sozis und solche Leute auf ihrn Kundgebungen. Vaterlandsverräter eben!"

Erich ließ von ihr ab, richtete sich im Bett auf und sah auf die liegende Emma herab:

„Mutti, versteh doch: Wir haben keine Wahl!"

Jetzt könnten sie vielleicht noch etwas rausschlagen für ein Friedensangebot, setzte er ihr geduldig auseinander, schon bald bleibe nur noch die bedingungslose Kapitulation. Das habe Fritz bereits am Anfang des Jahres zu ihm gesagt. Klipp und klar. Da sei er gerade von einer Besprechung mit Einstein und Rathenau gekommen.

„Aber das ist vertraulich, hörst du! Streng vertraulich! Red mit keinem darüber, auch nicht mit Elsbeth!"

„Natürlich nich, Erich. Was du immer von mir denkst!"

Und doch fiel es Emma schwer zu schweigen, als Elsbeth am nächsten Tag beim Rübenmuskochen über ihren Bruder Kurt schimpfte:

„Da hat der jnä Herr ihn nu sone jute Stellung als Mechanikus verschafft, und er hat nix Bessret zu tun als wie bei die Sozis rumzukrakeeln! Hat ne Rede jehalten vor ne riesije Menschenmenge von wejen Schluss mit dem Kriech und endlich Frieden und so. Ick meen, klar wolln wa Frieden, wer will det wohl nich, hab ick zu ihm jesacht. Aber Frieden is, wenn wa jesiecht ham, sacht der jnä Herr doch immer, und der musset doch wissen, hab ick zu ihm jesacht."

Emma nickte nur und verließ schnell die Küche. Wenn Elsbeth wüsste! Es würde keinen Sieg geben. Wie sollte ein Dienstmädchen das begreifen? Sie begriff ja selbst nichts von dem, was Erich ihr in der letzten Nacht anvertraut hatte. Wieso beriet sich Haber mit Einstein? Diesem total weltfremden Gelehrten! Und wieso redete Erich auf einmal von Verhandeln und Verständigung? Wo Millionen dafür ins Gras gebissen hatten, dass man nicht verhandelte! Und immer noch hielt Franz seinen Kopf an der Ostfront hin und immer noch arbeitete Haber weiter am Kampfgas.

- Das verstehe, wer will. Ich versteh gar nix mehr. -

Emma versuchte noch ein paar Mal, mit Erich über ihre Zweifel zu sprechen, doch er wurde immer unzugänglicher. Sein Gesicht glich einer Maske, seine Augen wirkten stumpf. Auch Karl-Heinz und Wolf-Dieter trauten sich bald nicht mehr, ihren Vater anzusprechen, so unnahbar erschien er ihnen. Nur die kleine Wilhelmine kletterte unbefangen auf seinen Schoß und patschte mit ihren bekleckerten Händchen in sein Gesicht. Erich ließ sie geistesabwesend eine Zeit lang gewähren und stellte sie dann wieder neben sich wie einen lästigen Gegenstand.

Emma machte sich weiter Gedanken über das Kriegsgeschehen, doch die viel naheliegenderen Probleme der Versorgung ihrer Familie drängten sich in den Vordergrund. Es wurde immer schwieriger, überhaupt das Nötigste an Nahrung zu beschaffen. Nur auf dem Schwarzmarkt war noch einiges zu horrenden Preisen zu ergattern und der dreizehnjährige Karl-Heinz war derjenige, der sich mit Schwarzmarktgeschäften bald am besten auskannte.

- Mein Heinzelmännchen als Schwarzmarkthändler! Grundgütiger, wie tief sind wir gesunken! -

Dennoch war Emma froh, dass sie überhaupt Geld und Wertsachen für den Schwarzmarkt hatten. Das Elend in den Arbeiterfamilien wollte sie sich lieber nicht ausmalen. Tausende sollten in Berlin schon verhungert sein! Und Erich sagte nichts, wenn ein gutes Stück Fleisch auf dem Teller lag.

- Dabei weiß er genau, wos herkommt und wers besorgt hat! -

Wenige Tage nach dem Waffenstillstandsangebot der deutschen Regierung an den amerikanischen Präsidenten Wilson am 4. Oktober kam Emma mit einem von Karl-Heinz gegen ein Silberbesteck eingetauschten Stück Schweinebauch in die Küche … und blieb erschrocken im Türrahmen stehen. An ihrem Küchentisch saß vor einem Teller mit Kohlsuppe ein noch junger Mann, der dennoch abgelebt wirkte, in schmutzigen, zerrissenen Klamotten, mit einem Verband um den Kopf und einem leeren rechten Jackenärmel.

- N Kriegsversehrter! -

Bleich war der, wie der leibhaftige Tod! Was machte der in ihrer Küche?

Elsbeth sprang auf und ging auf Emma zu:

„Tschuldijung, jnä Frau, aber det is der Adolf, meen jüngster Bruder."

Emma starrte auf den Mann am Tisch, der nur kurz aufsah, einen Gruß murmelte und dann seine Suppe weiterlöffelte. Elsbeth redete hastig weiter:

„Der is heute nach Haus jekomm, direktemang aussen Lazarett. Und denn hatter mir jesucht. Und nu schaun Se sich det Elend bloß ma an!"

Elsbeths Aufforderung bewirkte das Gegenteil. Emma schaute beschämt zu Boden, drückte Elsbeth den Schweinebauch in die Hand und wollte die Küche wieder verlassen. Doch Elsbeth hielt sie auf:

„Kann ick em och noch ne Stulle schmiern? Der arme Kerl hat seit Tagen nüscht …"

„Natürlich, Elsbeth, natürlich!"

Hastig wandte sich Emma dem ausgemergelten Mann zu:

„Essen Sie sich man orntlich satt! Das is ja wohl das Mindeste, was wir für Sie tun können."

- Soll ich ihm auch noch was von der Milch anbieten? -

Nein, dann hätte sie nachher nichts für Minchen, überlegte Emma. Aber gleich schalt sie sich selbst. Man musste für den armen Menschen doch was tun!

Während Elsbeth eine Scheibe Brot abschnitt und mit Margarine und Marmeladenersatz bestrich, holte Emma den Krug aus der Speisekammer und schenkte Adolf Olsanski ein Glas Milch ein. Er trank es in einem Zug leer und schaute sie dankbar an:

„Sie sind ne feine Herrschaft, det hat unse Elsbeth ja schon immer jesacht."

„Aber ich bitte Sie! Wo Sie so viel fürs Vaterland geopfert haben."

Ihr Blick konnte sich nicht von dem leeren Ärmel lösen, der mit einer Nadel am Schulterstück der Jacke befestigt war. Elsbeths Bruder fing ihren Blick auf und ein bitteres Lächeln verzerrte sein knochiges Gesicht.

„Fürs Vaterland? Für son paar verfettete Jeneräle, die hoch un trocken in ihre Schlösser hocken, meilenweit wech vonne Front und hübsch ein nachn annern von uns ins Feuer schicken. Die hohn Herrn spieln Kriech und der arme Mann darf bluten. Vaterland! Ick scheiß aufs Vaterland!"

„Adolf!"

Elsbeth fasste sich an die Brust.

„Det kannste doch nich sajen!"

Adolf Olsanski funkelte seine Schwester erbost an:

„Ick lass mir nich det Maul verbieten! Ick sach, wie det is. Die jehörn alle abjeschafft, die Jeneräle, die Junker und Willem, der oberste Feichling och. Weeßte, wat se sich anne Front erzählt ham? Ein einzijes Mal hat sich Willem zwo anne Front kutschiern lassn, hat ausjiebich jekotzt, wie er den Schlamassel jesehn hat, und is schnell wieder zurück auf sein Schloss. Unser hochwohljeborner oberster Feldherr!"

Adolf spuckte auf den Küchenboden. Elsbeth wandte sich entschuldigend an Emma. Sie verstehe das überhaupt nicht. Sie kenne den Adolf gar nicht wieder! Der sei früher nicht so jewesen, ganz bestimmt nicht. Sie wisse gar nicht, was sie sagen solle …

„Is gut, Elsbeth. Is ja auch kein Wunder … ich mein, der Krieg verstört wohl so manchen guten Mann …"

Adolf Olsanski schrie empört auf:

„Ick bin nich verstört! Ick war noch nie so klar im Koppe als wie jetzt!"

„Adolf, bitte!"

Doch Adolf ließ sich nicht bitten. Früher, erklärte er lautstark, früher habe er seinen großen Bruder Kurt ausgelacht. Der immer mit seiner Politik! Aber jetzt wisse er es besser. Recht habe der Kurt! Heute Nachmittag, kündigte er mit drohender Stimme an, da werde er zum Alexanderplatz gehen, wo Kurt eine Rede halte. Demonstrieren werde er, zum ersten Mal im Leben. Demonstrieren, damit sie endlich wählen könnten und dem Krieg ein Ende machen.

„Jenau wie die Arbeiter in Russland. Und du sollst man auch mitkomm, Elsbeth!"

„Icke? Bei dir piepts wohl! Kommst her und ajitierst rum und det inne Küche von meine Herrschaft! Wo die jnä Frau det so jut mit dir jemeint hat!"

Emma hatte sich mit kleinen Schritten rückwärts zur Tür hinbewegt.

„Lass gut sein, Elsbeth. Ich muss dann mal nach Minchen sehen. Auf Wiedersehn, Herr Olsanski!"

- Bloß weg hier! -

Die Welt spielte komplett verrückt, fand Emma. Wo sollte das bloß enden?

Es endete mit der Meuterei der Matrosen in Kiel und der Revolution im November, der Abdankung Kaiser Wilhelms, der doppelten Ausrufung einer Republik und der bedingungslosen Kapitulation der deutschen Truppen. Doch all das waren nur bewegte Schemen an Emmas Horizont, denn schon Ende Oktober hatte ein Feind die Familie Hartkopf überfallen, dessen Abwehr Emmas Zeit und Aufmerksamkeit ganz in Anspruch nahm. Erich war der Erste, der von diesem Feind attackiert wurde. Er kam schon am Nachmittag aus dem Institut, klagte über Kopfschmerzen und Mattigkeit und legte sich gleich ins Bett. Emma fasste an seine Stirn.

- Fieber! -

Das Fieberthermometer bestätigte ihren Verdacht. Die Quecksilbersäule stieg bis auf 39,8 Grad Celsius. Noch am Abend schickte Emma nach Dr. Rosenkrantz, der erst kurz vor Mitternacht kam. Er sah übermüdet und überanstrengt aus, untersuchte Erich kurz und konstatierte:

„Die Grippe. Die grassiert überall. So eine schlimme Epidemie habe ich in meinem ganzen Leben noch nicht gesehen."

„Na ja, ne Grippe. Das hat man doch leicht ma. Das kommt und geht."

„Diese ist anders, gnädige Frau. Die schlägt erbarmungslos zu und rafft die Leute dahin. Gerade auch kleine Kinder sterben wie die Fliegen! Schützen Sie Ihre Kinder! Kein Kontakt mit dem Kranken, penibles Händewaschen, und Sie selbst sollten einen Mundschutz tragen!"

Vor Schreck musste Emma gleich nach dem Weggang des Arztes auf die Toilette rennen. Ihr alarmierter Körper entleerte sich, während ihre Gedanken sich panisch überschlugen. Sie hatten den Feind im eigenen Haus! Gefahr! Erich! Die Kinder! Kinder sterben wie die Fliegen. Nein, bitte nicht die Kinder!

- Alles, nur das nich, lieber Gott! -

Gleich am nächsten Morgen schickte sie Elsbeth zur Apotheke, um die von Dr. Rosenkrantz verschriebenen Medikamente zu besorgen. Sie bekam auch Aspirin und einen Thymiansaft, doch Mundschutzmasken gab es nicht. Emma musste sich mit Erichs großen Taschentüchern behelfen. Sie schärfte auch Elsbeth ein, nur mit einem vorgebundenen Taschentuch ins Schlafzimmer zu gehen, in dem Erich sich im Fieberschlaf hin- und herwälzte, immer wieder hochgeschreckt von fürchterlichen Hustenattacken. Für sich selbst errichtete Emma im Salon ein Lager und verbot den Kindern strengstens, sich dem Schlafzimmer auch nur zu nähern.

Doch alle Vorsichtsmaßnahmen halfen nichts. Drei Tage später kroch Wilhelmine auf Emmas Schoß, schmiegte sich an ihre Brust und schlief sofort ein. Emma spürte durch ihre Kleider die Glutofenhitze ihres Kindes und wusste, dass der heimtückische Feind ein weiteres Opfer gefunden hatte.

- Mein Minchen! Lieber Herrgott, beschütz mein Minchen! -

Jetzt mussten Emma und Elsbeth zwischen den beiden Kranken hin- und herpendeln, sie brachten heiße Tees und Medizin, wechselten unzählige Male das durchgeschwitzte Bettzeug, maßen Fieber, machten Wadenwickel. Emma schickte Karl-Heinz los, um Zwiebeln zu erstehen, und kochte einen großen Topf voll Zwiebelsud, den sie mit Honig vermischt Erich und Wilhelmine einflößte. Dieses alte Hausrezept gegen Husten hatte ihr als Kind immer geholfen. Ihre größte Angst war jedoch, selbst krank zu werden. Sie musste sich doch um die Kranken kümmern! Aber was sollte sie bloß mit den beiden Jungs machen? Die mussten raus hier, damit sie sich nicht auch noch ansteckten.

- Aber wohin? -

Emma telegrafierte an ihre Eltern in Hamburg. Doch als die Antwort kam, lag Wolf-Dieter schon hoch fiebernd im Bett. Emma geriet in Panik. Sie zerrte Karl-Heinz aus dem Kinderzimmer.

„Du musst weg von hier! Zu Oma und Opa Schulze. Sie erwarten dich!"

„Und wer soll dann die Familie versorgen? Ich geh nicht! Ich bin jetzt der einzige männliche Schutz!"

- Ach Gottchen, wie er sich aufplustert, der kleine Kerl! -

Natürlich würde er ihr verdammt noch mal fehlen, gerade jetzt. Aber er musste hier raus, sonst hatte sie bald noch einen Kranken zu versorgen und aus war es mit männlichem Schutz!

Emma redete auf Karl-Heinz ein. Er blieb stur. Aber diesmal wollte Emma nicht nachgeben. Sie ging ins Schlafzimmer, weckte Erich sanft und schilderte ihm die Lage. Zum Glück ging es ihm schon seit zwei Tagen etwas besser, das Fieber war gesunken und er hatte sogar schon etwas Suppe gegessen. Nur sein Husten war noch so stark, dass er seinen ganzen Körper durchschüttelte.

„Erich, ich weiß nich mehr, was ich machen soll. Sprich ein Machtwort!"

Erich richtete sich im Bett auf und zitierte seinen Sohn zu sich. Mit einem Taschentuch vor dem Mund, das Emma ihm hastig umgebunden hatte, stand der Dreizehnjährige im Türrahmen des Schlafzimmers.

„Du tust, was Mutti dir sagt, hast du mich verstanden? Du packst sofort dein Bündel und fährst mit dem nächsten Zug nach Hamburg!"

Karl-Heinz schwieg und sah seinen Vater trotzig an.

„Ob du mich verstanden hast, will ich wissen!"

„Ja."

„Na bitte! Also!"

Erich wurde von einem Hustenanfall in die Kissen zurückgeworfen. Emma schob Karl-Heinz rasch aus dem Schlafzimmer und schloss die Tür hinter sich. Sie setzte ihre strengste Miene auf:

„Du gehst jetzt sofort zum Bahnhof und findest raus, wann ein Zug nach Hamburg fährt!"

Schmollend, aber ohne Widerworte, machte sich Karl-Heinz auf den Weg.

Früh am nächsten Morgen packte er seine Sachen und verabschiedete sich von seinem erkrankten Bruder. Er wollte ihm ein tröstendes Wort sagen, ihn irgendwie aufmuntern. Doch der schlaffe und wehrlose Zustand seines ewigen Rivalen machte ihm so viel Angst, dass er nur herauspresste:

„Du hast es gut! Kannst dich hier verwöhnen lassen."

Wolf-Dieter lächelte matt. Sein Fieber war innerhalb weniger Stunden auf über 40 Grad gestiegen und sein Atem machte beängstigende Pfeifgeräusche. Emma gab Karl-Heinz noch tausend unnütze Ermahnungen mit auf den Weg, die er stoisch über sich ergehen ließ. Als er endlich aus dem Haus war, blieb sie im Flur stehen, schloss die Augen und atmete einmal ganz tief ein und wieder aus.

- Wenigstens einer is in Sicherheit! -

Für mehr als ein erleichtertes Atemholen blieb ihr keine Zeit. Schon eilte sie wieder zwischen den Krankenzimmern hin und her. Nicht nur Wolf-Dieter, sondern auch Wilhelmine fieberte immer heftiger und war oft kaum ansprechbar. Immer wieder musste Emma an Dr. Rosenkrantz' Satz denken: Gerade die Kinder sterben wie die Fliegen. Was konnte sie denn bloß noch machen? Der Doktor konnte ja auch nicht wirklich helfen. Wer konnte denn nur helfen?

In ihrer Not betete Emma jeden Abend lange und inbrünstig, obwohl sie vor Übermüdung kaum die Augen offen halten konnte.

Tag und Nacht suchte sie den Kranken Linderung zu verschaffen. Doch nur Erich ging es langsam wieder besser. Wilhelmine und Wolf-Dieter verfielen von Tag zu Tag mehr, verwandelten sich vor Emmas entsetzten Augen von quicklebendigen, kraftstrotzenden Kindern in fahlgesichtige, abgezehrte, um Luft ringende Wesen. Nach einer Woche diagnostizierte Dr. Rosenkrantz bei Wolf-Dieter eine beidseitige Lungenentzündung und zwei Tage später fiel der Junge ins Fieberdelirium. Er antwortete nicht mehr auf Emmas Fragen, nur manchmal keuchte er:

„Mutti, Mutti!"

Verzweifelt streichelte Emma seine heiße, kleine Hand.

„Ich bin ja da, mein Wölfchen. Mutti is bei dir."

Aber rief er wirklich nach ihr in seiner Not? Vielleicht rief er nach seiner richtigen Mutter? Oder rief Anna ihn? Rief ihn zu sich in die jenseitige Welt?

Emma sah zur Zimmerdecke empor:

„Lass ihn bei mir, Anna! Er hat doch noch gar nich richtig angefangen zu leben! Hol ihn nich zu dir! Sei du sein Schutzengel! Irgendwer muss ihn doch retten können!"

Doch kein diesseitiges und kein jenseitiges Wesen konnte Wolf-Dieter Hartkopf retten. Am 10.11.1918, morgens, kurz nach 5 Uhr, erkämpfte er sich seinen letzten rasselnden Atemzug. Niemand war in diesem Moment bei ihm. Elsbeth schlief und Emma wechselte gerade Wilhelmines Wadenwickel. Als sie danach die Tür zu Wolf-Dieters Zimmer aufmachte, blieb sie erschrocken stehen.

- Diese Stille! -

Sie wusste sofort, dass es eine Totenstille war. Sie näherte sich dem Bett, betrachtete das von verschwitzten Haaren eingerahmte bleiche Gesicht, den offen stehenden Mund, die bewegungslosen Nasenflügel.

- Kein Leben mehr. -

Am liebsten hätte Emma den verlassenen Körper des Zwölfjährigen in die Arme genommen, hätte ihn gewiegt und seine verkrusteten Lippen geküsst, doch sie hielt sich zurück. Konnte man sich auch bei Toten anstecken? Sie wusste es nicht. Aber sie wusste, dass sie nicht auch noch krank werden durfte.

- Verzeih mir, Wölfchen! -

Sie setzte sich auf den Stuhl, der neben dem Bett stand, legte ihr Gesicht in ihre Hände und überließ sich dem hemmungslosen Strömen ihrer Tränen. Als die versiegt waren, stand sie auf und öffnete das Fenster, um Wolf-Dieters Seele hinauszulassen.

„Flieg! Flieg zu Anna! Sie erwartet dich schon. Sie wird jetzt für dich sorgen, mein Wölfchen. Hab keine Angst! Alles wird gut!"

Während Emma noch am Fenster stand, kam Elsbeth herein, begriff sofort und brach in lautes Wehklagen aus. Emma legte den Zeigefinger auf die Lippen:

„Pssst! Elsbeth! Nich so laut! Wenn der gnädige Herr dich hört! Dann weiß er doch sofort … er darf es noch nich erfahrn! Er is noch viel zu geschwächt."

„Aber Sie könn ihm det doch nich verheimlichn wolln!"

„Doch, Elsbeth, ich muss! Das überlebt er sonst nich, dann kriegt er nen Rückfall, glaub mir!"

Elsbeth glaubte ihr, doch sie konnte sich nicht vorstellen, dass Emmas Vorhaben gelingen könnte. Wie wollte sie denn ohne Erichs Rat und Hilfe all das bewerkstelligen, was in einem Todesfall zu tun war? Und ausgerechnet jetzt in diesen unruhigen Zeiten, wo alles drunter und drüber ging und man sich auf nichts und niemanden mehr verlassen konnte?

Doch es schien, als wären Emma plötzlich ungeahnte Kräfte zugewachsen. Sie opferte einen Teil ihres Schmucks, um einen Bestattungsunternehmer zu bezahlen, sie deutete Erich die Stimmen und polternden Schritte der Sargträger zu Handwerkerlärm wegen eines Wasserrohrbruchs um, sie fand sogar einen Pfarrer, der trotz der vielen

Toten in Berlin bereit war, am Grab zu sprechen, sie benachrichtigte Wolf-Dieters Klassenlehrer und sandte Telegramme an ihre Eltern und an Erichs Vater, auf die sie keine Antworten erhielt. Aber eine Fahrt mitten durchs revolutionsgeschüttelte Land nach Berlin konnten sie sowieso nicht unternehmen. Fuhren überhaupt noch Züge? Emma wusste es nicht. Sie wusste nur:

- Ich muss dich zu Anna bringen, Wölfchen. -

Ein nasskalter Wind wehte ihr ins Gesicht, als sie zusammen mit einigen Klassenkameraden Wolf-Dieters neben dem Grabstein seiner Mutter vor der kleinen Grube stand. *ANNA HARTKOPF, geb. SCHULZE, 1884 – 1911, inniggeliebt, ewig unvergessen* verkündete eine vergoldete Schrift, die immer noch glänzte. Emma hatte sie jeden Monat poliert, hatte sich um die Grabpflege gekümmert, gepflanzt, gejätet und gegossen.

- Da wartet sie auf dich. -

Während der Pfarrer predigte, versprach sie ihrem Wölfchen im Stillen, im Frühjahr Krokusse auf das Grab zu pflanzen und versicherte ihrer Schwester, dass sie wirklich alles getan habe, um ihren Sohn zu schützen. Aber nun müsse sie ihn ihr doch zurückgeben. Hartnäckig kämpfte sie gegen ihre Tränen an, als der weiße Kindersarg in die Grube gesenkt wurde.

- Ich muss stark bleiben. -

Sie musste an die Lebenden denken, ermahnte sie sich, die brauchten sie. Sie hörte kaum auf die gemurmelten Beileidsworte und beeilte sich, gleich nach Abschluss der Zeremonie nach Hause zu kommen. Elsbeth nahm ihr den feuchten schwarzen Mantel ab und flüsterte:

„Er hat nach Sie jefracht! Aber ick hab jesacht, Sie sind bei die Apotheke und denn isser auch schon wieder einjeschlafen."

„Gut Elsbeth. Ich zieh mich nur eben um und dann geh ich zu ihm."

„Kann ick denn dann … ick meen … nachn Friedhof hin?"

Emma nickte und drückte Elsbeth die Hand, wobei ihr wieder die Tränen kamen. Sie wandte sich ab, ging schnell ins Wohnzimmer, zog ihr Hauskleid an, drückte so lange ein Taschentuch gegen ihre Augen, bis die wieder ganz trocken waren, und band sich ein anderes vors Gesicht. Zuerst schaute sie nach Wilhelmine.

- Schläft tief und fest. -

Sie legte eine Hand auf die Stirn ihrer Tochter.

- Nich mehr ganz so heiß. -

Sie nahm sich vor, gleich nach Wilhelmines Aufwachen ihre Temperatur zu messen. Leise schloss sie die Tür, blieb noch eine Weile im Flur stehen, straffte sich, beruhigte ihren Atem und setzte ein Lächeln auf, obwohl Erich es unter dem vorgebunden Taschentuch gar nicht würde sehen können.

- Mir hilfts, so zu tun als ob. -

Als Emma ins Schlafzimmer trat, sah Erich ihr im Bett sitzend erwartungsvoll entgegen.

„Wo warst du denn so lange? Ich hab schon Fieber gemessen. Hier!"

Er hielt ihr triumphierend das Fieberthermometer entgegen. Emma nahm es ihm ab. Die Quecksilbersäule zeigte 38,1 Grad.

„Ich fühl mich auch schon viel besser!"

Energisch schlug Erich die Bettdecke zur Seite, setzte sich auf die Bettkante und schob seine Füße in die Pantoffeln.

„Hilf mir aufzustehen!"

„Aber Erich, das is doch noch viel zu früh! 38 Grad sind doch immer noch Fieber! Du darfst noch nich … Musst du? Soll ich dir den Nachttopf bringen?"

„Ich will aufstehen, hab ich gesagt!"

Erich stützte sich mit einem Arm auf dem Nachttisch ab, richtete sich auf, schwankte und fiel wieder aufs Bett zurück.

„Na siehst du, du bist noch viel zu schwach!"

Er wurde von einem Hustenanfall geschüttelt, doch er blieb sitzen, wartete, bis er wieder Luft bekam, und forderte Emma auf:

„Stütz mich! Dann wird es schon gehen. Je länger ich liege, umso schwächer werde ich doch! Nur ein paar Schritte!"

Emma gab ihren Widerstand auf und stellte sich neben das Bett. Gestützt auf sie gelang es Erich tatsächlich, hochzukommen und stehen zu bleiben.

„Siehst du, Mutti! Geht doch!"

Er löste sich von ihr und schlurfte auf die Tür zu.

„Sehr gut, Erich. Aber jetzt solltest du wieder …"

Doch Erich öffnete die Tür und ging im Flur langsam, aber zielstrebig auf Wolf-Dieters Zimmer zu.

- Nein! -

„Nich Erich! Du störst … Wölfchen braucht … ich mein Wolf-Dieter … Ruhe …"

Erich blieb stehen und sah sich um, sah ihr prüfend in die Augen.

- Gott sei mir gnädig! -

Er wandte sich von ihr ab, öffnete die Tür und ging in das leere Zimmer. Er betrachtete das abgezogene Bett und das offen stehende Fenster, senkte den Kopf und sagte mit tonloser Stimme:

„Kein Huster mehr. Seit drei Tagen kein einziger Huster mehr."

„Erich, ich … Erich … ich wollte … ich konnte doch nich … ich …"

Erich würdigte die stammelnde Emma keines Blickes. Er wankte aus dem Kinderzimmer wie ein Betrunkener, stützte sich im Flur an einer Wand ab, verlor im Schlafzimmer einen Pantoffel, ließ sich auf sein Bett fallen und rührte sich nicht mehr. Am Abend war sein Fieber wieder auf 40,2 Grad gestiegen.

Erich überlebte die Spanische Grippe. Auch Wilhelmine wurde wieder gesund. Karl-Heinz blieb ganz verschont, doch er schleppte die

Viren bei seinen Großeltern ein. Zwei Wochen nach seiner Ankunft in Hamburg erlag sein Großvater Karl Schulze ihrem Angriff.

Emma trauerte um ihren Vater, trauerte um Wolf-Dieter und verzweifelte an Erich. Denn auch, als er nicht mehr fieberte und hustete, blieb er am liebsten im Bett liegen oder, wenn Emma ihn mit all ihrer Überredungskunst dazu bewegt hatte aufzustehen, saß er apathisch herum und antwortete auf Fragen nur einsilbig oder gar nicht. Emma konnte ihn auch nicht dazu bringen, auf den Friedhof zu gehen, um am Grab seines Sohnes Abschied zu nehmen. Wenn sie auch nur Wolf-Dieters Namen erwähnte, sah er sie an, als sei sie schuld am Tod seines Sohnes. In ihrer Not schickte sie wieder nach Dr. Rosenkrantz. Der sprach von Neurasthenie und riet Erich zu einem Kuraufenthalt in der Schweiz. Zum ersten Mal seit Wochen huschte ein Lächeln über Erichs Gesicht, aber es war ein höhnisches Lächeln:

„Kuraufenthalt? Wovon? Kriegsanleihen. Die gesamten Ersparnisse."

Dr. Rosenkrantz verstand. Auch er hatte aus patriotischem Pflichtgefühl sein Vermögen in die jetzt wertlos gewordenen Papiere gesteckt. Er seufzte tief, doch dann besann er sich auf seine Aufgabe als Arzt und gab sich Mühe, die Lebensgeister seines Patienten wieder zu wecken:

„Ich verstehe Sie nur zu gut, Herr Prof. Hartkopf. Wir stehen ja alle unter dem Schock des Zusammenbruchs. Und dann noch der Verlust Ihres geliebten Sohnes! Aber das Vaterland braucht gerade jetzt Männer wie Sie!"

„Vaterland? Republik!"

„Aber Herr Prof. Hartkopf! Auch als Republik ist und bleibt es doch unser Vaterland!"

Erich schüttelte nur müde den Kopf. Dr. Rosenkrantz musste sich verabschieden, ohne etwas erreicht zu haben.

Am Neujahrsmorgen des Jahres 1919 blickte Emma voller Sorgen in die Zukunft. Was sollte bloß aus ihnen werden, wenn Erich nicht wieder auf die Beine kam? Wovon sollten sie leben? Das bisschen Krankengeld reichte doch hinten und vorne nicht. Gott sei Dank war Wilhelmine wieder ganz gesund und Karl-Heinz ihr eine große Hilfe. Aber sie hatte immer Angst, wenn er unterwegs war. Die Straßen waren voller Kriegsheimkehrer, für die keiner Verwendung hatte, und voller entlassener Arbeiter.

- Und an allen Ecken und Enden kloppen sie sich! -

Die Freikorps, die Spartakisten, die Sozis gingen aufeinander los. Jeder glaubte, nur er könne Deutschland retten. Emma wünschte sich inbrünstig, dass bald wieder Ruhe und Ordnung einkehren mögen. Am 19. Januar sollten sie ja eine Nationalversammlung wählen.

- Auch die Frauen! -

Aber wer konnte ihr sagen, wen sie wählen sollte? Erich zu fragen, war sinnlos. Der wollte ja von nichts mehr was wissen!

Eine Woche später ließ der neue Reichskanzler Ebert auf Berlins Straßen demonstrierende Spartakisten von nationalistischen Freikorps niederschießen. Elsbeths Bruder Adolf kam mit einem Streifschuss an seinem ihm verbliebenen linken Arm davon. Elsbeth erzählte es Emma in der Küche und jammerte laut:

„Wo soll det bloß noch hinführn?"

Emma wusste es auch nicht. Sie fiel in die Klage ein:

„Was kann man denn bloß tun?"

In dieser Situation kam jemand in die Hartkopf'sche Wohnung, der zu wissen glaubte, was zu tun sei. Direktor Fritz Haber stattete seinem erkrankten Abteilungsleiter einen Besuch ab. Emma führte ihn in den Salon, wo Erich in seinem Sessel saß und vor sich hinstarrte. Emma zog sich diskret zurück, ging in die Küche, stromerte aber gleich darauf wieder durch den Flur, bis ihre Neugier übermächtig wurde und sie neben der Tür zum Salon stehen blieb. Sie lauschte mit angehaltenem Atem. Nur Habers Stimme drang durch die Tür an ihr Ohr, von Erich hörte sie nichts.

„Uns allen steckt die Niederlage tief in den Knochen, mein Lieber, aber da hilft nun kein Jammern und Wehklagen. Wir müssen unserem Vaterland dienen, egal unter welcher Regierung. Und das heißt für uns vor allem, der Wissenschaft dienen. Das Institut wieder aufbauen! Es sieht gar nicht so schlecht aus, wie du glaubst! Der Arbeiter- und Soldatenrat hat uns vor Attacken des Pöbels bewahrt. Der Kurt Olsanski, den sie zum Vorsitzenden gewählt haben, ist ein vernünftiger, besonnener Mann, mit dem kann man reden. Hast du den nicht seinerzeit vorgeschlagen für die Stelle als Mechaniker? … Wusst ichs doch. … Was? Nein, woher solltest du das auch wissen? Aber jetzt ist es für uns nur von Vorteil, dass er Sozialdemokrat ist. Wie gesagt, von dem droht uns keine Gefahr. Aber von den Alliierten! Angeblich soll ich auf der Liste der auszuliefernden Kriegsverbrecher stehen. Wegen unserer Gaswaffenforschung. Das ist natürlich absurd! Die haben ganz dasselbe gemacht. Aber sie haben eben gesiegt. So ist das nun mal. Ich werde mich erstmal in die Schweiz absetzen, bis der Rauch sich verzogen hat. Die giftigen Dämpfe? Ach, Erich, dein Humor ist also doch noch nicht versiegt. Hör zu! Wir müssen im Institut aufräumen. Ich brauche deine Hilfe! Unbedingt! Alle Unterlagen übergeben wir einer geheimen Stelle bei der Reichswehr. Erich, ohne dich geht es nicht! Die Gasforschungen müssen doch weitergehen, da bin ich mir mit der Reichswehr einig. Natürlich streng geheim! Am Institut wird das nicht möglich sein, da werden die Alliierten zu genau hinschauen. Aber ich habe schon einen Plan. Dafür brauche ich einen hundertprozentig zuverlässigen Mann. Ich brauche dich, Erich!"

Emma hörte ein Räuspern hinter sich und sprang von der Tür weg.

- Ertappt! -

Mit hochrotem Kopf drehte sie sich um. Elsbeth stand hinter ihr mit einem Tablett in der Hand, auf dem zwei Tassen vom Rosenthaler Geschirr und eine Kanne mit echtem Bohnenkaffee standen. Emma besann sich flugs auf ihre Stellung als Dienstherrin und herrschte Elsbeth an:

„Wieso nimmst du nich das Silbertablett?"

„Aber jnä Frau, det ham wa doch nich mehr. Det hattoch Karl-Heinz auffen Schwarz…"

„Ach ja, hab ich ganz vergessen."

Emma machte Elsbeth den Weg in den Salon frei und verzog sich zutiefst beschämt zu Wilhelmine ins Kinderzimmer.

Gleich am nächsten Tag ging Erich ins Institut hinüber, und von da an stürzte er sich wieder in die Arbeit.

- Haber, der Wunderdoktor! -

Der hatte ihrem Erich die richtige Medizin verabreicht, freute sich Emma. Sie bekam ihn kaum noch zu Gesicht, doch das war sie gewohnt und ein abwesender Erich war ihr viel lieber als ein apathisch anwesender. Welche Arbeit er machte, darüber ließ er noch weniger verlauten als früher schon. Gelegentlich sprach er von Schädlingsbekämpfung und Mühlendurchgasungen, von Blausäure und dem enormen Nutzen der Gasforschung für Landwirtschaft und Vorratshaltung. Emma fragte nicht weiter nach, ließ sich aber von seinem Gerede nicht in die Irre führen. Seit wann interessierte sich das Militär für Landwirtschaft und Vorratshaltung?

- So blöd bin ich nu nich! -

Aber es ging sie nichts an und die Hauptsache war, dass ihr Erich wieder arbeitete und Geld ins Haus brachte.

An der Wahl zur Nationalversammlung am 19. Januar beteiligten sich weder Erich noch Emma. Erich hatte verkündet, er als Wissenschaftler habe sich aus der Politik herauszuhalten. Und Emma verstehe ja sowieso nichts davon. Dass jetzt auch die Frauen wählen dürften und die Stimme eines ungelernten Arbeiters das gleiche Gewicht haben sollte wie die eines gebildeten Besitzbürgers, zeige ja schon, dass diese sogenannte Republik auf nichts als Treibsand gebaut werde. Leute, die von nichts eine Ahnung hätten, würden von nun an die Geschicke des Vaterlands bestimmen. Na dann, gute Nacht!

Doch nicht alle im Hartkopf'schen Haushalt dachten so. Am Wahltag stand Emma im Flur plötzlich einer Elsbeth im Sonntagsstaat gegenüber, die sich entschuldigte:

„Det müssen Se vastehn, jnä Frau. Ick muss meen Bruder wähln jehn! Der Kurt is doch Kandidat for die SPD."

Emma nickte nur und sah ihrem Dienstmädchen nach, das stolz erhobenen Hauptes die Wohnung verließ.

- Elsbeth mit Hut! -

Am 11.2.1919 wählte der Abgeordnete Kurt Olsanski zusammen mit der Mehrheit in Weimar den ehemaligen Sattler Friedrich Ebert zum Reichspräsidenten. Für Emma war das nur eine Randnotiz aus den Zeitungen. Sie musste sich mit einer ganz anderen Veränderung in ihrem Leben auseinandersetzen. Sie würde ihre verwitwete Mutter zu sich nach Berlin holen müssen. Maria Schulze hatte alles verloren, ihren ältesten Sohn, ihren Mann, die Werkstatt, die Ersparnisse. Wo sollte sie hin? Franz kämpfte noch immer in einem Freikorps im Osten gegen polnische Aufstände. Sie hatte nur noch Emma, ihre Jüngste. Und die wollte ja auch gern ihre Kindespflicht erfüllen.

- Gern? Na ja. -

Natürlich wollte sie ihrer Mutter helfen. Aber eine Angst kroch in ihr hoch, die sie nachts wach liegen ließ, die Angst, ihre Mutter würde das Kommando im Haushalt an sich reißen.

- Hier hab ich das Sagen! -

Erich räumte notgedrungen sein Arbeitszimmer und stellte es seiner Schwiegermutter zur Verfügung. Emmas Befürchtungen schienen sich in den ersten Wochen nicht zu bestätigen, im Gegenteil.

Ihre Mutter wirkte so verstört und in sich gekehrt, dass es Emma erschreckte. Maria Schulze aß schweigend die Mahlzeiten, die Elsbeth servierte, mäkelte an nichts herum, bedankte sich andauernd und saß ansonsten mit blickleeren Augen in ihrem Sessel und murmelte von Zeit zu Zeit:

„Vermodern in fremder Erde."

Emma gab sich Mühe, ihre Mutter aufzumuntern und erinnerte sich, was Erich geholfen hatte, um aus seiner Erstarrung herauszufinden: die Arbeit. Sie gab sich überfordert vom Haushalt und den Kindern, fragte ihre Mutter immer wieder um Rat, bat um ihre Mithilfe, scheuchte sie mit tausend kleinen Aufgaben aus ihrem Sessel hoch. Maria Schulze erledigte sie sorgfältig, doch ohne innere Anteilnahme. Erst an einem Nachmittag im August kam sie zum ersten Mal ohne Aufforderung Emmas in die Küche, sah sich um, als sähe sie den Raum zum ersten Mal, entdeckte Emma und Elsbeth, die am Küchentisch ihr *Tässchen Kaffee* zusammen tranken, und schüttelte missbilligend den Kopf:

„Emma, ab morgen serviert Elsbeth den Kaffee im Wohnzimmer! Uns beiden!"

Sie verließ die Küche wieder. Elsbeth sah Emma fragend an. Emma blickte verlegen zu Boden:

„Das müssen wir dann wohl so machen."

Sie konnte ihrer Mutter doch nicht sagen, dass sie viel lieber mit Elsbeth Kaffee trank als mit ihr!

- Nee, das geht ja nu wirklich nich. -

Von da an trank Emma nachmittags ihr *Tässchen Kaffee* mit ihrer Mutter. Sie freute sich auch ehrlich darüber, dass ihre Bemühungen gefruchtet hatten. Maria Schulze ging es wieder besser. Doch leider erwachten mit ihren Lebensgeistern auch die Gespenster der Besserwisserei und Mäkelei zu neuem Leben. Sie empörte sich:

„Kind, du darfst Elsbeth nicht so an der langen Leine laufen lassen. Sie hat schon wieder ausgefegt und dann erst Staub gewischt!"

„Ach Gott, Mutti ..."

„Nicht: ach Gott! Von oben nach unten arbeitet eine anständige Hausfrau. Erst Staub wischen, dann fegen! Wie oft hab ich das schon gesagt!"

Auch in der Erziehung sei Emma viel zu lasch, urteilte ihre Mutter. Einem Trotzkind wie Wilhelmine dürfe sie niemals nachgeben, der Wille eines Kindes müsse gebrochen werden, sonst lerne es nie, was sich gehöre! Und auch Karl-Heinz müsse sie an die Kandare nehmen. Der Rotzbengel gebärde sich ja bald wie der eigentliche Herr im Haus!

Emma seufzte, versprach sich zu bessern und machte weiter wie zuvor. Nur einmal beklagte sie sich bei Erich über die ewigen Einmischungen ihrer Mutter, doch der wollte nichts davon wissen:

„Mit deiner Mutter musst du schon selbst klarkommen. Ich hab, weiß Gott, andere Sorgen! Seit Fritz in der Schweiz ist, lastet die ganze Verantwortung für die Fortsetzung der Kampfgasforschung ..."

Er stockte, blickte Emma unsicher an. Sie legte ihre Hand auf seinen Arm.

„Erich, was soll die Geheimniskrämerei? Meinst du, ich weiß nich, was ihr tut? Ich frag mich nur, wie ihr das vor der Kontrollkommission verbergen wollt, von der du manchmal sogar im Schlaf faselst!"

Erich lächelte nachsichtig und erklärte, dass Fritz auch für dieses Problem eine Lösung gefunden habe. Er werde die Biologische Reichsanstalt neu organisieren, einige fähige Leute aus dem Institut unter die verstaubten Insektenforscher schicken und sie fleißig an Gasen zur Bekämpfung von Schaben, Wanzen und Läusen arbeiten lassen. Er selbst werde dort eine Abteilung leiten, die sich mit Mäusen beschäftige. Das seien immerhin Säugetiere.

„Es macht biologisch keinen Unterschied, ob man mit Gas Mäuse oder Menschen tötet, verstehst du?"

Emma verstand.

„Aber kein Wort darüber zu niemandem, auch nicht zu deiner Mutter, schon gar nicht zu Elsbeth, ist das klar?"

„Natürlich, Erich. Ich bin doch keine Schludertasche!"

Emma hielt Wort. Und Erich ging fortan morgens zur Biologischen Reichsanstalt, die auch in Berlin-Dahlem lag, und kam abends genauso spät nach Hause wie zuvor vom Kaiser-Wilhelm-Institut. Direktor Haber kehrte im November aus der Schweiz nach Deutschland zurück, nachdem ihm als Erfinder der Ammoniaksynthese der Nobelpreis für Chemie zuerkannt worden war. Jetzt würde man es wohl kaum noch wagen, ihn als Kriegsverbrecher vor Gericht zu stellen!

Der Meinung war auch Max Planck, dem der Nobelpreis für Physik zugesprochen worden war. Haber möge sich keine Sorgen machen. Das verlaufe sowieso alles im Sande. Die beiden Männer wurden von ihren Kollegen mit einer kleinen improvisierten Feier beglückwünscht. Max Planck habe sogar ein Wangenküsschen von der scheuen Lise Meitner bekommen, erzählte Erich amüsiert.

Doch nur wenige Tage darauf wurde im Hause Planck aus der Freude fassungslose Trauer. Max Plancks Tochter Emma, die den Witwer ihrer Zwillingsschwester Grete geheiratet hatte, starb ebenfalls bei der Geburt ihres ersten Kindes im Wochenbett. Wieder wusste Emma schon durch Elsbeth davon, als der Postbote die Todesanzeige brachte.

- Womit hat der arme Prof. Planck so ein Schicksal verdient! -

Das Schicksal konnte aber auch gnädig sein. Bei Fritz Haber zum Beispiel, jedenfalls vorerst. Die Alliierten überreichten der deutschen Regierung im Februar 1920 eine Liste mutmaßlicher Kriegsverbrecher, doch sie bestanden nicht auf deren Auslieferung. Und die deutschen Stellen ließen die Ermittlungen so zügig im Sande verlaufen, wie Planck es vorhergesagt hatte. Jetzt musste Haber nur noch die Kontrolle seines Instituts durch die Interalliierte Militärische Kontrollkommission überstehen. Er beriet sich mit Erich, wie sie der Kommission das Fehlen der Akten über die Gaskriegsforschungen erklären sollten, für deren Abtransport zur Reichswehr Erich gesorgt hatte. Emma wunderte sich, dass ihr Mann in den folgenden Tagen wieder ins Institut ging und abends immer nach Rauch roch. Sie hängte seine Kleidung draußen auf die Leine zum Auslüften, doch ihre Mutter bestand darauf, dass sie gewaschen werden müsse.

- Elsbeth hat auch noch was andres zu tun! -

Als die Kommission kam, empfing Haber deren Leiter, den englischen Physikochemiker General Hartley, mit herzlichem Lächeln auf den Stufen vorm Eingang seines Instituts. Mit großem Bedauern erklärte er ihm, eine Feuersbrunst habe unglücklicherweise alle vorhandenen Unterlagen über die Gaskriegsforschung zerstört. Er führte ihn zu den beiden rußgeschwärzten Räumen, in denen Erich den Repräsentanten der Siegermächte schon erwartete, um ihm die ausgebrannten Aktenschränke und die wenigen verbliebenen, angekohlten Papiere zu zeigen. General Hartley lächelte wissend und schwieg. Haber lud ihn in seine Villa ein.

Nach der Abreise des Generals besuchte Haber Erich auf eine Zigarre. Emma hörte die beiden Männer im Salon immer wieder laut auflachen. Als sie ihnen einen Cognac servierte, lobte Haber gerade den englischen Chemiker als hochvernünftigen Mann. Er habe mit ihm zwei wirklich anregende Wochen verbracht, in denen sie über die Errungenschaften der chemischen Kriegsführung geplaudert hätten und sich einig gewesen seien in ihrer Antipathie gegenüber den Schreihälsen, die eine völkerrechtliche Ächtung des Gaskriegs forderten.

„Dabei ist die Gaswaffe sogar humaner als die Geschosswaffe!"
Haber prostete Erich zu.

„Zum Wohle!"

„Zum Wohle, Fritz!"

„Und außerdem ist ein Verbot der falsche Weg. Es ist wie in der Ehe: Die Verträglichkeit von Mann und Frau muss aus ihrer Gesinnung und Selbstzucht, nicht aus dem Wegsperren von Kloppstock und Schürhaken fließen!"

Wegen der Kriegswirren wurden Max Planck und Fritz Haber erst im Juni 1920 ihre Nobelpreise überreicht. Britische und französische Wissenschaftler boykottierten die Preisverleihungszeremonie, weil sie nicht mit dem Erfinder des Gaskriegs an einem Tisch sitzen wollten. Fritz Haber ließ sich davon nicht beirren. Der frisch gekürte Nobelpreisträger begab sich auf eine Vortragsreise, um für *Die Chemie im Kriege* zu werben.

Erich beschäftigte sich unterdessen in der Biologischen Reichsanstalt fleißig mit der Weiterentwicklung von *Kloppstock und Schürhaken*. In Zusammenarbeit mit der Degesch, der Deutschen Gesellschaft für Schädlingsbekämpfung, arbeitete er an der Weiterentwicklung des Gases Zyklon A und nannte das verbesserte Produkt Zyklon B. Es ließ sich hervorragend einsetzen, um ganze Gebäude von schädlichen Insekten zu befreien, war aber ebenso als militärischer Kampfstoff geeignet. Während Erich die Wirkung von Zyklon B auf Mäuse erforschte, kümmerte sich Haber um das Organisatorische. Die Forschungen wurden angeblich durch anonyme Spenden finanziert, die aber tatsächlich vom Heereswaffenamt stammten.

Eines Tages wurde Erich von Dr. Bruno Tesch, einem Mitarbeiter der Degesch, in seinem Labor besucht. Er war sehr an Erichs Forschungen zum Zyklon B interessiert.

Erich führte den Gast durch das Labor und demonstrierte ihm

die tödliche Wirkung der freigesetzten Blausäure auf Mäuse und Ratten. Dr. Tesch betrachtete begeistert den Todeskampf der Tiere und rief aus:

„Daraus lässt sich ein Geschäft machen!"

„Woran denken Sie?"

„An eine eigene Firma, um das Zyklon B massenhaft zu vermarkten."

„Über das Geschäftliche müssten Sie mit Prof. Haber verhandeln."

Dr. Tesch nickte kurz, geriet aber gleich wieder ins Schwärmen:

„Wenn ich das Zeug massenhaft verkaufe, brechen harte Zeiten an für Mäuse und Ratten in deutschen Scheunen!"

Erich schmunzelte:

„Und rosige für Ihren Geldbeutel!"

Harte Zeiten? Rosige Zeiten? Erst einmal kam die Adventszeit des Jahres 1921 und Emma bemerkte eine seltsame Veränderung an ihrem Dienstmädchen.

- Was schielt sie mich bloß immer so von der Seite an? -

Elsbeth verhielt sich, als ob sie silberne Löffel geklaut hätte, fand Emma, die konnte ihr ja nicht mehr ehrlich in die Augen gucken. Da stimmte doch was nicht! Als sie sich endlich aufraffte und Elsbeth fragte, ob ihr vielleicht irgendeine Laus über die Leber gekrochen sei, druckste die eine Weile herum, bevor sie mit der Antwort herausrückte:

„Ick hätt Sie det ja schon lange sajen jemusst, jnä Frau, aber ick hab mir nich jetraut. Also det is nu so: Mein Bruder Kurt is ja nu Abjeordneter in Reichstach und da hatter also furchtbar ville zu tun …"

„Ja, Elsbeth, das weiß ich doch alles. Und?"

„Na ja, er isja nich verheiratet und nu braucht er ne Frau, wo den Haushalt führn tut und nu hatter mir jefracht …"

„Elsbeth, das kannst du mir nich antun! Du kannst mich doch nich … nich so einfach im Stich …"

Emma blieb die Luft weg. Elsbeth wischte sich verlegen die Hände an der Schürze ab und sah Emma schuldbewusst an.

„Sie ham doch jetzt Ihre Mutter hier als Hilfe, aber der Kurt is man janz alleene …"

„Aber er kann sich doch ein anderes Dienstmädchen nehmen! Die Straße is voll mit Arbeitslose!"

Verlegenheit und Schuldbewusstsein verschwanden aus Elsbeths Gesicht und machten einem sichtbaren Stolz Platz:

„Ick bin doch denn keen Dienstmädchen mehr, jnä Frau! Bei Kurt bin ick die Dame des Hauses! Und uff mir kann sick Kurt hunnertprozentig verlassen, nich wie bei sone Dahergeloofene vonne Straße! Mir tut det ja och ins Herze weh, von Sie wechzujehn und erst recht von die Jörn, aber det müssen Sie ooch vastehn: Blut is nu mal dicker als wie Wasser!"

- Das is wohl so! -

Emma wusste nicht, was sie sagen sollte. Sicher, es ging um Elsbeths Bruder, um Elsbeths Familie. Erst in diesem Moment wurde ihr klar, wie selbstverständlich Elsbeth für sie zur Familie Hartkopf gehörte. Aber das stimmte natürlich nicht. Das Problem war ja auch nicht, dass sie ohne Elsbeth im Haushalt nicht zurechtkäme. Ihre Mutter nahm ihr tatsächlich viel Arbeit ab. Aber Elsbeth hatte immer alles so gemacht, wie Emma es wollte, während Maria Schulze inzwischen bestimmte, wie ihre Tochter etwas zu machen hatte.

- Manchmal könnt ich Mutti …! -

Nein, Elsbeth konnte sie nicht allein lassen, allein mit ihrer Mutter. Das konnte sie einfach nicht!

Doch Elsbeth konnte. Sie werde Emma noch bei den Weihnachtsvorbereitungen helfen, versicherte sie, aber gleich im neuen Jahr ziehe sie zu ihrem Bruder Kurt. Emma musste sich in das Unvermeidliche fügen.

Elsbeths angekündigter Weggang trübte Emmas Vorfreude auf das Weihnachtsfest, obwohl Erichs Vater seinen Besuch zugesagt hatte und auch ihr Bruder Franz kommen konnte. Lustlos dekorierte sie die Wohnung mit Tannenzweigen und Kerzen, baute die Krippe auf, las Wilhelmine Weihnachtsgedichte vor und backte mit Elsbeth Vanillekipferln und Zimtsterne. Elsbeth gab sich besonders viel Mühe, versuchte auch immer wieder, Emma mit kleinen Scherzen aufzuheitern, doch die verzog kaum das Gesicht.

- Soll sie man merken, wie mucksch ich bin! -

Am dritten Advent schleppte Karl-Heinz vormittags eine große Fichte an. Er sägte gerade an dem dicken Stamm herum, um ihn in den Ständer einzupassen, als ein Telegrammbote kam. Karl-Heinz nahm das Telegramm in Empfang und brachte es zu seiner Mutter in die Küche:

„Von der Anwaltskanzlei Hartkopf junior!"

- Oje! Ein Telegramm verheißt nie was Gutes! -

„Bring es Vati!"

Erich arbeitete an seinem Schreibtisch, der vor einem der großen Fenster des Salons stand, seit er sein Arbeitszimmer für seine Schwiegermutter hatte räumen müssen. Er schrieb gerade einen kurzen Weihnachtsgruß an Dr. Tesch *in der Hoffnung auf weitere gedeihliche Zusammenarbeit.*

„Ein Telegramm von der Anwaltskanzlei Hartkopf junior, Vati!"

Erich sah seinen Sohn und Emma, die Karl-Heinz gleich nachgelaufen war, einen Moment lang ratlos an. Ein Telegramm von seinem Vetter Ernst Hartkopf? Dieser einzige Sohn seines Onkels hatte die Stelle eingenommen, die sein Vater eigentlich für ihn erträumt hatte: Ernst Hartkopf führte die Anwaltskanzlei der Brüder Hartkopf & Hartkopf, seit sich die beiden alten Herren vom aktiven Geschäft zurückgezogen hatten.

Wie Emma ahnte auch Erich Unheil, als er von seinem Sohn das

Telegramm entgegennahm. Er stand auf und versteifte den Rücken, weil er sich so besser gegen eine Unglücksbotschaft gewappnet fühlte. Als er das Telegramm gelesen hatte, legte er es behutsam auf seinen Schreibtisch, strich es glatt und teilte Emma und Karl-Heinz sachlich mit, dass sein Vater einen Herzschlag erlitten habe und kurz nach der Einlieferung ins Spital verstorben sei. Emma rang die Hände und klagte das blindwütige Schicksal an:

„Er war doch noch so rüstig!"

Durch den plötzlichen Tod des Einundsiebzigjährigen stand der Heilige Abend unter keinem günstigen Stern, auch wenn auf der Spitze der von Karl-Heinz weihnachtlich geschmückten Fichte ein Stern aus Goldpapier die Geburt des Erlösers der Welt symbolisierte. Vor zwei Tagen erst aus Dresden von der Beerdigung zurückgekehrt, saßen Emma und Erich im Salon und starrten bedrückt vor sich hin. Maria Schulze murmelte immer mal wieder *Mitten aus dem Leben gerissen* und Franz paffte bedächtig an seiner Pfeife. Er grollte Emmas Schwiegervater insgeheim, dass der ihm mit seinem Tod zur Unzeit das erste gemeinsame Weihnachtsfest mit seiner Mutter und seiner Schwester nach all den schweren Kriegsjahren verdarb. Emma musterte ihren Bruder verstohlen. Schrecklich! Wie alt und abgekämpft er aussah! Dabei war er doch erst vierunddreißig. Und was war er für ein fescher, kräftiger Bursche gewesen! Nur an seinen großen Pranken sah man es noch. Kraft hatten die! Für feine Arbeiten waren sie aber immer zu grob gewesen. Wie oft hatte Karl Schulze die gedrechselten Stücke seines Ältesten betrachtet und geseufzt: Ungeschickt lässt grüßen! Die ziselierten Verzierungen an den Vertikos, die waren seine Sache nicht. Trotzdem hatte er ja mal die väterliche Tischlerei übernehmen sollen.

- Und jetzt? Alles futsch! -

Nur Wilhelmine ließ sich von der gedämpften Stimmung nicht

anstecken, zappelte unruhig auf ihrem Stuhl herum, hielt sich immer wieder die Hand ans Ohr und rief erwartungsvoll:

„Horch, der Weihnachtsmann kommt!"

Als sie es zum vierten Mal rief, stand Franz auf und brummte:

„Ich kuck ma, wo er bleiben tut!"

Kurz darauf kam der Weihnachtsmann. Mit schweren Schritten stapfte er in seinem roten Umhang und mit einem watteweißen Bart auf sie zu, stellte stöhnend seinen Sack ab, schwang seine Rute und fragte mit dröhnender Stimme:

„Wilhelmine Hartkopf, büst du denn auch immer artig wesen?"

Wilhelmine flüchtete sich auf Emmas Schoß und versteckte das Gesicht in ihren Händen. Zum ersten Mal an diesem Abend lachten alle. Sogar Erich belustigte die Angst seiner Tochter:

„Nun geh schon hin zum Weihnachtsmann! Er tut dir bestimmt nichts!"

Wilhelmine nahm die Hände vom Gesicht, sah ihren Vater misstrauisch an und sagte laut und deutlich:

„Ich war aber gar nicht immer artig!"

Jetzt lachten die Erwachsenen noch lauter. Der Weihnachtsmann näherte sich Wilhelmine, öffnete seinen Sack und verkündete:

„Weil du so ehrlich büst, hab ich trotzdem son paar Geschenke für dir!"

Er zog drei in bunte Tücher gewickelte Pakete hervor. Danach verteilte er auch an die anderen seine Gaben und zuletzt hielt er ein Päckchen hoch und rief:

„Das is für den leeven Onkel Franz. Wo steckt der Kerl?"

„Der sucht dich im Garten! Soll ich ihn holen?"

„Nee, mien Deern, ich muss nu ganz schnell wech. Da luern ja noch bannig viele annere Kinner auf mir. Ich leech ihn das Geschenk ünnern Weihnachtsbaum und du grüßt ihn von mir, machst das? Saach ihm, er soll tapfer bleim und die Pollacken schön eins auffe Nuss gem!"

Wilhelmine starrte den Weihnachtsmann verständnislos an, doch der hob nur die Hand zum Gruß und verließ eilig den Salon.

Als ihr Onkel bald darauf wieder ins Zimmer trat, rief Wilhelmine ihm aufgeregt zu:

„Der Weihnachtsmann war eben hier, Onkel Franz!"

„Mann in de Tonn! Was saachst du da, Deern? Darum hab ich ihn in Garten nich gefunn!"

Wilhelmine lief sofort zum Weihnachtsbaum, holte das Päckchen hervor und hielt es ihm hin:

„Das hat er für dich gebracht! Und … und … er hat gesagt, du sollst Herrn Pollack eine Nuss geben!"

Die Erwachsenen amüsierten sich noch über Wilhelmine, als Emma sie schon längst zu Bett gebracht hatte. Franz schrie vom Weinbrand befeuert:

„Nen ganzen Sack voll Nüsse werd ich dem Herrn Pollack gem!"

Er hielt Elsbeth das leere Glas hin, ließ sich nachschenken und grölte, Oberschlesien müsse deutsch bleiben, 60 Prozent hätten für Deutschland gestimmt und trotzdem rissen sich die verdammten Pollacken alles unter den Nagel! Emma wollte ihren Bruder beruhigen und warf schüchtern ein:

„Was will man machen? Wir haben nu ma den Krieg verlorn!"

Sie erreichte das Gegenteil. Erich schrie auf:

„Kriech verlorn? Wer hat den Kriech verlorn? Wir anne Ostfront bestimmt nich!"

Die Heimat habe den tapferen Soldaten den Dolch in den Rücken gestoßen, empörte er sich immer lauter. An der Niederlage seien nur die Sozis schuld.

„So is das und nich anners!"

Erich gab Elsbeth ein unauffälliges Zeichen, die Weinbrandflasche aus Franz' Gesichtsfeld zu bringen, und Maria Schulze ermahnte ihren Sohn, mit seiner Politisiererei nicht das Weihnachtsfest zu verderben. Doch Franz fuhr unbeirrt fort:

„Ich hab nich kapituliert, ich nich!"

Einem Schutztrupp habe er sich angeschlossen, der die deutsche Bevölkerung vor den Pollacken schütze. Die terrorisierten ja alles, was deutsch sei. Aber diese Scheißrepublik tue nichts, aber auch gar nichts, für die Deutschen im Osten!

Emma sah besorgt zu Erich, der zu den Worten seines Schwagers kaum merklich den Kopf schüttelte und ihn schließlich im scharfen Ton zurechtwies:

„Franz, ich bitte dich! Du weißt, dass ich mir diese Republik auch nicht herbeigewünscht habe, aber man muss auch mal die Realitäten anerkennen! Was soll die Regierung denn machen? Jetzt, wo wir am Boden liegen, einen nicht gewinnbaren Krieg anzetteln wegen Oberschlesien? Ist dir nicht klar, wie die Machtverhältnisse sind? Wenn wir etwas erreichen wollen, müssen wir langfristig und geduldig ..."

„Umfaller! Verräter!"

Franz hob die geballte Faust in die Luft. Gleich darauf wandte er sich an Elsbeth:

„Soll ich hier verdrögen oder was is?"

„Wie bitte, der Herr?"

Emma sah den Widerwillen in Elsbeths Gesicht.

- Die hat Franz sehr wohl verstanden! -

„Ob ich hier vertrocknen soll, Mamsell!"

Er hielt Elsbeth demonstrativ sein leeres Glas hin. Mit zusammengepressten Lippen holte Elsbeth die Flasche von der Anrichte zurück und schenkte Franz noch einmal ein. Er hob sein Glas in die Luft und rief zu Ehren des Vaterlands in tadellosem Hochdeutsch:

„Lang lebe unser geliebtes Deutsches Reich! Weg mit den Sozis! Nieder mit der Republik!"

Niemand erwiderte seinen Toast. Elsbeth verschwand mitsamt

der Weinbrandflasche aus dem Salon und ließ die Tür hinter sich zuknallen.

Auch als Franz im Verlauf des Abends Kriegsanekdoten zum Besten gab, die ihm amüsant erschienen, vom Läusewettknacken bis zum *Hernehmen vonne russische Weiber*, stieß er auf wenig Gegenliebe. Erich verdrehte seine Augen zur Zimmerdecke, Emma versuchte ihren Bruder auf andere Themen zu bringen und Maria Schulze rügte die unanständigen Worte ihres Sohnes. Nur Karl-Heinz lauschte fasziniert den Erzählungen seines Onkels. Als Franz kurz vor Mitternacht anfing, die Juden für die Niederlage Deutschlands verantwortlich zu machen, platzte Erich der Kragen:

„Was sind das für Latrinenparolen? Was glaubst du, wie viele meiner Kollegen Juden sind? Die haben mit ihrer Gaskriegsforschung mehr für die Truppe getan als diese vertrottelten Militärs in der Obersten Heeresleitung! Und den möchte ich sehen, der sich mehr fürs Vaterland eingesetzt hat als mein Chef, Professor Haber!"

Doch Franz lachte nur höhnisch und meinte seinen Schwager darüber aufklären zu müssen, dass die Juden eine internationale Verschwörung angezettelt hätten und Deutschland mit Hilfe von Sozis und Bolschewiken zugrunde richten wollten. Nur durch deren Revolution sei der Krieg verloren worden, das stehe nun mal fest. Wer könne schon wissen, was dieser Prof. Haber in Wirklichkeit im Schilde führe! Die seien alle hinterhältig, diese Juden!

Emma sah mit Entsetzen, wie Erich rot anlief, und wünschte sich inständig, dass Franz doch endlich seine Klappe halten würde.

- Erich geht gleich auf ihn los! -

Doch Erich stand nur abrupt auf, verkündete, es sei spät, er sei müde und wolle zu Bett gehen. Als Franz ihm zurief, er solle nicht so ungemütlich sein, der Abend fange doch erst richtig an, warf er seinem Schwager nur einen verächtlichen Blick zu, wünschte *Allseits eine gute Nacht!* und verschwand. Damit war das traute Beisammensein am Heiligen Abend für beendet erklärt. Emma und ihre Mutter verstanden den Wink und begaben sich ebenfalls ins Bett. Karl-Heinz jedoch ließ sich von Franz beschwatzen, die Weinbrandflasche aus der Küche herauszuschmuggeln, in der Elsbeth mit dem Abwasch beschäftigt war. Franz schenkte dem Fünfzehnjährigen zur Belohnung kräftig von dem Hochprozentigen ein und freute sich, dass er in seinem Neffen einen begierigen Zuhörer für seine Geschichten, Anekdoten und Räsonnements fand. Als die Flasche leer war, hatte er dem Jungen sogar anvertraut, er gehöre einer Formation an, die sich Schwarze Reichswehr nenne. Nach dem Versailler Schanddiktat dürfe Deutschland ja nur noch hunderttausend Mann unter Waffen haben, erklärte er Karl-Heinz, darum müsse diese Truppe streng geheim bleiben. Karl-Heinz legte die Hand aufs Herz und schwor:

„Ich verrat bestimmt nichts, Onkel Franz."

„Auch nich deim Alten!"

„Nein, natürlich nicht!"

Franz schlug seinem Neffen auf die Schulter.

„Du büst n richtigen Kerl!"

Karl-Heinz' Vater dagegen, bedauerte Franz, der möge ja ein großer Wissenschaftler sein, habe aber nicht die geringste Ahnung, wie es auf der Welt wirklich zugehe.

Diese Worte seines Onkels hörte Karl-Heinz nur zu gern. Sein Vater war für ihn schon lange kein Vorbild mehr. Hockte immer nur in seiner Anstalt bei Motten und Kornkäfern, Mäusen und Ratten! Da war sein Onkel Franz doch von ganz anderem Kaliber!

„Am liebsten würd ich mitkämpfen in eurer Truppe!"

Franz kniff seinem Neffen in den Oberarm und lachte:

„Da müssen deine Muckis aber noch größer wern!"

„Ich werd trainieren! Und wenn ich endlich mit dieser blöden Schule fertig bin, komm ich zu euch!"

Franz lachte, bis ihm die Tränen kamen.

„Da wird sich dein Vadder aber freun!"

An einem regnerischen Maisonntag im Jahr 1923 machte sich
Emma auf den Weg, um Elsbeth zu besuchen. Sie musste nicht weit
laufen. Kurt Olsanski hatte nur zwei Straßen vom Hartkopf'schen
Domizil entfernt eine Wohnung gemietet. Erfreut begrüßte Elsbeth
ihre ehemalige Dienstherrin:
„Emma! Immer rin inne jute Stube! Ick brüh uns beede jleich n juten
Kaffee uff!"
Emma überreichte ihr einen großen Strauß Tulpen aus ihrem Garten und ließ sich auf der Chaiselongue im Wohnzimmer nieder. Während Elsbeth in der Küche hantierte, sah Emma sich um. Bei ihrem
ersten Besuch hatte die Einrichtung sie irritiert. Alle Möbel waren
nagelneu, aber so glatt und so eckig, so ganz ohne Verzierungen! Ihr
Geschmack sei das ja auch nicht, hatte Elsbeth gemeint, aber ihr Bruder habe ihr erklärt, das sei funktional und modern und der Geist der
neuen Zeit. Diesen Geist würde sie in ihre Wohnung nie einlassen,
dachte Emma auch jetzt wieder. Ihre blankgewienerten schweren
Eichenmöbel mit den vielen kunstvollen Schnitzereien ihres Vaters
gaben doch viel mehr her! Aber wohl fühlte sie sich hier trotzdem.
- Wo Elsbeth is, is es heimelig! -
Emma konnte sich kaum noch an ihre Hemmungen erinnern,
Elsbeth nach ihrem Auszug zu besuchen. Die hatte ihr nur Erich
eingetrichtert. Es gehe doch nicht an, mit einem ehemaligen Dienstmädchen so von Gleich zu Gleich zu verkehren! Aber es waren nun
mal andere Zeiten! Und wie einsam hatte sie sich ohne Elsbeth
gefühlt! Mit wem konnte sie denn mal reden? Mit Erich doch nicht!
Und ihre Mutter nörgelte immer und ewig nur an ihr rum.
- Wenn ich Elsbeth nich hätt, würd ich ganz und gar versauern! -
Elsbeth kam aus der Küche, servierte Kaffee und einen Teller voll
selbst gebackenen Apfelkuchen und strahlte Emma an:

„Na, und wat jibtet Neuet?"

Emma erzählte ihr stolz von Wilhelmine, die nach nur einem Schuljahr schon ganze Bücher lese, und von Karl-Heinz, der fleißig für die Abiturprüfungen büffele.

„Und der jnä Herr?"

„Du wirst es nicht glauben, aber Erich is in Russland."

„In Russland? Wat machter denn da?"

Ja, was machte er da? Er war mit einem Hugo Stolzenberg da hingereist, als beratender Experte, weil der an der Wolga eine Fabrik aufbauen wollte. Haber hatte das mal wieder alles organisiert. Was für eine Fabrik wohl? Erich hatte nur Andeutungen gemacht, aber Emma war ja nicht auf den Kopf gefallen. Eine Kampfgasfabrik, natürlich! Wozu sollten sie sonst Erich als Experten brauchen? Schon komisch, wo sie doch sonst immer so auf die Bolschewiken schimpften. Und dann bauten sie für die eine Kampfgasfabrik!

Emma räusperte sich und erklärte verlegen:

„Du weißt doch, dass Erich mir so gut wie nix erzählt, Elsbeth. Die arbeiten da irgendwie mit russische Chemiker zusammen."

„Mitte Sowjets? Kurt sacht immer, die Kommunisten sind jenau so schlimm als wie die Reaktionäre. Die alle wolln unse Republik kaputtmachen!"

„Na ja, das is aber irgendwie auch nich so richtig was mit diese Republik, oder?"

Da Elsbeth weder in ihre Kritik einstimmte noch widersprach, zählte Emma auf, was diese Republik alles bedeutete: Für ein Brot zahle man am Morgen eine Million und am Abend schon zwei. Und dann die vielen Arbeitslosen! Inzwischen seien schon Leute verhungert! Regelrecht verhungert! In Friedenszeiten! Mitten in Berlin!

„So kann das doch nich weitergehn!"

Elsbeth schob Emma noch ein Stück Apfelkuchen auf den Teller. Dafür könne die Republik nichts, zitierte sie ihren Bruder Kurt.

Was solle die Regierung denn machen, bitte schön? Die Siegermächte quetschten Deutschland aus bis aufs Hemd und nun seien sie auch noch wieder ins Ruhrgebiet einmarschiert. Wie solle die Republik denn da wohl auf die Beine kommen?

Die beiden Frauen seufzten resigniert und wandten sich interessanteren Themen zu. Elsbeth hatte von ihrer Freundin Erna, die immer noch Dienstmädchen bei Fritz Haber war, gehört, dass es auch in seiner zweiten Ehe kriselte, *wie ick det vorherjesehn hab!* Kurt bekam jetzt einen Teil seiner Abgeordnetenbezüge in Devisen ausgezahlt, *sonst wär det nix mit echtem Bohnenkaffee!* Und die Geranien auf dem Balkon blühten, *det is ne wahre Pracht!*

Emma nutzte die Gelegenheit, sich wieder einmal darüber auszujammern, wie sie von ihrer Mutter getriezt wurde:

„Und wenn ich mich ma zur Wehr setz, fängt sie gleich das Weinen an. Mann verlorn, Fritz verlorn, Franz bei seine Truppe und von der eigenen Tochter nix als Undank! Das muss ich mir dann anhörn!"

Elsbeth bedauerte Emma ehrlichen Herzens, konnte es sich aber nicht verkneifen, ein wenig aufzutrumpfen:

„Et jeht eben nix übern eijenen Haushalt, wo keener ein reinreden tut! Der Kurt lässt mir machen, wie ick will, und meckert nie rum. So wat jibtet bei mir nich!"

„Sei froh!"

Emma musste sich diese Mahnung immer öfter selbst erteilen. Auch auf dem Rückweg in ihre Wohnung schimpfte sie mit sich:

- Dir gehts doch gold! Bei all das Elend rundum! -

In ihrer Ehe war nicht alles Gold, aber sie hatte sich arrangiert. Erich sorgte für seine Familie und ihr nächtliches Eheleben hatte sich eingependelt. Sie beglückte Erich mit ihrem voluminösen Busen und verschaffte sich ihr Frauenglück mit dem Bettzipfel. So war das eben. Und überhaupt: Mit über dreißig und als Mutter, was sollte der ganze Zinnober da noch?

- Ich kann gut drauf verzichten! -

Froh zu sein, bedarf es wenig, summte Emma vor sich hin und nahm sich fest vor, sich auch über die Nörgeleien ihrer Mutter nicht mehr zu ärgern.

- Nicht vergrätzen lassen! Einfach hinnehmen! -

Gar nicht hinnehmen wollte Erich, dass sein Sohn ihm nach dem Abitur erklärte, er werde vor dem Semesterbeginn einen achtwöchigen Lehrgang bei seinem Onkel Franz in einem der Zeitfreiwilligenverbände machen, die vom Wehrkreiskommando III in Berlin-Brandenburg organisiert würden. Barsch beschied er seinen Sohn:

„Das kommt gar nicht infrage! Da sammeln sich all die Abgetakelten aus den aufgelösten Freikorps und proben den Aufstand! Arbeitsloses Gesindel, antisemitische Heißsporne, finstere Elemente! Da gehst du mir nicht hin!"

Doch diesmal akzeptierte Karl-Heinz nicht mehr fraglos den väterlichen Befehl. Er begehrte auf:

„Ich weiß nicht, was du hast! Diese Formationen sind genauso Teil der geheimen Aufrüstung der Reichswehr wie eure Kampfgasfabrik!"

„Davon verstehst du nichts! Basta!"

Erich konnte keinerlei Gemeinsamkeit erkennen zwischen seiner Beteiligung an der geheimen Kampfgasforschung und den Flausen, die sein Schwager Franz seinem Sohn in den Kopf gesetzt hatte. Selbstverständlich hatte er sich am Aufbau einer Fabrik in Mitteldeutschland beteiligt, in der, unter dem bewährten Deckmantel der Schädlingsbekämpfung, LOST produziert werden sollte. Damit diente er den Interessen seines Vaterlandes, wie er es immer getan hatte. Dass dieses Vaterland inzwischen eine Republik war, damit hatte er sich leidlich abgefunden. Er wählte, wie sein Chef, die Demokratische Partei, die sich am deutlichsten für die Förderung von Wissenschaft und Wirtschaft einzusetzen versprach. Er erlaubte inzwischen sogar Emma, zu den Wahlen zu gehen. Er fühlte sich wieder als guter Patriot und dazu gehörte, seine speziellen Fähigkeiten in den Dienst der geheimen Aufrüstung zu stellen. Leider waren die alliierten Behörden bald misstrauisch geworden, hatten die Produktion immer schärfer kontrolliert, bis endlich der Rapallovertrag zwischen der jungen Sowjetunion und Deutschland einen Ausweg bot. Im Geheimen wurde auch eine Zusammenarbeit in Rüstungsfragen vertraglich vereinbart. Zweimal schon war Erich in Habers Auftrag an die Wolga gereist, um den Unternehmer Hugo Stolzenberg beim Aufbau einer Fabrik in Samara zu unterstützen, einer Kampfgasfabrik, wie Emma richtig vermutet hatte. Deren LOST-Produktion sollte je zur Hälfte der Roten Armee und der Reichswehr zugutekommen.

Am Abend vor seiner dritten Reise an die Wolga fand Erich jedoch Emma und seine Schwiegermutter in heller Aufregung vor, als er von der Arbeit nach Hause kam. Karl-Heinz war weg! Er hatte nur einen Zettel auf dem Kopfkissen hinterlassen: Sucht mich nicht! In acht Wochen bin ich wieder da.

Zum ersten Mal in ihrem Leben erlebte Emma einen Erich, der sich nicht mehr unter Kontrolle hatte. Er tobte vor Wut, schrie die Frauen an, als hätten sie die Schuld am Verschwinden seines Sohnes, ließ sich nur mit Mühe davon abhalten, die Polizei hinter seinem Sohn herzuhetzen und warf zuletzt sogar eine Kaffeetasse gegen die Wand.

Emma versuchte, ihn zu beruhigen und Karl-Heinz zu verteidigen:

„Er is doch noch n grüner Junge, Erich! In dem Alter machen sie schon ma dummes Zeug."

„Ich nicht! Ich habe nie etwas gegen den Willen meines Vaters getan! Nicht mal daran gedacht hätte ich!"

- Ach, und deine Heirat mit Anna? -

Emma sprach ihren ketzerischen Gedanken nicht aus. Widerspruch würde Erich nur noch mehr in Rage bringen. Sie warb weiter um Verständnis für Karl-Heinz:

„Heutzutage habens die jungen Leute doch viel schwerer. Alles geht durcheinander. Wie solln sie da noch wissen, was richtig und was falsch is?"

Doch je mehr Emma versuchte, auf ihn einzureden, desto mehr regte Erich sich auf. Als seine Schwiegermutter glaubte, ihn mit Verweis auf Franz beruhigen zu können, der sich schon um Karl-Heinz kümmern werde, geriet er ganz aus der Fassung:

„Dein wunderbarer Sohn Franz! Der wird sich kümmern? Ein Säufer und Primitivling ist das! Ein Hurenbock! Ein Umstürzler! Der verführt ihn nur zu den schlimmsten Untaten!"

Maria Schulze verließ zutiefst gekränkt den Salon. Diese Worte verzieh sie ihrem Schwiegersohn bis an ihr Lebensende nicht. Und auch Emma fand Erich hart und ungerecht. So konnte er doch nicht über Franz reden! Über ihren Bruder!

- Damit beleidigt er ja auch mich! -

Fünf Wochen später musste Emma erleben, dass sich Erichs Befürchtungen bestätigten. Karl-Heinz kam vorzeitig und völlig verstört von seinem Abenteuer zurück. Verzweifelt schluchzte er:

„Ich habs nicht ausgehalten. Ich bin abgehaun!"

„Na, so schlimm kanns ja wohl nicht gewesen sein!"

Doch nachdem er ihr seine Erlebnisse ausführlich geschildert hatte, verstummte Emma fassungslos. Ihr Bruder hatte Karl-Heinz zu einem nächtlichen Verhör eines vermeintlichen Verräters mitgenommen. Der Siebzehnjährige hatte heimlich die Truppe verlassen, wollte heim zu seiner Mutter und hatte drei Paar Stiefel mitgehen lassen, die er auf dem Schwarzmarkt verhökern wollte, um das Fahrgeld zu bezahlen. Ein *Kommando zur besonderen Verwendung* hatte ihn schnell wieder eingefangen, und jetzt durften ihm seine Kameraden einmal zeigen, was sie von seinem Verrat hielten. Unter Franz' Anleitung prügelten sie ihn mit Ochsenziemern, bis seine Haut in Fetzen vom Rücken hing, stießen seinen Kopf gegen die Wand, und als er schließlich bewusstlos zusammenbrach, traten sie mit ihren Militärstiefeln auf ihn ein.

„Ich hab mitgemacht! Onkel Franz hat mich immer wieder dazu aufgefordert. Und ich hab mich nicht getraut … ich … ich hatte Angst. Sonst hätten sie mich auch …"

Karl-Heinz schluchzte hemmungslos. Schließlich sah er mit verweinten Augen zu Emma auf.

„Was soll jetzt werden? Sie werden mich einfangen und abschleppen und dann … Verräter verfallen der Feme! Für die bin ich ein Verräter!"

Wieder wurde er von Weinkrämpfen geschüttelt.

- Ach Gott, Heinzelmännchen! Son großer Kerl und heult wie ne Deern! -

Aber das war ja auch alles nicht zu glauben! Franz war doch immer so eine Seele von Mensch! Bisschen ruppig manchmal, das schon. Aber: harte Schale, weicher Kern. Dass er so was machte! Emma war entsetzt. Das war der Krieg, entschuldigte sie ihren Bruder. Der Krieg, der hatte die Männer so verroht. Aber was sollte sie jetzt mit Karl-Heinz machen? Was würde Erich sagen, wenn er heute Abend kam?

Zu Emmas Verblüffung reagierte Erich ruhig und besonnen. Er ging mit seinem Sohn in dessen Zimmer, redete zwei Stunden lang mit ihm und verkündete Emma danach:

„Karl-Heinz wird gleich morgen abreisen und ein chemisches Praktikum machen. Wo und bei wem, das geht niemanden etwas an. Und deinen Bruder Franz will ich in diesem Hause nie wieder sehen, damit das klar ist!"

- Nie wieder? Ach, das meint er bestimmt nich ernst. -

Emma gab sich einsichtig:

„Ja, Erich. Das versteh ich. Aber … aber wieso … ich mein, wieso soll ich denn auch nich wissen, wo Karl-Heinz hingeht? Mir wirst du es doch sagen?"

Erich blickte sie streng an. Nichts an ihm erinnerte Emma in diesem Moment an ihr nächtlich nuckelndes Hartköpfchen. Er präsentierte sich ganz als Gemahl und Gebieter:

„Wenn du es nicht weißt, kannst du dich auch nicht verplappern. Ich bezweifle, dass dir der Ernst der Lage wirklich bewusst ist. Diese Bande von der Schwarzen Reichswehr geht über Leichen. Buchstäblich! Also bitte! Füg dich in meine Entscheidungen, so wie Karl-Heinz es auch getan hat!"

Emma fügte sich. Doch ihre Mutter begehrte auf. Sie hielt Karl-Heinz' Bericht für *reinste Bubenphantasie*, beschuldigte Erich, seinen Sohn gegen ihren Sohn aufgehetzt zu haben, warf ihm Leichtgläubigkeit, Dünkel, Verachtung der Familie Schulze und Undankbarkeit vor.

„Zwei Töchter habe ich dir gegeben! Und du willst meinem Franz das Haus verwehren?"

Das wolle er, bekräftigte Erich. Und sie möge sich zusammenreißen, sonst würde er sie auch auf die Straße setzen.

Die Drohung wirkte. Von da an hielt Maria Schulze ihren Mund. Sie zog sich auf ihr Zimmer zurück, ließ sich dort auch ihre Mahlzeiten von Emma servieren und vermied jede Begegnung mit Erich. Emma weinte sich wieder bei Elsbeth aus:

„Gar nix mehr sagt Mutti zu mir! Da wär mir das ja noch lieber, wenn sie wieder rumnörgeln tät wie früher! Sie verzeiht mir nich, dass ich zu Erich halte! Aber was soll ich denn machen? Erich is doch mein Mann!"

„Schwiejermutter und Schwiejersohn – det is nu mal n schwierijes Kapitel!"

Mehr als diese Volksweisheit hatte Elsbeth nicht zu Emmas Trost anzubieten.

Im September spitzte sich die Lage in Deutschland dramatisch zu. Zum Einkauf von Brot musste Emma inzwischen keine Millionen

Reichsmark mehr mitnehmen, sondern Milliarden. In vielen Landesteilen gab es Unruhen, Aufstände von links und rechts, Putschversuche. Emma wollte nichts davon wissen und las nur *Die Gartenlaube*, eine unterhaltende, bebilderte Familienzeitschrift. Doch am Abend des 3. Oktober 1923 legte Erich demonstrativ das Berliner Tageblatt auf den Tisch im Salon und forderte sie auf:

„Lies!"

Putschversuch der Schwarzen Reichswehr kläglich gescheitert!

Emma wurde blass.

„Lies den ganzen Artikel!"

Emma las. Die Aufständischen hatten um Berlin herum weiträumig bewaffnete Kräfte zusammengezogen und waren offenbar davon ausgegangen, Teile der Reichswehr würden sich ihrem Putschversuch anschließen. Doch Generaloberst von Seeckt ließ seine reguläre Reichswehr auf die Schwarze Reichswehr schießen. Am 2.10., morgens um 2 Uhr, hatten sich auch die letzten Aufständischen ergeben.

Erich lief im Salon auf und ab, bis Emma den Artikel zu Ende gelesen hatte. Kaum ließ sie die Zeitung sinken, wies er mit dem Zeigefinger darauf und empörte sich:

„Da siehst du, in was dein lieber Bruder Franz unseren Karl-Heinz mit reinziehen wollte!"

Emma nickte nur bedrückt und wagte es nicht, ihm in die Augen zu sehen.

„Lass die Zeitung hier auf dem Tisch liegen!"

Wieder nickte Emma und schlich sich aus dem Salon. Sie wusste genau, warum die Zeitung auf dem Tisch liegen bleiben sollte.

- Mutti solls lesen! -

Wenn Erich nicht da war und Emma in der Küche zu tun hatte, wanderte Maria Schulze im Salon herum und strich mit dem Finger über alle Möbel, das hatte Emma mehrmals durch den Türspalt beobachtet. Als ob sie nicht jeden Tag Staub wischen würde! Bei Erich durfte sie sich aber nicht mehr über ihre Mutter beschweren. Er tat einfach so, als wäre seine Schwiegermutter nicht mehr da. Aber jetzt, wo er über sie triumphieren konnte, zeigte sich, dass er sich ihrer Anwesenheit sehr wohl bewusst war, konstatierte Emma, dachte aber gleich darauf wieder an Franz. In was hatte ihr Bruder sich denn da auch bloß verwickeln lassen? Einen Toten habe es gegeben, stand in der Zeitung, und mehrere Verletzte. Und viele seien verhaftet worden.

- Wenn ihm bloß nix passiert is! -

Emmas Sorge erwies sich schon bald als unbegründet. Mitte November erhielt sie eine Postkarte von ihrem Bruder, mit einer kolorierten Photografie der Feldherrenhalle in München auf der Vorderseite und auf der Rückseite nichts als dem handschriftlichen Gruß *Das nächste Mal klappts!* Franz, unter den er ein krakeliges Kreuz mit abgeknickten Enden gemalt hatte. Emma seufzte.

- Hat er sich all wieder aufn Putschversuch eingelassen! -

Emma zerriss die Postkarte in kleine Fetzen und warf sie weg, damit sie ja nicht Erich unter die Augen kam.

Erich war viel unterwegs in dieser Zeit. Neben der Arbeit an der Biologischen Reichsanstalt in Berlin pendelte er als Berater Hugo Stolzenbergs ständig hin und her: fuhr nach Hamburg, wo der Unternehmer seine Stammfirma hatte, und nach Samara in Russland, wo er die neue Kampfgasfabrik errichten ließ. Doch dann funktionierte das neu entwickelte Verfahren zur großtechnischen Produktion von LOST nicht so, wie es sollte. Sie schafften es nicht, die Anlage, wie vertraglich vereinbart, bis Ende 1925 fertigzustellen. Zusätzlich angeheuerte Arbeiter zu Spitzenlöhnen trieben die Kosten in die Höhe und schließlich protestierten auch noch deutsche Unternehmer der chemischen Industrie beim Reichskanzleramt gegen das Projekt, weil sie in Stolzenberg einen unliebsamen Konkurrenten witterten. Das endgültige Aus drohte aber durch die Versöhnungspolitik des Außenministers Stresemann. Er wollte die Wiederannäherung an die Westmächte und sorgte für die Unterzeichnung des Genfer Protokolls. Deutschland verpflichtete sich, auf die Vorbereitung und Durchführung eines chemischen Krieges zu verzichten. Stresemann war nicht länger gewillt, die geheimen Reichswehraktivitäten in der Sowjetunion zu dulden und drängte massiv darauf, den Bau der Kampfgasfabrik an der Wolga abzubrechen. Fritz Haber, staatstreu wie immer, sorgte für die Liquidierung des Projektes, wodurch Hugo Stolzenberg einen Großteil seines Vermögens verlor und Erich sich um die Früchte seiner aufopfernden Arbeit betrogen sah. Die Regierung wollte *Kloppstock und Schürhaken* erstmal wieder in die Ecke stellen. Also bitte schön. Dann würde er sich eben wieder der Schädlingsbekämpfung widmen.

Emma bekam von Erichs Schwierigkeiten nur dadurch etwas mit, dass er immer reizbarer wurde. Wenn er, selten genug, am Sonntag im Hause war, durfte Wilhelmine nicht den geringsten Muckser von sich geben, sie selbst nicht mit den Töpfen klappern und Karl-Heinz keine Kommilitonen zu sich einladen. Emma war nur froh, dass sich Karl-Heinz dem Wunsch seines Vaters, er möge Chemie studieren und in die väterlichen Fußstapfen treten, widerstandslos gefügt hatte. Seit seinem Abenteuer mit der Schwarzen Reichswehr war er nicht wiederzuerkennen.

- Das hat ihm n gehörigen Schrecken eingejagt! -

Die erste Zeit, als er wieder zu Hause war, hatte er sich immer ängstlich umgeschaut, wenn er zur Universität ging. Als ob er ernsthaft verfolgt würde, hatte Emma gedacht, wenn sie ihm aus dem Fenster hinterher sah.

- So is es ja nu nich! -

Von ihrem Bruder hörte sie lange nichts. Erich gegenüber durfte sie noch nicht einmal mehr seinen Namen erwähnen, während bei ihrer

Mutter das Stichwort Franz genügte, um ihre Augen zum Leuchten zu bringen. Mit wissendem Lächeln neigte sie sich dann ihrer Tochter zu und verkündete:

„Der Franz weiß schon, was er tut. Der wird noch mal ganz groß rauskommen!"

Doch raus kam erstmal die deutsch-russische Rüstungszusammenarbeit. Als Emma Elsbeth einen Adventsbesuch abstattete und mit ihr eigentlich neue Plätzchenrezepte austauschen wollte, zeigte ihr Elsbeth einen Artikel im Vorwärts mit der Schlagzeile Sowjet-granaten für Reichswehrgeschütze. Darin wurden Enthüllungen aus dem Manchester Guardian zitiert, wonach die Reichswehr in Russland nicht nur eine Flugzeugfabrik habe errichten lassen, sondern auch eine Giftgasfabrik an der Wolga im Bau sei. Zudem hätten russische Schiffe im November Waffen und Munition für die Reichswehr nach Stettin transportiert. Moskau, las Emma, predige zwar die Weltrevolution, liefere aber der Reichswehr die Waffen, die diese dann gegen Arbeiteraufstände richte. Dick mit roter Farbe unterstrichen hatte der SPD-Abgeordnete Kurt Olsanski in seinem Parteiorgan den Schlusssatz: Es hetzt deutsche Arbeiter vor Maschinengewehre, die mit russischer Munition geladen sind!

Ratlos ließ Emma den Vorwärts sinken. Elsbeth redete gleich auf sie ein:

„Den letztn Satz hat Kurt auch Adolf umme Ohrn jehaun, der is doch inne KPD. Und denn sind meene lieben Brüder in Klinsch jeraten, dasset wirklich nich mehr feierlich war. Allet nur wejen die Politik!"

Emma verstand nichts von den parteipolitischen Scharmützeln zwischen SPD und KPD, aber sie verstand, dass die Errichtung der Giftgasfabrik nun kein Geheimnis mehr war. Würde Erich wegen seiner Beteiligung daran jetzt womöglich in Schwierigkeiten geraten?

„Das mit die Fabrik an der Wolga ... das is doch gar nix geworden! Wieso schreiben die jetzt dadrüber?"

Elsbeth sah mit überlegenem Lächeln auf Emma herab. Sie wusste Bescheid. Sie sah hinter die Kulissen der Macht. Mit vorgebeugtem Oberkörper und leise, als ob sie belauscht werden könnten, erklärte sie Emma die fremde Welt der hohen Politik:

„Det sind so politische Spielken, weeßte. Kurt sacht, die SPD will ne Wehrdebatte in Reichstach verlangen, über die jeheime Rüstung. Det wird dem Stresemann gar nich in Kram passn, weil der doch n Ende vonne alliierte Militärkontrolle will. Damit hat denn die SPD n jutet Druckmittel: entweder SPD mit inne Rejierung rin oder sie wirbeln so viel Staub uff ... So jeht det. Vastehst?"

Emma verstand nur, dass Politik ein schmutziges Geschäft war. Und woher hatten die Engländer überhaupt diese ganzen Informationen? Von der SPD? Etwa von Kurt? Der hatte doch noch jede Menge Beziehungen zu seinen ehemaligen Arbeitskollegen im Institut. War da was durchgesickert?

- Oder etwa ... nee, das kann nich sein! -

Sie hatte Elsbeth doch so gut wie nichts erzählt. Nur eben, dass Erich immer da rüber gefahren war wegen der Giftgasfabrik. Konnte es sein, dass Elsbeth das Kurt und Kurt das vielleicht den Engländern ...

Misstrauisch beäugte Emma ihr ehemaliges Dienstmädchen, das sich jetzt selbst gern vom Gemüsehändler als gnädige Frau titulieren ließ. Auch als beide ihr geliebtes *Tässchen Kaffee* tranken, gab sie Acht auf ihre Worte. Erich hatte sie ja immer ermahnt, sie solle nicht dem Laster der Schluderei frönen! War sie zu vertrauensselig? Ach, aber das wäre doch einfach zu furchtbar, wenn die Politik nun auch noch zwischen Elsbeth und sie treten würde!

Zuerst schien alles so zu laufen, wie Kurt Olsanski es seiner Schwester vorausgesagt hatte. Außenminister Stresemann und Kanzler Wilhelm Marx waren bereit, mit der SPD eine Regierung der Großen Koalition zu bilden. Preis: Verzicht auf eine Wehrdebatte. Doch die SPD-Reichstagsfraktion forderte auch noch die Entlassung des verantwortlichen Reichwehrministers. Das ging dem Kabinett entschieden zu weit. Die Wehrdebatte fand statt. Philipp Scheidemann hielt für die SPD eine flammende Rede, in der er die geheime Aufrüstung im Detail schilderte und vehement geißelte. Die Regierung Wilhelm Marx wurde erfolgreich gestürzt, nur um sich kurz darauf mit Beteiligung nationalistischer Parteien wieder neu zu bilden. Die SPD musste nach ihrem Pyrrhussieg weiter in der Opposition bleiben.

Emma verfolgte diese Entwicklung nur am Rande. Was für ein undurchschaubares Ränkespiel! Aber auch Erich interessierte sich nicht für die politischen Konsequenzen des Projektes, an dem er sich beteiligt hatte. Das war nicht sein Bier! Er war schließlich nur Wissenschaftler. Er erforschte jetzt die Möglichkeit, mit dem Kampfstoff Chlorpikrin nicht mehr Massen von Menschen, sondern Massen von Kornkäfern zu vernichten. Da konnte man mal sehen, wie segensreich sich die militärische Forschung auf den zivilen Bereich auswirkte!

Auch der hoch geschätzte Nobelpreisträger Fritz Haber kümmerte sich fortan mehr um die Wiedereingliederung Deutschlands ins Konzert der internationalen Wissenschaftsbeziehungen als um Gaskriegsforschung. Als er im Juni 1927 zu Wilhelm II. ins holländische Exil zitiert wurde, um über deren Stand zu berichten, war Haber schon nicht mehr auf dem Laufenden. Zu schade, fand der Ex-Kaiser, der von einer *Totalvergasung großer Städte* in einem Revanchekrieg träumte. Haber speiste den Mann, der einmal sein großes Vorbild gewesen war, mit vagen Versprechungen ab und bedauerte seinen rückwärtsgewandten Blick. Die Zeit sei über den alten Mann hinweggeschritten, erzählte er Erich nach dem Besuch. Ein Jammer, aber er selbst blicke nach vorn. Die Wissenschaft stehe eben niemals still. Und er wünsche dringlich, dass Erich ihm im Institut wieder zur

Seite stehe, vor allem bei der Organisation seiner inzwischen welt-berühmten Kolloquien, in denen hochkarätige Wissenschaftler und aufstrebende Studenten fachübergreifend diskutierten.

„Über alles, vom Heliumatom bis zum Floh!"

So schilderte Erich Emma Habers verlockendes Angebot. Dem könne er natürlich nicht widerstehen. Endlich müsse er sich nicht mehr der Bekämpfung des Kornkäfers widmen, sondern könne sich mit den neuesten Erkenntnissen von Niels Bohr, Albert Einstein, Max von Laue, Otto Hahn, Walther Nernst und vielen anderen, die alle gerne zu den Haber-Kolloquien kämen, auseinandersetzen!

„Ach, mein Hartköpfchen, wie wunderbar!"

Emma drückte seinen Kopf an ihren Busen und streichelte ihn. Endlich würde ihr Erich wieder einer Arbeit nachgehen, die nichts, aber auch gar nichts mehr mit Waffen und Krieg zu tun hatte.

- Die Zeiten sind, Gott sei Dank, vorbei! -

Erich Hartkopf wurde der stille Organisator im Hintergrund, vor dem Fritz Haber brillante Vorträge halten und lebhafte Diskussionen anfeuern konnte. Die Studenten schwärmten für die undogmatische, ja oft provokative Art, mit der sich ihr weltberühmter Professor der Klärung eines Problems näherte, und seine Kollegen schätzten seine Anregungen zur Vernetzung ihrer hoch spezialisierten Forschungs-ansätze.

Jetzt, wo Erich nichts mehr mit Gaskampfstoffen zu tun hatte, wurde er viel ruhiger, stellte Emma mit Befriedigung fest. Ab und zu nahm er sich die Zeit, mit ihr und Wilhelmine am Sonntag im Botanischen Garten spazieren zu gehen. Dabei ging er sogar bereit-willig auf die vielen Fragen ein, die Wilhelmine ihm stellte, die sich zu einer aufgeweckten und äußerst wissbegierigen Elfjährigen entwickelt hatte. Sie brachte nicht nur sehr gute Noten von ihrem Mädchengymnasium mit nach Hause, sie interessierte sich auch leidenschaftlich für Physik, Chemie und Mathematik, obwohl das in ihrer Mädchenschule erst in den Abgangsklassen und da auch nur sehr oberflächlich unterrichtet wurde.

„An dir ist wirklich ein Junge verloren gegangen!"

Erich sagte es immer mal wieder zu seiner Tochter und glaubte, ihr damit ein Lob auszusprechen. Sie verstand es als Missbilligung ihres Geschlechts, nahm es aber gerade deshalb als Ansporn, ihrem Vater zu beweisen, dass eine Wilhelmine genau so viel zu leisten vermochte wie ein Wilhelm. Sie las in den Lehrbüchern ihres großen Bruders, löcherte ihn, wenn sie etwas genauer wissen wollte, und machte mit ihm heimlich kleine Experimente mit Substanzen, die er aus dem Labor mitbrachte. Karl-Heinz freute sich an der Experimentierlust seiner kleinen Schwester und genoss es, ihren Lehrmeister zu spielen. In Anspielung auf Lise Meitner, die inzwischen endlich auch zum nicht beamteten außerordentlichen Professor ernannt worden war, neckte er Wilhelmine:

„Bestimmt wirst du mal Professor, wenn du so weitermachst!"

„Warum auch nicht? Vati ist es ja auch."

Karl-Heinz schüttelte den Kopf. Glaubte seine kleine Schwester tatsächlich, es sei ohne Bedeutung, dass sie nur ein Mädchen war? Da würde die Welt ihr noch so manchen Stein in den Weg rollen! Er hatte als Gymnasiast die öffentliche Antrittsvorlesung von Prof. Lise Meitner über *Kosmische Physik* gehört. Beeindruckend! Und was hatte am nächsten Tag in der Presse gestanden? Ein Fräulein Meitner habe einen Vortrag über *Kosmetische Physik* gehalten! Doch er wollte Wilhelmine nicht entmutigen, im Gegenteil. Er erzählte ihr von Marie Curie, die als einziger Mensch auf der Welt zwei Nobelpreise erhalten hatte, für Chemie und für Physik. Über die Leistungen dieser Frau konnte Wilhelmine gar nicht genug hören. Frau und Wissenschaft. Die meisten Menschen vermochten zwar diese beiden Begriffe nicht zusammen zu denken, aber es gab Frauen, die bewiesen: Sie passten zusammen. Warum sollte sie selbst nicht auch so eine Frau werden?

Emma bereitete Wilhelmines unersättlicher Wissensdurst mehr Kummer als Freude.

- Ewig mit nem Buch vor der Nase! -

Wenn sie ihre Tochter nicht immer wieder mit sanfter Gewalt an die frische Luft befördern würde, bliebe die den ganzen Tag in der Stube hocken. Und Lust zu Handarbeiten hatte sie auch nicht! Neulich hatte Emma ihr für die Schule die Kreuzstiche aufs Deckchen machen müssen, sonst hätte sie das gar nicht vorzeigen können. Alles krukelig! Keine Sorgfalt! Auch von Hausarbeit wollte sie nichts wissen.

- Immer nur flusig, husch, husch drüber weg! -

Hoffentlich würde ihr Minchen kein Blaustrumpf werden! Man hatte ja an Clara Haber gesehen, wohin das führte.

- Da muss ich aufpassen! -

Über Habers erste Frau Clara sprach sie kurz darauf auch mit Elsbeth. Anlass war das Scheitern seiner Ehe mit Charlotte Nathan, obwohl aus dieser Ehe zwei Kinder hervorgegangen waren. Elsbeth meinte zu wissen:

„Die war einfach zu lebenslustich für den! Immer alleene zu Hause mitte Jörn und er immer mit seene Projekte!"

Gold aus Meerwasser habe er gewinnen wollen, habe Kurt ihr erzählt. Damit Deutschland seine Reparationen zahlen könne. Das habe aber leider nicht geklappt.

„Na jenfalls, er immer unnerwegs uffs Meer und inne Weltjeschichte rumjereist und sie alleene. Det macht sone junge Frau nich mit."

Die jungen Frauen seien einfach zu anspruchsvoll heutzutage, entgegnete Emma kategorisch, wüssten sich nicht zu bescheiden. Wie ihr Minchen. Wie sollte die später einen Mann kriegen, wenn sie so weitermachte?

„Männer mögen nu mal keine neunmalgescheiten Frauen!"

Elsbeth lachte, pfiff eine Melodie, die Emma vage bekannt vorkam, brach ab und zwinkerte Emma zu:

„Mädchen, die pfeifen, und Hühnern, die krähn, soll man beizeiten den Hals umdrehn."

„Na ja, Hals umdrehn …"

„Wie det Volk eben so redet!"

- Das Volk? Gehört Elsbeth etwa nich dazu? -

Emma sah sie befremdet an. Elsbeth lächelte gutmütig und erklärte, mit Hals umdrehn sei ja nur gemeint, dass ab und zu ein anne Backen nicht schade, sonst würde so ein Backfisch wie Minchen glauben, für sie wüchsen die Bäume in den Himmel!

Elsbeths traf Emmas wunden Punkt. Sie warf sich immer wieder vor, nicht streng genug mit ihrer Tochter zu sein. Immer wieder ließ sie ihr ihre Marotten durchgehen. Ein anne Backen? Müsste sie viel öfter machen, ja.

- Aber das is mir irgendwie so zuwider! -

Immer musste sie daran denken, wie ihre Mutter sie als Kind vermöbelt hatte. Und wie sie sie dafür gehasst hatte! Jetzt sah sie ja ein, dass es so wohl richtig war. Wer sein Kind liebt, züchtigt es.

- Steht das nich sogar in der Bibel? -

Sie liebte ihr Minchen, ganz bestimmt. Aber dieses Züchtigen, das lag ihr einfach nicht. Eigentlich war das doch auch Sache des Vaters! Aber Erich durfte sie damit ja nicht kommen. Dann bekam sie höchstens zu hören, es sei ihre Aufgabe, für Ruhe an der Familienfront zu sorgen.

Emma gab sich redliche Mühe, den Frieden in der Familie zu erhalten und konnte doch den Ausbruch offener Feindseligkeiten nicht verhindern. Schuld hatte Franz, der eines Tages blutend und stöhnend in die Hartkopf'sche Wohnung stolperte. Seit der Postkarte nach dem fehlgeschlagenen Putsch im Münchner Hofbräuhaus hatte Emma nichts mehr von ihrem Bruder gehört. Sie wusste nicht, dass er schon seit einem halben Jahr wieder in Berlin war, wo er eine *NSDAP-Suppenküche für notleidende Volksgenossen* leitete. So litt er auch selbst keine Not, wurde schwergewichtig, fühlte sich wichtig und machte den Schlange stehenden, abgemagerten Arbeitslosen mit jeder Kelle aus dem Suppentopf die Parolen seiner Partei schmackhaft. Bei Nacht jedoch trieb ihn seine unbefriedigte Rauflust oft dazu, zusammen mit kampferprobten Kameraden einigen hartgesottenen Kommunisten die Vorzüge der NSDAP mit Fausthieben einzubläuen.

In der vergangenen Nacht war er allein unterwegs gewesen. Nur mal die Beine vertreten, nur mal frische Luft schnappen. Doch dann sah er durch die Fensterscheiben in der Eckkneipe Rotwild, dass dort nur zwei Mickerlinge am Tresen hockten. Leichtes Spiel für einen alten Frontkämpfer! Franz stürmte hinein, schrie *Rotfront verrecke!*, doch da quollen sie aus dem Hinterzimmer: große, kräftige Männer mit finsteren Visagen. Verdammter Hinterhalt! Franz zog seine Pistole, das gute alte Stück aus den Beständen der Schwarzen Reichswehr, und hielt die Männer in Schach. Aus den Augenwinkeln nahm er eine Bewegung vom Tresen her wahr. Blitzte da nicht etwas auf? Er zögerte keinen Moment, drehte sich herum und schoss. Ein Mickerling fiel vom Barhocker, der andere schrie. Sekundenlang erstarrte die ganze Szene wie ein angehaltener Film. Franz sah die Schusswunde im Kopf des regungslos am Boden Liegenden und wusste: Volltreffer! Der ist hin! Bevor Bewegung in den Pulk der finsteren Visagen kommen konnte, drehte er sich um und rannte zur Tür, rannte hinaus auf die Straße, weg, nur weg! Da! Um die Häuserecke! Kurz davor erwischte es ihn. Ein stechender Schmerz in der Schulter. Er rannte einfach weiter, rannte, rannte, rannte.

„Und dann wars zappenduster."

Franz lag im Salon auf dem Sofa und erzählte seiner Mutter und seiner Schwester von dem Schlamassel, in den er hineingeraten war.

„Plötzlich lieg ich unnern Busch in Park und die Sonne brennt und meine verdammte Schulter tut erst recht brennen."

Anders als nach einem Vollrausch wusste er sehr genau, was sich in der Nacht zugetragen hatte. In sein Kabuff in der Suppenküche konnte er nicht zurückkehren. Vielleicht warteten dort schon die Kriminaler auf ihn. Also wohin? Die Familie. Natürlich. In der Not gab es nur eine verlässliche Hilfe: die Familie!

Maria Schulze pflichtete ihrem Sohn bei:

„Genau richtig! Endlich siehst du es ein, du Herumtreiber!"

Emma versuchte vorsichtig, das blutverkrustete Hemd von der Schulter ihres Bruders zu lösen. Sie schickte Wilhelmine, die in einer Ecke stand und fasziniert das Geschehen beobachtete, in die Küche, um Wasser und Seife zu holen. Nachdem sie das Blut abgewaschen hatte, wurde eine klaffende Wunde sichtbar, aus der es wieder zu bluten begann. Emma strich Jod um die Wunde herum, legte Kompressen auf und versuchte, mit einem Verband den Blutfluss zu stillen. Doch schon nach wenigen Minuten war die reinweiße Gaze wieder rot, während Franz immer blasser wurde. Emma flüsterte ihrer Mutter zu:

„Wir müssen ihn ins Spital bringen."

Doch Franz hatte es gehört und stöhnte:

„Nee! Nich ans Messer liefern!"

Emma verstand wohl, dass ihr Bruder nicht das Messer des Chirurgen fürchtete, und schlug vor, wenigstens Dr. Rosenkrantz zu rufen. Noch einmal begehrte Franz auf:

„Nee, kein Judendokter! Der verrät mir!"

Gleich darauf wurde er ohnmächtig und Emma kümmerte sich nicht um seine Bedenken.

- Lächerlich! Auf Dr. Rosenkrantz ist Verlass. -

Als der alte Arzt kam, war Franz wieder bei Bewusstsein, aber so schwach und bleich, dass seine Mutter abwechselnd *Mein armer Junge!* und *Herrgott hilf!* vor sich hinmurmelte. Dr. Rosenkrantz gab Franz eine Spritze zur Stabilisierung seines Kreislaufs und untersuchte die Verletzung. Er fand eine Kugel, die im Schultermuskel stecken geblieben war und riet, den Patienten sofort ins Krankenhaus bringen zu lassen. Franz hob kraftlos eine Hand:

„Das geht nich!"

Der Arzt sah ihn lange prüfend an. Schließlich wanderte sein Blick zu Emma.

„Geht es wirklich nicht, gnädige Frau?"

„Nein."

- Wenn er bloß nich fragt, warum nich! -

Dr. Rosenkrantz fragte nicht. Er seufzte nur und schickte die beiden Frauen und das Kind aus dem Salon. Sie zogen sich in die Küche zurück. Wilhelmine wollte wissen, warum denn Onkel Franz nicht ins Spital gebracht werden könne. Würden die ihn an die Polizei ausliefern, weil er einen Mann totgeschossen hatte? Sie wurde von ihrer Mutter und von ihrer Großmutter ermahnt, ihr vorlautes Fragen zu unterlassen. Onkel Franz habe keinen Mann totgeschossen, da habe sie mal wieder etwas völlig falsch verstanden.

„Aber dann kann er doch auch ins Spital!"

„Nu sei endlich still!"

Emma betrachtete ihre Tochter mit einer Mischung aus Stolz und Sorge. Wilhelmine war schlank und groß für ihr Alter. Ihr volles braunes Haar fiel in prachtvollen Locken herab. Sie fixierte ihrerseits mit ihren großen, dunklen Augen ihre Mutter, als wäre die ein auszuforschendes Insekt.

- Als ob Anna mich anschaun würde! -

Schreie aus dem Salon schreckten Emma aus ihrer Betrachtung auf. Sie wollte ihre Hände auf Wilhelmines Ohren legen, wollte sie beschützen. Ein Kind durfte nicht zu viel wissen von Leid und Qual. Doch ihre Tochter wich schnell aus und lauschte interessiert.

- Wie herzlos Minchen is! -

Endlich war Dr. Rosenkrantz fertig und sie durften wieder zu Franz in den Salon. Der hielt ihnen zwischen Daumen und Zeigefinger eine winzige Kugel wie eine Trophäe entgegen und prahlte, wenn auch mit schwacher Stimme:

„Was uns nich umbringt, das macht uns stärker!"

Der Arzt warf noch einen müden Blick auf seinen Patienten, dann verabschiedete er sich, wehrte alle Dankesbezeugungen Emmas ab und versprach, am nächsten Tag wieder vorbeizukommen. Emma und ihre Mutter sammelten die durchgebluteten Verbände ein, holten saubere Bettwäsche und kochten Kamillentee, das altbewährte Allheilmittel. Franz trank ihn sogar.

- So dreckig gehts ihm! -

Gleich danach schlief er ein. Die beiden Frauen wollten gerade leise den Salon verlassen, als Erich hereinkam, gefolgt von Wilhelmine mit ihrem untrüglichen Gespür für interessante Situationen. Sie stellte sich an die Wand neben die Erlenmeyerkommode, unauffällig, eine aufmerksame Beobachterin der Erwachsenenwelt. Erich erblickte den schlafenden Franz auf dem Sofa und polterte sofort los:

„Was macht dieser Mensch in meiner Wohnung? Wo ich mir ausdrücklich verbeten habe …!"

Emma versuchte ihren Mann zu besänftigen, während ihre Mutter seinem anklagenden Blick trotzig standhielt. In abgerissenen Worten erklärte Emma die Situation, jammerte:

„Er is doch mein Bruder! Wo soll er denn hin? Es is doch bloß fürn paar Tage!"

Erich schob sie zur Seite, ging zum Sofa und sah auf den ruhig weiterschlafenden Franz herab. Angewidert verzog er das Gesicht:

„So sieht also ein Mörder aus!"

In der nachfolgenden Stille klang der Satz nach, hallte im Kopf seiner Schwiegermutter, erweckte all die erduldeten Demütigungen zu neuem Leben. Ihr unterdrückter Zorn, die gezügelte Wut brachen sich Bahn. Mit sich überschlagender Stimme schrie sie Erich an:

„Selber Mörder! Du glaubst wohl, du bist was Besseres! Ein Gasmörder! Ein Massenmörder! Das bist du!"

Erich würdigte sie keiner Antwort und verließ den Salon. Wilhelmine sah ihrem Vater nach. Gasmörder? Das Wort hörte die Zwölfjährige zum ersten Mal. Es brannte sich in ihr Gedächtnis, auch wenn sie den Zusammenhang nicht verstand. Emma rannte Erich sofort hinterher, doch er herrschte sie an:

„Ich wünsche, nicht gestört zu werden!"

Erst nachts im Bett redete er wieder mit ihr. Was er sagte, war unmissverständlich. Wenn er am nächsten Abend von der Arbeit komme, wünsche er keinen Franz Schulze mehr in seiner Wohnung vorzufinden. Sollten sich doch seine Kumpane um ihn kümmern! Übermorgen komme Karl-Heinz von seinem Lehrgang zurück und sein Sohn werde dann nicht in seinem eigenen Heim auf diesen Schläger und Mörder treffen, unter dem er so gelitten habe. Ob er sich da klar ausgedrückt habe?

Emma weinte still vor sich hin.

Außerdem möge sie bitte zur Kenntnis nehmen, dass auch für ihre Mutter kein Platz mehr in seinem Haushalt sei. Emma solle dafür sorgen, dass sie in eine eigene Wohnung ziehe. Er sei bereit, dafür einen finanziellen Beitrag zu leisten, nur solle sie ihm aus den Augen kommen. So schnell wie irgend möglich.

„Erich, mein Hartköpfchen, willst du dir das nich noch mal in Ruhe überlegen? Mutti hats doch nich so gemeint. Sie war nur aufgewühlt. Das musst du doch verstehn!"

Erich weigerte sich zu verstehen und er wollte es sich auch nicht noch einmal in Ruhe überlegen und er war auch nicht ihr Hartköpfchen, jedenfalls jetzt nicht. Er wollte, dass sie seine Anweisungen befolgte und damit basta.

- Was bleibt mir übrig? -

Zum Glück ging es Franz am nächsten Morgen schon deutlich besser. Schweren Herzens erklärte Emma ihm, er könne nicht in ihrer Wohnung bleiben. Franz lachte verächtlich, beschimpfte seinen Schwager als verkalkten Professor und kleinbürgerlichen Feigling und schickte seine Mutter zu einem seiner Parteigenossen. Tatsächlich wurde er schon am Nachmittag mit einem Automobil abgeholt, nachdem Dr. Rosenkrantz ihn noch einmal verarztet hatte. Jetzt musste Emma noch mit ihrer Mutter reden. Zu ihrem Erstaunen traf sie auf keinen Widerstand. Maria Schulze erklärte, auch sie wolle keinen Tag länger mit ihrem Schwiegersohn unter einem Dach leben. Emma möge ihr eine Wohnung besorgen.

- Wie macht man denn das? -

Wieder einmal kam ihr Karl-Heinz zur Hilfe. Er fand in nicht einmal zwei Wochen eine kleine Wohnung für seine Großmutter, zirka eine halbe Stunde Fußmarsch entfernt, und noch einmal zwei Wochen später organisierte er schon ihren Umzug, obwohl er mitten in den Prüfungsvorbereitungen für sein Verbandsexamen steckte. Dieses Examen stand am Ende eines Chemiestudiums und er bestand es glänzend.

Auf der Examensfeier stellte Erich seinen Sohn stolz Otto Hahn vor. Der II. Direktor des Kaiser-Wilhelm-Instituts für Chemie versprach, bei einer freiwerdenden Promovendenstelle wohlwollend an den jungen Mann zu denken. Aber auch Fritz Haber wollte Karl-Heinz nicht nur gratulieren. Er versprach nicht nur Wohlwollen, sondern bot ihm gleich eine Stelle an seinem Institut an und empfahl ihm auch einen Doktorvater, wobei er Erich zuzwinkerte:

„Auf einen Hartkopf ist Verlass. Da weiß man, wen man sich ins Haus holt."

Erich riet seinem Sohn, die angebotene Stelle, die im Juni 1928 frei werden würde, anzunehmen. Bis dahin solle er, wie schon nach seinem Abitur, nach Hamburg gehen und noch einmal praktische Erfahrungen in der Stolzenberg'schen Fabrik sammeln. Dem Mann sei vom sich drehenden Wind der Geschichte ja übel mitgespielt worden. Jetzt schlage er sich mühsam mit der Entsorgung von im Krieg nicht verwendeten Gasgranaten durch. Haber sei ebenfalls der Meinung, man solle den Mann unterstützen, auch wenn der an seinem Konkurs mit der Gasfabrik in Russland durch seine horrenden Fehlkalkulationen nicht ganz unschuldig gewesen sei, Wind der Geschichte hin oder her. Karl-Heinz folgte dem Rat seines Vaters und ging für ein Praktikum zu Stolzenberg nach Hamburg.

Obwohl Emma es genoss, nach dem Auszug ihrer Mutter endlich wieder Herrin im eigenen Haushalt zu sein, war die Wohnung doch auf einmal schrecklich leer.

- Elsbeth weg. Mutti weg. Und jetzt auch noch Heinzelmännchen! -

An den Vormittagen floh sie diese Leere immer öfter, besuchte abwechselnd Elsbeth und ihre Mutter in deren Wohnungen und oft auch Wolf-Dieter und ihre Schwester Anna auf dem Friedhof. Aber nur Anna erzählte sie in langen stillen Monologen angstfrei und unverstellt von ihren Sorgen und Nöten.

Im Frühjahr 1928 erwachte die Natur aus ihrem Winterschlaf wie in jedem Frühling. Strom und Bäche waren vom Eise befreit, der weiße Flieder blühte und einige Bauern spannten im März auch noch die Rösslein an, während andere mit ihren Traktoren aufs Feld fuhren. In der Reichshauptstadt blühten zwar noch nicht die Linden, aber die Kultur. Trotz ständig steigender Arbeitslosenzahlen stand das Leben in den Theatern und den Kinopalästen, in der Oper und auf den Kabarettbühnen, in Nachtbars und Tanzclubs niemals still. Emma las von all dem höchstens in der Gartenlaube, die scharf den Verfall der guten Sitten geißelte. In Dahlem ging das Leben weiter seinen provinziellen Gang, und als Exzess wurde es schon empfunden, wenn eine Professorengattin sich einen Bubikopf schneiden ließ. Emma genoss wie in jedem Frühjahr das aufblühende Leben in ihrem Garten, und doch kam es ihr manchmal wie etwas Trügerisches vor, Blendwerk einer Beständigkeit, die es im Leben der Menschen nicht mehr gab. Sie musste an Franz denken, den seine Kameraden aus der Stadt gebracht hatten. Irgendwo lebte er jetzt, versteckt, per Haftbefehl gesucht. Und ihre Mutter hockte in der neuen Wohnung und pflegte ihren Groll gegen Erich!

- Alles wegen diese verdammte Politik! Die zerstört die anständigsten Familien! -

Doch der grausamste Angriff auf ihre Familie kam für Emma völlig unerwartet. In Hamburg explodierten auf dem Gelände der Firma Stolzenberg zwei Phosgenbehälter, nicht entsorgte Altlasten des Gaskrieges. Zehn Jahre nach dem Friedensschluss zerfetzten die Produkte der deutschen Gasforscher noch einmal elf Menschen und verletzten Hunderte.

Zu den Zerfetzten gehörte Karl-Heinz.

Gespräche
Verena
„Streichen ist die wichtigste Tätigkeit des Schriftstellers!"

Schrecklich!, ruft meine Agentin aus. Damit willst du den ersten Teil deines Romans enden lassen?

Ja.

Mit einem so lakonischen Satz für ein so furchtbares Geschehen?

Ja.

Hmmh, überlegt sie laut, nun ja, vielleicht wirkt es gerade dadurch besonders ... ich meine, in der Fantasie des Lesers, Schrägstrich, der Leserin ...

Wir müssen beide lachen. Wir haben nie so sklavisch auf einen feministisch korrekten Sprachgebrauch geachtet wie unsere Vormütter. Sollte ich in meinem Artikel über die Clara Immerwahr-Auszeichnung, die von der nobelpreisgekürten Vereinigung *Internationale Ärzte für die Verhütung eines Atomkrieges* vergeben wurde, etwa schreiben: „Clara Haber, geb. Immerwahr, erhob ihre Stimme gegen den Gaskrieg, anders als die meisten WissenschaftlerInnen des Kaiserreichs?" Fritz Haber, Otto Hahn und Erich Hartkopf als *WissenschaftlerInnen* zu bezeichnen war denn doch zu lächerlich. Und dem sperrigen *Wissenschaftlerinnen und Wissenschaftler* verweigerten sich meine Fingerspitzen auf der Tastatur.

Meine strenge Agentin Frau Korthals akzeptiert nach kurzer Debatte meinen Schlusssatz des Emma-Teils, und meine liebe Freundin Lena fragt, wo Thomas mit dem Tee bleibt. Da öffnet sich die Tür meines Arbeitszimmers und mein Mann erscheint als Deus ex Machina mit einem Tablett in der Hand und unseren Gören im Schlepptau.

Einen Earl Grey gefällig, die Damen?, fragt Thomas.

Mama, mein einer Turnschuh is weg!, klagt Jon.

Du wolltest mir doch noch bei Mathe helfen!, mahnt Gesa.

Ich gebe meiner Tochter einen Kuss und vertröste sie auf später. Für Probleme in Mathe bin ich zuständig, da streikt Thomas schon lange. Mit allen anderen Problemen sind Gesa und Jon bei ihm genauso gut aufgehoben wie bei mir. Suche nach verschwundenen Turnschuhen, zum Beispiel. Meinem Sohn gebe ich keinen Kuss. Seit er acht Jahre alt geworden ist, zeigt er eine deutliche Abwehr gegen allzu innige mütterliche Annäherungen. Aber von Lena lässt er sich bereitwillig seine kurz geschnittenen blonden Haare struwweln.

Spätestens in zwei Stunden gebe ich eure Mutter frei, verspricht sie.

Thomas sieht auf die Uhr.

In anderthalb! Ich muss heut mit den Kids die Disco vorbereiten!

Lena und ich versprechen, pünktlich mit unserer Diskussion meines Manuskriptes Schluss zu machen. Ich finde zwar, dass Thomas viel zu viele unbezahlte Überstunden macht, aber sein unermüdliches Engagement für *seinen* Jugendklub imponiert mir auch. Für die halbe Sozialpädagogenstelle kriegt die Jugendbehörde eine volle Einsatzkraft!

Als die drei wieder gegangen sind, reden Lena und ich über die Rolle Habers im Ersten Weltkrieg. Habe ich die richtig herausgearbeitet, ohne den Leser mit Fakten zu erschlagen, will ich von ihr wissen. Sie macht wieder Kürzungsvorschläge und ich kämpfe diesmal nicht um jedes Detail, das mir *unentbehrlich* und *wahnsinnig interessant* erscheint.

Plötzlich muss ich wieder an die Feier im Oktober 1986 zum 75-jährigen Bestehen des KWI für physikalische Chemie denken, das nach dem Zweiten Weltkrieg in *Fritz-Haber-Institut* umbenannt wurde. Ich hatte gerade mit meinem Studium der Wissenschafts-geschichte begonnen und es war mir gelungen, mich in den erlauchten Kreis der Gäste einzuschmuggeln. Pazifistische Studenten verteilten eine Broschüre, die sich kritisch mit Habers Gas-kriegsforschung auseinandersetzte. Ich stimmte ihnen aus vollem Herzen zu … bis Fritz Stern den Hauptfestvortrag hielt. Fritz Stern, ein amerikanischer Historiker, stammte aus einer deutschen Fami-lie konvertierter Juden, die vor den Nazis fliehen musste. Sein Vater Rudolf Stern war Fritz Habers Arzt und Freund. Wenige Minu-ten vor Habers Tod planten sie noch gemeinsam dessen Auswan-derung nach Palästina. Fritz Haber war außerdem der Taufpate und Namensgeber von Fritz Stern. Stern verschwieg in seiner Rede die Verantwortung seines Paten für den Gaskrieg nicht, betonte aber, dass der Pazifist Einstein nach dem Krieg dessen enger Freund gewesen sei und dass man den historischen Kontext von Habers Handeln nicht vergessen dürfe.

Nach Sterns Rede stimmte ich den pazifistischen Studenten immer noch zu, aber jetzt schweren Herzens. Auf jemanden wie Fritz Stern musste die vehemente Kritik an Fritz Haber, der als Jude angegriffen, geschmäht und dann von den Nazis vertrieben worden war, verletzend wirken. Und das hatte sie auch, wie ich viel später in einem seiner Bücher las. Er empfand die Kritik als selbstgerecht und polemisch und litt mit den beiden Kindern Habers aus zweiter Ehe, die auch beim Festakt anwesend waren.

Nein, sagt Lena, und wird wieder zu Frau Korthals, meiner stren-gen Kritikerin. Diesen ganzen Passus über Fritz Sterns Rede lass mal schön weg.

Aber damals habe ich angefangen, mich mit der Frage der Ver-antwortung eines Wissenschaftlers für sein Tun zu beschäftigen! Es war so etwas wie eine Initialzündung!

Das ist schön für dich, aber das interessiert den Leser nicht.

Doch! Ich bin schließlich auch eine Protagonistin in diesem Roman! Die Leserin interessiert sich auch für mich! Ich streiche es nicht!

Da siegt das Ego über die erzählerische Potenz. Ich habe dich gewarnt! Aber dann streich wenigstens den Passus über Habers ältesten Sohn Hermann.

Warum? Der Leser will doch bestimmt wissen, was aus Claras geliebtem Männdel geworden ist!

Dann soll er dem traurigen Schicksal Hermann Habers nachforschen. Lass ruhig offene Fäden! Das ist eine Anregung für die Leserin.

Na schön.

Streichen ist die wichtigste Tätigkeit eines Schriftstellers!

Ja! Das hast du mir schon tausendmal gesagt.

Davon wird es nicht falscher.

Falscher? Von falsch kann man keinen Komparativ bilden.

Besserwisserin! Lenk nicht vom Wesentlichen ab!

Und was ist das Wesentliche?

Die Geschichte deiner Familie. Die Geschichte der Frauen in deiner Familie. Die Geschichte Emmas, Wilhelmines und Irènes.

Dann mach ich mich jetzt an den zweiten Teil: meine Großmutter Wilhelmine.

Teil II

Wilhelmine

Physik
oder
„Ungefähr so groß wie eine Ananas"

Wilhelmine beugte sich über ihre Mitschrift der Physikvorlesung. Was sollte das heißen? $E = h \times v$, h = das Plancksche Wirkungsquantum, v = Frequenz der Strahlung. Sie konnte ihre eigene Schrift kaum lesen.

- Aber das ist doch sowieso alles Pipifax. -

Sie musste es endlich schaffen, in Professor Laues Seminar zu kommen. Der sollte zwar sehr streng sein, aber der vermittelte wenigstens Erkenntnisse, die nicht schon in jedem Lehrbuch standen.

- Todlangweilig, das abgestandene Wissen von vorgestern! -

Sie schob ihr Heft beiseite, nahm sich Plancks *Einführung in die theoretische Physik, Bd. II* vom Regal und blätterte unwillig darin. Max Planck war mit seiner Entdeckung, dass Energie nicht kontinuierlich abgestrahlt wird, sondern in Form unteilbarer Energiequanten, zum Begründer der Quantenphysik geworden. Er hatte es fast bedauert, damit Hand an das Gebäude der guten alten Newton'schen Physik gelegt zu haben, war ein Revolutionär wider Willen. Doch jetzt gab es Revolutionäre, die mit heiligem Eifer das Gebäude bis auf die Grundmauern einrissen. Niels Bohr in Kopenhagen! Werner Heisenberg in Leipzig!

Wilhelmine klappte Plancks Lehrbuch zu und ließ ihren Blick im Zimmer umherschweifen. Fast alles war noch so, wie Karl-Heinz es vor fünf Jahren, vor seiner Fahrt zu Stolzenberg nach Hamburg, hinterlassen hatte, seiner Fahrt in den Tod.

Wilhelmine schlief in seinem Bett, sah morgens beim Aufwachen als Erstes auf sein Mobile aus Pappflugzeugen, saß auf seinem Stuhl, an seinem Schreibtisch, las in seinen Büchern. Nur das Gesamtwerk Karl Mays hatte sie sorgfältig verpackt auf den Dachboden getragen, um Platz für ihre eigenen Bücher zu schaffen. Und für ein Porträtphoto im schlichten Silberrahmen, das ihren Bruder kurz nach seinem Verbandsexamen zeigte. Sie hatte sich im Atelier Felix Meixner einen zweiten Abzug dieses Bildes bestellt, das doppelt so groß im verschnörkelten, vergoldeten Rahmen im Salon auf der Erlenmeyer-kommode stand, direkt neben einem Photo von Wolf-Dieter mit Schultüte im Arm. Beide waren von ihrer Mutter mit einem Trauer-flor geschmückt worden und standen in einer Reihe mit dem Hoch-zeitsphoto.

- Muttis Hochzeitsphoto. -

Das andere, das ihren Vater mit seiner ersten Frau Anna zeigte, schob ihre Mutter beim Staubwischen immer wieder ein kleines Stück nach hinten, bis ihr Vater es irgendwann kommentarlos wie-der an seinen alten Platz zurückstellte. Wilhelmine registrierte diesen stummen ehelichen Kleinkrieg ihrer Eltern, ohne ihn zu verstehen.

- Schön war sie ja, deine Mutter! -

Wilhelmine stand vor ihrem Photo von Karl-Heinz und sprach mit ihm, wie sie es in ihren Gedanken oft tat. Warum hatte er eigent-lich nie von seiner verstorbenen Mutter gesprochen? Er musste sie doch manchmal schrecklich vermisst haben!

- Mutti hat dich nie verstanden, so wie sie mich auch nicht ver-steht. -

So war es doch! Ihre Mutter kannte nur Kochen, Putzen und Vati-begöschern! Und so hätte sie ihre Tochter auch am liebsten gehabt. Wie hatte sie sich quergestellt, als Wilhelmine studieren wollte! Rausge-schmissenes Geld sei das und würde sie nur unglücklich machen. Die Frau war so was von gestern! Am liebsten hätte sie ihr das Studium verboten und sie in irgendeine Haushaltsfachschule gesteckt. Gott sei Dank hatte ihr Vater ein Machtwort gesprochen. Nicht, dass er von ihrem Wunsch begeistert gewesen wäre. Aber sie hatte noch genau sein *Wenn Wilhelmine es nun mal unbedingt will* im Ohr. Er konnte ihr ja sowieso nichts abschlagen.

- Wer weiß, wenn du noch am Leben wärst, Karl-Heinz … -

Dann würde wahrscheinlich alles anders aussehen. Dann würde mit Sicherheit alles anders aussehen. Aber so? Ihr Vater hatte keinen

Stammhalter mehr. Er hatte nur noch sie. Also gestand er ihr zu, was er sonst einem Mädchen bestimmt verweigert hätte.

- Insofern ... ich profitiere von deinem Tod. -

Wilhelmine erschrak. Durfte sie so etwas überhaupt denken? Denken durfte man alles, beruhigte sie sich. Die Gedanken waren frei.

- Kein Mensch kann sie wissen, kein Jäger erschießen ... -

Wilhelmine summte das alte Lied, das ihr im Musikunterricht von allen immer am besten gefallen hatte. Und sie würde ja auf alle Vorteile gern verzichten, wenn ihr Bruder dafür noch am Leben wäre. Nein, gern verzichten würde sie nicht, wenn sie ehrlich war, aber verzichten würde sie. Jeden Preis würde sie für sein Leben zahlen. Oder doch nicht?

- Sinnlose Gedankenspielereien! -

Das Öffnen der Zimmertür erlöste Wilhelmine vorerst von ihren Zweifeln. Emma betrat mit einem Tablett den Raum, stellte einen Teller mit einem Stück Kirschkuchen und eine Tasse mit dampfendem Kakao auf den Schreibtisch. Wilhelmine verzog den Mund.

„Ich hab gar keinen Hunger!"

„Aber Kind! Du musst doch was essen, wenn du so viel lernst! Den Kuchen hab ich frisch gebacken! Der ist nich vom Sonntag über!"

„Jaaa. Gut. Danke."

Warum guckte ihre Mutter sie so forschend an? Als ob sie krank wäre! Hauptsache, sie kam ihr nicht wieder mit ihrer frischen Luft!

- Glück gehabt. Sie verzieht sich. -

Wilhelmine nahm ein paar Bissen von dem Kuchen und stellte fest, dass er sehr gut schmeckte. Die Kuchen ihrer Mutter schmeckten eigentlich immer gut, gestand sie sich ein. Sie aß alles auf, trank den Kakao und war froh, dass ihre Mutter nicht neben ihr stand. Sonst hätte sie garantiert triumphiert *Siehst du? Appetit kommt beim Essen.* Wilhelmine verabscheute die banalen Volksweisheiten, die ihre Mutter ständig von sich gab, und diese besonders.

- Wie hält Vati es bloß aus mit ihr? -

Ihre Mutter war ihrem Mann doch überhaupt nicht gewachsen! Aber die Männer waren ja auch so entsetzlich anspruchslos! Denen reichte es, ein Heimchen am Herd zu haben. Da war ihr Vater auch nicht besser. Kein Stück! Und selbst die jungen Männer, die Männer ihrer Generation, waren kaum anders! Am schlimmsten waren diese Idioten vom Nationalsozialistischen Deutschen Studentenbund. Wie die sie schief von der Seite anschauten in den Vorlesungen! Zum Glück hatte sie schon am 1. April 1933 mit dem Studium angefangen, da traf sie das Gesetz gegen die Überfüllung deutscher Hochschulen nicht mehr. Frauenquote nur noch 10 Prozent!

- Du wärst bestimmt nicht so, Karl-Heinz! Du würdest mich unterstützen. -

Im Moment ließen die Hitlerleute die Frauen aber wieder in Ruhe, weil sie vor allem damit beschäftigt waren, die Juden überall rauszudrängeln. Das war ihnen noch viel wichtiger, als Frauen zurück an den Herd zu schicken. Auch da profitierte Wilhelmine vom Unglück anderer.

- Seltsam. -

Doch was Wilhelmine zugutekam, das machte ihren Vater ganz krank. Richtig elend sah er aus, seit die neuen Machthaber auch an den Kaiser-Wilhelm-Instituten Remedur machten.

- Sein Herz! -

Wilhelmine hoffte inständig, dass ihr Vater nicht noch einmal mit einem Herzschlag zusammenbrechen würde wie damals nach Karl-Heinz' Tod. Wie lange hatte er gebraucht, um sich wieder zu erholen! Und seitdem …

- Was sind das für Stimmen im Flur? -

Wilhelmine lauschte. Das eine war ganz klar die Stimme ihrer Mutter. Aber die beiden anderen?

- Elsbeth? -

Elsbeths Stimme, ohne Zweifel! Und die eines Mannes, die sie nicht kannte.

- Oder? -

Wilhelmine stand auf und presste ihr Ohr an die Zimmertür. Doch sie hörte nur wenige unverständliche Satzfetzen, bevor die Tür zum Salon klappte.

- Was gehts mich an? -

Aber sie war nun mal so schrecklich neugierig! Vorsichtig öffnete sie ihre Zimmertür und schlich zum Salon hinüber. Durch die Tür drang Elsbeths laute und jammernde Stimme, dazwischen ein Murmeln, offenbar von dem Mann, und dann hörte sie ihre Mutter sagen:

„Wir essen erstma n Stück Kuchen und ich koch uns n schönes Tässchen Kaffee und dann sehn wir weiter!"

- Muttis bewährte Strategie in allen Lebenslagen! -

Wilhelmine zog sich schnell in ihr Zimmer zurück. Kaum hatte sie die Tür hinter sich geschlossen, hörte sie ihre Mutter in die Küche gehen. Ihr Blick fiel auf ihren Schreibtisch.

- Mein Geschirr! -

Entschlossen nahm sie das Tablett, um es in die Küche zu tragen, obwohl sie das Abräumen sonst immer ihrer Mutter überließ. Die traf sie, wie erwartet, mit dem Kaffeefilter in der Hand an und erkundigte sich wie nebenbei:

„Besuch?"

Emma drehte sich zu ihrer Tochter um und flüsterte:

„Kurt! Jetzt haben sies auf den armen Kurt abgesehn!"

„Ich dachte, der hätte sich längst in Sicherheit gebracht!"

„Eben nich!"

Nach dem Reichstagsbrand hätten sie doch Elsbeths Bruder Adolf eingesperrt, erinnerte Emma ihre Tochter, und ihr Bruder Kurt hätte noch versucht, ihn wieder rauszukriegen, aber nun sei er selbst in

Gefahr. Gott sei Dank habe ihn heute Morgen jemand gewarnt, dass sie ihn abholen wollten.

„Und nun? Was will er hier bei uns?"

„Seit wann stellst du so dumme Fragen?"

„Er will sich also hier verstecken."

„Hier is er erstma sicher."

„Na, da bin ich ja mal gespannt, was Vati davon hält!"

Emma stellte Kuchen und Kaffee auf ein Tablett und ging damit in den Salon. Wilhelmine kehrte in ihr Zimmer zurück, konnte sich aber nicht mehr auf ihre Aufgaben konzentrieren. Sie war froh, als es an der Tür klopfte und Elsbeth in ihr Zimmer trat.

„Ick stör dir doch hoffentlich nich?"

„Nein, überhaupt nicht. Ich begreif sowieso nichts im Moment."

Elsbeth drückte Wilhelmine an ihre Brust, als ob sie noch ihr liebes kleines Minchen wäre, und erzählte ihr von Adolf und Kurt und dem ganzen Schlamassel. Sie redete sich immer mehr in Rage und streckte schließlich empört ihre Arme zur Zimmerdecke empor.

„Wat is det nu bloß für ne verrückte Welt!"

Wilhelmine versuchte, Elsbeth zu beruhigen, so gut sie konnte. Viel Übung hatte sie nicht darin. Das Beruhigen war immer die Aufgabe ihrer Mutter gewesen. Aber Elsbeth fand auch ohne ihre Hilfe schnell von der Anklage gegen die Welt zur praktischen Bewältigung der von ihr ausgehenden Zumutungen zurück.

„Ick muss nach Hause. Wenn sie komm, wer ick sie verklarn, det Kurt schon zwei Tage wech is und sein Koffer auch, und jammern wer ick, det er mir nich jesacht hat, wo er hinjehn tut. Nix! Jar nix! Einfach über alle Berge, so ein jemeiner Bruder is det. Bestimmt schon über die Jrenze und lässt sein armet Schwesterlein janz alleene zurück."

Trotz der bedrohlichen Situation musste Elsbeth über ihre eigene Schauspielerei lachen. Wilhelmine mochte in das Lachen nicht einfallen. Wenn die Gestapo jetzt auch noch Elsbeth mitnähme, sie in die Mangel nähme, bis sie sagte, wo ihr Bruder wirklich steckte?

- Die sind ja nicht zimperlich, was man so hört! -

Wilhelmine sagte Elsbeth nichts von ihrem mulmigen Gefühl, wünschte ihr alles Gute zum Abschied und hielt einen Daumen hoch. Vergeblich versuchte sie in der verbleibenden Zeit bis zum Abendbrot, weiter in die Geheimnisse des Aufbaus der Atome einzudringen. Die geheimnislosen, aber gefahrvollen Ereignisse drangen in sie ein.

Am Abendbrottisch saß Kurt Olsanski wie ein ganz gewöhnlicher Gast neben ihrem Vater.

- Man sieht ihm nichts an. -

Die beiden Männer redeten über die goldenen Zeiten am Institut, frühere Mitarbeiter und glorreiche Experimente, während Emma den Gast immer wieder aufforderte, doch bitte kräftig zuzulangen. Wilhelmine hörte ihnen erstaunt zu und schwieg die meiste Zeit.

- Wie ein ganz normaler Höflichkeitsbesuch! -

Doch dann kam Kurt Olsanski auf das Gasunglück zu sprechen, bei dem Prof. Sackur damals sein Leben verloren hatte. Erich nickte heftig und plötzlich brach sich seine angestaute Bitterkeit Bahn. Mit immer lauter werdender Stimme ereiferte er sich darüber, dass Prof. Sackurs Tochter, der Haber die Stelle als Sekretärin am Institut verschafft hatte, als Erste von der NS-Betriebszelle als angebliche Kommunistin denunziert worden war. Dabei sei sie eine ganz zuverlässige und patente Person gewesen, all die Jahre, und nun habe Haber selbst die Untersuchung gegen sie führen müssen.

„Das Unheil für sie konnte er gerade noch mal abwenden, aber trotzdem hat die Betriebszelle nicht aufgehört, unser Institut bei der Gauleitung als Brutstätte jüdischer Ausbeuter, Bedrücker und Marxisten anzuklagen!"

Kurt Olsanski lachte trocken und tupfte sich den Mund mit der Leinenserviette ab:

„Das ist so idiotisch, dass man wirklich nur darüber lachen kann!"

Niemand mochte lachen. Auch Kurt Olsanski erklärte mit ernster Miene, er habe noch im Januar, als dieser vertrottelte Hindenburg den Hitler in den Sattel gehievt habe, das Ganze für einen aberwitzigen Spuk gehalten.

„Und jetzt muss ich vor den braunen Gespenstern fliehn! Und meinen armen Bruder im Verließ ihres verdammten Spukschlosses zurücklassen!"

Kurt Olsanski holte tief Luft und sah von einem zum anderen, als könne ihm jemand erklären, wieso sie alle sich plötzlich in den Händen einer dunklen Macht befanden.

- Niemand begreift es! -

Um das Schweigen nicht zu laut werden zu lassen, fragte Erich ihn nach seinem Bruder aus. Kurt Olsanski gab zu, dass er sich mit Adolf ziemlich zerstritten habe in den letzten Jahren. Für den als strammen KPDler sei er ja ein Sozialfaschist gewesen und die SPD kein Stück besser als die NSDAP. Er fürchte, sein Bruder müsse jetzt bitter erfahren, was Faschismus wirklich heiße.

„Wenn ich nur etwas für ihn tun könnte! Aber jetzt muss ich selbst fliehen. Ich bin Ihnen wirklich dankbar, Prof. Hartkopf, dass Sie …"

Erich schnitt dem Gast das Wort ab:

„Das ist doch eine Selbstverständlichkeit. Hier bei mir werden diese Kanaillen Sie bestimmt nicht suchen."

„In ein paar Tagen werde ich meine Flucht organisiert haben. Es gibt Genossen im Ausland, die …"

- Was schaut er mich so an? Hat er etwa Angst, ich würde ihn verraten? -

„… jedenfalls werde ich Ihnen nicht lange zur Last fallen müssen."

Erich versicherte seinem Gast, dass er überhaupt keine Last sei, ganz im Gegenteil, es sei ihm eine Ehre, und Emma forderte ihn auf, noch etwas von der Mettwurst zu probieren, die sei schön fett und herzhaft geräuchert.

Emma richtete für Kurt Olsanski das Zimmer her, in dem früher ihre Mutter gewohnt hatte und das Erich seit deren Auszug wieder als Arbeitszimmer nutzte. Sie legte ein Laken auf das Ledersofa, bezog ein Federbett und legte ein Nachthemd von Erich für Kurt Olsanski bereit. Wilhelmine kam nicht auf die Idee, ihrer Mutter bei der Arbeit zur Hand zu gehen. Sie zog sich, wie immer nach dem Abendbrot, in ihr Zimmer zurück und setzte sich an ihren Schreibtisch, sah aber wieder nur aus dem Fenster anstatt in ihre Lehrbücher. Dass ihr Vater einem verfolgten Sozi half, hätte sie nicht von ihm erwartet.

- Ohne mit der Wimper zu zucken! -

Dabei war er nie ein Freund der Herren Genossen gewesen. Na ja, dieser Sozi war eben Elsbeths Bruder, deshalb fühlte er sich wohl verpflichtet. Aber trotzdem: mutig! Wenn die Nazis ihm auf die Schliche kämen … ja, was passierte dann? Würden sie ihn aus dem Institut schmeißen? Oder ihn sogar einsperren? Man wusste es nicht. Die waren so unberechenbar. Und sie selbst? Konnten sie ihr nicht auch am Zeug flicken? Wegen Mitwisserschaft oder so? Zwangsexmatrikulation? Aus der Traum vom Studium?

- Das wäre das Schlimmste! -

Aber sie wurde ja sowieso nicht gefragt. Ihr Vater entschied, und für ihre Mutter und sie galt: Mitgefangen, mitgehangen!

- Karl-Heinz, steh mir bei! -

Wilhelmine war sich sicher, dass ihr Bruder sich bestimmt nicht so kleinmütigen Gedanken hingegeben hätte. Sie versuchte, ihm nachzueifern und sich nicht von ihren Ängsten leiten zu lassen. Dennoch atmete sie auf, als Kurt Olsanski nur drei Tage später aus dem Haus war. Schlagartig verschwand er auch aus ihrem Sinn, in dem sich so endlich wieder uneingeschränkter Platz für physikalische Formeln und Problemstellungen fand.

Am Nachmittag des 30.4.1933 klingelte im Flur der Hartkopf'schen Wohnung das Telephon, gerade als Wilhelmine von der Universität nach Hause kam. Ihre Mutter stürzte aus der Küche, nahm den schweren Hörer aus Bakelit von der Gabel, stand stramm wie bei einem militärischen Appell und meldete sich laut und deutlich:

„Hier spricht Frau Professor Erich Hartkopf!"

Wilhelmine blickte schmunzelnd auf den schwarz glänzenden Apparat, der auf einem Häkeldeckchen auf einem noch von Opa Schulze selig getischlerten Stehtischchen mit kunstvoll geschnitzten Weintrauben am Fuß stand.

- Das Fernsprechen ist ihr immer noch unheimlich! -

Während Wilhelmine ihren Mantel auszog und an die Garderobe hängte, hörte sie ihre Mutter sagen:

„Jaa… jaa … ah! … Sehr gut … jaa, da wird mein Gatte sich aber freun … jaa … nein … Ja, ich werd Elsbeth benachrichtigen … Aber ich bitte Sie! … Nein, da nich für … Alles Gute! … Auf Wiedersehn!"

Gleich, nachdem Emma den Hörer auf die Gabel gelegt hatte, korrigierte Wilhelmine sie:

„Auf Wiederhören sagt man am Telephon."

„Was? Ach, ja, das vergess ich immer wieder."

„Und außerdem heißt es *Nichts zu danken* und nicht *Da nich für!* Das hat Vati dir doch schon tausendmal gesagt!"

„Also wirklich, Wilhelmine! Was meckerst du an mir rum! Das gehört sich nich! Ich bin schließlich deine Mutter!"

Emma richtete sich zu ihrer vollen Größe auf, musste ihren strengen Blick aber dennoch nach oben richten, denn Wilhelmine war inzwischen einen ganzen Kopf größer als sie. Lange hielt sie den strengen Blick nicht durch, zu stark war ihr Mitteilungsbedürfnis:

„Willst du denn gar nich wissen, wer das eben war?"

„Herr Olsanski, nehm ich mal an."

„Woher …?"

„Mutti! Das ist nun wirklich nicht schwer zu erraten!"

„Warum bist du nur immer so schrecklich schlau! Aber du hast natürlich recht. Er hats geschafft. Der Anruf kam aus Paris!"

„Endlich mal eine gute Nachricht!"

Wilhelmine ging in ihr Zimmer und setzte sich an ihren Schreibtisch, um vor dem Abendbrot noch ein bisschen zu lernen. Doch sie musste wieder an ihr Seminar am Vormittag bei Prof. Bieberbach denken und diesmal war es der aufsteigende Ärger, der ihre Aufnahmefähigkeit für Formeln und deren Herleitungen blockierte. Überall agitierten diese Kerle vom Nationalsozialistischen Deutschen Studentenbund, forderten, dass sie ihre Bücherregale säubern sollten: *Bringt die ganze jüdische und kommunistische Schundliteratur mit! Das gibt ein herrliches Feuer!* Und dieser Prof. Bieberbach ließ die mitten im Seminar reden und lobte sie auch noch! *Gerade wir Akademiker müssen unseren Beitrag zur Gesundung des angekränkelten Geistes unseres Volkskörpers leisten!*

- Widerlich! -

Wilhelmine hörte ihren Vater nach Hause kommen und versuchte, vor dem Abendbrot wenigstens noch einige Folgerungen aus dem Planck'schen Wirkungsquantum zu verstehen. Doch kurz darauf kam ihre Mutter ins Zimmer. Wilhelmine sah irritiert auf:

„Schon Abendbrotzeit?"

Emma gab ihr flüsternd und mit hektischen Handbewegungen zu verstehen, dass ihr Vater sie in seinem Arbeitszimmer zu sprechen wünsche.

- Was hat sie denn bloß? -

Als Wilhelmine leise an die Tür zum Arbeitszimmer ihres Vaters klopfte, rief er sie sofort herein, kam hinter seinem Schreibtisch hervor und wies mit der Hand auf einen der drei Sessel, die um einen kleinen Tisch gruppiert waren. Sie kam sich vor, als ob sie einer seiner Kollegen bei einem Arbeitsbesuch wäre.

„Bitte!"

- Gleich bietet er mir auch noch ne Zigarre an! -

Doch Erich öffnete die Rauchwarenkiste mit den nach Länge sortierten Zigarren, Zigarillos und Zigaretten nicht, sondern schloss kurz die Augen, als würde er Kraft sammeln. Als er sie wieder öffnete, sah er seiner Tochter direkt in die Augen und stieß hervor:

„Fritz …"

Er schluckte heftig und nahm einen neuen Anlauf:

„Fritz hat seinen Rücktritt eingereicht."

- Es ist also so weit! -

Wilhelmine wusste, dass ihr Vater lange Zeit geglaubt hatte, es ließe sich eine andere Lösung finden, auch noch nachdem das Gesetz mit dem harmlos klingenden Namen *Zur Wiederherstellung des Berufsbeamtentums* erlassen worden war, in dem in Wirklichkeit stand: Juden raus aus allen Ämtern.

„Was hast du erwartet, Vati? Prof. Haber musste zurücktreten. Sollte er sich etwa auf seinen Status als Weltkriegsveteran berufen, die gnädigerweise noch bleiben dürfen? Um dann als Institutsdirektor seinen jüdischen Mitarbeitern die Entlassungsurkunden zu überreichen? Sag selbst … das ist doch undenkbar!"

Erich stöhnte leise auf:

„Ja, natürlich. Kein Mann von Ehre hätte das getan, schon gar nicht Fritz. Er hat noch alles in Bewegung gesetzt, um für seine zwölf jüdischen Mitarbeiter Stellen im Ausland zu finden … hat seine internationalen Kontakte spielen lassen … und jetzt … jetzt geht er."

Peinlich berührt sah Wilhelmine, dass ihr Vater sein Taschentuch aus der Jackentasche nahm und sich damit über die Augen wischte.

- Er wird doch nicht etwa in Tränen ausbrechen! -

Doch zu ihrer Erleichterung gewann seine eingefleischte Selbstbeherrschung die Oberhand über seinen drohenden Gefühlsansturm.

Er steckte das Taschentuch wieder ein, räusperte sich kurz und setzte seine Erklärung mit betont sachlicher Stimme fort:

„Wir verbliebenen Mitarbeiter am Institut haben ein gemeinsames Schreiben an Prof. Planck als Präsidenten der Kaiser-Wilhelm-Gesellschaft aufgesetzt, in dem wir unser tiefstes Bedauern über den Rücktritt ausgesprochen haben. Prof. Planck hat auch schon um ein Gespräch mit Reichskanzler Hitler nachgesucht. Aber ob das alles noch was nützen wird?"

- Was fragt er mich? -

Wilhelmine sah ihren Vater ratlos an. Gestern noch hatte er sie behandelt wie ein Schulmädchen und plötzlich redete er mit ihr wie mit seinesgleichen! Noch bevor ihr eine Entgegnung einfiel, beantwortete er seine Frage selbst:

„Nein, es wird nichts nützen. Für diesen Hitler zählt nicht, ob einer seinem Vaterland gedient hat wie sonst kaum einer!"

Die Hitlerleute würfen Haber in einen Topf mit Juden wie Einstein, lamentierte er, Einstein, diesem notorischen Pazifisten, dem schon immer jegliches Nationalgefühl abgegangen sei. Na, der komme bestimmt nicht von seiner Amerikareise zurück. Aber die Nazis unterschieden auch kein bisschen zwischen assimilierten, getauften, patriotischen deutschen Juden wie Haber und diesen unzivilisierten Ostjuden aus dem Scheunenviertel, diesen dunklen Gestalten mit ihren schwarzen Kaftanen und langen Bärten! Angewidert verzog ihr Vater sein Gesicht, bevor er ausrief:

„Selbst Leopold Koppel, der mit seiner Stiftung über all die Jahre unser Institut am Leben gehalten hat, wollen sie aus dem Senat der Kaiser-Wilhelm-Gesellschaft herausdrängen!"

Besorgt, ihr Vater könnte doch noch von unbeherrschbaren Gefühlen überwältigt werden, versuchte Wilhelmine das Gespräch ins Allgemeinere zu ziehen. Sie prophezeite, dass die Nazis diese Politik noch bitter bereuen würden. Die fähigsten Leute, die besten

Wissenschaftler trieben sie aus dem Land! Und dann dieser Unfug mit der sogenannten deutschen Physik. Da lachten ja die Hühner! Als ob die von Einstein entdeckte Raumzeit Deutschland aussparen würde, weil deutsche Physiker aufrechte Kerle seien und nichts von ihrer Krümmung wissen wollten.

„Kann ja nicht wahr sein, weil die ein Jude entdeckt hat!"

So sehr Erich Hartkopf Einstein als vaterlandslosen Gesellen verachtete, so uneingeschränkt zollte er seiner wissenschaftlichen Leistung die gebührende Hochachtung. Die Attacken gegen dessen Relativitätstheorie von zweitklassigen Leuten wie Philipp Lenard und Johannes Stark empfand er von Anfang an als befremdlich, ja peinlich. Und jetzt wurden sie von staatlicher Seite auch noch gefördert!

„Vielleicht wirst du bald genau den Unfug studieren müssen, den Prof. Lenard und Konsorten mit ihrer sogenannten deutschen Physik verzapfen."

Diese resignierte Warnung ihres Vaters schien Wilhelmine denn doch zu absurd. Sie konterte sofort:

„Lächerlich! Kein ernsthafter Wissenschaftler wird sich darauf einlassen. Bisher sind die deutschen Physiker weltweit unangefochten an der Spitze, aber dann würden sie zum Gespött der internationalen Wissenschaftsgemeinde."

„Ach, Kind, du verstehst noch nichts von der Welt. Es kann soviel geschehen, was man niemals für möglich gehalten hätte!"

Ihr Vater beendete den Exkurs, auf den Wilhelmine ihn geführt hatte, und kam zielsicher wieder auf Fritz Haber zu sprechen. Dass sie eine Koryphäe wie ihn aus dem Amt trieben, einen Mann, der dem Vaterland für seine Kriegsführung damals so unschätzbare Dienste geleistet habe …

„Der Vater des Gaskriegs, ich weiß. Nicht zuletzt mit deiner Hilfe."

Wilhelmine registrierte, wie sich die Gesichtszüge ihres Vaters schlagartig verhärteten. Er biss die Zähne zusammen. Seine Augen verengten sich. Gleichzeitig richtete er sich aus seiner gebeugten Haltung auf, ganz und gar auf Abwehr eingestellt.

- Als ob ich es nicht wüsste! -

Glaubte ihr Vater wirklich, sie hätte nichts mitgekriegt, nur weil sie damals noch ein Kind war und er niemals darüber redete? Ihre Mutter hatte oft genug geseufzt *Ein Glück, dass Vati nichts mehr mit diesen schrecklichen Gaswaffen zu tun hat.* Und Elsbeth hatte ihr das mit Stolzenberg und der russischen Kampfgasfabrik gesteckt. Sie wusste sehr wohl, dass ihr Vater nicht immer nur Schädlingsbekämpfung betrieben hatte!

- Und dieser furchtbare Satz nach deinem Tod, Karl-Heinz! -

Sie sah ihren Vater auf seinem Sessel sitzen, wenige Tage nach seiner Entlassung aus dem Krankenhaus. Er war wieder zu Hause und doch wie abwesend, hatte in sich zusammengesunken auf seine Tochter wie auf eine Fremde geschaut. Doch einmal hatte er sich plötzlich aufgerichtet und mit verlorenem Blick gesagt: *Ich habe meinen Sohn in den Tod geschickt.* Das würde sie nie vergessen. Sie war nur eine zwölfjährige Göre damals und verstand noch nicht viel. Sie hatte Mitleid mit ihrem leidenden Vater gehabt. Aber je mehr sie mit den Jahren über seine Rolle im Krieg erfuhr, desto mehr war dieses Mitleid einer Anklage gewichen, die umso vehementer wurde, weil sie ihr nie über die Lippen kam.

- Dich hat er unwillentlich in den Tod geschickt, Karl-Heinz! Aber tausende andere junge Männer willentlich! -

Sie sah ihren Vater herausfordernd an, bis der endlich zwischen seinen zusammengekniffenen Lippen hervorpresste:

„Ich war nur ein ganz kleines Licht im Vergleich zu Fritz. Und wir haben getan, was die Politiker und Militärs wollten. Die Verantwortung für den Gaskrieg liegt ganz allein bei ihnen und bei niemandem sonst!"

- Oh nein! -

Dieser Ansicht war Wilhelmine ganz und gar nicht. Auch ein Wissenschaftler trug Verantwortung für das, was er tat! Aber war das jetzt wirklich der richtige Zeitpunkt für diese überfällige Auseinandersetzung mit ihrem Vater? Man trat nicht auf einen Geschlagenen ein.

- Mein Gott, wie alt er mir plötzlich vorkommt! -

Dabei war ihr Vater noch keine Sechzig. Er, der für sie immer ihr großer, starker Vater gewesen war, saß jetzt da, ein gebeutelter, verzagter Mann, Fossil einer in Stücke gebrochenen Welt. Erst war sein Sohn den Gastod gestorben, den er den Söhnen anderer Väter zugedacht hatte, und jetzt war sein über alles verehrter und bewunderter Fritz Haber nur noch ein Paria, ein Ausgestoßener, ein Volksschädling. Wie sollte er das verkraften? Sie mochte es nicht mehr mit ansehen.

- Ich will keinen schwachen, alten Mann zum Vater haben! -

Wilhelmine ließ die Rechtfertigung ihres Vaters unkommentiert und die Auseinandersetzung ungeführt. Sie fragte nur:

„Was wirst du jetzt machen in Sachen Haber, Vati?"

Erich ließ sich wieder in seine gebeugte Haltung zurückfallen und antwortete müde:

„Erstmal abwarten."

Er schlurfte zu seinem Schreibtisch, kramte aus der obersten Schublade die Schachtel mit Nitroglyzerin-Pillen hervor, die Dr. Rosenkrantz ihm gegen seine Angina-Pectoris-Anfälle verschrieben hatte, lutschte zwei und kehrte zu seiner Tochter an den kleinen Tisch zurück.

- Abwarten? Das kann doch nicht die Antwort sein! -

Wilhelmine sah zu Boden, um ihr Aufbegehren nicht laut werden zu lassen. Warum traten nicht alle Mitarbeiter am Institut gemeinsam zurück, um ein Fanal zu setzen? Stattdessen hatten sie einen Brief geschrieben. Bravo! So würden sie den Nazis bestimmt Paroli bieten.

- Aber würde ich denn mehr wagen? -

Hatte sie nicht vor Kurzem noch gebangt, dass die Hilfe für Elsbeths Bruder Kurt sie alle in Gefahr brächte? Und da hatte ihr Vater keinen Moment gezögert.

- Wer bin ich, ihm Vorhaltungen zu machen? -

Sie wollte nur noch das Gespräch beenden, der belastenden Situation entkommen. Ihr entschlüpfte der Satz:

„Na ja, das Leben geht weiter."

- Himmel! Was rede ich da? -

Eine solche Binsenweisheit von sich zu geben, war doch das unumstrittene Privileg ihrer Mutter! Wie auch das Trösten ihre Aufgabe war! Wilhelmine konnte und wollte ihren Vater nicht trösten.

- Ich will einen aufrechten Vater, der mutige Schritte unternimmt! -

Erich unternahm keine mutigen Schritte, genauso wenig wie die anderen Professoren der Kaiser-Wilhelm-Institute und der Friedrich-Wilhelms-Universität. Als Otto Hahn den Vorschlag eines gemeinsamen Rücktritts führender Professoren aus Protest gegen die Entlassungen jüdischer Kollegen ins Gespräch brachte, winkte KWG-Präsident Max Planck entschieden ab. Das würde nur zur Besetzung der Stellen mit parteitreuen Nachfolgern führen und ihrem Kampf um den Fortbestand einer freien und unabhängigen Wissenschaft einen Bärendienst erweisen. Die Parole müsse vielmehr heißen: Durchhalten, bis wieder bessere Zeiten anbrechen.

„Durchhalten, bis wieder bessere Zeiten anbrechen!"

Dies waren auch die Worte, die Erich im August seinem Chef, Kollegen, Kampfgenossen und Freund Fritz Haber zum Abschied mit auf den Weg gab. Die beiden Männer standen im Flur der Hartkopf'schen Wohnung und Wilhelmine lauschte durch die leise einen kleinen Spalt weit geöffnete Tür ihres Zimmers. Haber quittierte die bemüht aufmunternden Worte ihres Vaters mit einem bitteren Auflachen.

„Bessere Zeiten? Für uns alte Männer?"

Offiziell war er nur auf dem Weg nach Santander zu einer Tagung der internationalen Chemie-Union. Doch beide wussten, dass es der Weg ins Exil war. Haber hatte seine Fühler zu ausländischen Universitäten ausgestreckt und schließlich ein Angebot der Universität in Cambridge für ein eigenes Laboratorium mit Assistenten erhalten. Er spottete:

„Die Internationale der Gaskriegsveteranen hat sich mal wieder bewährt. Das Angebot habe ich Sir William Pope zu verdanken, der für den Chemical Warfare Service im Krieg ein Senfgasverfahren entwickelt hat. Und der hat es mir auf Anregung von Sir Hartley gemacht."

„Hartley? General Hartley? Der damalige Leiter der Interalliierten Kontrollkommission?"

„Genau der. Du siehst, Erich, wenn auch die ganze Welt in Stücke bricht: Wir alten Gaskrieger halten zusammen!"

Erich Hartkopf und Fritz Haber verloren nicht mehr viele Worte über die Situation. Was gab es noch zu sagen? Wilhelmine hörte nur noch:

„Erich!"

„Fritz!"

Die Wohnungstür klappte.

Am 30. Januar 1934 absolvierte Wilhelmine wie gewohnt ihren monatlichen Besuch bei ihrer Großmutter und ihrem Onkel Franz. Die Wohnung lag auf halbem Weg zur etwa sechs Kilometer entfernten Friedrich-Wilhelms-Universität und Wilhelmine ging zu Fuß dorthin. Sie schätzte die Fortbewegung per pedes, aber nur, wenn sie ein Ziel hatte. Spazieren zu gehen kam ihr dagegen vollkommen sinnlos vor. Um fünf nach drei klingelte sie an der Wohnungstür mit dem großen, blank polierten Messingschild, auf dem in erhabenen Buchstaben der Name Franz Schulze stand. Geöffnet wurde die

Tür allerdings von Maria Schulze, die Wilhelmine am Ellbogen ins Wohnzimmer zog. Onkel Franz saß schon an der gedeckten Kaffeetafel und begrüßte seine Nichte in akzentuiertem Hochdeutsch:

„Pünktlichkeit ist die Höflichkeit der Könige!"

Als sie keine Entschuldigungsfloskeln von sich gab, fügte er aufgebracht hinzu:

„Aber das Frollein Student hat das wohl nich nöödich!"

- Mein Gott, fünf Minuten! -

Wilhelmine sagte nur laut *Guten Tag* und setzte sich. Sofort schenkte Maria Schulze ihrem Sohn eine Tasse Kaffee ein, wobei sie scherzhaft mit ihm schimpfte:

„Nun sei mal nicht so streng mit unserer Wilhelmine. Du verdurstest schon nicht!"

Nachdem sie ihn und dann ihre Enkelin und sich selbst mit ihrem selbst gebackenen Bienenstich versorgt hatte, stellte sie Wilhelmine die übliche Frage:

„Und? Was gibts Neues?"

„Nichts Besonderes. Muttis Halsweh hat sich gebessert und auch sonst ist alles in Ordnung."

Über die immer häufiger auftretenden Angina-Pectoris-Anfälle ihres Vaters ließ Wilhelmine kein Wort verlauten. Ihr Vater war Persona non grata. Bei ihrer Großmutter musste sie immer so tun, als gäbe es ihn gar nicht.

„Und wie gehts mit deinem Studium?"

„Sehr gut. Ich habs endlich geschafft, ins Seminar von Professor Laue aufgenommen zu werden. Der nuschelt entsetzlich und stellt verdammt hohe Anforderungen, aber man lernt auch unglaublich viel. Der vermittelt Schlussfolgerungen aus der Relativitätstheorie …"

Obwohl er den Mund voll Bienenstich hatte, unterbrach Franz sie:

„Relativität? Das is doch das Einsteinzeuch! Is das nich längst verbooden?"

Wilhelmine kniff die Lippen zusammen. Tatsächlich gehörte inzwischen Mut dazu, Einsteins Erkenntnisse zu verbreiten. Mut und List. In seiner Eröffnungsrede auf der Physikertagung in Würzburg hatte Prof. Max von Laue der Verurteilung Galileis gedacht, doch alle Zuhörer verstanden, dass er die Relativitätstheorie meinte, als er ausrief: *Bei aller Bedrückung konnten sich die Gelehrten aufrichten an der siegreichen Gewissheit, die sich ausspricht in dem schlichten Satz: Und sie bewegt sich doch!*

Mit einem leisen Seufzer öffnete Wilhelmine ihre Lippen und presste trotzig hervor:

„Die Wahrheit lässt sich nicht verbieten. Höchstens unterdrücken!"

Franz ließ seine Kuchengabel auf den Teller fallen, dass es klirrte, griff sie sich aber gleich wieder und fuchtelte damit belehrend in der Luft herum:

„Hört, hört! Das kleine Minchen wird obstinatsch! Ich hab doch immer gesacht, das is nix für son Fraungehirn, sich so Tüch da reinzustopfen. Die Partei sacht: Relativität is jüdisches Machwerk und die Partei weiß das ja wohl besser als wie son Furz wie du!"

- Selber Furz! -

Wilhelmine dachte, wie so oft, dass sie auf diese Besuche bei ihrer Großmutter und ihrem Onkel herzlich gern verzichten würde. Sie ging nur noch ihrer Mutter zuliebe hin, die ihr ständig in den Ohren lag, doch bloß nicht den Kontakt abreißen zu lassen. Ewig beschwor Emma sie, dass eine Familie schließlich zusammenhalten müsse.

- Ich kann es nicht mehr hören! -

Wie war ihre Mutter erleichtert gewesen, als der Haftbefehl gegen Franz aufgehoben worden war! Wie hatte sie gejubelt: *Endlich muss er sich nich mehr verstecken!* Ihr Vater dagegen hatte geschnaubt: *Den hätten sie lieber aufbaumeln sollen!* Jetzt war Onkel Franz ein angesehener Mann, Parteimitglied mit vierstelliger Mitgliedsnummer und

SA-Sturmführer. Und ein Mann, dem Wilhelmine am liebsten die Kuchengabel entrissen und sie in seine dummdreiste Visage gestochen hätte.

„Danke für das Kompliment, Onkel Franz!"

Maria streichelte beschwichtigend die Hand ihrer Enkelin und drohte ihrem Sohn mit dem Zeigefinger:

„Du sollst nicht immer so unanständige Wörter sagen, Franz! Und schon gar nicht bei Tisch."

Sie schob ihm noch ein Stück Bienenstich auf den Teller. Wilhelmine gab nicht viel auf das Geschimpfe ihrer Großmutter.

- In Wirklichkeit ist sie stolz auf ihn! -

Wilhelmine und Franz schwiegen bis zum Ende der Kaffeetafel und überließen es Maria mit ihrem unverfänglichen Geplauder, einen Anschein familiärer Harmonie zu verbreiten. Danach verabschiedete sich Wilhelmine schnell und machte sich auf den Rückweg. Als sie zu Hause ihren Schlüssel ins Schloss steckte, wurde die Tür schon von Elsbeth geöffnet, die ein ernstes Gesicht machte und den Zeigefinger auf ihren Mund legte.

- Was ist los? -

Kaum hatte sie die Tür hinter Wilhelmine geschlossen, flüsterte Elsbeth:

„Een Anruf! Ne traurije Botschaft!"

- Oh Gott! Ist ihrem Bruder was passiert? -

Sie hatten lange nichts von Kurt Olsanski gehört. Nach seiner Flucht war sein ganzer Besitz von den Behörden beschlagnahmt worden und Emma hatte Elsbeth sofort angeboten, zu ihnen zurückzuziehen. Offiziell lebte Elsbeth seitdem wieder als Hausangestellte bei den Hartkopfs. Tatsächlich aber erledigten Emma und sie die Hausarbeit in schwesterlicher Eintracht, wie Emma zu sagen pflegte, ja Elsbeth schien für sie immer mehr die Rolle ihrer verstorbenen Schwester Anna zu übernehmen. Sie bezeichnete sie sogar Wilhelmine gegenüber manchmal als *deine Tante Elsbeth*. Wilhelmine ließ sich auf diese Neubesetzung der Rollen nicht ein, nannte Elsbeth weiterhin einfach beim Vornamen, wie sie es seit Kindertagen gewohnt war.

„Was für ein Anruf, Elsbeth? Aus Frankreich?"

„Jott bewahre! Nee. Ausser Schweiz. Der Herr Prof. Haber is jestern da jestorm. War auffen Weech zu ner Kur von wejen sein Herz, aber der Tod war schneller."

Wieder legte sie den Zeigefinger auf ihre Lippen:

„Dein Vati is fast zusammjebrochn. Aber er wollt sich partout nich ins Bette lejen. Jetz isser, Jott sei Dank, im Sessel einjeschlafen. Pssst!"

Ein Jahr später stand Wilhelmine im Flur vor dem großen Garderobenspiegel, kontrollierte den Sitz ihres schwarzen Kostüms und rückte das kleine schwarze Hütchen mit dem Halbschleier zurecht.

Es passte. Der Kopf ihrer Mutter war nicht kleiner als ihrer. Aber das Kostüm hatte sie sich extra kaufen müssen. In das ihrer Mutter würde sie ja dreimal reinpassen. In der Breite. Dafür wäre es ihr viel zu kurz. Schwarz stand ihr, fand sie. Passte zu ihren großen dunklen Augen und den kastanienbraunen Haaren. Sie würde ihrer verstorbenen Tante Anna immer ähnlicher, behauptete ihr Vater manchmal.

- Und schaut mich dabei so komisch an! -

Sie konnte auf dem Photo von der Hochzeit ihres Vaters mit seiner ersten Frau kaum Ähnlichkeiten mit ihrem Spiegelbild entdecken. Aber sie entdeckte einen Fleck auf ihrer Nase und wischte energisch mit der Hand über ihren Nasenrücken. Der Fleck verschwand. Gott sei Dank hatte sie nicht die Knubbelnase ihrer Mutter abbekommen, sondern den edlen Zinken ihres Vaters!

- Im Profil fast hellenistisch, mein Gesicht. -

Während Wilhelmine sich vor dem Spiegel hin- und herdrehte, kam ihr Vater aus seinem Arbeitszimmer.

„Beeil dich, Mädchen! Es ist schon halb zwölf! Du darfst auf keinen Fall zu spät kommen!"

„Ich hab noch mehr als genug Zeit!"

Er verschwand wieder, nur um nach zwei Minuten erneut herauszukommen und seine Tochter zu ermahnen:

„Du solltest jetzt losgehen! Wer zu spät kommt, den lassen sie bestimmt nicht mehr rein. Auf keinen Fall darf ihre Rechnung aufgehen, dass die Feier vor leeren Rängen stattfindet!"

Um ihren Vater zu beruhigen, machte sich Wilhelmine viel zu früh auf den Weg zum Harnack-Haus der Kaiser-Wilhelm-Gesellschaft. Sie war eine der Ersten, die dort ankam. Vor dem Eingang zum großen Saal musste sie sich ausweisen. Ihr Name wurde auf einer Liste notiert. Sie nahm in der Mitte des mit Blumen geschmückten Saals Platz, der ungefähr fünfhundert Personen fasste. Nach und nach füllte er sich, die Zuletztgekommenen mussten sogar stehen. Wilhelmine sah sich im Saal um.

- Fast alles Frauen. -

Man hätte meinen können, hier fände eine Sitzung des Frauenvereins statt und nicht die Gedächtnisfeier zu Fritz Habers erstem Todestag, amüsierte sie sich. Volksbildungsminister Rust hatte allen Mitgliedern der Universität und der Kaiser-Wilhelm-Institute ein strenges Verbot erteilt, an der Feier teilzunehmen. Die meisten von ihnen zogen sich aus der Affäre, indem sie ihre Frauen, Schwestern oder Töchter schickten.

- Wie Vati! -

Wilhelmine besah sich die wenigen Männer auf den vorderen Plätzen, soweit sie sie erkennen konnte, wenn sie den Kopf zum Sitznachbarn drehten. Die meisten kannte sie nicht.

- Doch, die beiden da links! -

Das waren Max Delbrück und Otto Hahns Assistent Fritz Straßmann. Und neben ihnen saß Lise Meitner. Die hatten sie nicht entlassen können, weil sie zwar Jüdin, aber österreichische Staatsbürgerin war. Nur die Lehrbefugnis hatten sie ihr prompt entzogen.

Also immerhin drei vom KWI für Chemie, die sich über das Verbot hinweggesetzt hatten. Aber von Habers ehemaligem Institut war nicht einer erschienen. Nein, kein Einziger! Rechts vorne saßen noch ein paar Männer, aber die waren nicht vom Institut. Nur einer kam ihr bekannt vor. War das nicht …

- Ja, das ist Carl Bosch von der IG-Farben. -

Na ja, den Herren der chemischen Industrie konnten die Nazis nicht befehlen, wen sie zu ehren hatten und wen nicht. Aber ansonsten hatten sie sich wirklich alle Mühe gegeben. In Wilhelmines Chemiebuch aus der Schulzeit wurde die Ammoniaksynthese noch als Haber-Bosch-Verfahren vorgestellt, und ihr Vater hatte immer gemeint, damit würde Carl Bosch eigentlich zu viel Ehre zuteil, schließlich habe er das von Haber entdeckte Verfahren nur zur industriellen Anwendungsreife weiterentwickelt.

- Und jetzt heißt es in den Lehrbüchern nur noch Bosch-Verfahren. -

Die Feier begann mit einem Streichquartett der Berliner Philharmoniker, die das Andante con moto aus dem Quartett Nr. 14 von Franz Schubert spielten. Danach trat Geheimrat Prof. Dr. Max Planck ans Rednerpult, begrüßte die Gäste im Namen und als Präsident der Kaiser-Wilhelm-Gesellschaft zur Förderung der Wissenschaften mit dem inzwischen allen Lehrenden vorgeschriebenem Hitlergruß und sprach ein paar einleitende Worte. Er hatte die Feier gegen den massiven Widerstand im Ministerium durchgesetzt und scheute sich jetzt nicht zu betonen:

„Haber hat uns die Treue gehalten, wir werden ihm die Treue halten."

- Immerhin! -

Vor einer Woche hatte Planck bei einem Gespräch mit ihrem Vater noch die Befürchtung geäußert, Minister Rust würde die traditionelle

Ehrung am ersten Todestag ganz verbieten. Aber der gestattete bauernschlau eine kleine Feier im privaten Rahmen und verbat gleichzeitig allen Beamten und Angestellten die Teilnahme. Mit diesem Trick glaubte er sicherzugehen, dass die Feier vor fast leeren Bänken stattfinden würde. Doch er hatte seine Rechnung ohne die Frauen gemacht.

Als erster Redner trat der pensionierte Oberst Koeth auf, der nach Rathenau die Kriegsrohstoffabteilung geleitet hatte, und sprach über seine Zusammenarbeit mit Fritz Haber. Zum Schluss seiner Rede rief er in den Saal:

„Ohne seine Ammoniaksynthese, ohne seine Gasforschungen, ohne sein überragendes Organisationstalent hätten wir uns im Krieg schon nach wenigen Monaten den Feinden ergeben müssen!"

„Eine mannhafte Rede!"

Wilhelmine hörte das Gemurmel der Frau, die neben ihr saß, und nickte stumm. Sicher hörten die Herren von der Reichswehr das nicht mehr gern. War ja auch sonst keiner von ihnen erschienen, um den Mann zu ehren, der ihren Krieg so tat- und denkkräftig unterstützt hatte. Außer dem längst pensionierten Oberst Koeth befand sich kein einziger Uniformträger im Saal. Der Oberst a.D. trat zackig ab, als wäre er auf dem Exerzierplatz, und gab das Rednerpult für den Direktor des KWI für Chemie frei. Otto Hahn hatte nach Habers Rücktritt auf dessen Wunsch für eine Übergangszeit auch sein Institut geleitet. Inzwischen war er von dem überzeugten Nationalsozialisten Gerhart Jander abgelöst worden, der das Institut wieder auf die militärische Forschung ausgerichtet und zügig alle Mitarbeiter ausgetauscht hatte. Anrüchig durch seine enge Zusammenarbeit mit Fritz Haber hatte Prof. Erich Hartkopf als einer der Ersten gehen müssen. Ihm blieb nur seine Dozentur an der Friedrich-Wilhelms-Universität. Er durfte wieder Erstsemester in die Anfangsgründe der Chemie einführen.

- Armer Vati! Die Lehre ist ihm immer nur eine Last gewesen. -

Wilhelmine schaute sich noch einmal im Saal um. Aber Direktor Jander war natürlich nicht erschienen. Im Gegenteil. Er hatte dafür gesorgt, dass am Schwarzen Brett des Instituts eine Abschrift des verfügten Teilnahmeverbots ausgehängt worden war. So konnte niemand sich damit herausreden, er habe nichts davon erfahren.

Otto Hahn begrüßte mit einem sardonischen Lächeln die verehrten Anwesenden und leider verhinderten Abwesenden, würdigte dann Habers wissenschaftliches Lebenswerk, hob noch einmal die Weltgeltung hervor, die das KWI für physikalische Chemie und Elektrochemie, das von allen nur Haber-Institut genannt worden sei, unter dessen Leitung errungen habe, und verlor auch ein paar Worte über den Menschen Fritz Haber, den er als preußischen Patrioten durch und durch beschrieb. Im Anschluss daran verlas er ein Redemanuskript des Leipziger Professors Bonhoeffer, nachdem er darauf hingewiesen hatte, dass der extra zu dieser Feierstunde nach Berlin gereist, es ihm aber vom Ministerium ausdrücklich untersagt worden sei, eine Rede zu halten.

- Prof. Hahn lässt sich nicht einschüchtern! -

Natürlich hatte das Ministerium auch ihm verbieten wollen, heute hier zu reden. Aber die Universität konnte ihm keine Weisungen mehr erteilen, weil er seinen Lehrstuhl nach dem Entzug der Lehrerlaubnis für seine Kollegin Lise Meitner aufgegeben hatte; und seine Forschungen am KWI für Chemie wurden vor allem von der Wirtschaft finanziert und nicht vom Staat. Das habe er dem Ministerium kalt lächelnd entgegengehalten, erzählte man sich hinter vorgehaltener Hand.

- Wenn Vati doch auch ein wenig mutiger auftreten würde! -

Aber nein, er hatte Angst, auch noch seinen Posten an der Universität zu verlieren. Darum war auch sein Nachruf auf Fritz Haber in der Zeitschrift *Die Naturwissenschaften* so betont sachlich ausgefallen und ohne jedes Wort, das den neuen Machthabern vielleicht sauer aufstoßen mochte, während Wilhelmines Lehrer Prof. Max von Laue sich erkühnt hatte, Haber mit Themistokles zu vergleichen, an den man sich *nicht als den Verbannten am Hof des Perserkönigs, sondern als Sieger von Salamis* erinnere.

- Vati schimpft nur zu Hause. -

Otto Hahn trat vom Rednerpult zurück und überließ dem Streichquartett die Bühne für die Schlussakkorde der Gedenkfeier. Harmonisch sollte sie ausklingen. Die Geiger entlockten ihren Instrumenten sanfte Töne, doch wer Ohren hatte zu hören, dem schrillten Alarmglocken. Was für eine Zeit war da vor zwei Jahren angebrochen, in der so eine Gedenkfeier stattfand?

Wilhelmines Sitznachbarin befand beim Hinausgehen:

„Trotz allem: eine würdige Feier!"

- Würdig? Merkwürdig! -

Zu Hause angekommen musste Wilhelmine ihrem Vater sofort alles berichten. Wer da war und wer nicht und was von wem wie gesagt worden war. Sie bemühte sich, möglichst viel wortgetreu wiederzugeben, denn auch die sonst übliche Veröffentlichung der Reden nach der Feier war verboten worden. Erich musste sich ganz auf das Gedächtnis seiner Tochter verlassen. Er lauschte ihr mit gesenktem Kopf, ohne eine Nachfrage, ohne eine Bemerkung. Als Wilhelmine geendet hatte, war es Emma, die neugierig fragte:

„Und Männdel ... Hermann, na, du weißt doch, Habers Sohn, war der da?"

Noch bevor Wilhelmine antworten konnte, wies Erich sie unwirsch zurecht. Hermann habe doch schon vor Wochen abgesagt! In einem Brief an Prof. Planck habe er geschrieben, sein Vater habe testamentarisch verfügt, in Dahlem neben seiner ersten Frau Clara begraben werden zu wollen, aber erst, wenn seine Kinder und Verwandten als freie Deutsche an sein Grab treten könnten. Das sei aber zurzeit nicht der Fall und also wolle er als sein Sohn sich auch nicht an der Gedenkfeier beteiligen.

„Gott sei Dank, dass er nicht gekommen ist, kann ich nur sagen."

„Ach Gott, ja, der arme Junge! Das hätt ihm bestimmt das Herz im Leibe umgedreht, wenn er das gesehn hätt, nur die Frauen da, und kaum einer von die Kollegen von seim Vater hat sich getraut …"

„Schweig von Sachen, die du nicht verstehst!"

Erich schlug mit der Faust auf den Tisch.

„Nicht getraut! Alle, die gekommen sind, sind registriert worden. Das hast du ja eben von Wilhelmine gehört! Dass wir nicht einfach ferngeblieben sind, sondern die Frauen geschickt haben, das wird einmal als ein mutiger Akt des Widerstands in die Geschichte eingehen!"

Erich griff zu seiner Pillendose. Emma sah ihn erschrocken an.

„Um Gottes willen, reg dich doch nich auf, Erich! Dein armes Herz! Ich wollt doch nur sagen … Ich hab doch nur gemeint …"

- Ich kann es nicht ertragen! Muttis Gestammel nicht und Vatis Protzerei nicht! -

„Kann ich jetzt gehen? Ich hab noch was für morgen vorzubereiten."

Erich sah seine Tochter erschöpft an:

„Geh nur, mein Kind. Und: Danke!"

Wilhelmine saß an ihrem Schreibtisch und pulte sich einen Hautfetzen vom Unterarm. Sechs Wochen Ernteeinsatz auf einem Bauernhof in Brandenburg hatten ihr Arme und Gesicht verbrannt, einen Muskelkater beschert und eine hartnäckige Melancholie. Warum war sie so anders als ihre Kommilitonen? Die Söhne aus gutbürgerlichem Hause, mit denen sie ihren studentischen Arbeitsdienst abgeleistet hatte, waren fröhlich und voller Tatendrang ans ungewohnte Werk gegangen, hatten von der Volksgemeinschaft gesprochen, und dass endlich Schluss sein müsse mit dem Klassendünkel, hatten sich begeistert an dem frischen Wind, der durch die deutschen Lande wehe und das Verstaubte, Verknöcherte, Verschmockte davonblase. Sie hatten sich über Professoren lustig gemacht, denen es sichtlich immer noch schwerfiel, die Vorlesungen mit dem vorgeschriebenen Hitlergruß zu eröffnen, und sie Relikte aus der Systemzeit, die man von der Kanzel fegen müsse, genannt.

- Und mich haben sie misstrauisch beäugt! -

Wilhelmine hatte die Schüchterne gespielt, meistens geschwiegen und sich dem burschenherrlichen Gelärme am nächtlichen Kartoffelfeuer weitgehend entzogen. Zum Glück nahm man es ihr nicht übel, dass sie den immer wieder auflodernden Ausbrüchen nationalen Überschwangs abwesend lächelnd zusah. Sie war ja nur eine Frau.

- Manchmal hat die Geringschätzung des weiblichen Geschlechts auch seine Vorteile! -

Wilhelmine schnippte den abgezogenen Hautfetzen in die Luft. Er fiel neben ihrem Schreibtisch auf den Boden, von dem Elsbeth ihn am nächsten Morgen wegwischen würde. Sie betrachtete kurz den Fleck heller Haut, den sie freigelegt hatte, und machte sich daran, den nächsten losen Fetzen verbrannter Haut abzupulen. *Minchen, nicht prokeln!* hörte sie Emmas mahnende Stimme aus ihrer Kindheit nachhallen.

- Sei still, Mutti! -

Wilhelmines Blick wanderte zum Photo ihres Bruders. Karl-Heinz' Blick gab ihr Kraft. Sie fühlte sich wohlwollend betrachtet, auch wenn hinter den dunklen Augen nur durchs Entwicklerbad gezogenes Glanzpapier war. Nein, sie würde sich nicht diesem merkwürdigen Gefühl von Fremdheit in der Welt hingeben, dieser unerklärlichen Traurigkeit, die es ihr morgens schwer machte aufzustehen und die erst verschwand, wenn sie sich in ihre Lehrbücher vertiefte.

- Dort ist meine Welt! -

Je tiefer sie in die Welt der Physik eindrang, umso faszinierter war sie. Denn was war die Welt der Physik in Wirklichkeit anderes als die Welt an sich? Alles, auch sie selbst, auch ihre Kommilitonen, die glaubten, ihr Deutschtum sei der Kern und Urgrund ihres Wesens, waren nichts als eine Anzahl von Atomen. Im Atom lag des Pudels Kern und die Kräfte im Atom waren es, die die Welt im Innersten zusammenhielten. Wenn sie etwas von der Welt verstehen wollte, musste sie sich mit den Atomen befassen.

Wilhelmine vertiefte sich in das Buch, das aufgeschlagen vor ihr lag: *Die Kopenhagener Deutung.* Die vom dänischen Papst der Atomphysik Niels Bohr und dem jungen deutschen Physikgenie Werner Heisenberg erarbeitete Interpretation der ganz und gar unglaublichen Phänomene, die im atomaren und subatomaren Bereich auftraten, wühlte Wilhelmine schon seit Monaten auf. Protonen, Elektronen, Photonen, sie alle gehorchten den Gesetzen der Quantenmechanik und nicht den Gesetzen des gesunden Menschenverstandes. Das Licht verhielt sich im Doppelspaltexperiment mal als Welle und mal als Strom von Teilchen, je nach Versuchsaufbau. Ja, schlimmer noch: Das Licht existierte eigentlich gar nicht als das eine oder das andere, sondern wurde erst im Moment der Beobachtung von einer Möglichkeit zu einem tatsächlichen physikalischen Zustand. Und dies galt auch für alle anderen Elementarteilchen. Die Kerne der Welt hielten sich nicht an einem bestimmten Ort zu einer bestimmten Zeit auf, sie bewegten sich nicht mit einer bestimmten Geschwindigkeit nach einem bestimmten Impuls. Weit gefehlt! Sie tummelten sich munter im Unbestimmten, im Wahrscheinlichkeitsfeld, im Überlagerungszustand, bis ein menschlicher Beobachter eine Messung vornahm, woraufhin sie sich flugs festnageln ließen, aber, als wollten sie den Menschen foppen, wieder nur abhängig davon, was er messen wollte. Je genauer der Eindringling in ihre rätselhafte Welt den Impuls feststellte, desto unschärfer wurde der Wert für den Ort und umgekehrt. Dies ließ sich wunderbar mit der von Heisenberg aufgestellten Formel für die Unschärferelation berechnen und Wilhelmine hatte dies auch schon viele Male gemacht. Die Formel funktionierte, doch sie erklärte nichts.

- Warum, zum Teufel, verhalten sich die kleinsten Bausteine der Welt so rätselhaft? -

Wilhelmine seufzte. Sie hatte sich für ein Studium der Physik entschieden im Glauben, hier festen Boden unter den Füßen zu haben. Hier galt das eherne Gesetz von Ursache und Wirkung, hier gab es eine objektive Realität, die man messen, untersuchen, erkennen konnte. Daran hatte sie geglaubt. Und in der klassischen Physik seit Newton war es auch so. Bälle blieben Bälle und verwandelten sich nicht in Wellen, egal in welchem Versuchsaufbau. Die Erde lief auf ihrer genau bestimmbaren Bahn mit einer genau bestimmbaren Geschwindigkeit um die Sonne. Warum kreiste das Elektron nicht ebenso um den Atomkern, sondern in einem ominösen Wahrscheinlichkeitsfeld an vielen Orten gleichzeitig, und warum brauchte es einen menschlichen Beobachter, um sich an einem konkreten Ort zu materialisieren? Erst seine Messung, sein Blick führte angeblich zum Zusammenbruch der Wahrscheinlichkeitswelle und zum Erscheinen des Elektrons.

- Das kann ich einfach nicht glauben! -

Mit ihrem Widerstand gegen eine Welt, in der die Realität abhängig war vom Betrachter und in der keine direkte Beziehung zwischen Ursache und Wirkung herrschte, war Wilhelmine nicht allein. Albert Einstein kämpfte mit all seiner Geistesschärfe und in immer neuen Gedankenexperimenten gegen die Kopenhagener Deutung der Quantenwelt. Vergeblich. Dass in der Mikrowelt andere Gesetze herrschten als in der Makrowelt, ließ sich nicht wegerklären. Aber erklären ließ es sich auch nicht.

- Wieso? Weshalb? Warum? -

Das Studium der Quantenphysik zog Wilhelmine nach und nach den fest geglaubten Boden unter den Füßen weg. Alles bestand aus

Atomen. Wenn diese Atome aber nur in Abhängigkeit von einem Betrachter existierten, existierte dann nicht alles nur, wenn es betrachtet wurde?

Wilhelmine sah aus dem Fenster. Der Mond war aufgegangen über dem Dach des KWI, das für sie immer das Haber-Institut bleiben würde, auch wenn dort jetzt ein linientreuer Nationalsozialist herrschte. Der Mond war nur eine schmale Sichel, schon in der nächsten Nacht würde er keinem Menschen mehr scheinen. Aber doch zweifellos existieren.

- Zweifellos? -

Wilhelmine wandte ihren Blick von der Mondsichel ab und starrte auf ihre Schreibtischplatte. Doch sie sah sie nicht. Die Signale aus ihren Augen wurden in ihrem Gehirn nicht so verarbeitet, dass sie ihr Bewusstsein erreichen konnten. Denn das war ganz mit einem erregenden Gedanken beschäftigt: Wenn es stimmte, dass erst ein Beobachter die Wahrscheinlichkeitswelle an einem Punkt zusammenbrechen ließ und dass erst durch ihn ein Atom von einer Möglichkeit zu einer Realität wurde, dann wurde auch der aus lauter Atomen zusammengesetzte Mond letztlich nur durch den Beobachter real. Aber der Beobachter bestand auch nur aus Atomen. Wer beobachtete den Beobachter, um ihn real werden zu lassen. Das gesamte Universum?

- Vielleicht sogar ein Gott? -

Wilhelmine schwindelte. Ihre eigene Gedankenkette erschreckte und faszinierte sie. Wenn sie doch nur mit jemandem darüber sprechen könnte! Aber ihre Kommilitonen interessierten sich wenig für solche Spekulationen. Sie berechneten den Zusammenbruch der Wahrscheinlichkeitswelle nach der von Erwin Schrödinger aufgestellten Gleichung und die Unschärferelation mit Heisenbergs Formel. Mehr wollten sie nicht wissen und mehr wurde auch nicht geprüft. Selbst Wilhelmines Lehrer Max von Laue war zwar ein begeisterter Verfechter der Relativitätstheorie, doch die Quantenphysik behagte ihm offenbar nicht besonders. Wie sein großes Vorbild Einstein wollte er keine Physik, in der Subjekt und Objekt sich vermengten, wollte keine Natur, die im Unbestimmten hauste. Der Raum mochte gekrümmt sein und die Zeit relativ, aber musste man Einstein nicht beipflichten, der erbost ausgerufen hatte: *Gott würfelt nicht!*?

Wilhelmine musste zugeben, dass auch sie sich eine Welt wünschte, in der das gute alte Kausalgesetz der Physik *Wenn wir die Gegenwart genau kennen, können wir die Zukunft berechnen* weiter regierte. Doch Heisenberg hatte nachgewiesen, dass man die Gegenwart in allen Bestimmungsstücken prinzipiell nicht kennen konnte und schon 1927 behauptet: *So wird durch die Quantenmechanik die Ungültigkeit des Kausalgesetzes definitiv festgestellt*. Niemand hatte ihn widerlegen können. Niemand aus der international anerkannten Physikergemeinde. Nur der deutsche Nobelpreisträger von 1905, Philipp Lenard, glaubte, sowohl die Relativitätstheorie als auch die Quantenphysik als undeutsch ablehnen zu können, und sollte dafür von den Nationalsozialisten im Dezember mit der Umbenennung des Heidelberger Instituts für Physik in Philipp-Lenard-Institut belohnt werden.

- Da frohlockt Onkel Franz! -

Wilhelmine wandte sich wieder ihrem Lehrbuch über *Die Kopenhagener Deutung* zu. Wie schön wäre es, nicht in einem Buch über all die faszinierenden Entdeckungen und Schlussfolgerungen aus der Quantenwelt zu lesen, sondern sie direkt aus berufenem Munde vermittelt zu bekommen! In Leipzig müsste sie studieren.

- Bei Heisenberg! -

Um den jüngsten deutschen Physikprofessor Werner Heisenberg, der 1932 mit knapp 31 Jahren den Nobelpreis erhalten hatte, sammelten sich die klügsten Köpfe und trieben voller Begeisterung die Entwicklung der Quantenmechanik voran. Doch ein Studium in Leipzig war ein unerfüllbarer Wunsch für Wilhelmine, das hatte ihr Emma schon längst klar gemacht:

„Ein unverheiratetes Mädchen gehört ins Elternhaus! Schlag dir die Flausen aussem Kopf, Frolleinchen!"

In dieser Frage konnte Wilhelmine auch ihren Vater nicht auf ihre Seite ziehen. Er wollte sein einziges ihm gebliebenes Kind am liebsten für immer bei sich behalten. So schlug sie heftig auf ihre Flausen ein, bis auch die letzte aus ihrem Kopf geflüchtet war. Ihr blieb nur, die Veröffentlichungen Heisenbergs in physikalischen Fachzeitschriften zu verfolgen, und sie verbrachte viele Stunden damit, über sie nachzudenken. Während ihr Vater sich fürchterlich über das im September verabschiedete Reichsbürgergesetz erregte, das den Juden die deutsche Staatsangehörigkeit absprach und sie zu Reichsbürgern mit minderen Rechten erklärte, fand Wilhelmine es müßig, sich damit zu beschäftigen. Sie erwiderte ihm nur achselzuckend:

„Genau das war doch von den Nazis zu erwarten."

Sie fand die politischen Entwicklungen vorhersehbar, primitiv, ja langweilig. Sie boten keine Herausforderung für ihr Denken. Sie erschütterte der Zweifel an einer unabhängig vom Subjekt bestehenden objektiven Realität mehr als die banale politische Realität. Doch die scherte sich nicht um Wilhelmines Nichtbeachtung und versuchte ihrerseits, die verstörende Relativitäts- und Quantenwelt aus der Welt zu schaffen.

Am 28.1.1936 saß Wilhelmine in einem kleinen Seminarraum. Es war ihr zwanzigster Geburtstag. Sie war, wie immer an ihrem Geburtstag, von ihrer Mutter geweckt und beglückwünscht worden und hatte dann zur Feier des Tages im Bett frühstücken dürfen. Sie hatte wie immer erfreut und überrascht getan, obwohl sie das Frühstück im Bett schon seit Jahren unbequem und unhygienisch fand. Auf die Geburtstagstorte, die Emma und Elsbeth jetzt mit Sicherheit für sie backten, freute sie sich allerdings. Auch ihr Vater würde am Nachmittag mit am Kaffeetisch sitzen. Er hielt sich nie länger, als es seine Lehrverpflichtungen erforderten, an der Universität auf und verzog sich danach in sein Arbeitszimmer, um seine Erinnerungen an die Zusammenarbeit mit Fritz Haber aufzuschreiben. Die würde er veröffentlichen, hatte er Wilhelmine versichert, wenn dieser braune Spuk dereinst vorbei sei, damit dann seinem großen Idol endlich Gerechtigkeit widerfahre.

- Wenn! -

Wilhelmine schreckte aus ihren Gedanken auf, als Prof. Laue den Raum betrat. Er stellte sich wie immer hinter das längliche Pult, schlenkerte mit dem rechten Arm und murmelte etwas, das *Heil Hitler* heißen mochte oder auch nicht. Doch von den zwölf Teilnehmern seines Seminars drohte ihm kaum die Gefahr einer Denunziation. Sie waren eine verschworene Gemeinschaft von Laue-Bewunderern. Alle anderen hatte der nuschelnde Professor mit seinen erbarmungslosen Anforderungen an Auffassungsgabe und Fleiß seiner Studenten längst in die Flucht geschlagen und er hielt auch seit 1934 keine Vorlesungen mehr, sondern nur noch sehr spezialisierte Seminare. Heute stellte er sich nicht gleich an die Tafel, um sie mit seinen unübersichtlich angeordneten Formeln zu bedecken, sondern hielt eine Zeitung in die Luft.

- Der Völkische Beobachter? -

Wilhelmine musste sich nicht lange wundern, warum ihr Professor ihnen das Zentralorgan der NSDAP entgegenhielt. Er räusperte sich kurz und begann mit erstaunlich lauter und deutlicher Stimme zu sprechen:

„Meine Herren, ich möchte Ihnen heute einen Artikel zur Kenntnis bringen, der Sie vielleicht interessieren wird."

Er zitierte ausgiebig den Autor des Artikels, der wiederum aus einer noch unveröffentlichten Rede Johannes Starks, des Präsidenten der Physikalisch-Technischen Reichsanstalt und der Deutschen Forschungsgemeinschaft zitierte, die dieser anlässlich der Einweihung des Philipp-Lenard-Instituts in Heidelberg gehalten hatte.

- Johannes Stark? Der größte Lenard-Adept? -

Den hatte Laue vergeblich von diesen Präsidentenämtern fernzuhalten versucht, wusste Wilhelmine. Aber immerhin war es ihm auf der Würzburger Tagung der Deutschen Physikalischen Gesellschaft am 18.9.1933 gelungen, mit einer flammenden Rede gegen den Kandidaten Johannes Stark dessen Wahl zum Vorsitzenden auch noch dieser für die Physik zentralen Organisation zu verhindern.

Prof. Laue räusperte sich erneut und murmelte etwas. Wilhelmine verstand nur *in Auszügen* und *in Ausnutzung seines hohen Amtes*. Er sah noch einmal seine Zuhörer an, hielt sich die Zeitung dicht vor die Augen und bat rhetorisch um die Erlaubnis, zitieren zu dürfen, bevor er vorlas:

„*Einstein ist heute aus Deutschland verschwunden* et cetera, et cetera. *Aber leider haben seine deutschen Freunde und Förderer noch die Möglichkeit, in seinem Geiste weiterzuwirken. Noch steht sein Hauptförderer Planck an der Spitze der Kaiser-Wilhelm-Gesellschaft, noch darf sein Interpretor und Freund, Herr von Laue, in der Berliner Akademie der Wissenschaften eine physikalische Gutachterrolle spielen …* ja, das wurmt den werten Herrn Stark gewaltig, aber, Achtung, jetzt kommt die eigentliche Giftspritze: *… und der theoretische Formalist Heisenberg, Geist vom Geiste Einsteins, soll sogar durch eine Berufung ausgezeichnet werden.*"

Prof. Laue faltete die Zeitung achtlos zusammen und warf sie aufs Pult.

„Das mag genügen. Wie Sie sicherlich wissen, steht die Nachfolge von Prof. Sommerfeld auf den wichtigsten und weltweit renommierten deutschen Lehrstuhl für theoretische Physik in München an und zweifellos gibt es dafür nur einen würdigen Kandidaten unter den deutschen Physikern. Wenn aber statt Prof. Heisenberg ein Vertreter der … der … der sogenannten … deutschen Physik … das Rennen machen sollte, dann …"

Hier verzog Prof. Laue das Gesicht, als habe er in einen sauren Apfel gebissen, und seine Rede ging wieder in ein Murmeln über. Doch die Worte Gute Nacht, liebes Vaterland! waren trotzdem nicht zu überhören. Unter den Studenten herrschte für einen Moment ratloses Schweigen. Doch als einer von ihnen begann, mit den Fingerknöcheln auf die Tischplatte zu klopfen, schlossen sich die anderen schnell an. Auch Wilhelmine klopfte so heftig, dass ihr die Knöchel wehtaten. Prof. Max von Laue nahm die Beifallskundgebung mit einem spöttischen Lächeln um die Mundwinkel entgegen und machte schließlich eine abwehrende Handbewegung:

„Ich höre, Sie haben etwas verstanden, meine Herren. Das lässt mich hoffen für den Fortbestand der Physik. Doch jetzt wollen wir mal sehen, ob Sie auch verstehen, wovon heute die Rede sein soll."

Er wandte sich der Tafel zu und schrieb mit seiner schwer entzifferbaren Schrift *Fraunhofersche Beugung* an den rechten oberen Rand.

Einen Monat später erschien im Völkischen Beobachter eine Entgegnung Werner Heisenbergs auf Starks Rede, die er zu einer so glänzenden Darstellung der theoretischen Physik nutzte, dass sogar die New York Times Auszüge daraus druckte. Dies war das zweite und letzte Mal, dass Prof. Laue die Parteizeitung der Nazis mit in seine Vorlesung brachte. Vorerst schien der Angriff der *deutschen Physik* gegen Deutschlands Quantenphysiker abgewehrt zu sein.

Im Frühjahr fieberte ganz Berlin den bevorstehenden Olympischen Spielen entgegen. Ganz Berlin? Wilhelmine bekam von der Aufregung kaum etwas mit. Ihre Aufmerksamkeit wurde von den neuen Erkenntnissen in der Atomphysik gefesselt. Der Italiener Enrico Fermi hatte Uran mit Neutronen bestrahlt und festgestellt, dass der Atomkern unter Aussendung von Betastrahlen zerfiel. Deren Analyse zeigte aber, dass sie nicht von den leichteren Nachbarelementen des Urans stammen konnten, wie es beim radioaktiven

Zerfall zu erwarten gewesen wäre. Daraus schloss Fermi, ein neues Element sei entstanden, schwerer als Uran, ein Stoff, den es auf der ganzen Welt bisher nicht gegeben habe! Voilà: das Transuran! Dieser Stoff jahrhundertealter Menschenträume, dieser Stoff, der den Menschen zum Schöpfer erhob, beflügelte weltweit die Phantasien der Wissenschaftler. Als die Chemikerin Ida Noddack auf einem internationalen Kongress in Leningrad das Ergebnis von Fermis Versuch als Kernzertrümmerung deutete, bei dem der Atomkern schlicht in mehrere bekannte Elemente zerfallen sei, klatschte man höflich und versicherte sich gegenseitig hinter vorgehaltener Hand, die Phantasie dieser Dame sei denn wohl doch zu beflügelt. Ihre Deutung sei absurd. Jeder Student wisse schließlich, dass Atomkerne nicht zertrümmert werden könnten. Auch Otto Hahn weigerte sich nach dem Kongress, diese Hypothese auch nur zu zitieren. Er wolle sich doch seinen guten Ruf nicht zerstören! Das Phänomen eines künstlichen Elements faszinierte ihn jedoch und so konnte seine Kollegin Lise Meitner ihn schnell davon überzeugen, dass sie beide sich ganz seiner Erforschung widmen sollten. Es gelang ihnen nicht nur, Fermis Versuch zu bestätigen, sondern auch der aufmerksamen Wissenschaftswelt die Entdeckung weiterer Transurane zu präsentieren.

Wilhelmine las begierig alle Publikationen über diese neuen künstlichen Elemente. Eines Tages, als sie die Zeitschrift *Die Naturwissenschaften* gerade zugeschlagen hatte und aus ihrem Fenster blickte, wurde ihr bewusst, dass all diese faszinierenden Versuche dort drüben stattfanden.

- Direkt vor unserer Haustür! -

Noch am gleichen Abend bat sie ihren Vater, sich bei Prof. Hahn nach einem Praktikumsplatz für sie zu erkundigen, obwohl sie um die lange Warteliste wusste. Zu ihrer Überraschung teilte Erich ihr schon zwei Wochen später mit, sie dürfe sich am nächsten Montag bei Prof. Meitner in der physikalisch-radioaktiven Abteilung vorstellen.

„Wie hast du denn das geschafft, Vati?"

„Einem Hartkopf steht so manche Tür offen."

- Die Tür eines ehemaligen Gaskriegskameraden? -

Wilhelmine wischte den Gedanken beiseite. Was ging sie die Vergangenheit an? Sie blickte in die Zukunft. Zukunft lag in der radiochemischen Forschung. Und sie würde zu denen vordringen, die an dieser Zukunft arbeiteten.

Am Dienstag, pünktlich um 17 Uhr, ging Wilhelmine hinüber zu ihrem Vorstellungstermin im KWI für Chemie an der Thielallee. Ein Assistent brachte sie in ein kleines Büro und bat sie, sich zu gedulden. Prof. Meitner sei mit einer Messreihe beschäftigt, die nicht unterbrochen werden dürfe. Wilhelmine geduldete sich und wurde mit der Zeit immer aufgeregter. Gleich würde sie Deutschlands bedeutendster Physikerin gegenübertreten, unserer Marie Curie, wie sie von Einstein liebevoll genannt worden war, einer Frau, die sich beharrlich ihren Platz in der internationalen Physikergemeinde erkämpft hatte. Wie abfällig war Max Planck anfangs über Frauen in der Wissenschaft hergezogen! Karl-Heinz hatte es ihr erzählt, als sie noch ein Schulmädchen war.

- Zur Abschreckung? Als Ansporn? -

Gerade als Wilhelmine die goldene Uhr, die sie von ihrem Vater zum Abitur geschenkt bekommen hatte, aus der Tasche ihrer Kostümjacke zog und feststellte, dass sie bereits eine geschlagene Stunde wartete, kam der Assistent wieder herein und bat sie, ihm zu folgen. Er führte sie in einen größeren Raum, der als Kantine diente, zu einem Tisch, an dem zwei Männer und eine Frau in ein intensives Gespräch vertieft waren. Wilhelmine erkannte als Erstes Otto Hahn.

- Seine Geheimratsecken werden immer ausgeprägter! -

Doch gleich danach richtete sie ihre ganze Aufmerksamkeit auf Lise Meitner. Ende fünfzig musste sie sein und man sah ihr die Jahre auch an. Dennoch: was für ein ausdrucksstarkes Gesicht! Schmal, große braune Augen, das dunkle Haar streng gescheitelt.

- Hat sie es hinten zu einem Dutt geknotet? -

Wilhelmine blieb keine Zeit für weitere Betrachtungen. Otto Hahn erhob sich, gab ihr die Hand und stellte ihr den neben ihm Sitzenden als seinen Oberassistenten Dr. Fritz Straßmann vor. Über den hatte sie schon etwas in einer Fachzeitschrift gelesen, ihn aber noch nicht gesehen. Was hatte in dem Artikel noch gestanden? Hahn, Meitner, Straßmann – das ist die Kombination von Präzision, Originalität und Einfallsreichtum. So ungefähr. Und jetzt stand sie diesem Dreigestirn der Dahlemer Radiochemie gegenüber.

- Nur nicht einschüchtern lassen! -

Nachdem auch Lise Meitner Wilhelmine mit einem freundlichen Lächeln die Hand geschüttelt hatte, lud Otto Hahn sie ein, sich zu ihnen zu setzen:

„Nehmen Sie an unserem Five-o-clock-tea teil, auch wenn er aus Kaffee um sechs besteht."

Wilhelmine nahm dankend an, setzte sich und bekam auch noch ein Stück Kuchen angeboten, das ihr der KWI-Direktor mit den Worten auf den Teller schob:

„Wenn ich doch so gut Transurane backen könnte wie meine Frau Marmorkuchen!"

Fritz Straßmann warf mit einem spöttischen Lächeln ein:

„Wer immer strebend sich bemüht …"

„… den werden wir erlösen. Ach ja, unser guter alter Johann Wolfgang ist doch immer noch der beste Mutmacher, oder was meinen Sie dazu, Fräulein Hartkopf?"

Unversehens sah sich Wilhelmine in eine Unterhaltung über Goethe statt über Transurane verstrickt und schickte heimlich ein Dankgebet an ihre alte Deutschlehrerin, die sie jahrelang mit Goethes Werken malträtiert hatte, weil für sie deutsch sein und Goethe verehren dasselbe waren. So konnte sie ihre profunden Kenntnisse über Leben und Werk des Dichterfürsten zur Schau stellen und merkte kaum, wie das Gespräch sich nach und nach ihren physikalischen Kenntnissen und ihren bisherigen Studien zuwandte. Lise Meitner, die wenig sagte, Wilhelmines Äußerungen aber mit aufmerksamer Miene verfolgte, nickte erfreut, als der Name Prof. Laues fiel. Otto Hahn warf ihr einen verschmitzten Blick zu und lächelte dann Wilhelmine an:

„Wenn Sie sich von unserem guten Max nicht haben abschrecken lassen, dann können Sie auch unter Prof. Dr. Meitner arbeiten."

Lise Meitner schüttelte leicht den Kopf.

„Hähnchen, ich bitte dich!"

Sie wandte sich zum ersten Mal Wilhelmine direkt zu:

„Unser Herr Direktor ist berüchtigt für seine Scherze. Nehmen Sie nur nichts für bare Münze!"

Wilhelmine gefielen Lise Meitners beschwichtigende Worte ebenso wie Otto Hahns lockerer Umgangston. Alle Anspannung fiel von ihr ab. Als Otto Hahn kurz darauf mit dem Ausruf *Unser 23-Minuten-Baby wartet!* aufsprang und Fritz Straßmann mit sich zog, fühlte sie sich schon fast zugehörig. Lise Meitner erklärte ihr kurz, aber präzise die Probleme, die ihnen das neue Uranisotop 239 machte, das sie im März entdeckt hatten, eine 23-Minuten-Substanz, die Fermi nicht gefunden hatte.

„Die Transurane geben uns noch viele, viele Rätsel auf. Jetzt kommt es vor allem auf äußerst präzise Untersuchungen an. Nur auf verlässlichen Ergebnissen kann man richtige Theorien aufbauen."

Wilhelmine nickte und rechnete damit, dass Lise Meitner sie in der Anfangsphase ihres Praktikums zur Dokumentation von Messreihen oder dem Aufbau von Versuchen einteilen würde. Umso erfreuter war sie, als die ihr mitteilte, sie solle einem neuen Assistenten zur Hand gehen, einem jungen, 24-jährigen Doktor der theoretischen Physik, der sich gerade bei Heisenberg mit einer Arbeit über *Die Spinabhängigkeit der Kernkraft* habilitiert habe.

„Ich werde Sie morgen mit Dr. Carl Friedrich von Weizsäcker bekannt machen. Heute ist er mal wieder in Leipzig bei Prof. Heisenberg wie fast jeden Dienstag. Bei dem jungen Mann werden Sie sicher viel lernen können. Er ist zwar erst seit einem Monat hier bei uns, als Vertretung für meinen Assistenten Dr. Delbrück, aber wir haben ihn schon alle als brillanten Kopf schätzen gelernt."

Am nächsten Morgen wurde Wilhelmine dem brillanten Kopf vorgestellt, der von einem schlanken, hohen Körper getragen wurde. Äußerlich war es ein Kopf mit einer auffallend gewölbten Stirn, tief liegenden Augen, einer schmalen Nase und einem vorspringenden Kinn. Das aschblonde Haar war seitlich gescheitelt und sorgfältig gekämmt. Carl Friedrich von Weizsäcker begrüßte Wilhelmine freundlich und nahm sich Zeit für ein ausführliches Gespräch, das er mit den Worten einleitete:

„Sie wollen Wissenschaftler werden. Wissenschaft aber entsteht vor allem im Gespräch. Das habe ich nicht zuletzt von meinem Freund Werner Heisenberg gelernt."

- Mein Freund Werner Heisenberg! Angeber! -

Wilhelmine musste ihr vorschnelles Urteil bald zurücknehmen. Nach und nach erfuhr sie, dass Carl Friedrich von Weizsäcker schon seit seinem vierzehnten Lebensjahr eine enge Freundschaft mit dem zehn Jahre älteren Werner Heisenberg verband. Kennengelernt hatten sie sich in Kopenhagen, wo Weizsäckers Vater 1927 Gesandtschaftsrat gewesen war und seine Mutter Heisenberg auf einem Klavierabend getroffen hatte. Der damals schon international angesehene Physiker hatte an Niels Bohrs Institut gearbeitet. Der Schuljunge Carl Friedrich war leidenschaftlich an Astronomie interessiert gewesen und hatte seine Mutter gebeten, Heisenberg zu ihnen nach Hause einzuladen.

„Er kam und hat mir sofort klargemacht, dass das, was mich eigentlich interessierte, nämlich die Naturgesetze, von der Physik erforscht wird. Und dass ich, wenn ich Astronom werden wolle, Physik studieren müsse. So hat er mich im Handumdrehen dazu gebracht, dass ich Physiker werden wollte. Und was hat Sie zur Physik gebracht?"

Wilhelmine war verblüfft. Das hatte noch niemand von ihr wissen wollen.

- Weiß ich es denn selbst? -

Der junge Mann sah Wilhelmine so aufrichtig interessiert an, dass die sich nicht schämte zu antworten:

„Zu wissen, was die Welt im Innersten zusammenhält."

Weizsäcker lachte nicht. Im Gegenteil. Er nickte ernst und erklärte, dies sei auch sein Antrieb gewesen. Darum habe er nach dem Abitur eigentlich Philosophie studieren wollen. Doch wieder sei es Heisenberg gewesen, der ihm klar gemacht habe, dass man Physik studieren müsse, wenn man relevante Philosophie fürs zwanzigste Jahrhundert treiben wolle. Und mit Physik müsse man sich beschäftigen, wenn man jung sei. Philosophie könne man dann nach dem fünfzigsten Lebensjahr betreiben.

„Ich bin seinem Rat gefolgt und habe theoretische Physik studiert."

„Und es nicht bereut?"

„Nein, auch wenn mir die Mathematik oft schwer zu schaffen macht und ich auch nicht ganz die Finger von philosophischen Fragen lassen kann. Haben Sie sich schon mal mit Kant beschäftigt?"

Wilhelmine musste verneinen. Doch Mathematik war ihre Stärke. So überließ ihr Weizsäcker schon bald die endlosen Berechnungen, die er für seine Arbeit über Elementumwandlungen im Inneren der Sterne benötigte. Er hatte sich die Kinderfrage gestellt: Warum strahlen Sterne? Und die Physikerantwort gefunden: In den Sternen wird permanent Wasserstoff mit Hilfe von Kohlenstoff als Katalysator zu

Helium umgewandelt, und dabei wird eine gewaltige Energiemenge freisetzt. Diese Kernfusion ließ die Sterne strahlen. Und die Kinderaugen, die sie betrachteten.

In den folgenden Wochen konnte Wilhelmine es morgens kaum abwarten, ins KWI hinüberzugehen. Die Zusammenarbeit mit Carl Friedrich von Weizsäcker begeisterte sie so sehr, dass sie alles andere um sich herum vergaß. Er ließ sie nicht nur Berechnungen anstellen, sondern ließ sie an seinen Gedanken teilhaben, diskutierte mit ihr, nahm ihre Einwände ernst, regte sie zu eigenen Spekulationen an.

- Ein brillanter Kopf? Ja, und ein begnadeter Lehrer! -

Und wenn sie abends erschöpft, aber beseligt nach Hause kam, nahm sie sich noch Kants *Kritik der reinen Vernunft* vor. Sie wollte sich endlich auch auf dem Gebiet der Philosophie zu einer Gesprächspartnerin entwickeln, die ihrem vier Jahre älteren Mentor etwas zu bieten hätte. Zu ihrem Erstaunen bemerkte sie, dass der Königsberger aus dem achtzehnten Jahrhundert ihr durchaus etwas zu sagen hatte zu den Fragen, die sie seit ihrer Beschäftigung mit der Quantentheorie umtrieben: Was und wie erkennen wir? Gibt es eine Realität außerhalb unseres Bewusstseins und was können wir von ihr wissen? Einmal diskutierte sie mit Weizsäcker diese Fragen in der Kantine so leidenschaftlich, dass Otto Hahn ihnen zurief:

„Ich wusste gar nicht, dass ich Direktor eines Kaiser-Wilhelm-Instituts für Philosophie bin!"

Doch Wilhelmine und Weizsäcker ließen sich nicht in ihrem Gespräch stören. Sie konnte und wollte sich immer noch keine Welt vorstellen, die abhängig war vom menschlichen Betrachter. Sie war überzeugt, es müsse noch verborgene Parameter geben, die die seltsamen Phänomene in der Quantenwelt erklärten. Mit heftigen Gesten forderte sie Weizsäcker auf:

„Stellen Sie sich einen Tänzer vor, dessen Schatten von zwei Scheinwerfern auf zwei verschiedene Leinwände projiziert wird. Der Zuschauer sieht nur zwei Schatten, die sich absolut gleichzeitig bewegen, aber nicht die Ursache dafür: den Tänzer. Vielleicht steckt ja so ein Tänzer auch hinter den gleichzeitigen Bewegungen zweier verschränkter Elementarteilchen?"

Ihr Gesprächspartner lächelte und schüttelte gleich darauf den Kopf:

„Schönes Bild, nur: Es gibt keinen verborgenen Tänzer, keine noch nicht entdeckte Ursache. Die Quantentheorie ist vollständig. Das hat Neumann, der genialste Mathematiker unserer Zeit, bewiesen. Und ich muss sagen: Mir gefällt eine Welt, die nicht im Zwangsbett einer ehernen Kausalität steckt. Wo bliebe sonst der Raum für die menschliche Freiheit?"

„Aber nach Kant ist die Kausalität eine Kategorie a priori!"

„Kant kannte die Quantentheorie noch nicht. Sonst hätte er bestimmt …"

Wieder mischte Otto Hahn sich ein und drohte ihnen mit dem Finger:

„Zurück zur Physik! Es gibt doch sowieso keine zwei Philosophen, die über irgendetwas Grundlegendes derselben Meinung wären!"

Carl Friedrich von Weizsäcker verbeugte sich theatralisch und gab zu:

„Da haben Sie zweifellos Recht, Herr Professor. Und die Philosophen verstehen nichts, aber auch gar nichts von der modernen Physik. Darum müssen wir Physiker zwangsläufig anfangen zu philosophieren."

Wilhelmine erinnerte ihn:

„Das sollen Sie sich doch aber für ihr späteres Lebensalter vorbehalten, wenn es nach Ihrem Freund Werner Heisenberg geht!"

„Also gut. Lassen wir erstmal die irdischen Debatten und greifen wieder nach den Sternen. Fräulein Hartkopf, haben Sie die Berechnung über den Stickstoff bei den Elementumwandlungen schon in Angriff genommen?"

Wilhelmine hatte. Und sie freute sich über Lob und Anerkennung, die Weizsäcker ihr großzügig zuteilwerden ließ. Sie unterstützte ihn auch bei der Arbeit an seinem Lehrbuch über die Atomkerne, das seine erste selbstständige Buchveröffentlichung werden sollte. Immer wieder staunte sie über die Klarheit und Unerschrockenheit seines Denkens. Sie gab sich größte Mühe, mit seinen Gedanken Schritt zu halten, war glücklich, wenn es ihr gelang und verzweifelt, wenn sie ihnen bei aller Anstrengung nicht folgen konnte.

- Nie hätte ich gedacht, dass ich einen Menschen so uneingeschränkt bewundern könnte! -

Doch es war mehr als Bewunderung, was Wilhelmine empfand, nur wusste sie es selbst nicht. Sie wehrte ehrlich entrüstet ab, als Elsbeth sie einmal kritisch musterte und fragte:

„Ick hör immer nur von Weizsäcker hier und von Weizsäcker da. Biste verknallt in dein Freiherrn, oder wat?"

Auch Emma blieb nicht verborgen, dass ihre Tochter in der letzten Zeit wie aufgeblüht wirkte. Sie erkundigte sich diskret bei Erich, wer denn dieser von Weizsäcker sei und erfuhr, er stamme aus einer angesehenen württembergischen Adelsfamilie und sein Vater sei ein hoher Diplomat im Außenministerium. Auch Otto Hahn schätze den jungen Mann sehr und erwarte noch viel von ihm. Diese Nachrichten beglückten Emmas banges Mutterherz. Sie träumte nun, ihre Tochter könne eine Freifrau von Weizsäcker werden und damit hätte sich ihr Physikstudium doch noch gelohnt. Wilhelmine glaubte, sie träume nur deshalb nachts von dem jungen Mann, weil ihr geistiger Austausch sie in eine ungekannte Erregung versetzte. Dennoch begann sie, auch ihrem Körper mehr Aufmerksamkeit zu schenken. Mit schamrotem Kopf kaufte sie sich Lippenstift, Rouge und Wimperntusche und versuchte damit, ihr Gesicht zu verschönern.

- Verrucht! -

Das geschminkte Gesicht, das sie aus dem Spiegel anstarrte, kam ihr so fremd und künstlich vor, dass sie alles wieder abwischte. Auch nach einem zweiten Versuch war sie mit dem Ergebnis unzufrieden.

- Ich bin doch keine Lebedame! -

Wieder wischte sie mit viel Wasser und Seife alles ab und entschied sich, nur ein ganz klein wenig Lippenstift aufzutragen. Doch die Wimperntusche blieb in kleinen Partikeln rund um ihre Augen haften, färbte die Haut grau und der einzige Erfolg ihrer Mühen an diesem Morgen war Weizsäckers besorgte Frage, ob sie nicht gut geschlafen habe.

Obwohl sie sich nie außerhalb des Instituts trafen und selten über etwas Privates sprachen, waren Carl Friedrich von Weizsäcker und Wilhelmine Hartkopf bald ein so eingeschworenes Team wie Otto Hahn und Lise Meitner. Über die politische Lage hatten sie am Anfang nur mit vorsichtigen Andeutungen gesprochen, aber bald gemerkt, dass sie sich vertrauen konnten. Weizsäcker hatte Wilhelmine gegenüber eingestanden, dass er kurz nach Hitlers Machtübernahme geglaubt habe, der Mann könne vielleicht wirklich etwas für das Land bringen, und dass er sogar bei einem der Aufmärsche mitgelaufen sei:

„Die Arbeitslosigkeit war drastisch gesunken und die ganzen Leute um mich herum waren jetzt plötzlich getröstet und glücklich. Vorher hatten sich die verschiedenen politischen Strömungen bis aufs Messer bekämpft, jetzt schien der Klassenhass wie weggeschwemmt von einem großartigen Gefühl der Volksgemeinschaft. Also es schien, dass Hitler irgendetwas zuwege bringt, was niemand vorher zuwege gebracht hat. Aber mein Vater, der im Außenministerium mit Hitler persönlich zu tun hat, hat mich schon früh gewarnt: Dem Hitler darfst du nie ein Wort glauben! Das ist alles gelogen, was der sagt!"

Wilhelmine wandte verächtlich ein:

„Nur seinen Hass auf die Juden, den darf man ihm glauben."

„Ja, dieser Antisemitismus ist etwas ganz und gar Unerträgliches. Seit der Entlassung der jüdischen Professoren hat diese Bewegung für mich jeden Kredit verspielt. Und als ich im Herbst 33 in einem Café in Kopenhagen aus einem Radio hörte, dass Deutschland aus dem Völkerbund ausgetreten ist, dachte ich sofort: Das bedeutet Krieg. Nicht jetzt gleich, aber …"

„Und glauben Sie das noch immer?"

„Ja."

Diese Befürchtung ihres Idols mochte Wilhelmine nicht teilen. Jetzt, nach den Olympischen Spielen, konnte Hitler sich doch groß und mächtig fühlen. Das Ausland hatte wieder Respekt vor Deutschland.

- Was will unser großer Führer mehr? Mehr will er nicht! -

Mit diesem beruhigenden Gedanken wandte sich Wilhelmine wieder ihrer Arbeit zu.

Kurz vor dem Ende ihres Praktikums stellte Carl Friedrich von Weizsäcker eine Flasche Sekt und zwei Gläser auf ihren Schreibtisch. Sofort fing Wilhelmines Herz an zu rasen.

- Er bietet mir das Du an! -

Sie hatte richtig geraten. Nachdem sie sein Angebot mit Freuden angenommen hatte, zog er gekonnt den Korken aus der Flasche und goss die beiden Gläser voll, ohne dass Sekt verspritzte oder überlief. Er drückte ihr ein Glas in die Hand, erhob seins und prostete ihr mit jungenhaftem Lächeln zu:

„Von nun an: Carl Friedrich für dich!"

„Und Wilhelmine für dich!"

Sie kreuzten ihre Arme, tranken ein paar Schlucke und gaben sich den obligatorischen Bruderkuss auf die Wange.

An diesem Abend konnte Wilhelmine lange nicht einschlafen. Sie spürte noch immer seine Lippen auf ihrer Wange und roch seinen Körperduft, das feine Aroma aus männlicher Haut, Rasierseife und Haarwasser. Carl Friedrichs Körper war ebenso gepflegt wie seine Umgangsformen.

- Und doch wirkt er immer so natürlich! -

Sie konnte nicht verstehen, dass manche ihn für arrogant hielten. Das waren Kleingeister, die ihm seinen messerscharfen Verstand neideten. Sicher, er hatte nichts Kumpelhaftes, wahrte im Umgang mit den meisten Menschen eine gehörige Distanz. Es gab nicht viele, mit denen er sich duzte.

- Aber jetzt mit mir! -

Mit großer Unruhe sah Wilhelmine das Ende ihres Praktikums nahen. Die Vorstellung, schon bald nicht mehr täglich mit Carl Friedrich zusammenzuarbeiten, nicht mehr mit ihm reden zu können in diesem zwanglosen Gedankenaustausch, der ihr unverzichtbar geworden war wie das Atmen, bereitete ihr schlaflose Nächte. Immer häufiger träumte sie von ihm und im Traum wurde sie nicht nur von seinen Gedanken umfangen, sondern auch von seinen Armen. Dann wachte sie erhitzt und verstört auf, konnte nicht wieder einschlafen und ertappte sich am darauffolgenden Tag dabei, dass ihr Blick ungebührlich lange an ihm haften blieb. Wenn er zufällig aufsah, schoss ihr das Blut in den Kopf und sie schlug schnell die Augen nieder.

Doch ihre Ängste vor einer Zukunft ohne Carl Friedrich zerstoben wenige Tage vor Ablauf ihres Praktikums wie von einer guten Fee weggezaubert. Er eröffnete ihr, dass im Oktober der Holländer Peter Debye die Leitung des KWIs für Physik übernehmen werde, Max von Laue werde sein Stellvertreter und ihn selbst wolle Debye als Haustheoretiker haben. Einem so verlockenden Angebot werde er natürlich nicht widerstehen können. Wilhelmine verschlug es die Sprache, aber nicht die Gedanken. Während sie ihn stumm ansah, jubelte sie:

- Er wird nicht nach Leipzig zurückgehen! Er bleibt in Berlin! -

Sie rang so lange mit sich, ihrer maßlosen Freude einen maßvollen Ausdruck zu verleihen, dass Carl Friedrich schmollte:

„Du scheinst von meinem Aufstieg ja nicht sehr angetan!"

Erst dieser abstruse Vorwurf löste endlich ihre Blockade und sie sprudelte hervor:

„Nicht angetan? Ich bin begeistert! Du am KWI für Physik ... das ist einfach traumhaft. Und weißt du, wem du dort begegnen wirst?"

„Darf ich zu hoffen wagen: dir?"

„Jawohl, mir! Ich werde bei Prof. Laue promovieren!"

„Davon weiß ich ja noch gar nichts."

„Das habe ich auch eben erst entschieden."

Wilhelmine strahlte Carl Friedrich an. Er lächelte zurück, machte aber gleich darauf einen Einwand:

„Glaubst du denn, dass Laue bereit ist, dein Doktorvater zu werden?"

„Wenn du als Haustheoretiker es ihm vorschlägst?"

Carl Friedrich verbeugte sich tief:

„Es wird mir eine Ehre sein!"

Während zu Beginn des Jahres 1937 Carl Friedrich von Weizsäckers Buch *Die Atomkerne* gedruckt wurde, die erste umfassende theoretische Analyse über die Kernkräfte und den Kernaufbau, erstellte Wilhelmine ein Konzept für ihre Doktorarbeit. Sie hatte sich vorgenommen, eine These Weizsäckers näher zu untersuchen, nach der in schweren Atomkernen eine Tendenz zur Auflösung in Untergruppen bestehen sollte. Dies hatte er aus einem statistischen quantentheoretischen Verfahren geschlossen, dem Hartree-Modell. Mit diesem

Verfahren wollte sich jetzt auch Wilhelmine den Atomkernen nähern und untersuchen, inwieweit man sie sich als plastische Gebilde vorzustellen hatte. Konnten sie sich verändern und wenn ja, wie? Konnte ein Urankern vielleicht länglich statt kugelförmig werden? Und wie weit ging die Tendenz zur Auflösung in Untergruppen? Um diese Fragen beantworten zu können, würde sie ein erweitertes mathematisches Modell entwickeln müssen.

Max von Laue war ein gestrenger Doktorvater. Aber während er sich in der Relativitätstheorie besser auskannte als Einstein, wie Carl Friedrich gelegentlich zu witzeln pflegte, war ihm die Quantentheorie immer noch nicht ganz geheuer. Dennoch hatte er Wilhelmine mit diesem rein quantentheoretischen Thema als Doktorandin angenommen und mit einem Augenzwinkern gesagt:

„Unser Haustheoretiker wird mir sicher helfen, wenn ich nur noch Bahnhof verstehe."

Der erwies sich allerdings als noch strenger. Keinen Millimeter gab er um ihrer Freundschaft willen in seinen Ansprüchen an sie nach. Im Gegenteil. Ihre beiden ersten Konzepte hatte er erbarmungslos zerpflückt. Doch ihr jetziges Konzept würde vor seinen kritischen Augen Bestand haben, glaubte Wilhelmine.

- Wenn dir das wieder nicht ambitioniert genug ist, hänge ich die Physik an den Nagel, lieber Carl Friedrich! -

Doch diesmal war er von ihrem Konzept sehr angetan und machte ihr Mut, sich an das schwierige Unterfangen zu wagen. In den folgenden Wochen arbeitete Wilhelmine wie im Rausch. Oft saß sie bis in die Nacht hinein an ihrem Schreibtisch, kam nur zu den Mahlzeiten kurz aus ihrem Zimmer und verbot ihrer Mutter in harschem Ton, ihr noch ein einziges Mal mit ihrer frischen Luft zu kommen. Mit ihrem Vater sprach sie manchmal kurz über ihre Arbeit, aber die theoretische Mathematik war Erich von jeher ein Graus, so dass sie ihm nur ihre grundsätzlichen Überlegungen darstellen konnte. Er war stolz über den Feuereifer, mit dem sich seine Tochter über ein so schwieriges Gebiet hermachte. Ihn selbst entflammten wissenschaftliche Probleme nicht mehr. Er hielt zwar pflichtschuldigst seine Chemievorlesungen, aber am Herzen lag ihm nur noch die Arbeit an seinem Haber-Manuskript.

- Vati lebt nur noch in der Vergangenheit! -

Wenn Wilhelmines Arbeit ins Stocken geriet, ging sie hinüber ins KWI für Chemie, wo Carl Friedrich sich die meiste Zeit aufhielt, obwohl Max Delbrück inzwischen an seinen Platz zurückgekehrt war. Das KWI für Physik, an dem er jetzt offiziell beschäftigt war, bestand wie zu Einsteins Zeiten immer noch nur aus einem Budget und den angestellten Wissenschaftlern. Erst seit 1935 bestand es außerdem noch aus einer Baustelle. Hauptsächlich Max Plancks Renommee und Max von Laues guten Kontakten in die USA war es zu verdanken, dass die Rockefeller Foundation dem nationalsozialistischen Staat 360 000 Dollar zur Errichtung eines Gebäudes zur Verfügung stellte. Wilhelmine dachte nicht einen Moment darüber nach, wie seltsam es war, dass eine Stiftung, in der Geld von Juden steckte, einem Staat, der Juden verfolgte, ein großzügiges Gebäude für seine Physiker mitfinanzierte. Sie freute sich schlicht über diese krause Masche im Gewebe der politischen Wirklichkeit.

In einem anderen Gebäude des nationalsozialistischen Staates, in der Krankenbaracke eines Konzentrationslagers, starb zur gleichen Zeit der völlig abgemagerte Schutzhäftling Adolf Olsanski. *Todesursache Diphtherie* stand auf dem Totenschein, der Elsbeth zusammen mit der Aufforderung, die Kosten für die ordnungsgemäße Kremierung des Leichnams umgehend zu erstatten, zugestellt wurde. Elsbeth jammerte und fluchte dem Herrn im Himmel und den neuen Herren im Staat. Emma versuchte, sie mit Kalendersprüchen über die Vergänglichkeit alles Irdischen zu beruhigen. Erich beglich stillschweigend die Rechnung. Für Wilhelmine riss die Nachricht vom

Tod Adolf Olsanskis ein weiteres Loch ins fadenscheinige Gewebe der fröhlichen Volksgemeinschaft, mit dem die Nationalsozialisten die schmutzige Wirklichkeit verhüllten. Angewidert wandte sie sich wieder der reinen Welt der Zahlen zu.

An einem sonnigen Tag im frühen März machte sie sich auf den gewohnten Weg zu Carl Friedrich ins KWI für Chemie. Emma, die im Garten arbeitete, rief ihr hinterher:

„Guck mal! Die ersten Krokusse sind aufgegangen!"

„Sehr schön."

Wilhelmine hatte keinen Blick für die gelben Blütenkelche. Sie hatte einige wichtige Fortschritte bei ihren Überlegungen gemacht und freute sich darauf, sie mit Carl Friedrich zu diskutieren. Er würde mit Sicherheit wieder Schwachstellen aufspüren und sie so ein weiteres Stück voranbringen. Wissenschaft entsteht im Gespräch. An diese Bemerkung von ihm gleich bei ihrer ersten Begegnung, erinnerte sie sich wieder, während sie mit schnellen Schritten aufs Gebäude des KWI für Chemie zueilte.

- Wie wahr! -

Aber bei ihren Gesprächen entstand nicht nur Wissenschaft, sondern auch ein Hochgefühl. In Wilhelmine. Sie wurde von einer Welle der Begeisterung mitgerissen, angetrieben von einem Energieschub aus ihrem innersten Kern.

- Für diese Kernkraft gibt es noch kein mathematisches Modell, Carl Friedrich! -

In der Doktorandin Wilhelmine Hartkopf kicherte ein Schulmädchen, doch ihre Miene blieb völlig unbewegt. Niemand konnte ihr die lebhaften inneren Zwiegespräche ansehen, die sie mit Carl Friedrich von Weizsäcker führte wie zuvor mit ihrem verstorbenen Bruder Karl-Heinz. Inzwischen war Carl Friedrich ihr inneres Du geworden, dem sie sich anvertraute.

Das reale Du schaute erfreut auf, als Wilhelmine mit ihrer Aktentasche seinen Arbeitsraum betrat und stand auf, um sie herzlich zu begrüßen:

„Wilhelmine, du bringst den Frühling mit! Hast du schon gesehen? Die Krokusse blühen!"

Plötzlich erschien auch ihr diese Tatsache von Bedeutung.

- Ich muss mehr auf die Natur achtgeben! -

Weizsäcker war ein großer Naturliebhaber. Er hatte ihr schon oft von seinen Bergwanderungen mit seinem Freund Werner Heisenberg und anderen vorgeschwärmt. Vielleicht würde er auch sie einmal zu so einer Wanderung einladen? Sie würde bestimmt nicht ablehnen, obwohl sie sich bisher weder aus Bergen noch aus Wanderungen etwas gemacht hatte.

- Carl Friedrich kann mich für alles begeistern! -

Jetzt aber legte sie ihm die Blätter mit ihren Berechnungen auf den Tisch und er war es, der sich begeistert über ihre neuen Ideen zeigte. Sie betrachteten gemeinsam die Lösungen, die sie gefunden hatte, fanden die kritischen Stellen, befragten sie unerbittlich, stellten neue Hypothesen auf. Die Zeit flog, Wilhelmines Gedanken flogen und ihre Gefühle gerieten wieder in den beglückenden Höhenrausch, in dem sie sich ganz und gar lebendig fühlte.

- Ach, Augenblick, verweile doch, du bist so schön! -

Doch wie alle Augenblicke war er schon vergangen, als sie ihn mithilfe ihrer humanistischen Bildung beschwor, zu bleiben. Nach drei Stunden hatten sie die wichtigsten Probleme besprochen und Carl Friedrich holte für sie beide ein Kännchen Kaffee aus der Kantine. Jetzt konnten sie entspannt noch ein wenig plaudern über Gott und die Welt, nein, heute über das Weltall, denn Carl Friedrich beschäftigte seit einiger Zeit die Frage nach der Entstehung des Kosmos:

„Was wir heute über die Verteilung der Elemente im Kosmos wissen, scheint mir sehr für die Hypothese zu sprechen, die Kant schon

1775 aufgestellt hat, dass nämlich die Schwerkraft das Sonnensystem aus ungeordneten Brocken von Materie gebildet hat."

„Kant?"

„Ja, Kant. Weißt du nicht, dass er ursprünglich Astronom war?"

Wilhelmine zuckte entschuldigend mit den Achseln, murmelte etwas von peinlicher Bildungslücke, aber Carl Friedrich beschwichtigte sie:

„Das wissen die wenigsten. Jedenfalls siehst du aber mal wieder, dass die besten Philosophen von der Physik her kommen."

„Dann wirst du vielleicht auch mal einer von den besten Philosophen."

„Schön wärs!"

Carl Friedrich lachte, zwinkerte ihr zu und äußerte die Befürchtung, sein unheilbares Interesse für Physik und Philosophie führe nur dazu, dass er in beiden Disziplinen keine Spitzenleistungen erreiche. Aber er könne sich nicht helfen: Er brauche die Philosophie, um die Quantenphysik zu verstehen, und er brauche die Quantenphysik, um zu wissen, worüber es sich überhaupt zu philosophieren lohne! So gerieten sie unversehens wieder in ein Gespräch über die Quantentheorie und ihre Konsequenzen für ein Verstehen der Welt, ein Gespräch, wie Wilhelmine es über alles liebte und das sie so mit niemandem sonst führen konnte. Sie hätte am liebsten noch stundenlang mit ihm geredet, doch Lise Meitner steckte kurz ihren Kopf zur Tür herein und erinnerte Carl Friedrich an seine Verabredung mit ihr:

„Wir müssen über die neuen Ergebnisse von Hahns Experimenten zu den Transuranen sprechen. Die Sache wird immer rätselhafter!"

Wilhelmine erkannte, dass es höchste Zeit für sie war zu gehen.

- Schade. Aber ich seh ihn ja bald wieder. -

Sie wollte sich verabschieden, doch Carl Friedrich hielt sie auf. Mit einem seltsam verlegenen Lächeln drückte er ihr eine Karte in die Hand.

- Bütten? Golddruck? Einladung? -

Bevor sie die Karte lesen konnte, erklärte er in feierlichem Ton:

„Ich werde am 30. März Fräulein Gundalena Wille heiraten und wir möchten dich herzlich zu unserer Hochzeitsfeier einladen."

Wilhelmine starrte ihn an, starrte auf die Karte.

- Ich muss etwas sagen, muss gratulieren, muss … -

Sie konnte nur wortlos starren. Carl Friedrich räusperte sich, brach das unbehagliche Schweigen mit weiteren Erklärungen:

„Wir werden auf dem Gut meiner Schwiegereltern nahe dem Zürichsee feiern. Ich hoffe, du wirst dich von der langen Fahrt nicht schrecken lassen. Für die Unterbringung der auswärtigen Gäste wird natürlich gesorgt sein."

„Du heiratest?"

Carl Friedrich lachte laut auf:

„Wilhelmine! Diesmal bist du aber langsam von Begriff! Traust du mir eine Heirat etwa nicht zu? Der Wissenschaft gehört zwar mein Geist, aber nicht mein Leib und meine Seele. Ich bin ein Mann. Oder hast du das vielleicht noch nicht bemerkt?"

Carl Friedrichs bemüht scherzhafter Ton erreichte Wilhelmine nicht. Sie murmelte verwirrt:

„Wieso? … Ob ich … ein Mann … wie meinst du?"

Carl Friedrich seinerseits verwirrte die Verwirrung seiner sonst so schlagfertigen Gesprächspartnerin und er hielt es für das Beste, wieder zu nüchternen Erklärungen zurückzukehren:

„Ich kenne Fräulein Wille schon seit drei Jahren, ich bin fünfundzwanzig, habe eine feste Stelle, es ist Zeit, eine Familie zu gründen!"

Wilhelmine sah ihn an, als habe er eine völlig unverständliche Formel von sich gegeben. Doch dann straffte sie sich sichtbar, lächelte sogar und stammelte:

„Ja. Ja, natürlich. Ich dachte nur … ich wusste nicht … ich meine, herzlichen Glückwunsch!"

„Danke. Und bitte überleg nicht lange, sondern gib mir bald deine Zusage. Ich würde mich wirklich sehr freuen!"

Wilhelmine raffte die Blätter mit ihren Arbeitsergebnissen zusammen und stopfte sie in ihre Aktentasche.

„Ich muss ... jetzt gehen."

Carl Friedrich begleitete sie höflich bis zum Ausgang des Instituts, wobei er ihr noch irgendetwas erzählte. Wilhelmine bekam nur mit, dass seine Verlobte Schweizerin sei und Journalistin, in ihren Ohren hallte der Ausdruck *meine zukünftige Frau*, übertönte alles andere, machte sie taub für seine sonstigen Worte. Zum Abschied streckte er ihr seine Hand hin, die sie mechanisch ergriff, schnell wieder losließ und die Treppe hinunterlief, als habe sie es besonders eilig.

Zuhause erwartete sie ihr leeres Zimmer. Am liebsten hätte sie sich auf ihr Bett gelegt.

- Einschlafen. Weg sein. Ganz weg sein. -

Doch irgendwann würde ihre Mutter in ihr Zimmer kommen und sie erschreckt fragen, ob sie sich nicht wohlfühle, gar krank sei.

- Nur das nicht! -

Sie setzte sich an ihren Schreibtisch, schlug ein Buch auf und schloss die Augen.

- Du heiratest. -

Krampfhaft versuchte sie, die Bedeutung dieses Satzes zu erfassen. Leise sprach sie sich erklärende Sätze vor:

„Du heiratest. Ein junger Mann heiratet. Das ist völlig normal. Das ist der Lauf der Dinge. Junge Männer brauchen junge Frauen. Für den Leib und für die Seele, hast du gesagt."

- Für den Leib! -

Wilhelmine wurde von einer Übelkeitswelle überflutet. Doch sie bezwang sie. Und sie zwang sich, eine Frage zu beantworten.

- Bin ich eifersüchtig? -

Nein, das war eine zu absurde Hypothese. Sie hatte sich doch nie

Hoffnungen gemacht, mehr für Carl Friedrich zu sein als eine geistesverwandte Gesprächspartnerin. Sicher, er war auch ein attraktiver Mann, aber das bedeutete ihr nichts! Diese profane Anziehung zwischen Männern und Frauen, diese animalische Seite des Menschen, diese niederen Triebe, das hatte sie gar nicht nötig!

- Er aber offenbar! -

Sie versuchte sich einzureden, nur deshalb so aufgewühlt zu sein, weil sie so enttäuscht war. Enttäuscht von der Entdeckung, dass der Mann, den sie für einen Ausnahmemenschen gehalten hatte, für einen Geistesriesen, auch nur ein ganz normaler Mann war.

- Jedenfalls in dieser Hinsicht! -

Was *diese Hinsicht* betraf, wusste sie theoretisch genau Bescheid. Sie hatte in der Universitätsbibliothek einschlägige medizinische und biologische Bücher gelesen. Sie dachte mit Schaudern an all die Berichte und Bilder von Geschlechtskrankheiten, Perversionen und Geburtskomplikationen. Was taten sich die Menschen nur an?

- Und das alles für vielleicht fünf Minuten Triebabfuhr? -

Nein, das war es nicht wert. Wilhelmine wusste, wie sie ihren Körper schnell und befriedigend zur Ruhe bringen konnte, wenn er allzu sehr aufbegehrte. Energisches Kreisen mit der rechten Hand auf ihrem Schamhügel löste alles Begehren in wohlige Schauer auf und machte ihren Kopf wieder frei für ihre eigentliche Bestimmung: für die Wissenschaft.

- Ich darf mich nicht ablenken lassen. -

Wilhelmine schob das Buch zur Seite, holte ihre Papiere aus der Aktentasche, breitete sie auf ihrem Schreibtisch aus und sah sich noch einmal die Randnotizen an, die sie sich während ihres Gespräches mit Carl Friedrich gemacht hatte. Als Elsbeth sie eine Stunde später zum Abendbrot rief, war sie wieder in der Welt der subatomaren Teilchen versunken.

Wilhelmine fuhr nicht zu den Hochzeitsfeierlichkeiten. Sie entschuldigte ihr Fernbleiben mit einem Magenkatarrh. Tatsächlich hatte sie immer größere Schwierigkeiten, Nahrung zu sich zu nehmen und bei sich zu behalten. Sie vertrug kein Fett mehr, egal in welcher Form. Mischte Emma mal wieder *gute Butter* unter ihr Essen, musste sie sich prompt übergeben. Schweren Herzens schnippelte ihre Mutter fortan noch das kleinste Fitzelchen Fett von ihrem Stück Fleisch, gab keine Sahne an die Saucen und stellte Erichs geliebte Mettwurst nicht mehr auf den Abendbrotstisch, weil ihrer Tochter schon allein vom Geruch des geräucherten Fetts schlecht wurde. Klaglos gab sie diesen absonderlichen Wünschen aber nicht nach. Ständig jammerte sie:

„Kind, du siehst aus wie ne Bohnenstange! So geht das doch nich weiter! Geh doch mal zu Dr. Rosenkrantz!"

Wilhelmine weigerte sich beharrlich, Dr. Rosenkrantz oder irgendeinen anderen Arzt zu konsultieren. Sie nahm immer mehr ab und es gefiel ihr.

- Jedes Pfund zu viel belastet nur meine Konzentrationsfähigkeit! -

Im Juli 1937 wog die 1,76 m große Wilhelmine nur noch 46 Kilo. Sie fühlte sich voll leistungsfähig, nur gelegentlich überkamen sie Schwindelgefühle, wenige Minuten nur, die ihrer Arbeitskraft verloren gingen.

- Unbedeutend! -

Ihre Zusammenarbeit mit Carl Friedrich wurde noch intensiver. Wilhelmine fühlte sich immer mehr als seine geistige Partnerin und Freundin. So wie ihn der zehn Jahre ältere Heisenberg zum gleichberechtigten Freund erkoren hatte, verband Carl Friedrich nun eine aufrichtige Freundschaft mit der nur vier Jahre jüngeren Doktorandin.

- Wahre Freundschaft. Das ist es, was wirklich zählt! -

Sie sahen sich fast täglich bei der Arbeit, manchmal machten sie auch einen Spaziergang und Carl Friedrich drängte darauf, sie endlich mit Heisenberg bekannt zu machen. Wenige Wochen, bevor es endlich dazu kommen sollte, zeigte er ihr einen aus der Wochenzeitung der SS *Das Schwarze Korps* ausgeschnittenen Artikel, der am 15. Juli erschienen war. *„Weiße Juden" in der Wissenschaft* lautete die Überschrift.

„Weiße Juden? Was soll denn das sein?"

„Das weißt du nicht? Der *weiße Jude* ist kein *Rassejude*, sondern ein *Geistes-, Gesinnungs-* oder *Charakterjude*. Wie Heisenberg zum Beispiel."

"Oh Gott!"

Wilhelmine nahm den Zeitungsausschnitt und begann zu lesen. Nach einer allgemeinen Beschwerde darüber, *daß die theoretische Physik bald den Experimentalphysiker auf den Rang eines guten Mechanikers herabsinken* lassen würde, kam der Verfasser schnell zum Kern seiner Kritik: *Die Juden Einstein, Haber und ihre Gesinnungsgenossen Sommerfeld und Planck regelten fast unbeschränkt die Nachwuchsfrage der deutschen Lehrstühle ... Die studentische Jugend wurde fast ausschließlich in ihrem „Geiste" ausgebildet. Hätte man sie gewähren lassen, so wäre in wenigen Jahrzehnten der Typ des produktiven, wirklichkeitsnahen Forschers ausgestorben. Spintisierende, unfruchtbare Theoretiker wären an seine Stelle getreten.*

- Wie Carl Friedrich und ich! -

Der Artikel schmähte im Folgenden Werner Heisenberg als *weißen Juden, Statthalter des Einsteinschen Geistes, Musterzögling Sommerfelds* und *Ossietzky der Physik*, der sich auch geweigert habe, *einen Aufruf der deutschen Nobelpreisträger für den Führer und Reichskanzler zu unterzeichnen,* und sich in seiner Stellung offenbar so sicher fühle, dass es ihm sogar gelungen sei, *einen Aufsatz in ein parteiamtliches Organ einzuschmuggeln, worin er Einsteins Relativitätstheorie als die „selbstverständliche Grundlage weiterer Forschungen" erklärte.*

- Das bezieht sich wohl auf seinen berühmten Artikel im Völkischen Beobachter! -

Am Ende forderte der Verfasser, dass Heisenberg aus dem deutschen Geistesleben ebenso verschwinden müsse, wie andere Statthalter des Judentums auch und rief zum Kronzeugen für die Dringlichkeit seiner Forderung *Professor Dr. Johannes Stark als alten Vorkämpfer für den Nationalsozialismus* auf.

Entsetzt gab Wilhelmine Carl Friedrich den Zeitungsausschnitt zurück.

„Wer ist denn dieser anonyme Verfasser?"

Carl Friedrich verzog spöttisch den Mund und äußerte seine Überzeugung, dass niemand anderer als Johannes Stark höchstpersönlich der Verfasser sei. *Giovanni Fortissimo*, lästerte er, habe nie verwunden, dass er von der theoretischen Physik schlicht abgehängt worden sei, weil er bei der höheren Mathematik nicht durchblicke. Seinen Intrigen sei es nicht zuletzt zu verdanken, dass Planck vom Amt des Präsidenten der Kaiser-Wilhelm-Gesellschaft habe zurücktreten müssen.

„Und jetzt richtet er seinen ganzen Zorn gegen Heisenberg."

„Der auf keinen Fall Sommerfelds Nachfolger werden soll."

„Genau das steckt hinter diesem Artikel. Ich bin gespannt, was Werner zu unternehmen gedenkt. Diese öffentlichen Beleidigungen kann er einfach nicht auf sich sitzen lassen."

Als Heisenberg kurz darauf zu seinem Freund Weizsäcker nach Berlin kam, hatte er schon etwas unternommen. Er hatte sich auf dem ordentlichen Dienstweg an Reichserziehungsminister Rust gewandt, dessen öffentliche Missbilligung des Artikels gefordert und andernfalls mit seinem Rücktritt gedroht.

Der jüngste deutsche Professor wirkte abgespannt, als Wilhelmine ihn zum ersten Mal sah, aber hinter seinen müden Gesichtszügen blitzte bei ihrer Begrüßung doch kurz ein jungenhafter Charme hervor.

- Lächelt wie ein Lausbub! -

Carl Friedrich hatte sie beide ins Café Kranzler auf dem Kurfürstendamm eingeladen und stellte Wilhelmine seinem Freund mit den Worten vor, sie sei ein zu höchsten Hoffnungen Anlass gebendes Talent. Dann nannte er sie auch noch seine liebe Freundin und Vertraute.

- Jetzt bloß nicht rot werden! -

Heisenberg machte ihr ein paar artige Komplimente und entspannte sich sichtlich bei ihrem angeregten Geplauder zu dritt. Sie saßen unter großen Sonnenschirmen, er betrachtete mit Vergnügen einige nach neuestem Pariser Chic gekleidete Berlinerinnen, die vor der Caféterrasse vorbeistöckelten, und seufzte:

„Es geht eben nichts über das Berliner Flair. Da kann Leipzig einfach nicht mithalten."

„Aber München!"

Heisenberg verstand die Stichelei seines Freundes Carl Friedrich sofort. Er gab sich kampfbereit. Das würde man ja sehen, ob so ein Pinscher wie Johannes Stark ihm die Berufung auf den Münchner Lehrstuhl vermasseln könne! Die Ministerien würden überschwemmt mit Beschwerdebriefen seiner Kollegen und etlicher Dekane über diesen unsäglichen Artikel im *Schwarzen Korps*.

„Darunter sogar viele Parteigenossen!"

Carl Friedrich verzog skeptisch den Mund, doch sein Freund hatte noch ein Ass im Ärmel. Seine Mutter kenne von einem Kaffeekränzchen die Mutter des Reichsführers SS und habe der guten Frau Himmler brühwarm von seinen Querelen mit Stark erzählt. Mit der schrillen, empörten Stimme einer alten Frau gab er wieder, was die seiner Mutter geantwortet hatte:

„Ja, um Gottes willen, wenn mein Heinrich das nur wüsste, dann würde er sofort was dagegen unternehmen. Da gibt es so ein bissel unerfreuliche Leute in der Umgebung von Heinrich. Aber der Stark ist natürlich so eine ganz dumme Sau. Ich werds dem Heinrich sagen. Der ist so ein netter Bub. Immer gratuliert er mir zum Geburtstag und schickt mir Blumen und so. Also wenn ich ihm nur ein Wort sage, der wird die Sache in Ordnung bringen."

Carl Friedrich und Wilhelmine brachen in so anhaltendes Gelächter aus, dass sie kaum sprechen konnten. Sie ließen sich auch nicht von den irritierten Blicken des Kellners stoppen, der schwungvoll drei Weiße mit Schuss auf den Tisch stellte und schnell wieder abdrehte. Als sie sich endlich wieder beruhigt hatten, erhob Carl Friedrich sein Glas:

„Auf die mütterlichen Kaffeekränzchenbeziehungen!"

Heisenbergs Gesicht überzog wieder ein lausbübisches Grinsen, als er den Toast erwiderte und ihnen erläuterte, dass die Beziehungen zu den Himmlers noch weiter zurückreichten. Sein Großvater und Himmlers Vater seien Lehrerkollegen am Gymnasium gewesen. Er habe dem netten Bub jedenfalls einen Brief geschrieben. Entweder der gewähre ihm einen wirksamen Schutz gegen Angriffe wie die von Johannes Stark oder er werde um seine Entlassung bitten.

„Jetzt warten wir mal ab."

„Und so lange muss unser armer, alter, längst emeritierter Sommerfeld weiter auf seinem Lehrstuhl ausharren, um ihn für dich warm zu halten."

„Er tut alles, damit ich sein Nachfolger werde. Aber letztlich tut er es, um die deutsche Physik vor der *deutschen Physik* zu retten!"

Wilhelmine hörte dem Gespräch der beiden Freunde die meiste Zeit zu, ohne sich daran zu beteiligen. Die beiden witzelten gekonnt zweideutig über führende Politiker und gaben amüsante Anekdoten über Kollegen zum Besten. Heisenberg wusste, wie Wilhelmines Doktorvater dafür sorgte, dass bei den lästigen Pflichtveranstaltungen mit so erhellenden Themen wie *Judentum und Wissenschaft* oder *Wissenschaft als Dienerin der Wehrertüchtigung* stets auch der Name Max von Laue aktenkundig wurde:

„Er schickt einen Studenten mit seiner nummerierten Eintrittskarte in die Vorlesung, der die dann brav am Eingang abgibt."

Carl Friedrich machte mit erhobenen Händen Lise Meitners Ausruf gegenüber Otto Hahn nach, der sich auf der verzweifelten Suche nach Erklärungen für die Ergebnisse seiner Transuranexperimente auf das Fachgebiet seiner Kollegin vorgewagt hatte:

„Hähnchen, das ist Physik. Davon verstehst du nichts!"

Die beiden Freunde grinsten sich an. Endlich fiel Wilhelmine auch ein Gesprächsbeitrag ein. Hastig erzählte sie, sie sei gerade vor zwei Tagen drüben bei Lise Meitner und Otto Hahn gewesen. Die beiden hätten über einer Arbeit von Irène Joliot-Curie gebrütet, in der sie behauptete, sie habe eine weitere radioaktive Substanz mit dreieinhalb Stunden Halbwertzeit isoliert: ein Thoriumisotop. Wilhelmine sah in die ungläubigen Augen ihrer Zuhörer und beeilte sich hinzuzufügen:

„Prof. Hahn und Prof. Meitner halten das für ganz ausgeschlossen und deshalb haben sie die Substanz Curiosum getauft."

Heisenberg runzelte die Stirn, doch Carl Friedrich verstand sofort:

„Curiosum! Abgleitet von Curie! Das ist der typisch Hahn'sche Humor!"

Heisenbergs Miene erhellte sich und er schloss gleich noch ein paar Anekdoten über Irène Joliot-Curie, die Tochter der berühmten Marie Curie an, die zusammen mit ihrem Mann Fréderic Joliot-Curie vor zwei Jahren den Nobelpreis erhalten hatte. Heisenberg schätzte ihre Fähigkeiten sehr hoch ein und konstatierte:

„Da haben Hahn und Meitner jetzt also eine ernsthafte Konkurrenz bekommen beim Wettlauf um die Transurane! Na, möge der Bessere gewinnen!"

Die Gläser waren geleert und Carl Friedrich wollte Nachschub ordern, doch Heisenberg drängte zum Aufbruch. Er hatte noch viele Termine in Berlin. Erst jetzt fragten sie sich gegenseitig nach dem Befinden ihrer Frauen.

„Danke der Nachfrage, Gundalena gehts gut."

„Elisabeth auch."

Heisenberg hatte nur einen Monat nach Carl Friedrich geheiratet, eine junge Frau, die er nur vier Monate zuvor auf einem Klavierabend kennengelernt hatte. Und jetzt waren beide Frauen schwanger. Heisenberg sprach von Elisabeths morgendlicher Übelkeit und Carl Friedrich von Gundalenas Problemen beim Wasserlassen. Wilhelmine hörte peinlich berührt weg.

- Über so was spricht man nun wirklich nicht! -

Die beiden werdenden Väter scherzten noch ein wenig über ihre eigene unbedeutende Rolle in dem bedeutenden Geschehen, zitierten den unvermeidlichen Wilhelm-Busch-Spruch *Vater werden ist nicht schwer, Vater sein dagegen sehr* und hofften auf die Widerlegung des zweiten Satzteiles. Erst als Carl Friedrich die Rechnung beglichen hatte, fragte Heisenberg beiläufig:

„Und wie gehts Adelheid?"

Wilhelmine horchte auf. Wieso erkundigte er sich nach Carl Friedrichs jüngerer Schwester?

- War da mal was zwischen denen? -

Diese Frage konnte sie natürlich nicht stellen und so erfuhr sie auch nie etwas von Heisenbergs unglücklicher Liebe zu Adelheid von Weizsäcker. Carl Friedrich hatte lange zwischen seinen Eltern, die wohl lieber einen Adligen für ihre unentschlossene Tochter wollten, und seinem verliebten Freund gestanden, eine Situation, an der ihre Freundschaft fast zerbrochen wäre. Aber nachdem Heisenberg nun Elisabeth Schumacher geheiratet hatte, gab es keinen Grund mehr für Spannungen. Im Aufstehen antwortete Carl Friedrich:

„Adelheid gehts bestens. Sie lässt dich herzlich grüßen. Meine Eltern natürlich auch."

Die beiden Freunde schüttelten sich mit ungespielter Herzlichkeit die Hände und verabredeten sich für den nächsten Tag in Hahns

Institut. Heisenberg reichte auch Wilhelmine die Hand und verabschiedete sich mit einem formellen:

„Sehr erfreut, Sie kennengelernt zu haben, Fräulein Hartkopf."

Anfang 1938 wog Wilhelmine nur noch 44 Kilo. Wenn ihre Mutter ihr zu sehr zusetzte, aß sie brav die liebevoll zubereiteten Speisen und erbrach sie heimlich wieder. Sie fand sich immer noch zu dick.

- Die überflüssigen Pfunde behindern meine Denkfähigkeit! -

Sie steckte mit ihrer Doktorarbeit in einer Krise. Sobald ihr die Weiterentwicklung des Hartree-Modells stimmig erschien, ergab sich daraus die Möglichkeit auseinanderfliegender Atomkerne. Und das was ja nicht möglich. Der Russe George Gamow hatte durch seine Untersuchung des radioaktiven Zerfalls wesentlich zum allgemein anerkannten Modell des Atomkerns beigetragen. Nach diesem Modell war der Atomkern von einem Potenzialwall umschlossen, den nur Teilchen mit einer geringen Ladung durchtunneln konnten, aber niemals so große Fragmente wie die Teile eines zerbrochenen Kerns. Sie konnten einfach nicht hinausgelangen. Also war ihr Ansatz falsch. Auch ihre Beratungen mit Carl Friedrich brachten sie nicht weiter.

- Hab ich mir zu viel zugetraut? -

Sie arbeitete verbissen, oft bis spät in die Nacht hinein. Sie nahm kaum wahr, was um sie herum vorging. Der allgemeine Jubel im Land nach Österreichs triumphaler *Heimkehr ins Reich* erreichte sie nicht. Ihr war nicht zum Jubeln. Sie suchte verzweifelt nach einer Lösung und stieß immer wieder gegen eine unsichtbare Wand. Heisenberg begegnete sie jetzt öfter und verlor langsam ihre Schüchternheit ihm gegenüber. Sie sah in ihm bald nicht mehr den Ehrfurcht gebietenden Nobelpreisträger, sondern den Freund Carl Friedrichs, dessen freundschaftliche Gefühle auch ein wenig auf sie abzufärben schienen.

Carl Friedrichs Frau lernte sie erst bei der Einweihung des Gebäudes für das KWI für Physik im Mai kennen. Es war nur fünf Minuten zu Fuß vom KWI für Chemie entfernt gebaut worden. Gundalena von Weizsäcker war eine hübsche Frau, gestand Wilhelmine sich ein, und freundlich war sie auch.

- Aber viel zu fett. -

Die Freifrau war auch nach ihrer ersten Schwangerschaft schlank, doch nicht in Wilhelmines Wahrnehmung. Ihr erschien jede weibliche Rundung als faules, überflüssiges Fett und vor den wabbeligen Fleischmassen ihrer inzwischen stark übergewichtigen Mutter ekelte sie sich geradezu. Selbst der Babyspeck von Carl Friedrichs Erstgeborenem, den er ihr stolz präsentierte, widerte sie an, doch sie beteuerte, dass sie den kleinen Carl Christian ganz entzückend finde. Zum Glück wurde der Entzückende bald so unruhig, dass seine Mutter mit ihm auf dem Arm die Feier vorzeitig verlassen musste. Carl Friedrich sah ihr nach und flüsterte Wilhelmine zu:

„Sie stillt ihn selbst!"

Sie wünschte, sie hätte es nicht gehört, denn statt sich auf die Rede Carl Boschs, des neuen Präsidenten der Kaiser-Wilhelm-Gesellschaft, und die nachfolgende des Institutsdirektors Peter Debye konzentrieren zu können, sah sie immer wieder das Bild der stillenden Gundalena von Weizsäcker vor sich.

- Kuh! -

Sie konnte nicht verstehen, dass Carl Friedrich seiner Frau das Stillen erlaubte. Es gab doch inzwischen die moderne künstliche Kindermilch, wie konnte eine Frau so rückschrittlich sein! Schnell lenkte sie ihre Gedanken wieder von Carl Friedrich in seiner Rolle als Paterfamilias ab und zu seiner Arbeit als Physiker hin.

Weizsäcker war im September 1937 zum Dozenten für theoretische Physik an der Friedrich-Wilhelms-Universität berufen worden. So traf Wilhelmine ihn außer in den Räumen des neu errichteten KWI für Physik manchmal in der Universität, häufiger aber noch in Hahns Institut. Sie beide zog es immer wieder an ihre alte Wirkungsstätte. Sie liebten die Atmosphäre dort, Lise Meitners ernstes, aber immer freundliches Wesen, und Hahns stets zu Scherzen aufgelegte Art. Doch schon nach dem Anschluss Österreichs im März hatte sich die Atmosphäre verdüstert. Lise Meitner hatte über Nacht den Schutz ihrer österreichischen Staatsbürgerschaft verloren und war zur vogelfreien deutschen Jüdin geworden. Ihr blieb nur die Flucht ins Exil, doch das Deutsche Reich wollte sie nicht ziehen lassen. Als Wilhelmine und Carl Friedrich Ende Juni Otto Hahn in seinem Institut trafen, war ihm jede Lust zu scherzen vergangen. Der neue KWI-Präsident Carl Bosch hatte beim Innenministerium ein Ausreisegesuch für Lise Meitner gestellt und war brüsk zurückgewiesen worden. Man wünsche nicht, dass bekannte Wissenschaftler ins Ausland gingen, um dort Propaganda gegen Deutschland zu machen.

„Es ist zum Haarausraufen!"

Hahn saß an seinem Schreibtisch und fuhr sich mit beiden Händen über seine Geheimratsecken.

„Endlich hat Lise eine Zusage für eine Stelle am Nobel-Institut von Manne-Siegbahn in Stockholm und jetzt lässt man sie nicht raus!"

Das Raus hatte der sonst so ruhige Chemiker fast geschrien. Es verhallte in der nachfolgenden Stille. Hahns Blick wanderte zwischen Carl Friedrich und Wilhelmine hin und her, die regungslos auf zwei Stühlen vor seinem Schreibtisch saßen.

- Tränenfeucht. -

Er zog ein kariertes, gebügeltes Taschentuch aus seiner Hosentasche, schnäuzte sich und wischte wie zufällig mit dem Handrücken über seine Augen. Mit leiser Stimme fuhr er fort:

„Sie wohnt schon seit Wochen im Hotel Adlon aus Angst vor einer Verhaftung."

„Vielleicht kann ich helfen."

Dieser einfache Satz Carl Friedrichs veränderte die Atmosphäre.

Mit halb offenem Mund konzentrierte Hahn sich ganz auf Carl Friedrichs Fragen:

„Wie steht es mit Einreisepapieren? Hat sie ein Visum für irgendeinen Nachbarstaat?"

„Noch nicht. Unser holländischer Kollege Prof. Coster bemüht sich bei seiner Regierung darum. Aber die Ausreisepapiere! Ohne die geht es nicht! Die SS kontrolliert massiv alle Züge, die über die Grenze fahren."

„Ich werde mit meinem Vater darüber sprechen."

„Ich wäre Ihnen außerordentlich verbunden."

Otto Hahn wusste, dass Ernst von Weizsäcker inzwischen als Staatssekretär im Auswärtigen Amt der zweitwichtigste Mann hinter Außenminister Ribbentrop war. Als er seine beiden Besucher verabschiedete, wagte sich ein zaghaftes Lächeln auf sein Gesicht. Er hielt lange Carl Friedrichs Hand in seiner und sogar sein alter Schalk meldete sich wieder zu Wort:

„Manchmal hilft ja schon ein kleiner Rippenstoß."

Ob der Rippenstoß etwas zu Lise Meitners Flucht beitragen konnte, sollte Wilhelmine nie erfahren. Als sie Carl Friedrich am 15. Juli im KWI für Physik traf, erzählte er ihr nur, dass die Flucht vor zwei Tagen geglückt sei.

Prof. Dirk Coster hatte von der holländischen Regierung die Zusage erhalten, sie würde die berühmte Physikerin ohne Visum über die Grenze lassen, und war selbst nach Berlin gefahren, um Lise Meitner abzuholen. Zur Hilfe kam auch noch Paul Rosbaud, der Herausgeber der wichtigsten deutschen Wissenschaftszeitschrift *Die Naturwissenschaften*, ein alter Freund Lise Meitners und Otto Hahns. Rosbaud holte Lise Meitner im Hotel Adlon ab und half der Unglücklichen beim Packen. Sie konnte sich nicht entscheiden, was sie einpacken sollte und was nicht, weil sie am liebsten gar nicht gepackt hätte. Sie wollte nicht weg aus Berlin. Sie musste weg.

Paul Rosbaud brachte sie zuerst mit seinem Opel zu Otto Hahns Haus, damit sie in Ruhe von ihrem Weggefährten Abschied nehmen konnte. Als er sie danach zum Bahnhof fuhr, war ihr Gepäck um einen Diamantring reicher, einem Erbstück von Hahns Mutter, der ihr im Notfall helfen sollte. Am Bahnhof übergab Rosbaud die ängstliche Reisende an den holländischen Prof. Coster, der sie im Zugabteil erwartete.

Carl Friedrich hatte direkt vor seinem Treffen mit Wilhelmine mit Otto Hahn gesprochen und beschrieb seiner Freundin den Zustand, in dem er den von beiden verehrten Chemiker am Morgen angetroffen hatte:

„Er ist maßlos erleichtert, dass sie der Falle Deutschland entkommen ist, und kreuzunglücklich, dass er sich von ihr trennen musste."

„Bei seiner Arbeit an den Transuranen wird er sie am schmerzlichsten vermissen."

„Was du immer denkst! Es gibt auch noch eine andere Dimension im Leben als die Arbeit."

- Was soll diese Anspielung? -

Der erfreulichen Nachricht von Lise Meitners geglückter Flucht konnte Carl Friedrich nur zwei Wochen später eine weitere hinzufügen. Auf den Tag genau nach einem Jahr hatte Himmler endlich auf Heisenbergs Brief geantwortet. Carl Friedrich las Wilhelmine den entscheidenden Passus aus einer Abschrift des Briefes vor, den sein Freund ihm mit der Randbemerkung *Was lange währt, …!* zugeschickt hatte:

Ich freue mich, Ihnen heute mitteilen zu können, daß ich den Angriff des Schwarzen Korps durch seinen Artikel nicht billige, und daß ich unterbunden habe, daß ein weiterer Angriff gegen Sie erfolgt.

„Ein Sieg!"

„Ein hart erkämpfter!"

Carl Friedrich dämpfte Wilhelmines Freude und berichtete, Heisenberg sei in den letzten Monaten mehrmals zu Verhören durch die Geheime Staatspolizei in die Prinz-Albrecht-Straße geladen worden. Da habe er dann irgendwelchen Beamten, die von Tuten und Blasen keine Ahnung hätten, Fragen über die *Einstein-Angelegenheit* beantworten müssen! Eine reine Einschüchterungsmaßnahme! Außerdem müsse er ihr noch das Postskriptum vorlesen. Also, er zitiere wieder den verehrten Reichsführer SS:

Ich halte es allerdings für richtig, wenn Sie in Zukunft die Anerkennung wissenschaftlicher Forschungsergebnisse von der menschlichen und politischen Haltung des Forschers klar vor Ihren Hörern trennen.

Wilhelmine versuchte den Satz zu entschlüsseln, doch Carl Friedrich kam ihr zuvor:

„Will sagen: Relativitätstheorie ja, Einstein nein."

Wilhelmine verstand. Sie mussten also nicht die unsägliche *deutsche Physik* treiben, wie ihr Vater es einmal vorhergesagt hatte. Sie durften richtige Physik treiben. Aber den Namen des größten Vertreters seines Faches sollten sie tunlichst nicht mehr in den Mund nehmen.

„Du siehst: nur ein Teilsieg!"

„Immerhin. Und die Nachfolge Sommerfelds?"

„Da tobt der Kampf hinter den Kulissen weiter."

Als in der Nacht vom 9. auf den 10. November 1938 in Berlin wie überall im Reich die Synagogen brannten, jüdische Friedhöfe zerstört wurden, Schaufensterscheiben jüdischer Geschäfte eingeschmissen, Läden geplündert und deren Inhaber und Beschäftigte auf die Straße gezerrt, verprügelt, getreten und bespuckt wurden, bekam Wilhelmine nichts davon mit. Während Juden in Konzentrationslager verschleppt wurden, saß sie in ihrem Zimmer, grübelte, rechnete, stellte Hypothesen auf und verwarf sie wieder. Erst als die Berliner Zeitungen am nächsten Morgen über den gerechten Volkszorn berichteten, der in der Nacht zuvor etliche Blutsauger am deutschen Volkskörper das Leben gekostet habe, schreckte sie auf.

- Ein Glück, dass Lise Meitner in Stockholm ist! -

Mit diesem Gedanken beruhigte sie sich. Ihre Mutter sorgte sich dagegen um einen Hiergebliebenen. Sie eilte zu Dr. Rosenkrantz, dem schon Ende September, wie allen jüdischen Ärzten, die Approbation entzogen worden war. Er durfte sich nicht mehr Arzt nennen, durfte nur noch jüdische Patienten behandeln. Auf dem stets blank polierten Messingschild an seiner Praxistür war das Dr. med. mit einem Pappstreifen überklebt.

„Gott sei Dank, ihm ist nichts passiert!"

Emma war noch ganz außer Atem, als sie zu Hause von ihrem Besuch bei ihm berichtete. Er sei ganz durch den Wind gewesen, der arme Kerl, habe immer wieder gestammelt: *Ich darf Sie nicht behandeln, Frau Prof. Hartkopf!* Dabei habe sie ihm tausendmal gesagt, sie wolle nur nach ihm gucken, wolle sehen, ob sie ihm helfen könne. Es sei wirklich eine Schande, was man mit den Juden mache!

Die Christen feierten auch 1938 das Fest der Nächstenliebe. Emma bestand auf der traditionellen Weihnachtsgans, obwohl sie sonst murrend auf Wilhelmines heikle Speisewünsche einging, damit die überhaupt etwas aß. Aber das Ansinnen ihrer Tochter, auch zum Fest eine fettärmere Mahlzeit serviert zu bekommen, lehnte sie empört ab:

„Wie soll denn da n richtiges Weihnachtsgefühl aufkommen!"

So sollte am Heiligen Abend eine schön kross gebratene Gans im Verein mit einer üppig geschmückten Fichte für die angemessene Stimmung in der Familie Hartkopf sorgen. Wilhelmine aß nur zwei kleine Stücke, die sie sorgfältig wenigstens vom äußerlichen Fett befreite. Emma, Elsbeth und Erich dagegen langten ordentlich zu. Dennoch blieb fast der halbe Vogel übrig und das anschließende Beisammensitzen gestaltete sich in Wilhelmines Augen weniger traut und besinnlich als zäh und langweilig. Sie sehnte sich an ihren Schreibtisch. Weil man sich nicht viel zu sagen hatte, sang man ein paar Lieder und sagte Gedichte auf. Emma nahm jede einzelne Figur aus der schon etwas ramponierten Krippe, hielt sie in die Luft und lobte die Schnitzkunst ihres verstorbenen Vaters.

„Schaut doch mal, das Christkind! Is das nich allerliebst?"

- Alle Jahre wieder. -

Am ersten Weihnachtstag musste Wilhelmine den Rest vom Fest mit herzlichen Grüßen bei Dr. Rosenkrantz abliefern. Der alte Arzt schaute sie befremdet an, nahm aber die von Elsbeth sorgfältig verpackte Gänsehälfte dankend an.

- Peinlich irgendwie! -

Am zweiten Weihnachtstag forderte Emma ihre Tochter auf, sie wie gewohnt zu Oma Maria und Onkel Franz zu begleiten. Zum ersten Mal weigerte sich Wilhelmine. Nein, sie würde Emma nicht begleiten, nein, auch nicht, um ihr beim Tragen der Geschenke zu helfen, nein, auch nicht um des lieben Familienfriedens willen.

„Ich kann es einfach nicht mehr ertragen, verstehst du!"

„Aber Kind, es sind doch unsre engsten Verwandten!"

„Das ist mir schnurzpiepegal!"

Den letzten Satz schrie Wilhelmine bewusst laut in der Hoffnung, damit ihren Vater herbeizulocken. Ihre Rechnung ging auf. Erich machte dem Streit zwischen Mutter und Tochter schnell ein Ende, indem er Emma mit schneidender Stimme anwies:

„Wenn Wilhelmine nicht mehr zu diesem Verbrecherpack gehen will, dann lass sie gefälligst in Ruhe!"

„Aber Erich, ich …"

„Hast du mich verstanden?"

„Ja, Erich."

Jetzt nahte schon das Ende des Jahres und Wilhelmine fühlte immer noch die beiden Gänsestückchen wie Wackersteine in ihrem Magen liegen.

- Oder beschwert ihn meine verfluchte Doktorarbeit? -

Es war ihr immer noch nicht gelungen, den Widerspruch zwischen ihren Berechnungen und dem gültigen Modell zum Aufbau des Atomkerns zu lösen. Ein Atomkern konnte wegen der starken Kernbindungskräfte nicht zerfallen. Aber ihre Berechnungen liefen auf ein mögliches Zerfallen hinaus.

- Wo liegt mein Fehler? -

Über diese Frage grübelte sie auch nach, als Carl Friedrich sie anrief und bat, zu ihm ins KWI für Physik zu kommen. Sie hatte kaum die Tür geöffnet, als er mit strahlendem Lächeln hinter seinem Schreibtisch hervorkam, sie begrüßte und zu einer Sitzecke führte.

„Unglaubliches ist geschehen!"

Er erzählte ihr, dass Otto Hahn ihn gestern angerufen und ihm von seiner Untersuchung künstlicher Radiumisotope berichtet habe. Beim Beschuss des Urans mit langsamen Neutronen sei ein sehr merkwürdiges Ergebnis herausgekommen. Carl Friedrich machte bewusst eine Pause, um Wilhelmines Spannung zu erhöhen. Erst, als sie ungeduldig *Und?* fragte, gab er genüsslich die entscheidende Passage des Telephongesprächs wieder:

„Hahn fragt mich: ‚Also, Herr von Weizsäcker, können sie sich ein Radium vorstellen, das bei jeder chemischen Trennung von Radium und Barium nicht mit Radium, sondern mit Barium geht?'

‚Ja, haben Sie so etwas?'

‚Ja, so etwas habe ich.'

‚Es könnte ja vielleicht Barium sein.'

‚Ja, das sage ich mir auch. Aber dann ist der Kern zerplatzt!'"

Wilhelmine hielt den Atem an. Ihr war, als zerplatze etwas in ihrem Gehirn. Eine Gewissheit. Der Kern einer physikalischen Theorie. Sie wagte es kaum in Worte zu fassen, doch dann fragte sie:

„Könnte es denn vielleicht tatsächlich möglich sein, dass der Beschuss mit Neutronen einen Atomkern … aufspaltet?"

Ihre ungläubige Frage veranlasste Carl Friedrich, ihr noch einmal genau Hahns Versuch zu beschreiben, bei dem er angeblich Barium erhalten hatte, wenn auch nur einige Trillionstel Gramm. Aber sie wisse ja, wie sorgfältig Otto Hahn und Fritz Straßmann arbeiteten. Wenn die beiden dieses Ergebnis erzielt hätten, dann könne man sich darauf verlassen. Hundertprozentig.

- Kein französisches Curiosum! -

Otto Hahn habe sein Ergebnis auch gleich Paul Rosbaud gemeldet, wusste Carl Friedrich zu berichten, und der halte dafür einen prominenten Platz in *Die Naturwissenschaften* frei. Eins stehe jedenfalls fest: Für dieses Ergebnis gebe es nur die eine sinnvolle Erklärung:

„Der Kern ist zerplatzt, zerlegt, zerspalten, wie immer man es nennen soll!"

„Dann stimmt Gamows Atommodell nicht."

Carl Friedrich lehnte sich zurück, verschränkte die Arme und sagte langsam und betont:

„So ist es!"

In Wilhelmines fassungsloses Schweigen hinein lachte er kurz auf und erklärte dann mit für ihn unüblicher heftiger Gestik, er ärgere sich maßlos, dass er einfach nicht konsequent weitergedacht habe. Er sei bei einer möglichen Verformung des Kerns stehen geblieben, weil das herrschende Atommodell mehr einfach nicht erlaube.

„Hätte ich mich nur nicht an dieses Verbotsschild gehalten!"

„Genau. Das Verbotsschild! Diese verfluchte Wand, an der ich mir seit Monaten den Kopf blutig schlage. Es gibt sie gar nicht!"

Carl Friedrich und sie starrten sich an und brachen in haltloses Gelächter aus. Sie lachten, bis ihnen die Tränen kamen. Wilhelmine schlug sich immer wieder gegen ihre Stirn und prustete:

„Die Wand! Die Wand!"

Carl Friedrich trocknete sich die Augen und philosophierte:

„Wie wirkmächtig nicht vorhandene Wände sein können!"

„Und vor ein paar Tagen erst hat das Nobelkomitee Enrico Fermi den Preis für seine Entdeckung der Transurane zuerkannt!"

„Die nur eine falsche Interpretation sind. Es gibt gar keine künstlichen Elemente jenseits des Urans. Stattdessen Brocken der guten, alten bekannten Materie!"

Als sie ihre Fassung wiedergewonnen hatten, sahen sie sich ernst in die Augen und Carl Friedrich formulierte ungewohnt poetisch ihren neuen Arbeitsauftrag:

„Die Wand ist beiseite geräumt. Jetzt können wir endlich die unglaubliche Landschaft erkunden, die von ihr verborgen wurde!"

Noch am selben Tag begann Wilhelmine, noch einmal neu mit dem von ihr entwickelten erweiterten Hartree-Modell die Verhältnisse im Inneren des Atomkerns zu berechnen. Und siehe da: In das quantentheoretische mathematische Modell passten die experimentellen Ergebnisse des Chemikers Otto Hahn widerspruchsfrei hinein. Wilhelmine sprang auf, warf die Arme in die Höhe und schrie:

„Heureka!"

Gleich öffnete sich die Tür und Elsbeth linste herein:

„Minchen, wat is? Wat haste?"

Wilhelmine zerrte sie ins Zimmer, drückte sie, schob sie wieder von sich und strahlte sie an:

„Ach Elsbeth! Ich bin so glücklich!"

„Biste valiebt oder wat is los?"

Wilhelmine tänzelte durchs Zimmer.

„Verliebt? Ja, Elsbeth, ich bin verliebt. Verliebt in die Wissenschaft!"

Elsbeth tippte sich an die Stirn.

„Vakackeiern kann ick mir selber!"

Bei Lise Meitner löste Otto Hahns Entdeckung sehr widersprüchliche Gefühle aus. Sie verbrachte die Weihnachtsferien zusammen mit ihrem Neffen, dem Atomphysiker Otto Frisch, in einem Dorf in der Nähe Göteborgs und Hahn hatte ihr noch in der Nacht des entscheidenden Versuchs einen Brief geschrieben und sie gebeten, doch irgendeine phantastische Erklärung für das entstandene Barium vorzuschlagen. Nach mehreren sich kreuzenden Briefen warf auch sie das alte physikalische Dogma über Bord und kam zu der einzig möglichen Interpretation: Der Urankern ist zerplatzt. Dieser Durchbruch in der Erkenntnis begeisterte sie ähnlich wie Wilhelmine und wurde doch von einer schweren Sorge überschattet: Würde ihr Name nicht für alle Zeit mit der früheren fehlerhaften Interpretation verknüpft werden, weil sie vor dem jetzt erzielten Durchbruch Otto Hahns das Land und ihre gemeinsame Arbeit hatte verlassen müssen? All die vermeintlichen Transurane, die sie gefunden hatten, waren in Wirklichkeit Spaltprodukte des Urans gewesen! Tapfer kämpfte sie ihre aufkommende Melancholie nieder und errechnete mit ihrem Neffen nach Einsteins Formel $E=mc^2$ die bei der Kernzertrümmerung freigewordene Energie: 200 Megaelektronenvolt, das tausendfache einer chemischen Reaktion, aber sie reichte noch nicht einmal aus, eine Vogelfeder zu bewegen. Lise Meitners Neffe, der in Dänemark am Institut Niels Bohrs arbeitete, erzählte seinem Chef nach seiner Rückkehr von Hahns Ergebnis, und der Papst der Atomphysik schlug sich ebenso wie die Doktorandin Wilhelmine die Hand an die Stirn und rief aus:

„Oh, was waren wir doch für Dummköpfe! Aber das ist ja wundervoll! Wir hätten alles vorhersehen können! Genau so muss es sein!"

Der Kern war geplatzt, der Knoten durchschlagen, das Band gesprengt, das die Physiker der Welt an Gamows Atommodell gefesselt hatte. Niels Bohr, der noch am selben Tag zu einer Vortragsreise in die USA aufbrach, brachte die frohe Kunde über den Atlantik, noch bevor am 6.1.1939 Hahns Entdeckung von Paul Rosbaud in der

Zeitschrift *Die Naturwissenschaften* veröffentlicht wurde. In den USA rief der russische Physiker George Gamow spontan seinen Kollegen Edward Teller an und schrie in den Hörer:

„Bohr ist soeben angekommen! Er ist verrückt geworden! Er behauptet, ein Neutron könne Uran spalten!"

Doch schon bald beschossen Physiker in ihren Laboratorien weltweit Uran mit Neutronen und sahen in der Dunkelheit einen grünen Blitz. Materie wurde in Energie umgewandelt. Das Atomzeitalter begann.

Unwiderruflich.

Für Wilhelmine begann eine glückliche Zeit. Sie schloss endlich ihre Doktorarbeit ab, reichte sie bei Max von Laue ein und konnte das von ihr entwickelte mathematische Modell bei ihrer Disputation am 29.1.1939, nur einen Tag nach ihrem dreiundzwanzigsten Geburtstag, erfolgreich verteidigen. Das begehrte summa cum laude prangte auf der Urkunde zur Verleihung der Doktorwürde, die sie, standesgemäß gewandet im schwarzen Talar und bedeckt mit dem eckigen Doktorhut, entgegennahm.

- Nicht gerade Pariser Chic. Aber mein Traumkleid! -

Emma und Elsbeth ließen es sich nicht nehmen, alle Speisen für das kalte Büfett selbst zuzubereiten, mit dem Wilhelmine die Gäste bei ihrem Sektempfang im KWI für Physik bewirtete. Max von Laue hielt in seiner berühmt umständlichen Ausdrucksweise eine Rede über *das erste Fräulein Doktor, für das ich die Ehre habe, Doktorvaterpflichten übernommen zu haben*, Otto Hahn gratulierte ihrem Vater zu seiner *eines Hartkopf wahrlich würdigen Tochter* und Emma weinte vor Stolz und Rührung ihr Taschentuch nass.

- Auf die Haushaltsfachschule wollte sie mich schicken! -

Doch Wilhelmines Groll gegen ihre Mutter blitzte nur kurz auf. Sie ließ sich von ihr sogar kurz umarmen. Nichts sollte ihr diesen Tag trüben. Am schönsten aber war, dass Carl Friedrich fast die ganze Zeit an ihrer Seite stand und sie immer wieder liebevoll betrachtete.

- Wie ein Bräutigam. -

Wilhelmine vergaß einfach, dass es eine Gundalena von Weizsäcker gab, die schon wieder schwanger war. Heute gehörte er ganz ihr.

- Wenn auch nur für einen Tag. -

Schon am übernächsten Tag sah sie Carl Friedrich im KWI für Physik wieder. Er hatte sie als seine Mitarbeiterin angefordert und mit der Unterstützung Max von Laues auch bekommen. Sie durfte also weiter mit ihm zusammenarbeiten. Ihre Hochstimmung hielt an und überstrahlte auch den wissenschaftlichen Alltag.

- Wie schön das Leben sein kann! -

Sie nahm wieder zu. Sie weilte in Gedanken so sehr in der elementaren Welt, dass sie nicht bemerkte, wenn Emma ihr heimlich Butter unter das Gemüse mischte oder einen Schuss Sahne unter den Magerquark. Überhaupt wurde ihr das Essen so unwichtig, dass sie sich nicht einmal mehr davor ekelte. Sie stopfte in sich hinein, was Emma ihr vorsetzte, und hätte schon eine Minute danach nicht mehr sagen können, was sie gegessen hatte. Elsbeth musterte sie zufrieden und stellte beruhigt fest:

„Unsa Frollein Dokter sieht nich mehr aus wien Jerippe uff Urlaub!"

Beruhigt war Elsbeth auch, als sie endlich mal wieder ein Lebenszeichen von ihrem Bruder Kurt aus Frankreich bekam. Er hatte ihr über einen in Berlin gebliebenen Freund einen Brief zukommen lassen.

„Der Kurt hat ne Anstellung jekricht ... als Mechanikus bei nem Franzmann ... Joll ... Jool... unaussprechlich, der Name, kucke ma hier!"

Sie hielt Wilhelmine den Brief hin, die ihn mit zunehmender Begeisterung las:

„Mensch, Elsbeth! Eine Anstellung bei den Joliot-Curies! Da wird Spitzenforschung getrieben."

Elsbeths Augen leuchteten auf, doch sie grummelte nur mürrisch:

„Det interessiert mir nich. Mir interessiert nur, dat er nich verhungert in die Fremde."

„Verhungern! Dein Bruder hat das ganz große Los gezogen!"

„Jroßet Los? Ach Kind, nu biste sone jelehrte Madam und weeßt doch nich, wie det zujeht inne Welt. Nüscht mit Los und Lotterie. Dein Vati hat mit Prof. Hahn jesprochen und der hat für Kurt ne Empfehlung jeschriem für diesen Jol ... Jool ..., na du weeßt schon. Beziehungen musste ham, vastehste?"

- Warum Vati und nicht ich? -

„Ich hätte Prof. Hahn genauso gut um Protektion für deinen Bruder bitten können! Schließlich sehe ich ihn fast täglich!"

Elsbeth schüttelte energisch den Kopf.

„Da bild dir ma bloß nüscht drauf ein. Dein Vati is Kriechskamarad. Der Trumpf sticht."

Im Februar 1939 nahm Wilhelmine wieder einmal zusammen mit Carl Friedrich an einer Besprechung in Hahns Institut teil. Hahn war außergewöhnlich erregt, als er sie über Messergebnisse von Frédéric Joliot-Curie aus Paris unterrichtete, die dieser ihm noch vor der Veröffentlichung mitgeteilt hatte:

„Wie ich schon theoretisch vorhergesehen habe, werden bei der Uranspaltung tatsächlich Neutronen freigesetzt. Und zwar pro Spaltprozess mehr als ein Neutron!"

In das entstandene Schweigen rief Carl Friedrich:

„Dann muss es möglich sein, dass eine Kettenreaktion stattfindet!"

Alle Anwesenden nickten. Er hatte ausgesprochen, was auch ihnen durch den Kopf geschossen war. Otto Hahn wechselte einen wissenden Blick mit seinem jungen Kollegen, bevor er auf die Details von Joliot-Curies Messungen einging. Wilhelmine machte sich eifrig Notizen, betrachtete aber auch verstohlen den dozierenden Direktor des KWI für Chemie, der im nächsten Monat seinen sechzigsten Geburtstag feiern würde.

- Plötzlich sieht er tatsächlich auch aus wie sechzig! -

Als sie nach der Besprechung ins KWI für Physik hinübergingen, schwieg Carl Friedrich. Wilhelmine kannte ihn inzwischen gut genug, um zu wissen, dass hinter seiner hohen Stirn gerade ein Gedankensturm tobte. Sie schwieg ebenfalls, um ihn nicht zu stören. Plötzlich blieb Carl Friedrich stehen, sah sie an und überlegte laut:

„Wenn eine Kettenreaktion stattfindet, könnte man eine Art Uranmaschine zur Erzeugung von Energie aus dem Spaltprozess bauen. Ein einfacher Spaltprozess erzeugt zwar gerade soviel Energie, um eine Staubflocke zu bewegen, aber wenn jeder Spaltprozess weitere Neutronen erzeugt und wiederum einen Spaltprozess auslöst, wird man damit Berge versetzen können."

Wilhelmine nickte. Sie spürte, dass er noch mehr sagen wollte. Tatsächlich fügte er nach einem tiefen Luftholen hinzu:

„Wie gesagt, man könnte eine Uranmaschine bauen. Wenn es gelingt, die Kettenreaktion so abzubremsen, dass sie in geordneten Bahnen verläuft."

„Und wenn nicht?"

„Wenn die Kettenreaktion durchgeht ... wenn sie in eine explosive Entladung eskaliert ... dann ..."

- Dann hat man eine Bombe! -

Als könne er ihre Gedanken lesen, ergänzte Carl Friedrich:

„Eine Uranbombe. Eine Bombe von ungeheurer Sprengkraft. Eine Bombe, mit der man ganze Städte ausradieren könnte."

- Eine Uranbombe? -

In der Nacht lag Wilhelmine lange wach und dachte nach. Konnte es denn wirklich sein, dass die wunderbare Entdeckung der Kernspaltung nicht nur die Entdeckung unerforschter wissenschaftlicher

Landschaften ermöglichte, sondern zu einer Zerstörung realer Landschaften genutzt werden könnte?

- Ein Albtraum! -

Am nächsten Tag erfuhr Wilhelmine, dass Carl Friedrich in der Nacht dieselbe Frage umgetrieben hatte. Aber er hatte sich nicht allein damit abgeplagt, sondern mit einem Freund, dem ein Jahr jüngeren Philosophen Georg Picht, darüber gesprochen.

- Warum nicht mit mir? -

Der Stich dieses Gedankens traf sie nur oberflächlich. Was Carl Friedrich ihr über die Schlussfolgerungen berichtete, zu denen Georg Picht und er gekommen waren, traf tiefer:

„Am Ende dieser Nacht war uns beiden Folgendes klar: Wenn Uranbomben möglich sind, wird es jemanden geben, der sie macht. Zweitens: Wenn Uranbomben gemacht sind, wird es jemanden geben, der sie anwendet. Drittens: Wenn das so ist, dann wird die Menschheit in den kommenden Jahrzehnten nur die Wahl haben, entweder die Institution des Krieges zu überwinden oder sich selbst zu vernichten."

- Sich selbst zu vernichten. -

Vier Worte nur. Vier Worte für etwas Unfassbares. Die Apokalypse! Hilflos sah Wilhelmine ihren Freund an:

„Wie sollte die Menschheit die Institution des Krieges überwinden können? Krieg gibt es, solange es Menschen gibt!"

„Dann gibt es nur eine Hoffnung: dass die Bombe nicht machbar ist."

Diese Hoffnung währte nur kurz. Schon im April erfuhr Carl Friedrich von Josef Mattauch, dem Nachfolger Lise Meitners, dass Regierungsstellen ein auffälliges Interesse für die Kernspaltung zeigten. Siegfried Flügge, ein junger Assistent Otto Hahns, verfasste einen ersten zusammenfassenden Aufsatz über die Möglichkeit zur Energieerzeugung aus der Kernspaltung. Man könne durch Abbremsen der Neutronen ein Durchgehen der Kettenreaktion verhindern, schrieb er. Entsetzt zeigte Otto Hahn Carl Friedrich den Aufsatz. Der erkannte sofort die Gefahr:

„Die Militärs werden ein Durchgehen der Kettenreaktion nicht verhindern, sondern gerade erzeugen wollen."

Otto Hahn sackte auf seinem Schreibtischstuhl zusammen, stützte den Kopf in seine Hände und stöhnte wie ein Verwundeter. Carl Friedrich wollte sich schon dezent entfernen, bis der verehrte Professor die Fassung wiedergewonnen hätte, doch der straffte sich plötzlich und rief ihn zurück:

„Hiergeblieben, mein Lieber! Weglaufen gilt nicht! Wir müssen handeln."

„Und was können wir Ihrer Meinung nach tun?"

„Wir müssen alles, was wir über die Kernspaltung wissen, publizieren, und zwar sofort. Damit nicht nur Hitler eine Uranbombe bekommt!"

So erschien Siegfried Flügges Aufsatz im Juni in *Die Naturwissenschaften* und wurde auch jenseits des Atlantiks aufmerksam gelesen. Besonders von dem ungarischen Physiker Leo Szilard, der in Berlin studiert hatte, Assistent bei Max von Laue und Mitarbeiter Lise Meitners gewesen war, bevor er als Jude emigrieren musste. Bei ihm läuteten schon nach dem Bekanntwerden der Kernspaltung durch Otto Hahn die Alarmglocken. Er bat Frédéric Joliot-Curie, seine Erkenntnisse über die Kettenreaktion nicht zu veröffentlichen, weil er nicht wusste, dass dieser sie seinem Konkurrenten Otto Hahn nach gutem wissenschaftlichem Brauch längst mitgeteilt hatte. *Zu spät!* telegrafierte Joliot-Curie lakonisch. Als Szilard nun Flügges Aufsatz las, läuteten seine Alarmglocken nicht mehr, sie schrillten. Er wusste: Durch die Besetzung der Tschechoslowakei waren Hitler die Uranerzgruben im böhmischen Joachimsthal in die Hände gefallen. Außerdem war trotz Geheimhaltung bis in die USA die Kunde von der Gründung eines Uranvereins gedrungen, in dem führende deutsche Wissenschaftler an der Nutzung der Kernspaltung arbeiteten. Auch Otto Hahn sollte dabei sein! Hitler hatte also das Material und er hatte die Köpfe, die ihm aus diesem Material die Uranbombe bauen konnten. Wer sollte ihn daran hindern? Diese Befürchtungen teilte er mit seinem Kollegen Eugene Wigner und beide zusammen fuhren zu Einstein. Er musste die Katastrophe verhindern! Am 2.8.1939 hatten sie ihn soweit. Einstein unterschrieb einen von Szilard vorformulierten Brief an Präsident Roosevelt, der vor der Entwicklung einer deutschen Atombombe warnte und Anstrengungen der amerikanischen Regierung für ein eigenes Forschungsprogramm anmahnte. Der letzte Absatz wies ausdrücklich darauf hin, dass Deutschland den Verkauf von Uranerz aus den erbeuteten tschechoslowakischen Minen eingestellt habe, und erhob den Verdacht:

Daß das Land schon so frühzeitig Maßnahmen ergriffen hat, läßt sich vielleicht verstehen, wenn man berücksichtigt, daß der Sohn des deutschen Staatssekretärs im Außenministerium, von Weizsäcker, dem Kaiser-Wilhelm-Institut in Berlin angehört.

Carl Friedrich von Weizsäcker wusste natürlich nichts von diesem Brief, der zum berühmtesten Brief in der Geschichte der Menschheit avancieren sollte. Und die Rolle, die seinem Vater darin zugeschrieben wurde, hätte ihn entsetzt. Ernst von Weizsäcker sprach im Familienkreis offen von seinem Ziel, die Anzettelung eines Krieges durch Hitler zu verhindern. Über die Möglichkeit, mittels Kernspaltung eine Bombe von ungeheurer Sprengkraft zu entwickeln, hatte er zwar von seinem Sohn gehört, doch Außenminister Ribbentrop bewusst nicht darüber informiert. Doch das nützte nichts. Das Reichserziehungsministerium, das auch für die Wissenschaft zuständig war, war hellhörig geworden und hatte eiligst am 29.4.1939 eine Geheimkonferenz einberufen. Hier war der Uranverein ins Leben gerufen worden, der Szilard, Wigner und Einstein so aufgeschreckt hatte. Otto Hahn ließ sich auf der Sitzung von Josef Mattauch vertreten, auf den nun der Zorn des Ministeriums über die Veröffentlichungen aus Hahns Institut einprallte. Feind liest mit! War das denn diesen weltfremden Wissenschaftlern nicht klar? Mattauch berief sich vergeblich auf wissenschaftliche Gepflogenheiten und die unerlässliche internationale Zusammenarbeit. Das Ministerium bestand auf strenger Geheimhaltung. Man beschloss, eine Forschungsgruppe zusammenzustellen. Der offizielle Auftrag lautete: Herstellung einer Uranmaschine zur Energieerzeugung.

Das Oberkommando des Heeres wurde durch einen Brief des Hamburger Physikers Paul Harteck aufgeweckt. Er wies auf die Möglichkeit hin, einen Explosivstoff zu erzeugen, der um viele Größenordnungen wirkungsvoller sei als der gegenwärtig verfügbare, und schloss mit dem verlockenden Satz: *Das Land, das als Erstes Gebrauch davon macht, besitzt allen anderen gegenüber eine nicht einzuholende Überlegenheit.* Eine unwiderstehliche Vision für die hohen Militärs. Sie errichteten flugs ein eigenes Referat für Kernphysik.

Zu dieser Zeit war Niels Bohr in Kopenhagen noch von der Hoffnung beseelt, eine Bombe würde sich nicht herstellen lassen, und er glaubte gute Gründe dafür zu haben. Er hatte schnell herausgefunden, dass es nicht das in der Natur vorkommende Uran 238 war, das sich spaltete, sondern dessen seltenes Isotop 235, das nur in ganz geringem Maße im Natururan vorhanden war. Dieses in größeren Mengen abzutrennen, hielt er für unmöglich. Im Natururan aber würde eine Kettenreaktion schnell zum Erliegen kommen. Die Welt konnte beruhigt sein, glaubte Bohr. Es würde keine Uranbombe geben.

Doch sein Glaube wurde von den amerikanischen Wissenschaftlern nicht geteilt, am wenigsten von den aus Deutschland vertriebenen jüdischen Physikern. Sie kannten Heisenberg, hatten zum Teil mit ihm oder bei ihm studiert und fürchteten nichts so sehr wie sein Genie im Dienste Hitlers. Als er im Juli zu einer Vortragsreihe an die

Columbia University kam, wurde er von allen Seiten bekniet, doch bitte, bitte in die USA zu kommen! In unzähligen Gesprächen lehnte er immer wieder ab. Sein Land, seine Studenten, die deutsche Wissenschaft bräuchten ihn. Wenn es zu einem Krieg komme, würde Hitler den verlieren und er wolle danach die Physik in Deutschland wieder aufbauen. Er bemerkte kaum das Unverständnis, das seine Argumente auslösten. Man hüllte sich ihm gegenüber in striktes Schweigen über neue kernphysikalische Erkenntnisse. Auch der holländische Physiker Samuel Goudsmit lud ihn zwar zu sich nach Hause ein, ließ sich auch zusammen mit ihm vor seinem Haus photographieren, doch er war zutiefst misstrauisch geworden. Als Heisenberg sich Anfang August wieder nach Deutschland einschiffte, glaubte er, sich von einem Freund zu verabschieden. Goudsmit aber konnte einen Mann, der freiwillig nach Nazideutschland zurückkehrte, nur noch als Feind betrachten. Dieser Feind ließ gleich nach seiner Rückkehr das Photo, das für ihn eine unverbrüchliche Freundschaft dokumentierte, rahmen und stellte es auf seinen Schreibtisch. Wo es stehen blieb, bis die beiden Männer sich wiedersehen würden.

Kurz bevor er zu einer Wehrübung einberufen wurde, erzählte Carl Friedrich Wilhelmine von einem Telephongespräch, in dem Heisenberg ihm über seine Zeit in den USA berichtet hatte. Seinem engsten Freund gegenüber hatte er den ungeheuren Zwiespalt offenbart, in dem er sich wähnte: Wenn er in Deutschland bliebe, würden die Nazis ihn womöglich auffordern, für sie die Uranbombe zu entwickeln. Wenn er nach Amerika ginge, wäre es ebenso wahrscheinlich, dass die amerikanische Regierung dasselbe von ihm forderte. Und was dann? Sollte er ihnen etwa eine Bombe bauen, die sie vielleicht irgendwann auf Berlin, auf München oder Leipzig abwerfen würden?

„Was hast du ihm geraten?"

„Ich finde seine Entscheidung hierzubleiben richtig. Die Gefahr, dass wir Hitler tatsächlich eine Uranbombe zur Verfügung stellen, sehe ich Gott sei Dank nicht.“

Und er zählte ihr all die Argumente auf, die sie zur Genüge kannte: Für eine Bombe müsse man Uran 235 abtrennen und anreichern. Dafür würde man Unmengen Natururan, tausende Massentrenner und viele, viele Jahre, wenn nicht Jahrzehnte Zeit brauchen, wenn es denn überhaupt möglich war. Und dann hätten sie, die schließlich die führenden Experten hier in Deutschland seien, immer noch die Macht zu entscheiden, ob und wann eine Uranbombe gebaut würde.

„Haben wir diese Macht wirklich?“

Carl Friedrich war davon überzeugt. Sie erinnerte ihn an sein Gespräch mit Georg Picht und die weitreichenden Folgerungen, die er daraus gezogen hatte, doch er unterbrach sie erregt:

„Du vergisst den Ausgangspunkt all unserer Folgerungen: wenn die Uranbombe möglich ist. Wenn! Sie ist aber nicht möglich. Jedenfalls nicht in absehbarer Zeit!“

- Er hat ja recht. -

Trotzdem musste Wilhelmine gegen eine plötzlich aufsteigende Übelkeit ankämpfen. Würde der Kelch wirklich an ihr vorübergehen? Würde sie nicht doch irgendwann eine Entscheidung treffen müssen? Ihr Vater hatte damals Gaskampfstoffe entwickelt. Ohne Skrupel. Das hätte sie niemals getan, davon war sie überzeugt. Nein, sie würde nicht für Waffen forschen, für eine Uranbombe gar!

- Unvorstellbar! -

Sie ließ sich gern von Carl Friedrich überzeugen, dass sich diese Entscheidung nicht stelle. Eine energieerzeugende Maschine zu bauen, müsse jedoch möglich sein, legte er ihr dar. Voraussetzung sei, einen Stoff zu finden, der die Neutronen genügend abbremste, ohne sie zu absorbieren. Als Carl Friedrich im August zu seiner Wehrübung nach Küstrin abreiste, hinterließ er Wilhelmine so viele Aufträge für Berechnungen zu diesem Problem, dass ihr Kopf damit angefüllt war und kein Platz mehr für Ängste blieb. An dieser Aufgabe arbeitete Wilhelmine auch am 1. September 1939, als Max von Laue in ihr Arbeitszimmer kam und sie bat mitzukommen. Im großen Besprechungszimmer hatten sich schon die meisten Mitarbeiter des KWI für Physik versammelt. Direktor Peter Debye stellte den Volksempfänger lauter und Wilhelmine hörte die Stimme Adolf Hitlers, der verkündete, seit 5 45 Uhr werde zurückgeschossen. Die grölende, durch den schlechten Empfang grotesk verzerrte Stimme, schmerzte in ihren Ohren, doch erst das nachfolgende Schweigen machte ihr unmissverständlich klar, das eingetreten war, was Carl Friedrich immer befürchtet und sie nie hatte wahrhaben wollen.

- Der Krieg hat begonnen. -

Schon eine Woche später war Carl Friedrich zurück in Berlin. Debye hatte ihn für kriegswichtige Forschung angefordert und so seine Abkommandierung an die Front verhindert. Doch sein jüngerer Bruder Heinrich war gleich am zweiten Tag des Krieges beim Einmarsch in Polen von einer Kugel im Hals tödlich getroffen worden.

Bleich und übernächtigt betrat Carl Friedrich Wilhelmines Arbeitszimmer und nahm ihre Beileidsbekundung entgegen. Sie wollte ihm einen Kaffee holen, bot ihm etwas zu essen an, doch er lehnte alles ab, setzte sich auf ihren Besucherstuhl und berichtete mit geschlossenen Augen:

„Mein Bruder Richard hat nur hundert Meter von Heinrich entfernt gekämpft. Wenigstens konnte er die Nacht über bei ihm die Totenwache halten, bevor er weiterziehen musste."

Er öffnete die Augen und sah ihr ins Gesicht.

„Meine Eltern sind verzweifelt, wie du dir denken kannst."

- Du bist es auch. -

Wilhelmine wollte ihren Freund trösten, hätte ihm am liebsten wenigstens die Hand gestreichelt, doch das war ihr nur denkbar, nicht durchführbar. Sie brachte nur konventionelle Mitleidsbekundungen über ihre Lippen. Selbst dafür schien Carl Friedrich empfänglich. Er lächelte sie dankbar an. Gleich darauf verwandelte sich das dankbare Lächeln jedoch in ein bitteres, als er konstatierte:

„Der Krieg ist da, den mein Vater immer verhindern wollte. Und hat ausgerechnet in unserer Familie schon am zweiten Tag ein schreckliches Opfer gefordert."

- Gott sei Dank, dass nicht du es warst! -

Nicht die geringste Andeutung dieses Gedankens kam über Wilhelmines Lippen. Sie trauerte mit Carl Friedrich um seinen Bruder, ließ ihn Kindheitserinnerungen schildern, Heinrichs ausgelöschte Zukunft beklagen und verzweifelt *Warum gerade er?* ausrufen. Sie hatte natürlich keine Antwort, auch kaum Trostworte, weil ihr alle zu billig erschienen, doch allein ihr aufmerksames Zuhören schien ihm gut zu tun. Er schaffte es, wieder an die Zukunft zu denken:

„Jetzt müssen wir überlegen, wie wir retten können, was zu retten ist!"

Als er ihr seine Überlegungen auseinandersetzte, sprach er wieder so ruhig und sachlich, wie sie es von ihm gewohnt war. Sie seien als Mitarbeiter der Kernphysikalischen Forschungsgruppe ab sofort dem Heereswaffenamt unterstellt, und gehörten damit, ob sie wollten oder nicht, auch zum so genannten Uranverein. Was die Militärs von ihnen wollten, war klar: Sie wollten die Bombe. Was konnten sie tun? Sie konnten zum Schein daran arbeiten, um das Institut durch den Krieg zu retten, um die Physik durch den Krieg zu retten und um die Wissenschaftler am Institut vor der Einberufung an die Front zu bewahren.

- Auch dich selbst! -

Wilhelmine unterstützte Carl Friedrichs Vorschlag sofort. Die Physik retten, das Institut retten, ja das wollte sie auch. Aber vor allem sollte er nicht das Schicksal seines Bruders erleiden!

Carl Friedrich fand eine elegante Wendung, um seine Einstellung einprägsam auszudrücken:

„Die Wissenschaft wird nicht dem Krieg dienen, sondern wir werden den Krieg in den Dienst der Wissenschaft stellen!"

- Er hat recht. Er muss recht haben. -

Am Abend schrieb Wilhelmine Carl Friedrichs Satz als ersten Eintrag in ein Notizbuch mit einem schönen blauen Einband, das sie von ihrem Vater zum Geburtstag bekommen hatte. Ein Tagebuch zu führen, dazu fehlte ihr die Zeit, aber ab jetzt wollte sie bedenkenswerte Aussprüche ihrer Gesprächspartner notieren, vor allem natürlich Carl Friedrichs so geschliffen formulierte Sätze.

Der fuhr nach seinem Gespräch mit Wilhelmine zu Heisenberg nach Leipzig, um auch ihn von seiner Strategie zu überzeugen. Heisenberg überlegte kurz, dann stimmte er zu:

„Der Hitler hat jetzt seinen Krieg angefangen. Den wird er in einem Jahr verlieren. In einem Jahr kann man keine Uranbomben machen. Das ist für unser Gewissen relativ ungefährlich."

Schwieriger wurde es mit Otto Hahn. Carl Friedrich nahm Wilhelmine zur Unterstützung mit, als er hinüber zum Direktor des KWI für Chemie ging. Mit eindringlichen Worten versuchte er, ihn zu überzeugen:

„Herr Professor, ich würde Ihnen raten, dass Sie sich mit Ihrem Institut ebenfalls an den Arbeiten des Uranvereins beteiligen. In Ihrem Institut kann man ohnehin keine Bomben machen. Sie können nur die chemischen Eigenschaften des Urans und der Folgeprodukte studieren. Aber wenn Ihr Institut daran beteiligt ist, dann ist es kriegswichtig!"

Otto Hahn sah den jungen Mann, der vor ihm saß, zweifelnd an. Er schätzte Carl Friedrich von Weizsäcker als philosophischen und politischen Analytiker und stellte seine Fähigkeiten auf diesen Gebieten neidlos über seine eigenen. *Ich bin nur ein einfacher Chemiker,* sagte er gern, *anderes kann ich nicht.* Aber jetzt war anderes gefragt. Wilhelmine versuchte, dem Zögernden Carl Friedrichs Argumente schmackhaft zu machen:

„Bedenken Sie doch! Kriegswichtig! Dann kann man Ihre Leute nicht aus dem Institut nehmen und in die Wehrmacht stecken oder ihnen wirklich kriegswichtige Arbeiten aufdrücken!"

Otto Hahn bedachte Carl Friedrichs Argumente. Er bedachte sie lange. Gerade als Wilhelmine ungeduldig weitere Argumente nachschieben wollte, antwortete er leise:

„Ich glaube, Sie beide haben recht. Ich will es tun."

Doch gleich darauf sprang er erregt auf und rief:

„Aber wenn durch meine Arbeit Hitler eine Uranbombe bekommt, dann bringe ich mich um!"

Carl Friedrich wiederholte noch einmal geduldig alle Argumente, die gegen die Möglichkeit sprachen, eine solche Bombe zu bauen, bis sich Otto Hahn so weit beruhigt hatte, dass sie ihn verlassen konnten.

Am 20. September wurde Heisenberg vom Kriegsministerium zur Kernphysikalischen Forschungsgruppe einberufen und nahm kurz darauf an einer Geheimkonferenz teil. Es wurde beschlossen, direkt neben dem KWI für Physik ein Gebäude zu errichten, in dem eine Uranmaschine gebaut werden sollte. Zur Tarnung und Abschreckung nannte man es das *Virushaus.* So wurde das auch mit Mitteln der Rockefeller-Stiftung errichtete Gebäude des KWI für Physik zusammen mit dem *Virushaus* zum Herzstück des Uranprojektes des NS-Staates und damit zum Albtraum für die nach Amerika emigrierten jüdischen Physiker, die trotz aller Geheimhaltung davon erfuhren. Eine ihrer Nachrichtenquellen war der Herausgeber der Zeitschrift *Die Naturwissenschaften* Paul Rosbaud, der alte Freund Otto Hahns und Max von Laues und der gern gesehene Gesprächspartner aller anderen deutschen Wissenschaftler. Als Informant des britischen Geheimdienstes griff *der Greif*, wie sein Tarnname lautete, so viele Informationen wie möglich ab und warnte die Westmächte immer wieder vor der Gefahr einer deutschen Uranbombe.

Heisenberg konnte sich auf der Geheimkonferenz am 26.9. 1939 zwar dagegen wehren, ganz nach Berlin zu kommen, indem er darauf pochte, ein Wissenschaftler könne an seinem eigenen Institut die besten Ergebnisse erzielen, aber ihm wurde der Auftrag erteilt, intensiv die theoretischen Grundlagen zum Bau der Uranmaschine zu erforschen. Bevor er seinen Bericht dem Heereswaffenamt vorlegte, übersandte er ihn seinem Freund Carl Friedrich, der Wilhelmine gleich nach Empfang des Briefes den entscheidenden Satz aus dem Gutachten vorlas:

„Die Anreicherung des Isotops U 235 ist die einzige Methode, um Explosivstoffe herzustellen, die die Explosivkraft der bisher stärksten Explosivstoffe um mehrere Zehnerpotenzen übertreffen."

Wilhelmine lächelte spöttisch:

„Das ist der Köder fürs Heereswaffenamt."

„Ein ungefährlicher Köder, an dem die Unmöglichkeit der technischen Umsetzung hängen wird, wenn die an der Angel ziehen."

„Also können wir beruhigt an der Uranmaschine arbeiten."

„Das können wir. Und da hat Werner Wichtiges herausgearbeitet, nämlich zwei Substanzen, mit denen sich die Abbremsung der Neutronen bewerkstelligen ließe: reine Kohle oder schweres Wasser. Das müssen wir jetzt im Einzelnen prüfen und entsprechende Aufträge an die Experimentalphysiker erteilen."

Wilhelmine wollte sich schon mit einer Abschrift des Berichts in ihr Zimmer zurückziehen, als Carl Friedrich sie noch zurückhielt.

„Die Nachfolge für den Lehrstuhl von Prof. Sommerfeld ist übrigens entschieden."

„Und?"

„Wilhelm Müller ist berufen worden"

„Kenn ich nicht."

„Musst du auch nicht kennen. Der Mann ist eine Null. Der denkbar schlechteste Nachfolger, das hat Sommerfeld dazu gesagt. Und er wollte den denkbar Besten."

„Tut es dem denkbar Besten jetzt nicht doch leid, dass er nicht in die USA gegangen ist, wo man ihm den roten Teppich ausgerollt hat?"

„Ach Wilhelmine! Werner ist doch trotz allem ein unverbesserlicher Patriot!"

Das Jahr 1940 begann damit, dass Carl Friedrich und Wilhelmine unter einem neuen Direktor arbeiten mussten. Peter Debye war aufgefordert worden, seine holländische Staatsbürgerschaft aufzugeben und die deutsche anzunehmen, um Direktor des KWI für Physik bleiben zu können. Er weigerte sich und ging in die USA, nicht ohne zuvor einen Bevollmächtigten der Rockefeller-Stiftung zu beruhigen: Das Heereswaffenamt habe zwar das Institut übernommen, um eine überwältigende Angriffswaffe zu bauen, aber die Wissenschaftler würden die Gelegenheit nur nutzen, um etwas kernphysikalische Grundlagenforschung zu treiben. Ein gelungener Streich auf Kosten der deutschen Wehrmacht! Die besorgten Wissenschaftler, Politiker und Geheimdienstleute in den USA registrierten jedoch vor allem den ersten Teil der Nachricht: *überwältigende Angriffswaffe!* Auf den zweiten Teil wollten sie sich lieber nicht verlassen, vor allem weil *der Greif* Paul Rosbaud in seinen Nachrichten ein ganz anderes Bild zeichnete: Er hielt zwar Otto Hahn für einen vertrauenswürdigen Mann, misstraute jedoch Heisenberg und Weizsäcker. So wies auch Leo Szilard in einem zweiten Brief an Roosevelt, den Einstein am 7. März unterschrieb, ausdrücklich darauf hin, dass unter strenger Geheimhaltung am KWI für Physik Uranforschung von einer Gruppe von Physikern betrieben werde *unter der Leitung C.F. von Weizsäckers.*

Zum neuen Direktor des KWI für Physik setzte das Heereswaffenamt gegen den Widerstand der Kaiser-Wilhelm-Gesellschaft nicht Peter Debyes Stellvertreter Max von Laue ein, sondern den Fachmann des Heeres für Sprengstoffe Kurt Diebner. Carl Friedrich grummelte:

„Jetzt haben wir einen Nazi als Direktor! Das kann nicht so bleiben!"

Wilhelmine war vollkommen seiner Meinung, aber was konnten sie tun?

„Werner als wissenschaftlichen Berater ans Institut holen und dann intrigieren wir alle so lange gegen Diebner, bis der neue Direktor Werner Heisenberg heißt."

„Wenn der das überhaupt will."

„Er muss wollen!"

Doch erst einmal mussten sie unter Kurt Diebner weiterarbeiten. Anfang Mai fiel bei der Besetzung Norwegens die weltweit einzige Schwerwasserfabrik, die Fabrik der Firma Norsk Hydro in Rjukan, in deutsche Hände. Von dort würde man jetzt schweres Wasser beziehen können. Nach Heisenbergs Analyse war das die eine mögliche Bremssubstanz für die geplante Uranmaschine. Mit der anderen, dem Graphit, experimentierte der Heidelberger Physiker Walther Bothe, doch seine Messungen sprachen bisher gegen eine Verwendungsmöglichkeit der reinen Kohle. Heisenberg war sehr angetan, als Wilhelmine ihm vorschlug, sich intensiv mit dem Neutroneneinfang durch schweres Wasser zu beschäftigen und sich mit dieser Arbeit bei ihm zu habilitieren. Er ermunterte sie:

„Nur zu! Das wird uns bei der Planung für unser Maschinchen entscheidend helfen. Graphit oder schweres Wasser, das ist hier die Frage."

Wieder wurde es Frühling in Berlin, der erste Kriegsfrühling und die deutschen Siege an allen Fronten beschwingten die meisten Berliner noch mehr als Sonnenlicht und blühende Linden. Wilhelmine schenkte all dem wenig Beachtung. Sie war die meiste Zeit so in ihre Berechnungen vertieft, dass sie gar nicht hätte sagen können, welche Jahreszeit gerade herrschte. Doch Mitte Mai wurde sie aus ihrer Zahlenwelt aufgestört. Max von Laue ließ sie und Carl Friedrich zu sich bitten.

- Nanu? -

Normalerweise bekamen sie Max von Laue in der letzten Zeit kaum zu Gesicht. Als Vizedirektor des KWI für Physik zählte er zwar automatisch auch zum Uranverein, doch er arbeitete weiter an Fragen der Röntgenstrahlinterferenz und anderen, die weder mit Uranmaschinen noch Uranbomben etwas zu tun hatten. Als sie sein Zimmer betraten, stand er sofort hinter seinem Schreibtisch auf und bat sie, in der Sitzecke Platz zu nehmen. Er hielt sich aber nicht lange mit freundlicher Konversation auf, was sowieso nicht seine Stärke war. Er überreichte Wilhelmine einen abgerissenen Zettel:

„Hier, lesen Sie. Was sagen Sie dazu? Was machen wir?"

Wilhelmine las die hingekritzelten Worte: *Fissel ist in Berlin.*

- Fissel? -

Verständnislos reichte sie den Zettel an Carl Friedrich weiter. Dem schienen sie mehr zu sagen, denn er fragte gleich nach:

„Fissel ist wieder da? Woher haben Sie diesen Zettel?"

„Den hat ein entlassener Häftling bei einem Freund Fissels abgegeben."

Wilhelmine wollte endlich wissen, wer denn bloß dieser Fissel sei, und wurde von Max von Laue aufgeklärt: Fissel sei der Spitzname von Fritz Houtermans, einem jungen deutschen Physiker, der 1933 nach Cambridge emigriert sei.

„Vierteljude, wie es heute heißt. Und Kommunist! Der ist schon mit siebzehn aus der Schule geflogen, weil er seinen Mitschülern aus dem Kommunistischen Manifest vorgelesen hat. Aber gekleidet wie ein Bohemien, immer elegant, und ein Esprit! Ein kluger Kopf und ein grundehrlicher Charakter. Ich mochte ihn sehr. Ach ja."

Max von Laue seufzte, von Erinnerungen geplagt, als er ihnen schilderte, wie er Houtermans zugewinkt habe, als dessen Zug abgefahren sei. In Cambridge habe Houtermans mit dafür gesorgt, für die emigrierten jüdischen Wissenschaftler Arbeitsplätze im Ausland zu finden. Doch dann habe er die größte Dummheit seines Lebens begangen! 1935 sei er in seine geliebte Sowjetunion gegangen und habe dortselbst den Posten des Leiters des neugegründeten ukrainischen Physikalischen Instituts in Charkow übernommen. Gegen alle Warnungen! Szilard, Pauli, sie alle hätten ihm abgeraten! Aber nein, er habe sich freiwillig in Stalins Rachen begeben!

„Und der hat schon nach zwei Jahren zugebissen."

Laue wischte sich mit der Hand über seinen kahlen Schädel und fuhr hastig fort:

„Bucharinistisch-trotzkistische Verschwörung, so einen Unfug haben sie ihm untergeschoben und am Schluss musste er noch unterschreiben, dass er ein Spion der Gestapo sei. Fissel ... ein Spion der Gestapo!"

Carl Friedrich hob beruhigend die Hand:

„Wenn es nicht so traurig wäre, könnte man darüber lachen. Aber ich darf mir gar nicht vorstellen, wie er in den sowjetischen Gefängnissen gelitten haben muss. Man hört ja Entsetzliches."

„Über unsere Gefängnisse nicht minder!"

Max von Laue schleuderte Carl Friedrich diesen Satz entgegen, als ob der die Verhältnisse in den deutschen Gefängnissen beschönigt hätte. Carl Friedrich war sichtlich irritiert und empörte sich:

„Wem sagen Sie das!"

- Irgendwas hat Laue gegen ihn. -

Dieser Verdacht blitzte nicht zum ersten Mal in Wilhelmine auf. Ihr Doktorvater schätzte Carl Friedrich, zweifellos. Aber er fühlte sich von ihm wohl auch als altes Eisen behandelt, als Vertreter einer überlebten Physikergeneration, die der Quantentheorie noch immer skeptisch gegenüberstand. Heute jedoch unterdrückte er seinen Groll schnell wieder, machte eine wegwerfende Handbewegung und kam auf sein Anliegen zurück. Die Sowjets hätten das denkbar Schlimmste getan: Sie hätten Houtermans an die Gestapo ausgeliefert! Der Häftling, der den Zettel überbracht habe, sei aus dem Gestapogefängnis am Alexanderplatz gekommen. Dort müsse Houtermans jetzt sein.

„Und wir müssen ihn da rausholen!"

Auf Laues leidenschaftlichen Ausruf folgte langes Schweigen, bevor Carl Friedrich laut die Frage stellte, auf die auch Wilhelmine in ihrem Kopf nach einer Antwort suchte:

„Wie?"

Laues Gesichtsausdruck zeigte, dass ihr Doktorvater in seinem Kopf auf eine Antwort gestoßen war. Warum zögerte er, sie auszusprechen?

- Er vertraut uns doch. Oder? -

Sein Blick wanderte von Carl Friedrich zu Wilhelmine und wieder zurück, bevor er vorsichtig eine Lösung andeutete:

„Ich denke das Zauberwort heißt: kriegswichtig!"

„Das Simsalabim unserer Zeit."

Carl Friedrichs einfache Bestätigung wirkte selbst wie ein Simsalabim, das Laues Bedenken hinwegzauberte. Er bat Carl Friedrich, Fritz Houtermans für seine kernphysikalische Forschungsgruppe anzufordern.

„Ich werde den entsprechenden Stellen klarmachen, dass sie da einen genialen Physiker in ihren Händen haben, der entscheidend dazu beitragen könnte ... na, Sie wissen schon."

Carl Friedrich stimmte ohne Bedenken zu, doch Wilhelmine äußerte ihre Zweifel:

„Entschuldigen Sie, Herr Professor, wenn ich einen Einwand erhebe.

Aber glauben Sie wirklich, das Heereswaffenamt nimmt einen Kommunisten in sein streng geheimes Projekt auf?"

Max von Laue versuchte, seinen Plan zu verteidigen, sprach von aufgeschlossenen Leuten, die es überall gebe, selbst in den zuständigen Behörden, außerdem Rivalitäten von Dienststellen, die man gegeneinander ausspielen könne, doch am Ende gab er Wilhelmine zerknirscht recht und fragte verzweifelt:

„Was dann? Wenn wir es nicht schaffen, Fissel aus dem Gefängnis rauszuholen, wird er in ein KZ abtransportiert. Das darf ich mir nicht einmal vorstellen."

Lange fiel kein Wort. Bis Carl Friedrich zaghaft einen Namen in den Raum stellte, der Laue sofort elektrisierte:

„Ardenne."

„Das ist es! Das ist es! Herr von Weizsäcker, Sie haben den Stein der Weisen gefunden! Ich werde mich noch heute mit Baron von Ardenne in Verbindung setzen!"

Manfred von Ardenne war ein Außenseiter unter den Berliner Wissenschaftlern. Sowohl die Schule als auch das Studium hatte er abgebrochen, aber sich schon bald als genialer Erfinder auf dem ganz neuen Gebiet der Radiotechnik hervorgetan. Sein Freund und Förderer war Wilhelm Ohnesorge, ein Kriegskamerad seines Vaters und ein früher Nazi, der mittlerweile zum Reichspostminister aufgestiegen war. Der hatte auf der Funkausstellung 1933 seinen Schützling Manfred mit seiner Erfindung eines Elektronenstrahl-Fernsehsystems sogar seinem angebeteten Führer höchstpersönlich vorgestellt, doch der zeigte sich am Fernsehen nicht sonderlich interessiert. Mit den Erlösen seiner zahlreichen Patente und einem lukrativen Forschungsvertrag des Reichspostministeriums richtete Manfred von Ardenne sich ein eigenes unabhängiges Forschungslabor ein, das so gut ausgestattet war, dass die ehrwürdigen akademischen Wissenschaftler ihm vor Neid am liebsten ihre Doktorhüte in Gesicht geschleudert hätten. Dieser Studienabbrecher, dieser bunte Vogel, dieser unseriöse Tausendsassa hatte die modernsten Apparate, von denen sie nur träumten! Carl Friedrich hatte ihn einmal in seinem Labor in Berlin-Lichterfelde besucht und Ardenne hatte ihm stolz berichtet, sein Gönner Wilhelm Ohnesorge werde ihm eine 1-Millionen-Volt-Anlage zur Herstellung radioaktiver Isotope spendieren und habe ihm außerdem die Finanzierung für den Bau eines 60-Tonnen-Zyklotrons nach van de Graaf sowie magnetischer Massenseparatoren zugesagt, mit denen er das begehrte Uran 235 abtrennen wolle. Carl Friedrich war beeindruckt gewesen und hatte es dem nach Anerkennung gierenden Autodidakten auch gezeigt, hatte aber auch sofort begriffen, dass Ardenne an der Entwicklung einer Uranbombe arbeiten musste, denn nur dafür machte diese Abtrennung einen Sinn. Wenn nun Ardenne den Physiker Fritz Houtermans für sein privates Labor anfordern würde? Musste es den Nazis nicht verlockend erscheinen, Houtermans Wissen und Können für das Uranbombenprojekt nutzen zu können, ohne ihn in das Geheimprojekt des Kriegsministeriums einweihen zu müssen?

Tatsächlich gelang es Prof. Laue, zuerst Ardenne und dann den zuständigen Behörden diese Idee schmackhaft zu machen. Im Juli stand Wilhelmine vor dem Gefängnis am Alexanderplatz und wartete auf Fritz Houtermans. Seine Entlassung war von einem Tag auf den anderen verfügt worden, Prof. Laue befand sich auf einer Dienstreise, Carl Friedrich bei Heisenberg in Leipzig, so dass Wilhelmine sich auf die Nachricht hin sofort auf den Weg gemacht hatte.

Sie musste lange warten. Ihre Gedanken schweiften hin und her. Vor ein paar Tagen erst hatte sie sich von Oma Maria und Onkel Franz verabschiedet. Franz Schulze war als Belohnung für seine *Verdienste um die Bewegung* als Verwalter eines requirierten polnischen Gutes in Posen eingesetzt worden und Oma Maria würde ihrem Sohn auch dort den Haushalt führen.

- Sie hat sich schon jetzt ganz wie eine Gutsherrin aufgeführt! -

Wilhelmine war eigentlich nur erleichtert, dass die beiden aus Berlin verschwanden. So verschwand auch der ständige Zankapfel zwischen ihren Eltern aus dem Blickfeld und störte den heiligen Familienfrieden nicht mehr. Dafür war die Stimmung in der Hartkopf'schen Wohnung durch eine neue Sorge belastet, die jedoch alle Bewohner zusammenschweißte, denn nicht nur Elsbeth befürchtete Schlimmes, seit die Wehrmacht Paris eingenommen hatte und das Forschungslabor der Joliot-Curies in deutsche Hände gefallen war. Sie alle bangten um Kurt Olsanski.

- Keine Nachricht mehr von ihm! -

Bei aller Sorge um Elsbeths Bruder dachte Wilhelmine jetzt, während sie weiter vor dem Gefängnis wartete, aber auch an das große Zyklotron, an dem er im Pariser Labor fleißig mitgewerkelt hatte und das fast fertiggestellt war. Die deutschen Kernphysiker dagegen waren mit ihrer dringlichen Forderung nach einem Teilchenbeschleuniger von den zuständigen Behörden immer nur vertröstet worden.

- Aber kriegsentscheidende Waffen sollen wir bauen! -

Kein Wunder, dass es die Amerikaner mit ihrem großen Zyklotron in Berkeley waren, denen es durch Beschuss von Uran mit Neutronen gelungen war, das erste tatsächliche Transuran zu erzeugen. Das Element 93! Diesmal war es kein Hirngespinst! Carl Friedrich hatte in der Physical Review, die er immer in der U-Bahn auf dem Weg zum Institut studierte, über das Experiment gelesen und beschäftigte sich seitdem nur noch damit.

- Kaum noch ansprechbar! Selbst mich betrachtet er als Störenfried! -

Wilhelmine schluckte ihren Ärger über Carl Friedrichs Unzugänglichkeit in letzter Zeit runter und merkte, dass ihre Füße schmerzten.

- Wie lange soll ich hier eigentlich noch warten! -

Gerade als sie anfing, auf und ab zu gehen, um ihre Füße zu entlasten, kam jemand aus dem Gefängnistor und sah sich suchend um.

In dem großen Mann mit den tief liegenden Augen im knöchernen Gesicht, dem seine Zivilkleidung um den abgemagerten Körper schlackerte, konnte Wilhelmine beim besten Willen nichts von dem eleganten Bohemien erkennen, von dem ihr Doktorvater gesprochen hatte.

- Jerippe uff Urlaub! -

Diese Bezeichnung, mit der Elsbeth sie immer mal wieder geärgert hatte, traf auf den Mann vor dem Gefängnistor tatsächlich zu. Mit energischen Schritten ging Wilhelmine auf das *Jerippe* zu.

„Prof. Houtermans? Gestatten Sie, dass ich mich vorstelle: Dr. Wilhelmine Hartkopf. Ich bin gekommen, um Sie abzuholen."

Der Mann blickte sie verstört und ängstlich an. Erst als sie ihm sagte, sie komme im Auftrag Max von Laues, hellte sich sein Gesicht auf.

„Bitte kommen Sie mit! Es gibt hier in der Nähe ein ruhiges Café. Dort kann ich Ihnen erklären, was Prof. von Laue für Sie arrangiert hat."

In dem halb leeren Café setzten sie sich an einen abseitsstehenden Tisch. Wilhelmine sah sich kurz um.

- Keine Lauscher -

Dennoch dämpfte sie ihre Stimme, als sie Fritz Houtermans über seinen künftigen Arbeitsplatz im Labor Manfred von Ardennes informierte. Sie vermied jede Anspielung auf das Thema Uranbombe, und ihr aufmerksamer Zuhörer, der seit seiner Verhaftung am 1.12.1937 von den Entwicklungen in der Physik abgeschnitten war, erfasste auch nicht, worum es bei seiner Arbeit konkret gehen sollte. Er erfasste aber sehr wohl, dass diese Anstellung ihn zumindest vorerst vor einer erneuten Verhaftung durch die Nazis bewahren würde. Müde erklärte er:

„Ich werde unendlich viel nachholen müssen."

Selbst vor seiner Zeit im russischen Kerker sei es immer schwieriger geworden, sich über die Entwicklungen in der Physik auf dem Laufenden zu halten. Einsteins und Heisenbergs Theorien hätten nicht einmal mehr erwähnt werden dürfen! Die seien als *bürgerliche Physik* gebrandmarkt worden. Nur die *proletarische Physik*, was zum Teufel das auch immer sein mochte, entspreche den Prinzipien des Marxismus-Leninismus!

„Bei uns entspricht nur die *deutsche Physik* dem gesunden Rassecharakter unseres Volkes."

Zum ersten Mal huschte so etwas wie ein Lächeln über das Gesicht des gerade erst den Schergen Stalins und Hitlers Entkommenen.

„Aber ihr arbeitet mit Einsteins und Heisenbergs Erkenntnissen?"

„Damit arbeiten, aber es nicht erwähnen. Das ist der stillschweigende Pakt. Die Nazis sind an Ergebnissen interessiert. Und die bekommen sie nun mal nicht von der *deutschen Physik*, das haben sie sehr wohl gemerkt."

Wilhelmine beobachtete, wie das Kännchen Kaffee, das Fritz Houtermans in hastigen Zügen leerte, seine fahle Gesichtsfarbe belebte. Nachdem er auch sein Stück Streuselkuchen verzehrt hatte, wagte sie es, ihn nach seinen Erlebnissen in der Sowjetunion zu fragen. Doch er atmete nur hörbar gequält aus.

- Ich Trampeltier! -

„Verzeihn Sie mir. Ich wollte Sie nicht …"

Houtermans machte eine abwiegelnde Handbewegung und entschuldigte sich seinerseits. All die Verhöre und absurden Beschuldigungen, der Hunger, die Kälte und die Folter im Gefängnis, das könne sowieso niemand nachvollziehen, der es nicht am eigenen Leib erlebt habe. Aber über einen Tag sprach er dann doch, den Tag, den er als seinen schlimmsten überhaupt bezeichnete, den Tag, an dem sein Assistent Fomin verhaftet werden sollte und vor Angst eine Flasche Schwefelsäure austrank und danach aus dem Fenster in den Tod sprang.

„Da habe ich nur noch geschrien. Die ganze Nacht. Da war ich verrückt, regelrecht verrückt."

Er sah sie an, senkte aber gleich darauf den Kopf und murmelte in Richtung Fußboden:

„Man weiß gar nicht, wer in einem steckt. Ich habe mich immer für einen durch und durch rationalen Menschen gehalten. Aber in mir steckt auch ein Verrückter."

Langsam hob er seinen Kopf wieder, bis sein Blick genau Wilhelmines Augen traf. Die Ratlosigkeit, die sie in ihm las, erschütterte sie mehr als seine Schilderung. Er hatte recht. Hunger, Kälte, Folter, das waren abstrakte Begriffe. Aber sein Blick jetzt traf sie, offenbarte ihr eine verletzte Seele, die zu viel hatte erdulden müssen.

- Während ich unbehelligt an meinem Schreibtisch saß! -

Zu ihrer Beschämung entschuldigte sich Fritz Houtermans jetzt auch noch dafür, sie mit seiner Leidensgeschichte behelligt zu haben. Als sie ihm mit den Worten *Das übernimmt das Institut* diskret Geld zum Begleichen der Rechnung zuschieben wollte, kam der Kavalier alter Schule zum Vorschein, der in dem fadenscheinigen Jackett immer noch steckte und die neue Schule menschlicher Bestialität überlebt hatte. Empört schob er ihre Scheine zurück und legte dem Kellner mehr als die Hälfte seines Entlassungsgeldes auf das Tablett mit der Rechnung:

„Ich lasse mich doch nicht von einer Dame aushalten!"

Es blieb Max von Laue vorbehalten, seinem Freund Fissel die Hintergründe zu erklären, die zu seiner Freilassung geführt hatten. Houtermans war entsetzt, als er von der Uranbombe hörte. Doch Max von Laue versuchte, ihn zu beruhigen:

„Mein Lieber, eine Erfindung, die man nicht machen will, macht man auch nicht!"

„Und … will man sie nicht machen?"

Max von Laue versicherte, dass man Heisenberg, dem führenden

Kopf bei dem Projekt, vertrauen könne. Bei von Weizsäcker sei er sich allerdings nicht ganz so sicher. Der junge Mann habe sich zwar hilfsbereit gezeigt, aber er sei auch sehr ehrgeizig und, aber das im Vertrauen gesagt, ziemlich blasiert. Wohl dieser lächerliche Adelsstolz. Doch Heisenberg werde schon darauf achten, dass der Freiherr nicht aus dem Ruder laufe.

„Für deinen künftigen Arbeitgeber Baron von Ardenne möchte ich allerdings nicht die Hand ins Feuer legen. Sorge dafür, dass die Uranbombe auch für ihn eine Unmöglichkeit bleibt!"

Fritz Houtermans versuchte vergeblich, das Zittern der Muskeln in seinem abgezehrten Gesicht zu unterdrücken.

„Ein Teufelspakt, den du mir da vorschlägst, Max! Wenn ich schlechte Arbeit leiste, können die Nazis mich jederzeit wieder einsperren. Wenn ich gute Arbeit leiste, unterstütze ich sie bei ihrem verdammten Krieg!"

Max von Laue wiegelte ab. Die Nazis siegten sowieso an allen Fronten. Das sei grauenhaft und dennoch auch ein Glück. Denn natürlich hätten sie gerne so ein Bömbchen, mit dem man London, nur als Beispiel, an einem Tag zerstören könne. Aber sie seien eben fest davon überzeugt, den Krieg auch so zu gewinnen.

„Darum steht der Uranverein kaum unter Druck und kann sich relativ ungestört mit seinem Steckenpferd beschäftigen: dem Bau einer Uranmaschine."

Dass dieses Steckenpferd so harmlos nicht war, erfuhr Wilhelmine am 19.8.1940. Sie wollte Carl Friedrich zur Geburt seines dritten Kindes gratulieren und diesmal schien er auch endlich wieder Zeit für ein Gespräch mit ihr zu haben. Sie zeigte ihm nicht, wie schmerzlich sie das in den letzten Wochen vermisst hatte, gab vor, sich mit ihm zu freuen, dass es nach zwei prächtigen Jungen diesmal ein Mädchen geworden war, und versicherte, den Namen Berta Elisabeth sehr schön zu finden.

„Mein dritter Vorname ist auch Elisabeth."

Erst als er anfing, ihr von seinen Überlegungen nach der Entdeckung des ersten echten Transurans, des Elements 93, in Berkeley zu berichten, musste sie keine Begeisterung mehr heucheln. Aus diesem Element 93 entstehe durch radioaktiven Zerfall wahrscheinlich ein neues langlebiges Transuran, das Element 94, erklärte er ihr und fügte gleich darauf hinzu:

„Das Isotop dieses Elements 94, ich habe es vorerst mal Eka-Rhenium getauft, ist als atomarer Sprengstoff ebenso geeignet wie Uran 235. Vielleicht sogar noch geeigneter, denn es lässt sich chemisch leicht abtrennen und muss nicht mühsam angereichert und isoliert werden."

- Sein Blick! Der reinste Triumph! -

„Und es entsteht in einer Uranmaschine, die mit Natururan betrieben wird."

„In einer Maschine, wie wir sie jetzt bauen."

„Du hast mal wieder den springenden Punkt erfasst!"

- Faszinierend! Grauenhaft! -

„Was passiert, wenn das Heereswaffenamt davon Kenntnis erlangt und den springenden Punkt auch erfasst?"

Carl Friedrichs Augen verengten sich. Plötzlich sah er sie nicht mehr wohlwollend an wie sonst.

„Ich habe selbst einen Bericht verfasst und darauf hingewiesen, dass dieses Material zur Herstellung eines atomaren Sprengstoffs besonders geeignet wäre."

- Nein! Ich habe mich verhört. -

„Und ich werde ein Patent dafür anmelden."

Wilhelmine schluckte mehrmals, doch was sie eben gehört hatte, ließ sich nicht schlucken. Sie wollte verstehen, verstand nicht und versuchte schließlich, mehr sich selbst als ihm zu erklären:

„Ja, natürlich, du bist stolz auf deine Entdeckung. Welcher Wissenschaftler wäre das nicht! Und ich verstehe auch, dass du dir die Rechte daran sichern willst. Aber, du weißt doch auch … ich dachte immer, wir wären uns darüber einig … ich meine, dass wir niemals …"

Carl Friedrich beendete ihre Stammelei mit entschiedenen Worten:

„Hör zu, Wilhelmine! Mir geht es um ganz etwas anderes: Wenn der Bau einer Bombe auf diese Weise möglich ist, dann werde ich derjenige sein, mit dem man darüber reden muss. Und dann werde ich zusehen, dass ich einen Weg zu den wirklichen Entscheidungsträgern finde, um mit denen etwas zu bereden, was diese unteren Burschen sowieso nicht verstehen."

„Der einzige wirkliche Entscheidungsträger ist Hitler."

„Eben. Und jetzt wird auch er nicht mehr an mir vorbeikommen. Wir wollen doch mal sehen, ob dieser schreckliche, aber auch hochbegabte Mann, nicht davon zu überzeugen ist, eine vernünftigere Politik zu machen! Er wird einsehen müssen, dass es in einer Welt, in der es diese Waffen gibt, die sie ganz zerstören können, nur einen Ausweg gibt: Es darf keinen Krieg mehr geben. Wir müssen eine stabile Friedensordnung in Europa schaffen!"

Carl Friedrichs sonst so ruhige Stimme war immer lauter geworden und er unterstrich seine Worte mit heftigen Handbewegungen. Als er geendet hatte, sah er sie mit einem Blick an, der ihre Zustimmung einforderte. Doch Wilhelmine fragte nur tonlos:

„Hitler?"

„Ja! Hitler! Wenn man nur andere Leute überzeugt und Hitler nicht, dann hat man nichts erreicht. Hitler ist unser Schicksal, und wenn man das Schicksal beeinflussen kann, hat man die verdammte Pflicht, es zu tun!"

„Du glaubst im Ernst, du kannst Hitler zu einer Friedenspolitik überreden?"

„Ja, ja, ja! Schau mich nicht so an, als ob ich aus der Irrenanstalt entlaufen wäre! Wenn die Alternative die Zerstörung der Welt ist, wird auch Hitler einsehen, dass er den Krieg beenden muss. Weil sonst auch Deutschland zugrunde geht. Und das will er ja wohl nicht!"

Wilhelmine schlug die Augen nieder. Es stimmte. Diesmal hatte sie ihn nicht angesehen wie eine Musterschülerin ihren bewunderten Lehrer.

- Er will Macht. -

Dieser Gedanke kam ihr zum ersten Mal. Und erschreckte sie. Warum wollte er politische Macht? Um die Welt zu retten? Zu retten vor einer Bombe, zu deren Entwicklung er beitrug?

Sie wollte etwas einwenden, doch plötzlich argumentierte Carl Friedrich wieder auf der gewohnten Schiene, sprach davon, dass auch seine neu entdeckte Möglichkeit, atomaren Sprengstoff herzustellen, auf keinen Fall noch während dieses Krieges gelingen könne. Man würde riesige Uranmaschinen brauchen und die jahrelang laufen lassen müssen, bis man nennenswerte Mengen von diesem Eka-Rhenium erzeugen könnte. Und sie waren gerade erst dabei, eine Versuchsmaschine zu bauen! Und sie müssten dafür sorgen, dass ihre Forschungen weiter als kriegswichtig eingestuft würden! Zwei seiner Mitarbeiter sollten trotz seines Widerstandes an die Front geschickt werden. Gott sei Dank könne ihm das mit ihr ja nicht passieren.

Er lächelte sie versöhnlich an und Wilhelmine lächelte zurück. Sie wollte keinen Streit mit ihm, nein, nicht einmal eine Verstimmung durfte es geben. Vielleicht war sein Gedankengang ja gar nicht so falsch. Sie selbst hätte am liebsten immer nur Grundlagenforschung getrieben, Forschung rein aus Neugier auf die Geheimnisse der Welt. Aber sie beide konnten die Augen nicht davor verschließen, dass ihre Erkenntnisse fürchterliche Konsequenzen haben konnten. Dieser Verantwortung mussten sie sich stellen. Und genau das wollte Carl Friedrich tun. Er wollte sein wissenschaftliches Können in politische Macht ummünzen. Wollte den Menschen beeinflussen, der die Macht hatte. Wie Platon vor zweitausend Jahren den Tyrannen Dionysios. Platon war damals fürchterlich gescheitert. Würde Carl Friedrich den Führer führen können? Und war das überhaupt sein tatsächliches Motiv?

- Wenn ich ihm nicht mehr vertrauen kann, wem dann? -

Ihr Unbehagen verschlug ihr wieder den Appetit. Innerhalb kurzer Zeit nahm sie rapide ab. Unter ihrem Laborkittel bemerkte man das kaum und zu Hause trug sie weite Hängekleider. Emma ließ sich jedoch so wenig täuschen wie Elsbeth. Während ihre Mutter ihr immer wieder damit in den Ohren lag, dass die Männer was zum Anfassen haben wollten, ging Elsbeths Sorge tiefer. Sie umfasste mit ihren abgearbeiteten, aber immer noch kräftigen Händen Wilhelmines dünnes Handgelenk und jammerte:

„Zerbrechlich wien Vogelknöchelchen! Wennde so weitermachst, liechste bald bei deine Brüder!"

Wilhelmine befreite ihr Handgelenk aus Elsbeths Griff und wehrte ihre Vorwürfe ärgerlich ab:

„Mir gehts bestens! Mach dir um mich bloß keine unnötigen Sorgen!"

Sorgen machen musste sich Elsbeth immer noch um das Schicksal ihres Bruders Kurt. War er in Paris den Deutschen in die Hände gefallen? Oder hatte er fliehen können? Gerade Elsbeths mürrische Schweigsamkeit in letzter Zeit zeigte Wilhelmine, wie verzweifelt sie auf eine Nachricht von ihm wartete.

Als Wilhelmine an einem regnerischen Novembertag nach Hause kam, hörte sie aus dem Salon Elsbeths Stimme und die eines Mannes. Sie stellte den Regenschirm in den Ständer und lauschte verblüfft. Noch verblüffter war sie, als ihre Mutter mit einem leeren Tablett aus dem Zimmer kam, verschwörerisch den Zeigefinger auf die Lippen legte und sie in die Küche winkte.

„Elsbeth hat Besuch aus Frankreich! Wegen Kurt! Ich hab den Herrn in den Salon gebeten und beide Kaffee serviert. Sie kann ihn doch nich in ihrm Zimmer empfangen!"

- Mutti serviert Elsbeth Kaffee! Das hat die Welt noch nicht gesehn! -

„Und? Bringt er gute Nachrichten?"

„Ich glaub schon. Elsbeth hat richtig gestrahlt!"

„Na, sie wird es uns ja gleich erzählen, wenn er weg ist."

Mit diesen Worten machte sich Wilhelmine auf den Weg in ihr Zimmer. Doch da ging die Tür zum Salon auf und Elsbeth kam mit dem Besucher heraus. Aufgeregt wies sie auf Wilhelmine und stellte sie dem hageren Mittdreißiger vor:

„Die Tochter des Hauses, Fräulein Dr. Wilhelmine Hartkopf."

Der Mann reichte ihr die Hand und verbeugte sich:

„Angenehm. Dr. Wolfgang Gentner. Ich hatte das Vergnügen, Fräulein Olsanski über das Ergehen ihres Bruders gute Kunde zu überbringen."

- Dr. Gentner? Den Namen hab ich doch schon mal gehört? -

„Das freut mich aufrichtig!"

„Und er hat mich gebeten, auch Ihnen und der ganzen Familie Hartkopf herzliche Grüße zu übermitteln."

„Bitte grüßen Sie ihn zurück. Wir haben uns alle große Sorgen um ihn gemacht. Vielleicht … könnten Sie mir vielleicht Näheres …"

Doch da platzte Elsbeth schon dazwischen:

„Er is jetz Franzose! Und jeheiratet hatter auch!"

Wilhelmine standen so viele Fragen ins Gesicht geschrieben, dass Elsbeth den Mann bat:

„Ach Herr Dokter, Sie müssen det unser Wilhelmine ooch noch ma erzähln! Die vasteht det ooch besser als wie icke."

Bereitwillig ließ er sich in den Salon zurückkomplimentieren. Schon nach seinen ersten Sätzen wurde Wilhelmine klar, woher sie den Namen Gentner kannte. Er war Assistent bei Professor Bothe in Heidelberg, der sich für den Uranverein mit der Frage der Eignung von Graphit als Bremssubstanz beschäftigte. Seit September aber habe er eine neue Aufgabe zugeteilt bekommen, berichtete er Wilhelmine, er sei als Leiter einer Gruppe von Physikern und Technikern nach Paris beordert worden, um dort das Zyklotron der Joliot-Curies in Betrieb zu setzen.

„Wir sind in Heidelberg ja schon seit Jahren dabei, ein eigenes zu errichten, oder besser gesagt: Wir kämpfen um die Finanzierung."

Wilhelmine lächelte verstehend. Der deutsche Uranverein musste immer noch Kernphysik ohne einen eigenen Teilchenbeschleuniger betreiben! Alle Bemühungen waren bisher am Kompetenzgerangel der verschiedenen Wissenschaftlergruppen, Behörden und Parteistellen gescheitert. Sie erkundigte sich lebhaft nach den Einzelheiten über das Zyklotron in Paris, während Elsbeth mit offenem Mund danebensaß. Es sei eine heikle Aufgabe, die er da übernommen habe, gab Dr. Gentner zu. Monsieur Joliot solle jetzt unter deutscher Leitung seine Experimente fortführen, und solle, wie er es sehe, mit den Besatzungsbehörden kollaborieren. Joliot habe gegenüber General Schumann darauf bestanden, auf keinen Fall Forschungen für kriegerische Belange zu unternehmen. Da habe das Ganze zu eskalieren gedroht.

„Nun ja, es ist mir dann doch gelungen, bei einem Gespräch im Café mit meinem Freund Frédéric Joliot zu einem guten gegenseitigen Einvernehmen zu kommen."

Wilhelmine erkundigte sich nicht nach den Einzelheiten dieser offenbar konspirativen Abmachung. Sie fragte nur:

„Ihr Freund Frédéric Joliot?"

Bereitwillig erzählte ihr Dr. Gentner, dass er schon 1933 als Stipendiat am Radiuminstitut der Universität Paris gewesen sei.

„Ich habe noch Madame Pierre Curie kennengelernt …"

- Marie Curie! -

„… und mich mit ihrer Tochter Irène und ihrem Schwiegersohn Frédéric angefreundet. Ich werde alles tun, damit diese Freundschaft unter den jetzt obwaltenden Umständen nicht leidet."

Wolfgang Gentner blickte Wilhelmine an und sie signalisierte ihm mit einem kaum merklichen Nicken, dass sie die tiefere Bedeutung seines Satzes verstand und billigte. Gentner entspannte sich sichtlich, lächelte jetzt auch Elsbeth wieder zu und fuhr fort:

„Nun, hier kommt der Bruder von Fräulein Olsanski ins Spiel. Er hat tatsächlich eine Französin geheiratet und arbeitet als Techniker in Joliots Labor. Als gebürtiger Franzose. Mit falschen Papieren."

- Die Joliot ihm beschafft hat? -

Gentner gab keine weitere Erläuterung, lächelte nur süffisant:

„Die Beherrschung der französischen Sprache durch meine deutschen Kollegen ist … soit disant … eher rudimentär."

Ihm selbst sei allerdings sofort aufgefallen, dass dieser Techniker, der sich Monsieur Olivert nannte, mit einem für einen Franzosen recht unerklärlichen deutschen Akzent sprach. Sein Freund Frédéric habe erst gar nicht versucht, ihm die offizielle Legende vom Elsässer Olivert aufzutischen und habe ihm reinen Wein eingeschenkt.

„Und daraufhin hat auch Ihr Bruder sich mir anvertraut und mich gebeten, Ihnen, liebes Fräulein Olsanski und der Familie Hartkopf diese beruhigenden Nachrichten auf meiner Dienstreise nach Berlin zu überbringen."

Elsbeth fasste sich ans Herz und wollte erneut in überschwängliche Dankesbekundungen ausbrechen, doch Gentner winkte ab:

„Es ist mir eine Ehre und nicht der Rede wert. Ich werde Sie auch weiterhin auf dem Laufenden halten, denn ich werde sicherlich noch oft nach Berlin kommen."

Er wandte sich wieder Wilhelmine zu und erklärte ihr den Grund für seine zukünftigen Besuche. General Schuhmann habe Otto

Hahn natürlich angeboten, Experimente mit dem Pariser Zyklotron zu machen, wenn es demnächst hoffentlich einsatzfähig sei, aber der gute Hahn habe abgelehnt. Er finde die Vorstellung unerträglich, seinem Kollegen Frédéric Joliot quasi als Besatzer gegenüberzutreten.

„Das ist typisch für ihn. Obwohl er bestimmt zu gerne endlich damit arbeiten würde."

Er werde einen Weg finden, der beiden gerecht werde, verkündete Dr. Wolfgang Gentner zuversichtlich und verabschiedete sich kurz darauf.

Wilhelmine sah ihn schon am nächsten Tag in ihrem Institut wieder, dem er ebenso wie dem Otto Hahns einen Besuch abstattete. Sie führten ein langes Gespräch, das sich zuerst ausschließlich um Physik drehte. Wilhelmine gewann eine hohe Meinung von Wolfgang Gentners fachlicher Kompetenz.

- Hoffentlich er auch von meiner! -

Zum Schluss kam er aber doch noch einmal auf seine prekäre Mission als offizieller Vertreter der Besatzungsmacht gegenüber seinen französischen Freunden zu sprechen. Er erzählte ihr von Paul Langevin, dem ehemaligen Lehrer Frédéric Joliot-Curies, der unter der Beschuldigung verhaftet worden war, studentische Proteste gegen die Deutschen zu unterstützen.

„Ich bin nicht zuletzt auch deshalb hier in Berlin, um mich beim Heereswaffenamt und anderen Stellen für ihn einzusetzen. Es muss einfach gelingen, den alten Mann wieder aus dem Gefängnis zu holen. Auf der anderen Seite darf ich mich nicht zu sehr für französische Belange einsetzen, sonst besteht die Gefahr, dass sie mich von meinem Posten entfernen. Und dann kann ich gar nichts mehr erreichen."

- Er vertraut mir. -

Wilhelmine wagte sich auch ein Stück aus der Deckung:

„Diese Art Gratwanderung ist uns im Uranverein nicht ganz unbekannt."

Als Gentner sie nach über drei Stunden verließ, hatte sie das Gefühl, einen Freund gewonnen zu haben. Er besuchte sie von da an auf allen seinen Dienstreisen nach Berlin und immer diskutierten sie lange und angeregt über physikalische Probleme und vorsichtig und mit abwägenden Worten über die politische Lage. Sie verstanden sich auf beiden Gebieten. Schon Anfang Dezember schickte er ihr einen Brief, der zwischen nichtssagenden Floskeln den Satz enthielt:

Monsieur Longue, der lange gehbehindert war, ist gesundet und wird seinen geliebten Wein zu Weihnachten mit seiner Familie trinken können, während mein elsässischer Nachbar nur mit dem Herzen bei seiner weit entfernt lebenden Schwester weilen kann.

So wusste sie, dass er Paul Langevin freibekommen hatte, und konnte Elsbeth herzliche Weihnachtsgrüße von ihrem Bruder ausrichten.

Zu dieser Zeit wurden unter Carl Friedrich von Weizsäckers Aufsicht die ersten Versuche am fertiggestellten Uranreaktor im *Virushaus* unternommen. In seiner Hoffnung, Einfluss auf die Politik nehmen zu können, wurde er allerdings schnell enttäuscht. Man ließ ihn erst gar nicht an höhere Regierungsstellen heran. Als er General Schuhmann, dem Forschungsleiter im Heereswaffenamt, vorschlug, doch die Regierung über ihre Arbeit am Uranprojekt weitergehender zu informieren, mahnte dieser entschieden zur Vorsicht:

„Stellen Sie sich vor, dem Führer wird gesagt, dass man eine Uranbombe bauen kann. Dann sagt der Führer, dass die Bombe in einem halben Jahr existieren muss. Und wehe mir und wehe Ihnen, wenn sie dann nicht da ist!"

Sein Einfluss reichte gerade einmal, einen seiner Mitarbeiter als unabkömmlich am Institut behalten zu können. Ein anderer wurde gleich nach Abschluss seiner Doktorarbeit an die Front abkommandiert. Er kam nie zurück.

So war Carl Friedrich mehr als ernüchtert, als er sich Anfang 1941 zusammen mit Wilhelmine auf den Weg zu einer Besprechung mit Fritz Houtermans machte, der inzwischen in Ardennes Labor in Lichterfelde-Ost arbeitete. Carl Friedrich sprach nicht mehr davon, Hitler für eine Friedenspolitik gewinnen zu wollen. Er sagte nur noch:

„Wir müssen die Fäden in der Uransache in der Hand behalten. Oder, wie Werner es so schön ausdrückt: Wirklicher Widerstand kann nur von Leuten kommen, die mitspielen."

Auch sein Vater Ernst von Weizsäcker spielte als Staatssekretär im Auswärtigen Amt weiter mit. *Wo es geht, Entscheidungen günstig beeinflussen und alles tun, um das Schlimmste zu verhüten,* lautete seine Parole, und so hatte er sich auch gegenüber Manfred von Ardenne geäußert. Auf dem Weg zu Ardennes Labor erzählte Carl Friedrich Wilhelmine, dass seine Eltern Baron von Ardenne in ihr Haus eingeladen hätten, nachdem dessen Bruder Ekkehard beim Einmarsch nach Belgien ums Leben gekommen sei.

„Ihr kennt euch?"

Ekkehard von Ardenne sei der Kompaniechef seines Bruders Richard gewesen, entgegnete Carl Friedrich, und ein enger Freund seines Bruders Heinrich. Er schluckte kurz, sprach aber gleich weiter. Heinrichs Leichnam sei inzwischen aus Polen überführt und im Familiengrab bestattet worden. Beide Familien hätten aber nicht nur gemeinsam um ihre Söhne getrauert, sondern auch ganz offen das Uranprojekt thematisiert.

„Baron von Ardenne hat uns versichert, dass er keine relevanten Informationen aus seinem Institut nach oben weitergeben wird, und wir haben ihm versichert, dass wir Ergebnisse seiner Forschungen, die uns bekannt werden, dito behandeln."

„Seiner Forschungen? Der Experte in Sachen Kernphysik ist Fritz Houtermans."

„Aber Baron von Ardenne entscheidet, was mit dessen Forschungsergebnissen geschieht."

Ardenne erwartete sie zusammen mit Fritz Houtermans in seinem großen, repräsentativ eingerichteten Empfangszimmer. Houtermans kam gleich auf Wilhelmine zu und begrüßte sie mit einem Handkuss.

- Er sieht wieder aus wie ein Mensch. -

Seinem Gesicht konnte man nicht mehr ansehen, wie er gelitten hatte, doch Wilhelmine fürchtete, dass unsichtbar nicht geheilt hieß. Er bedankte sich noch einmal bei ihr für den warmen Empfang in der Freiheit, den sie ihm bereitet habe, hielt sich danach aber weitgehend im Hintergrund und überließ das Reden seinem Chef. Der begrüßte mit vielen Komplimenten Werner Heisenberg, der kurz nach ihnen eintraf, und geleitete sie alle zu einer Sitzecke mit wuchtigen Polstersesseln. Eine freundliche Sekretärin schenkte Kaffee aus, bot Zigaretten und Zigarren an und stellte ein umfangreiches Sortiment von Keksen auf den runden Eichentisch. Man plauderte Unverfängliches. Danach führte Ardenne sie durch sein Labor und weidete sich sichtlich an der Bewunderung seiner Besucher für die hervorragende Ausstattung. Heisenberg stöhnte:

„Seien Sie froh, dass Sie nicht ständig mit rivalisierenden Dienststellen zu kämpfen haben, wenn Sie etwas brauchen! Bei uns wollen alle ein Wörtchen mitreden: der Reichsforschungsrat, das Reichserziehungsministerium, das Heereswaffenamt, die Kaiser-Wilhelm-Gesellschaft … hol sie alle der Teufel!"

Ardenne lachte geschmeichelt und brüstete sich:

„Ich habe, Gott sei Dank, den Draht zu Reichspostminister Ohnesorge. Der überschlägt sich fast in seinen Bemühungen, meine Forschungen zu fördern!"

Man kehrte ins Empfangszimmer zurück und das Gespräch

wandte sich der technischen Machbarkeit einer Abtrennung von Uran 235 zu. Plötzlich fragte Ardenne Heisenberg:

„Was glauben Sie, wie viel braucht man für eine momentan ablaufende Kettenreaktion?"

- Warum sagt er nicht: für eine Uranbombe? Jeder von uns hier weiß doch, was gemeint ist! -

Heisenberg überlegte einen Moment, bevor er antwortete:

„Wenige Kilogramm."

Ardenne lehnte sich zufrieden zurück und erklärte mit großer Entschiedenheit, mithilfe seiner Plasma-Ionenquellen und der magnetischen Massentrenner dürfte es möglich sein, diese Menge Uran 235 abzuscheiden. Bedingung sei natürlich, dass man große deutsche Elektrofirmen, Siemens zum Beispiel, dafür gewinnen könne, das Ganze im industriellen Maßstab umzusetzen.

Wilhelmine beobachtete, wie Fritz Houtermans Heisenberg einen warnenden Blick zusandte. Der antwortete ausweichend auf Ardennes Vorschlag, sprach von dem enormen finanziellen Aufwand, äußerte die Vermutung, dass das Projekt den Firmen nicht profitabel erscheinen würde, betonte die enormen Schwierigkeiten bei der großtechnischen Umsetzung. Die Enttäuschung über Heisenbergs ablehnende Haltung malte sich sehr deutlich auf Ardennes Gesicht ab. Schon bald darauf verabschiedete er sich, da er noch einen Termin habe. Zum Abschied bemerkte er nebenhin:

„Sicher werden Sie noch einen weiteren interessanten fachlichen Austausch mit meinem Assistenten Prof. Houtermans pflegen."

- Wie er betont, dass er einen Professor als Assistenten beschäftigt! -

Der weitere fachliche Austausch gestaltete sich nicht interessant, sondern aufregend. Houtermans informierte sie ganz offen über seine Arbeiten und Carl Friedrich von Weizsäcker musste erkennen, dass sein Kollege denselben Gedankengang wie er verfolgt und die Verwendbarkeit des Elementes 94 zur Herstellung von Bomben erkannt hatte, des Elementes, das er Eka-Rhenium genannt hatte, das aber später als Plutonium seinen Auftritt in der Menschheitsgeschichte haben sollte. Houtermans fertigte sogar eine Skizze von einer Uranmaschine an, mit der man das Element 94 würde erzeugen können.

„Eine Art Brutreaktor, verstehen Sie?"

Wilhelmine beobachtete ihren Freund verstohlen.

- Kratzt das jetzt an deinem Stolz? -

Carl Friedrich ließ sich jedoch nichts anmerken und Heisenbergs Resümee des Vortrags von Houtermans ließ auch keinen Raum für private Eitelkeiten. Bitter stellte Heisenberg fest, er sei bisher immer davon ausgegangen, mit ihrem Forschungsansatz keine Gefahr zu laufen, habe geglaubt, eine Uranmaschine zu bauen, sei sicher.

„Bombensicher."

Niemand lachte über Houtermans Bemerkung, im Gegenteil. Heisenberg fuhr mit noch ernsterer Miene fort:

„Jetzt stellt es sich auf einmal so dar, dass gerade der Bau einer Uranmaschine der Weg ist, um über die Erzeugung des Elements 94 eine Bombe bauen zu können."

Alle schwiegen. Alle wussten, dass er recht hatte. Alle wussten, dass sie etwas Schreckliches wussten. Heisenberg wandte sich direkt an Fritz Houtermans:

„Was ich nicht verstehe, mein Lieber, ist: Warum spricht Ardenne nur über Uran 235, wenn Sie längst diesen Weg gefunden haben?"

Houtermans sah jedem Einzelnen von ihnen prüfend in die Augen, bevor er antwortete:

„Weil ich ihm meine Erkenntnisse bisher vorenthalten habe."

- Er misstraut seinem Chef. -

Carl Friedrich schien seine Vorsicht übertrieben. Er wandte ein:

„Baron von Ardenne hat meinem Vater und mir versichert, er würde entsprechende Forschungsergebnisse nicht weiterleiten."

Houtermans verzog das Gesicht:

„Glauben Sie ihm nicht! Ohnesorge ist sein Freund und der ist ein überzeugter Nationalsozialist. Das will ich von meinem Chef wirklich nicht behaupten, aber er ist ehrgeizig und eitel und wird nicht zögern, Ohnesorge … und damit Hitler! … die Bombe zu präsentieren. Den Ruhm wird er unbedingt ernten wollen."

Wilhelmine fragte leise:

„Und Sie nicht?"

„Nicht um den Preis!"

Als sich die vier trennten, waren sie sich in einem einig: Die Maxime lautete Verzögerung. Doch Fritz Houtermans wusste, dass er seinem Chef nicht ewig etwas vormachen konnte. Er zögerte die Abfassung des von ihm geforderten Berichtes an Ohnesorge bis zum August hinaus und erwähnte darin nichts über die Möglichkeit, das Element 94 zur Herstellung von Sprengstoff zu nutzen. Schon im März bat er einen befreundeten Physiker, der in die USA emigrierte, um die Übermittlung einer Botschaft an die dortigen Kollegen:

Wir versuchen hier angestrengt, darunter auch Heisenberg, den Gedanken an die Herstellung einer Uranbombe zu verhindern. Aber auf die Dauer wird Heisenberg nicht imstande sein, dem Druck der Regierung noch länger standzuhalten. Wenn ihr die Sache schon begonnen habt, beschleunigt sie!

Vom Druck der Regierung konnte allerdings kaum die Rede sein. Die Militärs sonnten sich in ihren Eroberungen und glaubten, den Krieg ohnehin zu gewinnen. Wilhelmine wertete die ersten Versuche mit Schichten aus Uran und schwerem Wasser theoretisch aus, die seit Dezember 1940 unter Carl Friedrichs Leitung im *Virushaus* unternommen wurden. Bisher hatte man keine für die Kettenreaktion benötigte Neutronenvermehrung feststellen können. Dennoch war sich Wilhelmine sicher, dass man mit schwerem Wasser zum Erfolg kommen könnte. Es kam darauf an, die richtige Menge, Anordnung und Mischung der beiden Materialien herauszufinden. Sie kam in ihren Berechnungen auf eine Menge von jeweils fünf Tonnen und reichte ihre Arbeit an der August-Wilhelms-Universität als Habilitationsschrift ein, wo sie als geheime Verschlusssache behandelt und deshalb auch nicht veröffentlicht wurde. Da Prof. Walther Bothe in Heidelberg aus seinen Messungen schloss, Graphit sei ungeeignet, wurde auf einer Konferenz des Uranvereins entschieden, sich in Zukunft ausschließlich auf das schwere Wasser zu konzentrieren. Wilhelmines Arbeit zeigte den Weg, nur in der Praxis war dieser Weg durch einen Engpass behindert: Die Schwerwasserfabrik der Norsk Hydro produzierte im Jahr weniger als eine Tonne. Woher die für einen Erfolg versprechenden Versuch von ihr errechneten fünf Tonnen nehmen? Heisenberg unternahm nichts, auf eine großindustrielle Schwerwasserproduktion in Deutschland zu drängen. Die Maxime Verzögerung galt. So brachten Wilhelmines Überlegungen und Berechnungen das Uranprojekt nicht wesentlich voran, ihr aber den erstrebten Titel einer Dr. habil ein. Der sicher einmalige Fall, dass dieser Titel aufgrund einer nicht veröffentlichten wissenschaftlichen Leistung vergeben wurde, erregte unter ihren männlichen Kollegen kaum Aufmerksamkeit. In Kriegszeiten war so manches anders! Dass diese Leistung von einer Frau erbracht worden war, wurde jedoch bei einer kleinen Feier am Institut von jedem in seiner Rede anerkennend hervorgehoben. Danach ließen Werner Heisenberg, Max von Laue und Otto Hahn sie dreimal hochleben und Carl Friedrich verlas ihr zu Ehren eins seiner teils geschätzten, teils gefürchteten Limericks:

Es war eine Hartkopf in Dahlem
die war im Kopf hart und nicht plemplem
als Doktor habil
selbst leicht und grazil
ist schweres Wasser ihr Totem

Gerührt bedankte sich Dr. habil Wilhelmine Hartkopf bei dem Dichter. Sie genoss ihren Triumph, sie genoss die Feier zu ihren Ehren, aber an ihrem Status im KWI für Physik änderte sich nichts, denn Hitler hatte schon 1937 die Anweisung gegeben, höhere Posten nur an Männer zu vergeben. Sie arbeitete wie bisher am Uranprojekt weiter. Die Militärführung maß diesem Projekt auch weiterhin nur eine untergeordnete Rolle bei. Nach dem Einmarsch in die Sowjetunion wurde Carl Friedrich von Weizsäcker sogar an die Front beordert. Offenbar glaubte man seine Manneskraft als Soldat mehr zu brauchen als seine wissenschaftlichen Fähigkeiten. Als er Wilhelmine den Gestellungsbefehl zeigte, wollte sie es zuerst nicht glauben.

„Du bist doch uk gestellt!"

„Offenbar gelte ich nicht mehr als unabkömmlich und meine Arbeit nicht mehr als kriegswichtig. In drei Tagen muss ich mich stellen."

„Aber deine Frau! Deine drei kleinen Kinder …"

- Aber ich! -

„Wilhelmine, mach dich nicht lächerlich. Das interessiert doch niemanden."

„Entschuldige, ich bin so verwirrt. Du darfst nicht an die Front! Denk an deinen Bruder Heinrich! Du darfst nicht … Deine Eltern, wie sollen sie … dir darf nichts …"

„Bitte beruhige dich! Ich werde Werner heute Nachmittag, wenn er kommt, den Befehl zeigen. Wollen doch mal sehen, ob er da nicht was dran drehen kann."

Heisenberg konnte. Er kannte aus der Mittwochsgesellschaft, einem Berliner Debattierklub, einen General Oster. Dem sagte er nur: *Da nehmen sie jetzt den Weizsäcker an die Front.* Schon am Tag darauf konnte Carl Friedrich Wilhelmine die Mitteilung präsentieren, sein Gestellungsbefehl werde zurückgezogen.

- Das Damoklesschwert bleibt hängen! -

Weizsäcker zeigte diese Mitteilung auch Direktor Kurt Diebner. Sollte der ruhig begreifen, dass Heisenberg und er in der Lage waren, die Dinge in ihrem Sinne zu beeinflussen! Heisenberg bestimmte inzwischen de facto schon längst die Arbeiten am KWI für Physik. Carl Friedrich war sich sicher, dass es nur noch eine Frage der Zeit sei, Diebner ganz aus seinem Amt zu drängen. Unterdessen trieb er die Arbeiten an der Uranmaschine weiter voran. Die technische Umsetzung interessierte ihn aber immer weniger. Er beschäftigte sich wieder mit den grundsätzlichen philosophischen Fragen. Und mit den konkreten politischen. Besonders eine alles überschattende Frage trieb ihn um: Was machen die Amerikaner? Besorgt wies er Wilhelmine auf etwas Auffälliges hin:

„Seit Juli 1940 sind keine Veröffentlichungen zum Thema Kernenergie mehr in der Physical Review erschienen!"

„Kein Wunder. Feind liest mit! Diese Parole kennen die Amerikaner auch."

„Natürlich. Bestimmt befürchten sie, dass wir für Hitler die Bombe bauen. Und werden schon allein aus Angst davor selbst daran arbeiten. Stell dir vor, sie stecken all ihre Energie, ihre wissenschaftliche Potenz und ihre Wirtschaftskraft in dieses Projekt! Vielleicht könnten sie es dann schaffen."

„Nein, das ist undenkbar. Jedenfalls innerhalb der nächsten Jahre."

„Und wenn sich der Krieg in die Länge zieht? Und wenn sie es doch schaffen? Und wenn sie dann die Bombe werfen? Auf … auf Berlin? Zum Beispiel."

- Das darf man sich nicht einmal vorstellen! -

Carl Friedrich stellte es sich jedoch vor. Er sprach auch immer wieder mit Heisenberg darüber. Beide suchten nach einem Weg, den Amerikanern zu signalisieren: Wir bauen nicht an der Bombe. Bitte tut es auch nicht! Carl Friedrich träumte erneut von einer Möglichkeit, Einfluss auf den Gang der Weltgeschichte nehmen zu können.

Es gab nur eine Handvoll Atomphysiker, die in der Lage waren, eine Uranbombe zu entwickeln. Könnten sie nicht, in einer Art Geheimorden, sich gegenseitig schwören, es nicht zu tun und so der Welt diese entsetzliche Bedrohung ersparen?

Im September glaubte er eine Gelegenheit zur Verwirklichung seines Traums zu bekommen. Er fuhr zusammen mit Heisenberg zu einem astrophysikalischen Kongress nach Kopenhagen und überzeugte ihn davon, das Gespräch in dieser Sache mit seinem alten Freund und Lehrer Niels Bohr zu suchen. Er hatte die Hoffnung, den von allen Atomphysikern der Welt verehrten Niels Bohr als Vermittler gewinnen zu können. Doch als er von der Reise nach Kopenhagen zurückkam, war er zutiefst enttäuscht. Wilhelmine hatte ihn noch nie so bedrückt und niedergeschlagen erlebt. Er stöhnte und stützte seinen Kopf mit den Händen:

„Es ist fürchterlich schief gegangen"

„Aber warum?"

„Ich weiß es nicht."

Vielleicht habe es nur schief gehen können, überlegte er. Werner habe natürlich zuerst nur vage Andeutungen gemacht, habe sich ja nicht um Kopf und Kragen reden können. Jedes Wort über seine Arbeit zu einem Dänen, Halbjuden und erklärten Nazigegner ...

„Landesverrat!"

„Genau. Und du weißt, was das heißt!"

„Aber Bohr würde doch nichts an die Nazis weitergeben!"

Natürlich nicht, räumte Carl Friedrich ein. Aber es gebe bestimmt Spitzel in Bohrs Umfeld. Das Ganze sei eine hochriskante Sache gewesen.

„Und darum war Werner auch so vorsichtig. Zu vorsichtig wahrscheinlich"

Er hatte die Augen geschlossen. Offenbar wollte er nicht weiter darüber reden. Doch Wilhelmine ließ ihm keine Ruhe, bis er in knappen Worten wiedergab, wie Heisenberg ihm das Gespräch mit Bohr geschildert hatte:

„Werner hat Bohr gefragt, ob er es für richtig halte, wenn Wissenschaftler in Kriegszeiten Uranforschung betreiben. Auf Bohrs Gegenfrage, ob man denn die Uranspaltung zur Konstruktion von Waffen einsetzen könne, hat er geantwortet, ja, es sei im Prinzip möglich."

„Daran hat Bohr doch nie geglaubt."

„Darum ist er von Werners Antwort wohl auch so entsetzt gewesen. Erst recht, als der ihm gesagt hat, dass wir an der Kettenreaktion arbeiten. Werner hat dann von dem ungeheuren wissenschaftlichen und technischen Aufwand gesprochen, um zur Sprache zu bringen, dass hier ja eine Möglichkeit der Physiker liegt, ein Waffenprojekt entweder zu fördern oder zu verhindern, aber das hat Bohr wohl kaum noch wahrgenommen. Oder er hat vielleicht gedacht, Werner will damit nur die amerikanischen Anstrengungen sabotieren. Wie auch immer. Er hat jedenfalls gesagt, der Kriegseinsatz der Physiker in allen Ländern sei unvermeidlich und daher wohl auch berechtigt. So hat Werner es mir berichtet."

- Aus der Traum von einer Physikerverschwörung gegen die Bombe! -

Carl Friedrich verfiel wieder in bedrücktes Schweigen, bis Wilhelmine ihn mit dem Vorwurf konfrontierte:

„Wart ihr nicht auch ein wenig naiv? Bohr kann doch wirklich nicht den amerikanischen Physikern vorschlagen, die Bombe nicht zu bauen und damit die amerikanische Kampfkraft zu schwächen."

Selten hatte sie einen so aufbrausenden Carl Friedrich erlebt wie nach diesem Einwand. Er schäumte geradezu über:

„Es geht nicht um Kampfkraft! Es geht darum, auf einen Schlag das Leben hunderttausender Zivilisten auszulöschen! Es geht um eine moralische Frage in einer nie da gewesenen Dimension!"

Er schaute sie herausfordernd an. Als sie nachdenklich nickte, beruhigte er sich wieder, schwieg lange und lächelte schließlich resigniert. Wenn er ein amerikanischer Physiker wäre, fragte er sich laut, würde er der Zusicherung deutscher Physiker, die Bombe nicht zu bauen, vertrauen?

„Nein, ich glaube nicht."

Die Amerikaner erreichten völlig andere Nachrichten. Nicht nur Niels Bohr warnte sie, dass die Deutschen an einem Kernwaffenprojekt arbeiteten. Auch Fritz Houtermans schickte noch einmal ein dringendes Telegramm an den Physiker Eugene Wigner: *Beeilt euch! Wir sind nahe dran!* Er fühlte sich immer noch von Ardenne unter Druck gesetzt. Der Druck ließ erst nach, als ein Besuch Carl Friedrichs bei Ardenne diesen davon überzeugte, dass es letztlich doch nicht möglich sein würde, eine Bombe zu bauen. Weizsäcker behauptete, Heisenberg habe herausgefunden, dass mit zunehmender Temperatur die Neutronenvermehrung abnehmen und so die Kettenreaktion zum Erliegen kommen würde. Das war die alte Hoffnung Niels Bohrs gewesen. Heisenberg und Weizsäcker wussten es inzwischen besser. Aber Ardenne ließ sich täuschen und glaubte noch in der Nachkriegszeit, Heisenberg sei da *ein kolossaler Fehler unterlaufen.*

Während in Amerika mit Beginn des Jahres 1942 in der Wüste New Mexicos unter der Leitung J. Robert Oppenheimers tausende Wissenschaftler und über hunderttausend Mitarbeiter unter Einsatz von 2 Milliarden Dollar im Projekt Los Alamos begannen, die Vision einer nuklearen Bombe Realität werden zu lassen, verblasste in Deutschland diese Vision zu einem Schemen. Reichspostminister Ohnesorge versuchte, Hitler für den Bau einer Uranbombe zu begeistern. Doch der wandte sich nur ironisch lächelnd an die ihn umstehenden Offiziere:

„Sehen Sie, meine Herren, ausgerechnet mein Postminister offeriert mir heute die Wunderwaffe, die wir brauchen."

Rüstungsminister Speer nahm die Sache schon ernster. Auf einer Geheimkonferenz fragte er, wie groß denn eine Bombe sein müsse, mit der man eine ganze Stadt auslöschen könne. Nach kurzer Überlegung antwortete Heisenberg:

„Ungefähr so groß wie eine Ananas."

- Warum sagt er das? -

Wilhelmine sah die Faszination in Speers Augen aufleuchten. Entsetzt blickte sie zu Heisenberg, doch der präsentierte jetzt wieder seine übliche Argumentation. Es sei ganz und gar unmöglich, in absehbarer Zeit auch nur ein einziges Kilogramm reines Uran 235 abzutrennen. Vom Weg über das Element 94, den Carl Friedrich eröffnet hatte, schwieg er ganz. Speers Augen wurden wieder stumpf. Als Carl Friedrich kurz darauf zur Förderung der weiteren Forschung nur die lächerliche Summe von 40 000 Reichsmark forderte, schien Speer die Sache klar: Mit der Superbombe würde es nichts werden. In diesem Sinne unterrichtete er auch seinen Führer, der die Parole ausgab, nur Projekte zu fördern, die innerhalb eines halben Jahres einsatzreif seien. Als schließlich auch noch Hermann Göring, der sich stolz mit dem Titel eines *Reichsmarschalls für Kernphysik* schmückte, alle Entwicklungsarbeiten, die nur von Nachkriegsinteresse seien, untersagte, stand das Uranprojekt vor seinem Aus, und es kostete Heisenberg viel Mühe, die weitere Förderung des Uranmaschinenbaus zu erreichen. Das Heereswaffenamt gab die Zuständigkeit für das Institut wieder an den Reichsforschungsrat ab. Sollte der doch sein Geld für diese nie funktionierenden Versuche zur Energiegewinnung verpulvern!

Die Militärs waren enttäuscht. Wilhelmine war erleichtert. Im April war Heisenberg endlich Direktor am KWI für Physik geworden und das Institut war keiner Militärbehörde mehr unterstellt. Endlich konnte sie glauben, wieder unzweideutig und ausschließlich für die zivile Forschung zu arbeiten.

- Der Albdruck Uranbombe ist von mir genommen! -

Doch etwas anderes bedrückte sie umso mehr. Nach seinen gescheiterten Ambitionen, politischen Einfluss zu gewinnen, war Carl Friedrich immer unzufriedener geworden. Er grummelte:

„Dieses ganze technische Kleinklein des Uranmaschinenbaus interessiert mich nicht! Sollen sich doch die experimentellen Physiker damit rumschlagen!"

Er erzählte Wilhelmine auch von seiner möglichen Berufung auf den Lehrstuhl für theoretische Physik an der Reichsuniversität in Straßburg und von den Versuchen aus Hitlers Parteikanzlei, genau das zu verhindern:

„Das gleiche Spielchen wie damals bei Werner, wo sie dann diese Niete Müller berufen haben. Mit der Folge, dass die Münchner Physik mittlerweile in die Bedeutungslosigkeit versunken ist. Aber ich habe mächtige Fürsprecher. Nicht zuletzt meinen Vater, der ja nun auch nicht ganz ohne Einfluss ist."

„Ich drücke dir die Daumen!"

Doch Wilhelmine drückte die Daumen nicht. Insgeheim wünschte sie sich, dass die Berufung scheitern, dass Carl Friedrich in Berlin bleiben würde.

- Was wird aus mir, wenn er geht? -

Auch wenn sie ihn manchmal tagelang nicht zu Gesicht bekam, gehörte er doch untrennbar zu ihrem Leben. Ihr Bewusstsein war von ihm geweckt worden, von ihm geschult worden, durch ihn erweitert worden, hatte sich mit seinem verändert, war gewachsen an der ungeheuren Herausforderung, der sie ausgesetzt waren. Sein möglicher Weggang erschien ihr wie eine drohende Amputation.

- Das darf einfach nicht sein! -

Doch es war.

Freudestrahlend verkündete er, dass er zum Sommersemester als

302

außerordentlicher Professor nach Straßburg gehen werde. Wilhelmine versuchte, sich eine Gratulation abzuringen.

- Er darf nichts merken. Lächeln! -

Doch anders als damals, als er von seiner Hochzeit sprach, gelang es ihr diesmal nicht. Ihr Mund verzerrte sich nur zu einem entgleisten Grinsen und ihr leerer Magen krampfte sich anfallsartig zusammen. Sie konnte gerade noch *Entschuldigung!* hervorpressen und sich auf den langen Weg zur Frauentoilette machen, wo sich eine der Sekretärinnen gerade vor einem Spiegel schminkte. Sie schloss die Kabinentür hinter sich und würgte in schmerzhaften Krämpfen nichts als Schleim heraus. Plötzlich wurde es dunkel vor ihren Augen.

Als sie wieder zu sich kam, lag sie auf dem Steinfußboden und Blut lief über ihr Gesicht. Sie hörte wildes Rütteln an der Kabinentür. Die Sekretärin schrie:

„Ist was passiert? Antworten Sie doch! Öffnen Sie die Tür!"

„Alles in Ordnung."

Ihr Flüstern war ungehört geblieben. Sie hörte sich entfernende Schritte, das Klappen der Toilettentür und versuchte, sich langsam zu erheben.

- Gott sei Dank. Sie ist weg -

Sie stützte sich noch auf die Kloschüssel, als die Toilettentür erneut klappte und gleich darauf eine männliche Stimme dasselbe rief wie zuvor die Sekretärin. Aber der Mann rüttelte nicht an der Kabinentür, sondern fing an, das Schloss zu bearbeiten. Wilhelmine gelang es, sich ganz aufzurichten und die Tür von innen zu öffnen. Vor ihr stand der Hausmeister und musterte sie kritisch.

„Alles in Ordnung."

Ihre erneute Beteuerung beeindruckte den lebenserfahrenen Mann nicht. Er stellte nüchtern fest:

„Sie bluten! Und Sie könn sich ja fast nich uff die Beene halten!"

Er hakte sie unter und führte sie aus der Toilette bis zur Hausmeisterwohnung. Seine Frau bugsierte sie auf ein Sofa und wischte ihr mit einem Tuch das Blut ab, das aus einer Platzwunde an der Stirn quoll. Er hörte nicht auf ihre Proteste, sondern telephonierte mit einem Arzt.

Wilhelmine schloss die Augen.

- Wie peinlich! -

Als sie sie wieder öffnete, stand Carl Friedrich neben dem Sofa. Er war unruhig geworden, weil sie nicht zurückgekommen war, und hatte nach ihrem Verbleib geforscht. Sofort versuchte sie sich aufzurichten.

„Tut mir leid. Eine Unpässlichkeit. Eine Magen-Darm-Grippe oder so was Ähnliches. Nicht der Rede wert."

„Du hast dich verletzt."

„Ich bin wohl kurz ohnmächtig geworden und irgendwo aufgeschlagen. Ein Pflaster und die Sache ist erledigt."

Doch der herbeigerufene Arzt ließ Wilhelmine ins Spital bringen. Die Platzwunde musste genäht werden. Carl Friedrich bot an, sie zu begleiten. Sie wehrte energisch ab:

„Bloß keine Umstände! Morgen steh ich wieder meinen Mann, darauf kannst du dich verlassen!"

Sie hielt Wort. Am nächsten Morgen saß sie wie gewohnt in ihrem Arbeitszimmer im Institut. Ein alter, schweigsamer Arzt im Spital hatte ihre Wunde gut und professionell genäht. Das erzählte sie auch Carl Friedrich, der zur Mittagszeit hereinkam, um sich nach ihrem Befinden zu erkundigen. Sie erzählte ihm nichts von der besorgten Frage des Arztes, ob sie etwa nicht genug zu essen habe. Auf ihre Antwort *Mehr als genug!* hatte er sie noch einmal kritisch gemustert und ihr empfohlen, sich von ihrem Hausarzt einmal gründlich untersuchen zu lassen. Sie hatte es versprochen. Sie würde es nicht tun.

- Ich bin doch nicht krank! -

Sie hatte einfach nur keinen Appetit. Die wenigen Ärzte hatten genug mit den wirklich Kranken zu tun, sagte sie sich. In der nächsten Woche aß sie noch weniger als sonst und arbeitete noch härter. Wenn ihr gelegentlich schwindelig wurde, ließ sie ein Stück Würfelzucker im Mund zergehen. Meistens half es. Carl Friedrich sah sie kaum. Er war mit den Vorbereitungen für seinen Wechsel nach Straßburg beschäftigt.

In dieser Zeit klopfte es eines Tages an der Tür zu ihrem Zimmer im Institut. Gleich klopfte auch ihr Herz schneller. Vielleicht nahm sich Carl Friedrich ja doch Zeit für eine Stippvisite?

- Ach was. Das ist bestimmt wieder Heisenberg. -

Für ihn berechnete sie gerade ein neues Schichtenmodell zur bestmöglichen Anordnung von Uran und schwerem Wasser. Kurt Diebner, der von Heisenberg von seinem Posten als Direktor vertrieben worden war, hatte sich auf ein Versuchsgelände des Heereswaffenamtes in Gottow zurückgezogen und experimentierte dort mit einem alternativen Modell aus Uranoxydwürfeln in einem räumlichen Punktgitter. Von diesem Modell hielt Heisenberg nichts, aber auch gar nichts. Dieser unfähige Diebner verschwende nur das kostbare Material, beklagte er sich ein ums andere Mal bei Wilhelmine. Da könne man das schwere Wasser auch gleich zum Haarwaschen nehmen!

- Er hütet das schwere Wasser wie eine Glucke ihre Küken! -

Auf ihr *Herein!* erschien aber nicht der Hüter des schweren Wassers, sondern der Behüter des Physikinstituts am Collège de France.

„Dr. Gentner! Wie schön, dass Sie mal wieder in Berlin sind!"

„Am schönsten ist es, Sie wiederzusehen!"

Nach diesem Kompliment setzte sich Wolfgang Gentner auf den angebotenen Holzstuhl gegenüber ihrem Schreibtisch. Eine bequemere Sitzgelegenheit konnte sie ihm in ihrem spartanisch eingerichteten Zimmer nicht anbieten. Er überbrachte, wie auch schon bei seinen vorangegangenen Besuchen, Grüße von Kurt Olsanski, doch diesmal fügte er hinzu:

„Leider komme ich nicht direkt aus Paris, sondern aus Heidelberg.

Ich bin von meinem Posten entbunden worden, weil ich … zu franzosenfreundlich bin."

Auf Wilhelmines erschreckte Nachfrage erklärte er lakonisch:

„Eine Denunziation durch einen jungen deutschen Kollegen. Mit so etwas muss man wohl leider immer rechnen."

„Und jetzt? Besteht Gefahr für Kurt Olsanski?"

„Nein, machen Sie sich keine Sorgen. Es ist mir immerhin gelungen, als Nachfolger meinen Kollegen Wolfgang Riezler durchzusetzen. Er wird die Arbeit in meinem Sinne fortsetzen und er weiß auch Bescheid über Monsieur Olivert."

- Keine Hiobsbotschaft für Elsbeth! -

Wilhelmine atmete erleichtert auf. Entspannt erkundigte sie sich nach Gentners Zukunftsplänen. Er erzählte ihr von seinem Vorhaben, jetzt endlich auch ein eigenes großes Zyklotron am Heidelberger Institut aufzubauen, nachdem sie im Winter das Pariser Zyklotron zum Laufen gebracht hätten. Der Leiter des Instituts, Prof. Walther Bothe, habe nach endlosem Kampf alle Bescheinigungen und Finanzierungszusagen beisammen.

„Ach, ein eigenes Zyklotron! Davon kann ich hier nur träumen."

Wolfgang Gentner breitete einladend die Hände aus:

„Dann kommen Sie zu uns! Wir brauchen dringend fähige Mitarbeiter in der theoretischen Physik."

Wilhelmine schüttelte reflexartig den Kopf, doch dann verschluckte sie die ablehnenden Worte, die ihr schon auf den Lippen lagen. Noch vor wenigen Wochen hätte sie über dieses Angebot nicht einmal nachgedacht. Aber jetzt? Ihre Trennung von Carl Friedrich stand bevor. So oder so. Und die weiteren Arbeiten für die Uranmaschine reizten sie von der physikalischen Seite her wenig. Mit einem Zyklotron dagegen könnte sie endlich wirklich tief in den Aufbau der atomaren Welt eindringen!

- Da sind die revolutionären Entdeckungen zu machen! -

Wolfgang Gentner blieb ihr Zögern nicht verborgen und er gab sich alle Mühe, ihr eine Zukunft am Heidelberger Institut für Physik in den rosigsten Farben auszumalen.

„Wir haben eine Forschungsabteilung unter Prof. Vonderwied. Ein Sommerfeldschüler und Quantentheoretiker der ersten Stunde. Und ein höchst angenehmer Mensch."

„Von Direktor Bothe hört man aber ganz andere Sachen!"

„Zugegeben. Der verwechselt unser Institut gern mal mit einem Kasernenhof. Aber mit dem müssen Sie sich ja im Alltag nicht rumärgern. Prof. Vonderwied jedenfalls ist die Freundlichkeit in Person und er sucht händeringend Mitarbeiter. Überlegen Sie es sich! Ich würde mich sehr freuen."

Wilhelmine überlegte. Tagelang. Und vor allem nächtelang. Nach Heidelberg gehen. Weg aus Berlin. Weg von Zuhause. Weg aus dem KWI für Physik.

- Weg von der Uranmaschine! -

Der letzte Gedanke hatte etwas ungemein Beruhigendes. Weg von allen Diskussionen um eine Uranbombe! Keine Angst mehr haben müssen, dass sich plötzlich ein nicht gekannter schneller Weg zu ihr auftun könnte oder die Regierung sich doch noch entscheiden würde, alle verfügbaren Ressourcen für ihren Bau zu aktivieren! Denn längst hatte die Wehrmacht nicht mehr nur Siege zu verkünden. Carl Friedrich sagte ihr immer wieder, dass spätestens seit dem Kriegseintritt der USA der Krieg verloren sei, auch wenn er vielleicht noch lange dauern würde. Und Heisenberg wünschte sich zwar einen deutschen Sieg über den Bolschewismus, aber einen Friedensschluss mit den Westalliierten.

- Und ich? Was wünsche ich mir? -

Wilhelmine lag mit offenen Augen in ihrem Bett, sah auf die Schatten, die die Pappflugzeuge von Karl-Heinz' Mobile im Mondlicht warfen, und wälzte immer wieder dieselben Gedanken. Sie wollte keinen Sieg Hitlers, weiß Gott nicht! Aber was würde bei einer Niederlage passieren? Ein neues Versailles? Oder schlimmer? Bestimmt schlimmer. Die Rache der Alliierten würde fürchterlich sein. Hieß es allerorten. Propaganda? Realismus? Wäre es nicht doch gut, wenn Deutschland eine mächtige Bombe als Druckmittel in der Hinterhand hätte? Als Faustpfand für Friedensverhandlungen? Aber Deutschland hieß heute: Hitler. Und Hitler würde eine Bombe nicht als Faustpfand nehmen, sondern sie einsetzen. Skrupellos.

- Politik! -

Wilhelmine verspürte nur noch Ekel bei dem Wort. Dieses ganze Taktieren! Diese Unberechenbarkeit menschlichen Handelns! Sie wollte damit nichts zu tun haben.

- Wir sind Wissenschaftler! -

Wilhelmine musste an ihren Vater denken. Er hatte geglaubt, mit seinen Gaswaffen dem Vaterland zu dienen, und hatte nur dazu beigetragen, dass der Krieg noch schrecklichere Dimensionen annahm. Sie wollte mit ihren Forschungen nicht auch nur in die Nähe einer solchen Gefahr kommen.

- Ich bin in der Nähe! -

Am hellen Tag gelang es ihr, sich alle die Argumente vorzubeten, die ihr vorgaukelten, es bestünde keine Gefahr. Doch im schattenwerfenden Dämmerlicht des Mondes glaubte sie ihren eigenen Argumenten nicht mehr.

- Endlich wieder reine Grundlagenforschung treiben! -

Das würde diesen Albdruck von ihrer Seele nehmen. Jetzt. Carl Friedrich wollte sich in Straßburg wieder den Problemen des Kosmos zuwenden, den ganz großen Dimensionen. Und sie hatte die Chance, sich in Heidelberg den Problemen der ganz kleinen Dimensionen zuzuwenden. Diese Probleme ließen sich lösen. Die Probleme der Menschenwelt dagegen? *Wir müssen die Institution des Krieges abschaffen*, klangen Wilhelmine Weizsäckers Worte noch in den Ohren. Da hatte der bisher schlimmste Krieg aller Zeiten noch nicht begonnen.

   - Ach, Carl Friedrich! -

Eine Woche nach dem Besuch Wolfgang Gentners entschied sich Wilhelmine, nach Heidelberg zu fahren, um sich vor Ort die Arbeitsbedingungen an Walther Bothes Institut für Physik am KWI für medizinische Forschung anzusehen, und vor allem, um Prof. Vonderwied in Augenschein zu nehmen. War er wirklich ein so angenehmer Mensch, wie Gentner ihn dargestellt hatte? Würde sie sich vorstellen können, unter seiner Leitung zu arbeiten?

   - Wie mit Carl Friedrich wird es niemals wieder sein! -

   Auf der Zugfahrt nach Heidelberg schwankte sie zwischen zwei Gefühlslagen hin und her. Mal überwog die Abschiedsstimmung, der Schmerz über die Trennung von Carl Friedrich, die Befürchtung, die beste Zeit ihres Lebens schon hinter sich zu haben. Dann wieder überkam sie die Hoffnung auf einen Neuanfang und das Gefühl einer Befreiung vom ewigen Kreisen der Gedanken um die Bombe.

   Alles, was sie in Heidelberg erlebte, verstärkte ihre positiven Gefühle. Die Stadt war beschaulich, solide, traditionsverwurzelt und wirkte auf sie als Berlinerin fast unwirklich und wie aus einer vergangenen Zeit.

   - Puppenstubenleben! -

   An der Eingangspforte zum Institut für Physik ließ sie die rückwärtsgewandte Romantik des Städtchens jedoch hinter sich. Hier war man auf dem aktuellsten Stand der Forschung, hier strebte alles zur Zukunft hin, hier regierte das Morgen über das Heute. Wolfgang Gentner nahm sich selbst die Zeit, Wilhelmine mit Prof. Vonderwied bekannt zu machen. Es war ein ausgesprochen gut aussehender Mann Mitte vierzig, den er ihr als Leiter der Forschungsabteilung *Harte Gammastrahlen* vorstellte. Sein noch volles, dunkles, leicht lockiges

Haar und seine lebhaften braunen Augen ließen ihn ebenso wie seine hohe, schlanke Gestalt jünger wirken. Er reichte Wilhelmine die Hand zur Begrüßung.

- Kräftiger Händedruck! -

Wolfgang Genter musste sich gleich darauf verabschieden. Eine Besprechung mit Technikern von Siemens, die den schweren Magneten für das Zyklotron liefern sollten, stand auf seinem Terminplan. Prof. Vonderwied machte eine einladende Handbewegung und fragte Wilhelmine:

„Darf ich Ihnen vielleicht erst einmal unsere Wirkungsstätte zeigen?"

„Sehr gerne."

Er führte sie durch alle Laborräume und präsentierte ihr die hervorragende Ausstattung. Besonders beeindruckt war sie von dem fast deckenhohen Van-de-Graaff-Generator im acht Meter hohen ehemaligen Kasinoraum des Instituts. Mit dem hiesigen Teilchenbeschleuniger hatte Gentner 1937 den Kernphotoeffekt bei mittelschweren Kernen nachgewiesen. Prof. Vonderwied und Wilhelmine unterhielten sich lebhaft über diese neue Möglichkeit zur Erzeugung künstlicher radioaktiver Substanzen. Und wie phantastisch würde es erst sein, wenn der neue, ungleich leistungsstärkere Teilchenbeschleuniger, das schwer erkämpfte Zyklotron, erst in Betrieb wäre! Während sie weiter durch die Räume des Instituts wanderten, versuchte Wilhelmine sich in diesen Rahmen hineinzudenken.

- Eine reizvolle Vision. -

In seinem Büro angekommen, hielt Prof. Vonderwied ihr einen längeren Vortrag über die einzelnen Forschungsvorhaben seiner Abteilung.

„Und für welches Vorhaben suchen Sie Verstärkung?"

Er seufzte hörbar, bevor er antwortete:

„Für alle. Wir sind total unterbesetzt. Einige meiner Assistenten sind im Krieg. Nachwuchs ist kaum zu bekommen. Die Ausbildung

der Physiker liegt dermaßen im Argen … erst recht auf unserem eso-
terischen Gebiet der Kernphysik. Als Dr. Gentner mir andeutete, ich
könnte vielleicht eine Laue-Schülerin und Weizsäcker-Assistentin
bekommen, konnte ich mein Glück kaum fassen!"

„Ich bitte Sie! Übertreiben Sie nicht!"

Prof. Vonderwied schmunzelte, hielt ihr ein Päckchen Zigaretten
hin, und als sie ablehnte, fragte er:

„Stört es Sie, wenn ich rauche?"

- Ich hasse Tabakrauch. -

Aber das schien Wilhelmine keine mögliche Antwort auf seine
höfliche Frage. Schlimmer noch als verräucherte Luft war ihr die
Vorstellung als anstellig oder gar damenhaft zu gelten. So gab sie die
erwartete Antwort:

„Nein, natürlich nicht."

Prof. Vonderwied zündete sich mit einem silbernen Feuerzeug eine
Zigarette an, inhalierte tief und sah ihr treuherzig in die Augen:

„Ich weiß, ich dürfte meine Karten nicht so offen auf den Tisch
legen, um meine Verhandlungsposition nicht zu schwächen. Aber ich
bin leider ein ganz schlechter Taktiker. Darum frank und frei: Ich
rolle Ihnen einen roten Teppich aus, wenn Sie auf ihm nur zu mir
kommen!"

Wilhelmine erbat sich Bedenkzeit, aber schon, als sie in Berlin aus
dem Zug stieg, stand ihre Entscheidung fest. Sie würde den Neuanfang in Heidelberg wagen. Sie würde weiter in das Geheimnis der
Atomkerne eindringen, zu keinem anderen Zweck als den Urgrund
der Welt zu erforschen. Sie würde endlich eine eigene Gruppe leiten.

- Es wird Zeit, dass ich aus Carl Friedrichs übergroßem Schatten
heraustrete! -

Schon allein, dass sie diese Entscheidung gefällt hatte, allein,
souverän, ohne sich mit Carl Friedrich zu beraten, verlieh ihr plötzlich einen unerwarteten Energieschub, der ihr auch half, das fällige

Gespräch mit ihren Eltern durchzustehen. Ihr Vater, der wegen seiner Herzerkrankung vorzeitig emeritiert worden war, erhob keine Einwände, im Gegenteil. Ein Wissenschaftler müsse möglichst vielfältige Erfahrungen sammeln, wenn er etwas darstellen wolle in seinem Fach, pflichtete er ihr bei. Emma dagegen jammerte:

„Wie willst du denn allein zurechtkommen, Kind? Du kannst ja nich ma kochen!"

„Es gibt eine Kantine!"

„Aber wo willst du wohnen?"

„Das wird sich finden."

„Aber als lediges …"

„Mutti, bitte! Verschon mich mit deinen verstaubten Vorstellungen aus der Kaiserzeit!"

Emma sagte nichts mehr. Sie hatte es aufgegeben, ihre Tochter daran zu erinnern, dass sie mit ihren sechsundzwanzig Jahren immer mehr Gefahr lief, eine alte Jungfer zu werden. Sie erntete ja doch nur Hohn und Spott für ihre Sorge! Ihr Minchen war viel zu zart gebaut für diese raue Welt, sie würde noch verhungern, wenn man sie nicht ständig ans Essen erinnerte, und sie würde sich noch umgucken, was alles nötig war, um einen Haushalt zu führen. Bisher hatte sie ihr doch alles abgenommen. Ihre Tochter konnte ja noch nicht einmal ihre Blusen bügeln!

Doch Wilhelmine ließ sich von Emmas Ängsten nicht beirren. Sie würde nach Heidelberg gehen.

- Basta! -

Auch wenn sie dieses Lieblingswort ihres Vaters nur dachte, fühlte sie sich davon gestärkt.

Bald darauf verabschiedete sie sich von allen, mit denen sie am KWI für Physik zusammengearbeitet hatte, und auch von einigen Kollegen am KWI für Chemie. Alle gratulierten ihr zu ihrem Sprung auf der Karriereleiter und beteuerten gleichzeitig, ihren Weggang zu bedauern. Viele beendeten das Gespräch mit der Floskel *Aber Sie sind ja nicht aus der Welt*. Immer lachte sie und antwortete:

„Nein, nur aus Berlin, und Berlin ist nicht die Welt, auch wenn es sich dafür hält."

Dann kam der einzige Abschied, den sie von Herzen fürchtete, den sie in durchwachten Nächten vorwegnahm, auf den sie sich innerlich vorbereitete, indem sie sich immer wieder selbst ermahnte:

- Bloß nicht wieder schlappmachen! -

Sie saß noch einmal mit Carl Friedrich in seinem Arbeitszimmer, aus dem alle seine Sachen schon ausgeräumt und nach Straßburg gebracht worden waren. Auch seine Frau und seine Kinder waren dorthin gezogen. Carl Friedrich hatte Wilhelmine von Anfang an darin bestärkt, sich wie er aus dem Bannkreis der Berliner Physik und des Uranvereins zu lösen, und ihr prophezeit:

„Auch du wirst irgendwann auf einen Lehrstuhl berufen werden!"

Wilhelmine grunzte nur und schüttelte den Kopf:

„Eine Frau als Physikprofessor? Nicht in diesem Staat!"

Sie sprachen über die Aufgaben, die sie erwarteten, die Herausforderungen, die sie reizten, die Hoffnungen, die sie hegten. Sie versprachen, sich regelmäßig zu schreiben, sich über ihre Arbeiten auszutauschen, ihre Freundschaft auch aus der Ferne zu pflegen. Als nichts mehr zu sagen übrig blieb, breitete sich ein peinsames Schweigen aus. Wilhelmine unterdrückte einen Würgereiz.

- Nein! -

Sie erhob sich und hielt Carl Friedrich lächelnd die Hand hin. Er ergriff sie und drückte sie fest:

„Lass es dir gut gehen, Wilhelmine. Wir sind ja beide nicht aus der Welt!"

- Er meint es bestimmt nicht als Floskel! -

Sie mietete sich in Heidelberg in einer Pension in der Nähe des

Instituts ein, mit Frühstück und Zimmerreinigung, sie aß in der Institutskantine und ließ ihre Kleidung von einer Wäscherei in Ordnung halten. Sie telephonierte einmal wöchentlich mit ihren Eltern und tauschte regelmäßige Briefe mit Carl Friedrich in Straßburg aus. Ansonsten konzentrierte sie sich voll und ganz auf ihre Arbeit. Die Zusammenarbeit mit Prof. Vonderwied gestaltete sich sogar noch angenehmer, als sie erhofft hatte. Er war wirklich ein zuvorkommender Chef, stets höflich und immer offen für auftretende Probleme. Dabei konnte er durchaus rigoros handeln, wenn er es für erforderlich hielt. Einen Doktoranden, der gegen Wilhelmine intrigierte, weil er es nicht ertragen konnte, in einer Forschungsgruppe unter einer Frau zu arbeiten, beschied er barsch:

„Dann gehen Sie ans Philipp-Lenard-Institut! Das nimmt gerne solche Fossile wie Sie!"

Prof. Vonderwied machte aus seiner Abneigung gegen das physikalische Institut der Universität keinen Hehl. Mit diesem Hort der *deutschen Physik* lag das Kaiser-Wilhelm-Institut in Dauerfehde. Mit sarkastischem Lächeln erklärte er Wilhelmine:

„Stellen Sie sich bloß mal vor: Dr. Gentner hat seine Habilitationsschrift damals an der Frankfurter Universität eingereicht, weil sie ihm an der hiesigen zerrissen worden wäre. Dabei war es die beste des ganzen Jahrgangs!"

Im November begleitete Wilhelmine Prof. Vonderwied zu einer Physikerkonferenz in Seefeld im Tirol. Hier sollten Richtlinien für den Lehrbetrieb im Fach Physik ausgearbeitet werden. Die Konferenz geriet zu einer letzten großen Schlacht zwischen Anhängern der *deutschen Physik* und ihren Gegnern. Die *deutsche Physik* war durch die Erfolge der Heisenberg-Schule deutlich ins Hintertreffen geraten. Zudem hatte Heisenbergs Gegenspieler Johannes Stark sich selbst durch dubiose Geldtransfers um die Leitung der Notgemeinschaft der deutschen Wissenschaften gebracht und aus Altersgründen auch seinen einflussreichen Posten als Präsident der Physikalisch-Technischen-Reichsanstalt abgeben müssen. Die Chancen, die Lehre in Deutschland auf eine moderne Physik ohne ideologische Scheuklappen zu verpflichten, standen nicht schlecht. Auf dieser Konferenz sah Wilhelmine neben Heisenberg auch Carl Friedrich zum ersten Mal wieder. Er wirkte viel entspannter auf sie als in ihrer gemeinsamen Berliner Zeit.

- Ihm tut es auch gut, abseits des Geschehens in Ruhe arbeiten zu können. -

Sie tauschten sich kurz über ihre privaten Lebensumstände in den neuen Städten und ausführlich über ihre Arbeiten aus. Carl Friedrich beschäftigte sich in Straßburg neben Experimenten zur Kernphysik wieder intensiv mit Kant und der Quantenphysik und plante die Herausgabe von Aufsätzen und Vorträgen in einem Buch, das im nächsten Jahr unter dem Titel *Zum Weltbild der Physik* herauskommen sollte. Sofort gerieten sie wieder in einen angeregten Dialog über die philosophische Bedeutung der Erkenntnisse aus der Quantenmechanik.

- Zwischen uns ist alles wie immer! -

Menschen, die sich wirklich nah waren, entfernten sich niemals voneinander, mochten die Zeitläufte sie auch in verschiedene Himmelsrichtungen treiben. Dieser Gedanke wurde Wilhelmine zur beruhigenden Gewissheit.

Heisenberg erzählte ihr eher beiläufig, dass es im Juni zu einer Explosion der kleineren Uranmaschine, an der er in Leipzig seine Versuche machte, gekommen sei. Er und sein Versuchsleiter hätten sich gerade noch in Sicherheit bringen können. Was die genaue Ursache gewesen sei, untersuche er noch. Er wisse nur, dass es nichts mit einer Kettenreaktion zu tun gehabt habe. Nichts! Über das leidige

Bombenproblem fiel in ihren Gesprächen mit den beiden Männern kein Wort mehr.

Die Konferenz endete mit einem Ergebnis, das Wilhelmine mit ihren alten Freunden Werner Heisenberg und Carl Friedrich von Weizsäcker und ihrem neuen Chef Karl-August Vonderwied bei einem kleinen Umtrunk im Hotel als endgültige Niederlage der *deutschen Physik* feierte. Es durfte alles gelehrt werden, einschließlich der Relativitätstheorie. Nur sollte sie als *quasi naturwüchsig auf dem Humus der Physik erblüht* dargestellt werden. Carl Friedrich mokierte sich:

„Die Relativitätstheorie wäre vielleicht auch ohne Einstein entstanden; sie ist aber nicht ohne ihn entstanden."

- Auf den Punkt gebracht! -

Wieder einmal bewunderte Wilhelmine seine Fähigkeit, aus dem Stegreif druckreife Ansichten zu formulieren, die es wert waren, der Nachwelt überliefert zu werden. Sie schrieb seinen Satz, gleich, nachdem das letzte Glas geleert worden war, in ihr blaues Notizbuch, das inzwischen viele Aufzeichnungen enthielt, unter denen die Initialen CFvW standen.

Auf der Rückfahrt in Prof. Vonderwieds Auto waren er und Wilhelmine immer noch euphorisch über den Ausgang der Konferenz. Während er unvernünftig schnell über die Straßen bretterte, bekräftigte er:

„Auf die Dauer setzt sich immer die Vernunft durch!"

Wilhelmine wollte es gerne glauben und stimmte ihm trotz leiser Zweifel in ihrem Herzen zu. Sein wilder Fahrstil irritierte sie, passte so gar nicht zu seiner sonstigen Bedächtigkeit. Sie traute sich kaum, etwas zu sagen, aus Angst, ihn dadurch abzulenken und womöglich einen Unfall zu provozieren. Er redete jedoch munter drauflos, kam noch einmal auf den Doktoranden zu sprechen, der Wilhelmine das Leben schwer gemacht hatte.

„Der Mann hat einfach keine Erfahrungen mit Frauen in der Wissenschaft! Ich habe meine besten Jahre am Radiuminstitut von Marie

Curie verbracht und dort mit ihrer Tochter Irène zusammengearbeitet. Diese Frau bewundere ich geradezu! Sie hat Unglaubliches geleistet!"

„Trotzdem hört man immer wieder gehässige Worte über sie. Sie hätte ihren Nobelpreis ja nur im Schlagschatten ihres Mannes erhalten …"

Prof. Vonderwied hob empört die Hände.

- Das Lenkrad! -

Zu Wilhelmines Beruhigung ließ er sie gleich wieder herab und steuerte den dahinrasenden Wagen souverän weiter. Dabei stieß er einen Schwall von Worten zur Verteidigung Irène Joliot-Curies aus, der in einer Klage über ihren angegriffenen Gesundheitszustand mündete.

„Anämie! Wie bei ihrer Mutter. Und dazu noch ein Rückfall ihrer Tuberkulose! Wenigstens hat sie jetzt endlich die Genehmigung bekommen, sich in einem Sanatorium in der Schweiz behandeln zu lassen."

Das hatte Wilhelmine schon von Wolfgang Gentner gehört. Sie hatte ihn in seinem Büro angetroffen, als er gerade einen Brief Frédéric Joliot-Curies an seine Frau in einen Umschlag steckte, um ihn an dessen Frau weiterzuschicken. Seit dem Einmarsch der Deutschen in den Süden Frankreichs war selbst der Postverkehr in die neutrale Schweiz zum Erliegen gekommen und Gentner diente den Eheleuten als Mittelsmann. Auch er hatte sich sehr besorgt über den Gesundheitszustand Irène Joliot-Curies geäußert.

- Aber Prof. Vonderwied scheint ja ein noch größerer Verehrer der Französin zu sein! -

Sie dachte an Otto Hahn, der den Ergebnissen aus dem Labor der Joliot-Curies immer etwas misstraut hatte, weil er nicht glaubte, dass sie bei ihren Experimenten die gleiche Sorgfalt und Exaktheit walten ließen wie er selbst. Aber das behielt sie für sich und unterbrach ihren Chef nicht, der weiter in Erinnerungen an seine Zeit in Frankreich schwelgte.

Das Jahr 1943, in dem für Hitlers Reich mit der Kapitulation bei Stalingrad der Niedergang unaufhaltsam eingeleitet wurde, stand für Wilhelmine unter einem guten Stern. Sie kam mit ihrer Arbeit gut voran und Prof. Vonderwied überschüttete sie mit so viel Lob und Anerkennung, dass es ihr schon unheimlich war. Oft kam er zu einem Plausch in ihr Zimmer, brachte ihr einen Kaffee vorbei und interessierte sich sogar, natürlich immer diskret, für ihre privaten Verhältnisse.

- Die waren für Carl Friedrich nie ein Thema. -

Zu ihrem eigenen Erstaunen erzählte sie ihm nicht nur Äußerlichkeiten über ihre Familie, sondern vertraute ihm nach und nach auch einiges über ihre Probleme mit ihrer *stupiden Mutter* und ihrem *verbitterten Vater* an, sprach von ihrem Abscheu vor ihrem *tiefbraunen Onkel Franz*, inzwischen Gutsherr und Kreisleiter der Partei in Posen, verheiratet mit einer Volksdeutschen, und ihrer Verachtung für ihre *diesem Onkel hündisch ergebene Großmutter*. Prof. Vonderwied sagte nicht viel, doch hörte er ihr aufmerksam zu und ermunterte sie durch Kopfnicken und bestätigende Floskeln zum Weitersprechen. Sie hatte selten das Gefühl gehabt, so verstanden zu werden. Sie ließ bald alle Vorsicht fallen und erzählte ihm sogar von Elsbeths Bruder Monsieur Olivert, doch darüber wusste er schon durch Wolfgang Gentner Bescheid. Die beiden Männer vertrauten sich uneingeschränkt.

- Dann kann ich es auch tun. -

Wenn sie abends allein in ihrem Pensionszimmer saß, dachte sie manchmal an die Gespräche mit ihrem Chef zurück und sie schienen ihr wie etwas Wärmendes, während in ihrer Erinnerung die Gespräche mit Carl Friedrich hell, aber kalt strahlten.

- Werde ich ihm untreu? -

Nein, beruhigte sie sich. Niemand würde jemals an Carl Friedrich heranreichen. Der Umgang mit Prof. Vonderwied war einfach nur wohltuend. Bei ihm fühlte sie sich gleichrangig. Das würde bei Carl Friedrich nie möglich sein. Nicht, dass er sie als ewige Schülerin behandelt hätte! Das war ja lange vorbei. Aber er war einfach ein Genie. Und einem Genie konnte man sich nicht gleichrangig fühlen.

- Zu dem kann man nur aufsehen. -

So sah sie weiter zu dem abwesenden Carl Friedrich von Weizsäcker auf und genoss den entspannten Umgang mit Karl-August Vonderwied. Die beiden Männer machten sich in Wilhelmines Gefühlshaushalt keinerlei Konkurrenz.

Ungefähr einmal im Monat fuhr sie am Wochenende zu ihren Eltern, meistens besuchte sie auch ihre ehemaligen Kollegen, manchmal traf sie Heisenberg, Laue oder Hahn. Im März 1943 erzählte ihr Heisenberg bedrückt von einem Sabotageangriff der Norweger auf die Schwerwasserfabrik der Norsk Hydro. Die Hochkonzentrieranlage sei vollkommen zerstört worden. Das Heereswaffenamt habe natürlich sofort Leute hingeschickt, um den Schaden zu beheben.

„Aber erstmal fehlt uns das kostbare Nass!"

Wilhelmine verstand seinen Ärger, erkundigte sich auch nach dem Fortgang der Versuche mit der Uranmaschine im *Virushaus*, hörte Heisenbergs Ausführungen aber nicht mit voller Konzentration zu.

- Es geht mich nichts mehr an! -

Otto Hahn dagegen erlangte ihre volle Aufmerksamkeit mit seinem Bericht von einer Sitzung im Reichsluftfahrtministerium, von der Heisenberg nichts hatte verlauten lassen. Göring hatte Hahn, Heisenberg und andere Mitglieder des Uranvereins zu sich zitiert, um über die alliierten Luftangriffe zu beraten. Mit belustigter Stimme erzählte Hahn:

„Da war auch so ein Physiologe dabei, der hat behauptet, durch den Luftdruck bei der Detonation würden die Blutgefäße platzen und der Tod trete immerhin schnell und schmerzlos ein. Just in dem Moment:

Fliegeralarm! Wir in den Luftschutzraum im Keller und schon gings los. Das Gebäude wurde von etlichen Bomben getroffen, die Wände zitterten, das Licht fiel aus, über uns hörte man die Wände zusammenbrechen …"

- Und lächelt dabei! -

Unbeirrt von Wilhelmines entsetztem Gesichtsausdruck fuhr Hahn mit seiner Schilderung fort:

„Von zwei besonders heftigen Detonationen drang der Luftdruck bis in den Keller. Der gute Physiologe hockte zu Tode geängstigt in seiner Ecke und ich konnte mich nicht enthalten ihm zuzurufen: Sie glauben wohl Ihre eigene Theorie nicht mehr!"

Jetzt lachte Otto Hahn laut heraus und versuchte, auch Wilhelmine wenigstens ein Lächeln abzugewinnen. Die Situation sei doch zu komisch gewesen, das müsse sie zugeben! Sie tat ihm den Gefallen und lachte mit, doch in seinen müden Augen las sie die hinter dem Galgenhumor liegende Verzweiflung.

Ihr Vater dagegen verblüffte sie mit einer Lobeshymne auf die Alliierten. Je näher deren Truppen kamen, desto mehr freute er sich. Auch die Gefahr, in die er selbst durch die Luftangriffe geriet, änderte daran nichts. Laut verkündete er:

„Es geht zu Ende mit diesem Nazigesocks! Die werden alle in der Hölle schmoren!"

Wilhelmine wunderte sich nicht nur über seine drastische Wortwahl, sie verwunderte auch, dass ihr nationalkonservativer Vater offenbar gar kein Mitleid mehr mit seinen Landsleuten empfand. Sein Vaterland litt und er frohlockte? Das empörte sogar Emma. Sie erinnerte ihren Mann:

„Ich denk, du glaubst an keinen Gott und keine Hölle nich!"

- Mutti wird richtig aufmüpfig! -

Erich wischte den Einwand seiner Frau wie üblich beiseite:

„Die Hölle ist nur eine Metapher, aber das verstehst du natürlich nicht. Ich gäb was drum, wenn dieses Gesindel ganz real in den heißesten Kesseln geschmurgelt würde!"

Emma sagte nichts mehr, setzte aber ihr verstocktestes Gesicht auf. Wilhelmine war sich sicher, dass sie an Onkel Franz dachte.

- Den möchte Vati auch in den heißesten Kessel schmeißen. -

Einig waren sich ihre Eltern darüber, dass es ein Segen sei, Wilhelmine in Heidelberg *weit ab vom Schuss* zu wissen. Und Emma stellte sogar erstaunt fest, dass ihr Töchterchen deutlich zugenommen hatte, obwohl sie sie nicht mehr ständig zum Essen anhalten konnte. Elsbeth wunderte sich darüber nicht, sondern vermutete:

„Nich obwohl, sondern weil, wa?"

- Manchmal ist sie klüger als wir alle zusammen! -

„In Heidelberch kriechste keene Bombe uffen Kopp und hast och nich immer die Bombe im Kopp, stimmts oder hab ick recht?"

Wilhelmine zuckte zusammen. Das war ihr nun entschieden zu klug. Was wusste Elsbeth über die Bombe? Wilhelmine hatte nur einmal mit ihrem Vater über das Thema Uranbombe gesprochen und das auch nur als theoretische Möglichkeit in weiter Ferne.

- Hat Elsbeth etwa gelauscht? -

Ein wenig schämte sie sich über ihre Geheimniskrämerei selbst in der Familie, doch ihre Angst, jemand könnte sich verplappern und sie dann womöglich wegen Landesverrats angezeigt werden, saß tief. Auch jetzt noch, wo sie gar nichts mehr damit zu tun hatte, fühlte sie die Bombenlast als Druck im Magen, jedes Mal, wenn sie sich Berlin näherte. Ein Druck, der erst auf der Rückfahrt nach Heidelberg schwand.

- In Heidelberg ist die Welt noch in Ordnung. -

Die Welt war auch hier alles andere als in Ordnung, aber es fielen keine Bomben und *die Bombe* war nur noch ein Schreckgespenst aus der Vergangenheit. Hier nahm Wilhelmine trotz Lebensmittelknappheit zu, hier warteten die Atomkerne verschiedener Elemente darauf, von ihr erforscht zu werden, und Prof. Vonderwied umgab sie mit so viel väterlicher Fürsorge, dass ihr war, als führe sie nach Hause, wenn sie ihre elterliche Wohnung in Berlin verließ.

Gar nicht gern verließen die Mitarbeiter des KWI für Physik Berlin, doch die Luftangriffe machten eine weitere Arbeit unmöglich. Im Sommer traf Wilhelmine Heisenberg mitten in den Bemühungen zur Verlagerung der wichtigsten Ausrüstungen nach Hechingen in Württemberg an. Die Versuche mit der Uranmaschine gingen jedoch in Berlin weiter und Heisenberg versuchte mit allem Ehrgeiz, eine selbsttragende Kettenreaktion zu erreichen. Stolz verkündete er Wilhelmine im August, er habe nach und nach die Anzahl der freigesetzten Neutronen deutlich vermehren können:

„Trotz Materialknappheit und der grauenhaften Bombardierungen!"

Auf ihrem kurzen Weg vom Institut zur Hartkopf'schen Wohnung dachte Wilhelmine nur an die Bombardierungen. Es war ja reines Glück, dass ihren Eltern und Elsbeth bisher nichts passiert war! Voller Unruhe näherte sie sich dem massiven Gebäude, in dem sie ihre Kindheit verbracht hatte. Es prunkte mit seiner unversehrten Stuckfassade wie zu Kaisers Zeiten. Und doch war etwas seltsam.

- Warum ist das Rouleau in der Kammer runtergelassen? -

Für sie war Elsbeths ehemaliges Dienstmädchenzimmer immer noch *die Kammer*, obwohl es längst als Wäschelager und Bügelzimmer diente.

- Mutti lässt doch sonst selbst im Winter das Fenster offen, damit die Wäsche nicht muffig wird. -

Die Erklärung für das verdunkelte Fenster erhielt sie kurz nach ihrer Begrüßung. Wie immer, wenn sie kam, versammelten sich ihre Eltern und Elsbeth im Salon, um sie mit Kaffee und Kuchen zu bewirten. Doch diesmal lag noch ein fünftes Gedeck auf dem Tisch.

„Erwartet ihr noch mehr Besuch?"

„Der ist schon da."

Nach dieser Antwort verschwand Elsbeth in die Küche, um den Kaffee aufzubrühen. Wilhelmine fing einen Blickwechsel zwischen ihren Eltern auf, den sie nicht zu deuten wusste. Ihr Vater räusperte sich:

„Es ist nämlich so … also … Dr. Rosenkrantz …"

- Er also! -

Während ihr Vater noch umständlich erklärte, dass die Wohnung, in der Dr. Rosenkrantz sich bisher versteckt habe, zerbombt worden sei und er nur wie durch ein Wunder überlebt habe, erahnte Wilhelmine schon den Gewissenskonflikt, vor den ihre Eltern sich gestellt sahen. Doch erst einmal brachte Elsbeth zusammen mit dem Kaffee den alten Arzt herein, den Wilhelmine kaum wiedererkannte. Es waren nicht so sehr seine Magerkeit und die tief eingegrabenen Falten in seinem fahlen Gesicht, die sie erschreckten. Es war der Ausdruck totaler Resignation in seinen Augen. Er drückte ihr kraftlos die Hand:

„Fräulein Dr. Hartkopf, ich bedaure zutiefst, dass wir uns unter diesen Umständen wiedersehen müssen, aber ich wusste keinen anderen …"

Seine Stimme drohte zu versagen, doch dann fügte er noch leise hinzu:

„… Ausweg."

- Er entschuldigt sich auch noch! -

Wilhelmine beeilte sich, ihm zu versichern, dass er gut daran getan habe, hierher zu kommen. Die ganze Familie Hartkopf sei ihm zu Dank verpflichtet und würde ihm gern beistehen in dieser schweren Zeit. Ihre Mutter nickte eifrig zu ihren Worten, während ihr Vater auf seine gefalteten Hände blickte. Elsbeth führte Dr. Rosenkrantz zu seinem Platz an der Kaffeetafel und man erging sich wohlgesittet in belanglosem Gerede, solange die Mahlzeit andauerte. Der Kaffee war sehr dünn und der Kuchen schmeckte verdächtig nach Steckrüben, aber Wilhelmine ahnte, wie viel Einfallsreichtum es erforderte, mit dem Wenigen, was auf Lebensmittelkarten zu haben war, überhaupt einen Kuchen zu backen. Sie lobte den Geschmack und bat um ein zweites Stück, um ihrer Mutter eine Freude zu machen. Doch deren Augen leuchteten nur kurz auf. Ihre besorgten Blicke galten diesmal nicht ihrer Tochter, sondern Dr. Rosenkrantz, der sein Stück Kuchen mit der Kuchengabel in genau gleiche Portionen zerteilte und nach jedem Bissen mechanisch sagte:

„Sehr gut. Danke."

Erst als der Kuchen aufgegessen und die Kaffeekanne leer war, traute sich Wilhelmine Dr. Rosenkrantz zu fragen, was ihm zugestoßen sei. Zu Anfang sprach er sachlich und distanziert, als berichtete er über das Schicksal eines Fremden. Sein Bruder sei noch rechtzeitig nach Amerika ausgewandert und habe ihn immer wieder dringlich ermahnt, Deutschland zu verlassen. Doch er habe lange nicht glauben wollen, dass ihm als alten Mann in seiner Heimat wirklich eine Gefahr drohen könne. Bis das Auswanderungsverbot für Juden gekommen sei und bald darauf die Befehle, sich bei einer Sammelstelle zu melden. Seine beiden Schwestern samt ihren Familien seien in einem Zug gen Osten abtransportiert worden und seitdem habe niemand mehr etwas über ihr Schicksal in Erfahrung bringen können.

Dr. Rosenkrantz hielt einen Moment inne und sah fragend von einem zum anderen, doch niemand sagte etwas, bis er seinen Bericht fortsetzte. Als er selbst den Befehl erhalten habe, sei er zu seinem Sprechstundenfräulein gegangen, um sich zu verabschieden. Fräulein Lieske habe ihm dreißig Jahre treue Dienste geleistet, bis zum Verbot, für Juden zu arbeiten. Aber auch danach habe sie sich heimlich um ihn gekümmert. Fräulein Lieske sei verzweifelter als er gewesen und habe ihn nicht gehen lassen wollen. Erst da sei ihm klar geworden, dass sie ihn wohl geliebt habe. Lange schon geliebt habe.

- Das ältliche Fräulein und ihre heimliche große Liebe. -

Dieser Gedanke schoss Wilhelmine durch den Kopf, wurde aber sofort zensiert. Die Realität war doch kein Groschenroman! Und nur in Friedenszeiten durfte man über die *Comédie humaine* lächeln. Jetzt war da nichts Komisches mehr und kaum noch Menschliches.

Dr. Rosenkrantz dachte offenbar immer noch der für ihn unfassbaren Erkenntnis nach, geliebt worden zu sein. Er schüttelte den Kopf und fuhr fort:

„Mein Fräulein Lieske hat mich in ihrer kleinen Wohnung versteckt. Eine ehemalige Patientin, die ich lange behandelt habe, hat uns mit Lebensmittelkarten versorgt."

- Edith Hahn? -

Hahns Frau war bei ihm in Behandlung, wusste Wilhelmine. Wegen einer Gemütskrankheit, wie gemunkelt wurde. Aber natürlich würde Dr. Rosenkrantz keinen Namen nennen. Dass er so freimütig über Fräulein Lieske gesprochen hatte, ließ eigentlich nur einen Schluss zu.

- Sie lebt nicht mehr. -

Und so war es. Mit zittriger Stimme schloss Dr. Rosenkrantz seinen Bericht ab. Verschüttet sei Fräulein Lieske worden, im vermeintlich sicheren Luftschutzkeller des Nachbarhauses, während ihm in ihrer Wohnung nur etwas Staub auf die Haare gefallen sei.

„Ist das die göttliche Gerechtigkeit?"

Diese Frage des Juden Dr. Rosenkrantz an die Christen und Atheisten im Raum erntete nur bedrücktes Schweigen. Er zuckte ratlos die Achseln und zog sich unter Entschuldigungen, das traute Beisammensein mit der von weither angereisten Tochter nicht länger stören zu wollen, in das für ihn hergerichtete Bügelzimmer zurück. Elsbeth räumte den Tisch ab.

Das Beisammensein gestaltete sich beklommen. Erich betonte ein ums andere Mal, es müsse eine andere Lösung gefunden werden. Bei ihnen könne Dr. Rosenkrantz auf längere Sicht nicht bleiben.

„Er gefährdet uns alle. Das kann ich als Familienoberhaupt auf keinen Fall verantworten!"

„Aber Erich, der arme Mann! Du kannst ihn doch nich einfach auf die Straße setzen."

Erich wollte Emmas Einwand wie üblich ignorieren, doch Emma ließ sich nicht beirren:

„Die Juden kommen ja in so Arbeitslager. Kannst du mir vielleicht sagen, was son alter Mann arbeiten soll? Das übersteht er doch nich! Da geht er doch zugrunde!"

Erzürnt über den ungewohnten Widerstand seiner Frau brauste Erich auf:

„Glaubst du, ich will ihn dem Nazigesindel ausliefern? Wofür hältst du mich?"

„Is ja gut, Erich. Dann is es ja gut. Ich meinte ja nur … Ich dachte ja nur …"

„Du konntest noch nie denken! Ich sage: Hier kann er auf die Dauer nicht bleiben. Du weißt genau, was mit Leuten passiert, bei denen sie Juden finden. Die wandern selbst ins KZ! Wir werden eine andere Unterkunft für ihn suchen müssen und damit basta!"

- Damit andere das Risiko tragen. -

Im Gegensatz zu ihrer Mutter äußerte Wilhelmine ihre Gedanken nicht laut. Sie spürte einen Unwillen, sich mit diesem Problem zu beschäftigen. Und was war es, moralphilosophisch betrachtet, überhaupt für ein Problem, wenn man es mit der Frage des Uranbombenbaus verglich? Hier ging es nur um ein einzelnes Leben und nicht um das von Hunderttausenden.

Emma wägte nicht ab, betrachtete nicht moralphilosophisch. Sie trotzte dem Basta ihres Mannes und stellte hartnäckig weiter ihre schlichten Fragen:

„Aber wo soll er unterkommen? Kennst du denn wen, der wo ihn nehmen würde?"

„Lass das meine Sorge sein!"

„Ich glaub, er is hier am sichersten. Zu uns kommt doch keiner! Und wenn er ganz leise is …"

„Emma!"

„Ich mein ja man nur."

Emma stand auf und ging zu Elsbeth in die Küche. Auf dem Weg dorthin warf sie Wilhelmine einen kurzen auffordernden Blick zu.

- Was will sie von mir? -

Wahrscheinlich sollte sie sich zur Fürsprecherin für Dr. Rosenkrantz machen, überlegte Wilhelmine. Kaum war Emma aus dem Raum, wandte sich Erich seiner Tochter zu:

„Mit dir kann man ja vernünftig reden."

Wilhelmine mühte sich, sowohl dem Lob ihres Vaters als auch der unausgesprochenen Forderung ihrer Mutter gerecht zu werden. Wie ließ sich die heikle Situation lösen? Sie dachte an Prof. Vonderwied, der ganz allein in einer riesigen, von seinen Eltern geerbten Villa wohnte. Würde er einen Juden bei sich verstecken? Sicher, er machte ihr gegenüber kein Geheimnis aus seiner ablehnenden Haltung gegen das Hitlerregime. Aber das war ein anderes Kaliber. Wenn er Ja sagte, wäre sie schuld an seiner Gefährdung. Wenn er Nein sagte, würde er sich wahrscheinlich vor ihr schämen. Und wie oft wurde aus Scham ganz schnell Hass!

- Auf mich. -

Nein, sie würde sich diese wertvolle Beziehung nicht kaputtmachen lassen! Sie brachte andere Leute ins Gespräch. Zusammen mit ihrem Vater ging sie die wenigen durch, die infrage kamen, erkannte aber immer: Bei ihnen wäre Dr. Rosenkrantz auch nicht sicherer und ihre Gefährdung wäre auch nicht geringer. Mit welchem Grund durften sie ihn also dorthin abschieben?

- Es soll uns nicht treffen. -

So billig durften sie sich nicht davonstehlen, fand Wilhelmine.

Aber als sie sich am nächsten Morgen verabschiedete, hatte sich immer noch keine verantwortbare Lösung gefunden. Ihre Mutter schien regelrecht froh darüber zu sein, dass Dr. Rosenkrantz erst einmal bei ihnen blieb. Und Elsbeth sagte zum Abschied unbekümmert:

„Wir wern det Kind schon schaukln. Kümmer du dir man um deene Atome."

- Sind die beiden naiv? Oder mutig? -

Diesmal war Wilhelmine besonders froh, dass sie Berlin wieder verlassen konnte. Hier häuften sich die Probleme und nicht nur in ihrer Familie. Von Heisenberg hatte sie erfahren, dass die Schwerwasserfabrik in Norwegen durch einen Bombenangriff der Amerikaner nun fast ganz zerstört worden war. Verzweifelter als je zuvor versuchte er, genügend Material für eine selbsterhaltende Kettenreaktion zusammenzubekommen. Wilhelmine nahm diese Information zur Kenntnis, doch sie kam ihr wie eine Nachricht aus einem abgelebten Leben vor. Berlin, das KWI für Physik, die Uranmaschine, die Bombe, der ewige Kampf um das schwere Wasser, damit hatte sie nichts mehr zu tun.

- Schwerwasser ist nicht mehr mein Totem! -

Sie konzentrierte sich ganz auf ihre Arbeit in Heidelberg, wo Wolfgang Gentner mit dem Aufbau des Zyklotrons erstaunlich schnell vorankam. Schon im Dezember 1943 konnten zum ersten Mal Deuteronen beschleunigt werden. Wilhelmine untersuchte mit ihrer Gruppe die ß- und y-Strahlung der erzeugten instabilen Kerne und brütete oft bis spät in der Nacht im Institut über ihren Unterlagen.

- Wie Vati früher! -

Einzig Prof. Vonderwied gelang es, sie hin und wieder am Sonntag von ihrer Arbeit loszueisen. Er lud sie zu Spaziergängen durch Heidelberg und in die Umgebung ein, sie schlenderten den Philosophenweg entlang bis zum Philosophengärtchen mit seinen exotischen Pflanzen, erklommen den Heiligenberg, besichtigten die Ruine des Stefansklosters, überschritten den Neckar auf der von Goethe als die vielleicht schönste der Welt gepriesenen Alten Brücke und ließen natürlich auch das Heidelberger Schloss nicht aus. Hier in Heidelberg konnte man sich einbilden, es regiere noch die Romantik und nicht die Nazis. Doch das war nur Fassade. Prof. Vonderwied beklagte die Vertreibung eines Drittels der Wissenschaftler von der Ruprecht-Karls-Universität, jüdischer Wissenschaftler, denen es nicht anders ergangen sei als ihren Berliner Kollegen, auch wenn, wie er spöttisch anfügte, der Herr Dr. Goebbels seinen akademischen Grad hier bei dem jüdischen Germanisten Max von Waldberg mit einer Arbeit über die Romantik erlangt habe. Wilhelmine gab zu, dass ihr die Romantik immer eher suspekt gewesen sei, und hoffte, Prof. Vonderwied als geborenem Heidelberger mit ihrer offenen Meinungsäußerung nicht zu kränken.

„Zuviel Pathos, zu viel hochfliegende Gefühle, zu wenig Klarheit und Vernunft. Da lobe ich mir doch die Klassiker."

Zu ihrer Freude stimmte Prof. Vonderwied ihr zu und sie gerieten in einen angeregten Dialog über die goldene Zeit in Weimar. Erst als sie auf den Platz kamen, an dem die abgebrannte Synagoge gestanden hatte, brachte die hässliche Gegenwart sich wieder in Erinnerung. Wilhelmine dachte voll Unbehagen daran, dass Dr. Rosenkrantz immer noch versteckt bei ihren Eltern lebte. Davon erzählte sie Prof. Vonderwied wieder nichts. Auch nicht, nachdem sie seine Villa an der Bergstraße mit ihren vielen kaum genutzten Räumen auch von innen kennengelernt hatte. Bisher waren sie nur daran vorbeigegangen und er hatte ihr von seiner Kindheit als einziger Spross des Ministerialdirigenten Albert Vonderwied und seiner aus niederem Adel stammenden Gattin erzählt. Die Anstandsregeln verboten es ihm, sie als alleinstehende Frau zu sich einzuladen. So betrat sie das Haus zum ersten Mal bei einem Neujahrsempfang für die Mitarbeiter seiner Abteilung.

Die Räume im Erdgeschoss, die Prof. Vonderwied fast ausschließlich bewohnte, waren sehr modern eingerichtet. Er bekannte sich zum Bauhausstil, lehnte unnötigen Zierrat ab, verlangte von einem Möbel, dass seine Ästhetik aus der Funktionalität hervorgehe. In den zweiten Stock hatte er die Erbstücke von seinen Eltern verbannt, schwere alte Eichenmöbel, von seinem Vater angeschafft, um Generationen von Vonderwieds als repräsentative Einrichtung zu dienen. Ihre Funktion bestand nur noch darin, die Zugehfrau mit Staubwischen zu beschäftigen.

Der Neujahrsempfang verging wie üblich mit Institutsklatsch, launigen Gedichten und gewollt optimistischen Trinksprüchen auf die Zukunft, obwohl die deutschen Großstädte mittlerweile durch die Bombenteppiche der Engländer und Amerikaner immer mehr Schutthaufen glichen. Die Zukunft scherte sich nicht um wohlfeile Toasts und verwandelte sich unaufhaltsam in eine immer bedrohlichere Gegenwart. Wilhelmine konnte Berlin nicht mehr vergessen, es drängte sich mit immer neuen Hiobsbotschaften bei Telephongesprächen mit ihren Eltern in ihr Leben. Ganze Stadtteile wurden zerstört. Im Januar traf eine Bombe das Hauptgebäude der Universität. Es war nur noch eine Frage der Zeit, einer sehr kurzen Zeit, bis auch die Dahlemer Kaiser-Wilhelm-Institute zum Ziel der Bombenflugzeuge werden würden. Und dann wäre auch die Wohnung ihrer Eltern in höchster Gefahr.

- Die Alliierten wissen genau, wo sie das Herz der deutschen Wissenschaft treffen können. -

Sie sprach mit Prof. Vonderwied über ihre Sorgen. Ohne zu zögern, schlug er vor, ihre Eltern und auch Elsbeth bei sich unterzubringen, bis der ganze Zirkus vorbei sei.

„Sie sind zu großzügig. Ich weiß gar nicht, wie ich Ihnen danken soll. Es ist mir so unangenehm, Ihnen Ungelegenheiten zu bereiten …"

Prof. Vonderwied wollte von Dank nichts wissen. Ihm würden

sonst bestimmt bald Ausgebombte zwangseingewiesen werden und wer wusste schon, was das dann für Leute seien. Da sei es ihm doch viel lieber, wenn er ihrer Familie Zuflucht bieten könne.

„Da gibt es allerdings noch ein großes Problem."

- Ich muss ihm von Dr. Rosenkrantz erzählen. -

Sie brachte kein Wort heraus, sah Prof. Vonderwied nur hilflos an. Er stand auf, setzte sich neben sie und ergriff ihre Hand. Sie sah überrascht auf ihre Hand in seiner.

„Fräulein Dr. Hartkopf, ich möchte Sie bitten, mir zu vertrauen. Was immer Ihnen auf dem Herzen liegt, sagen Sie es mir. Damit würden Sie mir das größte Geschenk machen."

Wilhelmine sagte es ihm und er enttäuschte ihr Vertrauen nicht. Er war bereit, auch Dr. Rosenkrantz bei sich aufzunehmen, stellte sogar gleich Überlegungen an, wie sein Transport nach Heidelberg zu bewerkstelligen sei. Auf keinen Fall mit dem Zug! Da drohten Kontrollen. Er würde ihn mit seinem Wagen abholen. Ja, so sei es am besten.

- Kein Zögern. Kein Abwägen. Keine Ausflüchte. -

„Prof. Vonderwied, Sie beschämen mich. Ich weiß gar nicht, wie ich Ihnen …"

„Bitte, nicht schon wieder! Wenn Sie mir danken wollen, mache ich Ihnen einen Vorschlag, den ich als der Ältere schon längst hätte machen sollen, aber ich gestehe, ich war zu schüchtern. Also, was ich sagen will: Es wäre mir eine große Freude, wenn wir unseren Verkehr per Du weiterführen würden!"

- Wie geschraubt er sich ausdrückt! -

Aber sein Anliegen stieß bei ihr auf keine Vorbehalte. Er war ihr ein Freund geworden, auch schon vor diesem Tag, und ihr förmlicher Umgang miteinander erschien auch ihr immer unpassender. So nannte sie ihn von nun an gern Karl-August.

Womit sie nicht gerechnet hatte, war der unbeugsame Widerstand ihres Vaters gegen Karl-Augusts großzügiges Angebot. Niemals würde er seine Wohnung aufgeben und in die Fremde ziehen! Schon gar nicht würde er einem ihm Unbekannten zur Last fallen, auch wenn der behaupte, es sei ihm keine. Natürlich sei es eine! Und außerdem hätten sie ja den zum Luftschutzbunker ausgebauten Keller. Der würde sie im Fall des Falles schon schützen.

„Aber da kann Dr. Rosenkrantz doch nicht mit rein."

Da habe sie natürlich recht, gab ihr Vater zu. Wenn ihr gutherziger Prof. Vonderwied den alten Mann bei sich aufnehmen würde, wäre es ihm eine Erleichterung. Aus vielerlei Gründen. Das müsse er ihr ja nicht weiter erläutern.

„Will Mutti denn auch nicht weg aus Berlin?"

Die sei immer seiner Meinung, das wisse Wilhelmine ja wohl. Elsbeth? Also er werde bestimmt nicht ein ehemaliges Dienstmädchen nach seiner Meinung fragen, bei aller Liebe nicht. Die Entscheidungen treffe immer noch er!

Zuerst war Wilhelmine wütend, als sie ihren Vater so reden hörte. Dann überkam sie ein Gefühl der Erleichterung. Wenn er partout nicht wollte, war es seine Verantwortung, nicht ihre. Und außerdem müsste sie sich nicht hier in Heidelberg mit ihm abplagen.

- Und mit Mutti. -

Bei dem Gedanken, wieder in den Dunstkreis ihrer Familie zu geraten, war ihr von Anfang an unbehaglich gewesen. Doch dieses Unbehagen hatte sie energisch unterdrückt. Das durfte einfach keine Rolle spielen! Es ging schließlich um Rettung aus Lebensgefahr.

- Oder dramatisiere ich? -

Als sie Karl-August von der ablehnenden Reaktion ihres Vaters erzählte, schlug er vor, mit ihr zusammen nach Berlin zu fahren und sich ihrer Familie vorzustellen. Es würde ihm schon gelingen, ihren Vater für die Übersiedlung zu gewinnen, die ja nur vorübergehend sei, ihn selbst vor Einquartierungen bewahre und somit keine Last sei, sondern geradezu ein Gefallen et cetera pp. Er würde schon überzeugende Argumente finden.

Die Royal Air Force kam ihm jedoch zuvor und ließ in der Nacht vom 14. auf den 15. Februar unwiderlegbare Argumente aus ihren Bombern fallen. Erich, Emma und Elsbeth begaben sich beim Fliegeralarm, wie schon so häufig in den vergangenen Nächten, zusammen mit den anderen Bewohnern des Hauses in den Luftschutzkeller. Dr. Rosenkrantz beruhigte sie routiniert, er werde sich unter einen Türsturz stellen und möglicherweise ausbrechendes Feuer mit den bereitgestellten Wassereimern löschen. Alles andere liege in der Hand Jahwes, des Allerbarmers.

Im Keller fiel schon bald das Licht aus und Emma zündete eine Kerze an. Als das Sirren und Krachen der Bomben immer näher kam, fing sie an zu beten. Elsbeth murmelte leise, so dass nur Erich es hören konnte:

„Meier heeßt er. Meier heeßt er."

Diese rhythmische Beschimpfung Görings, der geprahlt hatte, er wolle Meier heißen, wenn auch nur eine Bombe auf deutsche Städte fiele, schien sie zu beruhigen. Erich starrte nur mit zusammengebissenen Zähnen in das flackernde Kerzenlicht. Doch dann schlugen Bomben in das KWI für Chemie ein. Der Krach und das Zittern der Kellerwände entrissen ihm wie allen anderen einen Aufschrei. Der vielstimmige Schrei war noch nicht verklungen, als ihr Haus von einer Sprengbombe getroffen wurde.

„Die Hölle, Kind, einfach die Hölle!"

Das waren die einzigen Worte, die Emma fand, um Wilhelmine ihr Erleben zu beschreiben. Erich fand dafür gar keine Worte. Er flüchtete sich in eine sachliche Schilderung der äußeren Abläufe. Die Sprengbombe sei ausgerechnet im Stockwerk über ihrer Wohnung explodiert und habe die Decke zum Einsturz gebracht. Nur ihr Salon sei relativ unbeschadet geblieben, alle anderen Zimmer seien vollkommen zerstört. Da sei nichts mehr zu retten gewesen. Gar nichts.

- Und niemand -

Kein Türsturz und kein Allerbarmer hatten Dr. Rosenkrantz beschützt. Diesmal war ihm nicht nur etwas Staub aufs Haar gefallen.

Emma klagte keine himmlischen Mächte an, nicht Dr. Rosenkrantz' Jahwe, nicht ihren lieben Gott, sie verdammte die britischen Teufel im Himmel über Berlin. Ununterbrochen jammerte sie:

„Im Bügelzimmer … ganz zerquetscht … der Kopf … im Bett … alles blutig, zerfetzt, wir haben ihn … im Garten vergraben … heimlich … du kannst dir gar nich vorstellen, wie schrecklich das war."

- Das will ich auch nicht -

Die Ausgebombten saßen im gut geheizten Wohnzimmer in Prof. Vonderwieds Villa und fröstelten. Das kalte Entsetzen steckte ihnen noch in den Gliedern. Der Gastgeber bemühte sich nach Kräften, es ihnen behaglich zu machen. Er hatte sogar Glühwein gekocht und seine Zugehfrau gebeten, ein kleines Buffet anzurichten. Nach und nach entspannte sich die Atmosphäre, der Schrecken verblasste, die Glieder erwärmten sich, es war geschehen, es war nicht mehr zu ändern. Und sie hatten es überlebt. Elsbeth fasste ihre Stimmung am späten Abend mit den Worten zusammen:

„Det hilft ja nu allet nix. Det Leben muss weiterjehn."

- Muss es das? -

Ihre Frage war sophistisch. Das wurde Wilhelmine bewusst, noch bevor sie sie zu Ende gedacht hatte. Denn niemand hatte vor, sein Leben willkürlich zu beenden. Natürlich musste das Leben nicht weitergehen, aber natürlich ging es weiter.

Emma und Erich richteten sich im oberen Stock zwei Zimmer als Wohn- und Schlafstube ein. Prof. Vonderwied schaffte es sogar, einen Transport für die unbeschadeten Salonmöbel zu organisieren, auf die Emma auf keinen Fall verzichten wollte, obwohl genug Möbel aus dem Erbe seiner Eltern zur Verfügung standen. *Die sind doch von Vati, Gott hab ihn selig!* jammerte sie immer wieder, als könne sie mit den Schränken, Kommoden und Anrichten aus der Werkstatt ihres Vaters auch ihre Vergangenheit in ihre neue Zeit als Ausgebombte hinüberretten. Erich bestand darauf, einen erheblichen Teil seiner Pension als Miete zu bezahlen. Eine Zeit lang fand er noch gelegentlich ein bedauerndes Wort über das Schicksal des armen Dr. Rosenkrantz, doch schon bald klagte er vor allem über den Verlust seines Fritz-Haber-Manuskriptes:

„In Rauch aufgegangen! Ich werde ganz von vorn beginnen müssen! Das bin ich Fritzens Andenken schuldig!"

Emma und Elsbeth dagegen hielten die Vergangenheit in Ehren, stellten sich aber auch tatkräftig der Aufgabe des Tages: Prof. Vonderwieds Haushalt. Die Zugehfrau verlor eine einträgliche Beschäftigung und Karl-August schwärmte Wilhelmine schon nach einigen Wochen vor:

„Du glaubst gar nicht, wie ich jetzt von den beiden Frauen in meinem Haus verwöhnt werde! So blitzsauber war es bei mir noch nie. Und deine Mutter kann kochen! Ein Gedicht. Die zaubert noch aus Resten die leckersten Mahlzeiten!"

„Da hat sie ja endlich jemanden gefunden, der ihre Kochkunst zu würdigen weiß. Vati schluckt kommentarlos alles runter und mir hat sie immer vorgeworfen, entsetzlich krüsch zu sein. Zu Recht, muss ich wohl zugeben."

„Dann beweise ihr, dass du dich gebessert hast."

„Wie meinst du das?"

Karl-August erklärte ihr, wie er es meinte. Es sehe keinen Sinn darin, dass sie weiter in ihrer Pension hause. Warum ziehe sie nicht auch zu ihm? Oder besser gesagt, zu ihren Eltern? Jetzt könne niemand mehr auf dumme Gedanken kommen. Sie ziehe ja nicht zu einem alleinstehenden Mann in den besten Jahren, sondern zurück in die Obhut ihrer Familie!

- Nein! Ich brauche Abstand! -

Wilhelmine suchte Ausflüchte, sprach davon, Karl-August nicht noch mehr belasten zu wollen. Doch er blieb hartnäckig und verstand es, in ihr ein Gefühl unbeglichener Schuld zu erzeugen. Sie halste ihm ihre Eltern samt Elsbeth auf und hielt sich selbst vornehm heraus.

- Undankbar und unmoralisch! -

Nach einigen Tagen Bedenkzeit gab sie schweren Herzens seinem Drängen nach und ihr kleines, aber unabhängiges Reich in der Pension auf. Karl-August überließ ihr das Kaminzimmer im Erdgeschoss, half ihr, es für ihre Bedürfnisse umzugestalten, ließ aus dem Institut einen großen Schreibtisch und einen Aktenschrank antransportieren und von einem pfiffigen Doktoranden ein nagelneues Bett samt Matratze aus der Konkursmasse einer Möbeltischlerei organisieren. Ein so großes, helles und zweckmäßig eingerichtetes Zimmer hatte Wilhelmine noch nie besessen, nutzte es jedoch genauso wenig wie ihre vorherigen. Sie hielt sich weiterhin die meiste Zeit des Tages im Institut auf. Karl-August hatte für sie die Position als Oberassistentin durchgesetzt und im Sommer konnte endlich auch das neue Zyklotron mit einem großen Fest eingeweiht werden. Dazu hatte man alle Wissenschaftler des Instituts mit Anhang eingeladen. Wilhelmine hielt sich bewusst von den Ehefrauen fern.

- Ich bin kein Anhang! -

Sie tummelte sich in der Gruppe ihrer Kollegen, machte bei allen Spielen mit, sogar beim gefürchteten Vakuumwettbewerb, bei dem das Abschneiden entscheidend von der Leistungsfähigkeit der Lungen abhing.

- Die ist bei Frauen nun mal kleiner. Im Durchschnitt! -

Sieger des Wettbewerbs mit sechsundzwanzig Teilnehmern wurde erwartungsgemäß der Glasbläser des Instituts, ein wichtiger Mann, der die meisten Verbindungsteile und Hähne am Zyklotron mit der Kraft seiner Lungen produziert hatte. Gleich nach ihm kam Wolfgang Gentner. Wilhelmine belegte einen ehrenhaften siebten Platz, weit vor Karl-August, der abgeschlagen auf Rang 21 landete. Institutsdirektor Walther Bothe musste sich mit dem drittletzten Platz zufriedengeben, was seiner Freude an diesem Tag aber keinen Abbruch tat. Endlich hatte sein Institut das Instrument, für das er lange gekämpft hatte und mit dem es sich nun bestimmt einen Spitzenplatz in der Forschung sichern würde.

Der Alltag mit dem Zyklotron gestaltete sich mühsamer als erhofft. Ständig traten feine Vakuumlecks im Rotguss der Zyklotronkammer auf, die schwer zu finden und noch schwerer zu beheben waren. Wilhelmine focht verbissen mit anderen Forschungsgruppen um jede Stunde Nutzungszeit. Wann immer sie dann abends nach Hause kam, machte Emma ihr das Essen warm und in ihrem Zimmer empfing sie ein neuer Strauß Blumen, den Karl-August ihr auf den Schreibtisch gestellt hatte, bevor der alte verwelken konnte. Nachrichten aus der Außenwelt nahm sie zur Kenntnis, bedachte sie kurz und kehrte sich ab.

- Ich kann am Gang der Ereignisse sowieso nichts ändern. -

Die Ereignisse gingen nicht, sie rasten mit ständiger Beschleunigung auf das Ende des Tausendjährigen Reiches zu. Die Bomber verrichteten ihr Nachtwerk und die alliierten Armeen kamen Tag für Tag näher. Carl Friedrich von Weizsäcker floh überstürzt aus Straßburg und ließ eine Fülle von Unterlagen zurück. Zu Weihnachten erhielt Wilhelmine von ihm einen Brief aus Hechingen, wo er jetzt wieder mit Heisenberg zusammenarbeitete. Er schrieb von einem virenverseuchten Weinkeller in einem Felsen, in dem es in vielen Flaschen gäre, aber noch keine zerplatzt sei. Daraus schloss sie, dass die Uranmaschine inzwischen aus dem *Virushaus* irgendwo in die Nähe von Hechingen verlagert worden war und Heisenberg und er weiter versuchten, eine Kettenreaktion zustande zu bringen. Außerdem musste sie lesen:

Nach dem – Gott sei Dank – mißglückten Attentat auf Hitler ist auch Max Plancks ältester Sohn Erwin verhaftet und zum Tode verurteilt worden, – offenbar ein schrecklicher Irrtum aufgrund falscher Zeugenaussagen –, weswegen ich zuversichtlich bin, daß seine Hinrichtung durch eine Petition an den – immer gerecht urteilenden Führer – noch abzuwenden ist.

Die von vielen Gedankenstrichen durchsetzte Schreibweise mochte und sollte als stilistische Extravaganz erscheinen. Wilhelmine wusste sie verabredungsgemäß anders zu deuten. Alles, was zwischen zwei Gedankenstrichen stand, gab das Gegenteil der tatsächlichen Meinung des Absenders wieder.

Das Jahr 1945 begann mit eisiger Kälte. Karl-August hatte drei Bäume in seinem Garten fällen lassen und Emma und Elsbeth verheizten das gute Holz im Kamin. Tagsüber hielten sich jetzt alle Anwesenden im Kaminzimmer auf, das der Hausherr ursprünglich nur für Wilhelmine bestimmt hatte. Abends krochen sie mit Wärmflaschen versehen in ihre Betten.

Es schneite heftig an dem Tag, als draußen vor der Tür eine sichtlich verfrorene junge Frau mit einem kleinen Jungen an der einen und einem etwas größeren Mädchen an der anderen Hand stand. Sie bat um Einlass. Emma zögerte. Zu oft schon hatte sie Flüchtlinge eingelassen, hatte sie verköstigt, soweit ihre mühsam ergatterten Vorräte es hergaben, und war sie dann kaum wieder losgeworden. Doch diese junge Frau musste sie einlassen, denn sie war zu ihr gekommen, um schlechte Nachrichten zu überbringen. Und die beiden Kinder.

Als Wilhelmine und Karl-August abends von der Arbeit nach Hause kamen, saßen die Kleinen vor dem Kamin und umklammerten ängstlich ihre Becher mit heißer Magermilch. Emma führte ihre Tochter zu ihnen und erklärte ihnen mit belegter Stimme:

„Kinder, das ist eure Base Wilhelmine."

– Ich? –

„Wilhelmine, das ist deine Base Adelheid und das dein Vetter Siegfried."

- Base Adelheid? Vetter Siegfried? -

Wilhelmine hatte ebenso wenig wie der Rest der Familie etwas von der Existenz einer Adelheid und eines Siegfrieds gewusst, die aus der Ehe ihres Onkels Franz mit einer *Volksdeutschen* entsprossen waren, wenn man den Worten der jungen Frau Glauben schenkte, die sich als ihr Kindermädchen ausgab. Und warum sollte man ihr nicht glauben, auch wenn das, was sie sonst zu berichten wusste, unfassbar schien? Als der Russe nahte, habe der Herr Kreisleiter Schulze alles für die Evakuierung seines Gutshofes vorbereitet und sei in den späten Abendstunden noch einmal vor die Tür getreten, um Abschied von der heimatlichen Scholle zu nehmen, und da sei er heimtückisch aus dem Hinterhalt erschossen worden, das sei bestimmt einer von den schon aufmüpfig gewordenen Fremdarbeitern gewesen, dieses Gesindel habe er ja immer mit harter Hand regiert und ihnen auch schon mal mit der Reitpeitsche deutsche Disziplin beigebracht. Was habe man jetzt machen können? Nur den Toten hinterm Gutshaus beerdigen und sich mit den drei Fuhrwerken auf den Weg machen. Und dann sei der Schrecken erst richtig losgegangen: die von Flüchtlingen verstopften Straßen, die beißende Kälte, der Hunger!

Die junge Frau stoppte ihren Redestrom und sah mit leeren Augen in die Runde. Emma forderte sie sanft auf, fortzufahren.

Dann, ja dann sei man vom Russen überrollt und die junge gnädige Frau genotzüchtigt und verschleppt worden, kein Mensch wisse, ob sie noch am Leben sei, und die alte gnädige Frau, die Mutter vom Herrn Kreisleiter, sei erfroren vom Wagen gefallen und man habe ihr nicht einmal ein Grab schaufeln können in der frostharten Erde, und sie selbst habe sich halb tot mit den Kindern nach Berlin durchgeschlagen, nur um dort zu erfahren, dass die Familie Hartkopf ausgebombt und nach Heidelberg verzogen sei, und wie sie es geschafft habe, hierher zu kommen, das sei ein wahres Wunder und man könne dem Herrgott nicht genug dafür danken.

Wilhelmine verspürte keinerlei Wunsch zur Danksagung, nachdem die junge Frau ihren von Stoßseufzern und Schluchzern unterbrochenen Bericht beendet hatte. Sie sah verstohlen zu Karl-August hinüber.

- Soll er jetzt etwa noch mehr fremde Leute bei sich aufnehmen? -

Der nickte ihr beruhigend zu, hielt sich nicht lange mit Mitleidsbekundungen auf, sondern begann gleich, das Wo und Wie der Unterbringung der drei Hereingeschneiten zu organisieren. Wilhelmine musste sich Mühe geben, die beiden verrotzten Kinder, die sie aus verschüchterten Augen anstarrten, als Familienmitglieder zu betrachten. Während Onkel Franz seine Verehelichung noch mit einer goldgeprägten Büttenkarte angekündigt und sie alle zu einer drei Tage währenden *Bauernhochzeit* eingeladen hatte, war der Kontakt danach völlig abgebrochen. Emma war die Einzige gewesen, die ihrem Bruder gratuliert hatte, aber auf Erichs Weisung war auch sie nicht zur Hochzeitsfeier nach Posen gefahren.

- Das hat Onkel Franz wohl tödlich beleidigt. -

Und jetzt saßen hier seine Tochter und sein Sohn, hereingestolpert aus ihrer ungeahnten Existenz, dicht an den Kamin gedrängt, stumm, elternlos, heimatlos, ein Bild des Jammers: Adelheid und Siegfried Schulze.

- Da hast du dir wahrlich die richtigen Namen für deine Brut ausgesucht, Onkel Franz! -

Wilhelmine ließ das Schicksal ihres Onkels Franz und ihrer Großmutter Maria, das Emma lauthals beklagte, fast unberührt.

- Von wegen: Blut ist dicker als Wasser! -

Dafür kamen ihr die Tränen, als sie spät an einem Sonntagvormittag im Februar 1945 an ihrem Schreibtisch saß und verzweifelt nach passenden Formulierungen für einen Kondolenzbrief an Max Planck suchte.

- Was ist bloß los mit mir? -

Wilhelmine wischte mit ihrem Taschentuch ihr Gesicht trocken, knüllte den verschmierten Brief zusammen und legte ein neues Blatt Papier vor sich hin. Doch immer noch wollte es ihr nicht gelingen, trostspendende Worte für einen Vater zu finden, der einen Sohn an den Ersten Weltkrieg und zwei Töchter im Kindbett verloren hatte und dem jetzt sein Ältester, sein Lieblingssohn Erwin, als Verschwörer gehenkt worden war. Geblieben war ihm der geistig behinderte Sohn Hermann aus seiner zweiten Ehe. Das Schicksal Max Plancks war doch nur eins von unzähligen, die zu beweinen wären, versuchte Wilhelmine zu relativieren.

- Warum trifft es mich so? -

Sie suchte nach einer Erklärungshilfe in der Chemie. War der Tod Erwin Plancks ein Katalysator, der eine Reaktion auslöste, die letztlich von anderen Elementen getragen wurde?

- Worüber weine ich wirklich? -

Kaum hatte sie sich das gefragt, als sie überflutet wurde von Gefühlen, die auszuleben sie sich nie gestattet hatte. Plötzlich flossen die Tränen, die ihre Augen beim Abschied von Carl Friedrich nicht genässt hatten, sie weinte um Dr. Rosenkrantz, um Elsbeths im KZ umgekommenen Bruder Adolf und sogar die Trauer um ihren vor so vielen Jahren gestorbenen Bruder Karl-Heinz überwältigte sie neu. Und, ja, auch der Tod ihrer Großmutter und ihres wenig geliebten Onkels Franz und das ungewisse Schicksal seiner ihr unbekannten Frau trugen zu dem unaufhörlich fließenden Strom bei. Sie weinte, weinte, bis ihre Lungen schmerzten. Und die Rippen. Und der Magen. Und das Herz.

Erschrocken blickte sie auf. Karl-August stand neben ihr.

„Entschuldige, dass ich einfach so hereingekommen bin. Ich habe geklopft. Du hast mich wohl nicht gehört. Aber ich habe dich gehört. Mein Gott, Wilhelmine, was ist denn bloß los?"

Wilhelmine gab ein klägliches Wimmern von sich.

„Komm, komm!"

Er legte den Arm um sie und führte sie von ihrem Schreibtisch weg in sein Wohnzimmer. Lange saß sie neben ihm auf dem Sofa, ohne etwas sagen zu können. Er hielt sie weiter im Arm, redete beruhigend auf sie ein, bis sie ihn endlich verwundert aus ihren verquollenen Augen ansah, als ob er ihr erklären könnte, was in ihr vorgegangen war.

„Ich weiß auch nicht. Ich … Es tut mir furchtbar leid … Ich versteh gar nicht … Mein Gott, ich bin doch sonst nicht so hysterisch. Entschuldige …"

Karl-August wollte von einer Entschuldigung nichts wissen. Er fand, die Zeiten rechtfertigten jede Art von Nervenkrise, ja, wessen Nerven nicht ab und zu verrückt spielten, der sei nicht normal. Er würde am liebsten manchmal einfach nur noch schreien. Warum habe dieser verdammte Hitler das Attentat überleben müssen? Wenn es einen Gott geben sollte, dann müsse der ein herzloser Zyniker sein, dass er seine schützende Hand über diesen Menschheitsverbrecher hielt, während die edelsten und ehrbarsten Köpfe in den Schlingen der Henker endeten. Und wie viel Soldaten und Zivilisten wohl noch ihr Leben lassen müssten, bis dieser unselige Krieg endlich an sein Ende gekommen sei!

- Ach, das tut gut! -

Wilhelmine wusste nicht, ob sie wirklich wegen der schlimmen Zeiten geweint hatte. Aber Karl-Augusts Empörung nahm ihr den Druck von der Brust. Er, der sonst so ruhig und besonnen wirkte, immer freundlich, immer ausgleichend, er entbarg vor ihr so heftige Gefühle, dass sie sich ihrer Aufwallung auch nicht mehr schämte. Sie sprachen lange miteinander. Über alles, was sie bewegte. Wilhelmine hielt nichts mehr vor ihm zurück, sprach sogar über ihre tief sitzende Angst, auch ihre kernphysikalischen Grundlagenforschungen könnten letztendlich zu einem Unheil ungekannten Ausmaßes für die Menschheit führen.

Karl-August versuchte sie zu beruhigen:

„Hitler wird die Bombe nicht kriegen. Und nur einem skrupellosen Verbrecher wie ihm wäre es zuzutrauen, sie auch wirklich einzusetzen. Du wirst sehen, nach dem Krieg werden wir aus der Kernenergie einen Segen für die Menschheit machen. Eine Quelle unerschöpflicher Energie. Ein Mittel, um Wohlstand für das ganze Volk zu erzeugen!"

Wilhelmine lächelte ihn dankbar an.

- Ja, so soll es sein! -

Diese Hoffnung half ihr, die letzten Monate des Krieges zu überstehen. Und dass Heidelberg auch weiterhin von Luftangriffen verschont blieb. Hier herrschte nur der banale Schrecken des Krieges in Form von Nahrungsmittel- und Brennstoffknappheit, herumirrenden Flüchtlingen aus dem Osten und obdachlos gewordenen Ausgebombten aus anderen Städten. So konnte sie die Gegenwart als ein lästiges Durchgangsstadium betrachten und sich ganz auf die Zukunft ausrichten.

- Nach dem Krieg werden wir … -

Ende März wurde von deutschen Truppen noch die mittelalterliche Alte Brücke gesprengt, um die Amerikaner an der Überquerung des Neckars zu hindern. Vergeblich. Endlich waren sie da, und alle Mitarbeiter versammelten sich auf Anordnung des Direktors im Institut, um es geordnet zu übergeben. Nur Wolfgang Gentner widersetzte sich und blieb in seiner Wohnung. Der Offizier an der Spitze der amerikanischen Militärgruppe, die das Institut übernahm, kam Wilhelmine seltsam bekannt vor. Noch verblüffter war sie, als er auf Direktor Walther Bothe zuging und ihm die Hand hinstreckte. Bothe ergriff sie sofort und rief aus:

„Goudsmit! So sieht man sich wieder."

- Goudsmit? -

Jetzt verstand Wilhelmine, warum ihr das Gesicht bekannt vorkam: Sie hatte es, wenn auch in wesentlich jüngerer Version, oft auf dem Photo auf Heisenbergs Schreibtisch im KWI für Physik gesehen, dem Photo aus dem Sommer 1939 in den USA, das Heisenberg in scheinbarer Eintracht neben dem holländischen Physiker Samuel Goudsmit zeigte.

- War da später nicht was mit seinen Eltern? -

Wilhelmine erinnerte sich, dass Goudsmit sich mit der dringenden Bitte, seine alten Eltern zu retten, an Heisenberg gewandt hatte, als nach der Besetzung der Niederlande die Deportation der dort lebenden Juden bevorstand. Heisenberg hatte einen Brief an die Behörden geschrieben. Der Brief kam zu spät. Goudsmits Eltern waren schon abtransportiert worden.

All das ging Wilhelmine im Kopf herum, als Bothe jetzt den amerikanischen Oberst Samuel Goudsmit im Institut herumführte und ihm stolz das Zyklotron präsentierte. Auch die beiden kannten sich aus der Vorkriegszeit und ihr Gespräch verlief in freundschaftlichem Ton. Dennoch musste sich Bothe im Anschluss an die Führung einem förmlichen Verhör durch Goudsmit über seine Mitarbeit im Uranverein unterziehen, für den er die Berechnungen zur Verwendung von Graphit als Bremssubtanz durchgeführt hatte. Und auch Wolfgang Gentner wurde in seiner Wohnung aufgestöbert. Danach bat man Wilhelmine höflich, sich für eine Befragung bereitzuhalten.

Ihr klopfte das Herz, als sie dem Mann gegenübersaß, der sie spöttisch ansah und sagte:

„Ihr Direktor beruft sich darauf, noch im Krieg zu sein und keinen Geheimnisverrat begehen zu dürfen. Er hat angeblich alle Forschungspapiere verbrannt. Haben Sie auch so ein kleines Autodafé veranstaltet?"

Wilhelmine beteuerte, dass alle ihre Unterlagen in Berlin geblieben seien.

„Und sich jetzt wo befinden?"

- In Hechingen. -

Sie schwieg.

Goudsmit drehte demonstrativ Däumchen und sah an die Decke, bevor er sich ihr abrupt zuwandte:

„Sparen Sie sich Ihre schönen Gewissenskonflikte! Wir wissen längst, wo sich die Herren Heisenberg und von Weizsäcker aufhalten und wo sie immer noch verzweifelt versuchen, die Bombe zu bauen!"

„Nicht die Bombe! Sie versuchen, eine Kettenreaktion in Gang zu bringen. Für eine Maschine zur Energiegewinnung!"

„Und das glauben Sie?"

„Das weiß ich!"

„Und? Ist es Ihnen gelungen?"

„Das weiß ich nicht."

„Aber ich weiß es. Es ist ihnen nicht gelungen."

- Woher weiß er das? Von Gentner? -

„Hören Sie, Oberst Goudsmit. Ich glaube, Sie schätzen mich vollkommen falsch ein. Ich habe nie eine Uranbombe für Hitler bauen wollen. Lassen Sie mich erklären …"

„Bitte."

Wilhelmine erklärte, erklärte lange und ausführlich, redete über die physikalischen Probleme, die sie gemeistert hatte, die moralischen, die sie gequält hatten und die technischen, finanziellen und kriegsbedingten Schwierigkeiten, die ihr und den anderen beteiligten Physikern erspart hätten, überhaupt eine Entscheidung für oder gegen den Uranbombenbau fällen zu müssen. Goudsmit hörte ihr mit versteinertem Gesicht zu. Dennoch ließ sie sich nicht abschrecken. Sie musste sich diesem Amerikaner begreiflich machen, wollte sich rechtfertigen, erwartete seine Absolution. Doch als sie geendet hatte, sagte er nur:

„Schön. Dann kenne ich jetzt so ungefähr die Entlastungsstrategie, die mir von den Leitfiguren des Uranvereins untergejubelt werden wird."

- Sinnlos. Er glaubt mir nicht. -

Goudsmit fixierte sie und setzte sichtbar erregt nach:

„Wenn ihr Hitler keine Atombombe geliefert habt, dann nicht, weil ihr so moralisch wart, sondern weil ihr unfähig wart! Unfähig! Und das große Genie Heisenberg war der Unfähigste von allen!"

„Warum sagen Sie so etwas? Ich denke, Heisenberg ist Ihr Freund! Hat er nicht sogar versucht, Ihre Eltern zu retten?"

„Einen Brief hat er geschrieben. Einen höflichen Brief. Zu wenig, um ihr Leben zu retten!"

„Hätte er mehr tun können? Ich glaube, Sie haben keine Vorstellung davon, wie vorsichtig man sein musste, um sich nicht selbst zu gefährden."

„Als Heisenberg um die Physik gekämpft hat, um Relativitätstheorie und Quantenmechanik, hat er da Mittel und Wege gescheut? Hat er sich nicht sogar persönlich an Himmler gewandt? Aber als es um meine Eltern ging: ein Brief, ein netter Brief an untergeordnete Behörden. Na ja, es ging ja auch nur um das Leben zweier unbedeutender alter Leute."

Goudsmit spuckte aus, wandte sich ab und stellte sich mit dem Rücken zu ihr ans Fenster. Wilhelmine schwieg bedrückt. Ohne sie noch einmal anzusehen, sagte der Mann, der im Auftrag des amerikanischen Geheimdienstes unterwegs war, um die führenden Köpfe des deutschen Uranvereins zu verhaften:

„Sie können gehen!"

Am Abend dieses Tages saßen im Wohnzimmer der Villa Vonderwied fünf erschöpfte, erleichterte, aber auch besorgte Erwachsene und zwei immer noch verstörte Kinder, die nach dem Verlust ihrer Eltern auch noch den Abschied von ihrem Kindermädchen verkraften mussten. Sie wollte sich zu ihrer eigenen Familie durchschlagen.

„Für uns ist der Krieg vorbei!"

Immer wieder fiel dieser Satz, mal mit dem Zusatz *Gott sei Dank*, mal mit einem geseufzten *Endlich!* oder nur als nüchterne Feststellung. Doch bald schon beherrschte eine andere Frage das Gespräch:

„Was wird die Zukunft bringen?"

Emma fürchtete sich vor einer Rache der Sieger, Elsbeth hoffte auf die Rückkehr ihres Bruders Kurt, Erich wollte für eine Würdigung Fritz Habers kämpfen und Karl-August und Wilhelmine sorgten sich vor allem um den Bestand ihres von den Amerikanern requirierten Instituts.

Nachdem im Mai der Krieg in ganz Deutschland zu Ende war, entschieden die amerikanischen Militärbehörden: Das Institut wird in ein Zentrum für Luftfahrtmedizin umgewandelt. Sein Direktor Bothe wechselte an die Universität, um dort den von den Anhängern der *deutschen Physik* heruntergewirtschafteten Fachbereich neu aufzubauen. Schon am 1. August 1945 wurde die Universität Heidelberg offiziell wiedereröffnet.

Nach der bescheidenen Eröffnungsfeier machten sich Karl-August und Wilhelmine auf den Heimweg. Am Ufer des Neckars blieben sie stehen und schauten auf den Fluss, der im Abendlicht glänzte und einen romantischen Dichter zu bedeutungsschweren Metaphern verleitet hätte. Wilhelmine regte er nur zu der altbekannten Feststellung *Alles fließt* an und Karl-August zu der kaum origineller en Frage *Wohin mag der Strom der Zeit uns noch treiben?*

Die Antwort darauf war schon gefunden: Karl-August trieb sie auf einen Lehrstuhl für theoretische Physik an der heimischen Universität und Wilhelmine sollte dort eine Dozentur übernehmen. So ließen sie sich auch nicht vom Anblick der zerstörten Alten Brücke bedrücken. Das war Vergangenheit. Die Brücke würde wieder aufgebaut werden. Sie sahen sie schon in altem Glanz vor sich, sprachen über die Zukunft, über die Aufgaben, die sie zuerst in Angriff nehmen würden, über die Neuausrichtung der Lehre und die Behinderung der Forschung durch alliierte Beschränkungen, insbesondere für die Kernphysik. Wilhelmine gab sich einsichtig:

„Verständlicherweise wollen sie uns jetzt daran hindern, Erkenntnisse auf diesem Gebiet für militärische Zwecke zu nutzen."

„Auch verständlich, dass sie die wichtigsten Wissenschaftler des Uranvereins verschleppt haben?"

Wilhelmine zuckte zusammen. Diese Frage rührte an heimliche Befürchtungen. Sie hatte durch Carl Friedrichs Frau erfahren, dass er ebenso wie Werner Heisenberg, Otto Hahn, Max von Laue, Kurt Diebner und fünf weitere Wissenschaftler von Samuel Goudsmit und seinem Spezialkommando verhaftet und an einen unbekannten Ort gebracht worden war.

- Wirklich? -

Vielleicht hatten sie ihn und die anderen auch erschossen! Dieses Gerücht kam immer wieder auf. Die Amerikaner und Briten wollten verhindern, dass sich die Franzosen oder die Sowjets das Wissen der deutschen Atomphysiker aneigneten, hieß es. Da gebe es gewaltige Rivalitäten unter den sogenannten Alliierten. In der Frage höre die viel gepriesene Waffenbrüderschaft auf. Heisenberg, Hahn und von Weizsäcker hätten sie den Franzosen aus deren zukünftiger Zone vor der Nase weggeschnappt. In Berlin seien ihnen allerdings die Sowjets zuvorgekommen, und die hätten Baron von Ardenne nachdrücklich eingeladen, ihr klassenloses Reich mit seiner Anwesenheit zu bereichern. Wilhelmine sagte sich immer wieder, dass es für die Siegermächte gewinnbringender sein würde, sich den wissenschaftlichen

Sachverstand der Verhafteten zunutze zu machen als das gefährliche Wissen durch ein Erschießungskommando aus der Welt zu schaffen.

- Aber denken die wirklich so? -

Ein Rest Zweifel blieb und damit auch ein Rest Angst um das Leben der Verhafteten. Um Carl Friedrichs Leben.

Karl-August spürte, dass er Wilhelmines wunden Punkt berührt hatte. Er wusste um ihre Freundschaft mit Carl Friedrich von Weizsäcker und war sich über den Charakter ihrer Gefühle vielleicht bewusster als sie selbst. Aber er war sich inzwischen auch über den Charakter seiner Gefühle für sie ganz sicher und wollte sie nach langem Zögern endlich zur Sprache bringen. Er berührte sanft ihre Hand, versuchte, sie zu trösten und von dem Gedanken an Weizsäcker abzulenken:

„Mach dir keine Sorgen. Niemand wird es wagen, den Koryphäen der deutschen Naturwissenschaft auch nur ein Haar zu krümmen. Die werden bestimmt bald wieder wohlbehalten freigelassen. Und dann werden wir alle zusammen mit vereinten Kräften die Wissenschaft in Deutschland zu neuer Blüte führen!"

„Ach, ich hoffe, du behältst recht!"

Wilhelmine sah zu ihm auf, als läge es in seiner Macht, seine trostreichen Worte in Wirklichkeit zu verwandeln. Verlegen sah er zu Boden und streichelte ihre Hand, bevor er erneut ansetzte:

„Wilhelmine, ich weiß nicht, ob das jetzt der richtige Moment ist, aber ich habe immer wieder gedacht, jetzt ist nicht der richtige Moment, und wenn ich so weitermache, kommt er vielleicht nie …"

Wilhelmine entzog ihm ihre Hand und sah ihn amüsiert an, sagte aber nichts, so dass er sich gezwungen sah fortzufahren:

„Ich könnte auch sagen, die kritische Masse ist jetzt einfach erreicht und … und … um im Bild zu bleiben …"

„Jetzt explodierst du."

Karl-August stieß einen tiefen Seufzer aus und rang demonstrativ die Hände.

„Ich hätte nie gedacht, dass es so verdammt schwer sein würde, der von ganzem Herzen geliebten Frau einen Heiratsantrag zu machen!"

Wilhelmine prustete los. Karl-August zündete sich mit hochrotem Kopf eine Zigarette an und wartete, bis sie sich wieder beruhigt hatte.

„Da hat man nun von seinem Mut. Man wird ausgelacht!"

„Verzeih! Aber du musst zugeben: Das war ein selten komischer Heiratsantrag!"

Wieder fing sie an zu lachen und diesmal fiel Karl-August in ihr Lachen ein.

„Ich gebe alles zu, was du willst. Aber wie komisch auch immer: Ich habe es zutiefst ernst gemeint, Wilhelmine. Und das weißt du auch."

- Ja, das weiß ich. -

Wilhelmine lachte nicht mehr und wich auch seinem hoffnungsvollen, fast demütigen Blick nicht aus. Sie hatte schon lange gewusst, dass dieser Augenblick kommen würde. Aber sie hatte sich nie den Augenblick danach vorgestellt, in dem auf die Frage eine Antwort folgen musste.

Sie schaute wieder in den Fluss, der immer noch floss, wie alles immer weiterfloss. Das *Pantha rhei* der alten Griechen kam ihr wieder in den Sinn. Immer noch sagte man *Alles fließt*, obwohl längst erkannt war, dass im Grund der Dinge die Quanten sprangen. Aber man sagte ja auch ein halbes Jahrhundert nach der Kopernikanischen Wende immer noch *Die Sonne geht auf.* Also würde wohl auch in Zukunft *Alles springt* keine verbreitete Spruchweisheit werden.

- Mein Gott, was überlege ich da? Ich sollte über etwas ganz anderes nachdenken! -

Karl-August stellte sich neben sie, rauchte seine Zigarette zu Ende und warf die Kippe hinter sich. Jetzt war es Wilhelmine, die seine Hand nahm. Sie drückte sie fest und sah ihm in die Augen:

„Du wartest auf meine Antwort."

Er nickte stumm.

„Gib mir Bedenkzeit!"

„Wie lange?"

„Nicht lange."

Am Sonntag darauf hatte Wilhelmine sich noch immer nicht entschieden. Karl-August hielt sich ganz zurück, lud sie auch nicht wie sonst gern zu einem Ausflug in die nähere Umgebung ein. So wanderte sie allein am Neckar entlang und versuchte, sich ganz rational über das Für und Wider einer Ehe mit ihm klar zu werden.

- Was würde sich dadurch ändern? -

Sie lebten jetzt schon in einem Haus, arbeiteten zusammen und verbrachten ihre wenige Freizeit größtenteils gemeinsam. Das Einzige, was hinzukommen würde, wäre das geteilte Bett. Dieser Teil ihrer Abwägung verursachte Wilhelmine ein leichtes Unwohlsein. Aber war es nicht höchste Zeit für sie, endlich auch mit diesem Teil des menschlichen Lebens Bekanntschaft zu machen? Sie war schon 29 Jahre alt.

- Ich will nicht als alte Jungfer enden, wie Mutti mir immer prophezeit! -

Und Karl-August würde bestimmt ein zärtlicher, einfühlsamer und rücksichtsvoller Liebhaber sein. Was wollte sie mehr? Dass er zwanzig Jahre älter war als sie, empfand sie nicht als Nachteil. Sie würde einen verlässlichen, welterfahrenen und fürsorglichen Ehemann bekommen. Eigentlich gab es nur Fürs und keine Widers. Sie mochte ihn, vertraute ihm, schätzte ihn. Liebte sie ihn?

- Nein! -

Wilhelmine wollte sich nicht selbst belügen. Ihr Gefühl für Karl-August entsprach jedenfalls nicht dem, was in Romanen und Schlagern als Liebe beschrieben wurde. Aber war das zu Liebe gehörende

Adjektiv in der Regel nicht unglücklich? Das Begriffspaar *unglückliche Liebe* schien ihr jedenfalls viel gängiger als das der *glücklichen Liebe*. Eine Heirat aus Liebe war ein fragiles, aus der Romantik stammendes Modell. Sie legte ihr Leben ja sonst auch nicht nach solchen Schablonen an. Karl-August bot ihr die Hand zu einer guten, vertrauensvollen Ehe in gegenseitigem Respekt. Das entsprach ihrem Lebenskonzept viel mehr als ein pubertäres Leidenschaftsdrama von kurzer Halbwertzeit, als das sich die meisten sogenannten Liebesgeschichten am Ende ja doch entpuppten.

- Ich werde seine Hand nicht ausschlagen. -

Sie beschloss, am nächsten Abend, wenn sie nach der Arbeit wieder gemeinsam am Neckarufer nach Hause gehen würden, seinen Heiratsantrag anzunehmen.

- Ein klitzekleiner Hauch von Romantik darf ruhig sein! -

Am nächsten Tag konzentrierte sie sich wie immer im Labor ganz auf ihre Arbeit und dachte nicht an ihr Vorhaben auf dem Nachhauseweg. Als Karl-August hereinkam, schaute sie auf ihre Uhr.

- Schon nach neun? Wo ist die Zeit geblieben? -

„Ich bin gleich fertig. Wartest du auf mich?"

- Was ist? Warum schaut er so komisch? -

„Wilhelmine, die Nachrichten eben … im Radio … die Amerikaner haben eine Bombe … auf eine japanische Stadt … es soll Zigtausende von Toten gegeben haben … eine Atombombe, hieß es."

Wilhelmine, die schon ganz in der Nachkriegszeit lebte, die nur noch an den Aufbau einer segensreichen Kernphysik im Frieden dachte und sich dem Abgrund der militärischen Nutzung entronnen glaubte, starrte den Mann, dem sie heute ihr Jawort geben wollte, wortlos an. Der Krieg war noch nicht zu Ende.

- Der Krieg wird nie mehr zu Ende sein. -

Mechanisch schüttelte sie den Kopf und sagte:

„Nein!"

Gespräche
Verena
„Erzählen! Erzählen! Erzählen!"

Gefällt mir, sagt meine Agentin Frau Korthals.

Was?

Das Jawort, das zu einem entsetzten Nein wird.

Wie gnädig du heute mit mir bist.

Freu dich nicht zu früh!

Dann geht es auch schon los. Ihre Hauptkritik: viel zu viel Physik!

Aber wie soll ich denn über das Leben einer Frau schreiben, das im Wesentlichen durch ihren Beruf als Physikerin geprägt ist, ohne über …

Ich sage nicht: ohne. Ich sage: nicht so viel.

Das ist nicht viel. Das ist ganz, ganz wenig! Ich habe mich schon extrem beschränkt und wirklich nur das Allerallernotwendigste …

Hör zu! Dein Leben ist durch deinen Beruf als Wissenschaftsautorin geprägt. Und dein Stil auch! Für deine Sachbücher ist der genau richtig. Für einen Leserkreis, der viele Sachinformationen erwartet. Aber in einem Roman …

Ich weiß. Erzählen. Erzählen. Erzählen.

Ja! Auch Nebensächliches!

Ich hasse unnötige Ausschmückungen.

Du sollst ja auch keinen barocken Roman schreiben. Aber ein bisschen mehr Butter bei die Fische!

Na gut, ein bisschen. Obwohl das nur den Cholesterinspiegel erhöht. Aber komm mir nicht mit Landschaftsbeschreibungen und Träumen! Gähn! Die überlese ich in Romanen grundsätzlich.

In dieser Art und Weise plänkeln wir eine ganze Weile, bis meine

Agentin sich wieder als meine Freundin Lena zu erkennen gibt und mir die Frage stellt:

Hast du eigentlich irgendwann mal versucht, deine Großmutter Wilhelmine kennenzulernen? Die lebt doch noch?

Die lebt noch! Aber zurückgezogen in einem Altersheim. Pardon: in einer Seniorenresidenz. Einmal hab ich geglaubt, ich könnte sie vielleicht zu Gesicht bekommen, könnte sie beobachten, ohne mich selbst zu erkennen zu geben. Ich sollte einen Bericht schreiben über die Eröffnungsfeier des *Carl Friedrich von Weizsäcker-Zentrums für Naturwissenschaft und Friedensforschung* hier in Hamburg.

Was für ein Bandwurmname! Wer soll denn den behalten! Und wann war das?

2006. Im Juli. Entsetzlich heiß und die Honoratioren in ihren schwarzen Anzügen kriegten hochrote Köpfe. Ich hab gehofft, Carl Friedrich von Weizsäcker als Namensgeber des Instituts würde vielleicht anwesend sein. Und noch mehr gehofft, dass seine alte Gefährtin Wilhelmine sich die Gelegenheit nicht entgehen lassen würde, ihn bei dieser Feier zu treffen.

Aber sie kam nicht?

Nein. Und er auch nicht. Sein Sohn Ernst Ullrich …

Ist das der von diesem Wuppertaler Institut?

Genau der.

Der hat doch schon in den 90ern ständig gemahnt, wir müssten unsere Energieeffizienz um den berühmten *Faktor vier* steigern.

Ja. Damals noch als einsamer Rufer in der Wüste. Heute ist er Dekan an der University of California. Na, jedenfalls, der hat eine Rede gehalten …

Bitte nicht ausführen!

Schade. Es war eine sehr bedenkenswerte Rede. Er hat sich darüber mokiert, dass die Nachfolger derjenigen in der Max-Planck-Gesellschaft, die stets betont haben, die Wissenschaft folge nur ihrer eigenen Logik, heute ständig ihre wirtschaftliche Nützlichkeit betonen, um Drittmittel von der Industrie einzuwerben. Und wie heißt es so schön: *Wes Brot ich ess, des Lied ich sing.* Und die MPG hat sich auch nie …

Verena! Ich sagte: Bitte nicht ausführen!

Seufz. Also gut. Dann nur das Persönliche. Das willst du ja immer hören. Gleich zu Beginn seiner Rede sagte Ernst Ullrich von Weizsäcker, er habe seinem Vater vom bevorstehenden Festakt erzählt und meine, einen Ausdruck des Glücks in seinen Gesichtszügen erkannt zu haben. Da ahnte ich, dass Carl Friedrich von Weizsäcker inzwischen dement war.

Furchtbar! Wie Walter Jens jetzt. Irgendwie kommt einem das so besonders grausam vor bei diesen Geistesriesen.

Tja, leider scheint die rege geistige Tätigkeit auch kein Schutz davor zu sein, im Alter wieder zum Kleinkind zu werden.

Hoffentlich finden sie da bald mal was. Notfalls auch mit diesen embryonalen Stammzellen, von denen immer die Rede ist.

Damit wäre Prof. Ernst Ulrich von Weizsäcker aber gar nicht einverstanden. Er war und ist ein vehementer Gegner des Stammzellenimportes.

Und deine Mutter?

Mutti? Die denkt da gar nicht drüber …

Nein! Ich meine deine leibliche Mutter. Ist die nicht Biologin?

Irène Vonderwied ist nicht nur Biologin, sie wird sogar als Kandidatin für den Nobelpreis gehandelt!

Willst du das so schreiben? Ist das nicht ein bisschen … wie soll ich sagen … dick aufgetragen?

Lenas Einwand bringt mich in Rage. Ist sie jetzt wieder meine Agentin? Ich schleppe sie vor meinen PC, gebe *www.dradio.de/wissenschaft* ein und deute triumphierend auf die Liste. Für seine Hörer hat der Deutschlandfunk für jede Disziplin zehn nobelpreisverdächtige Kandidaten ausgewählt und fordert zur Stimmabgabe per Mausklick ab. Soll wohl interaktiv sein und die Hörerbindung vertiefen.

Na, wer steht da unter Medizin?

Schon gut!

Meine Agentin winkt ab, liest sich aber noch Irène Vonderwieds Lebenslauf und die kurze Beschreibung ihrer wissenschaftlichen Leistungen durch, bevor ich den PC wieder runterfahre.

Dann hat sie es ja wirklich weit gebracht.

Ja, sage ich bitter.

Lena schaut mich prüfend an.

Pass auf, dass du sie nicht zu einseitig darstellst! Ich kann ja deine Gefühle verstehen, aber als Autorin musst du den nötigen Abstand zur realen Irène wahren, damit du der Romanfigur Irène gerecht werden kannst.

Klar, sage ich, von Zweifeln geplagt. Wie kann ich Abstand wahren, wo ich dieser Irène doch näher kommen möchte? Darum erschreibe ich sie mir. Aber ich darf sie nicht einengen, darf nicht meine Ängste und Sehnsüchte auf sie projizieren. Ich muss ihr viel Raum geben, damit sie sich in meiner Fantasie entwickeln kann. Vielleicht wird sie am Ende eine ganz andere sein, als sie mir jetzt noch zu sein scheint?

Teil III

Irène

Biologie
oder
„Ein blöder Zellhaufen"

Wenn morgen früh der Anruf kommt, ist es vorbei mit der Ruhe. -

Irène Vonderwied sitzt bequem auf ihrem Sofa, die Beine hochgelegt, und schaut aus dem Wohnzimmerfenster. Die Krone der alten Kastanie ist schon fast kahl, nur ein paar verkrumpelte Blätter hängen noch an den Zweigen. Seit dem Beginn des Herbstes verfolgt Irène den lautlosen Siegeszug der Miniermotte.

- Verdammte Biester! -

Diese emotionale Bewertung erlaubt sie sich. Obwohl sie Biologin ist, betrachtet sie durchaus nicht alle Lebensformen mit wissenschaftlicher Neutralität. Sie verabscheut die Miniermotten und liebt die Rosskastanien, diese wunderbaren alten Bäume, deren Vegetationszyklus sie durch das Jahr geleitet, im Frühjahr mit den weiß-rosa Kerzen, im Sommer mit dem dichten fingerblättrigen Laubdach, im Herbst mit den beim Fall auf das Straßenpflaster und die parkenden Autos aufplatzenden stachligen Hüllen, aus denen die nur kurze Zeit glänzenden Kastanien kullern, und im Winter mit der ausladenden kahlen Krone. Zum wiederholten Mal ermahnt sie sich, endlich für die Aufstellung von Pheromonfallen zu sorgen, um die gefräßigen Mottenmännchen mit dem Vorgaukeln paarungswilliger Weibchen ins Verderben zu locken. Wenn sie es nicht tut, wird nie etwas geschehen. Seit Jahren schon sind alle Kastanien in der ruhigen Seitenstraße in Hamburg-Eimsbüttel befallen, doch niemand kümmert sich darum. Irène wird gleich morgen beim Städtischen Gartenbauamt anrufen.

- Morgen? Morgen werde ich anderes zu tun haben. Oder auch nicht. -

Der Anruf aus Stockholm kommt gewöhnlich früh am Montag. Bis um 11 Uhr 30 bekannt gegeben wird, wem das *Königlich Karolinische Medico-Chirurgische Institut* den Preis für Physiologie und Medizin zuerkannt hat, bleibt so noch etwas Zeit, sich auf den Ansturm der Medien vorzubereiten.

- Wie überrascht immer alle tun! Als ob sie nie im Leben damit gerechnet hätten. -

Irène lächelt spöttisch. Das gehört eben zu den ungeschriebenen Gesetzen des noblen Spiels. Sie gießt sich eine Tasse Tee ein und trinkt ihn genüsslich in kleinen Schlucken. Darjeeling first flush, noch aus dem Präsentkorb ihrer Doktoranden zu ihrem sechzigsten Geburtstag. Sie weiß, dass sie dem Nobelkomitee als Kandidatin vorgeschlagen worden ist, sie weiß seit dem Sommer, dass sie in der engeren Wahl steht, und sie weiß, dass sich ihre Chancen verdichten. Zu viele waren an den Prozeduren der Vorschläge von Kandidaten und der Abgabe von Voten beteiligt, als dass die angebliche Mauer des Schweigens rund um die Vergabe der Nobelpreise wirklich dicht sein könnte. Aber natürlich wird sie das Spiel mitspielen und angemessen überrascht tun, wenn die Reporter morgen von ihr wissen wollen, ob sie mit dieser weltweit beachteten Auszeichnung gerechnet hat, die zunehmend ein schon fast sakraler Mythos umgibt.

- Wenn! -

Dafür spricht, dass ihre Forschungen zur Reprogrammierung adulter Stammzellen von Mäusen den grundsätzlichen Weg zur Erzeugung von Stammzellen aufgezeigt haben, aus denen man alle denkbaren Körperzellen entwickeln kann. Dagegen spricht, dass erst die Veröffentlichungen Shinya Yamanakas und James Thomsons weltweites Aufsehen erregt haben, weil sie denselben Weg mit menschlichen Stammzellen gegangen sind. Schnell war vom *Königsweg* in der Stammzellforschung die Rede gewesen, dem Weg, den keine getöteten menschlichen Embryonen mehr pflastern.

- Meinen Weg pflastern nur getötete Mäuse. -

Hunderte. Tausende. Embryonen, Neugeborene und ausgewachsene Tiere. Die Maus: das Referenzmodell für den Menschen. Kann man bei einer Maus eine Körperzelle zu einer Stammzelle zurückentwickeln, kann man es beim Menschen früher oder später auch. Die

Medien nehmen Durchbrüche in der Forschung aber erst wahr, wenn sie mit menschlichen Zellen erzielt worden sind.

- Wurmt mich das? -

Irène gesteht sich ihren Neid auf ihre Kollegen Yamanaka und Thomson ein. Aber die Scientific Community weiß natürlich um die Bedeutungslosigkeit des Unterschieds von Mäusen und Menschen in der Grundlagenforschung, beruhigt sie sich. Und nur die ist für die Vergabe des Nobelpreises wichtig!

- *Of Mice and Men*. Das war doch das Thema meiner Abiarbeit in Englisch. -

Die plötzliche Erinnerung verwirrt Irène. Wäre sie ein Mensch, der sein Leben nach verborgenen Zusammenhängen und sich offenbarendem Sinn absucht, würde sie an ein frühes Zeichen für eine der Konfliktlinien in ihrem Leben glauben: Was darf man mit Menschen nicht tun, was man mit Mäusen tun darf? Aber Irène liegen solche nachträglichen Interpretationen der Vergangenheit fern. Dennoch suchen ihre Augen das linke obere Regal ihres Bücherbords ab.

- Ja, da stehn sie. -

Sie stehen nebeneinander: John Steinbecks *Of Mice and Men*, ein zerfleddertes Taschenbuch, und *Von Mäusen und Menschen*, die deutsche Übersetzung, ein gebundenes, aber kaum weniger ramponiertes Exemplar. Natürlich hat ihre Englischlehrerin ihr dringend davon abgeraten, das Buch in der Übersetzung zu lesen. Das würde ihr für die Englischarbeit nicht helfen, im Gegenteil! Aber sie hat es in ihrer Verzweiflung trotzdem getan, weil sie vom Originaltext so wenig verstand.

- Meine Englischkenntnisse damals: katastrophal! -

Irène schenkt sich noch einmal nach und lächelt milde über die mittelmäßige Schülerin, die sie einmal war. Nur das Lebendige interessierte sie, die Pflanzen, aber vor allem die Tiere. Ein Hamster konnte ein Freund sein, eine Schildkröte eine Gesprächspartnerin.

Sie umsorgte in ihren Kinderjahren außerdem zwei Meerschweinchen, einen Kanarienvogel, zwei Wellensittiche und eine Wüstenspringmaus.

- Minnie. Ja, genau. Minnie hieß die Maus. -

Die Namensgebung verrät ihre Lieblingslektüre zu der Zeit, stellt Irène amüsiert fest. Und wie hat sie getrauert, als die springlebendige Maus eines Morgens kalt und steif in ihrem Käfig lag! Sie beerdigte sie mit einer ergreifenden Zeremonie, bei der ihre Kuscheltiere heftig weinten, und schmückte ihr Grab im Garten mit Löwenzahn und Gänseblümchen. Heute entsorgt die Tierkörperverwertungsanstalt die unzähligen Mäusekadaver, die nach ihren Experimenten anfallen.

Irène denkt nicht gern an den anfallenden Abfall ihrer Arbeit, wendet sich lieber wieder der Tiernärrin zu, die sie als Kind war.

- Eine Katze hat Maman mir nie erlaubt. So oft ich auch gebettelt hab. -

Ihre Mutter war sowieso wenig angetan von *der ganzen Menagerie im Haus* und hätte *das blöde Viechzeugs* am liebsten hinausbefördert. Da Irène aber immer ihre Versprechen hielt und ihre Tiere regelmäßig fütterte und auch ihren Dreck wegmachte, fand sie kein Argument zum Einschreiten.

- Und Papa war auf meiner Seite! -

Kinder brauchen Tiere hielt Karl-August Vonderwied seiner Frau Wilhelmine entgegen, wenn sie ihrer einzigen Tochter Irène mal wieder vorwarf, ihre kostbare Zeit *mit niederen Lebensformen zu verplempern,* statt sie für Hausaufgaben und Lernen zu nutzen. Woher er denn wissen wolle, was Kinder bräuchten, fragte Wilhelmine ihren Mann dann abfällig oder betonte zum wiederholten Mal, dass ein Mädchen sich doppelt anstrengen müsse, wenn es etwas werden wolle! Karl-August gab seiner Frau recht wie fast immer, beschwichtigte sie, lenkte sie ab und erreichte so, dass alles beim Alten blieb.

- Ach Papa! -

Irène reißt sich von den Erinnerungen an ihren Vater los, um nicht in eine wehmütige Stimmung zu geraten. Sie versucht, wieder an die Zukunft zu denken, an den morgigen Tag, an den möglichen Anruf.

- Möglich. Wahrscheinlich? -

Dagegen spricht, dass erst 1995 mit der Tübinger Genforscherin Christiane Nüsslein-Volhard die erste und bisher einzige Deutsche den Medizinnobelpreis erhalten hat. Offiziell spielt das Proporzdenken bei der Vergabe des Preises natürlich keine Rolle. Was zählt, ist allein die herausragende wissenschaftliche Leistung.

- Daran sollte es bei mir nicht scheitern! -

Aber über das, was offiziell eine Rolle spielt und was tatsächlich, macht sich Irène keine Illusionen. Offiziell soll auch, gemäß dem Willen Alfred Nobels, der Preis an Forscher verliehen werden, *die im verflossenen Jahr der Menschheit den größten Nutzen geleistet haben, dadurch, dass sie auf dem Gebiet der Physik, der Chemie und der Physiologie oder Medizin die wichtigste Entdeckung oder Verbesserung gemacht haben.*

- Im verflossenen Jahr! -

Tatsächlich wird der Preis oft erst Jahre oder Jahrzehnte später verliehen, ist immer mehr zu einem Preis für ein Lebenswerk geworden. Doch in den letzten Jahren gibt es eine Trendumkehr. Die Juroren trauen sich wieder, aktuelle Forschungsergebnisse zu nobilitieren, wenn sie die *wichtigste Entdeckung oder Verbesserung* sind. Die Reprogrammierung adulter Stammzellen ist die wichtigste Entdeckung, ist sich Irène sicher.

- Unzweifelhaft! Ein Meilenstein! -

Sie knabbert an einem Ingwerplätzchen, nimmt aber kaum wahr, welche Geschmacksreize die Sinneszellen auf ihrer Zunge an das Gehirn melden. Sie ist weiter mit dem Für und Wider eines Anrufs aus Stockholm beschäftigt. Wird ihr Telefon morgen Vormittag klingeln?

- John glaubt daran. -

Jedenfalls hat John McGovern, ihr Exkollege aus Wisconsin, das gestern Abend bei ihrem Telefongespräch versichert. Er habe mit seinem Chef Thomson um eine ganze Kiste *Cabernet Sauvignon* gewettet, dass der zusammen mit Yamanaka und ihr den Medizinnobelpreis erhalten werde.

„Thomson? Yes. Yamanaka? Yes. But me?"

„Of course you!"

Ohne ihre grundlegenden Arbeiten zur Epigenetik und zur Einschleusung von Genen mithilfe von Viren wäre eine Reprogrammierung adulter Zellen ja gar nicht möglich, das wisse sie doch. Keine falsche Bescheidenheit! Thomson sei jedenfalls auch überzeugt, dass entweder sie alle drei den Preis erhielten oder keiner von ihnen. Vielleicht sei ihr Durchbruch eben doch noch zu frisch. Er lasse sie jedenfalls herzlich grüßen.

- Herzlich bestimmt nicht. -

Mit James Thomsons Arbeiten war 1998 die Ära der Forschung an embryonalen Stammzellen eingeläutet worden. Und er arbeitete ganz selbstverständlich auch mit menschlichen Embryonen. Für ihn waren sie fantastisches Rohmaterial, Stoff für Forscherträume, Mittel für erhoffte Heilungsmöglichkeiten.

- Wie war das nach der Geburt von Louise Brown? -

Irène klingen noch die Ohren von den Versprechungen, als das erste in der Retorte erzeugte Baby geboren worden war: Ein Retortenembryo würde ausschließlich dazu verwendet, ihn in die Gebärmutter der Mutter einzupflanzen und damit kinderlosen Paaren zu Nachwuchs zu verhelfen. Empört wurde jeder Verdacht zurückgewiesen, man würde mit den Embryonen, jetzt, wo sie so bequem in der Petrischale vor einem lagen, irgendetwas anderes machen.

- Und schon gings los! -

Man pflanzte ihn nicht der Mutter ein, sondern einer anderen Frau.

Zum ersten Mal, seit es Menschen gibt, war die Frau, die ein Kind geboren hatte, nicht die Mutter des Kindes. *Pater semper incertus est,* der Vater ist immer unsicher, wussten die alten Römer.

- Heute ist auch die Mutter unsicher! -

Dann ging man dazu über, gleich mehrere Embryonen zu erzeugen, um die Befruchtungsrate zu erhöhen und fror übrig gebliebene ein, produzierte munter überzählige Embryonen, die sowieso nur im Müll landen würden. Da konnte man sie denn doch besser für die Forschung verwenden, nicht wahr? Und schon hatte man den begehrten Rohstoff.

James Thomson verstand Irènes Einwände nicht. Er akzeptierte, dass sie als deutsche Forscherin sich an das strenge Embryonenschutzgesetz ihres Landes halten musste. Dass sie aber nicht, wie fast alle ihre deutschen Kollegen, gegen dieses Gesetz aufbegehrte und es zu Fall zu bringen versuchte, war ihm unbegreiflich. War sie etwa eine von diesen christlichen Fundamentalisten?

- Nichts weniger als das! -

Ihre Argumentation mit dem Schutz der Menschenwürde aus dem deutschen Grundgesetz war ihm unverständlich. Von welchen Menschen redete sie? Er redete über Zellhaufen! Die sich erst zu Menschen entwickeln würden. Wann genau sie denn Menschen seien? Auf jeden Fall irgendwann später. Wenn sich das Nervensystem entwickelt habe. Wenn sie mit der Umwelt interagierten. Wenn man sie in eine Gebärmutter eingepflanzt habe.

Irène hätte auch gern mit menschlichen embryonalen Stammzellen gearbeitet, nur zu gern! Aber sie konnte einfach nicht über die Willkürlichkeit hinwegsehen, mit der hier der Beginn menschlichen Lebens so umdefiniert wurde, dass ein Forscher keine Gewissensbisse haben musste. Sie war Biologin. Und gerade deshalb schien ihr der Moment der Verschmelzung von Ei und Samenzelle der einzig logische Punkt für den Beginn des Lebens. In diesem Moment entstand aus der Vereinigung der väterlichen und mütterlichen Chromosomen das neue Erbgut dieses einzigartigen Menschen. Danach kamen unendlich viele wichtige Stadien der Entwicklung. Aber der Beginn lag hier und nur hier. Das konnte und wollte sie nicht verleugnen.

- Und das war und ist für Thomson ein Affront. -

Ihr Umgang miteinander war respektvoll, aber nicht herzlich. Dennoch bat Irène John McGovern natürlich, Thomson herzlich zurückzugrüßen.

- Höfliches Geplänkel. -

Das Verhältnis zu John dagegen ist durchaus herzlich, soweit Irènes Verhältnisse herzlich sein können. Sie plauderte noch eine Weile mit dem Professor für Molekularbiologie, mit dem sie bei ihrem zweijährigen Forschungsaufenthalt in Wisconsin am engsten zusammengearbeitet und dessen trockenen Humor sie schätzen gelernt hatte. Sie lästerten über gemeinsame Bekannte und schimpften auf die überbordende Bürokratie hüben und die immer unverschämtere Einflussnahme der Wirtschaft auf die Forschung drüben. John fügte noch ein paar bissige Bemerkungen über die Evangelikalen und Gods-own-president George Doubleyou hinzu. *Talking about the evolution's out* parodierte er einen Liedtext seiner Lieblingssängerin Joan Armatrading, in der sie dasselbe von der *revolution* behauptet hatte.

„It's true, believe me!"

Irène glaubte ihm nicht nur, sie hatte mit Entsetzen feststellen müssen, dass die alte Mär vom christlichen Schöpfergott unter dem neuen Label *Intelligent Design* sich inzwischen auch in Deutschland anmaßte, die Evolution infrage stellen zu können. *Die Erde ist nur neuntausend Jahre alt. Alle Geschöpfe sind seit Anbeginn vorhanden. Mensch und Affe haben sich nicht aus gemeinsamen Vorfahren entwickelt.* Quelle der Weisheit: die Bibel. Das widersprach den wissenschaftlichen Erkenntnissen so krass wie die These vom Kreisen der Sonne um die Erde. An der hielt nach fünfhundert Jahren nun nicht einmal mehr der Papst fest.

- Vielleicht dauert es ja mit der Anerkennung der Evolution nicht ganz so lange! -

Die Hoffnung hatte auch John. Er schimpfte allerdings vor allem über seinen Noch-Präsidenten und die Infizierung von Gremien, die über die Finanzierung von Forschungsprojekten entschieden, mit fundamentalchristlichem Gedankengut. Irène konnte seine lautstarke Empörung darüber, dass er einerseits Spitzenforschung auf höchstem Niveau betreiben und andererseits die fundamentale biologische Theorie der Evolution leugnen sollte, von Herzen nachvollziehen.

- Déjà vu? -

Ja, es erinnerte sie an die Erzählungen ihrer Mutter von einer Zeit, als die Physiker ihre Wissenschaft ohne die Relativitätstheorie betreiben sollten. Das war so lächerlich gewesen, dass zu Anfang kein Physiker es ernst genommen hatte. Ebenso lächerlich war eine Biologie ohne Evolutionstheorie. Aber lächerlich hieß nicht ungefährlich, wie man aus der Geschichte lernen konnte.

- Ach, Geschichte ist ein anderes Wort für Amnesie. -

Irène versuchte John damit zu trösten, dass die Zeit der *Bushmänner* demnächst abgelaufen sei, Europa hoffe ja auf Barack Obamas *Change*, aber selbst mit John McCain werde wohl ein Mindestmaß an zivilisatorischer Normalität ins Weiße Haus zurückkehren.

„Let's hope the very best."

Irène glaubte einen Anflug von Resignation zu hören, doch gleich darauf verwandelte der Schalk seine Stimme, als er ihr *very proudly* die Geburt seiner dritten Tochter verkündete, geboren vier Tage nach seinem ersten Enkel!

„Crazy, isn't it?"

Irène hörte sein offenes, jungenhaftes Lachen, das sie so mochte, und trug ihm Grüße an die beiden Mütter auf, obwohl sie seine Tochter nicht kannte und seine zweite, fast dreißig Jahre jüngere Frau, nur flüchtig bei einer Tagung kennengelernt hatte.

- Eine schrecklich aufgetakelte Blondierte! -

Sie hatte nicht verstanden, was John an ihr fand. Wo er selbst so burschikos daherkam! Auf den ersten Blick hätte man ihn eher für einen Farmer als für einen angesehenen Wissenschaftler halten können.

Aus ihrem eigenen Privatleben hatte sie ihm nichts zu berichten, er erwartete es sicher auch nicht, denn seit er sie kannte, lautete ihre Antwort auf seine Frage *How are you?* regelmäßig nur: *Fine. Lot of work.* Ihr Privatleben bestand im Wesentlichen aus der Regeneration für die Arbeit: Spaziergänge, Gymnastik, Entspannen bei klassischer Musik oder einem guten Tee.

Irène schenkt sich noch eine Tasse von dem ausgezeichneten Darjeeling ein und genießt jetzt ganz bewusst das feine blumige Aroma, bevor sie es ihren Gedanken wieder erlaubt, zum gestrigen Telefongespräch mit John zurückzukehren. Nachdem Politik und Privates kursorisch abgehakt waren, haben sie sich lange über ihre jeweiligen aktuellen Forschungsprojekte ausgetauscht, sich gelegentlich nostalgisch an ihre gemeinsame Zeit in Wisconsin erinnert und sich zum wiederholten Mal gegenseitig bestätigt, dass sie mit niemandem sonst so kreativ und ohne die üblichen Reibungsverluste durch Konkurrenzdenken zusammengearbeitet hätten.

„It was great fun, Irène, wasn't it?"

„Think so, too!"

Natürlich hörte sich ihr Name aus Johns Mund wie *Eiriin* an, aber das störte sie nicht, nein, sie mochte es sogar sehr, während sie jedes Mal innerlich zusammenzuckte, wenn ihre lieben Landsleute aus Irène eine Irene machten. In solchen Fällen korrigierte sie ihre Gesprächspartner unerbittlich, bis sie den Unterschied begriffen hatten.

Am Ende ihres Gespräches versprachen sie sich, bis zum nächsten Anruf nicht wieder Monate verstreichen zu lassen, auch wenn sie beide mit jeder Minute ihrer kostbaren Zeit knauserten. Nein, er werde bald wieder anrufen, bekräftigte John, nämlich schon übermorgen, um ihr zu gratulieren.

„Never ever!"

„Just wait and see!"

Abwarten und Tee trinken. Mehr kann Irène tatsächlich nicht tun. Sie trinkt noch einen Schluck und greift zu dem Taschenbuch über Nobel-Frauen, das ihre Assistentin ihr mit einem Augenzwinkern zum einundsechzigsten Geburtstag überreicht hat. Sie blättert darin, liest noch mal einige Absätze in den Biografien der zehn Frauen, die bisher in den drei naturwissenschaftlichen Kategorien Chemie, Physik und Medizin einen Nobelpreis erhalten haben.

- Zehn in hundert Jahren! Zehn von 469 Preisen! -

Die bekannteste ist natürlich Marie Curie. Manche kennen auch noch ihre Tochter Irène Joliot-Curie.

- Papas Idol! Nach der er mich benannt hat. -

Doch wer kennt hierzulande Dorothy Hodgkin-Crowfoot, Maria Göppert-Mayer, Gerty Theresa Cori, Rosalyn Yalow, Babara McClintock, Rita Levi-Montalcini und Gertrude Elion? Wohl kaum jemand und das nicht nur, weil außer drei Frauen alle nur halbe, drittel oder sogar viertel Preise erhalten haben, etliche zusammen mit ihrem Ehemann. Es liegt auch daran, dass die naturwissenschaftlichen Nobelpreise viel weniger öffentliche Aufmerksamkeit erregen als der Literatur- oder der Friedensnobelpreis. Es ist schon seltsam, findet Irène, dass eine Gesellschaft, deren Lebensweise grundlegend durch die Erkenntnisse der Naturwissenschaften und deren technische Umsetzungen geprägt ist, die Menschen, die diese Erkenntnisse erarbeiten, so wenig schätzt.

- Wie die Gesundheit, deren Wert man erst erkennt, wenn man krank ist. -

Irène schüttelt leicht den Kopf. Dieser Gedanke geht ihr nicht zum ersten Mal durch den Kopf. Aber wirklich geärgert hat sie sich, als auf dem Institutsempfang zur Feier ihrer Auszeichnung mit dem Leibniz-Preis ein renommierter Journalist von ihr wissen wollte, was *sie als Frau* denn vom Werk der Literaturnobelpreisträgerin Elfriede Jelinek halte. Das könne sie ihm nicht sagen, hat sie ihn beschieden, denn sie kenne keine Zeile dieses Werks. Und auf sein indigniertes *Oh, tatsächlich nicht?* hat sie zurückgefragt, ob er denn auch Frau Jelinek um Auskunft darüber gebeten habe, was *sie als Frau* von der RNA-Interferenz halte. Woraufhin er sie zuerst verständnislos angestarrt und dann gelacht hat, als habe sie einen besonders gelungenen Witz erzählt.

Irène erhebt sich vom Sofa und bringt das Tablett mit dem Teegeschirr und der Keksdose in die Küche. Damit ist ihr Programm *Erholung und Gesunderhaltung* für heute beendet. Den Sonntagvormittag hält sie sich, wenn es nur irgend möglich ist, frei von Arbeit. Sie hat ihren einstündigen Spaziergang durchs Viertel gemacht, ist wie gewöhnlich zum Italiener um die Ecke zum Essen gegangen, hat sich danach eine kleine Siesta und zuletzt den genussvoll zelebrierten Tee gegönnt. Jetzt steht sie unschlüssig in der Küche herum, doch bald wird sie sich an die Abarbeitung des Nachmittagsprogramms machen müssen. Der unvermeidliche Besuch bei ihrer Mutter steht an.

Irène schaut aus dem Küchenfenster. Es hat angefangen zu regnen, ziemlich heftig sogar und dazu weht ein stürmischer, böiger Wind.

- Irgendwie hab ich heute noch weniger Lust als sonst. -

Sie geht zurück ins Wohnzimmer und setzt sich wieder auf ihren Lieblingsplatz auf dem Sofa, mit Blick auf das Katzengemälde an der gegenüberliegenden Wand. Sie hat es von einer Kunststudentin nach einem alten Foto malen lassen und war mit dem Ergebnis sehr zufrieden. Die großen, luchsähnlichen Augen ihres schon lange toten Katers Lo Po schauen sie an, als ob er gleich losmaunzen würde. Irène schaut immer wieder gern auf dieses Ölbild, auch wenn es in seiner

altmodischen, realistischen Machart so gar nicht zu ihrer Wohnungs-
einrichtung passt. Aber dieser Stilbruch stört sie nicht, im Gegenteil.
Und die Innenarchitektin, die ihr die Wohnung damals wunschgemäß
eingerichtet hat, weiß nichts von der Verschandelung ihres Werks.

- Schlicht, funktional, helles Holz, warme Töne. -

So hatte sie der jungen Frau ihre Vorstellung von einem Heim
erklärt, in dem sie sich wohlfühlen könnte. Und mit dem Ergebnis war
sie sehr zufrieden. Sie selbst hatte einfach nicht die Zeit gehabt, sich
mit dem Herausreißen von Teppichböden, dem Schleifen der alten
Pitchpineböden, dem Installieren einer augenfreundlichen Beleuch-
tung, der Anschaffung einer Einbauküche und der in die Zimmer
passenden Möbel abzuplagen.

Irène wendet ihren Blick von dem Katzengemälde ab und nimmt
noch einmal das Buch über die Nobel-Frauen zur Hand. Das letzte
Kapitel ist überschrieben mit: Wer ist die Nächste? Amüsiert liest
Irène die Vermutungen, die die Autorin Ulla Fölsing über die mögliche nächste Nobelpreisträgerin in den Naturwissenschaften anstellt.
Eine Amerikanerin sei am wahrscheinlichsten, vielleicht Jüdin, und es
werde wieder der Nobelpreis in Medizin sein.

- Ich bin weder Amerikanerin noch Jüdin. -

Aber der Nobelpreis für Medizin wird es sein, das stimmt. Obwohl
Irène Vonderwied Zellbiologin ist, wird sie auf keinen Fall den
Nobelpreis für Biologie erhalten. Weil es ihn nicht gibt. Die Zeit des
Preisstifters Alfred Nobel war die hohe Zeit der Chemie und der
Physik. Von der Biologie erwartete man keinen großartigen Beitrag
zum Fortschritt der Menschheit. Also behilft sich das Nobelkomitee
heute damit, die biologischen Forschungen unter der Rubrik Physio-
logie und Medizin auszuzeichnen.

- Was solls? -

*Die kommende Nobel-Frau wird nicht mehr ganz jung sein, vermut-
lich Anfang bis Mitte fünfzig* liest Irène weiter.

- Stimmt fast. -

Sie wird aller Wahrscheinlichkeit nach einen Ehemann haben, der gleich-falls Wissenschaftler ist, ohne ihr allerdings den Weg geebnet zu haben.

- Mit einem Ehemann kann ich nicht dienen. -

Ihre Kinder werden schon erwachsen sein.

Irène schlägt das Buch zu und schmeißt es auf den Tisch.

- Kinder! -

Sie steht auf und wandert ziellos durch ihre Wohnung, vom Wohn-zimmer ins Arbeitszimmer, vom Arbeitszimmer ins Schlafzimmer, vom Schlafzimmer in die Küche und wieder zurück ins Wohnzimmer. Jetzt muss sie doch wieder an das denken, woran sie nicht denken will.

- Elendes Buch! -

Wenn der Anruf aus Stockholm morgen tatsächlich kommt, wird sich die Medienmeute auf Irène stürzen und wird sie nicht nur nach ihrer Arbeit fragen, sondern auch nach ihrem Privatleben. Das war schon beim Leibniz-Preis so, obwohl sie es da hauptsächlich mit Wis-senschaftsjournalisten zu tun hatte. Beim Nobelpreis wird sie selbst den Boulevardmedien nicht entgehen und die werden sich weniger für ihren Transfer von Genen in Fibroblasten interessieren als viel-mehr für das Menschlichallzumenschliche. Am meisten natürlich für irgendwelche Skandale und Sensatiönchen.

- Da werden sie bei mir auf Granit beißen! -

Sie wird sie einfach auf ihre Biografie auf der Webseite über die Leibnizpreisträger verweisen. Da können sie sich auch über ihre Familie informieren. Bestimmt wird sie dann später lesen, sie stamme aus der *Wissenschaftlerdynastie Hartkopf/Vonderwied.* Vielleicht wird auch der eine oder andere Seitenhieb auf ihren Großvater fallen à la *Der Chemieprofessor Erich Hartkopf und seine umstrittene Rolle im Ersten Weltkrieg.*

- Meinetwegen. Damit habe ich nichts zu tun. -

Und natürlich werden sie sich über ihre Mutter auslassen, die bekannte Physikerin Prof. Dr. Wilhelmine Vonderwied. Da werden wieder die unvermeidlichen Sätze formuliert werden, eingeleitet mit den Worten *Die erste Frau, die …* oder *Die einzige Frau, die …*: Die einzige Frau, die als Wissenschaftlerin im Uranverein mitgearbeitet hat, die erste Frau, die in der Bundesrepublik auf einen Lehrstuhl für Physik berufen wurde, die erste Professorin, die eine Abteilung am CERN geleitet hat, die einzige Frau, die den Göttinger Appell gegen atomare Bewaffnung unterschrieben hat, die erste Frau als Vizedirektorin eines Max-Planck-Instituts.

– Na ja, trotzdem, wer kennt sie heute noch? –

Vielleicht wird irgendein Reporter auf die Idee verfallen, ihre Mutter in ihrer Seniorenresidenz aufzusuchen und zu interviewen? Das würde ihr bestimmt gefallen. Sie würde liebend gern über ihre eigenen Leistungen und Erfolge sprechen. Natürlich auch mit aufrichtigem Stolz von ihrer Tochter. Aber noch größer als ihr Stolz wäre ihr Neid. Nobelpreis? Den hätte sie doch verdient gehabt und nicht dieses mittelmäßig begabte Mädchen, das schwach im Kopfrechnen war und sich für so langweiliges Zeug wie Pflanzen und Tiere interessiert hat! Sagen würde sie natürlich etwas völlig anderes. Ob sie so dreist wäre, zu behaupten, sie selbst habe ihre Tochter schon früh gefördert?

– Du hast mich immer nur unter Druck gesetzt, Maman! –

Irène ist auf ihrem Rundlauf durch die Wohnung wieder in ihrem Arbeitszimmer angekommen. Sie setzt sich vor ihren Schreibtisch, räumt Unterlagen zur Seite, bleibt dann aber bewegungslos sitzen und schließt die Augen.

Natürlich würde sie der Journaille nur Gutes über ihre Mutter erzählen, ohne ein Gran Bitterkeit. Und zu ihrem eigenen Lebenslauf könnten sie die Reporter gerne befragen. Der besteht nur aus den Angaben *Wann wo was studiert* und *Wann wo was erforscht*. Das müsste genügen. Höchstens noch:

Verheiratet? Nein.

Kinder? Keine.

Irène öffnet ihre Augen, steht auf, hebt die Arme ganz hoch, streckt sich, atmet tief durch und setzt sich wieder hin.

- Lächerlich! Wieso mache ich mir überhaupt Gedanken? -

Sie hat kein Verbrechen begangen. Und ihr Privatleben geht sowieso niemanden etwas an. Wenn man richtig nachbohrt, hat jeder seine Leiche im Keller. Ihre Leiche ist allerdings höchst lebendig. Das hofft sie. Und außerdem lebt sie ja nicht am Anfang des zwanzigsten Jahrhunderts, als die Vergabe des zweiten Nobelpreises an Marie Curie in der französischen Boulevardpresse zu einer regelrechten Hetzkampagne führte, nur weil *die Polin* eine Liebesbeziehung zu einem verheirateten Mann hatte. Aber die Medien heutzutage zeichnen sich keineswegs durch mehr Respekt vor dem Privatleben von Prominenten aus!

- Im Gegenteil! -

Irène versucht, ihr hochkriechendes Unbehagen wegzuargumentieren. Sie ist kein Filmsternchen, sondern nur eine langweilige Biologieprofessorin! Daran ändert auch ein Nobelpreis nichts. Bei einer Wissenschaftlerin wird man nicht hemmungslos in ihrer Intimsphäre herumschnüffeln, schon allein, weil diese fantasielosen Leute sich nicht vorstellen können, dass es dort etwas zu schnüffeln gibt. Sie sollte sich jetzt wirklich nicht verrückt machen. Sie wird schon jedes Eindringen in ihre Intimsphäre abzuwehren wissen.

- Das kann ich ja schon lange gut. -

Irène kichert plötzlich, reißt sich aber gleich wieder zusammen.

Jetzt ist aber wirklich Schluss mit diesen albernen Gedankenspielen! Sonst kommt es noch so weit, dass sie sich vor einem Anruf aus Stockholm morgen fürchtet, anstatt sich darauf zu freuen. Die Krönung eines Wissenschaftlerlebens, wie es so schön heißt. Daran sollte sie denken und nicht an die Wunden, die ihr dieses Leben geschlagen hat.

- Ich hab mich genug gequält! -

Irène steht mit einem Ruck auf, geht mit energischen Schritten in ihr Wohnzimmer, schaut wieder auf die Kastanie vor ihrem Fenster. Es hat aufgehört zu regnen.

- Höchste Zeit, zu Maman zu fahren. -

Dennoch zögert sie. Sie geht an ihrem Bücherbord entlang, nimmt einige der Krimis heraus, die sie anfallsweise im Dutzend kauft, obwohl sie weiß, dass sie kaum dazu kommt, sie auch zu lesen. Sie blättert in ihnen, liest Klappentexte. Plötzlich begegnet ihr Blick dem ihrer Großmutter aus dem schwarzweißen Porträtfoto im silbernen Jugendstilrahmen, das in einem der mittleren Regale steht. Unwillkürlich erscheint ein begrüßendes Lächeln auf Irènes Gesicht wie immer, wenn sie das stark vergilbte Foto bewusst wahrnimmt.

- Ach, Oma Emma! Steh deinem Renimädchen bei! -

Sie nimmt das Bild in die Hand und betrachtet liebevoll das faltenreiche, von weißen Locken umrahmte Gesicht ihrer Großmutter. Wie viel Güte und Wärme das Gesicht ausstrahlt! Oder projiziert sie die Güte und Wärme, die sie als Kind von ihrer Großmutter empfangen hat, jetzt in das Papiergesicht hinein?

- Was wäre aus mir geworden ohne dich? -

Eigentlich ist Oma Emma ihre Mutter gewesen. Sie hat Irène großgezogen, war immer für sie da, hat sie immer unterstützt.

- Wenn du noch gelebt hättest, als ich … -

Nein, verdammt, sie will doch nicht mehr daran denken! Vielleicht wird morgen für sie Gegenwart, was so lange eine leuchtende Zukunftshoffnung gewesen ist, und was macht sie? Sie hadert mit der Vergangenheit.

Irène wischt mit dem Ärmel ihres Pullovers feinen Staub vom Foto und stellt es zurück ins Regal neben ein wesentlich kleineres, das ihre Großmutter an ihrem Hochzeitstag zeigt. Die zwanzigjährige Emma steht an der Seite ihres Bräutigams vor einer efeuumrankten dorischen Säule, in einem schlichten, mit hellen und dunklen Schlangenlinien gemusterten Kostüm und mit einem verrutschten Hut auf dem Kopf. Ernst und sichtbar angestrengt schaut sie in die Kamera. Auch er, ein stattlicher, deutlich älterer Mann im schwarzen Anzug, lächelt nicht.

- Opa Erich. -

Dein Opa Erich, hat Oma Emma ihn ihr gegenüber immer genannt, obwohl sie ihn nie als Opa kennengelernt hat. Und manchmal hat sie geseufzt: *Er hats nicht leicht gehabt im Leben.* Viel mehr hat sie von ihr nicht erfahren über ihren Großvater Erich Hartkopf, der am 11.1.1947, nur zwei Tage nach ihrer Geburt, plötzlich an einem Schlaganfall gestorben war. Sehr deutlich hört Irène noch die Verbitterung in der Stimme ihrer Mutter, die ihr mehrmals erzählt hat, sie sei mit einem Neugeborenen aus dem Krankenhaus in ein Trauerhaus zurückgekommen, in dem sich alles nur um den Toten gedreht habe!

- Ja, was denn sonst? -

Wilhelmine hatte natürlich erwartet, dass sich alles um ihr Baby drehen würde. Alles und alle und vor allem eine. Emma hatte sich doch so auf ihre Omarolle gefreut! Und jetzt war sie von früh bis spät mit den Trauerfeierlichkeiten beschäftigt und Wilhelmine musste ihr Baby ganz allein versorgen.

- Zu viel verlangt! -

Wilhelmine erwartete ganz selbstverständlich, dass ihre Mutter ihr die Last mit dem Kind abnahm, eine Erwartung, die sich nach Erichs Beerdigung auch erfüllte. Emma zog schon klaglos die im Krieg in der Villa Vonderwied gestrandeten Kinder ihres Bruders Franz groß, ihren verwaisten Neffen Siegfried und ihrer Nichte Adelheid. Nun also auch noch ihre Enkelin Irène, die zwar nicht verwaist war, doch deren Eltern keine Zeit für eine so profane Aufgabe hatten. Sie bauten mit Leuten wie Heisenberg und Hahn, Gentner, Laue und Weizsäcker die Physik im Nachkriegsdeutschland wieder auf, forschten und saßen in Gremien, errichteten neue Institutionen, verwandelten die

378

Kaiser-Wilhelm-Gesellschaft in die Max-Planck-Gesellschaft, schufen die Voraussetzungen für eine effektive Grundlagenforschung.

- Selbst wenn sie mal zu Hause waren, waren sie weit weg von mir. - Irène gibt sich einen Ruck. Sie wird jetzt losfahren. Sofort. Sie wird ihre Mutter nicht unnötig warten lassen. Sie weiß, wie sehr Wilhelmine auf den allsonntäglichen Besuch wartet, den einzigen, den sie bekommt.

Als Irène ihren Wagen auf dem Besucherparkplatz vor dem Augustinum abstellt, bricht gerade die Sonne hinter imposanten Regenwolken hervor und veranstaltet Lichtspiele auf dem immer bewegten Wasser der Elbe. Ein Riesencontainerschiff der neuesten Generation schiebt sich an der Seniorenresidenz Augustinum vorbei, die ehemals ein Kühlhaus war. Vor elf Jahren ist Wilhelmine hier eingezogen, kurz nach ihrem achtzigsten Geburtstag. Sie hat kurz entschlossen ihre Villa in Heidelberg verkauft und sich ein Zweizimmerapartment im Augustinum besorgt. *Ich denke, es ist Zeit, in die Nähe meiner Tochter zu ziehen.* Mit diesen Worten hat sie der überraschten Irène ihren Umzug nach Hamburg angekündigt.

Irène fährt mit dem Fahrstuhl in die oberste Etage, klopft an die Tür mit dem goldglänzenden Schild *Prof. Dr. Wilhelmine Vonderwied* und betritt, ohne eine Aufforderung abzuwarten, das Apartment ihrer Mutter. Sie hängt ihre Daunenjacke an die Garderobe, lockert vor dem Spiegel mit den Fingern ihre kurz geschnittenen Haare und öffnet die Tür zum Wohnraum. An einem kleinen Tisch vor einem Panoramafenster sitzt eine große, immer noch sehr schlanke, weißhaarige Frau und schaut auf den Fluss. Dem Gesicht, das sich Irène zuwendet, haben sich einundneunzig Jahre mit Falten, Altersflecken und Schlupflidern eingeprägt, doch die braunen Augen hinter der Gleitsichtbrille blicken noch erstaunlich wach in die Welt.

„Tag, Maman!"

Irène gibt ihrer Mutter die Hand und setzt sich zu ihr an den Tisch. Gleich schiebt ihr Wilhelmine einen Teller mit einem Stück Tiramisu-Torte zu und gießt ihr eine Tasse Kaffee ein.

„Trink! Den hat die Servicekraft schon vor einer halben Stunde gebracht!"

Irène überhört den kaum verhüllten Vorwurf und führt die Tasse zum Mund.

- Lauwarm. Selbst Schuld. -

Wenn Irène etwas noch weniger gern trinkt als Kaffee, dann ist es lauwarmer Kaffee. Sie hat ihrer Mutter schon vor vielen Jahren zu verstehen gegeben, dass sie eine passionierte Teetrinkerin ist. Ein paar Mal hat Wilhelmine ihr daraufhin auch Tee servieren lassen, doch dann stand bei ihren Besuchen wieder die Kaffeekanne für zwei Personen auf dem Tisch. Irène ärgerte sich, sagte aber nichts. Sie ist es gewohnt, dass ihre Mutter ihre Bedürfnisse nicht besonders beachtet, und hat es schon lange aufgegeben, dagegen aufzubegehren.

- Aufbegehrt hab ich immer nur im Stillen. -

Nur im Stillen beschimpfte sie als Heranwachsende ihre Mutter, warf ihr verbittert vor, nie Zeit für sie zu haben. Und kein Interesse an ihr. Und wenn, dann interessierten sie nur ihre Leistungen. *Was macht die Schule? Was, nur eine Drei in Mathematik? Setz dich gefälligst mal auf den Hosenboden! Nimm dir ein Beispiel an Adelheid!*

- Immer Adelheid als leuchtendes Vorbild! -

Irène hasste ihre fünf Jahre ältere Cousine Adelheid, die arme Kriegswaise, wie Oma Emma oft sagte, die Fleißige, Ordentliche, Kluge, wie sie von ihrer Mutter gelobt wurde. Natürlich war Adelheid immer auch die Klassenbeste.

- Die hätte Maman viel lieber zur Tochter gehabt! -

Ihr vier Jahre älterer Cousin Siegfried dagegen bastelte lieber an Motorrädern und trieb sich in verrufenen Jazzklubs herum, als für die Schule zu lernen. Ihn empfand Irène nicht als ernsthafte Konkurrenz um die Gunst ihrer Mutter. Er schaffte mit Mühe die mittlere Reife, brach zweimal eine Lehre ab und wurde einmal sogar beim Ladendiebstahl erwischt. Als Oma Emma Wilhelmine die eingegangene Anzeige zeigte, kommentierte die achselzuckend:

„Der Apfel fällt nicht weit vom Stamm!"

„Ach Wilhelmine, wie kannst du so über deinen armen Onkel Franz reden!"

- Armer Onkel Franz? -

Über die Eltern Siegfrieds und Adelheids wurde in der Familie kaum gesprochen. Sie waren *Opfer dieses schrecklichen Krieges* geworden, das schien ihre einzige Eigenschaft zu sein. Darum horchte Irène auf und fragte nach:

„Was ist denn mit diesem Onkel Franz? War der auch ein Ladendieb?"

Ihre Mutter lachte auf.

„Der? Der war …"

Doch ein Blick Oma Emmas ließ sie ihren begonnenen Satz abbrechen, tief Luft holen, um dann zu deklamieren:

„De mortuis nihil nisi bene. Soviel Latein verstehst du inzwischen ja wohl."

Irène verstand. Verstand, dass es über den Toten nicht nur Gutes zu sagen gab. Und man deshalb gar nichts über ihn sagte.

Mit zwanzig wurde Siegfried ungewollt Vater. Während der Schwangerschaft seiner Freundin redete er lautstark davon, die Fliege zu machen und dass ein plärrendes Gör das Letzte wäre, was er sich ans Bein binden würde. Als seine Freundin dann aber sogar zwei plärrende Gören zur Welt brachte, heiratete er sie und präsentierte aller Welt stolz seine Wunderknaben. Er machte auf dem zweiten Bildungsweg sein Abitur nach, studierte Jura und wurde schließlich Vorsitzender eines Jugendgerichts, ein Richter mit viel Verständnis für jugendliche Seelen in Aufruhr.

- Und in diesem Jahr ist er pensioniert worden! -

„Mir fällt grad ein: Ich soll dich schön von Siegfried grüßen, Maman. Wir haben letzte Woche telefoniert."

„Danke. Grüß zurück. Wie gehts ihm?"

„Typisch Rentner: Er klagt, dass er nie Zeit hat."

„Trotzdem. Er könnte mich auch öfter mal anrufen. Nicht immer nur zu meinem Geburtstag!"

Irène erwidert nichts, schaut nur aus dem Fenster auf die Elbe. Das Fährschiff nach Finkenwerder kreuzt einen Chemiefrachter.

- Dein früherer Liebling Adelheid ruft niemals an! -

Gleich nach dem Abitur heiratete die Musterschülerin einen fünfzehn Jahre älteren Zahnarzt, bekam vier Kinder und verbrachte ihr Leben als Hausfrau und Mutter. Am Anfang brachte sie ihre Kinder noch an Feiertagen in die Villa Vonderwied zu Oma Wilhelmine. Doch die konnte mit den Kleinkindern rein gar nichts anfangen, verwechselte ständig ihre Namen und spielte die ihr angetragene Großmutterrolle so kläglich, dass Adelheid mit ihrer Familie bald nur noch zu Weihnachten kam und irgendwann gar nicht mehr. Seit vielen Jahren ist auch der telefonische Kontakt abgerissen.

Irène trinkt widerwillig ihren lauwarmen Kaffe und isst mit Genuss das Tortenstück. Wilhelmine begnügt sich mit einer Apfelschnitte.

„Schmeckt wirklich ausgezeichnet, dieses Tiramisu, Maman."

„Wusste ich doch, dass dieser Schokoschlackermaschü was für dich ist. Hab ich schon gestern für dich bestellt."

Irène blickt überrascht auf.

- Sie achtet also doch auf meine Bedürfnisse! -

Irène ermahnt sich, sich einfach darüber zu freuen und nicht gleich wieder dem verletzten Kind in sich nachzugeben, das schreit *Aber nicht genug! Aber nicht genug!* Dieses Kind wird niemals mehr genug bekommen, aber Irène ist nicht mehr dieses Kind, sondern eine abgeklärte Einundsechzigjährige.

- Abgeklärt? Ist man das jemals gegenüber seinen Eltern? -

Es klopft. Auf Wilhelmines Herein erscheint eine junge Frau mit weißer Schürze und räumt das Geschirr ab. Als sie gegangen ist, lehnt sich Wilhelmine zurück und taxiert ihre Tochter mit mild spöttischem Lächeln:

„Und? Wartest du morgen auf einen gewissen Anruf?"

„Ach was! Du weißt doch, wie die Chose läuft."

Das weiß ihre Mutter nur zu gut. Sie hat einige Jahre auf der Kandidatenliste gestanden, doch dann wurde 1963 ihr Heidelberger Kollege Jensen zusammen mit der deutschstämmigen Amerikanerin Goeppert-Mayer mit dem Nobelpreis für Physik ausgezeichnet: für das Schalenmodell der Atomkerne. Wilhelmine war überzeugt, mindestens ebenso viel zu diesem Modell beigetragen zu haben wie die beiden. Dass ihr eine andere Frau den Rang abgelaufen hatte, kränkte sie besonders. Von da an hielt sie nicht mehr allzu viel von *diesem ganzen Nobelpreiszirkus*. Aber erst als 1967 der Physiker Bethe allein den Nobelpreis erhielt, obwohl ihr alter Freund Weizsäcker 1937 gleichzeitig die Kernfusion analysiert hatte, schrieb sie einen empörten Artikel für eine Fachzeitschrift. Carl Friedrich dankte ihr in einem Brief für ihr freundschaftliches Engagement, gab aber bereitwillig zu, dass seine Berechnungen nicht so exakt und ausgefeilt gewesen seien wie die seines Kollegen. Damals habe er ja noch keine Unterstützung durch ihre hohe mathematische Kunst gehabt, schmeichelte er Wilhelmine und bat sie, sich nicht weiter in der Öffentlichkeit über die Vergabekriterien zum Nobelpreis zu echauffieren, um nicht den Verdacht aufkommen zu lassen, er selbst lanciere diese Empörung mittels einer guten alten Freundin. Wilhelmine hat gegenüber ihrer Tochter im Laufe der Jahre unzählige Male Carl Friedrichs *noble Nonchalance* gerühmt und jedes Mal hinzugefügt, dass ihm wenigstens insofern Gerechtigkeit widerfahren sei, als in der wissenschaftlichen Literatur allgemein vom *Bethe-Weizsäcker-Zyklus* die Rede ist.

„Wenn du ein Mann wärst, wäre dir der Nobelpreis sicher! Aber als Frau …"

Wilhelmine äußert ihre Überzeugung mit solcher Entschiedenheit, dass sie dabei ihre Kaffeetasse mit überschüssigem Schwung auf die Untertasse stellt. Etwas Kaffee schwappt über.

„Nein, Maman, das glaube ich nicht. Das spielt heute keine Rolle mehr."

- Wirklich nicht? -

Irène widerspricht ihrer Mutter reflexhaft, weil sie ihr fast immer widerspricht. Erst danach denkt sie an ihre morgendliche Lektüre über Nobel-Frauen, die ihren Widerspruch doch arg relativiert. 10 von 469. Warum gibt es ganz oben in den Naturwissenschaften immer noch so wenige Frauen? Gerade mal eine Direktorin eines Max-Planck-Instituts und das ist gleichzeitig die einzige deutsche Nobelpreisträgerin: Christiane Nüsslein-Volhard! Fehlt den Frauen der *Killerinstinkt*, wie ihr Ex-Kollege John McGovern neulich erst behauptet hat? Gerade heute, hat er betont, wo die Spitzenleistungen nur noch von Teams erbracht werden könnten, die Nobelpreise aber für Individuen vergeben würden, habe nur der gute Chancen, der sich auch gegenüber dem eigenen Team rücksichtslos durchsetze. *Hahnenkämpfe sind nun mal nichts für Hennen!*

- Ich habe mich durchgesetzt. Aber rücksichtslos? -

Das will Irène nicht glauben. Sie hat sich nie mit fremden Federn geschmückt, hat nie unter ihrem Namen Ergebnisse veröffentlicht, die im Wesentlichen auf den Arbeiten ihrer Doktoranden beruhen. Es ist nun mal sie, die neue Ideen hat, neue Forschungsansätze entwickelt und mit unermüdlichem Fleiß auch ihre Umsetzung ermöglicht. Natürlich hat ihre Mutter recht, die immer behauptet, eine Frau müsse doppelt so gut wie ein Mann sein, um es in eine Führungsposition zu schaffen.

- Na, heute vielleicht nur noch anderthalbmal so gut. -

Und die Herren der Wissenschaft kämpfen nicht nur wie die Hähne miteinander, sondern hacken auch fleißig nach den Hennen. Killerinstinkt? Hacken die Hennen nicht kräftig genug zurück? Irène gesteht zu, dass etlichen Wissenschaftlerinnen dieser unbedingte Drang an die Spitze fehlt, der Wille zur Karriere um jeden Preis.

– Und mir? –

Sie treibt etwas anderes an. Sie ist besessen von ihrer Arbeit. So besessen, dass sie den Posten der Vizedirektorin des MPI für molekulare Genetik in Berlin dankend ausgeschlagen hat. Sie erinnert sich zu gut an das ewige Gestöhne ihrer Mutter, die vor lauter Arbeit in der Leitung von Instituten, in Gremien und Ausschüssen, kaum noch zu ihrer eigentlichen physikalischen Arbeit gekommen ist. Nein, sie konzentriert sich ganz auf die Forschung mit ihrem eingespielten Team hier in Hamburg. Sie interessiert nicht die oberste Position in der Hackordnung. Sie fasziniert das Geheimnis des Lebendigen. Ihre Mutter wollte den Dingen auf den Grund gehen, sie dem Lebendigen. Ihre Mutter war beim Atom gelandet, sie bei der Zelle. Vorerst. Denn das Atom ist sowenig der Grund wie die Zelle. Im Atom trieben die Protonen und Neutronen und Elektronen ihr Wesen, später entdeckte man die Quarks, Leptonen, Bosonen und postulierte das Higgs-Teilchen, und ist das Wesen dieser wesentlichen Teile nicht viel mehr ein verdrillter Faden, String benannt? In der Zelle gibt es den Kern und die Mitochondrien und in ihnen Chromosomen und darin DNA und Proteine, und die DNA wird aus vier verschiedenen Bausteinen, den Nukleotiden, aufgebaut und diese … Niemals ist der Grund erreicht. Jede Antwort wirft unzählige neue Fragen auf.

– Wissenschaft produziert Unwissen. –

Diese paradoxe Erkenntnis hält Irène so wenig von ihrem Tun ab, wie sie Wilhelmines Erkenntnisdrang gebändigt hat. Dazu ist der Weg ins Unwissen mit zu faszinierenden Wissensbausteinen gepflastert. Bei

Wilhelmine ist die Faszination auch mit ihren einundneunzig Jahren nicht erloschen. Wie hat sie im September der Inbetriebnahme des Large Hadron Colliders, des weltgrößten Teilchenbeschleunigers am CERN, entgegengefiebert! Würde sie die Entdeckung des Higgs-Teilchens noch erleben? Ohne dieses von Peter Higgs schon 1964 vorhergesagte Teilchen existiert laut Standardmodell der theoretischen Physiker keine Materie, sondern nur Energie. Es gibt aber ganz offensichtlich Materie, sonst gäbe es schließlich niemanden, der nach dem Higgs-Teilchen suchen könnte! Und dann musste der Large Hadron Collider schon nach einer Woche stillgelegt werden. Ein Leck! Ein profanes Leck im Milliarden teuren Tunnel. Die Reparatur wird bis zum April 2009 dauern, danach werden noch Monate, wenn nicht Jahre vergehen, bis man dem Higgs-Teilchen vielleicht auf die Schliche kommt. Wilhelmine ist immer noch aufgebracht über diese Verzögerung. Sie will vor ihrem Tod doch noch erfahren, ob sie und ihre Kollegen ein solides Modell der Welt entwickelt haben oder nur ein Hirngespinst! So lange musst du noch durchhalten, ermahnt sie ihren Körper immer wieder. Aber zum Glück gibt es noch andere Experimente, die ihren Geist wach halten und ihrem greisen Körper seine Daseinsberechtigung geben. Warum sonst sollte sie all die Zumutungen des Alters weiter ertragen: die schmerzenden Gelenke, die mangelnde Beherrschung des Blasenschließmuskels, die nachlassende Sehkraft? Gleich, nachdem das Geschirr abgeholt worden ist, bittet sie Irène, die Physical Review von ihrem Schreibtisch zu holen, die sie schon am Morgen für den Besuch ihrer Tochter bereitgelegt hat.

„Es gibt ein neues, sehr spannendes quantenphysikalisches Experiment!"

Irène holt gehorsam die Zeitschrift und gibt sie ihrer Mutter in die Hand. Sie weiß, dass sie jetzt einen langen Vortrag hören wird wie meistens, wenn sie auf Besuch kommt. Dennoch bleibt ihr die Quantenphysik ein Rätsel und sie tröstet sich oft mit dem Stoßseufzer des greisen Carl Friedrich von Weizsäckers: *Ob ich es noch einmal erlebe, dass ich die Quantenphysik verstehe?*

Wilhelmine blättert in der Physical Review nach dem Artikel, über den sie ihrer Tochter berichten will. Im Gegensatz zu Carl Friedrich hat sie sich schon seit Langem von der Kopenhagener Deutung der Quantentheorie losgesagt. Die Vorstellung, dass die Realität vom Betrachter abhängen soll, hat sie immer empört. Wie die meisten Physiker arbeitete sie mit den Methoden der Quantenphysik und glaubte dennoch nicht, dass ein Elektron ein unbestimmtes Wesen ist, das sich in einer Wahrscheinlichkeitswelle tummelt und sich nur dann an einem bestimmten Ort materialisiert, wenn es gemessen wird. Auch jetzt beginnt sie ihren Vortrag über das neue Experiment mit einem inbrünstigen Bekenntnis:

„Der Mond ist da, auch wenn niemand ihn ansieht. Und eine Katze kann nicht gleichzeitig tot und lebendig sein!"

Für alle mit einem gesunden Verstand gesegneten Menschen sind das banale Aussagen. Und selbst Menschen, die wegen eines ungesunden Verstandes therapiebedürftig sind, werden ihnen fraglos zustimmen. Für eine Quantenphysikerin sind sie spektakulär. Ketzerisch. Denn die gängige Lehrmeinung behauptet das Gegenteil. Zumindest was die Katze angeht, kann Irène als Biologin ihrer Mutter nur vorbehaltlos zustimmen, wird von ihr aber gleich wieder zurechtgewiesen. Über so etwas Profanes wie real existierende Stubentiger spricht Wilhelmine ja gar nicht! Der Mond und die Schrödingerkatze sind Metaphern, stehen für die Rätsel der Quantenwelt, die Wilhelmine auch im Ruhestand keine Ruhe lassen. Es muss hinter den widersinnigen Quantenphänomenen verborgene Variablen geben, den unsichtbaren Tänzer hinter dem Vorhang, der die bizarren Bewegungen der Schatten hervorruft.

„Aber wenn ich das gesagt habe, kam Carl Friedrich natürlich immer mit der Keule John Neumann."

„John Neuman? Nie gehört."

„Irène! Der genialste Mathematiker der damaligen Zeit!"

„Maman, du weißt, dass ich mich für Mathematik genauso wenig interessiere wie für Physik!"

„Allerdings! Das habe ich nie verstanden."

- Und verstehst es heute noch nicht. -

Irène will sich nicht wieder ein enthusiasmiertes Plädoyer für Mathematik und Physik anhören. Die kennt sie zur Genüge. Für Wilhelmine ist die Physik die Königin der Wissenschaften.

- Stimmt. Für ihr Jahrhundert. -

Doch im 21sten Jahrhundert ist die Biologie die Leitwissenschaft. Unter dem neuen Label *Lebenswissenschaften*.

- Bloß nicht wieder darüber streiten! -

„Was war denn nun mit diesem John Neumann?"

Bereitwillig lässt sich Wilhelmine wieder zu ihrem konkreten Thema hinlenken und erläutert eifrig, dass der gute John Neumann 1932 eindeutig mathematisch bewiesen habe, dass es keinen Tänzer hinter dem Vorhang geben könne. Damit war die Theorie der verborgenen Variablen gestorben und Bohrs und Heisenbergs Deutung der Quantenphänomene habe sich endgültig weltweit durchgesetzt, die berühmte Kopenhagener Deutung.

„Ja, Maman, das weiß sogar ich."

„Nun sei doch nicht immer so empfindlich! Das habe ich ja gar nicht bezweifelt!"

„Dann erzähl mir nicht Sachen, die jedes Schulkind weiß, sondern sprich mit mir von Professorin zu Professorin!"

„Mein Gott!"

Wilhelmine sieht mit einem verzweifelten Blick zur Decke. Warum verhält sich ihre Tochter mit ihren 61 Jahren manchmal immer noch wie ein Trotzkind? Wilhelmine stellt ihre Fähigkeiten doch überhaupt nicht in Frage, hat ihr doch immer wieder gesagt, wie erstaunlich es sei, dass Irène es trotz all ihrer Startschwierigkeiten so weit gebracht hat. Immer diese Minderwertigkeitskomplexe! Woher bloß? Versöhnlich erinnert sie ihre Tochter:

„Du musstest mir auch erst erklären, was eine Doppelhelix ist, weißt du noch? In Biologie bin ich das Schulkind."

Wilhelmine und Irène sehen sich an und müssen plötzlich beide grinsen. In den letzten Jahren nehmen sie ihre Mutter-Tochter-Kämpfe beide nicht mehr so richtig ernst. Sie sind oft nur noch ein Zitat ausgestandener Konflikte, abgestandener Animositäten.

„Schon gut, Maman. Erzähl weiter!"

Wilhelmine erzählt weiter, erzählt von der Mathematikerin Grete Hermann, die schon 1935 einen grundlegenden Fehler in Neumanns Beweis gefunden hat.

„Na ja, Grete Hermann war eine unbekannte Frau und John Neumann war ein angesehener, ach, was sag ich, ein gefeierter Mann. Du kannst dir vorstellen, welche Wirkung ihre Entdeckung hatte."

„Keine."

„Genau so wars. Erst als John Bell dreißig Jahre später … dreißig! … zu der Erkenntnis kam, *John Neumanns Beweis ist nicht bloß falsch, er ist schwachsinnig!*, schreckte die Fachwelt auf."

„Und er war tatsächlich falsch?"

„War er. Nicht ganz leicht herauszufinden, sicherlich, und ich will dich nicht mit Einzelheiten langweilen …"

„Danke!"

„Jedenfalls wäre ich am liebsten vor Scham in den Boden gesunken. Wieso habe ich seinen angeblichen Beweis einfach ungeprüft übernommen? Weil er von einer Koryphäe stammte und in allen Lehrbüchern verbreitet wurde."

„Verständlich!"

„Nein! Grundverkehrt! Genau das darf ein Wissenschaftler niemals tun!"

- Eine Wissenschaftlerin -

Irène korrigiert den Sprachgebrauch ihrer Mutter schon lange nur noch in Gedanken.

- Was Minchen nicht gelernt hat, lernt Wilhelmine nimmermehr. - Ihre Mutter hat viel mehr um ihre Rechte kämpfen müssen als sie selbst. Die gleichberechtigte Spiegelung des Weiblichen in der Sprache aber ist für Wilhelmine nur Firlefanz, ausgedacht von Frauen, die sonst keine Sorgen haben. Irène legt großen Wert darauf, Frauen auch sprachlich in Erscheinung treten zu lassen, verwendet bei Rundschreiben an ihrem Institut unverdrossen die Anrede *Liebe MitarbeiterInnen*, obwohl der überwiegende Teil Mitarbeiter sind.

- Sollen sie doch lästern! -

Irène vertreibt die Gedanken an ihre Forschungsgruppe und richtet ihre Aufmerksamkeit zurück auf ihre Mutter. Die ist längst wieder bei ihrer Theorie der verborgenen Variablen gelandet, spricht von einer ernsthaften Alternative zur Kopenhagener Deutung, von einer alles verbindenden Leitwelle und von Kommunikation mit Überlichtgeschwindigkeit, ergo: einer auch rückwärts laufenden Zeit.

Irène schwindelt. Sie sucht Halt.

„Stopp mal! Überlichtgeschwindigkeit? Die kann es nach der Relativitätstheorie doch nicht geben! Soviel weiß ja sogar ich."

Ihre Mutter lächelt hintersinnig und erinnert daran, dass ein Wissenschaftler alles infrage stellen dürfe, ja müsse! Auch die Erkenntnisse eines Einstein!

„Du hast die Wahl: Entweder du akzeptierst, dass es keine reale, unabhängige äußere Welt gibt. Oder du akzeptierst, dass Zeit auch rückwärts laufen kann."

„Das ist doch beides gleich verrückt!"

Wilhelmine versucht eifrig, ihrer Tochter mathematisch zu beweisen, dass ihre Thesen nicht verrückt sind. Die Schrödingergleichung

funktioniert auch mit negativem Vorzeichen! Irène kapituliert endgültig. Sie versteht es nicht, auch wenn ihre Mutter sagt:

„Aber das ist doch ganz einfach, pass auf, ich erklärs dir!"

„Maman, erzähl mir lieber endlich von diesem neuen Experiment!"

Wilhelmine kneift die Lippen zusammen, schüttelt den Kopf,
schlägt aber schließlich die Doppelseite in der Physical Review auf,
die den Aufbau eines Experiments zeigt, das ein deutscher Physiker
in Singapur unternehmen will. Irène sieht eine Unzahl von Spiegeln,
die sich gegenseitig reflektieren und eine monströse Apparatur, auf
die ihre Mutter mit dem Zeigefinger deutet.

„Siehst du die Laserkanone hier? Der Laserstrahl soll so zwischen
den Spiegeln hin- und hergeschickt werden, dass durch die Konzentration ein makroskopisches Teil entsteht, das sich dennoch wie ein
Quantenteilchen verhält. Wenn auch nur für Bruchteile von Nanose-
kunden. Aber immerhin!"

In Wilhelmines Stimme schwingt Begeisterung, wie immer, wenn
der Quantenwelt ein weiteres Geheimnis entrissen werden soll. Sie
prüft kurz am Gesichtsausdruck ihrer Tochter, ob die auch angemessen beeindruckt ist. Irène besteht die Prüfung, so dass Wilhelmine
zufrieden mit ihren Erläuterungen fortfahren kann:

„Wenn das tatsächlich gelingen sollte, wäre es der erste Nachweis …"

Irène hört ihrer Mutter nicht nur zu, sondern nimmt auch
ansatzweise auf, was in ihre Ohren dringt. Ihre Augen jedoch wandern im Zimmer umher und bleiben an einem großformatigen, in
gehämmertem Silber gerahmten Foto hängen. Es zeigt die vierzig-
jährige Wilhelmine zusammen mit Carl Friedrich von Weizsäcker.
Ein Schnappschuss, aufgenommen auf irgendeiner Physikertagung,
eine etwas verwackelte und zudem überbelichtete Aufnahme. Irène
hat ihrer Mutter dringend davon abgeraten, sie so stark vergrößern
zu lassen, aber die hat sich nicht davon abhalten lassen. Sie wollte

nach ihrem Einzug ins Augustinum partout dieses Foto als Wandschmuck.

- Als Lebensschmuck? -

Es sei nun mal das einzige Foto von Carl-Friedrich und ihr, ignorierte sie den Rat ihrer Tochter.

- Hat sie überhaupt schon mal irgendeinen Rat von mir angenommen? -

Eine fotografisch hervorragend gelungene Aufnahme, auf der Irène mit ihren Eltern und einer Schultüte im Arm zu sehen ist, steht im Postkartenformat auf Wilhelmines Schreibtisch. Meistens verdeckt von einem davorliegenden Stapel Bücher.

- Bezeichnend für Mamans Prioritäten im Leben. -

Dieser Gedanke ist schon so oft in Irènes Gehirn aufgetaucht, dass er ohne viel Aufwand auf ausgebauten Neuronenbahnen verarbeitet wird und sie nicht daran hindert, weiter dem Vortrag ihrer Mutter zu lauschen und ihn auch zu verstehen. Auch den immer mal wieder ausgestoßenen Stoßseufzer ihrer Mutter kennt sie zur Genüge:

„Ach, wenn ich darüber doch noch mit Carl Friedrich diskutieren könnte!"

Irène hat ihn bei fast jedem ihrer Besuche seit Weizsäckers Tod im April des vergangenen Jahres gehört. Der Tod ihres 94-jährigen Weggefährten hatte ihre Mutter so sehr erschüttert, dass sie wochenlang daniederlag und Irène schon an einen Umzug auf die Pflegestation dachte.

- Papas Tod hat sie längst nicht so umgeworfen. -

Damals war ihre Mutter allerdings auch erst vierundvierzig und der Tod ihres Mannes nach seinem langen, qualvollen Kampf gegen den Lungenkrebs war nicht nur ihr wie eine Erlösung vorgekommen. Irène träumt noch heute manchmal von dem entsetzlichen Stöhnen und Husten, das bis in ihr Zimmer vordrang, vor dem sie sich unter die Bettdecke verkroch und das sie doch bis in den Schlaf verfolgte. Dabei hatte der Beginn der Erkrankung der Elfjährigen erst einmal etwas beschert, was sie bis dahin nicht kannte: einen Elternteil, der Zeit für sie hatte. Die Krankschreibungen und später die vorzeitige Emeritierung schenkten ihr einen Vater, der sich liebevoll, geduldig und aufmerksam mit ihr beschäftigte. Nach einer ersten Operation erholte er sich sogar so gut, dass sie ihm außer einer zunehmenden Kurzatmigkeit kaum etwas anmerkte. Sie stellte erstaunt fest, dass es ihrem Vater offenbar tatsächlich Vergnügen bereitete, mit ihr zusammen zu sein. Er half ihr bei den Hausaufgaben, brachte ihr das Schachspielen bei und unterhielt sich mit ihr wie mit einer Erwachsenen. Das war etwas, was ihr Oma Emma bei aller Liebe nicht geben konnte.

- Eine märchenhafte Zeit. -

Doch das Märchen endete. Der Schlusssatz *Und wenn sie nicht gestorben sind, dann leben sie noch heute* zeigte seine hinterhältige Weisheit. Ihrem Vater ging es irgendwann so schlecht, dass er sich nicht mehr um seine Tochter kümmern konnte, ja, er brauchte selbst jemanden, der sich um ihn kümmerte. Seine Frau? Wilhelmine war Wolfgang Gentner, der zum Direktor der Forschung am CERN ernannt worden war, nach Genf gefolgt. Das CERN brauchte sie dringender als ihr Mann, fand sie. Sie gab ihr Bestes, damit sich die europäische Kernphysik behauptete. Ihr Bestes und fast ihre ganze Zeit. Selten konnte sie öfter als an einem Wochenende im Monat nach Hause fahren. So musste Emma neben der Erziehung ihres Neffen Siegfried, ihrer Nichte Adelheid und ihrer Enkelin Irène auch noch die Pflege ihres Schwiegersohns Karl-August übernehmen.

- Sie hat nicht einmal darüber geklagt. -

Emma gab sich alle Mühe mit dem Schwerkranken, wusch ihn, half ihm auf den Toilettenstuhl, wechselte mehrmals am Tag seine durchgeschwitzten Schlafanzüge, erneuerte das Bettzeug, versuchte immer wieder, seinen schwindenden Appetit mit Obst und frisch gekochtem Gemüse zu wecken, bereitete ihm Kräutertees nach alten

Rezepten aus der Volksmedizin. Doch schließlich konnten weder ihre Hausmittelchen noch die Spritzen des Hausarztes die Schmerzen und die Atemnot Karl-August Vonderwieds mehr lindern. Er musste ins Krankenhaus.

- Kein Husten und Stöhnen mehr nachts! -

Irène schämte sich ihrer Erleichterung und wollte umso lieber ihrer Großmutter glauben, die ihr immer wieder versicherte:

„Papa wird bald wieder gesund, sollst ma sehn. Im Krankenhaus werden sie ihm bestimmt helfen."

Wilhelmine hielt jedoch nichts von dieser tröstlichen Verschleierung der Tatsachen. Vier Tage nach seiner Einlieferung hatte sie ihren Mann im Krankenhaus besucht und hörte danach zu Hause, wie Emma Irène Hoffnung zu spenden versuchte. Unwillig wies sie ihre Mutter zurecht:

„Ich möchte nicht, dass du das Kind für dumm verkaufst, hörst du!"

Die dreizehnjährige Irène sah ihre Mutter verstört an. Wilhelmine wandte sich ihr zu, lächelte aufmunternd und erklärte:

„Das Krankenhaus kann Papa nur eine Hilfe bieten: Hilfe beim Sterben. Und dafür sollten wir dankbar sein."

Irène brach in Tränen aus und rannte aus dem Zimmer.

- Nein! Oma Emma hat recht! -

Die wöchentlichen Besuche bei ihrem Vater machten ihr schon bald unmissverständlich klar, dass in Oma Emmas Trost keine Wahrheit lag und in der Wahrheit ihrer Mutter kein Trost. Sie fühlte sich ganz allein mit ihrer Angst. Das, was sie so faszinierte, das Lebendige, war untrennbar mit dem verbunden, was ihr solche Angst einflößte, dem Tod. Das war schon schwer zu verkraften gewesen bei ihrer Springmaus Minnie, dem Meerschweinchen Wuschel und den beiden Wellensittichen Herr Grün und Herr Blau. Aber sich den Vater genauso steif, kalt und abweisend vorzustellen wie ihre geliebten Tiere! Doch bei jedem Besuch war der Vater weiter abgemagert und immer weniger ansprechbar. Unaufhaltsam entschwand die Lebendigkeit aus ihm.

- Wohin? -

Oma Emma sprach vom Himmel und der Auferstehung des Fleisches, doch Irène fürchtete, dass der Spruch ihrer Mutter *Fleisch ersteht nicht auf, sondern verfault* der Wahrheit wieder einmal näher kam. Das konnte sie so wenig ertragen wie den Anblick ihres dahinsiechenden Vaters. Sie schützte Halsschmerzen, Magenbeschwerden, Kopfweh vor, um sich vor den Besuchen im Krankenhaus zu drücken. Ihr Vater starb, ohne dass sie ihn noch einmal gesehen hatte. Er starb allein in seinem komfortablen Einzelzimmer.

- Verzeih mir, Papa! -

Doch wie sollte er ihr verzeihen können, wenn es ihn nicht mehr gab? Es musste ihn noch geben, wenigstens seine Seele, im Himmel, wie Oma Emma sagte, oder irgendwo anders.

- Der Tod darf nicht das letzte Wort haben! -

Zu Wilhelmines Befremden ging Irène plötzlich mit ihrer Großmutter sonntags in die Kirche, las in der Bibel, wollte getauft und konfirmiert werden. Wilhelmine machte ihrer Mutter so heftige Vorwürfe, sie verkorkse das Kind, verkleistere sein Hirn mit den banalen alten Mythen, den billigen Heilsversprechen, dass die aufbegehrte:

„Aber der Mensch braucht doch Hilfe und Trost im Leben!"

„Nein! Die Wahrheit ist dem Menschen zumutbar!"

Irène brauchte nach dem Tod ihres Vaters das Gespräch mit seiner Seele. Und das verschaffte sie sich. Jeden Abend kniete sie vor ihrem Bett und betete kurz zu Gott, um danach ein langes Zwiegespräch mit ihrem Vater zu führen. Ihm erzählte sie alles, was Oma Emma nicht verstand und ihre Mutter nicht interessierte. Er lachte sie nicht aus, wenn sie wegen eines eitrigen Pickels auf der Nase nicht zur Schule gehen mochte, er teilte ihre Besorgnis, wenn die Schildkröte Kriemhild kein Salatblatt mehr fraß, er beschützte sie vor ihrem halbstarken Cousin Siegfried und seiner rücksichtslosen Gang, er lachte sie nicht aus, wenn sie sich über eine schnippische Bemerkung Adelheids grämte. Er verstand sogar, wenn sie an den Tagen vor ihren Tagen am liebsten gar nicht aufgestanden wäre. Wenn dann die Bauchkrämpfe und die heftigen Blutungen und die Kopfschmerzen einsetzten, versuchte Oma Emma ihr mit einer Wärmflasche auf dem Bauch, Spalttabletten und dem Hinweis auf das von Gott auferlegte Los der Frau die schwierige Zeit zu erleichtern. Doch Irène war sich sicher, dass nicht Evas Erbsünde Schuld an ihren Qualen hatte, sondern dass sie die gerechte Strafe dafür empfing, ihren Vater im Stich gelassen zu haben. Und sie wollte büßen, denn nur dann würde ihr Vater ihr verzeihen. Sie ließ die Wärmflasche auf dem Nachttisch abkühlen, spülte die Spalttabletten im Klo herunter und erlegte sich eine immer höhere Anzahl von Vaterunser im Knien auf dem harten Holzfußboden auf. Die Bußübungen stärkten sie, gaben ihr zum ersten Mal in ihrem Leben die Kraft, sich gegen den erklärten Willen ihrer Mutter durchzusetzen. Sie ließ sich taufen und konfirmieren.

- Nur um vier Jahre später wieder aus der Kirche auszutreten. -

Irène betrachtet mit mitleidigem Spott das Bild des vor ihrem Bett knienden Mädchens, das in ihrem Gehirn aufgetaucht ist, während Wilhelmine weiter über das Experiment in Singapur referiert. Sie kann sich kaum noch in die Gedanken- und Gefühlswelt dieser Dreizehnjährigen hineinversetzen. Diese seltsame, plötzlich aufgebrochene religiöse Inbrunst! Die unkritische Bereitschaft, die unglaublichen Botschaften im Konfirmationsunterricht von jungfräulicher Geburt, Wandeln auf dem Wasser und Auferweckung von den Toten ernst zu nehmen!

- Hanebüchen! -

Geblieben ist ihr von dieser Zeit ein Verständnis für die Verführbarkeit der Menschen durch Religion, für den tiefen Wunsch einer einsamen Seele nach Halt, Sinn, Angenommensein. Ein Wunsch, der es häufig schafft, den Verstand zum Verstummen zu bringen.

- Bei mir nur vorübergehend. Gott sei Dank! -

Mit siebzehn Jahren war der Gott abgestattete Dank nur noch eine Redensart. Sie stellte die These *Gott schuf den Menschen* der These *Die Menschen schufen sich Götter* gegenüber und befand, dass alle vernünftigen Argumente für die letztere These sprachen. Mit achtzehn las sie Sartre und Beauvoir und begeisterte sich für die Idee der existenziellen Freiheit. Sie war nicht abhängig, von keinem Gott, von keiner Vorsehung und auch nicht von ihrer Mutter! Sie konnte sich selbst erschaffen! Im Rahmen des Menschenmöglichen, natürlich, aber das war ein weiter Rahmen. Es lag ganz an ihr, was aus ihr werden würde!

- Und aus mir ist was geworden! -

Einen kurzen Moment kostet Irène ihren Stolz aus, dann wird das Gefühl schal. Ist sie wirklich die geworden, die sie werden wollte? Wie hatte sie mit achtzehn werden wollen?

- Vor allem: nicht so wie Maman! -

Nein, sie würde ihr Leben auf gar keinen Fall nur an die Arbeit verschwenden, hatte sie damals gedacht. An die Wissenschaft. Oder die Politik!

- Maman und ihre fixe Idee: die Atombombe! -

Als Zehnjährige musste Irène sich von einem Lehrer fragen lassen, ob ihre Mutter Deutschland den Sowjets ausliefern wolle. Weshalb sonst habe sie diesen Appell gegen die atomare Bewaffnung der Bundeswehr unterschrieben? Irène zuckte hilflos mit den Achseln. Sie hatte nur mitbekommen, dass ihre Mutter noch unruhiger war als sonst, wenn sie zu Hause war. Sie telefonierte mit Hahn, Heisenberg und Laue, vertraute Namen, die durch Irènes Kindheit geisterten, obwohl sie die Namensträger nie zu Gesicht bekam. Am häufigsten aber telefonierte sie mit Carl Friedrich von Weizsäcker. In diesen Gesprächen fiel immer wieder der Name Adenauer. Adenauer war auch so ein herumgeisternder Name, aber den kannten auch Irènes Klassenkameraden. Adenauer hatte das Sagen in Deutschland.

- Adenauer ist der Chef. -

Und nun habe der gesagt, taktische Atomwaffen seien lediglich eine Weiterentwicklung der Artillerie und dürften der neugegründeten Bundeswehr nicht vorenthalten werden, versuchte Wilhelmine ihrer Tochter am Abendbrottisch zu erklären.

„Unglaublich! Weiterentwicklung der Artillerie! Das konnten wir so nicht stehen lassen. Darum unser Appell verstehst du?"

- Nein. -

Irène nickte und biss in ihr Käsebrot.

Adenauer und sein Verteidigungsminister Franz Josef Strauß hätten eine Delegation der Atomphysiker zu einer Konferenz ins Kanzleramt eingeladen, erklärte Wilhelmine weiter.

„Wie Schulbuben hat der Strauß sie behandelt, sagt Carl Friedrich! Hat geglaubt, sie mit einer einstündigen Schimpfkanonade einschüchtern zu können!"

Irène rührte in ihrer Tasse, betrachtete den kreisenden Teelöffel, nahm aber aus den Augenwinkeln den lauernden Blick ihrer Mutter wahr. Die wartete auf ein Zeichen von ihr, wollte jemanden haben, der ihre Empörung mit ihr teilte, das spürte sie.

- Dafür bin ich gut genug. -

Sie schwieg beharrlich weiter.

Da sei Strauß aber an die Falschen geraten, fuhr Wilhelmine mit triumphierender Stimme fort, doch Irène demonstrierte weiter ihr Desinteresse. Endlich brach ihre Mutter ihren Monolog ab, holte ein Papier aus ihrem Arbeitszimmer und legte es ihrer Tochter neben den Teller:

„Das ist das gemeinsame Kommuniqué der Bundesregierung und der Physiker. Lies es dir mal durch! Darin erklärt die Regierung, keine Atomwaffen bauen zu wollen."

Irène nahm das Papier mit in ihr Zimmer. Sie las es nicht.

Nach diesem Abend musste sie das Schreckenswort *Atombombe* lange nicht mehr am Essenstisch hören. Ihre Mutter malte es anderswo an die Wand. Sie hielt Reden auf Demonstrationen der Kampf-dem-Atomtod-Bewegung, fuhr zu Friedenskonferenzen der Wissenschaftler ins kanadische Pugwash, schrieb für Zeitschriften und den Rundfunk, organisierte, korrespondierte, agitierte. Irène hasste die Atombombe. Nicht, weil sie sich von ihr bedroht fühlte, sondern weil sie sich so breitmachte im Leben ihrer Mutter.

- Wo bleibt Platz für mich? -

Als Jugendliche gefiel ihr das Engagement ihrer Mutter noch weniger. Immer war die so hochmoralisch! Redete von der Verantwortung des Wissenschaftlers, Verantwortung insbesondere des Physikers, Verantwortung für das Schicksal der ganzen Menschheit! Und das nicht nur im Radio, sondern auch bei den seltenen gemeinsamen Mahlzeiten mit Irène. Da begannen die meisten ihrer Sätze mit: *Wie Carl Friedrich von Weizsäcker schon früh erkannte ..., in seinem letzten Aufsatz darlegte ..., zu Recht betont hat ...* Irène wollte weder etwas von diesem abwesenden und doch allgegenwärtigen Carl Friedrich von Weizsäcker hören, noch von der Atombombe oder der Verantwortung des Physikers. Trotzig presste sie nach einer dieser Mahlzeiten hervor:

„Wenn ich eins bestimmt nicht werde, dann Physikerin!"

Erstaunt sah Wilhelmine ihre Tochter an:

„Das musst du ja auch nicht."

„Das werde ich auch nicht!"

Irène brach in Tränen aus, sprang von ihrem Stuhl und rannte aus dem Esszimmer. Gleich hinter der Tür blieb sie stehen und lauschte. Mit Genugtuung hörte sie die Frage ihrer Mutter:

„Was ist bloß mit dem Kind los?"

Oma Emma gab die von Irène erwartete abwiegelnde Antwort:

„In dem Alter is ne junge Deern nu ma n büschen durchn Wind."

„Ach was! Das Alter! Du lässt ihr viel zu viel durchgehen, darum ist sie so labil. Ohne Selbstdisziplin wird sie es zu nichts bringen im Leben!"

Irène gab zufrieden ihren Horchposten auf und verzog sich auf ihr Zimmer. Ihre Mutter und ihre Großmutter würden sich noch eine Weile weiter streiten. Auf die Art würde sich ihre Mutter wenigstens mal mit ihr beschäftigen. Und ihre Großmutter würde zwar im Prinzip alles einsehen, aber Irène trotzdem weiter verwöhnen wie bisher.

- Wenn ich dich nicht hätte, Oma Emma! -

Ihre Großmutter machte ihr nie Vorwürfe, wenn sie mit einem mäßigen Zeugnis aus der Schule kam. Sie sagte nicht wie ihre Mutter: *Streng dich mehr an! Du bist bloß zu faul!* Sie tröstete: *Sei man nich traurig. In Bio und Chemie hast du doch ne Zwei.*

Im letzten Halbjahreszeugnis vor dem Abitur hatte Irène dann sogar eine Eins in Chemie und Oma Emma lobte sie überschwänglich:

„Ach, dein Opa Erich wäre stolz auf dich!"

Aus Oma Emmas Worten gewann Irène den Eindruck, dass ihr das böse Schicksal durch den frühen Tod ihres Großvaters einen liebevollen, aufmerksamen und fürsorglichen Opa vorenthalten hatte. Das Bild, das ihre Mutter ihr von diesem unbekannten Mann zeichnete, sah dagegen ganz anders aus. Ein alter Preuße sei er gewesen, hart gegen sich selbst, unnahbar und in ihrer Kinderzeit habe er vor allem durch Abwesenheit geglänzt.

- Wie du! -

Im Alter habe sich sein Wesen dann genau ins Gegenteil verkehrt. Er sei sentimental und kindisch geworden, habe nur noch in der Vergangenheit gelebt und den goldenen Zeiten mit seinem geliebten Fritz Haber nachgeweint.

„Kenn ich nicht."

Ihre Mutter erklärte entnervend ausführlich, wer Fritz Haber gewesen war, und kam dann wieder auf ihren Vater zu sprechen, den

sie kurz vor seinem Tod in Tränen aufgelöst über einer Zeitungsnotiz gefunden habe: Bruno Tesch Hingerichtet!

„Kenn ich nicht."

Das sei der Mann gewesen, dessen Firma Tesch und Stabenow die Konzentrationslager mit dem Schädlingsvernichtungsmittel Zyklon B beliefert habe, wohl wissend, wer damit vernichtet werden sollte.

„Sag jetzt nicht: Weiß ich nicht!"

Irène verdrehte die Augen. Ihre Mutter ließ sich nicht irritieren. Sie ließ sich nie aufhalten, wenn sie erst einmal ins Erzählen gekommen war, schon gar nicht, wenn sie glaubte, ihrer Tochter eine moralische Lektion erteilen zu können. Er habe es für Ratten entwickelt, habe ihr Vater gejammert, und für Ratten habe Fritz Haber das Zyklon B diesem Dr. Tesch verkauft. Die beiden konnten wirklich nicht ahnen, urteilte Wilhelmine, dass Jahre später die Nazis mit Zyklon B auch viele Verwandte Habers vergasen würden. Das sei wirklich eine schreckliche Ironie des Schicksals. Oder wie solle man es sonst nennen?

Irène wusste nicht, wie man es sonst nennen sollte. Sie hätte lieber mehr über einen lieben Opa Erich gehört, so wie ihre Großmutter ihn immer darstellte. Ewig diese Geschichten aus der Nazizeit! Das war doch schon so lange her! Doch ihre Mutter hörte immer noch nicht auf. Mit hörbarer Verbitterung stieß sie hervor:

„Mein Vater hat sich dieser gar nicht vorhandenen Schuld angeklagt und die Entwicklung von Gaswaffen im Ersten Weltkrieg nach wie vor als Ruhmesblatt in seinem Leben betrachtet! Ruhmesblatt! Die ersten Massenvernichtungswaffen in der Menschheitsgeschichte!"

- Erster Weltkrieg! Noch mehr anno dunnemals! -

Irène wusste nicht, wie nah ihre Mutter selbst daran gewesen war, eine Massenvernichtungswaffe zu entwickeln. Über ihre Mitarbeit im Uranverein sprach Wilhelmine nur äußerst selten. Umso häufiger sprach sie über Hiroshima und Nagasaki. Auch das sei doch eine

Ironie der Geschichte, wenn man es recht bedenke: Die deutschen Wissenschaftler hätten unter der Hitlerdiktatur an einem energieerzeugenden Reaktor gearbeitet und die Amis in der Demokratie an der Atombombe. Aus Angst vor der Nazibombe, natürlich, verständlich und umso tragischer. Denn wenn eine Atombombe erst existiere, werde sie irgendwann auch benutzt. Das habe schon …

„Carl Friedrich von Weizsäcker …"

„Ja, genau. Das hat er schon gleich nach der Entdeckung der Kernspaltung gesagt. Und er hat recht behalten."

- Wann hätte er es nicht? -

Wahrscheinlich seien es ihre eigenen Schuldgefühle gewesen, die etliche der amerikanischen Atomphysiker, allen voran Goudsmit, nach dem Krieg zu ihren heftigen Attacken gegen Heisenberg und Weizsäcker veranlasst hätten, analysierte Wilhelmine. Sie verstiegen sich ja sogar zu der abwegigen Behauptung, die beiden hätten Hitler die Bombe liebend gern beschafft, sie seien nur nicht schlau genug dafür gewesen.

„Nicht schlau genug, stell dir das vor!"

Irène stellte sich eine Mutter vor, die nicht so entsetzlich schlau wäre, sondern sich für die profanen Probleme ihrer Tochter interessierte, zum Beispiel für die Frage, die Irène seit Wochen beschäftigte: Was sollte sie zum Abiball tragen?

- Ein langes oder ein kurzes Kleid? -

Wilhelmine redete immer weiter. Wieder fielen die Worte Pugwash, Kampf dem Atomtod, Russel-Einstein-Erklärung, Göttinger Manifest und die Verantwortung des Wissenschaftlers.

- Ich weiß! Ich weiß! -

„Hörst du mir überhaupt zu?"

Irène schreckt aus ihren Erinnerungen auf und blickt ihre Mutter an, die sie skeptisch mustert.

„Natürlich hör ich dir zu! Der amerikanische Physiker Penrose ist der Meinung, dass die Quanteneffekte in der makrokosmischen Dimension durch die Gravitationskraft aufgehoben werden, richtig?"

Wilhelmine nickt befriedigt und setzt ihren Vortrag fort. Während Irène mit einem Teil ihrer Aufmerksamkeit ihrer Mutter wieder in die Gefilde der Quantenwelt folgt, holt ein anderer Teil ihres Bewusstseins die Achtzehnjährige, die sie einmal war, aus den Verliesen ihres Gedächtnisses zurück. Die Abiturientin Irène wusste nicht recht, was sie nach dem Ende der Schulzeit anfangen sollte. Erstmal studieren, das war klar, aber was? Ihre Eins in Chemie hatte sie ins Abschlusszeugnis retten können und war nicht wenig stolz darauf. Ansonsten hatte sie nur noch in Biologie eine Eins, in dem Fach, das sie in ihrer gesamten Schulzeit am meisten interessiert hatte. Ihre Lehrerin in der Unterstufe des Gymnasiums, eine kleine, dicke Frau mit schwarzen Rändern unter den Fingernägeln von ihrer nachmittäglichen Gartenarbeit, brachte ständig ganze Arme voll Pflanzen mit in den Unterricht. So konnten die Schüler deren Aufbau und Form direkt untersuchen und waren nicht auf die langweiligen Darstellungen im Biologielehrbuch angewiesen. Sie erlaubte den Kindern sogar einmal, ihre Haustiere mit in die Schule zu bringen. Für einen lebendigen Unterricht, wie sie ihr Vorgehen vor bedenkentragenden Eltern verteidigte, die sich um Hygiene, Disziplin und Abarbeitung des Lehrplans sorgten. Irène liebte diese mütterliche Lehrerin, die ihr in der Pause noch Tipps gab, wie sie ihren kranken Hamster Bruno heilen könnte, und ihr erklärte, warum ihre Wellensittiche Herr Blau und Herr Grün ums Verrecken nicht sprechen wollten. Weil sie zu zweit seien! Nur ein vereinsamter Vogel richte sich ganz auf den Menschen aus und ahme ihn nach. Aber wolle sie die armen Tiere auseinanderbringen, nur damit sie ein paar sprachähnliche Laute krächzten?

- Nein, das will ich nicht. -

Das war wohl ihre erste Entscheidung, etwas Gewünschtes aus ethischen Motiven nicht zu tun, erkennt Irène jetzt. Durch diese kleine, dicke Lehrerin hat sie etwas gelernt, was ihr die Predigten ihrer Mutter über die Verantwortung des Wissenschaftlers nicht vermittelt haben. Die haben sie nur darin bestärkt, nicht Wissenschaftlerin werden zu wollen.

In der Mittelstufe bekam sie in Biologie einen Lehrer, den sie zuerst vehement ablehnte, weil sie ihrer geliebten Lehrerin nachtrauerte. Doch nach und nach lernte sie seine ganz anders gelagerten Fähigkeiten schätzen. Er sprach mehr ihr Denken an als ihr Gefühl und mit zunehmendem Alter gefiel ihr das. Er konnte gut erklären, zeichnete übersichtliche Tafelbilder, aber vor allem war er ehrlich begeistert von seinem Fach. Sein Lieblingsgebiet war die Verhaltensforschung. Die verführte ihn sogar zu regelrechten schauspielerischen Darbietungen. Er lief als frisch geschlüpftes Graugansküken mit einem kläglichen *Gang, gang, gang* hinter einem imaginären Konrad Lorenz her, bevor er die Funktion des Stimmfühlungslautes erläuterte. Aber auch die Primatenforschung brachte er ihnen nahe, erzählte von Schimpansen, denen man die für taube Menschen entwickelte Gebärdensprache Ameslan beigebracht habe, und regte sie an, über die Frage nach der Grenze zwischen Mensch und Tier nachzudenken. Wo genau verlief sie? Was zeichnete den Menschen wirklich vor dem Tier aus? Die Sprachfähigkeit? Offenbar nicht. Der Werkzeuggebrauch, wie man lange behauptet hatte? Inzwischen gab es eindeutige Belege dafür, dass Affen Stöcke bearbeiteten, um sich damit leckere Ameisen aus den Hügeln zu angeln. Und diese Technik auch an die nächste Generation weitergaben. Also Kulturtransfer. Der Nimbus der Einzigartigkeit des Menschen verblasste. In der Oberstufe verstand er es, Irène die Gesetze der Evolution nahezubringen, die Mechanismen der Vererbung, von Gregor Mendels Erbsen bis zum dreidimensionalen Modell der DNA-Doppelhelix. Und auch den Aufbau der pflanzlichen und tierischen Zellen wusste er anschaulich zu vermitteln. Irène ließ sich von seinem Enthusiasmus anstecken, beschäftigte

sich freiwillig mit Themen, die im Lehrplan nicht vorgesehen waren. Was hatte es z. B. mit dieser Ursuppe auf sich, in der angeblich aus der toten Materie die lebendige Welt gezeugt worden war? Wie war dieser Übergang zustande kommen? Ab wann genau konnte man von etwas Lebendigem sprechen? Dieses Geheimnis zu ergründen reizte sie, regte ihren detektivischen Spürsinn an, brachte sie dazu, nach weiteren Informationen zu suchen, sich immer neue Fragen zu stellen. Ihre Mutter neckte sie:

„In dir steckt eben doch eine Forscherin!"

Das wies Irène weit von sich. Auch jetzt, nach dem Abitur, wusste sie zumindest eins sicher: Sie wollte etwas anderes vom Leben als immer nur im Labor zu hocken!

Irène entschied sich, Biologie und Chemie mit dem Ziel Höheres Lehramt zu studieren. Sie glaubte, Lehrerin am Gymnasium zu sein, sei ein besserer Halbtagsberuf. Natürlich wollte sie einen Beruf. Natürlich wollte sie niemals im Leben von einem Mann abhängig sein. Finanziell nicht und auch sonst nicht. Natürlich würde sie eine emanzipierte Frau sein. Aber ihrer Emanzipation würde sie nicht alles andere opfern! Sie wollte ein Berufsleben und ein Liebesleben und ein Familienleben. Sie wollte das ganze Leben! Sie wollte Kinder, und die würde sie nicht so vernachlässigen, wie sie von ihrer Mutter vernachlässigt worden war. Mal ganz abgesehen davon, dass sie keine Oma in der Hinterhand hätte, an die sie die Kinder wegdelegieren könnte.

- Oma Wilhelmine? Ein Witz! -

Irène hatte Zukunftsbilder von sich als treu sorgender Mutter. Sich Wilhelmine als Großmutter vorzustellen, wollte ihr beim besten Willen nicht gelingen. Eine Großmutter war jemand wie Oma Emma. Immer da, immer fürsorglich, immer besorgt um das Wohl der anderen. Viel zu besorgt, so dass es oft nervte.

- Aber genau so muss eine Oma sein. -

Oma Emma nervte, als Irène erklärte, sie wolle keineswegs in Heidelberg studieren, sondern in Hamburg.

„In Hamburg? Das is n viel zu gefährliches Pflaster! Da is doch dieses St. Pauli, ein einziger Sündenpfuhl, und du dumme Deern mittenmang!"

„Wie bitte? Ich denk, du bist selbst in Hamburg aufgewachsen?"

Oma Emma erklärte umständlich, dass das ja ganz was anderes gewesen sei, ganz andere Zeiten, damals unterm Kaiser, und sie außerdem in der Obhut ihrer Eltern, Gott hab sie selig, und aus Barmbek sei sie nie herausgekommen.

„Die Universität ist auch nicht auf St. Pauli!"

„Trotzdem! Du kannst ja nicht mal kochen und wer wäscht deine Wäsche und …"

Wilhelmine lachte nur und meinte, die Jammerarie komme ihr sattsam bekannt vor. Ähnlich habe ihre Mutter argumentiert, als sie damals von Zuhause ausgezogen sei. Sie könne Irène nur unterstützen, endlich mal ein bisschen selbstständiger zu werden, sich in der Welt umzugucken, sich den rauen Wind der Realität um die Ohren wehen zu lassen.

„Das wird dir deine romantischen Flausen vertreiben."

Am Tag ihres Auszuges war Irène etwas mulmig zumute. Nicht um ihrer selbst willen. Sie war voller Vorfreude. Doch als sie sich von Oma Emma verabschiedete, wurde ihr auf einmal klar, dass sie ihre Großmutter ganz allein in der großen Villa zurückließ. Ihr Vater war seit fünf Jahren tot; Siegfried und Adelheid waren schon lange ausgezogen. Siegfried, den Zwillingsvater, hatte es weit weg nach Kiel verschlagen. Adelheid lebte mit ihrem Zahnarztgatten zwar in der Nähe, ließ sich aber nur noch selten in der Villa Vonderwied blicken. Wilhelmine verbrachte die meiste Zeit in ihrer Zweitwohnung in Genf.

- Und jetzt verlasse auch ich noch das Nest. -

Zum ersten Mal betrachtete sie ihre Großmutter mit einem distanzierten Blick. Bisher hatte sie sie nur als selbstverständlichen Bestandteil ihres eigenen Lebens wahrgenommen, ein Bestandteil, der ihr unveränderlich erschien. Plötzlich sah sie, wie sehr Oma Emma gealtert war. Da stand eine Dreiundsiebzigjährige, klein, dick, verrunzelt, mit langen grauen, zum Dutt geknoteten Haaren, und starrte sie mit tränenfeuchten Augen durch starke Brillengläser an.

Irène versprach mit belegter Stimme:

„Ich komm dich oft besuchen! Mindestens einmal im Monat!"

Oma Emma sah sie nur hilflos an und murmelte:

„Ach, Renimädchen."

Auf der Fahrt nach Hamburg ging Irène das Bild ihrer Großmutter noch lange nach. Doch je näher sie ihrem Bestimmungsort kam, desto mehr richteten sich ihre Gedanken auf die Zukunft. Von jetzt an konnte ihr niemand mehr reinreden! Jetzt begann ihr selbstbestimmtes, ihr eigentliches Leben.

Das eigentliche Leben spielte sich in den ersten Monaten im Studentenwohnheim ab, in der Universität, in der Mensa und selten außerhalb des Univiertels. In das berüchtigte St. Pauli setzte sie nie auch nur einen Fuß, aber auch sonst lernte sie von der Großstadt Hamburg nur wenig kennen. Am Wochenende machte sie mal einen Spaziergang um die Alster oder fuhr zu den Landungsbrücken und schaute zusammen mit Pulks von Touristen den an- und ablegenden Fähren zu. Sie schlenderte gelegentlich durch die Mönckebergstraße und kaufte sich etwas in den großen Kaufhäusern. Den Michel sah sie nur aus der Ferne. In der Woche saß sie nach den Vorlesungen und Seminaren über ihren Büchern, abends ging sie manchmal in den Gemeinschaftsraum zum Fernsehen oder spielte im Keller Tischtennis. Am liebsten spielte sie mit Claas, einem Mitbewohner, der Anglistik und Politologie studierte und ebenfalls Lehrer werden wollte. Die Partien mit ihm machten ihr am meisten Spaß, weil sie beide ungefähr gleich gut spielten.

- Eher gleich schlecht. -

Fast unmerklich entwickelte sich aus ihrer Tischtennispartnerschaft eine Freundschaft, und als sie sich eines Abends nach einem Kinobesuch von ihm küssen ließ, war es unversehens eine Liebschaft geworden.

- Eine Liebschaft? -

Abends in ihrem Bett wunderte Irène sich über das altertümliche Wort, das in ihren Gedanken aufgetaucht war.

- Zuviel Liebesromane aus dem 19. Jahrhundert gelesen! -

Über das mit Liebschaft bezeichnete Stadium ihrer Beziehung zu Claas wunderte sie sich nicht. Es schien ihr folgerichtig. Claas war ein attraktiver junger Mann, groß, schlank, mit dichtem blonden Haar und blauen Augen. Ohne die immer wieder in seinem Gesicht aufblühenden Aknepickel wäre sein Aussehen makellos gewesen.

- Zu makellos! -

Ein Mann musste nicht schön sein, fand Irène. Er sollte klug sein, zuverlässig, freundlich. All das war Claas. Sollte sie tatsächlich so schnell schon den Mann ihrer Schulmädchenträume gefunden haben? Je näher sie sich kamen, desto überzeugter war Irène davon. Nachdem sie seinem sanften, aber beharrlichen Drängen nachgegeben und in ihrem schmalen Wohnheimbett mit ihm geschlafen hatte, wusste sie auch, dass er ein zärtlicher Liebhaber war. Trotzdem fand sie die ganze Prozedur eher ernüchternd: das umständliche gegenseitige Entkleiden, das unsichere Abtasten des Körpers, das verlegene Gefummel mit dem Kondom, die stupide Mechanik des Aktes. Außer einem Kribbeln auf der Haut, wenn er sie streichelte, empfand sie nicht viel. Am schönsten war das Zusammenliegen hinterher, die Wärme ihrer aneinandergekuschelten Körper unter der Bettdecke, das entspannte Gespräch, Claas' lustgesättigte Blicke.

- Ist das die Liebe? -

In der Prosa, die sie als Jugendliche gelesen hatte, war die Liebe nicht so prosaisch. Nicht nur in den Mädchenbüchern, nein, auch in den gerühmten Werken der Weltliteratur war sie poetisch, leidenschaftlich, überwältigte die Protagonisten, fegte alle Vernunft hinweg. Irène misstraute der Literatur. Sie würde nicht so dumm sein, ihr Leben an diesen Trugbildern auszurichten. Sie würde nicht auf den Märchenprinzen warten, der doch nie kam. Claas besaß alle Eigenschaften, die eine Frau sich von einem Mann nur wünschen konnte. Wenn sie kein himmelhochjauchzendes Glück empfand, lag es bestimmt nicht an ihm, sondern an ihr selbst. Sie war eben nicht voll liebesfähig, analysierte sie sich. Kein Wunder, als ewig allein gelassenes Kind hatte sie ja auch kein *Urvertrauen* herausbilden können. Dieser Begriff aus der Entwicklungspsychologie, über den sie gerade eine Hausarbeit für ihr Pädagogik-Proseminar schreiben musste, schien ihr der Schlüssel zu allen Schwierigkeiten, mit denen sie zu kämpfen hatte.

- Maman ist schuld! -

Gemeinsam mit Claas malte sie sich ihr zukünftiges Leben aus. Er betonte immer wieder, dass er sich eine vollständige Gleichberechtigung wünsche. Das patriarchalische System gehöre abgeschafft.

„Und die Erziehung der Kinder?"

„Um die werde ich mich genauso kümmern wie die Mutter."

Er sah sie mit einem merkwürdigen Glanz in den Augen an und fügte hinzu:

„Also wie du."

Irène war glücklich, einen Mann gefunden zu haben, der nicht davor zurückschreckte, über eine Zukunft mit Kindern nachzudenken. Claas und sie sprachen häufig über Kinder. Über die Kinder, die sie zusammen haben würden, und die Kinder, die sie später unterrichten würden. Claas stieß bei der Recherche für ein Referat auf ein Buch von Alexander Neill. Der Engländer leitete ein Internat in Suffolk, in dem die Kinder mit viel Freiheit und Selbstverwaltung, aber auch viel Unterstützung und Geborgenheit aufwuchsen. Sein Buch *Summerhill - a radical approach to child rearing* begeisterte sie beide. Irène beschloss, das Konzept in einem Thesenpapier zusammenzufassen und es in ihrem Pädagogik-Seminar zur Diskussion zu stellen.

- Was wohl Prof. Hagemann dazu sagen wird? -

Prof. Hagemann hielt überhaupt nichts davon. Nur die Erwachsenen wüssten, was gut für die Kinder sei, ihre Autorität dürfe keinesfalls angetastet werden, betonte er. Feste Regeln, eindeutige Vorgaben, Lob und Strafe, gerecht verteilt, seien die Grundpfeiler der Erziehung. Er warne eindringlich davor, den Kindern zu viel Spielraum zu geben. Irène war enttäuscht, wollte auch nicht glauben, dass dies wirklich der Stand pädagogischer Wissenschaft war. Sie fing an selbst nachzuforschen und fand schnell heraus, dass es schon zu Anfang des Jahrhunderts Reformbewegungen gegeben hatte, die ein partnerschaftliches Verhältnis zwischen Erwachsenen und Kindern propagierten, die die Entwicklung der Kinder fördern und nicht bestimmen wollten und die es ihnen sogar ermöglichten, Fehler zu machen und daraus zu lernen. Begeistert las sie die Berichte über die vielen Reformschulen und Reformkindergärten und die engagierten Pädagogen, die sie gegen viele Widerstände in der Gesellschaft durchgesetzt hatten.

- So eine Pädagogin möchte ich auch werden! -

Die Gründung einer Reformschule? Vielleicht sei das ja etwas, was die Zukunft für sie bereithalte, mutmaßte Claas. Aber sie sollten sich nicht länger eine gemeinsame Zukunft nur ausmalen, sondern endlich einen ersten konkreten Schritt unternehmen. Und das müsste ihr Auszug aus dem Wohnheim sein.

- Ja! Raus aus dem Hühnerstall! -

Sie taten sich mit zwei anderen Studenten und zwei Studentinnen zusammen und mieteten eine große Wohnung in der Isestraße. Die hatte früher großbürgerlichen Familien eine repräsentative Unterkunft

geboten, war jetzt aber heruntergekommen und stark renovierungs-
bedürftig. Oft, wenn ein Zug der Hamburger Hochbahn vorbeifuhr,
bröckelte ein Placken der mit überladenem Stuck verzierten Decke ab.
Die sechs neuen Bewohner machten sich mit Feuereifer und wenig
Geschick an die Renovierung und überklebten die Löcher in den
Wänden und die offen liegenden Stromleitungen einfach mit Raufa-
sertapeten, auf die sie wild durcheinander Wandfarben rollten, die sie
billig als Reste erstanden hatten. Bei einem Telefongespräch erklärte
Irène ihrer Mutter stolz:

„Ich wohne jetzt in einer WG. Mit fünf anderen Studenten. Claas
und ich haben zusammen ein großes Zimmer."

Aus Genf kam die irritierte Rückfrage:

„Wer ist Claas?"

„Mein Typ."

„Aha."

Claas studierte ebenso fleißig wie Irène, engagierte sich aber auch
im SDS. Er stammte aus einer ostfriesischen Krabbenfischerfamilie
und war der Erste seit Generationen, der es zu einer akademischen
Ausbildung gebracht hatte. Er fand, die Gesellschaft sei sehr ungerecht
aufgebaut, die Chancen ungleich verteilt, die Schichten undurchläs-
sig und überhaupt: Der ganze Staat sei verkrustet, verknöchert und
noch renovierungsbedürftiger als ihre Wohnung! Irène stimmte
ihm zu und ging auch ein paar Mal mit ihm zu Sitzungen des SDS.
Schließlich hatte sie sich vorgenommen, alles mit ihm gemeinsam
zu machen. Doch diese Treffen im verqualmten Hinterzimmer einer
Studentenkneipe, bei denen immer dieselben *Macker* das Wort ergriffen und langatmige Theoriediskussionen über Revisionismus oder
Revolution, Marx versus Bernstein, Hegel'sche Dialektik oder dialek-
tischer Materialismus führten, ödeten sie bald nur noch an. Sie erfand
immer neue Ausreden, um Claas nicht begleiten zu müssen, hatte
Kopf- oder Bauchschmerzen, eine Verabredung, eine Prüfung vor-

zubereiten. Schließlich fragte er sie nicht mehr und ging allein. Ihre Ansichten darüber, wie eine bessere Zukunft gestaltet werden könnte, gingen bald auseinander. Irène hielt daran fest, dass erst frei erzogene Kinder eine freiheitliche Gesellschaft hervorbringen würden. Claas war immer mehr davon überzeugt, dass erst die Revolutionierung der Verhältnisse eine freiheitliche Kindererziehung ermöglichte.

- Ach Claas. Was mag aus ihm geworden sein? -

Vielleicht ist er jetzt ein frühpensionierter Lehrer mit Burnout-Syndrom, überlegt Irène, während die detaillierten Erklärungen ihrer Mutter über das bahnbrechende quantenphysikalische Experiment ihr Bewusstsein oberflächlich streifen. Oder ist er am Berufsverbot gescheitert und konnte gar nicht Lehrer werden? Hundertprozentig überzeugt war er damals von der Richtigkeit seiner politischen Vorstellungen. Ob er heute zu denen gehört, die sich hundertprozentig davon abgekehrt haben? Zu den Elchen, die früher selber welche waren? Oder stemmt er sich tapfer dem modischen 68er-Bashing entgegen?

- Möglich ist alles. -

Irènes Interesse am Schicksal des Mannes, mit dem sie einmal ihr Leben verbringen wollte, erlischt schon wieder. Sie kann sich heute kaum noch erinnern, wie er ausgesehen hat. Pickel hat er gehabt und diesen Hans-Albers-Blick.

- Aber sonst? -

Vor das verschwommene Bild ihrer Erinnerung schiebt sich wieder das aktuelle ihrer dozierenden Mutter. Sie bewundert Wilhelmines vom Alter ungebrochene Begeisterungsfähigkeit für die Quantenphysik. Für die gegenwärtigen Bedrohungen durch die Verbreitung von Atomwaffen hat die einstige Aktivistin dagegen nur noch ein zynisches Achselzucken übrig. Die Atombombe in Händen eines geifernden iranischen Präsidenten, eines debilen nordkoreanischen Diktators, pakistanischer Islamisten? Sie hat lange genug gewarnt, gemahnt, gepredigt. Und? Hat es was genützt? Die Zahl der Staaten, die Atomwaffen besitzen, wächst ständig, und die alten Atommächte, allen voran die USA, rüsten weiter auf. Der Kampf gegen Windmühlenflügel ermüdet zuletzt den kampfeslustigsten Ritter.

- Wann hat Mamans Ermüdung eingesetzt? -

Irène erinnert sich an erste resignierte Bemerkungen ihrer Mutter, als das *Max-Planck-Institut zur Erforschung der Lebensbedingungen der wissenschaftlich-technischen Welt* 1981 geschlossen wurde. In Wilhelmines Sprachgebrauch hieß es natürlich einfach das Weizsäcker-Institut, denn Carl Friedrich hatte es 1970 aufgebaut und viele Jahre zusammen mit Jürgen Habermas geleitet. Die Max-Planck-Gesellschaft nutzte Weizsäckers Emeritierung und ihre Querelen mit Habermas, um das ungeliebte Institut schleunigst zu schließen. Man hatte sich nie von ihm beraten lassen, hatte seine Expertisen freundlich entgegengenommen und zu den Akten gelegt, man war froh, diesen Stachel im Fleisch der Wissenschaft endlich los zu sein. Irène hört ihre Mutter seufzen:

„Die Wissenschaft will nicht wissen, was sie tut. Ihre Auswirkungen auf die Umwelt, auf die Gesellschaft, auf den Einzelnen: Wen interessiert es noch? Carl Friedrich mit seinen ewigen Mahnungen: von gestern! Ein belächelter alter Mann!"

Wilhelmines Stolz, sich nur für verantwortbare Forschungen eingesetzt zu haben, erhielt am 26.4.1986 einen schweren Schlag. Der GAU in Tschernobyl war der größte anzunehmende Unfall für ihren Glauben, die Kraft der Kernspaltung könne wenigstens zur Energiegewinnung segensreich genutzt werden. Sie hatte lange an diesem Glauben festgehalten, auch noch, als eine immer stärker werdende Anti-Atomkraft-Bewegung auf die Risiken des Betriebs von Atomkraftwerken aufmerksam machte – und auf die gar nicht abzuschätzenden Gefahren der für Hunderttausende von Jahren erforderlichen Endlagerung der hoch radioaktiven Abfälle. Sie leugnete die Risiken und Gefahren nicht, hielt sie aber für beherrschbar.

„Was ist denn jetzt mit deiner hehren Verantwortung als Wissenschaftlerin?"

Irène denkt nur ungern an ihr erbarmungsloses Auftrumpfen in einem Moment, in dem ihre Mutter schwer angeschlagen war. Sie trat sogar noch nach:

„Übernimmst du die Verantwortung für die von der Radioaktivität dahingerafften Liquidatoren, die Strahlenopfer, die noch sterben werden, die Kinder, die an Leukämie erkranken?"

Wilhelmine wehrte sich heftig gegen die Vorwürfe ihrer Tochter. Schuld hätten einzig und allein die Sowjets mit ihrem sorglosen Umgang mit der Kernenergie, ihren maroden Meilern, ihren laschen Sicherheitsbestimmungen. Im Westen könne so etwas niemals …

„Und der Beinahe-GAU in Harrisburg? Und die erhöhte Leukämierate rund um Sellafield?"

Irène weiß nicht mehr, welche Argumente in dem Gespräch noch gefallen sind. Sie weiß nur noch, dass die Stimme ihrer Mutter immer schriller wurde und sie selbst fast in Tränen ausgebrochen wäre. Es war das emotionalste Gespräch, das sie beide je geführt hatten. Jahrzehntelang sorgfältig kontrollierte Reaktionen gingen plötzlich durch, Gefühle sprengten die Einkapselung und strahlten unsichtbar ihre gefährliche Ladung ab.

- Unser Beinahe-GAU. -

Es gelang ihnen, den Schaden zu begrenzen. Nachträglich erwies sich ihr heftiger Streit sogar als erster Schritt zu einer zaghaften Annäherung. Irène hatte zum ersten Mal verstanden, dass Wilhelmine nicht nur die beherrschte Frau, die rationale Wissenschaftlerin und die unterkühlte Mutter war. Sie hatte hinter deren hartnäckiger Verteidigung der Kernenergienutzung die Verzweiflung gespürt, die Angst, wieder schuldig geworden zu sein, obwohl sie sich doch so bemüht hatte, nur das Gute zu tun. Sie hatte ihre Mutter schwach gesehen und das ermöglichte ihr,

414

Mitleid mit ihr zu empfinden, statt wie bisher gegen sie zu kämpfen, über sie triumphieren zu wollen und sich weiter als ungeliebtes Kind zu gerieren.

- Mit vierzig muss Schluss damit sein! -

Erst jetzt fing sie an, sich für die Vergangenheit ihrer Mutter zu interessieren, ermunterte sie sogar, ihr vom Uranverein, von Hahn, Meitner, Heisenberg, Laue, Ardenne, Houtermans und Co zu erzählen. Ihre Mutter griff ihr Interesse begierig auf. Endlich, endlich lauschte Irène ihr nicht mehr ablehnend schweigend, sondern aufmerksam schweigend.

Als 1999 das Theaterstück *Kopenhagen* von Michael Frayn in Essen aufgeführt wurde, schenkte Irène ihrer Mutter zum 83sten Geburtstag einen gemeinsamen Theaterbesuch. Sie sahen einen Bühnen-Heisenberg und einen Bühnen-Bohr das inzwischen berühmt gewordene, geheimnisumwitterte Gespräch von 1941 in Kopenhagen in drei verschiedenen Varianten spielen. Nach der Vorstellung fragte sie ihre Mutter gespannt:

„Was glaubst du, Maman, was sich damals wirklich abgespielt hat?"

Wilhelmine zuckte die Achseln.

„Das weiß niemand und wird auch nie jemand wissen. Auch Carl Friedrich, der mir damals von dem Gespräch erzählt hat, war ja nicht dabei. Er kannte nur Heisenbergs Sicht der Dinge. Niels Bohr hat es offenbar ganz anders wahrgenommen."

„Aber wie können zwei Menschen ein und dasselbe Gespräch so unterschiedlich erinnern? Heisenberg sagt, er wollte Bohr eine gemeinsame Weigerung aller Physiker, Atombomben zu bauen, nahelegen, und Bohr glaubte sich von Heisenberg aufgefordert, am Atombombenprojekt der Nazis mitzuarbeiten. Das geht doch nun wirklich überhaupt nicht zusammen!"

Wilhelmine kommentierte das vielleicht folgenreichste Missverständnis der Geschichte nur mit den lakonischen Worten:

„So was kommt halt dabei raus, wenn man übervorsichtig und nur in Andeutungen miteinander spricht."

Was geschehen sei, lasse sich nicht mehr rückgängig machen und was noch geschehen werde, daran wolle sie lieber nicht denken, erläuterte sie ihrer Tochter beim Verlassen des Theaters. Sie sei jetzt eine alte Frau und werde nichts mehr verhindern können. Habe es auch wohl nie gekonnt. Habe es nur geglaubt, glaube sie jetzt.

„Wie mans macht, isses sowieso verkehrt."

Irène sah ihre Mutter verwundert an. Sie glaubte Oma Emma zu hören. War das noch ihre Mutter, die das Wort *Verantwortung* immer wie eine Monstranz vor sich hergetragen hatte? Und Irène war nicht nur verwundert, sondern sogar ein bisschen enttäuscht. Wie hatte sie als Kind unter der unerreichbaren Mutter gelitten!

- For nothing? -

Das nahm ihrem Opfer jede Größe, war nur noch banal. Sie war eben eins von unzähligen Kindern, deren Mütter etwas Besseres zu tun gehabt hatten, als sich um ihre lieben Kleinen zu kümmern.

- Was Besseres? -

Jedenfalls etwas anderes. Und sie hatte doch Oma Emma gehabt, die immer für sie da gewesen war, sich liebevoll um sie gekümmert hatte. Warum nur dieses tief sitzende Gefühl, nicht angenommen und sträflich vernachlässigt worden zu sein?

- Nicht richtig zu sein. -

Es war lächerlich, befand Irène. Jeder glaubte mittlerweile, eine schwierige Kindheit gehabt zu haben. Die Kinder, deren Mütter den ganzen Tag zu Hause gewesen waren, klagten auch, klagten über overprotection und die Bürde, den Lebenssinn ihrer Hausfrauen-Mütter lebenslang auf ihren Schultern tragen zu müssen. Und die Väter? Die klagte niemand an. Auch Irène hat sich von ihrem Vater nie vernachlässigt gefühlt. Im Gegenteil. Wenn er mal für sie da war, genoss sie es und rechnete es ihm hoch an.

- Ihn hab ich geliebt! -

Und mit ihm hat sie sich ganz identifiziert. In ihren Augen damals war auch er ein Opfer ihrer Mutter, die nicht mal für ihren todkranken Mann Zeit hatte! Irènes Bild ihrer Mutter war eine Schwarzweiß-Zeichnung, schattiert durch die vielen unausgesprochenen Vorwürfe, die sie in sich hegte und pflegte.

- Verzeichnet? -

Inzwischen weiß sie ja nur zu gut, wie die Wissenschaft einen ... und erst recht eine! ... mit Haut und Haaren verschlingt. Sie verbringt ihr Leben im Labor. Ihr Leben heißt Zellforschung. Ihr Leben ist Zellforschung.

- Punkt. -

Dass ihre Mutter neben ihrer Arbeit als Physikerin überhaupt noch die Zeit für das gefunden hat, was sie für die unverzichtbare Wahrnehmung politischer Verantwortung hielt, ist Irène jetzt unfassbar.

- Woher hat sie bloß die Kraft genommen? -

Sie selbst hat oft das Gefühl, an die Grenze ihrer Leistungsfähigkeit zu geraten. Wenn nicht darüber hinaus. Und die Wahrnehmung politischer Verantwortung? Lange Zeit hat sie geglaubt, ihr als Biologin würden sich keine großen moralischen Fragen stellen. Außer der leidigen Frage der Tierversuche, vielleicht. Aber da hat sie für sich eine klare Haltung gefunden.

- So wenig wie möglich, so viel wie nötig. -

Das war nun wirklich kein ethisches Dilemma vom Kaliber Atombombe! Sie forschte an Zellen. An pflanzlichen Zellen, an tierischen Zellen, an menschlichen Zellen. Im Kern der Zelle lauerte kein todbringendes Potenzial wie im Kern des Atoms. Im Kern der Zelle steckte das Leben. Da stellte sich keine Frage nach der Verantwortung der Wissenschaft. Mochte ja gut sein, dass Mamans Gefährte im Geiste Recht hatte mit seiner penetranten Mahnung *Politik ist die Verantwortung des Physikers im Atomzeitalter*. Aber sie war eben ganz bewusst nicht Physikerin geworden! Sie war Biologin. Sie musste sich nicht mit Politik beschäftigen. Sie trug nur Verantwortung für eine exakte und exzellente Forschung. In dieser Sicherheit hatte sie sich jahrelang gewiegt.

– Und dann kam Dolly! –

Dolly, das geklonte Schaf. Und mit dem Schaf die Vision des geklonten Menschen. Der Mensch als Kopie. Der Mensch als Produkt des Menschen.

– Der Springteufel aus der Kiste! –

Vor dem hatte sie sich als Kind höllisch erschreckt. Eine Überraschung, hatte ihre Mutter angekündigt, und das Mitbringsel aus Genf vor sie auf den Tisch gestellt. Sie hatte auf Süßigkeiten gehofft und erwartungsvoll den Deckel geöffnet.

– Der Menschenklon! –

Jetzt grinste sie dieser Springteufel der Zellforschung an und stellte sie vor die Frage: Können, sollen, dürfen wir Menschen klonen?

– Kaliber Atombombe! –

Kaliber Atombombe? Die Zeugung von Menschen sollte genauso verbrecherisch sein wie ihre Vernichtung? Aber es ging eben nicht um ihre Zeugung, sondern um ihre Herstellung. Zu welchem Zweck? Als Kind für unfruchtbare Eltern? Als Duplizierung der Besten? Als massenhafte Produktion von Arbeitssklaven? Als Organlieferanten für ihre Originale?

Irène schwindelte wie sonst nur bei den Zumutungen der Quantenphysik. Was auch immer der Zweck sein mochte, allein, dass es ein Zweck war, war schon das Problem. Sie erinnerte sich dunkel an ihren Philosophieunterricht in der Schule. Der Mensch darf niemals nur Mittel zum Zweck sein. Sonst wäre es ein Angriff auf die Menschenwürde. Oder so ähnlich. War das von Kant? Nein, kam der Begriff Menschenwürde nicht erst viel später? Mit dem Grundgesetz? Als Schülerin hatte sie all das nicht interessiert. Was hatten diese blutleeren Theorien mit ihrem Leben zu tun? Und jetzt plötzlich hatten sie etwas mit ihrem Leben zu tun, ja, mit dem Leben aller Menschen.

- Geklonte Menschen darf es nicht geben! -

Ihre Ablehnung war trotz all ihrer Gedanken über Kant, Menschen als Mittel und Menschenwürde spontan, aus dem Gefühl heraus, aus dem Entsetzen vor dem gemachten Menschen.

- Und beim Anfertigen von Kopien wird es nicht bleiben! -

Der alte Traum vom perfekten Menschen würde wieder aufleben. Die Gentechnik arbeitete am Werkzeug dafür. Ein paar Gene hier ausschalten, ein paar Gene da einschleusen … und endlich würde man den Menschen, dieses Mängelwesen, verbessern!

- Pfusch am Werk der Evolution! -

Was konnte dabei herauskommen, wenn der immer noch von steinzeitlichen Trieben gesteuerte Homo sapiens sapiens sich mit seiner fortgeschrittenen Technik umformte?

- Der Wunsch nach Vollkommenheit wird Ungeheuer gebären. -

Die ganz niedliche, unschuldige Babys sein würden. Irène schüttelte sich. Nein, diese schiefe Bahn durfte nicht betreten werden, sonst war der Rutsch in den Abgrund vorprogrammiert!

- Kein Biologe darf daran mitarbeiten! -

Zum Glück schien diese Ablehnung auch bei ihren Kollegen allgemein verbreitet zu sein. Alle beteuerten, dass der neu entdeckte Weg des Klonens ebenso wie ein Eingriff ins Erbgut ausschließlich bei Tieren praktiziert werden dürfe, niemals aber beim Menschen!

- Niemals! -

Irène beruhigte sich bei dem Gedanken, dass die Biologen sich weltweit darauf einigen würden, sich aus ethischen Erwägungen, aus Sorge um die Zukunft der Menschheit, eine Forschungsbeschränkung aufzuerlegen.

- Wirklich? -

Sie unterdrückte ihren Zweifel und richtete ihre ganze Konzentration wieder auf ihre Arbeit. Sie erforschte die Ausdifferenzierung der embryonalen Zellen von Mäusen, eine Arbeit, die mit Klonen und Genmanipulationen nicht das Geringste zu tun hatte. Sie konnte guten Gewissens von früh morgens bis spät abends im Labor verbringen, konnte ihr Leben der zellbiologischen Grundlagenforschung widmen.

– Widmen? Oder vielmehr opfern? –

Und wenn schon! Es war schließlich ihr Leben. Sie stahl ihre kostbare Zeit niemandem außer sich selbst. Keinem Kind. Keinem Mann. Sie war frei.

– Freedom is just another word for nothing left to loose. –

Hat sie diese Liedzeile von Janis Joplin damals gedacht, Mitte der achtziger Jahre, oder kommt sie ihr erst heute in den Sinn? Kommt herangeflogen aus einer noch viel früheren Zeit, als die rauchige, versoffene, zugedröhnte Stimme sie mit dieser Botschaft mitten ins Herz traf. Sie war frei und hatte nichts mehr zu verlieren. Sie war allein.

– Ganz allein. –

Irène holt tief Luft, wie immer, wenn sie an diese Zeit zurückdenkt, Luft gegen das Erstickungsgefühl, das zusammen mit den Erinnerungen heraufbeschworen wird. Sie schaut verlegen zu ihrer Mutter, doch die merkt nichts, ist am Ende ihres Vortrags über die Bedeutung des Spiegelexperiments für die Quantentheorie angelangt und wirkt erschöpft. Irène schaut auf ihre Armbanduhr.

„Schon so spät! Ich muss gehn, Maman. Ich muss noch was vorbereiten für morgen. Du weißt ja, wie das ist."

Wilhelmine nickt und macht keinen Versuch, ihre Tochter zurückzuhalten. Zum Abschied hält sie ihr die Physical Review hin:

„Wenn du es noch mal nachlesen willst …"

Irène nimmt die Zeitung nicht.

„Es war wirklich sehr spannend, was du erzählt hast, aber ich weiß, dass ich es nicht schaffen werde, den Artikel zu lesen."

- Schau mich nicht so an! -

Irène ist stolz auf sich. Sie hat gelernt, ihre Mutter ohne schlechtes Gewissen zu enttäuschen. Früher hätte sie die Zeitschrift mit nach Hause genommen, wohl wissend, dass sie sie nicht lesen würde.

„Schade. Da entgeht dir wirklich was. Aber ich verstehe natürlich … Du hast genug zu tun, in deinem Fachgebiet auf dem neuesten Stand zu bleiben. Was tut sich denn da eigentlich? Darüber haben wir jetzt gar nicht gesprochen …"

- Den Satz sagt sie immer beim Abschied. -

„Nächstes Mal. Das läuft uns ja nicht weg."

- Das sage ich immer beim Abschied. -

Wilhelmine steht mühsam aus ihrem Stuhl am Fenster auf und stützt sich auf einen Stock, als sie ihre Tochter zur Tür ihres Apartments begleitet. Irène gibt ihrer Mutter die Hand:

„Tschüs, Maman. Bis nächsten Sonntag."

„Tschüs. Ich drück dir die Daumen. Dass du morgen den Anruf kriegst. Aus Stockholm."

„Ach! Vergiss es!"

Irène winkt noch kurz, bevor sie in den Fahrstuhl steigt, dann schließt sich die Tür und ihre Mutter ist verschwunden. Aus ihrer Sicht und aus ihrem Sinn. Sie fährt abwärts, dann vorwärts mit ihrem Wagen, aber sie denkt rückwärts. Im Kopf kann der Zeitpfeil in die Vergangenheit fliegen, ohne mit der Relativitätstheorie zu kollidieren, überlegt sie noch, da ist der Pfeil auch schon im Jahr 1967 gelandet.

Kurz nach dem Jahreswechsel erhielt Claas eine Zusage von der Friedrich-Ebert-Stiftung zur Finanzierung eines Auslandssemesters an der University of London. Er hatte eigentlich wegen seiner Mitgliedschaft im Sozialistischen Deutschen Studentenbund mit einer Absage seines Antrags gerechnet; schließlich hatte sich die SPD 1960 von ihrer immer aufmüpfiger werdenden Studentenorganisation losgesagt und der parteikonforme Sozialdemokratische Hochschulbund wurde gegründet. Aber die Entscheider über Auslandsstipendien bei der Friedrich-Ebert-Stiftung waren offenbar wesentlich toleranter. Irène freute sich uneingeschränkt für Claas. Als zukünftiger Englischlehrer würde ihm ein halbes Jahr im englischen Sprachraum bestimmt sehr zugutekommen.

„Dann ergeht es dir wenigstens nicht so wie meinem alten Lehrer. Der schwärmte immer von der britischen Lebensart, dem angelsächsischen Humor, der englischen Noblesse, hatte aber nie auch nur einen Fuß auf die Insel gesetzt. Alles Buchwissen. Und einen deutschen Akzent hatte der! Horrible!"

Claas lachte:

„Genau den will ich loswerden!"

Im Februar brachte Irène Claas zum Flughafen und sah dem Flugzeug so lange nach, bis es am Himmel über Hamburg verschwunden war. Wie mochte Claas sich jetzt fühlen hoch oben über den Wolken? Sie beide waren noch nie geflogen und Irène wollte es am liebsten auch niemals. Auch wenn ihre Mutter sie deswegen auslachte, ihr blieb dieser Aufstieg des Menschen in die Luft unheimlich. Da halfen alle Statistiken über die ungleich größere Sicherheit des Flugverkehrs gegenüber dem Autofahren nichts. Der Luftraum gehörte den Vögeln und nicht den Menschen, sagte ihr ein tief verankertes Gefühl.

- Verankert auf dem Grund der Evolution. -

Claas hatten ihre Ängste vollkommen unbeeindruckt gelassen. Er freute sich auf das Abenteuer Flug und das Abenteuer Fremde. Ein halbes Jahr lang hatte er drei Tage in der Woche von 20 Uhr abends bis 1 Uhr nachts in einer Studentenkneipe gekellnert, weil sein Stipendium längst nicht alle Kosten für Flug und Aufenthalt in Großbritannien abdeckte.

- Sogar seine Anti-Schah-AG hat er sausen lassen! -

Über die finstern Machenschaften dieses Handlangers der CIA

hatte er ihr zuvor lange Vorträge gehalten, in denen von Knechtung des persischen Volkes, Folter und Hinrichtung von Oppositionellen, Ausbeutung der Ressourcen zugunsten des US-Imperialismus die Rede war. Und worüber berichte unsere Presse, bitteschön? Über die Verstoßung der kinderlosen Soraya durch den Märchenkönig Schah Reza Pahlevi und seine orientalische Prunkhochzeit mit der schönen jungen Farah Diba! Zum Kotzen!

Ein wenig vermisste sie ihn und seine glutvolle Empörung jetzt, obwohl sie ihr sonst manchmal ziemlich übertrieben schien. Persien, Vietnam, Kuba, die Dritte Welt, das war alles so weit weg! Musste wirklich zu Beginn jedes Seminars erst eine Latte von Solidaritätserklärungen für die diversen Freiheitsbewegungen verabschiedet werden, so dass für den eigentlichen Lehrstoff oft nur noch die Hälfte der Zeit zur Verfügung stand? Half es dem Vietcong, dass sich 16 von 23 Anwesenden des Seminars *Mikroskopieren von Mehrschichtpräparaten I* mit seinem antiimperialistischen Kampf solidarisiert hatten? Mit solch kleinlichen Zweifeln durfte sie Claas nicht kommen. Dann verwies er sie auf das große Ganze, die internationalen Zusammenhänge, den weltweiten Kampf gegen Ausbeutung und Unterdrückung. Da tue sich unheimlich was, da dürften sie doch nicht abseits stehen!

Als Irène vom Flughafen in ihr WG-Zimmer zurückkehrte, wirkte es auf sie trotz der vielen Möbel vom Sperrmüll, mit denen es vollgestellt war, leer. Bestimmt würde sie sich im nächsten halben Jahr oft verdammt allein fühlen. Andererseits war es vielleicht auch ganz angenehm, eine Zeit lang mal nicht mehr ständig mit dem Anspruch konfrontiert zu sein, die ganze Welt ändern zu müssen. Die anderen Mitglieder ihrer WG glaubten eher, ihr Selbst revolutionieren und dazu vor allem sexuelle Verklemmungen auflösen zu müssen. Was sich auflöste, waren die beiden Paarbeziehungen. Sie hinterließen vier eifersüchtige, verletzte und in endlose Selbstanalysen und Rivalitäten verwickelte Individuen.

- Die stellen keine Ansprüche an mich. -

Sie boten Irène aber auch keinen Halt, waren in ihrer Selbstbezogenheit für sie kaum noch erreichbar. Sie würde sich eben voll und ganz auf ihr Studium konzentrieren. Ein halbes Jahr war schnell vorbei und schließlich war es für eine neu zu errichtende Welt auch vonnöten, gut ausgebildete Lehrer zu haben!

Kurz nach Claas, im März, flog Wilhelmine für zwei Jahre in die USA an das Massachusetts Institut of Technologie. Dieser Ortswechsel berührte Irènes Leben kaum. Ob ihre Mutter am CERN in Genf oder am berühmten MIT in den USA weilte, machte für sie keinen Unterschied, außer dass die Telefonverbindung wahrscheinlich schlechter sein würde. Seit sie von zu Hause ausgezogen war, hatte Wilhelmine sie regelmäßig am Ersten jedes Monats angerufen, gefragt, was ihr Studium mache, von den neuesten Schwierigkeiten mit dem Teilchenbeschleuniger erzählt und ihr alles Gute bis zum nächsten Mal gewünscht.

Ihre Mutter war gerade erst seit einer Woche in den USA, als Irène sich sehnlichst wünschte, sie möge doch in Genf sein. Dann könnte sie einfach den nächsten Zug nehmen und Irène würde nicht allein mit dem Unfasslichen zurechtkommen müssen.

Oma Emma war tot.

- Oma Emma tot? -

Sie hörte die Worte eines Polizisten am Telefon, der sie zuerst gefragt hatte, ob sie die Enkeltochter der Emma Hartkopf, geborene Schulze, wohnhaft in der Bergstraße in Heidelberg sei. Sie bejahte und befürchtete etwas Schlimmes. Warum sonst sollte die Polizei bei ihr anrufen? Was der Beamte am Telefon ihr mitzuteilen hatte, war mehr als schlimm.

- Der reinste Horror! -

Diese Worte schossen Irène in den Kopf, unpassende Worte, abgenutzt, Zuschauerausruf bei einem Gruselfilm, wie sie selbst spürte, und dennoch kreisten sie gebetsmühlenartig in ihr, als sie versuchte, das Gehörte zu begreifen. Die Nachbarin, Frau Wilkenau, hatte die Feuerwehr alarmiert, nachdem sie die alte Frau Hartkopf, mit der sie über den Gartenzaun hinweg immer so nett plauderte, seit drei Tagen nicht mehr gesehen hatte, und das in der besten Pflanzzeit! Außerdem hingen morgens keine Betten zum Lüften auf dem Balkon und die Brötchentüten stapelten sich vor der Haustür. Die Feuerwehrleute fanden im Haus am Fuß der Treppe den Leichnam einer alten Frau, mit verrenkten Gliedern und gebrochenem Genick. Eine unübersehbare und riechbare Spur von Blut, Erbrochenem und Kot deutete darauf hin, dass sie versucht haben musste, aus ihrem Bett im Schlafzimmer des ersten Stocks nach unten ins Erdgeschoss zu gelangen. Der Polizist vermutete:

„Zum Telefon im Flur. Der Notarzt tippt auf Schlaganfall. Aber das wird erst die Obduktion ergeben."

Irène rannte, gleich nachdem sie den Hörer aufgelegt hatte, zur Toilette. Ihr Körper gab alles noch nicht Verdaute nach oben und unten von sich, entleerte sich krampfartig. Bilder suchten Irène heim, die sie nicht abwehren konnte. Sie sah Oma Emma in ihrem immer fleckenlosen weißen Rüschennachthemd in ihrem Bett liegen, plötzlich halb gelähmt, verwirrt, vielleicht blind, sah sie mühsam aus dem Bett klettern, rollen, fallen, am Boden kriechen, krauchen, robben, Stück für Stück, immer mit einem Ziel, dem Telefon, dem Kontakt, der Hilfe. Und dann diese schreckliche Barriere zwischen ihr und dem ersehnten Ziel: die Treppe. Aber Oma Emma war keine Frau, die vorschnell aufgab. Sie hat versucht, die Barriere zu überwinden. Es hat ihr das Genick gebrochen.

- Allein. Sie war so verdammt allein! -

Irène verließ mit zitternden Beinen die Toilette und schmiss sich in ihrem Zimmer aufs Bett. Sie vergrub ihr Gesicht ins zusammengeknüllte Kissen und weinte es nass. Was für ein elender Tod! Was für ein einsamer Tod! Warum musste eine Frau, die ihr ganzes Leben für andere gelebt hatte, so erbärmlich und von allen verlassen krepieren?

- Weil wir sie alle verlassen haben. -

Sie selbst hatte sich auch nicht an ihr Versprechen gehalten, ihre Großmutter mindestens einmal im Monat zu besuchen. Manchmal war es nicht einmal ein Telefonanruf im Monat. Die Zeit verging einfach zu schnell, sie hatte so viel um die Ohren, und sie war doch gerade Weihnachten zwei ganze Tage lang bei ihr gewesen! Und auch häufigere Besuche hätten das schreckliche Geschehen nicht verhindert, rechtfertigte sich Irène vor sich selbst. So war nun mal der Lauf des Lebens: Das Nest leerte sich, alle flogen aus und die Glucke blieb allein zurück.

- Und jetzt? Ich armes Küken! -

Mutterseelenallein stand sie da, bedauerte sie sich. Ihre Mutter war weit weg auf der anderen Seite des Atlantiks und nicht mal Claas konnte ihr zur Seite stehen. Warum war er ausgerechnet jetzt in London, wo sie ihn so dringend brauchte? Er hätte sie getröstet, sie unterstützt, ihr geholfen, bei dem, was jetzt zu tun war. Sie hatte doch nicht die geringste Ahnung, was man in einem Todesfall alles erledigen musste! Sie hatte dem Polizisten zugesagt, so schnell wie möglich nach Heidelberg zu kommen und sich um die notwenigen Formalitäten zu kümmern.

- Das ist doch alles Mamans Aufgabe! -

Es gelang Irène besser als von ihr selbst befürchtet, das Notwendige zu tun. Das Beerdigungsinstitut wickelte den Todesfall professionell ab und die freundliche Frau Wilkenau, die zweimal in ihrem Leben Witwe geworden war, unterstützte sie mit nachbarschaftlichem Rat über zu beachtende Gepflogenheiten beim Tod eines nahen Angehörigen. Das Obduktionsergebnis bestätigte die Vermutung des Notarztes: Ein Schlaganfall war der Auslöser der Kettenreaktion gewesen, die zum Tod Emma Hartkopfs geführt hatte.

Irène telefonierte täglich mit ihrer Mutter in Massachusetts, die sich verzweifelt bemühte, einen Flug auf der hoffnungslos überbuchten Transatlantikstrecke zu ergattern. Als sie besprachen, wer alles zu benachrichtigen sei, mahnte Wilhelmine:

„Vergiss Elsbeth nicht!"

„Elsbeth?"

„Ja doch! Elsbeth Olsanski. Du findest bestimmt Briefe von ihr unter Oma Emmas Sachen. Sie hat ja nie was weggeschmissen. Irgendwo in Berlin-Tiergarten wohnt sie. Schau auf den Absender!"

Irène erinnerte sich dunkel, dass Oma Emma ihr mal von ihrem Dienstmädchen Elsbeth erzählt hatte. Deren Bruder sei nach dem Krieg ein hohes Tier bei der Westberliner SPD geworden und sie lebe dort mit ihm zusammen. Oder wars die CDU? Irène wusste es nicht, hatte wohl damals nicht richtig zugehört. Was interessierte sie ein ehemaliges Dienstmädchen, das sie nicht kannte?

„Gut. Die Adresse werd ich schon rausfinden. Aber jetzt die wichtigste Frage: Wo soll Oma Emma beerdigt werden?"

Diese Frage wollte Irène auf keinen Fall allein entscheiden. Zur Debatte stand: in Heidelberg neben ihrem Schwiegersohn Karl-August oder in Berlin im Familiengrab der Hartkopfs.

Wilhelmine plädierte entschieden für Heidelberg. Oma Emma habe Opa Erich damals eigentlich auch in Heidelberg beerdigen lassen wollen, damit sie sich um sein Grab kümmern und später mit ihm zusammenliegen könne. Aber kurz vor seinem Tod habe Erich immerzu *Anna! Anna!* geschrien und da habe sie entschieden, er solle neben seiner ersten Frau und seinen Söhnen seine letzte Ruhe finden. Da gehört er denn wohl doch hin, habe sie gesagt.

„Stell dir das vor! Nach 35 Jahren Ehe!"

Das hatte ihre Mutter ihr noch nie erzählt. Irène krampfte sich vor Mitleid mit ihrer Großmutter der Magen zusammen. Hatte überhaupt jemand sie geliebt in ihrem Leben? Man hatte sie gebraucht, ihre Dienste geschätzt, ihre Fürsorge ganz selbstverständlich in Anspruch genommen. Aber geliebt?

- Und ich war nicht besser als alle anderen. -

Irènes Liebe zu ihrer Großmutter schlich sich von diesem Tag an in ihr Herz, eine verspätete, eine nachgetragene Liebe.

- Aber eine Liebe. -

Wilhelmine traf am Vorabend der Beerdigung in Heidelberg ein und nahm sofort das Heft des Handelns in die Hand. Doch das Heft war leer. Es gab nichts mehr zu handeln. Ihre Tochter habe alles aufs Beste vorbereitet, gab sie zu.

- Fast wirkt sie enttäuscht! -

Wilhelmine machte es nervös, nichts zu tun zu haben. Einmal ging sie in das Zimmer, in dem ihre Mutter der Schlaganfall ereilt hatte, starrte auf das gesäuberte und mit einer frisch gewaschenen Tagesdecke überzogene Bett und ging dann langsam die Treppe hinunter, bis zum unteren Absatz, wo das Leben Emma Hartkopfs geendet hatte.

- Wo sie verendet ist. -

Irène beobachtete ihre Mutter verstohlen. Suchte sie nach Spuren? Da war nichts mehr zu sehen. Wilhelmine schluckte heftig, als müsse sie einen Brechreiz unterdrücken und lief gleich darauf mit energischen Schritten von dem Ort fort, der mit seiner wiederhergestellten Normalität erst recht Bilder heraufbeschwor, die sie in die Flucht jagten.

„Lass uns zu Bett gehen. Ich bin noch ganz fertig von der Zeitumstellung, und wir haben morgen einen harten Tag vor uns."

Irène folgte bereitwillig dem Vorschlag ihrer Mutter, obwohl es erst kurz nach zehn Uhr war. Das wenige, was noch zu besprechen war, hatten sie besprochen und sonst hatten sie sich nicht viel zu sagen. Normalerweise hätte ihre Mutter ausführlich über ihre ersten Erfahrungen am MIT berichtet, aber das schien ihr wohl diesmal nicht der

richtige Gesprächsstoff zu sein. Irène war froh, als sie in ihrem ehemaligen Kinderzimmer im Bett lag, und konnte dann doch die ganze
Nacht nicht schlafen. Das Zimmer, in dem nichts verändert worden
war, schien ihr fremd, eine abgelegte Hülle, das Museum eines Kindes
namens Irène oder Iri, wie sie in der Klasse hieß, oder Renimädchen,
wie Oma Emma sie genannt hatte, wenn niemand sonst zugegen war.
Von der Decke hing noch ein leerer Vogelkäfig, an der Wand ein ver-
größertes und auf Pappe gezogenes Zeitungsfoto von Jean Paul Sartre
und Simone de Beauvoir im Zigarettendunst des Cafés Les Deux
Margots, direkt daneben ein schwarzer Panther im Sprung, das letzte
der Tierbilder, mit denen die Wände ihres Zimmers einmal bedeckt
gewesen waren. Von ihm hatte sich die Sechzehnjährige nicht trennen
können, als alle anderen Tierbilder dem Verdikt *Kindisch!* anheimge-
fallen und zerknüllt im Papierkorb gelandet waren. Auch jetzt wieder
faszinierten Irène die animalische Energie und Eleganz der Bewegung dieser Raubkatze, die im Schummer des hereinscheinenden
Mondes direkt auf sie zuzuspringen schien.

- Das Leben in seiner ganzen Kraft und Schönheit! -

Aber auch dieses Leben endete, zerfiel zu gammligem, stinkendem
Fleisch.

- Wie Oma Emma jetzt. -

Irènes Gedanken pendelten zwischen Leben und Tod, zwischen
dem Lebendigen, das sie so in den Bann schlug, und dem Abster-
ben, das sie am liebsten aus der Welt verbannt hätte. Aber das *Stirb
und Werde!* war nun mal der Kern der Biologie, der Wissenschaft vom
Leben, das nur in diesem ewigen Kreislauf denkbar war. Oma Emma
war tot. Aber sie selbst war jung! Sie lebte! Noch lange! Bestimmt!
Wahrscheinlich! Vielleicht.

- Hoffentlich! -

Am nächsten Morgen war Irène völlig übermüdet und gleichzeitig hellwach. Auf dem Weg zum Friedhof dachte sie nicht an Oma

Emma, sondern daran, dass sie zum ersten Mal an einer Beerdigung teilnehmen würde.

– Wie verhält man sich als Hauptleidtragende? –

Zum Glück war ihre Mutter ja jetzt da und sie konnte sich an ihr orientieren. Als sie in die üppig mit Blumen und Kerzen geschmückte Friedhofskapelle eintraten und nach einer mit gesenktem Kopf Andacht demonstrierenden Schweigeminute in der vorderen Reihe Platz nahmen, verflüchtigten sich alle Gedanken an Benimmregeln aus Irènes Kopf. Angesichts des Sarges, der direkt vor ihr aufragte, drängte sich mit Wucht die Vorstellung auf, wie Oma Emma in diesem dunklen Behälter lag. Sie hatte ihre Leiche nicht sehen wollen, obwohl der Beerdigungsunternehmer ihr versichert hatte, die teure Verblichene sei nach der Obduktion fachgerecht wieder hergestellt worden. Jetzt verfolgte sie die Vision des zerstückelten Körpers während der ganzen Trauerzeremonie. Sie hörte kaum auf die Worte des Pastors, der von einem in Demut verbrachten und in Würde vollendeten Leben sprach, vom Trost der Gewissheit einer Auferstehung und dass der Herr Jesus Christus die Seele Emma Hartkopfs in Gnade empfangen werde. Als der Sarg, von Orgelklängen begleitet, hinausgetragen wurde, folgte sie ihm neben ihrer Mutter wie in Trance. Sie hatte die Vision des zerstückelten Leichnams erfolgreich in sich abgetötet, aber damit auch jedes andere Gefühl. Stumpf vollzog sie die Riten am offenen Grab, stand, wie ihre Mutter vor ihr, eine Weile stumm und mit vor dem Körper zusammengelegten Händen, warf drei Schaufeln Sand auf den Sarg, eine bereitgelegte Nelke hinterher und trat wieder zurück, um dem Nächsten Platz zu machen. Der Nächste war ihr Cousin Siegfried, den sie *Danke für alles!* murmeln hörte, gefolgt von ihrer schwangeren Cousine Adelheid, die in heftiges Weinen ausbrach und von ihrem Mann behutsam vom offenen Grab weggeführt wurde. Adelheid stellte sich neben Siegfried und beide wahrten einen deutlichen Abstand zu Wilhelmine und Irène.

So aufgereiht nahmen sie die Beileidsbekundungen der vom Grab zurückkehrenden Menschen entgegen.

- So viele! -

Die meisten kannte Irène flüchtig: Nachbarn, Händler aus ihrem Viertel, Mitglieder der Kirchengemeinde, die Gemeindeschwester. Andere hatte sie noch nie gesehen. Sie alle wollten der kleinen, freundlichen Frau die letzte Ehre erweisen, die immer ein offenes Ohr für ihre Sorgen gehabt und die niemand vergeblich um Hilfe gebeten hatte. *Eine herzensgute Frau, ihre Großmutter!* war der Satz, den Irène am häufigsten gleich nach dem *Herzlichen Beileid!* zu hören bekam.

Bei der anschließenden Trauerfeier im friedhofsnahen Café war nur noch ein kleiner Kreis versammelt. Der Pastor, die direkten Nachbarn, die Familienangehörigen. Und eine alte, stark gebeugte Frau, die Wilhelmine ihrer Tochter als *unsere liebe Elsbeth* vorstellte. Die Alte ergriff Irènes Hand, drückte sie lange mit ihren knotigen Fingern und sah ihr forschend ins Gesicht:

„Ach Jottchen, det Renimädchen! Die Emma hat mir so ville von dir jeschriem! Zu schade, det ick dir nie zu Jesichte gekricht hab all die Jahre."

- Warum eigentlich nicht? -

Heidelberg und Berlin waren ja nun nicht weltenweit voneinander entfernt, fand Irène. Aber Oma Emma war nie verreist, war auch nie in Urlaub gefahren. Allein der Gedanke daran wäre ihr ungebührlich erschienen. Offenbar war es dieser Elsbeth ähnlich gegangen.

Irène wechselte ein paar höfliche Worte mit ihr. Zu ihrem Erstaunen sah sie, dass ihre Mutter sich beim Kaffee neben Elsbeth setzte und fast die ganze Zeit nur mit ihr sprach. Sie selbst setzte sich neben Siegfried, der noch einmal wortreich seine Frau entschuldigte, eine Grippe, mit hohem Fieber, seit zwei Wochen schon, dann über den Haufen von Unsinn klagte, den er in seinem Jurastudium pauken müsse, schließlich unermüdlich Anekdoten über seine kleinen Söhne zum Besten gab, so kluge, liebreizende, wunderbare Kinder wie seine Zwillinge gebe es auf der ganzen Welt nicht! Sie nickte höflich, sagte *Tatsächlich?* und *Nicht zu glauben!* und *Fantastisch!* und lauschte gleichzeitig auf Gesprächsbrocken, die über den Tisch zu ihr herüberdrangen. So zu krepieren, das wünsche man ja seinem ärgsten Feind nicht, tönte es gedämpft, aber, ob willentlich oder unwillentlich, nicht ausreichend gedämpft von Frau Wilkenau. Oma Emma sei wirklich eine Seele von Mensch gewesen, wiederholte Adelheid mehrmals unter Schluchzern und senkte ihre Stimme nicht, als sie hinzufügte: die einzige Seele in dieser seelenlosen Familie.

- Ach ja? -

Irènes ihr abgesprochene Seele verhärtete sich vor Empörung. Was bildete diese dumme Pute sich ein? Nur weil Irène ihr Herz nicht auf der Zunge trug, nicht so tränenselig und heulsusig war? Adelheid verwechselte offenbar Gefühl mit Gefühligkeit! Gerierte sich hier, als wäre sie die Hauptleidtragende, als hätte sie ihre Großmutter verloren! Dabei hatte sie Oma Emma so gut wie nie mehr besucht, seitdem sie sich ihren Göttergatten geangelt hatte, obwohl sie nur einen Steinwurf entfernt wohnte! Der Mohr hatte seine Schuldigkeit getan.

- Und jetzt dieses scheinheilige Gesülze! -

Irène wendete sich angewidert ab, ihr Blick landete bei ihrer Mutter und verharrte. Ihre Mutter streichelte die Hand der alten Frau neben ihr, dieser aus den Tiefen der Vergangenheit aufgetauchten Elsbeth. Irène traute ihren Augen kaum.

- Wann hat Maman mich zuletzt gestreichelt? -

Sie konnte sich nicht daran erinnern. Sie hörte die laute Stimme dieser komischen alten Berlinerin jammern:

„Wien kleenet Kind isser jetz, der Kurt, füttern muss ick em und all det und denn kennt er mir nich ma, will immer wechlaufn und schreit: *Ick muss ne Rede halten. Die Jenossen warten schon!* Ach det iss nich schön, Minchen, det sach ich dir."

- Minchen? -

Irène konnte ihren Blick nicht losreißen von der streichelnden Hand ihrer Mutter. Plötzlich stiegen ihr Tränen in die Augen. Hastig zerrte sie ein Taschentuch aus der Tasche ihres engen schwarzen Rocks, den sie extra für die Beerdigung gekauft hatte. Sie tupfte sich die Augen trocken und sah sich verstohlen nach Adelheid um. Die sollte sie auf keinen Fall heulen sehen.

- Lieber soll sie mich für einen Stein halten! -

Doch Adelheids Aufmerksamkeit war jetzt ganz auf Frau Wilkenau gerichtet, der sie lautstark erzählte, ihr Vater Franz Schulze, der Bruder der Verstorbenen, sei ein Gutsherr im Warthegau gewesen, hoch geschätzt von seinem polnischen Gesinde.

- Woher will sie das wissen? -

Adelheid hat ihren Vater doch nie kennengelernt, überlegte Irène, während sie weiter der Stimme ihrer Cousine lauschte:

„Die Flucht für sein ganzes Dorf hat er organisiert und sie alle gen Westen geführt durch Eis und Schnee, bis dann der Russe kam und da hat mein Vater sich schützend vor die Frauen gestellt, um sie zu schützen vor, na, Sie wissen schon, und da ist er erschossen worden. Und meine Mutter und Großmutter gleich mit."

- An der Story stimmt was nicht. -

Hatte Oma Emma nicht mal davon gesprochen, ihr Bruder Franz sei feige aus dem Hinterhalt erschossen worden? Von wem? Und warum? Irène erinnerte sich nicht. Oma Emma hatte nur selten über ihren Bruder gesprochen, und wenn, dann hatte Wilhelmine verächtlich die Lippen zusammengekniffen und Irène hatte kaum hingehört.

- Diese alten Geschichten vom Krieg! -

Sie verstand nicht, warum Claas immer seinen Vater anklagte, nie über den Krieg zu sprechen. Was mein Alter an der Ostfront getrieben hat, darüber schweigt er fein stille! Irène wusste, was ihre Eltern in der Nazizeit getrieben hatten.

- Maman hat mir die Bombe ja oft genug aufs Butterbrot geschmiert. -

Sie verstand nicht, dass Claas fasziniert war von ihrer Familiengeschichte, sie sitze doch an der Quelle eines ungeheuren Geschehens, da lecke sich doch jeder Historiker alle zehn Finger nach! Ewig diese blöde Vergangenheit, konterte sie dann, sie wollten doch die Zukunft gestalten! Und die Zukunft, das waren die Kinder, die sie erziehen würden: zu freien, selbstbestimmten, allseits entwickelten Persönlichkeiten. Was solle ihr da die Beschäftigung mit der Bombe für Hitler?

- Die Bombe. -

Da taucht sie wieder auf in Irènes Kopf, das Menetekel ihrer Kindheit, katapultiert ihre Gedanken weg von der Beerdigung ihrer Großmutter, weg von Claas. Sie sitzt zu Hause an ihrem Schreibtisch, hat halb Hamburg durchfahren, während ihre Gedanken die Vergangenheit durchmaßen. An das Fahren erinnert sie sich kaum, dieses automatisierte, unbewusste Handeln hindert sie als versierte Fahrerin nicht daran, ihre bewusste Aufmerksamkeit auf etwas anderes zu richten. Aber seit sie an ihrem Schreibtisch sitzt und die Papiere für die Leitungssitzung morgen Nachmittag durcharbeiten will, streikt ihr Gehirn. Multitasking? Das ist es gewöhnt. Aber gleichzeitig über die läppische Tagesordnung für die lästige Sitzung und über das Monster des zwanzigsten Jahrhunderts nachzudenken, das schafft sie nicht. Sie schiebt die Papiere beiseite. Das Monster ist immer noch quicklebendig.

- Aber ich kämpfe mit dem Monster des 21. Jahrhunderts! -

Seit Irène sich mit dem vielarmigen Monster konfrontiert sieht, das die moderne Biologie hervorgebracht hat, hört sie nicht mehr weg, wenn ihre Mutter von der Atombombe erzählt. Immer stärker drängt sich ihr die Frage auf: Läuft man nicht selbst dann Gefahr, Schreckliches mitzuverantworten, wenn man nichts anderes will als Schreckliches verhindern?

- Wie Einstein. -

Aus Angst vor der Atombombe der Nazis hatte der überzeugte Pazifist die Amerikaner zum Bau der Atombombe gedrängt. Die nicht vorhandene Nazibombe führte zum furchtbar realen *Little Boy*, zündete das Grauen von Hiroshima und Nagasaki.

- Die Tragödien der Antike sind Peanuts dagegen. -

Irène steht auf und wandert ziellos in ihrem Arbeitszimmer auf und ab. Ihre Gedanken wandern zielgerichtet zu einem früheren Gespräch mit ihrer Mutter zurück. Vor ein paar Wochen erst hat sie Wilhelmine vorgeworfen:

„Wie konnte dein verehrter Carl Friedrich bloß auf die Idee kommen, Hitler beeinflussen zu können? Ein angeblich so kluger Mann!"

Wilhelmine sah ihre Tochter streng an:

„Mein liebes Kind, spar dir die wohlfeile Empörung der Nachgeborenen! Wir wussten über Hitler damals nicht, was heute jedes Kind weiß. Klüger ist man hinterher, aber handeln muss man im Hin und Her des Augenblicks! Vielleicht werden spätere Generationen über dich genauso verständnislos den Kopf schütteln und sich fragen: Wie konnte eine so kluge Frau wie Irène Vonderwied eine segensreiche Entwicklung wie das Klonen von Menschen nur verhindern wollen?"

Der Hieb saß. Ihre Mutter verstand es, präzise ihre empfindlichste Stelle zu treffen. Selbst jetzt, bei der Erinnerung daran, spürt sie einen Stich im Herzen. Sie kehrt an ihren Schreibtisch zurück, legt sich wieder die Papiere vor und arbeitet mit ihrer antrainierten Disziplin zügig die Tagesordnung für die morgige Leitungssitzung aus.

- Die hoffentlich von einem Anruf über den Haufen geschmissen wird! -

Doch als die Arbeit erledigt ist, kehren ihre Gedanken unweigerlich wieder zu dem vielarmigen Monster zurück. Immer wachsen ihm neue Arme, wenn man gerade einen abgeschlagen hat!

- Menschen klonen? Niemals! -

Der Ruf ist längst verhallt. Als den Forschern aufging, dass man aus Embryonen Stammzellen gewinnen konnte, wurde die Verlockung groß.

- Zu groß. -

Diese Stammzellen ließen sich in alle möglichen Zellen weiterentwickeln, in Herz-, in Leber-, in Nervenzellen. Welch wunderbare Heilungsmöglichkeiten sich da auftaten! Durfte man auf die wirklich verzichten? Flugs begann man zu unterscheiden: zwischen *reproduktivem Klonen*, bei dem am Ende tatsächlich ein Baby geboren würde, und *therapeutischem Klonen*, bei dem man den erzeugten Klon im Embryonalstadium tötete, um aus ihm die begehrten Stammzellen zu gewinnen.

- Reproduktives Klonen? Niemals! -

So lautete das im Brustton der Überzeugung verkündete Credo nur noch. Beim therapeutischen Klonen dagegen begannen erste Länder auszuscheren und ihren Forschern Versuche zu erlauben. Doch was bei Schaf, Rind, Katze und diversen anderen Säugetieren klappte, wollte beim Menschen lange nicht gelingen. Die Erfolgsmeldungen des koreanischen Forscher-Superstars Dr. Woo Suk Hwang wurden schnell als einer der größten Fälschungsskandale in der Wissenschaftsgeschichte entlarvt.

- Ein Aufschub nur! -

Im Januar dieses Jahres 2008 ist es dem US-Amerikaner Andrew French wohl tatsächlich gelungen, einen menschlichen Klon zu erzeugen. Irène hat die Fachmagazine gründlich studiert und alles spricht dafür, dass es sich diesmal um ein Ergebnis seriöser Forschung handelt.

- Der Ernstfall. -

Die Aufregung in den Medien blieb seltsam gedämpft. Die hatten ihr Pulver schon bei den vielen Falschmeldungen der vergangenen Jahre verschossen, bei den angeblichen Klonbabys der verrückten Raelianer-Sekte oder des italienischen Arztes Severino Antinori.

- Ein Mensch ist geklont worden. So what? -

Irène fiel die Fülle beschwichtigender Kommentare auf. Bis ins Blastozysten-Stadium der Embryonalentwicklung sei der Klon nur gediehen, und Stammzellen habe man aus ihm auch noch nicht gewinnen können. Aber Irène macht sich nichts vor. Es ist der erste Schritt. Und auf den werden die weiteren unweigerlich folgen.

- Wenn wir uns nicht weigern. -

Sie werden sich nicht weigern, die Molekularbiologen der Welt. Es wird keinen internationalen Schwur geben, den geklonten Menschen nicht herzustellen. So wenig es den Schwur der Physiker gab, die Atombombe nicht herzustellen. Auch jetzt wird das Argument sein: Wenn wir es nicht machen, machen es andere. Und unausgesprochen wird man sich einig sein: Warum sollen wir um unseres Gewissens willen auf Prestige, Patente, Standortvorteile, will sagen Geld, viel Geld, verzichten.

- Trotzdem: Ich verkaufe mein Gewissen nicht. -

Werden die Nachgeborenen sie als eine von gestern verurteilen, weil es für sie Mittel gibt, die kein Zweck heiligt? Menschen als Mittel. Menschen, eigens dazu erzeugt, anderen als Heilungsmittel zu dienen.

- Diese Grenze darf nicht überschritten werden! -

Irène muss niesen. Sie schnäuzt sich, zerknüllt das Taschentuch und wirft es in den Papierkorb. Der hält ihren Blick fest, bietet sich aufdringlich als Metapher an. Schon hat er es geschafft. Als *Papierkorb der Geschichte* taucht er in Irènes Gedanken auf, als Entsorgungsstelle für das mühsam erkämpfte Prinzip der Würde des Menschen um seiner selbst willen.

- Da soll sie nicht landen! -

Irène starrt immer noch auf ihren Papierkorb, der nur so harm-
lose Sachen wie vollgekritzelte Notizzettel, Bleistiftspäne und leere
Druckerpatronen enthält. Sie schaut weiter mit ihrem inneren Auge,
schaut den *Papierkorb der Geschichte*, in dem die Nachgeborenen eine
vertrocknete, verschrumpelte Würde des Menschen finden werden.
Wenn sie überhaupt danach suchen.

- Trotzdem! Ich gebe nicht auf! -

Trotzdem. Das Wort hallt in Irène nach, findet einen ganz anderen
Resonanzraum, bringt Erinnerungen an eine Zeit zum Schwingen,
als sie es stolz der absurden Welt entgegenschleuderte. Für Albert
Camus schwärmte sie fast noch mehr als für Jean Paul Sartre. Sein
Bild des Lebens als Sisyphosarbeit leuchtete ihr unmittelbar ein. Man
musste den Stein immer wieder den Berg hochstemmen, auch wenn
er vom Gipfel nur wieder herabrollte. Das Leben war sinnlos. Das
Leben war absurd. Und trotzdem! Sie war bereit, sich Sisyphos als
glücklichen Menschen vorzustellen.

- Ich bin Sisyphos! Bin ich glücklich? -

Im April 1967 war sie nicht glücklich. Ihr fehlte nicht der Sinn
des Lebens, ihr fehlte Claas. Natürlich hatte er sie in Briefen und am
Telefon über Oma Emmas Tod zu trösten versucht. Aber das war kein
wirklicher Trost. Sie brauchte seinen liebevollen Blick, seine Hand auf
ihrer Schulter, seinen Körper nachts an ihrer Seite.

- Ich bin so allein, buhuu! -

Es nützte nichts, dass sie sich über ihre Gefühle lustig machte, davon
gingen sie nicht weg. Das Zusammentreffen mit den anderen Mitgliedern ihrer WG in der Küche war erst recht nicht geeignet, das Gefühl
der Einsamkeit zu mildern. Sie war froh, wenn sie sich allein ihr Bröt-
chen schmieren konnte und dafür sogar ein sauberes Messer vorfand.
Sie hatte die Zänkereien um Abwaschpläne und Einkaufsdienste satt

und interessierte sich auch nicht mehr dafür, wer von den vier anderen gerade mit wem wie liiert war. Sie liebte ihre Mitbewohner nicht. Hatte auch nie wie sie den Anspruch gehabt, alle Menschen gleich lieben zu müssen. Sie fand die von ihnen geschmähte Zweierbeziehung nicht reaktionär. Claas und sie waren ein Paar und würden ihr Leben zusammen verbringen. Von ihrem Projekt *Große Liebe bis zum Tod* würde sie sich auch vom libertären Zeitgeist nicht abbringen lassen.

Ich bin ein Homo heidelbergensis, unheilbar infiziert von der Romantik, schrieb sie Claas in einem Brief und *I miss you so much.* Was sie ihm nicht schrieb: Ihre Einsamkeitsgefühle wurden inzwischen deutlich gelindert von einer Katze, die sie sich aus dem Tierheim geholt hatte. Endlich konnte sie sich ihren Kindheitstraum erfüllen! Claas hatte sie mit seinen Bedenken bisher davon abgehalten. Eine Katze in der Wohnung zu halten sei Tierquälerei und raus würden sie das Tier hier in der Großstadt bei dem Verkehr nicht lassen können.

- Im Tierheim müssen sie in Käfigen leben! -

Claas würde sich bestimmt mit ihrer Entscheidung abfinden, wenn er sich bei seiner Rückkehr vor vollendete Tatsachen gestellt sah, beruhigte sich Irène. Die vollendete Tatsache war ein tapsiger junger Kater mit riesengroßen Luchsaugen, einem Wildkatzenfell und lautem Schnurren, sobald man nur die Hand nach ihm ausstreckte. Er haschte nach jedem Gegenstand, der sich bewegte, am ausdauerndsten nach seinem Schwanz, kugelte sich auf den Rücken und ließ sich seinen weichen weißen Bauch kraulen. Nachts legte er sich direkt vor Irènes Gesicht auf ihr Kopfkissen und leckte ihre Nase ab.

- Diesem Charme kann niemand widerstehen! -

Bei ihrer Suche nach einem Namen für ihr charmantes Fellknäuel fiel Irènes Blick eines Morgens auf das schon ziemlich befleckte und teilweise zerrissene Poster über der Spüle. Unzählige kleine Chinesenkinder zogen eine riesige rote Rübe aus der Erde. *Lo Po – Rote Rübe* und *Lob der Solidarität* stand unter dem Bild.

„Lo Po, Lo Po."

Irène murmelte die beiden kurzen Silben vor sich hin, als der Kater vor ihren Füßen kläglich miaute. Er schaffte es noch nicht, auf ihren Schoß zu springen. Sie hob ihn hoch und sah in seine grüngelben Augen mit den schwarzen geschlitzten Pupillen.

- Er hat was Asiatisches -

„Möchtest du Lo Po heißen?"

Der Kater gab keinen Laut von sich. Irène legte ihn sich auf den Schoß, wo er sich sofort einkringelte und zu schnurren anfing. Sie rief laut:

„Lo Po!"

Er schaute erstaunt zu ihr auf. Damit war sein Schicksal besiegelt. Er hieß von nun an Lo Po und Irène dachte dabei nicht mehr an die *Rote Rübe* oder *Das Lob der Solidarität*. Es waren einfach die Laute, die zu ihrem Kater passten. Sie korrigierte fortan jeden, der ihn Lupo rief, genauso hartnäckig wie diejenigen, die sie Irene nannten. Und der ebenso wilde wie schmusige Kater schaffte es tatsächlich, ihre depressiven Anwandlungen nach Oma Emmas Tod zu verscheuchen.

- Ein Lob der interspeziellen Kommunikation! -

Den Begriff hatte sie gerade in einem Seminar über Verhaltensforschung gelernt. Der Austausch zwischen den verschiedenen Spezies war damit gemeint, zwischen verschiedenen Tierarten, aber auch zwischen Menschen und Tieren. Die Science-Fiction-Autoren malten sich immer eine Kommunikation mit andersartigen Intelligenzen auf fernen Planeten aus, hatte ihre Seminarleiterin gespottet. Dabei liefen ihnen jede Menge andersartiger Intelligenzen hier auf der Erde vor der Nase herum! Irène war verblüfft. So hatte sie es noch nie gesehen.

Sie kraulte Lo Po versonnen am Nacken:

„Meine kleine andersartige Intelligenz!"

Er schnurrte.

An einem sonnigen Maitag stand Irène in ihrem Zimmer vor dem

Spiegel und betrachtete sich in dem langen Wickelrock, den sie auf dem Flohmarkt erstanden hatte. Passte das Batikmuster in diversen Rottönen zu der orangefarbenen Bluse mit den kleinen eingenähten Spiegeln?

- Je bunter, desto besser! -

Sie summte *If your going to San Francisco* und steckte sich eine weiße Rhododendrenblüte vom Busch im Vorgarten ins Haar.

Sie ging nicht nach San Francisco, sie ging zu einer Hippiefete bei einer anderen Wohngemeinschaft. *Bitte Blumenzwang beachten!* stand auf dem hektografierten Einladungszettel, der am Schwarzen Brett im Flur hing. Sie hatte erst nicht hingehen wollen, sie würde doch nur dumm rumstehen, weil sie keinen kannte und in der laut dröhnenden Musik auch niemanden kennenlernen würde. Aber alle aus ihrer WG gingen hin. Die beiden Frauen kreischten schon im Voraus bei der Vorstellung, einige der Obermacker aus dem SDS in lila Schlaghosen und Rüschenhemd zu sehen, und forderten Irène immer wieder auf:

„Komm doch mit! Das wird saukomisch. Vergrab dich doch nicht immer in deinem Zimmer!"

- Sie haben ja recht. -

Zu ihrem eigenen Erstaunen bekam sie sogar Lust, sich mal wieder unter die Leute zu mischen, mal einen Abend nicht nur mit Lo Po zu verbringen, mal wieder intraspezielle Kommunikation mit Wesen ihrer Art zu pflegen, einfach mal was Verrücktes zu tun.

- Eine Hippiefete. Why not? -

So stand Irène am Abend in einem freigeräumten Doppelzimmer in der großen Villa in Othmarschen, in der die *Jenisch-WG* hauste. Sie wusste nicht, nach welchem Revolutionär die sich benannt hatten, kannte keinen der Bewohner und, außer den Mitgliedern ihrer WG, auch niemanden der zahlreichen Besucher. Sie stand an die Wand gedrängt mit dem fünften Glas Lambrusco in der Hand, trank es hastig leer, nachdem die Hälfte des Gesöffs von *Oh, sorry!* säuselnden

Anremplern verschüttet worden war, fühlte sich am Rand der anonymen Masse fremder Leiber so einsam wie selten zuvor.

- Ich Idiotin! -

Sie ärgerte sich, ihrer vagen Lust nach menschlicher Gesellschaft nachgegeben zu haben. Was sollten ihr all diese Scheinhippies, die um sie herumwuselten, sich witzig vorkamen, wenn sie *Flower to the people!* schrien oder *Make Kartoffelsalat, not war!* Im Alltag waren sie biedere Studenten, die ihren Scheinen hinterherhetzten und ihre Aufstiegschancen niemals der aus Kalifornien herüberschwappenden Flowerpower geopfert hätten. Oder sie waren Enragierte, die mit heiligem Ernst für nichts weniger als die Befreiung der ganzen Welt in den Kampf zogen. Mit Thesenpapieren, Demos, Sit-ins und Go-ins. Aber ein Human-be-in, wie es diese zugedröhnten, ewig lächelnden Blumenkinder im Januar im Golden-Gate-Park von San Francisco in Szene gesetzt hatten? Für die hatten sie nur Verachtung über. Deren Harmlosigkeit war konterrevolutionär. Hier und heute, auf diesem Kostümfest der besonderen Art, konnte man allerdings die Weltverbesserer nicht von den Verbesserern ihrer Karriere unterscheiden. Sie spielten alle mit, suchten sich gegenseitig mit Rüschen, Fransen, eingenähten Spiegelscherben, wilden Farbkombinationen und ausladendem Blumenschmuck an allen möglichen Körperteilen auszustechen, gaben sich flippig, schrien wie besessen gegen die Musik an, verpesteten die Luft mit ihren selbst gedrehten Tüten, in denen oft nur stinknormaler Tabak, Marke Schwarzer Krauser, war, und einige versuchten, trotz des unglaublichen Gedränges zu tanzen, gaben es aber bald wieder auf. Als zum dritten Mal *California Dreaming* vollkommen verzerrt aus den mannshohen Lautsprechern dröhnte, hielt sich Irène ihre malträtierten Ohren zu und flüchtete in den Garten.

- Luft! Stille! -

Von Stille konnte nicht die Rede sein, die Musik und das Geschrei der Feiernden drangen aus dem Haus, aber es schmerzte

442

nicht mehr in den Ohren und Irène konnte ihr eigenes Wort wieder verstehen:

„Hölle!"

„Hölle! Genau!"

Irène drehte sich verblüfft um. Ihr Wort war von noch jemandem verstanden worden. Hinter ihr stand ein junger Mann, ungefähr so groß wie sie, mit schwarzem Lockenhaar, dunklen Augen und gebräunter Haut.

- Gebräunt? Nein, braun. -

Er trug eng sitzende Jeans und ein tiefrotes Che-Guevara-T-Shirt und keine Blumen im Haar. Bestenfalls seine nackten Füße hätte man als hippiemäßig durchgehen lassen können.

- Strange! Ein Südländer in der norddeutschen Tiefebene. -

Er lächelte sie an:

„Das wollen Blumenkinder sein? Da mische ich mich lieber unter die Blumen."

Irène starrte immer noch, perplex, um eine Antwort verlegen. Er musterte die weiße Rhododendrenblüte in ihrem Haar, ging ein paar Schritte zur Seite zu einem rot blühenden Rhododendronbusch, der inmitten wild wuchernden Unkrauts seinen Platz behauptete, pflückte eine Blüte ab und hielt sie ihr hin:

„Hier! Passt die nicht wunderbar zu deiner weißen?"

„Danke."

Mehr wusste sie nicht zu sagen. Sie nestelte die Blume in ihr Haar, doch sie fiel immer wieder herunter.

„Warte, ich helf dir."

Der Exot löste die Haarspange, die ihre weiße Blüte hielt, und klemmte auch die rote Blüte fest, ging ein paar Schritte zurück und betrachtete sie.

„Wunderschön!"

- Will er mit mir flirten? -

Irène kam sich schrecklich unbeholfen vor. Mit ihr hatte noch nie jemand geflirtet. Claas und sie hatten sich über ernsthafte Gespräche einander angenähert. Da war nichts Spielerisches. Ihre Liebe war von Anfang an ein ernstes Unterfangen. Was wollte dieser dunkle Schönling von ihr?

Er wollte offenbar nur ein bisschen spazieren gehen und klönen, weg von der schrecklichen Musik! Jedenfalls schlug er ihr das vor.

- Klönen. -

Das Wort klang komisch aus seinem Mund, fand Irène. Er sah aus wie ein Latino und redete wie ein Norddeutscher, mit diesen gedehnten Vokalen und der einschläfernden Satzmelodie, die sie von Oma Emma kannte.

Sie zuckte mit den Achseln. Ihr Gegenüber fasste es als Zustimmung auf.

„Also los, gehn wir. Ich heiße übrigens Enrico. Und du?"

„Irène."

Nachdem er ihren Namen mit sanfter Stimme wiederholt hatte, ohne ihn einzudeutschen, gingen sie nebeneinanderher und er erzählte munter drauflos. Als sie ihn schüchtern fragte, ob er Kubaner sei und auf das bartumkränzte Gesicht Che Guevaras auf seinem T-Shirt wies, lachte er laut. Er wünschte, er wäre es. Sohn des chilenischen Botschafters sei er, lebe seit seinem vierten Lebensjahr in Hamburg bei seiner Mutter, sein Vater gurke durch die halbe Welt, aber seit drei Jahren sei er hier in Hamburg akkreditiert, leider.

„Wieso leider?"

„Weil wir ständig nur aneinandergeraten. Er ist ein treuer Anhänger unseres Präsidenten Eduardo Frei und ich ein glühender Anhänger von Freis Widersacher Salvador Allende."

- Kenn ich beide nicht. -

„Für meinen Alten sind Allende und Fidel und erst recht Commandante Che … el diablo, verstehst du?"

Irène nickte, wollte etwas sagen, doch er fuhr gleich fort:

„Er hat Schiss, dass Che mit seiner Guerilla eines Tages auch bei uns in Chile auftaucht. Und ich hoffe es. Darum das T-Shirt."

Er stellte sich in Positur und zog mit triumphierender Miene den Stoff glatt, so dass Irène auf ein faltenloses Konterfei des kubanischen Revolutionärs blickte.

„Und dieses Stück bedrucktes rotes Tuch hat auf deinen Vater wie ein ebensolches gewirkt, nehme ich mal an."

- Was rede ich da bloß? Gehts vielleicht noch gestelzter? -

Irène biss sich auf die Unterlippe. Doch Enrico schien ihre Verlegenheit nicht zu bemerken.

„Du sagst es! Mein Alter hat mich hochkant rausgeschmissen."

Er strahlte über das ganze Gesicht, streckte die Faust in die Höhe und rief:

„Venceremos!"

- Hitzkopf! -

Sein Temperament befremdete Irène und faszinierte sie. Offenbar machte ihm der Rauswurf aus seinem Elternhaus überhaupt nichts aus. Auf ihre Frage, wo er denn jetzt wohnen würde, meinte er nur:

„Irgendwo find ich schon ein Plätzchen. Heut Nacht penn ich erstmal hier."

Sie kamen an das Ende des Gartens und öffneten eine verrostete gusseiserne Pforte. Vor ihnen erstreckte sich eine vom Mondlicht nur schemenhaft sichtbar gemachte Parklandschaft mit großen, ausladenden Bäumen, weiten Rasenflächen, sanften Hügeln. Enrico begeisterte sich:

„Echt stark! Wie ein englischer Schlosspark! Komm, wir suchen nach Gespenstern!"

Er nahm Irène bei der Hand und zog sie mit sich.

- Verrückter Kerl! -

Aber sie ließ sich mitziehen und fand es aufregend. Es waren nicht nur die fünf Gläser Lambrusco, die ihren kaum an Alkohol gewöhnten Körper beschwingten, es waren auch die ungewohnte Situation und der ungewohnte Mann, die ihre Seele leicht machten. Als wäre die Last, die sie mit sich trug, auf einmal über Bord gekippt worden.

Sie rannten Hand in Hand über eine weite Rasenfläche auf ein großes weißes Gebäude zu, eine hochherrschaftliche Villa offensichtlich, doch sie nannten sie *das Schloss*. Es lag im Dunkeln, aus keinem der hohen Fenster fiel ein Lichtschein. Sie näherten sich der Freitreppe vor dem Hauptportal und stiegen die Stufen bis zur Tür hinauf. Hinter einer Glasscheibe der Tür hing ein beschriebener Zettel. Enrico holte ein Feuerzeug aus seiner Jeanstasche und las im Schein der Flamme vor:

Jenisch-Haus, Ehemaliges Wohnhaus des Hamburger Kaufmanns und Senators Martin Johann Jenisch, Museum für Wohnkultur, Möbel im Stil des Barock, Rokoko und des Biedermeiers.

Irène starrte seine schönen schlanken Finger an, die das Feuerzeug hielten, und las dessen teilweise abgeblätterten Slogan *Welcome to Rio de Janeiro*.

„Ein Museum also."

Enricos Stimme klang enttäuscht. Doch er ignorierte die wenig inspirierende Information und sprach weiter vom *Schloss*. Sie liefen wieder in den Park hinein. Je weiter sie sich von dem wuchtigen Gebäude entfernten, desto mehr wurde es wieder das, was es in dieser Nacht sein sollte, ein Schloss, nein besser noch: eine Ritterburg. Enrico nannte sich *Ritter Kunibert* und machte Irène zu seinem *minniglich verehrten Burgfräulein*. Irène konnte gar nicht mehr aufhören zu kichern. Wann hatte sie sich zuletzt so unbeschwert gefühlt? Sie spielte das Spiel mit, war plötzlich gar nicht mehr gehemmt. Es war ja alles nicht echt, diese ganze Nacht war nicht echt, war unwirklich, gehörte nicht zu ihrem Leben.

- Eine Auszeit -

Ja, warum nicht einmal aus der Zeit fallen? Was sie auch sagen und tun würde, am nächsten Morgen wäre es nur noch ein Traum. Und der dunkle Mann neben ihr nur noch ein Traummann. Sie wusste genau, was er vorhatte, als er sie zu einem mächtigen Baum führte und mit einschmeichelnder Stimme Walther von der Vogelweide zitierte:

„Under der linden an der heide, da unser zweier bette was, da mugt ir vinden, schone beide gebrochen bluomen unde gras."

Sie wunderte sich nicht, dass ein chilenischer Botschaftersohn im Mai 1967 einen mittelalterlichen Minnesänger zu zitieren wusste. In dieser Nacht war alles möglich. Es war eine wundervolle Nacht. Sie wollte das Wunder. Sie fröstelte und gleich darauf stand ihr Körper in Flammen, bevor er sie auch nur berührt hatte. Als er sie küsste, war es wie der erste Kuss ihres Lebens. Ihre Beine wurden schwach, sie ließ sich ins Gras sinken. Er zog sich aus und stellte sich nackt vor sie, blickte stolz und herausfordernd auf sie hinab.

– Wie schön er ist! –

Noch nie hatte männliche Schönheit ihr etwas bedeutet, ja sie hatte sie nicht einmal wahrgenommen. Jetzt stockte ihr der Atem angesichts dieses schlanken, muskulösen Männerkörpers, der im Mondlicht wie eine antike Statue vor ihr aufragte. Aber die Statuen hatten niedlich wirkende knabenhafte Genitalien aus Marmor, wenn die nicht sogar abgeschlagen waren. Vor ihr glänzte ein Phallus aus Fleisch und Blut, eine steil aufgerichtete Begierde, eine pochende Eroberungslust, die pure Männlichkeit.

Sie stand auf und zog sich auch aus, wollte ihn umarmen, doch er bedeutete ihr mit einer Kopfbewegung sich niederzulegen. Er sprach jetzt nicht mehr, lachte nicht mehr, spielte nicht mehr. Er legte sich neben sie und ließ seine Hände, seinen Mund, seine Zunge sprechen. Mit heiligem Ernst. Sie genoss ihn, hemmungslos. Sie stöhnte, sie schrie, erstürmte unter seiner Führung Gipfel, hohe Gipfel und niedrigere, ließ sich wieder hinabrollen und machte sich erneut auf den Weg. Sisyphoslust. Und in dieser Nacht war sie ein glücklicher Mensch. Als er schließlich in sie eindrang, war sie ganz in ihm, spürte seine Lust, seinen Gipfelsturm, empfing sein Sekundenglück und ruhte schon im Tal, als er hinabstürzte.

Er ließ sich ins Gras plumpsen und schöpfte tief Atem. Sie drängte sich an ihn, wollte ihn streicheln, den fremden Männerkörper erkunden, der sie erkannt hatte, doch er sprang auf und begann sich anzuziehen.

„Ganz schön kalt, so ne Frühlingsnacht."

Jetzt merkte sie es auch. Sie zitterte, klapperte sogar mit den Zähnen. Hastig suchte sie ihre Klamotten zusammen. Als sie angezogen einander gegenüberstanden, war Irènes Verlegenheit plötzlich wieder da. Und die Zeit. Und der Ort. Die dunkle Silhouette im Park gehörte zu einem Museum und nicht zu einem Ritterschloss. Und der Baum, unter dem sie gelegen hatten, war keine Linde, sondern eine Eiche. Blumen gab es hier nicht und das Gras blieb nicht gebrochen, nur zerdrückt zurück.

Sie machten sich auf den Rückweg zur Villa der *Jenisch-WG*. Enrico fummelte eine zerdrückte Packung Roth-Händle aus einer der hinteren Jeanstaschen und hielt sie ihr hin.

„Danke. Ich rauche nicht."

Er holte sein Feuerzeug aus der anderen Jeanstasche, zündete sich die filterlose Zigarette an und redete wieder drauflos. Von seinem Studium. Er wolle Arzt werden, am liebsten Gynäkologe. Von seinem Vater, diesem verknöcherten Reaktionär. Von seiner Schwester, die fast so schön sei wie Irène.

„Aber auch nur fast!"

Irène hörte das bemühte Kompliment, nahm auch alles andere auf, was Enrico sagte, lächelte, gab kurze Erwiderungen, hatte aber das Gefühl, zwar jetzt neben ihm herzugehen, aber gleichzeitig noch unter der Linde zu liegen, als sie noch keine Eiche war. Konnten sich Seelen in einem unbestimmten Feld aufhalten wie Elektronen? Solange niemand nachschaute und sie auf den einen Ort festlegte, den wir Realität nennen?

Irène schüttelt leicht den Kopf. Das hat sie damals bestimmt nicht gedacht, denkt sie.

- Das sind meine Gedanken heute. -

Das ist ja das typische an Erinnerungen, dass sie bei jedem Hervorholen aus dem Gedächtnis überschrieben werden. Erinnerungen geben keine Vergangenheit wieder. Sie rufen ein Bild der Vergangenheit auf, das alle Aufrufe mitenthält, weiß Irène aus Artikeln über die Gehirnforschung. Die Zwanzigjährige, die mit Enrico durch den nächtlichen Jenisch-Park lief, hat wahrscheinlich gar nichts gedacht, überlegt sie jetzt, die hat nur verwirrt gefühlt.

- Enrico! -

Heute weiß Irène nicht mehr, ob sie mit Enrico durch den Park gelaufen ist. Oder mit Ernesto. Oder wem. Schon am Morgen nach dieser Nacht begann seine Umwandlung in das Phantom, als das er sie ihr weiteres Leben begleiten sollte. Beim Abschied hatten sie sich für den nächsten Tag am Nachmittag wieder in der Villa am Jenisch-Park verabredet, wo er übernachten und beim Aufräumen helfen wollte. Als sie um fünf Uhr ankam, war die Hippiekommune à la San Francisco wieder eine ganz normale Hamburger Studenten-WG geworden, man bot ihr Earl Grey und Franzbrötchen an statt *California dreaming* und *Hääschcake*. Und statt über *love and understanding* sprach man vom Geschäftsordnungs-Hickhack auf der letzten Vollversammlung im Audimax. Irène lehnte Tee und Franzbrötchen dankend ab und sah sich um.

„Enrico nicht da?"

„Enrico? Wer solln das sein?"

„Dieser … aus Chile, ich meine, seine Eltern stammen aus Chile …"

- Oder nur sein Vater? -

Die WG-Mitglieder sahen sich ratlos an, bis eine noch ziemlich übernächtigt wirkende Bewohnerin träge fragte:

„Meinst du vielleicht Ernesto? Den Kubaner?"

„Nein, kein Kubaner. Chilene. Er hat doch bei euch übernachtet."

Die Träge erklärte ihr, dass bei ihnen nur ein Ernesto aus Kuba übernachtet habe und der sei, als sie gegen Mittag aufgestanden seien, um die Bude aufzuklaren, schon *up and away* gewesen. Wohin? Keine Ahnung. Wie er mit Nachnamen hieß? Alle zuckten die Achseln. Wer ihn eingeladen hatte? Niemand.

Zuhause in ihrem Bett starrte Irène an die Decke.

- Enrico. Ernesto -

Wahrscheinlich stimmten beide Namen nicht. Der ganze Mann stimmte nicht. Chilene? Kubaner? Irène sah wieder das *Welcome to Rio de Janeiro* auf seinem Feuerzeug aufleuchten. Vielleicht Brasilianer? Was auch immer: In ihrem Leben war er als Enrico, der Sohn des chilenischen Botschafters in Hamburg aufgetaucht.

- Botschafter? -

Saßen die nicht in Bonn? Hier in Hamburg gab es doch höchstens Konsuln, Handelsattachés oder wie die hießen. Alles Lüge. Nein, alles Spiel. Der dunkle Fremde hatte sein Spiel nicht erst im verwunschenen Schlosspark angefangen. Und sie war auf ihn hereingefallen. Nein, sie hatte mitgespielt. Es war ein wunderbares Spiel gewesen, ein erregendes Spiel, aber ein Spiel. Theater. Traum. Enrico war ein Traummann. Traummänner hatten in der Realität nichts zu suchen.

- Meine Realität ist Claas. -

Irène gab sich alle Mühe, ihre Enttäuschung zu überwinden und ihr Leben wie gewohnt wieder auf Claas auszurichten.

- Meine große Liebe. -

Das war er doch und das sollte er auch bleiben! Daran würde diese verrückte Maiennacht nichts ändern! Aber in ihr selbst war etwas verrückt worden. Ihr Körper hatte sich plötzlich in den Vordergrund gedrängt, ihr Körper hatte sie überwältigt mit ungeahnten Sehnsüchten und ungekannten Möglichkeiten. Warum konnte sie mit Claas niemals aus dem engen Korsett ihrer Sinne ausbrechen? Immer nur Zärtlichkeit, Sinnlichkeit, Schmusigkeit! Niemals Begierde, Lüsternheit, Trunkenheit!

- Ich liebe ihn doch! -

Was machte sie bloß falsch? Es konnte doch nicht sein, dass ihr Körper auf so einen dahergelaufenen Enrico reagierte wie ein Docht aufs angezündete Streichholz. Warum konnte Claas ihn nicht entflammen?

- Meine ganze Seele gehört doch ihm! -

Sie beschloss, ihr Körper solle in Zukunft durch Claas entflammbar sein. Wenn er aus London zurück wäre, würde sie alles anders machen. Sie würde einfach nicht mehr so verklemmt sein. Sie wusste ja jetzt, dass sie nicht frigide war. Sie würde lernen, seinen Körper zu begehren. Sie würde seine Leidenschaft anfachen. Sie würden eine Seele und ein Leib werden.

- Wo ein Wille ist, ist auch ein Weg! -

Irène lächelt bitter. Wie dumm Oma Emmas Lebensweisheit in diesem Fall war! War die zwanzigjährige Irène wirklich so naiv zu glauben, sie könne ihrem Körper befehlen, wen er zu begehren hatte?

- War sie wohl. -

Irène verlässt ihr Arbeitszimmer, geht in die Küche und bereitet sich ihr Abendbrot zu. Zwei Scheiben Vollkornbrot, eine mit Tilsiter, eine mit Kräuterquark, dazu ein paar Schlesische Gurken und eine Tasse Kräutertee. Während sie isst und trinkt, schaltet sie das Radio ein. Sie will ihre Gedanken davon abhalten, in die Vergangenheit zurückzukehren. Sie will nichts mehr wissen von der jungen Irène, die glaubte, eine verrückte Nacht würde nichts verrücken und ihr Leben könne in den gewohnten Bahnen weiterlaufen. Sie weiß es besser. Sie weiß, dass sich in dieser Nacht anbahnte, was ihr Leben noch heute überschattet. Diesen Schatten will sie nicht sehen. Mag der Tänzer hinter der Leinwand sich noch so wild gebärden: Sie schließt einfach die Augen und konzentriert sich auf die Nachrichten aus dem Radio. In der Gegenwart wirft ein anderer Tänzer Schatten: die globale Finanzmarktkrise. Die Bundesregierung habe für alle privaten Spareinlagen eine Staatsgarantie abgegeben, sagt der Sprecher. Das Geld der deutschen Sparer sei sicher.

- Sicher ist der Tod. -

Trotzdem ist sie froh, ihr Erspartes nicht in Aktienfonds, sondern in einem stinknormalen Sparbuch angelegt zu haben, obwohl das von ihren lieben Kollegen mitleidig als *Omasparen* belächelt wurde. Hatte ihre Assistentin nicht sogar von Aktien der jetzt in Bedrängnis geratenen Hypo Real Estate geschwärmt?

Die G8-Staaten wollten sich treffen, um über Regulierungen für die internationalen Finanzmärkte zu beraten, fährt der Sprecher fort.

- Zu komisch! -

Alle, aber auch alle, die zuvor *Teufelszeug!* und *Sozialismus!* geschrien haben, wenn staatliche Aufsicht und Regeln gefordert wurden, schreien jetzt nach dem Staat. Die Freiheit des Marktes, gestern noch die heilige Kuh des Kapitalismus, ist heute reif für den Abdecker.

- Freiheit! -

Irène lächelt verächtlich. Dieses ach so schöne Wort in Sonntagsreden verkommt zur Leerformel, wenn man über die Grenzen der Freiheit schweigt. Das gilt für die Freiheit der Märkte ebenso wie für die Freiheit der Wissenschaften. Was für eine Krise braucht es, damit diejenigen nicht mehr verteufelt werden, die auf diese Grenzen pochen?

- Wie ich. -

Seufzend wischt Irène die Brotkrümel vom Holzbrettchen, trinkt die letzten Schlucke Kräutertee, spült den Becher kurz mit Wasser aus und legt Messer und Gabel zum restlichen unabgewaschenen Geschirr in den Geschirrspüler. Sie geht zurück in ihr Arbeitszimmer, arbeitet zügig die Tagesordnung für die Leitungssitzung aus, liest danach auf ihrem Sofa noch in einem Krimi; sie versteht den verwickelten Plot mit seinen unzähligen Protagonisten nicht, aber ihr fallen endlich die Augen zu. Kurz vor Mitternacht geht sie ins Bett. Und ist wieder hellwach.

- Ich will schlafen, verdammt noch mal! -

Je verbissener sie sich vorhält, dass sie morgen früh hoch muss, dass sie fit sein will, dass es höchste Zeit ist zu schlafen und nicht die Zeit, um nachzugrübeln über die Dinge in ihrem Leben, die nicht mehr zu ändern sind, desto hartnäckiger kehren ihre Gedanken in die Phase ihres Lebens zurück, die sie am liebsten aus ihrem Gedächtnis streichen möchte.

- Löschtaste! -

Doch diese Phase ist da. Ist immer da. So sehr sie sich durch das viele Abrufen im Laufe der Jahre in ihrer Erinnerung auch verändert haben mag, zu tilgen ist sie nicht. Plötzlich ist das Entsetzen in ihr wieder ganz lebendig, das sie im Juni 1967 überkam.

In Berlin war ein friedlich demonstrierender Student hinterrücks von einem Polizisten erschossen worden. Ungläubig starrte Irène auf das Zeitungsfoto des in seiner Blutlache Liegenden, vor dem eine junge Frau kniete und hilflos in die Kamera schaute.

- Das kann nicht wahr sein! Nicht hier bei uns! -

Noch am selben Tag telefonierte sie lange mit Claas, kümmerte sich nicht um die horrenden Gebühren, die am Ende des Monats auf der Rechnung stehen würden. Ein Brief reichte jetzt nicht aus. Sie musste ihrer Empörung Stimme geben, sie wollte Claas' Stimme hören. Er sprach von der Maske, die dem postfaschistischen Staat vom Angesicht gerissen worden sei. Am liebsten würde er sofort zurückkommen, um an den geplanten Aktionen teilzunehmen. Am nächsten Tag solle der *Märchenkönig aus dem Orient* mit seinem Tross auch in Hamburg empfangen werden, berichtete Irène.

„Da gehst du doch hin!"

„Und wenn es zu noch mehr Blutvergießen kommt?"

„Jeder Blutzoll wird unsere Bewegung nur stärken!"

Irène schwieg. Sie hatte nicht an die Bewegung und nicht an abstrakten Blutzoll gedacht. Sie sah sich selbst in einer Blutlache liegen wie der Student auf dem Foto, Benno Ohnesorg. Sein Name, gestern noch unbekannt, war jetzt allgegenwärtig, wurde schon zur Chiffre.

„Irène, bist du noch dran?"

„Ja."

„Du gehst doch hin?"

„Ja, natürlich."

„Aber pass auf dich auf! Halte dich im Hintergrund! Dir darf auf keinen Fall was passieren!"

Da war er wieder, Claas der Fürsorgliche, der sich unter Claas, dem Revolutionär, verborgen hielt. Erleichtert beruhigte Irène ihn:

„Hamburg ist nicht Berlin!"

Ihre Angst gestand sie am Abend nur ihrem Kater, der es sich auf ihrem Schoß gemütlich gemacht hatte.

„Ich bin feige, weißt du?"

Lo Po störte es nicht. Er schnurrte weiter, zumal ihr Bekenntnis mit einem Kraulen hinter seinen Ohren verbunden war.

Zum ersten Mal war Gewalt für Irène kein Thema, über das sie in Geschichtswerken las oder theoretisch debattierte. Nein, sie fand vor ihren Augen statt und bedrohte sie selbst, sie, die nie auch nur eine Ohrfeige erhalten hatte und für die eine Rempelei auf dem Schulhof schon Gewalt war.

- Bange machen gilt nicht! -

Am nächsten Tag mischte sie sich zusammen mit ihrer sonst so politikabstinenten WG unter die aufgewühlten Protestierer. Ihre vage Hoffnung auf hanseatische Mäßigung bei den Hamburger Ordnungskräften erlosch schnell. Die Polizisten knüppelten auf die Menge ein, als seien die Studenten schuld an der Untat ihres Berliner Kollegen Kurras. Irène hielt sich am Rand, ihr passierte nichts, aber die hasserfüllte Stimmung auf beiden Seiten und die Brutalität der Polizisten waren ein Schock für sie. Noch Tage danach war sie wie betäubt, fühlte sich in eine andere Welt versetzt, eine Welt, in der die gewohnten Maßstäbe nichts mehr galten, und in eine Zeit, in der etwas Unheimliches aus dem *noch fruchtbaren Schoß kroch.*

- Hat Claas recht? -

Immer wieder hatte er Brechts Gedicht zitiert und ein Wiederaufleben der braunen deutschen Gespenster vorhergesagt. Irène war das übertrieben erschienen. Jetzt nicht mehr. Plötzlich schien ihr alles möglich.

Ganz langsam schlich sich auch der Gedanke an eine Möglichkeit ein, vor der sie sich noch mehr fürchtete als vor dem Wiederaufleben brauner Gespenster. Mit jedem Tag, den ihre Periode auf sich warten ließ, wurde das Gespenst einer Schwangerschaft immer realer. Wie hatte sie so unvorsichtig sein können? Seit Jahr und Tag verhüteten Claas und sie brav mit den lästigen Kondomen, weil ihre gemeinsamen Kinder ein Zukunftsprojekt waren und nicht zur Gefahr für ihr Studium werden sollten. Und in dieser Nacht mit EnricoErnestoIrgendwer hatte sie nicht eine Sekunde auch nur über Verhütung nachgedacht. Was war bloß in sie gefahren? Wie hatte sie so unvernünftig sein können?

- Das war gar nicht ich. -

Und es war doch auch alles so unwirklich gewesen! Wie konnte daraus etwas so Wirkliches wie eine Schwangerschaft entstehen?

Die biologischen Tatsachen kümmerten sich nicht um Irènes verzweifelte Versuche, sie wegzuinterpretieren. Ihre Periode blieb weiter aus, sie wachte morgens mit Übelkeit auf, ihre Brüste begannen zu spannen.

- Ich muss einen Froschtest machen lassen. -

Sie wartete noch einen Tag und immer noch einen Tag. Vielleicht war es nur eine Hormonstörung? Oder sie stand immer noch unter Schock wegen Benno Ohnesorg und der Demo? Bei Frauen konnte die Regel durch Schockerlebnisse ihre Regelmäßigkeit verlieren.

- Das ist eine biologische Tatsache! -

Als sie endlich zu einem Frauenarzt ging, konstatierte er nach kurzer Untersuchung die wahrscheinliche und banale Ursache für das Ausbleiben ihrer Regel.

„Herzlichen Glückwunsch! Sie sind schwanger."

Sie antwortete mechanisch:

„Danke."

Er musterte kritisch ihre unberingten Hände.

„Sie sind nicht verheiratet?"

„Nein."

„Aber Sie haben einen festen Freund?"

„Ja."

„Dann sollten Sie möglichst bald das Aufgebot bestellen."

„Aufgebot?"

Noch während sie fragte, erinnerte sich Irène daran, was ein Aufgebot war. Sie war so verwirrt, dass alles, was dieser ältere Mann im weißen Kittel zu ihr sagte, sie kaum erreichte. Auch als er ihr jetzt einen Vortrag hielt, wie wichtig es für ein Kind sei, in geordneten Verhältnissen aufzuwachsen, rauschten seine Worte an ihr vorbei. Von bedauerlicher Haltlosigkeit der jüngeren Generation war da die Rede, von Leichtsinn, Gottlosigkeit und Unmoral. In normaler Gemütsverfassung wäre Irène wahrscheinlich aufgestanden und hätte wortlos das Sprechzimmer verlassen. Jetzt saß sie da, den Kopf gesenkt und wartete, dass sein Redestrom verebben möge. Endlich entließ er sie mit dem väterlichen Rat:

„Bitten Sie unseren Herrgott um Vergebung. Er nimmt sich jedes Sünders an."

In den darauffolgenden Tagen war Irène zu keinem vernünftigen Gedanken fähig. Nur unvernünftige geisterten durch ihr Hirn. Dieser reaktionäre Scheißkerl von Frauenarzt hatte sich bestimmt geirrt.

- Zu dem geh ich nie wieder!

Und auch wenn er sich nicht geirrt hatte, würde sich das Problem bestimmt bald mit einer Fehlgeburt erledigen. Wie viele Schwangerschaften endeten schon in der Frühphase! Wie viele Föten wurden ausgetrieben, weil sie missgebildet, nicht lebensfähig waren! Sie musste nur abwarten.

- Die Natur wird das Problem schon lösen! -

Ungeachtet ihrer Weigerung, seine Existenz zur Kenntnis zu nehmen, entwickelte sich das Wesen in ihrem Bauch seinem biologischen Programm gemäß weiter. Für Irène war es vor allem die Beharrlichkeit ihrer Übelkeit, die sie schließlich kapitulieren ließ. Nicht nur morgens, nach fast jeder Mahlzeit musste sie sich übergeben.

- Es lässt mich nicht in Ruhe. -

Zum ersten Mal dachte sie ernsthaft darüber nach, was sie tun könnte, wenn diese Schwangerschaft sich nicht freiwillig in Luft auflösen würde. Sie absichtlich auflösen? Schwangerschaftsabbrüche waren unter Strafandrohung verboten. § 218. Aber Schwangere konnten nach Amsterdam fahren, das hatte sich herumgesprochen. Dort beseitigten holländische Ärzte auch die Malheurs deutscher Frauen, ambulant, mit örtlicher Betäubung, schonend, nach der Absaugmethode.

- Aber nur in den ersten drei Monaten, oder? -

Irène rechnete nach und musste zu ihrem Erschrecken feststellen, dass die Dreimonatsfrist in einer Woche ablief. So schnell würde das alles doch gar nicht gehen! Sie müsste erst einen anderen Frauenarzt finden, der ihr eine Bescheinigung ausstellte, sie müsste einen Termin in einer Amsterdamer Klinik bekommen, eine Unterkunft und was sonst noch? Keine Ahnung! Müsste jemand sie begleiten?

- Und will ich es überhaupt? -

Irène war kraftlos. Durch das ständige Erbrechen hatte sie trotz der Schwangerschaft abgenommen. Ihre hartnäckige Weigerung, die Schwangerschaft zur Kenntnis zu nehmen, ging fast unmerklich über in ein Gefühl vollkommener Hilflosigkeit.

- Ich kann doch kein Kind bekommen! Ich kann doch mein Kind nicht abtreiben! -

Beide Gefühle waren gleich stark. Sobald das eine überhandnahm, meldete sich das andere. Wenn sie nur mit jemandem darüber reden könnte! Aber mit wem? Mit ihrer Mutter? Auf keinen Fall! Mit den anderen aus ihrer WG? Die würden nicht einmal verstehen, warum sie nicht schon längst in Amsterdam war. Oma Emma war tot. Und Claas? Sobald ihre Gedanken bei Claas angekommen waren, brach sie in Tränen aus.

- Ich hab alles kaputtgemacht. -

Sie musste ihre Schwangerschaft abbrechen, sofort! Alles unge-schehen machen! Und wenn Claas aus England zurückkäme, könnten sie einfach weitermachen wie zuvor! Er würde nichts wissen, sie würde diesen Albtraum vergessen und ihr gemeinsames Leben würde ver-laufen wie geplant!

- Nein, unser ganzes Leben wäre eine Lüge. -

Und wenn sie das Kind bekam? Das war doch auch unvorstellbar. Wie würde Claas reagieren? Würde er sich von ihr trennen? Würde er trotzdem zu ihr stehen? Würde er es wirklich ertragen können, das Kind eines anderen Mannes aufzuziehen? Und würde sie es ertra-gen können, ihm das zuzumuten? Und das alles jetzt, wo Claas ganz anderes im Kopf hatte: sein Studium, die Revolution ... Und wo sollte das Kind aufwachsen? Hier in der WG? Oder würden Claas und sie in eine Zweizimmerwohnung ziehen und ein kleinbürgerliches Ehepaar mimen? Müsste sie ihr Studium abbrechen und mit dem Kind zu Hause hocken?

- Absurd! -

Das *Absurd!* tauchte immer wieder auf, während ihre Gedanken in immer denselben Schleifen herumirrten. Aber das *Trotzdem!* blieb im dunklen Winkel, wagte nicht seinen triumphalen existenzialistischen Einspruch, der ihr als Schülerin so einfach und überzeugend erschienen war.

- Was soll ich tun? -

Als Claas Ende September zurückkam, hatte sie nichts getan. Sie holte ihn nicht am Flughafen ab, gab vor, gerade unter einem Magen-Darm-Virus zu leiden und er sagte auch gleich nach seiner Ankunft:

„Mein Gott, Irène, du siehst ja erbärmlich aus. Dieser Virus hat dich aber ganz schön erwischt."

Er schloss sie in seine Arme, zuckte zusammen und schrie:

„Aua!"

Er fasste sich an seine Wade und sah etwas unter dem Bett verschwinden.

„Verdammt! Irène! Was war das?"

„Lo Po."

„Wer?"

Noch bevor sie ihm erklären konnte, was es mit dem Wesen auf sich hatte, das ihn ins Bein gebissen hatte, sackte Irène zusammen. Als sie aus ihrer Ohnmacht erwachte, lag sie auf dem Bett und Claas saß neben ihr, hantierte mit einem nassen Lappen, den er ihr auf die Stirn legte.

„Danke. Geht schon wieder. Ich weiß auch nicht …"

„Du machst Sachen! Klappst einfach so zusammen. Ich rufe einen Arzt."

„Nein, keinen Arzt! Ich brauche keinen Arzt. Es ist nur … es ist …"

„Die Freude, mich wiederzusehen?"

Er lächelte sie an in dem Versuch, ihr altes Einverständnis wieder herzustellen. Sie musste seine Bemerkung doch komisch finden. Warum lachte sie nicht?

„Oder ist es dein schlechtes Gewissen wegen diesem Stubentiger, der mich so freundlich begrüßt hat?"

Er zeigte unter das Bett, wo Lo Po sich immer noch vor dem Eindringling versteckt hielt. Irène starrte Claas mit unbeweglichem Gesicht an.

„Scheint ganz schön eifersüchtig zu sein, dieser kleine Liebhaber, den du dir da angeschafft hast!"

Irène drehte sich von ihm weg, verbarg ihr Gesicht im Kopfkissen und brach in Tränen aus. Claas stammelte noch einige verwirrte Worte, dann legte er sich einfach neben sie und streichelte sie. Als ihr Tränenfluss langsam versiegte, begann er, beruhigend auf sie einzureden. Wenn er gewusst hätte, dass seine Abwesenheit sie so mitnehmen würde, wäre er niemals nach London gefahren. Aber jetzt sei er doch wieder da und alles würde gut.

Irène weinte nicht mehr, rührte sich aber auch nicht.

- Warum kann ich nicht einfach tot sein! -

„Jetzt besorge ich uns erstmal ne Stärkung, damit du wieder auf die Beine kommst!"

Claas stand auf und ging in die Küche.

- Ich muss es ihm sagen. -

Als er mit einem Tablett wiederkam, auf dem ein großer Teller mit Käsehäppchen, eine Teekanne und zwei Teetassen standen, hatte Irène sich aufgerichtet, saß gegen ihr Kissen gelehnt und sah ihm mit verquollenen Augen entgegen. Er rückte einen Stuhl neben das Bett, stellte das Tablett darauf und sagte:

„Schau, das habe ich alles aus England für uns mitgebracht: ein original Landhaus-Teeservice, original Cheddar-Käse und in der Kanne ist original English Breakfest Tea."

Er goss zwei Tassen voll und reichte ihr eine hin:

„Trink! Das wird dich stärken. Und dann erzählst du mir endlich alles, was dich bedrückt."

Irène nahm die Tasse aus seiner Hand und trank sie leer und dann erzählte sie ihm das eine, das sie bedrückte.

Als sie geendet hatte, schwieg er sehr lange, stand auf und wanderte im Zimmer hin und her.

„Ich muss nachdenken."

Er ging hinaus.

Spät in der Nacht kam er wieder. Sein Haar stank nach Zigaretten-qualm und sein Atem nach Alkohol, als er zu Irène ins Bett kam. Lo Po verließ laut fauchend seinen Platz auf dem Kopfkissen und kauerte sich empört unter den Lattenrost. Irène und Claas saßen aufrecht im Bett, die Beine angezogen, den Kopf auf die Knie gestützt und die Blicke auf das Bettende gerichtet. Claas murmelte:

„Wie heißt es so schön: Gemeinsam sind wir stark. Wir werden das Kind schon schaukeln."

Irène sah zu ihm hinüber. Er schenkte ihr aus seinen blauen Augen seinen guten alten liebevollen Claas-Blick. Sie wandte sich ab, betrachtete wieder das Bettende.

„Ach, Irène. Lass uns morgen weiter reden. Ich bin todmüde und du auch."

Er zog sie herunter, bettete ihren Kopf an seine Schulter und beide schliefen sofort ein.

Am nächsten Morgen redeten sie. Von dem, was gewesen war, wollte Claas nichts weiter hören. Ihr alkoholbedingter Ausrutscher, dieser verantwortungslose EnricoErnestoIrgendwer, das solle kein Thema zwischen ihnen sein. Nur die Zukunft zähle. Sie beide erwarteten ein Kind, früher als geplant, aber das sei keine Katastrophe. Diese WG hier, mit den Freaks, die bei ihrer Suche nach dem veränderten Bewusstsein inzwischen sogar Drogen nähmen, sei allerdings kein geeigneter Ort für das Kind. Sie müssten sich eine kleine Wohnung suchen. Sie würden heiraten. Er würde jobben, um Geld ranzuschaffen. Vielleicht würde ihre Mutter ja auch etwas dazugeben von ihrem nicht unbeträchtlichen Gehalt?

„Maman bezahlt schon mein Studium und muss außerdem unsere riesige Villa finanzieren."

„Die quasi leer steht."

Das stimmte. Nicht nur jetzt, wo sich Wilhelmine in den USA aufhielt, auch sonst stand die Villa Vonderwied seit Oma Emmas Tod die meiste Zeit des Jahres leer. Die Einzige, die in den Räumen herumlief, war eine Putzfrau, die regelmäßig lüftete und den Staub bekämpfte. Irène verstand Claas' Wink.

„Du meinst, wir sollten nach Heidelberg ziehen?"

„Wenn ich meinen Studienplatz getauscht kriege."

„Und ich meinen."

„Du wirst dein Studium wohl abbrechen müssen. Einer muss sich ja schließlich um das Kind kümmern."

Irène nickte. Einer musste sich um das Kind kümmern.

- Ich muss mich um das Kind kümmern. -

Sie hatte keine Oma Emma, bei der sie es abgeben konnte. Und sie hätte das auch niemals getan. Sie würde keine Rabenmutter werden wie Maman! Ihr Kind sollte nicht so leiden, wie sie selbst hatte leiden müssen.

- Mein Kind. -

Irène dachte *mein Kind*, aber das war eine abstrakte Größe, die sie kaum mit ihrem wachsenden Bauch in Verbindung brachte. Für diese abstrakte Größe sollte sie alles aufgeben? Ihr Studium? Ihre Zukunft als Reformpädagogin? Ihre Zukunft als gleichberechtigte Partnerin in *einer großen Liebe?* Statt dessen eine Zukunft als Nur-Hausfrau und Nur-Mutter. Eine Zukunft als Ehefrau eines Mannes, dem sie ewig zu Dank verpflichtet sein würde. Claas würde niemals mehr davon sprechen, dass das Kind nicht sein Kind war, daran zweifelte sie nicht. Daran verzweifelte sie. Er war ein guter Mann. Ein zu guter Mann.

- Ich bin eine schlechte Frau. -

Sie sagte sich immer wieder, dass sie glücklich sein müsse. Claas stand zu ihr, zu dem Kind und nahm sogar Lo Po in Kauf. Der nahm inzwischen großmütig Futter von ihm an und ließ sich auch schon mal streicheln. Claas schüttelte zwar den Kopf, wenn Irène mit ihrem Kater redete, aber er versorgte ihn und sorgte sich um sie. Er mahnte sie, sich regelmäßig ärztlich untersuchen zu lassen. Es gebe sicherlich progressivere Frauenärzte als diesen Idioten, von dem sie ihm erzählt hatte. Er brachte ihr Obst mit, riet zu häufigen, aber kleinen Mahlzeiten, damit sie endlich zunehmen würde, jetzt, wo sie nicht mehr ständig unter Übelkeit litt. Er trank abends Traubensaft mit ihr statt billigem Rotwein wie früher. Er drängte sie, endlich mit ihrer Mutter zu reden.

Sie redete mit ihrer Mutter. Über ihre neuen Seminare im Wintersemester, zu denen sie in Wirklichkeit nicht ging. Über das Wetter in Hamburg. Über das Wiederaufleben der Studentenproteste nach dem Erschlaffen in den Semesterferien. Wilhelmine erzählte ihr von den rebellischen amerikanischen Studenten, die vehement den Vietnamkrieg kritisierten. Zu Recht, vollkommen zu Recht! Nur die Methoden gefielen ihr nicht immer. Akademiker sollten nicht Institute besetzen oder sich als Streetfighter gebärden. Zu ihrer Zeit habe man seine Stimme mittels Essays, Memoranden und Manifesten erhoben.

„Denk an die Göttinger Erklärung! Damit haben wir die atomare Bewaffnung der Bundesrepublik verhindert! Unsere Macht ist das Wort, nicht die Gewalt!"

Irène redete der Gewalt das Wort, natürlich nur der Gewalt gegen Sachen, niemals gegen Menschen, obwohl ihr in der Realität jede Gewalt zutiefst zuwider war. Aber sogar ihr sanftmütiger Claas predigte, dass eine Revolution nun mal kein Kaffeekränzchen sei und man schon mal den gepflegten Rasen zertrampeln müsse, wenn man die Völker der Welt befreien wolle.

„So redet dein ... dein Freund? Irène, nimm dich vor dem in Acht! Lass dich da bloß nicht in was reinziehen!"

Irène machte eine abwiegelnde Bemerkung, verabschiedete sich bis zum nächsten Anruf und legte den Telefonhörer auf. Wieder hatte sie nichts von ihrer Schwangerschaft gesagt.

Am Abend kam Claas nach Hause, zeigte ihr stolz ein Flugblatt für die *Enteignet-Springer-Kampagne*, das er mit seiner SDS-Gruppe entworfen hatte. Oben prangten fünf Schlagzeilen der BILD-Zeitung.

„Die sprechen für sich, oder? Da muss man gar nicht mehr begründen, warum dieser monopolkapitalistische Hetzer enteignet werden muss. Die Presse gehört endlich in die Hand des Volkes, nur dann ist sie wirklich frei!"

Irène stimmte ihm zu, fand das Flugblatt auch gelungen, hoffte, er würde sie nicht nach dem Telefongespräch mit ihrer Mutter fragen. Natürlich fragte er danach. Er begriff nicht, warum sie es wieder nicht geschafft hatte, mit ihrer Mutter über ihre Schwangerschaft zu reden.

„Ich denk, wir waren uns einig, dass du sie fragst, ob wir in euer Haus einziehen können? Wenigstens vorübergehend."

„Ja. Ich weiß auch nicht. Das nächste Mal. Sag ichs ihr. Und frag sie. Ganz bestimmt."

Claas streichelte ihren sich vorwölbenden Bauch.

„Im Februar ist es soweit. Die Zeit läuft uns davon, Irène."

Sie wiederholte ihr Versprechen. Er ließ seine Hand weiterwandern, nach unten, zwischen ihre Beine.

„Komm, ziehn wir uns aus und schmusen."

Irène zog sich aus und legte sich ins Bett. Er legte sich nackt zu ihr, küsste sie, streichelte sie. Sie küsste ihn, streichelte ihn. Sie empfand nichts. Früher hatte sie seine Zärtlichkeiten zwar nicht als aufregend, aber als angenehm empfunden. Seit er aus England zurück war, empfand sie nur noch Langeweile. Überdruss. Schlimmer noch: Widerwillen. Sie mochte seinen Geruch nicht mehr. Sie mochte sein jungenhaftes Lächeln nicht mehr. Sie konnte das Wort *schmusen* nicht mehr ertragen. Sie schlief mit ihm und hatte das Gefühl, einer lächerlichen Veranstaltung beizuwohnen. Sie stöhnte ein bisschen. Sie sagte ihm hinterher, wie schön es gewesen sei. Er schlief befriedigt ein und sie lag die ganze Nacht wach. Sie verstand sich nicht. Verzweifelt sagte sie sich immer wieder, dass sie ihn doch liebe. Vielleicht lag ihre sexuelle Unerregbarkeit an der Schwangerschaft? Bestimmt würde sich das nach der Geburt wieder einpendeln. Aber im Dunkel der Nacht erschien ihr die Zukunft auch in dieser Hinsicht plötzlich nur noch düster.

- Es wird sich nicht einpendeln. -

Und es würde nie so werden wie mit Enrico. Sie dachte an ihn und ihre gemeinsame Nacht und ihr Körper wurde heiß und ihre Möse feucht. Das erste Licht des Morgens schien schon durch die Vorhänge, als sich ein simpler Gedanke durch alle Abwehrbastionen hindurchgekämpft hatte.

- Ich liebe Claas nicht. -

Es brauchte noch zwei Wochen, bis sie sich endgültig eingestand, dass ihre *Große Liebe* zerplatzt war wie eine Seifenblase. Sie mochte Claas, sie schätzte Claas, sie bewunderte Claas. Sie liebte ihn nicht. Sie wollte nicht ihr Leben mit einem Mann verbringen, den sie nicht liebte. Sie wollte keine Heuchelei, keine Unehrlichkeit. Diesen Preis konnte sie nicht zahlen für die Geborgenheit, die er ihr bot. Sie musste die Konsequenzen ziehen.

„Ich liebe dich nicht."

Nie waren ihr Worte so schwer über die Lippen gekommen. Und ihre Wirkung war noch entsetzlicher, als sie es sich ausgemalt hatte. Erst weigerte sich Claas zu glauben, was er gehört hatte. Er bat sie ärgerlich, keine dummen Scherze mit ihm zu treiben. Als er begriff, dass ihre Worte ernst gemeint waren, versuchte er, dagegen an zu argumentieren, zu psychologisieren. Sie sei verstört durch ihre Schwangerschaft, habe vielleicht Schuldgefühle ihm gegenüber.

„Ganz und gar unberechtigt! Ich liebe dich wie am ersten Tag. Du machst mich glücklich. Ich freue mich auf das Kind. Ich will mein Leben mit dir leben und nur mit dir!"

Irène konnte immer nur wiederholen, dass ihr klar geworden sei, dass sie ihn nicht liebe. Auf seine immer verzweifeltere Frage *Warum denn nicht?* hatte sie keine Antwort.

„Aber du hast mich doch geliebt."

„Ich weiß nicht. Wahrscheinlich habe ich es mir nur eingebildet."

An dieser Stelle ihres Gesprächs brach Claas das erste Mal in Tränen aus. Irène hatte ihn noch nie weinen sehen.

- Das ertrage ich nicht. -

Sie musste es ertragen. Sie durfte jetzt nicht weich werden. Es würde alles nur verschlimmern. Claas verlegte sich aufs Betteln. Er würde alles für sie tun, was sie wollte. Sie solle ihm sagen, wie er sich ändern müsse, damit sie ihn lieben könne. Sie schüttelte nur verzweifelt den Kopf.

„Aber wir können doch zusammenbleiben! Es macht mir nichts, wenn du mich nicht liebst, ehrlich nicht! Vielleicht kommt das noch."

„Nein, Claas. Das kommt nicht noch."

Jetzt brach er ganz zusammen, schluchzte, weinte, heulte. Irène fing auch an zu weinen. Sie nahm ihn in die Arme, wollte ihn so gern trösten und wusste doch, dass sie seine Peinigerin war. Am liebsten hätte sie ihre Worte zurückgenommen. Was sollte der ganze Quatsch mit Liebe oder nicht Liebe? Die Liebe war doch nur ein Phantom. War dieses Phantom es wert, Claas so leiden zu sehen?

- Gib nach! Gib nicht nach! -

Die zweite Stimme war stärker. Und je mehr Claas sie in den folgenden Tagen anflehte, sich doch nicht von ihm zu trennen, doch zu warten, bis das Kind da sei, ihm doch wenigstens die Möglichkeit zu geben, ihr in der Schwangerschaft beizustehen, und versicherte, er sei auch bereit, sich um das Kind zu kümmern, damit sie ihr Studium fortsetzen könne, desto stärker wurde die Stimme, die ihr sagte: Du musst einen endgültigen Schnitt machen. Du musst hier raus. Du erstickst. Und nicht nur die Stimme wurde stärker, Irène wurde stärker. Sie wusste nicht, woher ihr die Kraft zuwuchs, aber auf einmal fühlte sie sich allen Herausforderungen gewachsen. Das Wichtigste war: allein sein. Ganz allein sein.

- Endlich herausfinden, was ich will. -

Irène knipst ihre Nachttischlampe an und setzt sich im Bett auf. Es hat keinen Sinn. Sie kann ja doch nicht schlafen mit diesen Bildern der Vergangenheit im Kopf, die sie überfallen, wenn sie am wehrlosesten ist, in diesem ungeschützten Bereich zwischen Wachen und Schlafen. Wie optimistisch diese Zwanzigjährige mit ihrem dicken Bauch war! Herausfinden, was sie will! Und dann hat sie getan, was ich ihr nie verzeihen kann.

- Was ich mir nie verzeihen kann. -

Die Trennung von Claas war schmerzhaft, aber diese Wunde ist verheilt, ohne Narben zu hinterlassen. Irène denkt mit Wärme an ihn und hofft, dass er in seinem Leben noch die Frau gefunden hat, die seine Güte und Liebesfähigkeit zu schätzen wusste.

- Er wars einfach nicht. -

Er war nicht der Mann ihres Lebens. Der Mann ihres Lebens ist bis heute nicht aufgetaucht. Sie hat ihr Leben ohne ihn führen müssen. Dennoch bedauert sie ihre Entscheidung von damals nicht. Was sie bedauert, bitter bedauert …

- Nein! -

Irène steht auf, geht ins Arbeitszimmer und holt sich die neueste Ausgabe der Biophysical Reviews and Letters. Sie setzt sich wieder in ihr Bett und liest einen Artikel über neueste Forschungserfolge mit adulten Stammzellen. Die induzierten pluripotenten Stammzellen sind auf dem Vormarsch!

- Keine Alleskönner, aber Vieleskönner! -

Schon jetzt kann man adulte Stammzellen medizinisch anwenden, während die embryonale Stammzellforschung nur große Versprechungen macht. Irène hat inständig gehofft, sie müsse sich nicht mehr die Behauptung anhören, es gebe nun mal keine Alternative zur Forschung mit embryonalen Stammzellen und deshalb sei es unverantwortlich gegenüber den Kranken, ihnen Heilungschancen vorzuenthalten. Sie muss es sich auch jetzt noch anhören. Auch das Argument, man solle nicht so einen Aufstand wegen des Tötens von Embryonen machen. Was sage sie denn zu Abtreibungen?

- Was sage ich? -

Das wollte auch ihr Kollege John McGovern in Wisconsin damals von ihr wissen, nachdem sie sich geweigert hatte, heimlich mit embryonalen Stammzellen zu arbeiten. Die Behörden ihres rückschrittlichen Landes müssten davon ja nichts erfahren. John hatte ihrer Verteidigung des deutschen Embryonenschutzgesetzes wortlos zugehört und nur mit den Achseln gezuckt. Aber als sie beide nachmittags im vollgestellten Pausenraum des molekularbiologischen Instituts scheußlichen Teebeuteltee tranken und halb vertrocknete Donuts aßen, fragte er sie mit hochgezogenen Augenbrauen, ob denn ein Schwangerschaftsabbruch für sie etwa Mord sei.

„Nein!"

„Bei uns hier werden Kliniken boykottiert und Ärzte bedroht! Die militanten Abtreibungsgegner ..."

„Bitte! John! Was habe ich mit diesen entsetzlichen Leuten zu tun?"

„Sorry, Eiriin. Aber was macht denn für dich den Unterschied zwischen Embryonen im Mutterleib und in der Petrischale?"

Mit dieser Frage hatte sich Irène lange herumgequält. Immer wieder hielt man ihr vor, wenn sie gegen die verbrauchende Embryonenforschung sei, müsse sie auch gegen Schwangerschaftsabbrüche sein. Doch die Gleichung ging für sie nicht auf. So antwortete sie auch John:

„Ein Embryo im Mutterleib ist ein Mensch und Teil eines anderen Menschen. Beides, verstehst du? Er braucht die Frau, um sich in ihr zu entwickeln, aber er hat keinen Anspruch darauf. Kein Mensch hat einen Anspruch auf den Körper eines anderen. Der Todkranke nicht auf die Organe eines Gesunden, der Embryo nicht auf die Austragung durch die Schwangere."

„Ja, so seh ich das auch."

Dennoch sah er sie immer noch skeptisch an, so dass Irène mit erregter Stimme weiter sprach:

„Nur die Frau kann entscheiden, ob sie ein Kind in sich heranwachsen lässt. Die Symbiose zweier Menschen während einer Schwangerschaft ist einmalig, der Embryo ist in einem Liebesakt entstanden ..."

- Enrico. Ernesto. -

Verwirrt stockte sie, konzentrierte sich aber gleich wieder auf ihre Argumentationskette:

„Bei einem Embryo in der Petrischale gibt es keinen Konflikt zwischen seinem Lebensrecht und dem Recht der Frau, über ihren Körper zu bestimmen. Nur einen Konflikt zwischen seinem Lebensrecht und dem Interesse seines Produzenten, ihn zu verbrauchen. Da gibt es für mich nur eins: Sag Nein!"

- Wolfgang Borchert. -

Warum kam ihr jetzt Borcherts Gedicht mit den flammenden Appellen, Nein zu sagen, in den Sinn? Nein zum Krieg. Nicht Nein zur embryonalen Stammzellforschung.

- Ob er heute eine Zeile dazudichten würde? -

John McGovern wischte Donutkrümel von dem kleinen Resopaltisch und schwieg nachdenklich. Irène schätzte es sehr, dass er nicht wie viele andere Männer pausenlos Statements absonderte, ohne seiner Gesprächspartnerin wirklich zuzuhören. Er hörte und bedachte und fragte erst dann:

„Aber was ist mit den natürlichen Fehlgeburten? Viele Embryonen schaffen noch nicht mal den Weg vom Eileiter in die Gebärmutter! Wenn die Natur so verschwenderisch mit menschlichem Leben umgeht …"

„Dürfen wir es noch lange nicht! Seit wann taugt die Natur als ethischer Maßstab? Fressen und Gefressen werden, *Survival of the fittest* als Leitlinien für menschliches Zusammenleben? Das hatten wir doch schon!"

„Ach, ihr mit eurer Nazi-Neurose!"

Irène lässt die Biophysical Review sinken. Sie sieht Johns freundliches Gesicht vor sich, seine Holzfällerhände, die mit feinsten Messinstrumenten umgehen können, hört seine tiefe, brummige Stimme, aber sie erinnert sich nicht mehr, wie ihr Gespräch weiterging. Sie weiß nur, dass sie ihn nicht überzeugen konnte, dass er ihre Haltung aber respektierte. Das ist mehr als sie von den meisten ihrer Kollegen in Deutschland sagen kann. Die machen sich hinter ihrem Rücken über sie lustig. Einige hassen sie regelrecht. Sie ist eine Außenseiterin. Eine Nestbeschmutzerin. Man schneidet sie auf wissenschaftlichen Tagungen oder lädt sie gar nicht erst ein. Man betont immer wieder, dass ihre Meinung eine Einzelmeinung sei. Man rät ihr, doch lieber zum Kirchentag zu gehen.

- Zu komisch! -

Sie ist nun schon so lange Atheistin. Und wer ist ihr treuester Bundesgenosse im Kampf gegen die Opferung der Menschenwürde auf dem Altar der Forschungsfreiheit? Die Kirche!

Nein, so ist es ja gar nicht, versucht sie sich zu beruhigen. Der Widerstand kommt aus vielen Ecken. Aus der feministischen und der grünen, aus der humanistischen und der verfassungsloyalen. Aber dieser Widerstand bröckelt, weicht auf, relativiert sich, je weiter die Forschung voranschreitet und je weniger Schranken man sich in anderen Teilen der Welt auferlegt. In Großbritannien wurde erst im Mai die Erzeugung von Chimären aus Mensch und Tier vom Unterhaus genehmigt. Es gibt nicht genug Frauen, die uns ihre Eizellen für unsere Klonexperimente zur Verfügung stellen? Dann nehmen wir eben Eizellen der Sau! Und natürlich finden viele ihrer Kollegen das keine Sauerei, sondern wollen es auch tun dürfen.

- Warum gebe ich meinen sinnlosen Kampf nicht auf? -

Irène richtet sich im Bett auf und schlägt mit der Faust auf die Biophysikal Review. Nein! Sie ist noch nicht bereit, sich wie ihre Mutter der Resignation zu ergeben. Sie hat noch Kraft für ihren Kampf, für den Kampf, den sie nie hatte führen wollen. Der Sturm, der von der Zukunft her weht, lässt ihr keine Wahl. Im Frühjahr hat sie bei einer Anhörung vor Bundestagsabgeordneten für ein Verbot des Imports humaner embryonaler Stammzellen plädiert. Ihre Position ist auch von etlichen Philosophen, Ethikern und Theologen vertreten worden. Aber von keinem ihrer Kollegen.

- Keinem Einzigen. -

Im Gegenteil. Sie übten massiv Druck auf die Politik aus, um die alte Stichtagsregelung zu Fall zu bringen, um neuere embryonale Stammzellen zu bekommen. Die alten taugten nichts, seien verunreinigt, mit ihnen sei Deutschland vom wissenschaftlichen Fortschritt abgehängt, als Forschungsnation gefährdet. Und natürlich bekamen sie ihren Bundestagsbeschluss, obwohl nur wenige Wochen zuvor Thomson und Yamankas revolutionärer Erfolg veröffentlicht worden war, den die beiden mit genau diesen alten und angeblich unbrauchbaren Zelllinien erzielt hatten!

- Psst! Bloß nicht laut sagen! -

Schwierig wird es für ihre Kollegen zu begründen, warum sie überhaupt weiter an embryonalen Stammzellen forschen wollen, wo doch die adulten jetzt ähnliche Heilungschancen eröffnen. Plötzlich brauchen sie diese unbedingt als *Goldstandard*. Ohne die Erforschung embryonaler Stammzellen sei die Erforschung adulter Stammzellen gar nicht möglich, behaupten sie.

- Stimmt! Aber der Goldstandard ist die Maus! -

Die grundlegenden Prozesse kann man an Mäusezellen erforschen. Es wird schwieriger sein. Es wird mehr kosten. Aber sind das noch Gründe, um weiter Embryonen für die Forschung zu töten? Oder, mit ach so unschuldigen Händen, von den im Ausland getöteten zu profitieren?

- Pontius Pilatus lässt grüßen! -

Irène verzieht angewidert ihr Gesicht. Sie hört die hehren Bekenntnisse ihrer Kollegen in der Öffentlichkeit, wo sie respektvoll von hochwertiger Güterabwägung, Respekt vor dem menschlichem Leben und dem Grundgesetz sprechen und dass für sie ein Embryo niemals nur ein zu verbrauchender Zellhaufen sei. Doch Irène weiß, wie sie reden, wenn sie unter sich sind. Dann ist ein Embryo genau das für sie: ein blöder Zellhaufen, um den man ein unverständliches Gewese macht. Weshalb man schnell einen neuen verschleiernden Namen für ihn erfand: Präembryo.

- Verdammte Heuchler! -

Irène seufzt und starrt auf die zugezogenen Vorhänge ihres Schlafzimmerfensters. Plötzlich widern sie ihre Gedanken an. Warum kreisen sie immer wieder um dieselben Fragen? Morgen bekommt sie vielleicht einen Anruf aus Stockholm und sie wälzt sich hier im Bett mit Embryonen, Präembryonen, Zellhaufen. Vorfreude soll doch die schönste Freude sein!

- Ich will mich freuen, verdammt noch mal! -

Nein, auf keinen Fall darf sie sich freuen, ermahnt sie sich. Umso größer wird die Enttäuschung sein. Ein Nobelpreis für sie? Wie kommt sie bloß darauf? Nur weil sie auf der Kandidatenliste steht? Da stehen viele. Und wer weiß, ob ihre Ablehnung der Forschung an Embryonen ihren Traum nicht zum Platzen bringt.

- Aus! -

Irène springt aus dem Bett. Sie muss etwas tun, muss das Karussell ihrer Gedanken endlich anhalten.

- Schlaftabletten? -

Bloß nicht! Dann ist sie morgen ein Zombie, unfähig auch nur einen klaren Satz hervorzubringen, wenn die Medien … BILD: *Schande für Deutschland! Lallende Nobelpreisträgerin!* Zu komisch! *Enteignet Springer!* Das müsste sie in die Mikrofone schreien.

- Dieses Drecksblatt, mich so bloßzustellen! -

Verwirrt reibt sich Irène die Augen. Sie halluziniert ja! Niemand hat sie bloßgestellt. Niemand hält ihr ein Mikrofon hin. Und wird es auch morgen nicht tun. Niemand will etwas von ihr.

- Niemand! -

Sie zieht sich wieder an, verlässt ihre Wohnung, steigt in ihr Auto und fährt los.

- Wohin? -

Egal. Nur in Bewegung sein. Vorfahrt achten! Schalten. Kuppeln. Bremsen. Gas geben. Nein, das reicht nicht. Sie muss sich richtig bewegen. Ihren Körper bewegen. Ihre biologische Hardware. Ihren ausdifferenzierten Zellhaufen.

Irène parkt ihr Auto und steigt aus. Ihr inneres GPS hat sie in die Nähe der Uni navigiert, stellt sie verblüfft fest.

- Was soll ich hier? -

Sie schließt den Reißverschluss ihrer Jacke, setzt die Kapuze auf und marschiert los. Es ist kalt. Dunkel ragt der Philturm vor ihr auf. Der Campus liegt verlassen da, nur ein Styroporbecher wird vom Wind hin und her geweht. Irène bleibt stehen, schaut sich um. Hier hat sie mit Claas studiert.

- Bevor ... -

Sie zieht ihre Kapuze enger. Sie will hier nicht sein. Wo will sie sein? Sie weiß es nicht. Sie will etwas Verrücktes tun. Einmal etwas völlig Verrücktes tun!

- Aber was? -

Ihr fällt nichts ein. Sie rennt hinter dem vom Winde verwehten Styroporbecher her und freut sich, dass sie zumindest auf einen Beobachter ziemlich verrückt wirken müsste. Aber da ist kein Beobachter. Da ist nur sie. Sie allein.

- Allein, wie immer. -

Plötzlich treibt ihr ein Windstoß den Becher direkt vor die Füße. Reflexartig tritt sie darauf, erschrickt vor dem lauten reißenden Geräusch.

- Erlegt! -

„Ich habe einen Styroporbecher erlegt!"

Ihr Schrei verhallt ungehört. Oder doch nicht? Irène schaut sich um. Nein, da ist niemand an diesem Ort, an dem tagsüber der akademische Nachwuchs wimmelt. Unheimlich wirkt der leere Platz. Noch unheimlicher ist Irène ihr eigenes Verhalten. Peinlich!

- Ich muss unter Menschen! -

In schnellen Schritten geht sie Richtung Allende-Platz, da ist das Abaton-Kino, da sind Studentenkneipen, da tobt bestimmt auch noch nach Mitternacht das Leben. Hamburg in der Sonntagnacht, das ist schließlich keine Provinz! Als sie das Abaton-Kino erreicht hat, strömen ihr die Besucher der Spätvorstellung entgegen, einige debattieren laut, andere lachen, viele gehen in die angeschlossene Kneipe, das Abatinn. Irène überlegt kurz, sich ihnen anzuschließen, sieht sich Rotwein trinkend und eine Zigarette rauchend an einem der Bistrotische sitzen.

- Rauchverbot! -

Natürlich, Rauchen in der Kneipe, das geht nicht mehr. Irène kichert. Sie hat in ihrem ganzen Leben nur ein halbes Jahr lang geraucht.

- Damals. Danach. -

Und jetzt, wo sie plötzlich das unwiderstehliche Bedürfnis überfällt, in einer Kneipe zu sitzen und zu rauchen: Rauchverbot! Irène schaut sehnsüchtig durch die Scheiben ins Innere des Abatinns. An allen Tischen sitzen Menschen, unterhalten sich, gestikulieren, lachen, prosten sich zu.

- Da wäre ich erst recht allein! -

Sie wendet sich ab, geht zu einem Zigarettenautomaten, holt sich eine Schachtel Camel Light und kehrt langsam zu ihrem Auto zurück. Sie setzt sich auf den Fahrersitz, reißt die Schachtel auf und klopft eine Zigarette raus.

- Keine Streichhölzer! -

Diese Erkenntnis ernüchtert sie schlagartig. Soll sie noch einmal zum Abatinn zurückgehen, um Feuer für ihre Zigarette zu holen? Was soll das Ganze überhaupt? Als ob das Rauchen ihr helfen könnte. Und überhaupt: wobei helfen?

Irène wirft die Zigarettenpackung auf den Beifahrersitz, startet den Wagen und fährt zurück, zurück zu ihrer Wohnung, zurück in ihr gewohntes Leben. Morgen wird es vielleicht aus seiner Bahn katapultiert. Morgen hätte sie womöglich einen Grund, verrückt zu spielen. Aber dann wird sie sich das nicht mehr erlauben können. Dann wird sie eine öffentliche Person sein.

- Will ich das wirklich? -

Irène betritt wieder ihre Wohnung, wirft die Zigarettenschachtel in der Küche in den Müll, geht in ihr Schlafzimmer, zieht sich aus und setzt sich aufrecht in ihr Bett. Sie starrt wieder die Vorhänge an und weiß nicht mehr, was sie in die Nacht hinaus getrieben hat. War es die Angst vor der Vergangenheit, vor der Gegenwart oder vor der Zukunft?

- Hirnloser Trip! -

Sie ist erschöpft. Erschöpft und dennoch hellwach. Hilfesuchend blickt sie in ihrem Schlafzimmer umher. Doch die gewohnten Gegenstände um sie herum schaffen es nicht, ihre Aufmerksamkeit auf sich zu ziehen. Die Vergangenheit kriecht wieder hervor, bemächtigt sich ihrer Synapsen, erregt ihre Neuronen, erhöht den Energieverbrauch in den Teilen ihres Gehirns, die Gedächtnisinhalte wieder ins Bewusstsein heben. Bei einem Gehirnscan im Computertomographen würden sie jetzt in kräftigen Farben leuchten. Ihr inneres Auge sieht die leuchtenden Augen der schwangeren Irène.

- Nicht nur die Augen! Die ganze Irène leuchtet. -

So präsentiert sich die junge Schwangere dem Bewusstsein der alternden Forscherin, das es aufmerksam erforscht. Die Erinnerung verklärt den ungeheuren Energieschub, der Irène damals erfasste, zu diesem leuchtenden Bild.

- Woher kam die plötzliche Energie? -

Irène weiß es bis heute nicht. Hat die Trennung von Claas sie freigesetzt? War es die Energie, die sie nicht mehr brauchte, um ihre Gefühle ihren Wünschen anzupassen? Oder waren es schlicht die Schwangerschaftshormone, der Nestbautrieb, die Tricks der Natur zum Erhalt der Art? Was auch immer …

Sie konnte plötzlich tun, was getan werden musste.

Als Erstes unterrichtete sie ihre Mutter beim nächsten fälligen Telefongespräch von ihrem Zustand. Wilhelmine holte hörbar Luft, bevor sie fragte:

476

„Und ... wird dein ... dein Freund dich heiraten?"

„Claas ist nicht der Vater."

Das Kabel auf dem Grund des Atlantiks übertrug eine Minute lang Schweigen.

„Wer ist dann der Vater?"

„Darüber habe ich nichts zu sagen, Maman. Er spielt keine Rolle. Es ist mein Kind, ganz allein mein Kind."

„Du bist ja verrückt! Was ist mit deinem Studium? Wie willst du denn ganz allein ... Also ich kann dir nicht helfen, das ist dir doch wohl klar! Du glaubst doch nicht etwa, ich werde die Oma spielen, die ..."

„Nein, Maman, nein. Keine Angst! Natürlich nicht. Ich schaffe das. Ich will von dir nur wissen, ob ich erstmal wieder zu Hause wohnen kann."

„Was für eine Frage? Natürlich kannst du das. Ich bin sogar heilfroh, wenn das Haus nicht so lange leer steht. Aber, hör doch mal, du hast ja gar keine Ahnung, was so ein Baby für Arbeit macht ..."

- Aber du! -

„... und du verbaust dir dein ganzes Leben! Warum hast du nicht ..."

„Maman, lass uns nächstes Mal weiterreden, wenn du den Schock verdaut hast. Tschüs."

Irène legte den Hörer auf. Beim nächsten Gespräch war ihre Mutter schon ruhiger, schoss aber zielsicher einige Giftpfeile ab, die Irène mitten ins Herz trafen. Sie habe ja schon immer gewusst, dass ihre Tochter nicht die Hellste sei, dass sie keine Karriere machen würde, dass sie sich dem banalen Frauenschicksal ergeben werde. Ein Kind sei nun mal ein Klotz am Bein einer Frau.

„Danke! So hab ich mich auch immer gefühlt!"

„Du? Für dich ist doch immer gut gesorgt worden!"

„Von Oma Emma."

„Und? Ist doch egal, von wem! Ich hätte jedenfalls kein Kind gekriegt, wenn ich nicht gewusst hätte, dass es gut versorgt wird."

„Ich habe aber keine Oma Emma in der Hinterhand!"

„Eben! Sag ich doch! Darum ist es auch unverantwortlich, was du tust. Entweder dem Kind gegenüber oder dir selbst gegenüber!"

„Danke für die aufbauenden Worte!"

Wieder brach Irène das Gespräch ab. Beim nächsten Gespräch entschuldigte sich Wilhelmine, sie habe sie nicht kränken wollen, fragte sie, wie es ihr denn gesundheitlich gehe, und teilte ihr mit, dass sie ihr zweitausend Mark überwiesen habe.

„Fürs Erste."

Danach kehrten sie beide bei ihren Gesprächen zu einem sachlichen Informationsaustausch zurück, wie sie ihn bisher gepflegt hatten.

Als Zweites nahm Irène ihren Umzug in Angriff. Die wenigen Möbel und vielen Bücher, die sie hatte, überließ sie Claas, die meisten Kleidungsstücke, die ihr sowieso nicht mehr passten, kamen auf den Flohmarkthaufen der WG. Nur mit ihren wichtigsten Unterlagen im Rucksack und Lo Po, der kläglich maunzte, im Transportkörbchen, kam sie an einem kalten Tag Anfang Dezember wieder nach Heidelberg zurück. Die Nachbarin, Frau Wilkenau, händigte ihr den Schlüssel zu ihrem Elternhaus aus, linste durch das Gitter des Bastkörbchens und babbelte los:

„Hajo! Ä Dachhas!"

Gleich darauf schaltete sie auf das um, was sie für Hochdeutsch hielt:

„Isch hawwe bei euch drübbe schon heut Morje die Heizung angemacht. Des Haus ischa vollkommen auschgekühlt gewese."

„Danke, das ist nett."

Irène wollte sich schon verabschieden, als Frau Wilkenau sie nach ausgiebiger Musterung fragte:

„Wann isches denn so weit?"

„Im Februar."

„Und der Herr Papa freut sich beschtimmt scho?"

- Vati ist doch schon lange tot. Ach so. -

„Nein, der freut sich nicht. Es gibt keinen Herrn Papa. Also, nochmals vielen Dank."

Sie drehte sich um und sah zu, dass sie von der neugierigen Nachbarin wegkam. Das Haus empfing sie vorgewärmt, aber dennoch mit der abweisenden Atmosphäre lange leer stehender Räume. Vor der Treppe zum oberen Stock blieb Irène stehen.

- Nichts! -

Natürlich nicht, schalt sie sich. Sie hatte ja wohl nicht erwartet, dass Oma Emmas Geist am Ort ihres Todeskampfes herumspuken würde. Irène warf einen kurzen Blick in die Räume im Erdgeschoss. Es war wie ein Blick zurück in ihre Kindheit. Hier unten war das Reich ihrer Eltern gewesen, mit seinem großen lichtdurchfluteten Wohn- und Essbereich, den zwei Arbeitszimmern, den zwei Schlafzimmern, dem Gästezimmer, alle funktional möbliert, dem Bad und der großen modernen Einbauküche, in der unbenutzte Küchengeräte vor sich hinrosteten. Irène stieg die Treppe hinauf und schaute auch hier in alle Räume.

- Oma Emmas Reich. -

Ein Reich ohne seine Königin. Alles war noch da und wirkte doch nur wie Staffage: die dunklen Eichenmöbel in ihrem Wohn- und Schlafzimmer, die drei verlassenen Kinderzimmer, das enge WC und die kleine Küche mit dem wuchtigen Küchenschrank, dem Tisch mit Abwaschschüssel in einer Schublade und dem dreiflammigen Gasherd, auf dem Oma Emma die Mahlzeiten für die ganze Familie gekocht hatte. Nur ein Kühlschrank zeugte davon, dass die Errungenschaften des Wirtschaftswunders auch an ihrer Küche nicht ganz vorbeigegangen waren. Irène öffnete die leicht offen stehende Kühlschranktür ganz.

- Nichts drin. -

Natürlich war der Kühlschrank ordnungsgemäß abgetaut und

die Küche ebenso sauber und ordentlich wie der Rest der Wohnung. Seit Oma Emmas Tod hatte Wilhelmine einen zweiwöchentlichen Putzdienst organisiert, der das Haus in ihrer Abwesenheit in Ordnung hielt.

- Eine Frau Riebeisen? Riebesel? Irgendwas mit Rieb. -

Irène ging in ihr ehemaliges Kinderzimmer. Erst hier hob sie ihren Rucksack vom Rücken und stellte den Katzenkorb ab.

- Zuhause! -

Sie öffnete die Gittertür des Katzenkorbes, hob den mittlerweile vor Erschöpfung verstummten Lo Po heraus und setzte ihn auf ihrem Schreibtisch ab. Ängstlich sah er sich um und verschwand mit schnellen Sprüngen unter ihrem Bett.

„Dachhas! Ein Angsthase bist du! Du bist doch jetzt schon ein großer Kater! Hier passiert dir nichts!"

Irènes Blick fiel auf das Foto an der Wand, auf den schwarzen Panther in seinem ewigen Sprung.

- Hat Lo Po davor Angst? -

Dummer Gedanke, erkannte sie gleich darauf, mit seinen Katzenaugen konnte er den Panther auf einem Bild gar nicht erkennen. Natürlich war es einfach die fremde Umgebung. Er würde sich schon eingewöhnen. Sie musste sich auch erst wieder eingewöhnen. Sie setzte sich auf ihr Bett und sah sich um.

- Zu Hause? -

Auf der Zugfahrt hierher hatte sie noch das Gefühl gehabt, nach Hause zu fahren. Jetzt wurde ihr klar, dass ihr Zuhause-Gefühl untrennbar mit Oma Emma verbunden war. Ohne sie wirkte das Haus nur noch wie ein Museum.

- Das Museum meiner Kindheit. -

Auf einmal spürte sie, wie erschöpft auch sie von der Reise war. Sie zog ihre Schuhe aus, legte sich angezogen auf ihr Bett und schlief sofort ein.

Sie wachte davon auf, dass sie niesen musste. Draußen war es noch hell und Lo Po lag an seinem Lieblingsplatz: direkt vor ihrem Gesicht. Sie legte ihre Hand auf ihn, genoss das Vibrieren und die Wärme seines Körpers und die Weichheit seines Fells.

„Wir beide halten zusammen, hmmh?"

Er hob den Kopf und sah sie mit seinen unergründlichen großen, grünen Augen an.

Am nächsten Tag begann sie energisch, den ersten Stock für ihre Bedürfnisse umzugestalten. Sie versicherte dem Wesen in ihrem Bauch:

„Du wirst nicht in einem Museum aufwachsen!"

Die kräftigen Tritte gegen ihre Bauchdecke interpretierte sie als Zustimmung. Als Erstes entfernte sie das Panther-Foto von der Wand und brachte den leeren Vogelkäfig auf den Dachboden. Zurück in ihrem Zimmer, stand sie vor dem Foto von Sartre und Beauvoir. Das konnte an der Wand bleiben, oder?

- Irgendwie … ich weiß nicht. -

Es gefiel ihr nicht mehr, ohne dass sie hätte sagen können, warum nicht. Vielleicht nur, weil es aus ihrem alten Leben stammte. Sie wollte aber ein ganz neues Leben beginnen.

- Weg damit! -

Danach nahm sie ihre Kinder- und Jugendbücher aus den Regalen und schleppte sie auf den Boden.

- Puh, sind Bücher schwer! -

Sie durfte sich nicht zu viel auf einmal aufladen, merkte sie, sonst überfiel sie ein ziehender Schmerz in den Leisten wie zu Beginn ihrer Regelblutungen. Wenigstens davor sollte sie doch jetzt ihre Ruhe haben! Sie bewegte sich vorsichtiger. Sie hatte ja Zeit, noch viel Zeit. Sie inspizierte das Zimmer direkt neben ihrem ehemaligen Kinderzimmer. Hier hatte Adelheid gewohnt. Nach ihrem Auszug war es von Oma Emma zum Kabuff umfunktioniert worden, wie sie einen

Raum für Dinge nannte, die nur im Wege waren, von denen sie sich aber nicht trennen mochte.

- Nur mein Zimmer hat sie so konserviert, wie es war! -

Das Kabuff war weitgehend leer, obwohl Irène es als vollgestopft erinnerte. Wahrscheinlich hatte ihre Mutter nach Oma Emmas Tod die endgültige Aussortierung alles Überflüssigen zügig in die Wege geleitet. Nur eine monströse Eichenkommode, die Irène sofort wiedererkannte, stand jetzt unter dem Fenster. Die hatte früher in Oma Emmas Wohnzimmer gestanden.

- Ihre Erlenmeyerkommode. -

Zum ersten Mal betrachtete sie bewusst die Verzierungen an den Schubladen. Waren das Schnitzer des Schnitzers? Nein, da war ja ein halbes Labor versammelt! Das waren eindeutig Reagenzgläser. Und Bunsenbrenner. Und Erlenmeyerkolben!

- Deshalb der Name! -

Als Kind hatte sie Erlenmeyer für eine Epoche gehalten wie Biedermeier oder Rokoko und die vielen Schnitzereien an den viel zu vielen Möbeln in Oma Emmas Zimmern sowieso keines Blickes gewürdigt. Irène lachte laut über ihr spätes Aha-Erlebnis, zog die Schubladen auf und stellte fest, dass sie mit Bettwäsche und Handtüchern gefüllt waren. Nur die obere war leer. Nein, nicht ganz.

- Was ist denn das? -

Sie nahm ein Etwas aus bunt bemalter Pappe und verhedderten Fäden heraus und betrachtete es ratlos.

- Flugzeuge? -

Ja, das waren eindeutig Pappflugzeuge an Fäden. Zerdrückte, halb zerrissene Pappflugzeuge. Ein Mobile. Warum hatte ihre Mutter den Krempel nicht aussortiert? Irène war schon auf dem Weg in die Küche, um nachzuholen, was ihre Mutter offensichtlich versäumt hatte, kehrte aber wieder um.

- Vielleicht will sie es behalten? -

Um nichts falsch zu machen, legte sie das unentwirrbare Knäuel wieder in die Schublade, schloss sie, trat ein paar Schritte zurück und begutachtete noch einmal die Erlenmeyerkommode.

- Eine prima Wickelkommode! -

Und das Kabuff würde ein prima Kinderzimmer abgeben. Sie musste es nur noch passend einrichten. Sie sah auf ihren Bauch hinab.

- Was bist du? Ein Junge oder ein Mädchen? -

Egal, entschied sie. Sie hatte sowieso nicht vor, das Zimmer in Rosa oder Blau zu gestalten. Grün war eine schöne Farbe. Oder Gelb? Auf jeden Fall mussten neue Tapeten an die Wände und auf die abgelaufenen Holzdielen würde sie einen modernen Teppichboden kleben. Was brauchte man noch für ein Baby? Eine Wiege. Einen Kinderwagen. Einen Laufstall? Strampelhosen, Ausgehjäckchen, Windeln, Schnuller ... Wen konnte sie fragen? Ihre Mutter? Nach Quarks und Neutrinos gerne. Bestimmt nicht danach, was ein Säugling wohl alles brauchte.

- Ach, Oma Emma, wenn du mir doch beistehen könntest! -

Wilhelmine stand ihrer Tochter bei, indem sie ihr Geld von ihrem Sparkonto anwies, viel Geld:

„Beauftrage einen Maler, um die Zimmer zu renovieren, lass dir eine komplette Kinderzimmereinrichtung liefern und so eine ... Erstausstattung oder wie das heißt ... für Säuglinge. Das kann man doch alles kaufen."

Irène beauftragte und ließ sich liefern und kaufte. Sie besorgte sich ein dickes Buch: *Die Mutter und ihr erstes Kind. Alles über Schwangerschaft, Geburt und Säuglingspflege.* Sie las es aufmerksam durch. Sie bekam Tipps von Frau Wilkenau und von der Putzfrau. Frau Riebesel hieß sie und hatte drei Kinder. Von ihr erfuhr Irène, dass sie Still-BHs samt Einlagen benötigte und am besten schon mal anfing, sich die Brustwarzen zur Abhärtung kräftig zu frottieren und mit Johanniskrautöl einzureiben.

„Die beische iwwl zu, die Bobbele!"

Irène tat alles, was ihr geraten wurde. Sie ließ sich auch endlich noch einmal gynäkologisch untersuchen. Von einer Frauenärztin, die sie nach einigem Suchen gefunden hatte. Frau Dr. Bäcker stellte sich als sehr kühl und sachlich heraus, kein bisschen mütterlich, wie Irène erhofft hatte. Aber sie hielt ihr wenigstens keine Moralpredigt und bestätigte ihr, dass die Schwangerschaft normal verlaufe.

Am 9. Januar 1968, ihrem einundzwanzigsten Geburtstag, saß Irène in ihrem Zimmer und feierte ihre Volljährigkeit mit einem Sektglas voll Himbeersaft, den Oma Emma noch abgefüllt und im Keller gelagert hatte.

- Wenigstens werde ich keine minderjährige Mutter! -

Sie las noch einmal die Glückwunschkarte von ihrer Mutter und legte den zehn Seiten langen Brief zur Seite, den Claas ihr geschickt hatte. Sie würde seine Verzweiflung, die ihr aus jeder Zeile entgegensprang, kein zweites Mal ertragen. Er tat ihr leid, aber sie konnte nichts mehr für ihn tun. Ihre Zeit mit ihm kam ihr vor, als habe sie sich in einem anderen Leben abgespielt und nicht erst vor einem Vierteljahr.

„Lo Po! Wo steckst du?"

Sie ging hinüber ins fertig eingerichtete Kinderzimmer und fand ihn schlummernd eingerollt im Stubenwagen für das Baby. Sie strich über die Volants am Baldachin und rollte den Wagen versonnen hin und her.

- Bald wird das Baby da liegen. -

Sie musste heftig niesen und weckte Lo Po dadurch auf.

„Schau nicht so vergrätzt! Und überhaupt, du hast da nichts zu suchen! Die ganzen Haare überall!"

Sie hob ihn runter und er trollte sich maunzend in Richtung Küche. Irène legte ein neues Moltontuch als Laken in den Stubenwagen und folgte ihm, schloss diesmal die Tür des künftigen Kinderzimmers sorgfältig hinter sich. Wenn das Baby erst da war, durfte Lo Po auf keinen

484

Fall unbeaufsichtigt in das Zimmer gehen. Waren nicht schon Babys von Katzen erstickt worden, die sich auf ihr Gesicht gelegt hatten?

Irène bereitete Lo Po in der Küche seine Mahlzeit aus Schlachtabfällen zu, die sie regelmäßig beim Fleischer kaufte. Wieder musste sie so heftig niesen, dass ihr der halbe Pansen fast aus der Hand gefallen wäre. Dazu tränten noch ihre Augen, wie so oft in letzter Zeit.

- Verdammte Dauererkältung! -

Ausgerechnet jetzt war ihre Nase dauernd verstopft, die Augen gerötet und nachts hielt sie ein hartnäckiger Husten wach! Das waren doch keine typischen Schwangerschaftsbeschwerden, oder? Nein, bestätigte ihr Frau Dr. Bäcker, das sei wohl ein verschleppter Virus. Sie empfahl ihr Kamillendampfbäder und Thymiansaft, was aber nicht viel nützte. Die schlaflosen Nächte begannen, Irènes Energie aufzuzehren. Zu Schnupfen und Husten kam noch das Rumoren in ihrem Leib, der Druck auf die Blase, der sie mehrmals nachts zur Toilette trieb, und Wadenkrämpfe, die bevorzugt auftraten, wenn sie es trotz allem endlich in eine Tiefschlafphase geschafft hatte.

„Zeit, dass das verdammte Gör endlich rauskommt!"

Sie sprach mit Lo Po. Sie sprach nicht mit dem heranwachsenden Kind. Ihren Kater kannte und liebte sie. Das Baby war nur ein Grummeln und Treten in ihrem Bauch und eine Vorstellung in ihrem Kopf. Sie würde es erst kennenlernen.

- Und lieben lernen. -

Musste eine Frau ihr Baby lieben lernen? War das nicht die selbstverständlichste Sache von der Welt? Dafür sorgte doch die Natur mit ihrem Interesse an der Arterhaltung.

- Und Maman? -

Bei ihrer Mutter hatte die Natur versagt, befand Irène und erschreckte: Wenn sie selbst das nun geerbt hatte, dieses Defizit, diese Unfähigkeit, die eigene Brut zu lieben?

- Unsinn! -

Das hatte mit Vererbung nichts zu tun. Das waren alles kulturelle Deformationen. Und außerdem: Auf ihre verquere Art liebte Maman sie vielleicht doch. Gestern erst hatte sie ihr am Telefon zugesichert, sie würde ihr später eine Kinderfrau finanzieren, damit sie im übernächsten Semester ihr Studium fortsetzen könne. Irène hatte sich bedankt, war sehr erleichtert bei dem Gedanken, auch als alleinstehende Mutter ihren Traum von einem Leben mit Kind und Beruf verwirklichen zu können. Geld machte so vieles möglich! Maman hatte Geld. Maman gab ihr Geld.

- Mamans Geld ist ihre Liebe. -

Es war eine Liebe, die versorgte, aber nicht wärmte. Gegen Ende ihre Schwangerschaft fühlte Irène sich plötzlich wieder als allein gelassenes Kind. Ihre Trauer um Oma Emma lebte heftig wieder auf, sie sehnte sich nach ihr, sehnte sich nach Zuspruch, nach Geborgenheit, nach jemandem zum Anlehnen.

- Ich muss mich zusammenreißen! -

Schon bald sollte sie doch diejenige sein, die einem Kind Geborgenheit gab! Konnte sie das überhaupt? Nein! Niemals! Sie war ja noch gar nicht wirklich erwachsen! Sie konnte diese Verantwortung nicht tragen! Auf was hatte sie sich da bloß eingelassen?

- Zu spät! -

Plötzlich fühlte sie sich als Gefangene ihres dicken Bauches. Er hatte das Regiment übernommen, ihm konnte sie nicht mehr entkommen. Er war schuld, dass sie nicht schlafen konnte, sich wie eine Tonne fühlte, von Zweifeln überwältigt wurde. Das musste ein Ende haben! Das würde bald ein Ende haben.

- Wenn das Kind erst da ist. -

Dieser Gedanke wurde zu ihrem Mantra. Dabei verband sich mit ihm keine konkrete Vorstellung von dem, was sein würde, wenn das Kind erst da war. Nur, dass die Quälerei ein Ende haben und alles ganz anders, ganz neu, ganz wunderbar sein würde.

- Wenn es bloß erst da wäre! -

Ihre Hoffnung erfüllte sich schon zwei Wochen vor dem errechneten Termin. Am 14. Februar 1968 setzten vormittags die Wehen ein. Erst war es nur ein leichtes Ziehen in den Leisten, das aber schnell zu einem schmerzhaften Ziehen wurde. Irène kontrollierte bis in den Nachmittag hinein die Abstände, bis sie sich auf fünf Minuten verkürzt hatten, und rief schließlich bei Frau Wilkenau an. Die Nachbarin hatte sich bereit erklärt, sich während ihrer Abwesenheit um Lo Po zu kümmern. Nachdem sie ihn gut versorgt wusste, rief Irène sich ein Taxi und verabschiedete sich von ihrem Kater:

„Drück mir die Daumen … äh, die Krallen! Ach, du weißt schon, was ich meine."

Im Krankenhaus nahm ihr eine Schwester die Tasche ab, in der sie seit Wochen alles aufbewahrte, was *Die Mutter und ihr erstes Kind* für den Krankenhausaufenthalt empfahl. Sie wurde in die geburtshilfliche Abteilung geführt und dort gleich von einer Hebamme untersucht.

„Der Muttermund ist noch ganz zu. Das reicht noch nicht für den Kreißsaal."

- Aber es zerreißt mich! -

Man schob sie in ein Wehenzimmer zu drei anderen Frauen, die in ihren Betten lagen und stöhnten. Irène biss die Zähne aufeinander und ließ ihren Lippen keinen Laut entschlüpfen. Stundenlang sagte sie sich, es sei unwürdig, jetzt schon zu jammern, wo die eigentliche Geburt doch offenbar noch gar nicht begonnen hatte. Zweimal kam die Hebamme vorbei, um die Eröffnung ihres Muttermundes zu kontrollieren, konnte aber keinen Fortschritt feststellen.

„Das muss Sie nicht beunruhigen. Bei Erstgebärenden dauert es oft sehr lange."

Es beunruhigte Irène nicht, es entsetzte sie.

- Keine Minute halte ich das mehr aus! -

Vier Zentimeter müsse der Muttermund offen sein, verkündete die Hebamme. Dann könne sie in den Kreißsaal und dort werde ihr der Doktor ein Mittel zur örtlichen Betäubung spritzen.

„Oder wollen Sie etwa eine natürliche Geburt?"

Eigentlich wollte sie das. Ihr schlaues dickes Buch riet dringend dazu. Jede Art von Betäubung würde nur die Komplikationsrate erhöhen, dem Kind womöglich schaden und der Mutter die überwältigende Freude nehmen, ihr Kind aus eigener Kraft auf die Welt zu bringen.

„Ich will die Spritze. So schnell wie möglich!"

„Vier Zentimeter!"

Als der Morgen graute, hatte sie es gerade erst auf drei Zentimeter gebracht. Aber die Hebamme erbarmte sich und ließ sie in den Kreißsaal schieben, der nur dem Namen nach ein Saal war. Ein schmaler, gekachelter, fensterloser Raum, voll mit medizinischem Gerät erwartete sie. Sie wurde von der Trage auf eine schmale gepolsterte Liege gerollt und an ein Wehenmessgerät angeschlossen, das ratternd Berge und Täler auf Endlospapier ausspuckte. Ein kleiner, glatzköpfiger Mann im weißen Kittel kam und gab ihr die Hand:

„Dr. Hassler, diensthabender Arzt. Sie sind also Fräulein Vonderwied?"

Irène nickte nur.

- Wenn ich den Mund öffne, schreie ich! -

„Dann wollen Sie hier heute also einen Kegel zur Welt bringen."

Irène verstand ihn nicht. Er grinste breit und tätschelte ihr die Hand.

„Keine Sorge, liebes Kind. Ich kenne keine Vorurteile. Bei mir sind Kind und Kegel in guten Händen."

Nachdem auch er sie untersucht hatte, hielt er ihr einen langen Vortrag über die Modernität der Klinik. Irène, auf ihrer Berg- und

Talbahn der Schmerzen, konnte sich kaum auf seine Worte konzentrieren, hörte nur *Amerikanisches Niveau! Einzelkreißsäle! CTG! FHF! MBU!* und eine Fülle anderer ihr unverständlicher Abkürzungen.

- Wann gibst du mir die Spritze?! -

Endlich war er in seinem Vortrag bei der von der Hebamme verheißenen Erlösung angelangt, der Periduralanästhesie, dem Modernsten vom Modernen, einer Befreiung der Frauen, der ganze Unterleib würde betäubt, aber die Gebärende bleibe bei vollem Bewusstsein.

„Sie merken nichts mehr und wir können zusammen Skat spielen."

Wieder grinste er sie an.

- Seltsamer Humor! -

Irène versuchte zu lächeln, aber der wieder einsetzende Schmerz verzerrte ihr die Züge. Sie hörte nicht mehr zu, als er flüchtig von möglichen Nebenwirkungen sprach, von harmlosen Kopfschmerzen bis hin zur Querschnittslähmung, aber das natürlich nur rein theoretisch.

„Einem Pfuscher wie mir können Sie vertrauen."

„Bitte geben Sie mir die Spritze!"

Irène hätte in diesem Moment auch keine Querschnittlähmung geschreckt. Dann spürte man wenigstens nichts mehr! Dr. Hassler bat sie, sich aufzusetzen, die Knie zu umfassen und sich so weit wie möglich vorzubeugen. Zielsicher spritzte er ihr das Betäubungsmittel zwischen die Wirbel und verließ sie mit dem Versprechen eines schnellen Wirkungseintritts. Ängstlich wartete Irène auf die Erfüllung seines Versprechens. Und tatsächlich war nach zehn Minuten die untere Hälfte ihres Körpers wie abgetrennt. Der Wehenschreiber malte fleißig weiter seine Berge und Täler, aber Irène fühlte nichts.

- Nichts! -

Sie konnte es kaum fassen. Die Marter war vorbei. Sie erholte sich erstaunlich schnell, trank sogar mit der Hebamme eine Tasse Tee, plauderte mit ihr und lachte endlich zu den Witzen Dr. Hasslers, der immer mal wieder hereinkam, um sie zu untersuchen. Der Vormittag verging, die Mittagszeit, der frühe Nachmittag. Dr. Hassler wurde einsilbig. Als sie ihm mitteilte, dass die Wirkung der Spritze nachzulassen beginne, untersuchte er sie noch einmal und erklärte mit ernster Miene:

„Ihr Muttermund hat sich in all den Stunden nicht weiter eröffnet. Das kommt leider gelegentlich vor bei der Periduralanästhesie."

„Und was bedeutet das?"

„Wir müssen ohne weitermachen."

„Nein!"

Dr. Hassler ermahnte sie, an das Kind zu denken. Das leide unter ihren uneffektiven Kontraktionen und bekomme eventuell nicht genug Sauerstoff.

- Ich will nicht! -

Nie war das Kind, das aus ihr herausdrängte, ihr gleichgültiger. Es war nur ein Phantom, eine Idee. Die Schmerzen waren real. Unvorstellbar, dass sie wieder beginnen sollten!

Die Schmerzen begannen auch unvorgestellt wieder. Minute um Minute, Wehe um Wehe, hinauf auf den Berg, hinunter ins Tal. Irène dachte nicht mehr an Sisyphos, nur noch an Thantalus. Sie war allein in der Hölle ausgesetzt. Sie verlor die Beherrschung. Sie stöhnte, sie jammerte. Sie schrie nach Oma Emma.

Erst kurz vor Mitternacht erklärte Dr. Hassler, die Austreibungsphase stehe nun unmittelbar bevor. Jetzt werde er ihr eine neue Spritze setzen. Irène war vollkommen erschöpft, ließ willenlos alles mit sich geschehen. Ebenso schnell wie beim ersten Mal ließen die Schmerzen nach, aber diesmal gab es für sie keine Erholungsphase. Sie wurde aufgerichtet, ihre Beine auf gynäkologische Stützen geschnallt und Dr. Hassler und die Hebamme forderten sie im Chor auf:

„Pressen! Pressen! Pressen!"

Sie presste.

„Nach unten! Nicht in den Kopf!"

Sie presste nach unten. In den toten Unterleib. In das Nichts. Sie glaubte, nach unten zu pressen. Dennoch wurde ihr Kopf rot und ihre Anstrengung blieb fruchtlos. Die Frucht saß fest. Dr. Hassler fluchte, befahl:

„Forceps!"

Die Hebamme reichte ihm die Geburtszange und versuchte Irène zu beruhigen:

„Gleich ist es vorbei."

Wie im Film sah Irène einen zwischen zwei Metallschaufeln eingezwängten Kopf aus sich heraustreten, gefolgt von einem schlaffen, glitschigen Körper. Sofort durchtrennte die Hebamme die Nabelschnur und Dr. Hassler nahm das Geborene hastig in seine kleinen Hände, legte es unter eine Wärmelampe und drückte einen Schlauch in seinen Mund. Irène hörte ein lautes Schlürfen.

„Sauerstoff!"

Die Hebamme reichte dem Arzt irgendetwas, beide standen mit dem Rücken zu Irène und sie sah nur die hektischen Bewegungen der beiden.

- Es ist tot. -

Sie ließ sich zurückfallen, schloss die Augen.

- Vorbei. -

Ein Maunzen drang an ihr Ohr.

- Lo Po? -

Nein, das war kein Katzenmaunzen. Das war ein menschlicher Laut, stotternd, stockend, dann zunehmend lauter, befreiter, ein Schrei, ein Lebensschrei. Die Hebamme wandte sich wieder Irène zu, während Dr. Hassler mit dem in vorgewärmte Tücher gewickelten Kind hinausging.

„Herzlichen Glückwunsch! Ein Mädchen!"

Sie erzählte etwas von vorübergehendem Sauerstoffmangel, aber jetzt sei alles in bester Ordnung, Dr. Hassler wolle das Kind nur zur Sicherheit von einem Kinderarzt begutachten lassen.

„Und wir machen uns jetzt mal an die Nachgeburt."

Als die geschafft war und ein Dammriss genäht, was Irène nicht einmal mitbekam, wurde sie auf die Wöchnerinnenstation gebracht, in ein Einzelzimmer, das ihre Mutter ihr spendiert hatte. Ihr Unterleib war noch immer betäubt, sie konnte die Beine nicht bewegen, bewegte aber auch die Arme nicht. Sie lag steif im Bett und fühlte sich ausgeschlachtet, leer und traurig.

- Ich müsste glücklich sein! -

Satt dessen quollen Tränen aus ihren Augen, die sie nicht abwischte. Am liebsten würde sie sich nie wieder bewegen, auf ewig betäubt bleiben. Sie dachte nicht an ihr Kind, das sie gerade geboren hatte, in ihrem Kopf tauchte ständig ein Wort auf, das sie in einem Seminar über Verhaltensforschung gelernt hatte:

- Totstellreflex. -

Damit versuchten sich Tiere vor einer Bedrohung zu retten, der sie nicht mehr entfliehen konnten. Irène fühlte sich, als ob irgendetwas in ihr diesen Reflex ausgelöst hätte.

„Ach, weine vor Glück, die Mamma!"

Eine junge Säuglingsschwester wirbelte ins Zimmer, stellte sich als Schwester Francesca vor und legte ein Bündel neben sie.

„Da iste Ihre kleiner Schatz ja schone."

Irène schaute verwirrt die Schwester mit den schwarzen Haaren und der tiefen Stimme an.

- Italienerin? Oder? Was macht die hier? -

Doch ihr blieb keine Zeit sich zu wundern. Schwester Francesca drehte sie energisch auf die Seite und zeigte mit einer triumphalen Geste auf den winzigen Körper, der in das viel zu große Jäckchen und die weiße Strampelhose gekleidet war, die Irène in ihrer Tasche mitgebracht hatte.

„Iste so süß, Ihres Kleine!"

Irène blickte in ein rotes verknittertes Gesicht mit fest zugekniffenen Augen. Schwester Francesca plauderte munter weiter, versicherte noch einmal, mit dem Baby sei alles in Ordnung, der Kinderarzt habe es gründlich untersucht, die Mamma könne völlig beruhigt sein.

Irène war nicht beruhigt. Sie war auch nicht beunruhigt. Sie empfand nichts.

- Muss jetzt nicht das *Bonding* stattfinden? -

Beim ersten Kontakt zwischen Mutter und Neugeborenem finde das *Bonding* statt, hatte sie ebenfalls in dem Seminar über Verhaltensforschung gelernt. Ein Hormonrausch bewirke ein überwältigendes Liebesgefühl, sorge für eine unzerstörbare Bindung.

- Nichts. -

„Fasse Ihres Tochter ruhig an! Die iste gar nich so zerbrochen, wie denkte man."

Pflichtschuldigst streichelte Irène mit ihrem Zeigefinger über die Wange dieses Miniaturmenschen an ihrer Seite. Das Gesichtchen zuckte, der Mund öffnete sich und entließ ein immer lauter werdendes Schreien. Erschreckt zog Irène ihren Finger zurück.

„Das iste Musik in Ohren von Mamma!"

Zu ihrer Erleichterung musste Irène dieser Musik nicht länger lauschen. Schwester Francesca nahm das Bündel wieder weg, erklärte, es würde jetzt etwas Zuckerlösung bekommen, bis bei der Mamma *die Milch eingeschießen* sei. Im Hinausgehen drehte sie sich noch einmal um und fragte:

„Habe schone Name für Ihres Tochter?"

„Verena."

„Verena. Schones Name! Ich gleiche schreib auf Armbändchen."

In den folgenden Tagen wurde Irène das Baby von Schwester Francesca pünktlich zu den offiziellen Stillzeiten gebracht. Doch sein Hunger blieb ungestillt. Verena war unbekannt, dass sie alle vier Stunden Hunger zu haben hatte und nachts erst wieder nach acht Stunden. Sie schrie verzweifelt, wenn sie im Säuglingszimmer lag, und schlief erschöpft, wenn sie an Irènes Brüsten saugen sollte. Irène fühlte sich als Versagerin, unfähig, auch nur das einfachste und elementarste Bedürfnis ihrer Tochter zu erfüllen.

- Ein Säugling muss doch saugen! -

Die Oberschwester befand die Milchproduktion für nicht ausreichend und riet schnell zur Flaschennahrung. Die sei sowieso hygienischer und außerdem exakt dosierbar. Resigniert ließ sich Irène mehrere Hormonspritzen verabreichen, die ihre Milchproduktion zum Erliegen brachten.

Eine Woche nach der Geburt wurde sie mit einer schreienden Verena in einer Tragetasche, einem Gratispaket Säuglingsmilch und besten Wünschen für ihre Zukunft aus der Klinik entlassen. Zuhause angekommen begrüßte Lo Po sie, indem er sich auf den Rücken rollte und sich von ihr den Bauch kraulen ließ. Danach schnupperte er an der Tragetasche, die sie neben ihn auf den Boden gestellt hatte. Als die kleine Wolldecke plötzlich in Bewegung geriet und ein seltsamer Laut ertönte, fauchte er und floh mal wieder unter Irènes Bett.

Am Abend rief Wilhelmine an und fragte, wie der erste Tag zu Hause mit der kleinen Verena verlaufen sei.

„Gut."

Das antwortete Irène auch bei allen folgenden Gesprächen. Aber kein einziger Tag verlief gut. Sie fühlte sich immer noch wie betäubt. Sie war traurig, traurig, wie sie nicht einmal nach Oma Emmas Tod gewesen war. Es war eine lähmende Traurigkeit. Am liebsten hätte sie den ganzen Tag auf dem Bett gelegen und gar nichts gemacht. Aber ihr Kind, das sich von einer Idee zu einer höchst anspruchsvollen Realität gewandelt hatte, verlangte Tag und Nacht versorgt zu werden. Füttern und wickeln, darauf war sie vorbereitet gewesen. Aber nicht auf das mehrfache Sterilisieren der Fläschchen, weil Verena die Hälfte der Mahlzeit immer wieder ausspuckte, auf das Rauf- und Runterschleppen der Wäsche, weil die Waschmaschine dummerweise im Keller stand, auf die schlaflosen Nächte, weil das Baby gerade dann stundenlang schrie. Irène hielt sich bald nicht mehr an den ihr dringend angeratenen vierstündigen Fütterrhythmus mit achtstündiger Nachtruhe. Trotzdem war das Baby immer, immer unzufrieden! Immer nölte, knöterte, schrie es! Selbst wenn sie ihm gerade das Fläschchen gegeben hatte! Selbst wenn es schlief, gab es noch gequälte Geräusche von sich. Und wann schlief es schon mal?

- Ich mache alles falsch. -

Irène schleppte sich lustlos durch die Tage, erledigte mechanisch, was sie glaubte, tun zu müssen, und war entsetzt über sich selbst.

- Ich bin eine Rabenmutter. -

Zu ihrer unerklärlichen Traurigkeit kamen Kopfschmerzen, Schmerzen an der Dammrissnaht, heftige Niesattacken, Augenjucken und ein hartnäckiger Husten.

- Ich kann nicht mehr. -

Eines Nachts hatte sie Verena zum dritten Mal gefüttert und nach einstündigem Herumtragen endlich zum Einschlafen gebracht. Vorsichtig legte sie sie in den Stubenwagen und schlich sich nach nebenan in ihr Zimmer. Kaum hatte sie sich auf ihr Bett fallen lassen, schlich Lo Po sich auf seinen alten Lieblingsplatz vor ihr Gesicht.

„Welche Ehre!"

Ihr Kater zeigte ihr ansonsten deutlich, was er von dem Störenfried hielt, den sie mitgebracht hatte. Er verzog sich in die leer stehenden Zimmer, schmollte, strafte sie durch Liebesentzug. Sie kraulte ihn kurz, war aber so müde, dass sie gleich einschlief.

Ihr Husten weckte sie kurz darauf wieder auf.

- Wo ist Lo Po? -

Sie machte Licht. Die Tür zu ihrem Zimmer war nur angelehnt, damit Lo Po nach Belieben rein- und rausgehen konnte.

- Hab ich die Kinderzimmertür zugemacht? -

Irène war sich nicht sicher. Bestimmt hatte sie das getan. Und wenn sie es doch vergessen hatte? Wenn Lo Po sich zum Stubenwagen schlich, ein Sprung hinein, und dann? Dann würde er sich auf Verenas Gesicht legen und sie ersticken. Sie musste aufstehen. Sie musste nachgucken.

- Ich bin so müde! -

Sie sagte sich erneut, dass sie bestimmt nicht vergessen hatte, die Tür zu schließen. Aber es war so verdächtig ruhig nebenan.

- Wunderbare Ruhe! -

Bis zu diesem Zeitpunkt hatte sie nicht gewusst, welch ein kostbares Gut Ruhe war. Ruhe war etwas für alte Leute. Sie hatte schlafen können, egal ob aus anderen Zimmern der WG laute Musik drang oder Claas neben ihr auf die Schreibmaschine einhackte. Jetzt schlief sie oft selbst dann nicht, wenn Verena keinen Pieps von sich gab, weil sie ständig darauf wartete, dass sie wieder anfing zu schreien. Irène drehte sich auf die Seite und lauschte mit angehaltenem Atem.

- Nichts. Kein Muckser. -

Der Schlaf übermannte sie. Doch schon nach kurzer Zeit schrie in ihrem Traum Oma Emma, die hilflos am Absatz der Treppe lag. Sie schreckte auf, sah verwirrt um sich. Das Baby schrie. Sie sprang aus dem Bett und sackte gleich darauf ohnmächtig auf den Boden, kam aber gleich wieder zu sich, rappelte sich auf und ging hinüber ins Kinderzimmer. Die Tür stand sperrangelweit auf und Verena schrie aus Leibeskräften.

- Lo Po? -

Von Lo Po war nichts zu sehen. Irène nahm Verena auf, wickelte sie, fütterte sie und trug sie auf den Armen herum, damit sie wieder einschlief. Doch sie schrie nur immer lauter. Irène legte sie sich an die Schulter und ging ein paar Mal die Treppe hoch und wieder runter.

- Bewegung hilft. -

Doch diesmal half keine Bewegung, kein sanftes Wiegen auf den Armen, kein Schütteln, kein Klopfen auf den Rücken, keine Bauchmassage. Verena brüllte. Irène schlich mit ihr durch all die nicht genutzten Räume der riesigen Villa Vonderwied, die ihr im Mondlicht gespenstisch vorkamen. Räume der Abwesenheit, voll möbliert und doch leer. Hier lebte nur die fordernde Babystimme.

- Schlaf ein, du Monster! -

Erst im Morgengrauen gab Verena nur noch leise Schluchzer von sich. Irène legte sie wieder in ihren Stubenwagen zurück, stellte sich daneben und wartete. Wartete wie auf die Explosion einer Bombe. Verena nuckelte an ihrer geballten Faust und schlief ein.

- Gnadenfrist. -

Irène ging in die Küche und kochte sich einen starken schwarzen Tee. Sie trank hastig eine Tasse. Langsam war sie wieder in der Lage, einen klaren Gedanken zu fassen. Doch der erste Gedanke, der ihr kam, war zu klar.

- Die Tür war offen. -

Sie trank eine zweite Tasse Tee, langsam jetzt, Schluck für Schluck und mit jedem Schluck tauchte eine neue Frage in ihr auf. Hatte sie es nicht doch gewusst? Hatte sie die Tür nicht sogar mit Absicht offen gelassen? Hatte sie sich nicht gewünscht, Lo Po möge sie von diesem Albtraum erlösen, in dem sie gefangen war?

- Ich bin eine Mörderin. -

Sie erschrak so sehr über diesen Gedanken, dass sie erst zu zittern und dann laut zu jammern anfing. Lo Po kam, setzte sich vor sie hin und miaute laut, als ob er sich mit ihr solidarisieren wollte.

- Ich brauche Hilfe. -

Aber wer konnte ihr helfen? Ihre Mutter? Die reagierte schon auf leiseste Andeutungen von Problemen mit Sätzen wie: *Ich hab dich ja gewarnt. Das hast du dir eingebrockt, jetzt musst du es auch auslöffeln.*

- Vielleicht kann mir Frau Dr. Bäcker helfen? -

Am Nachmittag hatte sie sowieso einen Termin bei ihr zur Nachsorgeuntersuchung. Frau Riebesel war bereit, währenddessen auf das *herzige Dingelchen* aufzupassen und drückte Verenas Köpfchen an ihren großen Busen.

- Komisch. Auf ihren Armen schreit sie nicht! -

Dr. Bäcker untersuchte Irène gynäkologisch, verschrieb ihr eine Salbe für die entzündete Dammrissnaht und wollte sie schon verabschieden, als sie ihren Mut zusammennahm und versuchte, ihre Probleme zur Sprache zu bringen:

„Ich … ich weiß nicht, ich … komm gar nicht wieder richtig auf die Beine, alles ist wie in einem grauen Nebel, ich bin immer müde … und das Kind … ist mir so fremd, gar keine Freude … verstehen Sie?"

Die Ärztin sah sie einen Augenblick irritiert an, dann kamen ihr routiniert beruhigende Worte über die Lippen: Das komme schon mal vor, so eine Geburt sei eben eine anstrengende Sache und der Körper müsse sich auch erst umstellen, bald komme die Freude von ganz allein, da solle sie sich mal gar keine Gedanken machen.

- Ich mache mir aber Gedanken! -

„Dazu kommen noch diese Kopfschmerzen und der Schnupfen und wirklich schlimme Hustenanfälle, vor allem nachts. Das raubt mir noch die letzte Kraft."

Dr. Bäcker dachte lange nach und fragte sie dann, ob sie Haustiere habe.

„Ja, einen Kater."

Irène verließ die Praxis mit einer Überweisung zu einem Hautarzt, der sich auf das seltene Fachgebiet Allergologie spezialisiert hatte. Zwei Wochen später wusste sie, dass sie unter einer Allergie gegen

Katzenhaare litt, dass sie von Asthma bedroht war und dass es dagegen nur eine Abhilfe gab:

„Schaffen Sie Ihre Katze ab, sonst schafft die Katze Sie ab!"

Sie versuchte, die Mahnung des Hautarztes zu ignorieren.

- Niemals werde ich mich von Lo Po trennen! -

Sie verbannte ihn nur aus ihrem Bett, obwohl er stundenlang vor ihrer geschlossenen Tür jaulte. Sie wechselte täglich ihre Kleidung und saugte seine Haare von den Teppichen und Polstern. Dennoch lief sie den ganzen Tag mit tränenden Augen und verstopfter Nase herum und die Nächte wurden immer schlimmer. Sie wachte auf und rang nach Luft, geriet in Panik, weil sie zu ersticken glaubte. Mehrmals brach sie vor ihrem Bett zusammen, wenn sie schnell aufstand, weil Verena schrie. Sie geriet in einen Zustand permanenter Erschöpfung, konnte kaum noch etwas essen und taumelte wie eine Betrunkene durch ihre Tage. Bis der Tag kam, als sie einschlief, während sie Verena das Fläschchen gab. Das Baby rutschte von ihrem Schoß und schlug auf dem harten Küchenfußboden auf.

Irènes Schreck ließ auch nicht nach, als sie sich versichert hatte, dass dem Baby nichts passiert war und es längst wieder in seinem Stubenwagen lag. Irène stand daneben und sah auf ihre kleine Tochter herab, die friedlich schlummerte und nur ab und zu einen leisen Seufzer von sich gab.

- Du hast etwas Besseres verdient als mich. -

Irène wirft ihre Bettdecke von sich und steht auf. Das Bild ihrer schlafenden Tochter gehört zu den heimtückischen Visionen, mit denen ihr Gedächtnis sie immer wieder überfällt. Sie läuft in ihrem Schlafzimmer hin und her, versucht das Adrenalin in ihrem Blut durch Bewegung abzubauen. Sie will sich nicht mehr aufregen, will der Vergangenheit nicht wieder erlauben, sie zu quälen.

- Es ist so sinnlos! -

Aber dieses Bild vergisst sie nicht, obwohl das meiste, was sie in der Zeit danach getan hat, nicht in abrufbaren Bildern gespeichert ist. Sie weiß natürlich, was sie getan hat, aber sie erinnert es nicht. Sie hat Lo Po weggegeben. Sie weiß noch, dass Claas ihn übernommen hat. Sie erinnert nicht, wie sie wieder mit ihm Kontakt aufgenommen, warum er überhaupt bereit gewesen ist, sich um den Kater zu kümmern. Erhoffte er sich, damit auch sie zurückgewinnen zu können?

- Weg. -

Sie weiß nur noch, dass der Tag, an dem sie Lo Po zum letzten Mal gesehen hat, auch der war, an dem sie Claas zum letzten Mal gesehen hat.

Irène geht in ihr Wohnzimmer, stellt sich vor das Katzengemälde, schaut Lo Po in seine großen Augen. Sie hat ihn abgeschafft. Und danach hat sie Verena abgeschafft.

- Abgeschafft -

Immer wieder denkt Irène dieses unpassende Wort, das sich ihr gleichwohl hartnäckig aufdrängt.

- Ich habe meine Tochter abgeschafft. -

Sie hat Verena zur Adoption freigegeben. Es war nicht so einfach, wie sie es sich vorgestellt hatte, aber schließlich muss es geschehen sein. Denn in ihrem Leben gibt es keine Verena mehr. Sie erinnert verschwommen Kontakte mit dem Jugendamt, Unterschriften, die sie leisten musste, rechtliche Belehrungen. Sie erinnert, dass man ihr zu verstehen gab, sie handle richtig, denn für ein Kind sei es besser, nicht mit dem Makel einer unehelichen Geburt aufwachsen zu müssen. Sie erinnert nicht, wie sie Verena übergeben hat. Kein Bild von einem letzten Blick, einer letzten Geste.

- Weg. -

Sie erinnert sehr wohl die heftigen Vorwürfe ihrer Mutter, die sich vor vollendete Tatsachen gestellt sah, als sie aus Amerika zurückkam. Bis dahin hatte Irène es ihr verschwiegen. Wilhelmine war fassungslos, beschimpfte ihre Tochter als komplett verrückt, als verwöhntes Gör, als verantwortungslos, als perfide Lügnerin und auch das schreckliche Wort Rabenmutter fiel.

- Genau das wollte ich nicht sein. -

Irène wusste, dass Verena von einem Ehepaar adoptiert worden war, er Rechtsanwalt, sie Hausfrau, das bereits ein adoptiertes Kind hatte. Diese Information fand sie sehr beruhigend, denn die Leute wussten also, was es bedeutete, ein Kind zu adoptieren. Sie waren mit Sicherheit keine ahnungslosen Träumer, wie sie selbst es war. Bei ihnen würde es Verena viel besser gehen als bei ihr.

- Objektiv! -

Diese Argumente kamen bei ihrer Mutter gar nicht an. Irène sei doch nicht arm! Ihr habe es doch an nichts gefehlt! Schlaflose Nächte? Erschöpfung? Da müssten alle Mütter durch. Keine Beziehung zu dem Kind? Das hätte sich schon noch entwickelt. Lähmende Traurigkeit? Da reiße man sich einfach zusammen. Ein Kind brauche seine Mutter! Ein Kind einfach wegzugeben sei eine Schande.

„Ach ja? Und was hast du gemacht?"

„Ich habe dich doch nicht weggegeben!"

„Wer hat mich denn großgezogen? Oma Emma!"

„Ja aber … das kannst du doch nicht vergleichen!"

Irène beharrte auf ihrem Vergleich. Unkontrolliert brach ihre angestaute Wut sich Bahn, sie beschimpfte jetzt ihrerseits ihre Mutter als hartherzig, gefühlskalt, egoistisch, karriereversessen, eine Monstermutter, die die kindliche Seele ihrer Tochter verletzt, nein, zerstört habe!

Nach diesem Streit sprachen Wilhelmine und Irène über zehn Jahre nicht mehr miteinander. Grußkarten zu Weihnachten und zum Geburtstag waren ihre einzige Kommunikation. Irène gab ihr Lehramtsstudium auf. Bloß nichts mit Kindern zu tun haben, auch nicht beruflich! Sie ging nach Berlin und wechselte zu einem Diplomstudiengang in Biologie, hörte aber auch Vorlesungen in Chemie und Medizin. Während um sie herum viele Studenten mehr Zeit auf Protestversammlungen und auf der Straße als in Seminaren verbrachten, verlegte sie ihr Leben ganz und gar in die Wissenschaft. Ihr Geist beschäftigte sich vom Aufstehen bis zum Schlafengehen mit Wissen, sie achtete sorgfältig darauf, dass ihr zum Fühlen keine Zeit blieb. Sie machte ihr Diplom, sie promovierte, sie habilitierte sich, arbeitete am Max Planck Institut für Biochemie in München und wurde schließlich auf einen Lehrstuhl für Molekularbiologie in Hamburg berufen. Ihre akademische Karriere verlief trotz vielfältiger Widerstände durch den immer noch von Männern beherrschten Wissenschaftsbetrieb rasant.

Am späten Abend des 15.2.1986 saß die geschätzte Professorin, anerkannte Forscherin und international beachtete Biologin auf ihrem Sofa und weinte.

- Mein Leben ist verpfuscht! -

Am Morgen beim Frühstück hatte sie auf den Kalender geguckt und nicht verhindern können, dass ihr der Gedanke *Heute ist ihr achtzehnter Geburtstag* durch den Kopf schoss. Sie hatte sich sofort wieder auf ihren bevorstehenden Arbeitstag konzentriert und es auch tatsächlich geschafft, ihn durchzustehen, ohne noch einmal von diesem Gedanken heimgesucht zu werden. Beim Abendbrot war er jedoch frisch wie am Morgen und unabweisbar zurückgekehrt und hatte einen Rattenschwanz weiterer Gedanken hinter sich hergeschleppt. Heute wurde Verena volljährig. Ab heute hatte sie das Recht, Einblick in ihre ursprüngliche Geburtsurkunde zu nehmen.

- Wird sie es tun? -

Wusste sie überhaupt, dass sie ein adoptiertes Kind war? Würde eines Tages Irènes Telefon klingeln und eine Stimme sagen: Hallo Mama! Ich würde dich gern mal kennenlernen?

- Entsetzlich! -

Was sollte sie Verena sagen, wenn sie die unvermeidliche Frage stellen würde: Warum hast du mich weggegeben? Wie sollte sie sich rechtfertigen?

- Warum habe ich es getan? -

Irène fielen sofort eine Menge Gründe ein: Sie war noch zu jung damals. Sie hatte wohl eine Depression, heute in der medizinischen Literatur wohlbekannt als *postnatale Depression*, unter der ein gar nicht so kleiner Teil von Frauen nach einer Geburt leidet. Heute würde man sie mit Hormonen behandeln, ihr Unterstützung durch Psychologen angedeihen lassen. Aber damals? Sie war überfordert. Sie fühlte sich hilflos. Es war eine Kurzschlussreaktion.

- Ach! Ausflüchte! -

War ihr, wenn sie ehrlich antworten wollte, nicht einfach nur klar geworden, dass sie kein Leben mit Kind wollte? Dass sie ein ganz anderes Leben wollte?

- Ich habe ein ganz anderes Leben bekommen. -

Sie hatte ihr Baby, ihr Kind, diese Verena nicht geliebt. Schlicht nicht geliebt. Hätte sie es noch gelernt? Sie wird es nie wissen. Sie weiß nur, dass sie einer erwachsenen Verena bestimmt nicht sagen könnte: Ich habe dich weggegeben, weil ich dich nicht geliebt habe.

- Darum ist es am besten, sie taucht nie auf! -

Doch in ihrem Kopf war sie aufgetaucht und fragte mit bitterem Unterton weiter: Bist du denn glücklich geworden in deinem Leben ohne mich? Hat es sich gelohnt, mich zu opfern?

- Bin ich glücklich geworden? -

An diesem Abend versuchte Irène, es sich einzureden, obwohl eine andere Stimme in ihr hartnäckig weiter behauptete, sie habe ihr Leben trotz aller Erfolge verpfuscht.

- Verpfuscht! Vergeigt! In den Sand gesetzt! -

Eine Zeit lang lebte sie in der Angst vor einer ungewollten Wiederbegegnung mit ihrer Tochter, vor einer Konfrontation mit einer Vergangenheit, die sie aus ihrem Leben verbannt hatte. Doch nie war eine Verena am Telefon. Oder schrieb einen Brief. Oder stand vor der Tür.

- Sie will nichts von mir. -

Ihre Tochter hatte sie wohl ebenso aus ihrem Leben ausgeschlossen, wie sie es mit ihr getan hatte. Sehr verständlich, fand Irène, und dennoch begann der Gedanke an ihr zu nagen. Immer häufiger tauchte Verena in ihrer Fantasie auf, in ihren Träumen, in imaginierten Gesprächen. Nach und nach verlor die Vorstellung einer Begegnung mit ihr die Bedrohlichkeit, wandelte sich zur Verlockung. Vielleicht würden sie sich ganz wunderbar verstehen? Immerhin war Verena inzwischen eine erwachsene Frau. Vielleicht würde sie ihr auch gar keine Vorwürfe machen, sondern hätte Verständnis für sie? Für die dumme junge Frau, die sie damals war? Wie mochte es ihr gehen? Hatte sie wirklich so eine behütete Kindheit gehabt, wie Irène hoffte? Hieß sie überhaupt noch Verena oder hatten ihre Adoptiveltern ihr einen anderen Namen gegeben? Welchen Beruf hatte sie? Hatte sie Kinder?

- Wer ist sie? -

Mit den Jahren nahmen die Gedanken an Verena immer mehr Raum in Irènes Leben ein. An jedem Geburtstag ihrer Tochter glaubte sie, an diesem Tag würde sie ganz bestimmt anrufen. Warum gerade an diesem Tag und warum sie sich gerade mit einem Telefonanruf zum ersten Mal melden würde, wusste sie nicht, aber die Vorstellung wurde ihr zur fixen Idee. Jahr um Jahr wurde sie enttäuscht. Jahr um Jahr wuchs ihre Sehnsucht. Sie selbst hatte keine Chance herauszubekommen, wo ihre Tochter abgeblieben war. Nur Verena selbst hatte das Recht, nach ihrer Mutter zu suchen. Irène konnte nichts tun.

- Ich kann nur warten. -

Sie wartete.

Sie wartete immer noch am Beginn dieses Jahres 2008, als in den Medien landauf, landab an die 68er erinnert wurde. Vierzig Jahre danach. Sie hatten die Republik verändert. Darin war man sich einig. Aber zum Guten? Oder zum Bösen?

- Verena ist eine echte 68erin. Geboren 1968. -

Diesen Gedanken produzierte ihr Gehirn unausweichlich, wann immer das Wort 68er fiel. Jedes Mal erinnerte es sie an das Jahr, in dem sie Verena geboren hatte, das Jahr, in dem sie Verena weggegeben hatte.

- Sie wird sich nicht mehr melden. -

Am 15. Februar 2008 saß sie abends nach einer ausgefüllten Arbeitswoche in ihrem Wohnzimmer und versuchte vergeblich, wenigstens nach Feierabend nicht mehr ständig an ihr laufendes Projekt zu denken. Sie suchte inzwischen nach einer anderen Möglichkeit, adulte Stammzellen zu verjüngen. Sie gab sich nicht mehr damit zufrieden, durch ihre Forschungen den Weg aufgezeigt zu haben, durch die Einschleusung einer Reihe von Genen in Fibroblasten die Zelle einer ausgewachsenen Maus zu reprogrammieren. Thomson und Yamanaka hatten dann nur noch vier Gene für ihren bahnbrechenden Erfolg mit der Zelle eines erwachsenen Menschen gebraucht. Irène war jetzt davon überzeugt, das gleiche Ziel auf einem noch einfacheren Weg erreichen zu können: mit Hilfe von Proteinen. Da sie wusste, dass andere Arbeitsgruppen in anderen Ländern auch daran arbeiteten, spornte sie ihr Team immer wieder zu Höchstleistungen an.

- Man ist einfach lieber Erster als Zweiter. -

Das war in der Spitzenforschung nicht anders als im Sport. Auch mit 61 Jahren hatte Irène dieser Ehrgeiz nicht verlassen und statt ihren Feierabend zu genießen, grübelte sie weiter über verschiedene Lösungsansätze nach. Doch dann blieb ihr Blick an ihrem Abreißkalender hängen und erinnerte sie daran, dass dieser Tag ein besonderer war.

- Verenas Vierzigster! -

Ein Gefühl der Mutlosigkeit bedrohte ihre Lebensenergie. Ihre Lebensfreude erstickte unter der bleiernen Decke Vergeblichkeit.

- Ich darf nicht mehr warten. -

Offenbar hatte sie das schon beschlossen, bevor der Gedanke ihr Bewusstsein erreichte, denn sie hatte ihr Telefon nicht ins Wohnzimmer geholt wie all die Jahre zuvor an Verenas Geburtstag. Sie hatte an ihre Arbeit gedacht und nicht gebannt auf das Telefonklingeln gelauert.

- Es ist Zeit, Abschied zu nehmen. -

Sie hoffte, dass ihre Tochter irgendwo gesund und glücklich lebte. Aber für sie selbst war Verena tot und würde auch nicht wieder auferstehen. Es galt, Trauerarbeit zu leisten, statt sich an unsinnige Hoffnungen zu klammern.

Zu diesem Entschluss, den sie am 15.2.08 gefasst hat, steht Irène auch jetzt, in der Nacht vom 5. auf den 6. Oktober noch. Im Prinzip.

Erschöpft geht sie zurück in ihr Schlafzimmer, setzt sich auf ihr Bett.

- Trauerarbeit, ja. Aber nicht mehr heute! -

Sie will nur noch eins: Sie will schlafen. Sie legt sich wieder ins Bett, rollt sich auf die Seite, zieht die Beine an und die Decke hoch. Sie liegt wie ein Embryo im Mutterleib. Sie ist ein Mutterleib.

- Eine entleerte Hülle. -

Ein letztes Mal wehrt sie einen Gedanken ab, lässt keine Erinnerungen mehr aufkommen. Auf diese seltsame Schleife will sie sich jetzt nicht begeben, nichts soll sie mehr vom Einschlafen abhalten. Auch nicht der Gedanke an das Wesen, mit dem sie neun Monate lang eins war.

- Gute Nacht, Verena! -

Gespräche
Verena
„Mach es endlich!"

Kitsch!, schreit Lena Korthals, meine Agentin, meine Freundin, und schlägt das Manuskript zu. Glaubst du wirklich, deine Mutter schickt dir vor dem Einschlafen noch einen Gruß?

Ihr Einwand macht mich bockig. Gerade weil mir der Kitschverdacht schon selbst gekommen ist, setze ich mich umso vehementer zur Wehr:

Jetzt bist du aber diejenige, die Realität und Literatur verwechselt. Meine Protagonistin Irène Vonderwied schickt ihrer Tochter Verena einen gedanklichen Gute-Nacht-Gruß. Was meine reale Mutter macht, entzieht sich natürlich vollkommen meiner Kenntnis.

Aber du hast deine Protagonistin so erschaffen, wie du dir deine Mutter wünschst.

Vielleicht.

Du hast dir eine literarische Mutter erschaffen, die an dich denkt und auf deinen Anruf wartet, damit du den Mut aufbringst, deine reale Mutter anzurufen.

Vulgärpsychologie!

Aber darum nicht falsch, oder?

Nein.

Lena schaut mich mitleidig an. Ich ertrage kein Mitleid und schaue verbiestert zurück.

Noch irgendwelche Anmerkungen, die nicht meine arme Psyche betreffen, sondern den Text?

Tja, da wäre zum Beispiel dein geliebter Lo Po.

Irènes geliebter Lo Po!

Dein Kater, den du hier unter seinem tatsächlichen Namen Irène andichtest. Ich verstehe ja, dass du ihm ein literarisches Denkmal setzen willst. Ich erinnere mich nur zu gut an dein Geheule, als du ihn wegen deiner Allergie abgeben musstest. Aber erfüllt er im Roman wirklich eine Funktion?

Er spitzt Irènes Situation nach der Geburt zu!

Schon richtig, aber wäre die nicht auch ohne ihn …

Manchmal braucht es nur einen Tropfen, um das Fass zum Überlaufen zu bringen. Oder einen Kater.

Schiefes Bild.

Mir doch egal!

Jetzt rede ich wie mein Töchterchen Gesa, als sie in der Trotzkindphase war. Aber ich lasse mir Lo Po nicht aus dem Text streichen. Gerade die autobiografisch grundierten Obsessionen eines Autors beleben einen Text, verleihen ihm die Dringlichkeit, die sich auf den Leser überträgt, gebe ich die Meinung eines Literaturkritikers des Deutschlandfunks wieder.

Lena betrachtet mich. Kritisch? Liebevoll? Ich werde aus ihrem Gesichtsausdruck nicht schlau. Oder scheint da etwa doch wieder Mitleid in ihren Augen auf? Mit sanfter Stimme wechselt sie abrupt das Thema:

Weißt du noch, dein Vierzigster? Du warst ganz schön angeschickert …

Angeschickert! So redet doch heute kein Mensch mehr!

Bin ich etwa kein Mensch? Aber … na gut. Manchmal wirkt nichts unglaubwürdiger als der Originalton.

Also, was soll ich dich sagen lassen?

Angeheitert?

Ich fürchte, besoffen trifft es besser.

Ich wollte nicht unhöflich sein, liebe Verena, aber genau das warst du: besoffen. So besoffen, dass du endlich den Mut hattest, bei deiner Mutter anzurufen. Um drei Uhr morgens!

Ich erinnere mich nicht.

Thomas hat dich davon abgehalten.

Stimmt! Am Morgen danach hat er es mir erzählt.

Er hat dich vor dieser Dummheit bewahrt. Wenn du deinen Mann nicht hättest!

Ich nicke Lena zu. Selten hatte sie so recht. Ich darf mir gar nicht vorstellen, was wäre, wenn ich Thomas nicht hätte! Ich wüsste nicht, wovon wir reden, wenn wir von Liebe reden. Ich hätte meine Kinder nicht. Keine Gesa, keinen Jon. Unvorstellbar. Und ich hätte niemals die Kraft gehabt, dieses Manuskript zu schreiben.

Dummheit, sagst du? Das ist noch untertrieben. Mein erstes Gespräch mit meiner Mutter und das mitten in der Nacht und im Vollrausch! Gar nicht auszumalen!

Wie malst du dir denn grundsätzlich ihre Reaktion auf deinen Anruf aus?

Das hab ich mir noch nie ausgemalt. Komisch, oder? Ich hab mir ihr ganzes Leben ausgemalt, du hast es ja gerade gelesen. Und wahrscheinlich hab ich mir die ganze Arbeit tatsächlich nur gemacht, damit ich anrufen kann. Aber was dann geschieht?

Glaubst du denn, dass du mit deiner Fantasie ein halbwegs realistisches Bild von deiner Mutter entworfen hast?

Ach Gott, nein! Wie könnte ich? Welches Bild ist schon realistisch? Das sogenannte realistische doch schon gar nicht.

Du hast also ein rein subjektives Bild gezeichnet.

Das nun auch wieder nicht. Ich kenne aus meiner Recherche viele Fakten aus ihrem Leben. Im Wesentlichen natürlich über ihren wissenschaftlichen Werdegang. Ich kenne ihre Publikationen. Ich kenne ihren Einsatz für eine biologische Forschung, die ethische Grenzen respektiert. Und ich weiß eins mit Sicherheit: Frau Prof. Dr. Irène Vonderwied hat ihr Kind zur Adoption freigegeben.

Ihr Kind? Warum sagst du nicht: hat mich zur Adoption freigegeben?

Lena merkt auch alles. Sie kennt mich einfach zu gut. Sie weiß, wie sehr mich nach Gesas Geburt die Vorstellung heimgesucht hat, dass meine Mutter wohl nie dieses Gefühl überwältigender Liebe für mich verspürt hat, wie ich es für meine Tochter verspürte. Ich hatte jahrelang jeden Gedanken an meine biologische Mutter verdrängt, obwohl meine Adoptiveltern vor mir nie verheimlicht haben, dass ich ein adoptiertes Kind war. Ich hatte ein gute, eine behütete Kindheit bei ihnen, ich hatte die üblichen Pubertätskonflikte mit ihnen und ich habe jetzt ein ausgezeichnetes Verhältnis zu ihnen. Ich wollte von meiner Mutter gar nichts wissen. Sie hatte mich weggeben. Schluss. Aus. Sie konnte mir gestohlen bleiben! Aber dann, als ich dreißig war und schwanger, sah ich mich plötzlich selbst im Bauch einer mir ganz und gar fremden Frau heranwachsen. Plötzlich musste ich einfach wissen, woher ich gekommen war.

Lena wartet nicht mehr auf eine Antwort auf ihre Frage. Stattdessen entschuldigt sie sich:

Das war eine dumme Frage von mir. Zu schmerzhaft, hmmh?

Tja, ich weiß auch nicht. Offenbar hat mir das Schreiben dieses verdammten Manuskriptes nicht so geholfen, wie ich gehofft hatte.

Ich hab ja immer gefürchtet, du schreibst es nur, um das hinauszuzögern, was du seit zehn Jahren ... praktisch, seit du den Namen deiner Mutter kennst ... immer und immer und immer vor dir hergeschoben hast.

Ja.

Mach es endlich!

Ich werde es tun. Und zwar jetzt gleich.

Jetzt gleich? Nein! An jedem anderen Tag, aber nicht heute. Heute Vormittag wartet sie auf einen ganz anderen Anruf. Auf den Anruf aus Stockholm!

Du meinst, da würde sie nur enttäuscht sein? Wenn statt der Krönung ihres Lebens als Wissenschaftlerin die Schande ihres Lebens als Frau sich meldet?

Verena! Schande! Wie redest du? Willst du sie bestrafen mit deinem Anruf oder willst du endlich Kontakt mir ihr aufnehmen?

Beides.

Dann ist es wohl doch besser, wenn du noch wartest. Bis du nur noch eines willst.

Ich fürchte, der Tag wird nicht kommen. Ich werde sie anrufen. Jetzt.

Mein herzlicher Dank
für Kritik und Anregungen zum Manuskript
geht an:

Bernd Hans Martens
Brigitte Harder
Arne Mauri
Dr. Lutz Rabisch